ATLAS
La historia de Pa Salt

LUCINDA RILEY
&
HARRY WHITTAKER

ATLAS

La historia de Pa Salt

Traducción de
Ana Isabel Sánchez Díez, Juan Rabasseda Gascón
y Teófilo de Lozoya

PLAZA JANÉS

Papel certificado por el Forest Stewardship Council®

MIXTO
Papel procedente de
fuentes responsables
FSC® C117695

Penguin
Random House
Grupo Editorial

Título original: *Atlas. The Story of Pa Salt*
Primera edición: mayo de 2023

© Lucinda Riley Limited, 2023
© 2023, Penguin Random House Grupo Editorial, S. A. U.
Travessera de Gràcia, 47-49. 08021 Barcelona
© 2023, Ana Isabel Sánchez Díez, Juan Rabasseda Gascón
y Teófilo de Lozoya, por la traducción

Printed in Spain – Impreso en España

ISBN: 978-84-01-02805-2
Depósito legal: B-5694-2023

Compuesto en M. I. Maquetación, S. L.

Impreso en Rotativas de Estella, S. L.
Villatuerta (Navarra)

L028052

Lucinda dedica esta novela a sus lectores de todo el mundo

Yo se la dedico a ella, mi madre, que me inspiró
en todos los sentidos

H. W.

Prefacio

Querido lector:

Deja que me presente. Me llamo Harry y soy el hijo mayor de Lucinda Riley. Sospecho que no, pero quizá te haya sorprendido ver dos nombres en la cubierta de esta novela tan esperada.

Justo antes de que, en 2021, se publicara *La hermana perdida*, Lucinda anunció por sorpresa que habría una octava y última entrega de la serie de Las Siete Hermanas, un libro que contaría la historia del enigmático Pa Salt. En su nota del final de la séptima novela, escribió: «Lleva ocho años dentro de mi cabeza y estoy impaciente por plasmarlo finalmente sobre el papel».

Por desgracia, mi madre murió en junio de 2021 tras haber recibido un diagnóstico de cáncer de esófago en 2017. Tal vez presumas que no tuvo ocasión de escribir nada, pero el destino actúa de formas misteriosas. En 2016, una productora interesada en adquirir los derechos cinematográficos de Las Siete Hermanas invitó a mi madre a Hollywood. El equipo estaba desesperado por saber cómo concebía ella el final de la serie... cuatro libros antes de tiempo.

Ese proceso la obligó a dar forma en un documento a sus pensamientos fragmentados. Escribió, para esos posibles productores, treinta páginas de diálogos guionizados que se corresponden con el clímax narrativo de la serie. Estoy seguro de que no necesitas que te convenza de que esas páginas eran magníficas, como cabía esperar; contenían drama, suspense... y una sorpresa enorme.

Además, los seguidores de la serie estarán al tanto de que Pa Salt ha hecho cameos en todos y cada uno de los libros. Mi madre elaboró una cronografía que daba cuenta de los movimientos del personaje a lo largo de las décadas y ese archivo conforma ahora una completa guía de seguimiento. Así las cosas, Lucinda plasmó «sobre el papel» mucho más de lo que ella misma creía.

En 2018, creamos juntos la serie infantil *The Guardian Angels* y fuimos coautores de cuatro libros. Durante esa época, mi madre me pidió que, si ocurría lo peor, completara la serie de Las Siete Hermanas. Siempre mantendré nuestras conversaciones en el ámbito de lo privado, pero quiero subrayar que mi papel era convertirme en un mecanismo de seguridad que intervendría en caso de que sucediera lo impensable. Y lo impensable sucedió. No creo que ella llegara a pensar nunca que su vida iba a acabar «de verdad», y yo tampoco. En varias ocasiones, desafió las leyes de la ciencia y de la naturaleza y se recuperó tras hallarse al filo de la muerte. Aunque, claro, mi madre siempre fue un poco mágica.

Después de su fallecimiento, no tuve ninguna duda de que cumpliría con mi palabra. Muchas personas me han preguntado si no me sentía demasiado presionado por tener que llevar a cabo una tarea así. A fin de cuentas, *Atlas* promete revelar secretos que han tenido a los lectores en vilo durante una década. Sin embargo, siempre he visto el proceso como un homenaje. He completado el trabajo de mi mejor amiga y mi heroína. Así pues, no he sentido ninguna presión y ha resultado ser una misión de amor. Preveo que algunas personas se obsesionarán, como es natural, con qué elementos de la trama son de mi madre y cuáles son míos, pero no creo que eso sea importante. Dicho de otra forma: la historia es la historia. Y sé a ciencia cierta que te sentirás emocionalmente satisfecho al final de este libro. Mi madre se ha asegurado de ello.

Podría decirse que el mayor logro de Lucinda es que nadie haya conseguido identificar el impulso secreto que subyace a la serie, y eso que ha habido miles de teorías. *Atlas* recompensará a quienes han admirado estas novelas desde el principio, pero también hay una historia nueva que contar (aunque siempre ha estado ahí, escondida en silencio entre las primeras cuatro mil quinientas páginas). Es posible que yo tan solo haya disipado la cortina de humo...

Trabajar en *Atlas: La historia de Pa Salt* ha sido el mayor reto y privilegio de mi vida. Es el regalo de despedida de Lucinda Riley y me hace mucha ilusión ser el encargado de entregarlo.

HARRY WHITTAKER, 2022

Hay más cosas en la tierra y en el cielo,
Horacio, de las que tu filosofía pudo inventar.

WILLIAM SHAKESPEARE

Listado de personajes

ATLANTIS

Pa Salt – padre adoptivo de las hermanas (fallecido)
Marina (Ma) – tutora de las hermanas
Claudia – ama de llaves de Atlantis
Georg Hoffman – abogado de Pa Salt
Christian – patrón del yate

LAS HERMANAS D'APLIÈSE

Maia
Ally (Alción)
Star (Astérope)
CeCe (Celeno)
Tiggy (Taygeta)
Electra
Mérope (ausente)

Prólogo

Tobolsk, Siberia, 1925

Cuando el viento gélido levantó una ráfaga de nieve ante ellos, los dos niños se arrebujaron con fuerza en su abrigo de piel, cada vez más rala.

—¡Venga! —gritó el mayor de los dos. Pese a que acababa de cumplir once años, el timbre de su voz ya poseía un dejo bronco, áspero—. Ya hay bastante. Vámonos a casa.

El más pequeño, que tenía solo siete años, recogió el montón de leña y echó a correr tras el mayor, que ya se alejaba dando zancadas.

Cuando estaban a medio camino de la casa, los niños empezaron a oír un piar débil que les llegaba desde los árboles. El mayor frenó en seco.

—¿Lo oyes? —preguntó.

—Sí —contestó el otro. Le dolían los brazos de cargar con la madera y, aunque se habían detenido hacía solo un instante, ya estaba tiritando—. ¿Nos vamos ya a casa, por favor? Estoy cansado.

—No lloriquees —le espetó el mayor—. Voy a investigar.

Se encaminó hacia un abedul cercano y se arrodilló. A regañadientes, el pequeño terminó por seguirlo.

Ante ellos, retorciéndose indefenso en el suelo duro, había una cría de gorrión no más grande que un rublo.

—Se ha caído del nido —suspiró el niño de más edad—. O, bueno, no sé… Escucha. —Los dos permanecieron inmóviles en la nieve y al final oyeron un trino agudo en lo alto del árbol—. ¡Ajá! Es un cuco.

—¿El pájaro del reloj?

—Sí. Pero no son criaturas amistosas. Ponen los huevos en los nidos de otras aves. Y luego, cuando el polluelo sale del cascarón, expulsa a las demás crías. —Se sorbió la nariz—. Eso es lo que ha pasado aquí.

—Ay, no. —El niño de siete años se agachó y le acarició delicadamente la cabeza al gorrión con el meñique—. No te preocupes, amiguito, ahora nos tienes a nosotros. —Levantó la mirada hacia su compañero—. A lo mejor, si trepamos al árbol, conseguimos volver a dejarlo en su sitio. —Intentó atisbar el nido—. Debe de estar muy arriba.

De pronto, un crujido nauseabundo se alzó desde el suelo del bosque. Bajó la vista y descubrió que el muchacho mayor había aplastado al polluelo con la bota.

—¿Qué has hecho? —gritó horrorizado.

—La madre no lo habría aceptado. Es mejor matarlo ya.

—Pero... ¡y tú qué sabes! —El pequeño comenzó a sentir el escozor de las lágrimas en sus ojos marrones—. Podríamos haberlo intentado.

El mayor de los dos levantó una mano para acallar las protestas.

—No tiene ningún sentido intentar algo que está condenado al fracaso. No es más que una pérdida de tiempo. —Reanudó la marcha colina abajo—. Venga, hay que volver.

El niño pequeño se agachó junto al polluelo muerto.

—Perdón por lo de mi hermano —sollozó—. Está sufriendo. No pretendía hacerlo.

El diario de Atlas

1928-1929

1

Boulogne-Billancourt
París, Francia

El diario es un regalo de monsieur Paul Landowski y su esposa. Dicen que, como está claro que, a pesar de que no hablo, sí sé escribir, sería una buena idea que intentara anotar mis pensamientos. Al principio, creyeron que era tonto de remate, que había perdido el entendimiento, cosa que, en muchos sentidos, es verdad. Aunque quizá sea más acertado decir que se me ha agotado, puesto que he vivido de él durante mucho tiempo. Mi cerebro está muy cansado y yo también.

Me pidieron que escribiera algo y así fue como dedujeron que al menos me queda un poco de cordura. Para empezar, intentaron obligarme a apuntar mi nombre, mi edad y mi lugar de procedencia, pero hace tiempo que aprendí que dejar esas cosas plasmadas por escrito puede acarrearte problemas, y eso es justo lo que no quiero volver a tener en la vida. Así que me senté a la mesa de la cocina y copié un fragmento de una poesía que me había enseñado mi padre. Por supuesto, ese poema no relevaría dónde había estado antes de colarme en su jardín por debajo de un seto. Tampoco era una de mis composiciones favoritas, pero sentí que las palabras encajaban con mi estado de ánimo y bastaban para demostrarle a aquella bondadosa pareja, que el destino me había puesto en el camino cuando la muerte llamó a mi puerta, que era capaz de comunicarme. Así que escribí:

La noche y la Pléyade
se han puesto.

Es medianoche,
las horas pasan
y yo duermo sola.

Lo plasmé en francés, inglés y alemán, ninguno de los cuales era el idioma que empleaba desde que tenía edad de hablar (algo que, por descontado, sé hacer; sin embargo, al igual que las palabras escritas, cualquier cosa enunciada —sobre todo de manera apresurada— puede utilizarse como moneda de cambio). Reconozco que disfruté de la cara de sorpresa de madame Landowski cuando lo leyó, aunque no le resultara útil para descubrir quién era o a quién pertenecía. Cuando me plantó un plato de comida delante, Elsa, la criada, lucía una expresión que daba a entender que tenían que mandarme de vuelta lo antes posible al lugar de donde hubiera salido.

No me resulta difícil no hablar. Hace más de un año que abandoné el único hogar que había conocido desde que tengo uso de razón. A partir de entonces empecé a utilizar la voz solo cuando es absolutamente imprescindible.

Desde donde escribo estas palabras, alcanzo a mirar por la diminuta ventana de la buhardilla. Hace un rato, he visto a los hijos de los Landowski enfilar el camino de entrada. Venían del colegio e iban muy elegantes vestidos con el uniforme: Françoise llevaba unos guantes blancos y un sombrero de paja que llaman canotier y sus hermanos, una camisa blanca bajo la chaqueta. Aunque a menudo oigo a monsieur Landowski quejarse de la falta de dinero, el tamaño de la casa, su precioso jardín y los hermosos vestidos que lucen las mujeres de la familia me dicen que en realidad debe de ser muy rico.

También he mordisqueado el lápiz, una costumbre que mi padre intentó quitarme aplicándole todo tipo de sabores terribles al extremo superior de los que usaba. Una vez, me dijo que el de aquel día era bastante agradable, pero que era veneno, de manera que, si me lo acercaba a la boca, moriría. Aun así, mientras pensaba en la traducción que me había pedido que descifrara, me metí el lápiz en la boca. Lo oí gritar cuando me vio y enseguida me sacó fuera, me agarró por el cogote para llenarme la boca de nieve y después me obligó a escupirla. No morí, pero muchas veces me he preguntado si sería una trama descabellada para asustarme y que lo dejara o si la nieve y escupirla me habían salvado.

Aunque me esfuerzo mucho por recordarlo, hace tantos años que lo vi por última vez que se me está desvaneciendo de la memoria...

Quizá sea lo mejor. Sí, lo mejor es que me olvide de todo lo anterior. Así, si me torturan, no podré decirles nada. Y, si monsieur o madame Landowski piensan que voy a escribir ciertas cosas en el diario que tan amablemente me han regalado, fiándome del pequeño candado y de la llave que guardo en mi bolsita de cuero, están muy equivocados.

«Un diario es una cosa en la que puedes escribir todo lo que sientas o pienses —me había explicado madame Landowski con cariño—. También es un lugar de intimidad, solo para ti. Te prometo que nunca lo leeremos».

Asentí con brío y después sonreí con gratitud antes de subir corriendo a mi dormitorio de la buhardilla. No la creo. Sé por experiencia la facilidad con la que pueden romperse tanto las cerraduras como las promesas.

«Te juro por la vida de tu querida madre que volveré por ti... Reza por mí, espérame...».

Sacudo la cabeza para intentar perder el recuerdo de las últimas palabras que me dirigió mi padre. Sin embargo, por alguna razón, aunque otras que deseo conservar se alejan de mi memoria como semillas de diente de león en cuanto intento alcanzarlas, esa frase no desaparece haga lo que haga.

Como sea, el diario está encuadernado en cuero y relleno del más fino de los papeles. A los Landowski debe de haberles costado al menos un franco (que es como llaman aquí al dinero), y fue, creo, un gesto que pretendía ayudarme, así que lo usaré. Además, aunque he aprendido a no hablar, durante mi largo viaje me he preguntado en muchas ocasiones si no se me olvidaría escribir. Como no disponía ni de lápiz ni de papel, una de las maneras en las que pasaba las heladoras noches de invierno era recitando mentalmente pasajes de poesía y después figurándome que escribía esos versos en «la imaginación».

Me gusta mucho esa palabra: mi padre la llamaba «la ventana a la fantasía» y, cuando no me dedicaba a recitar poesía, desaparecía a menudo en ese lugar cavernoso que, según él, no tenía fronteras. Era tan grande como uno quisiera. Los hombres de miras estrechas, añadía, adolecían por definición de una imaginación limitada.

Y, pese a que los Landowski y su bondad habían resultado ser mis salvadores humanos, pues cuidaban de mi parte exterior, yo seguía necesitando desaparecer en mi interior, cerrar los ojos con fuerza y pensar en cosas que jamás podrían escribirse porque jamás podría volver a confiar en otro ser humano.

«Por lo tanto —pensé—, lo que encontrarían los Landowski si alguno de ellos llegara a leerlo —y una parte de mí estaba convencida de que lo intentarían, aunque solo fuera por pura curiosidad— sería un diario que comenzaba el día en el que yo ya había rezado mis últimas oraciones».

En realidad, es posible que no llegara a rezarlas. Deliraba tanto a causa de la fiebre, el hambre y el cansancio que tal vez lo soñara, pero, en cualquier caso, fue el día en que contemplé el rostro femenino más hermoso que había visto en mi vida.

Mientras escribía un párrafo abreviado y objetivo sobre el hecho de que aquella preciosa mujer me había acogido, susurrado palabras cariñosas y permitido dormir a cubierto por primera vez en solo Dios sabe cuánto tiempo, pensé en lo triste que parecía la última vez que la vi. Más tarde descubrí que se llamaba Izabela, Bel para abreviar. El ayudante del atelier de Landowski, monsieur Brouilly (que me había pedido que lo llamara Laurent, aunque en mi actual estado de mudez no fuera a mentarlo de ninguna manera), y ella se habían enamorado perdidamente. Y esa noche, cuando Bel parecía triste, había venido a despedirse. No solo de mí, sino también de él.

Aunque yo era muy pequeño, lo cierto es que había leído bastante sobre el amor. Cuando mi padre se marchó, devoré hasta el último volumen de su librería y aprendí unas cuantas cosas extraordinarias sobre los usos y costumbres de los adultos. Al principio, supuse que el acto físico que se describía debía de convertir la historia en una comedia en ciertos sentidos, pero luego, cuando lo repitieron autores que yo sabía con certeza que no eran humorísticos, me di cuenta de que debía de ser verdad. ¡Eso sí que era algo de lo que sin duda no escribiría!

Se me escapó una ligera carcajada y me tapé la boca con las manos. Fue una sensación muy rara, porque una carcajada denotaba cierto nivel de felicidad. Era la respuesta natural del cuerpo físico.

—¡Madre mía! —susurré.

También me resultó extraño oír mi voz, que sonaba más grave que la última vez que había pronunciado una palabra. Aquí, en la buhardilla, no me oiría nadie. Las dos criadas estaban abajo fregando, puliendo y ocupándose de la interminable colada que colgaba de las cuerdas atadas en la parte de atrás de la casa. De todas formas, aunque aquí no pudieran oírme, era un hábito que no debía fomentar, este de la felicidad, porque, si era capaz de reír, quedaría claro que tenía voz y que, por lo tanto, podía hablar. Intenté pensar en cosas que me entristecieran, algo que me pareció muy paradójico, teniendo en cuenta que lo único que, contra todo pronóstico, había conseguido que llegara hasta Francia era sumergirme en mi imaginación y albergar ideas felices. Pensé en las dos criadas, a las que, por las noches, oía parlotear a través de la fina pared que nos separaba. Se quejaban de que el salario era terrible, de la jornada demasiado larga, de los colchones incómodos y de su dormitorio en la buhardilla, helador en invierno. Me entraban ganas de aporrear la pared delgada y de gritarles que tenían suerte de que aquel muro estuviera allí, de que en aquella familia no viviesen todos juntos en un solo cuarto, de que tuvieran un sueldo, por muy bajo que fuese. Y, en cuanto a lo de que en su habitación hiciese frío en invierno… Bueno, yo había estudiado el clima de Francia y, aunque París, ciudad a cuyos márgenes mismos había descubierto que nos encontrábamos, estaba al norte del país, la idea de que un par de grados bajo cero supusieran un problema hacía que me entrara la risa otra vez.

Terminé el primer párrafo de mi flamante diario «oficial» y lo repasé para mis adentros fingiendo que quien lo leía era monsieur Landowski, con su curiosa barbita y su enorme y poblado bigote.

Vivo en Boulogne-Billancourt, donde la bondadosa familia Landowski me ha acogido. Se llaman Paul y Amélie y sus hijos son Nadine (20), Jean-Max (17), Marcel (13) y Françoise (11).

Todos son muy buenos conmigo. Me dicen que he estado muy enfermo y que tardaré en recuperar las fuerzas. Las criadas se llaman Elsa y Antoinette y la cocinera, Berthe. No para de ofrecerme una y otra vez los deliciosos pasteles que prepara; es para engordarme, dice. La primera vez que me dio un plato lleno, me comí hasta el último bocado y, cinco minutos más tarde, empecé a vomitar de manera descontrolada. Cuando el médico vino a verme, le dijo a la cocinera que la desnutrición me había encogido el estómago y que debía servirme platos más pequeños, ya que, de lo contrario, podría volver a ponerme muy enfermo y morir. Creo que eso disgustó a Berthe, pero espero que, ahora que vuelvo a comer casi con normalidad, también pueda hacer honor a su cocina. Hay un miembro del personal al que aún no conozco, pero del que la familia habla mucho. Se trata de madame Evelyn Gelsen, que es el ama de llaves. Ahora mismo está de vacaciones visitando a su hijo, que vive en Lyon.

Me preocupa el dinero que le estoy costando a esta familia con todo lo que como ahora y las visitas que tiene que hacerme el médico. Sé lo caras que son. No tengo ni dinero ni ocupación y no veo la forma de devolvérselo, que es lo que, por supuesto, esperarán y debo hacer. No estoy seguro de cuánto tiempo me permitirán permanecer aquí, pero intento disfrutar de todos y cada uno de los días en su precioso hogar. Doy gracias al Señor por su amabilidad y rezo por ellos todas las noches.

Cerré los dientes con fuerza sobre el extremo del lápiz mientras asentía con satisfacción. Había simplificado el lenguaje y añadido alguna que otra falta de ortografía básica solo para hacerme pasar por un niño de diez años normal. No debía dejar que se percataran del tipo de educación que había recibido hacía tiempo. Tras la marcha de mi padre, había hecho todo lo posible para seguir con mis clases, tal como él me había instado a hacer, pero, sin su guía, las cosas se habían resentido bastante en ese aspecto.

Saqué una hermosa hoja de papel blanco y limpio del cajón del viejo escritorio —para mí, disponer de un cajón y de un espacio propio para escribir superaba cualquier lujo que hubiera imaginado— y empecé a redactar una carta.

Atelier Landowski
Rue Moisson Desroches
Boulogne-Billancourt
7 de agosto de 1928

Queridos monsieur y madame Landowski:

Deseo agradecerles a ambos su regalo. Es el diario más bonito que he tenido en mi vida y escribiré en él todos los días, tal como me han pedido.
Gracias también por acogerme.

Estaba a punto de añadir el educado «Con un cordial saludo» y mi nombre cuando me detuve. Con mucho cuidado, doblé el papel por la mitad una vez y luego otra y escribí los nombres en la parte delantera. Al día siguiente lo depositaría en la bandeja de plata del correo.

A pesar de que aún no había llegado al lugar que me había propuesto, estaba bastante cerca. Si lo comparaba con la distancia ya recorrida, era el equivalente a un paseo de ida y vuelta por la rue Moisson Desroches. Pero no quería marcharme todavía. Tal como el médico le había dicho a Berthe, necesitaba recuperar fuerzas, y no solo físicas, sino también mentales. Aunque el médico no lo hubiera notado, yo mismo podría haberle dicho que lo peor no era el castigo físico que había recibido, sino el miedo que aún me atenazaba por dentro. Las dos criadas, seguramente aburridas de quejarse de los demás habitantes de la casa, me habían dicho que gritaba por las noches y las despertaba. Durante mi largo viaje, me había acostumbrado tanto a ello y estaba, además, tan agotado que conseguía volver a dormirme de inmediato, pero, aquí, el hecho de sentirme descansado y calentito en mi propia cama me había ablandado. Muchas veces, no lograba volver a dormir después de la visita de las pesadillas. Ni siquiera tenía claro que «pesadillas» fuera la forma correcta de describirlas. Así de a menudo me hacía revivir mi cruel cerebro las cosas que me habían ocurrido de verdad.

Me puse de pie, me acerqué a mi cama diario en mano y me metí bajo la sábana y la manta, que no necesitaba porque en aquel momento el calor era sofocante. Cogí el diario y me lo embutí dentro de los pantalones del pijama para sentirlo bien apretado contra el interior del muslo. Luego me quité la bolsita de cuero que llevaba colgada al cuello y la coloqué en el mismo lugar contra el otro muslo. Si mi larguísimo viaje me había enseñado algo, era dónde se encontraban los escondites más seguros para esos objetos tan valiosos.

Me recosté sobre el colchón —otra cosa de la que Elsa y Antoinette se habían quejado, pero que para mí era como dormir en una nube de alas de ángeles—, cerré los ojos, recé una oración rápida por mi padre y por mi madre —dondequiera que estuviese en el cielo— e intenté sumirme en el sueño.

Sin embargo, un pensamiento me inquietaba. Por más que detestara admitirlo, tenía otra razón para escribirles una carta de agradecimiento a los Landowski: aunque sabía que debía continuar mi viaje, no estaba preparado para renunciar al sentimiento más maravilloso del mundo: el de la seguridad.

2

—Bueno, ¿qué opinas, jovencito? —me preguntó monsieur Landowski cuando me vio mirar a los ojos de nuestro Señor, uno de los cuales era casi tan grande como yo.

Acababa de perfeccionar la cabeza del Cristo Redentor, así llamado en Brasil, una figura a la que yo me refería como Jesucristo. Monsieur Laurent Brouilly me había dicho que la estatua se erigiría en la cima de una montaña en una ciudad denominada Río de Janeiro. Mediría treinta metros de altura cuando todas las piezas se hubieran unido. Había visto las versiones en miniatura de la escultura terminada y sabía que el Cristo brasileño (y francés) se alzaría con los brazos abiertos de par en par para abrazar la ciudad que tendría a sus pies. Era muy inteligente, porque, desde lejos, cualquiera pensaría que era una cruz. A lo largo de las últimas semanas, había habido muchos debates y preocupaciones respecto a cómo subir la estatua a la montaña y después ensamblarla. Por lo visto, monsieur Landowski tenía muchas cabezas de las que preocuparse, puesto que también estaba trabajando en la escultura de un chino llamado Sun Yat-sen y lo estaba pasando mal con los ojos. Era un perfeccionista, pensé.

Durante los largos y calurosos días de verano, me había sentido atraído por el atelier de monsieur Landowski; me colaba en él a hurtadillas y me escondía detrás de los muchos pedruscos que descansaban en el suelo a la espera de que les dieran forma. El taller solía estar lleno de aprendices y ayudantes que, como Laurent, acudían a formarse con el gran maestro. La mayoría de ellos hacían caso omiso de mi presencia, aunque mademoiselle Margarida siempre me dedicaba una sonrisa cuando llegaba por la mañana. Era muy buena amiga de Bel, así que sabía que era de las de fiar.

Monsieur me descubrió un día en el atelier y, como cualquier padre, me recriminó que no hubiera pedido permiso antes de entrar. Negué con la cabeza y estiré los brazos hacia delante mientras retrocedía hasta la puerta; entonces el amable señor se aplacó y me hizo un gesto para que me acercara a él.

—Brouilly dice que te gusta vernos trabajar. ¿Es cierto?

Asentí.

—Bueno, entonces no tienes por qué esconderte. Mientras jures que nunca tocarás nada, eres bienvenido, muchacho. Ojalá mis hijos mostraran tanto interés como tú en mi profesión.

Desde ese momento, me permitieron sentarme a la mesa de caballete con un trozo de esteatita desechado y me proporcionaron mi propio juego de herramientas.

—Mira y aprende, muchacho, mira y aprende —me aconsejó Landowski.

Y eso hice. Aunque aporrear el cincel con el martillo sobre mi trozo de roca tampoco supuso una gran diferencia para mis métodos. Daba igual que intentara moldearla de la forma más sencilla posible, siempre acababa con un montón de escombros delante.

—Venga, muchacho, ¿qué te parece? —volvió a preguntar monsieur Landowski mientras señalaba la cabeza del Cristo.

Asentí con vigor y, como siempre, me sentí culpable de que aquel hombre tan amable que me había acogido en su casa siguiera intentando sonsacarme una respuesta vocal. Merecía recibirla aunque solo fuera por su perseverancia, pero sabía que, en cuanto abriera la boca para hablar, me pondría en peligro.

Madame Landowski, ahora que sabía que escribía y que entendía lo que me decían, me había dado un montón de trozos de papel.

«Así, si te hago una pregunta, podrás escribir la respuesta, ¿verdad?», me había dicho.

Yo le había contestado que sí con la cabeza y, a partir de ese momento, la comunicación fue muy sencilla.

Para responder a la pregunta de monsieur Landowski, me saqué la pluma del bolsillo del pantalón corto, escribí una palabra que ocupó casi toda la página y se la entregué.

Se rio al leerla.

—*Magnifique*, ¿eh? Bueno, gracias, señorito, y esperemos que tu reacción sea la misma que reciba el Cristo cuando se alce con orgullo en lo alto de la montaña del Corcovado, en el otro extremo del mundo. Si es que conseguimos llevarlo hasta allí...

—No pierda la fe, señor —intervino Laurent a mi espalda—. Bel dice que los preparativos para la utilización del funicular están muy avanzados.

—¿Eso dice? —Monsieur Landowski enarcó una de sus pobladas cejas grises—. Ya sabe usted más que yo. Heitor da Silva Costa no para de decirme que ya hablaremos de cómo trasladar mi escultura y después erigirla, pero al final la conversación nunca llega a producirse. ¿Es ya la hora de comer? Necesito tomarme un vino para calmar los nervios. Empiezo a pensar que este proyecto del Cristo será el fin de mi carrera. Qué idiota fui al aceptar una locura así.

—Iré a por la comida —respondió Laurent, y se encaminó hacia la diminuta cocina, que yo recordaría siempre, hasta el último detalle, como mi primer refugio seguro tras haber abandonado mi hogar hacía muchos meses.

Sonreí mientras veía a Laurent abrir una botella de vino. Como solía hacer cuando me despertaba temprano, ese día había bajado al atelier al amanecer solo para rodearme de la belleza que contenía. Me sentaba y pensaba en cómo se habría reído mi padre de que, de todos los lugares a los que podría haber ido a parar, como la fábrica de Renault, a tan solo unos kilómetros de allí, hubiera terminado en un sitio al que él mismo se habría referido como un templo artístico. Sabía que, por alguna razón, papá se habría sentido complacido.

Esa mañana, cuando aún estaba sentado entre las piedras contemplando el amable rostro del Cristo, había oído ruidos detrás de la cortina de la sala donde comíamos. Me acerqué de puntillas para asomarme al interior y vi un par de pies que sobresalían por debajo de la mesa. Me di cuenta de que el ruido eran los suaves ronquidos de Laurent. Desde que Bel había regresado a Brasil, me había fijado en que por las mañanas parecía estar borracho: tenía los ojos enrojecidos y llorosos y la piel cetrina y gris, como si estuviera a punto de salir corriendo a vomitar en cualquier momento. (Y yo tenía muchísima experiencia a la hora de saber cuándo un hombre o una mujer había superado con creces los límites normales).

En ese momento, mientras lo observaba servirse una copa generosa, me preocupé por su hígado, que, según me había dicho mi padre, era el órgano más afectado por el alcohol. Pero no era el único que me preocupaba, también me inquietaba su corazón. Aunque entendía que era imposible que el amor se lo rompiera literalmente, estaba claro que algo se había hecho añicos en el interior de aquel hombre. Tal vez algún día yo también llegara a comprender el deseo de ahogar el dolor en alcohol.

—*Santé!* —exclamaron los dos hombres al entrechocar las copas.

Cuando se sentaron a la mesa, me acerqué a la cocina para echar una mano cogiendo el pan, el queso y los tomates rojos y bulbosos que una señora que vivía en la misma calle cultivaba en su huerto.

Lo sabía porque había visto a Evelyn, el ama de llaves, aparecer en la cocina con una caja cargada de verduras. Como no era una mujer delgada y hacía tiempo que había dejado atrás la juventud, crucé la habitación a la carrera para cogerle la caja y ponerla a un lado.

—Madre mía, qué calor hace hoy —dijo jadeando mientras se dejaba caer con pesadez en una de las sillas de madera.

Le preparé un vaso de agua incluso antes de que lo pidiera y, tras sacarme una pluma y un papel del bolsillo, le formulé una pregunta por escrito.

—«¿Por qué no manda a las criadas?» —leyó, y luego me miró a los ojos—. Pues porque ninguna de esas dos sería capaz de distinguir un melocotón pocho de uno perfecto, mi niño. Son de la ciudad y no tienen ni idea de frutas y verduras frescas.

Volví a coger el trozo de papel y le escribí otra frase:

«La próxima vez que vaya, la acompañaré para cargar la caja».

—Es todo un detalle por tu parte, jovencito, y, si el tiempo sigue así, puede que te tome la palabra.

El calor continuó y fui a ayudarla. Durante el trayecto, me habló sobre su hijo y me contó con gran orgullo que estaba estudiando ingeniería en la universidad.

—Algún día se convertirá en alguien importante, ya verás —añadió mientras ella examinaba las verduras que se exhibían en el puesto y yo sujetaba la caja para recibir las que superaban su escrutinio.

De todas las personas que vivían en casa de los Landowski, Evelyn era mi favorita, aunque, tras oír parlotear a las criadas a través de la pared sobre el regreso de la «dragona», temí su vuelta. Me presentaron ante ella como «el niño sin nombre que no sabe hablar». (Fue Marcel, el hijo de trece años de los Landowski, quien utilizó la expresión. Sabía que él me miraba con recelo, cosa que entendía a la perfección: mi repentina llegada habría suscitado inquietud en cualquier familia). Sin embargo, Evelyn se limitó a estrecharme la mano y sonreírme con calidez.

«Cuantos más, mejor, eso digo yo siempre. ¿Qué sentido tiene disponer de una casa tan grande como esta y no llenar todas las habitaciones?».

Luego me guiñó un ojo y, más tarde, al verme mirando con deseo las sobras de la tarta *tatin* de la comida, me cortó un trozo.

Era bastante extraño que una mujer de cierta edad y yo hubiéramos forjado una especie de vínculo secreto y, sin duda, tácito (al menos por mi parte), pero yo sabía que era así. Había percibido en su mirada una expresión que me resultaba familiar y que me decía que Evelyn había sufrido mucho. Tal vez ella hubiese reconocido algo parecido en mí.

Había decidido que la única forma de asegurarme de que ningún habitante de la casa encontrara motivos para quejarse de mí era o hacerme invisible (de cara a los hijos de Landowski y, en menor medida, a monsieur y madame Landowski) o, por el contrario, mostrarme muy disponible para quienes lo necesitaran, que básicamente eran los sirvientes. Evelyn, Berthe, Elsa y Antoinette tenían lo que creo que ahora entendían como un ayudante útil siempre que lo requerían. En casa, muchas veces era yo quien limpiaba el diminuto espacio en el que vivíamos. Desde muy pequeño, siempre había tenido la necesidad de cerciorarme de que todo estaba en su sitio. Mi padre había observado que me gustaba el orden, no el caos, y bromeaba diciéndome que algún día convertiría a alguien en una muy buena esposa. En mi antiguo hogar, era imposible, ya que todas las actividades se desarrollaban en la misma habitación, pero aquí, en casa de los Landowski, el orden me apasionaba. Puede que mi tarea favorita fuese ayudar a Elsa y a Antoinette a recoger las sábanas y la ropa de las cuerdas del jardín cuando ya se habían secado al sol. Las dos criadas se reían de mi ansia por asegurarme de que las esquinas se unían a la perfección y de que fuera incapaz de no hundir la nariz en todas las prendas que descolgaba para inhalar su aroma a limpio, a mi parecer el más agradable de los perfumes.

En cualquier caso, después de cortar los tomates con la misma precisión con la que doblaba las sábanas, me sumé a la mesa de monsieur Landowski y Laurent. Los vi partir la baguette reciente y cortar un trozo de queso, pero, hasta que el escultor me indicó que lo imitara, no participé también del banquete. Mi padre siempre me había hablado de lo buena que estaba la comida francesa, y tenía razón. Sin embargo, después de mis accesos de vómito por haberme echado al gaznate a toda prisa cualquier cosa que me dieran, no fuera a ser la última comida que me ofrecían en la vida, empecé a comer como el caballero que me habían educado para ser en lugar de como un salvaje; eso dijo Berthe una vez sin saber que la oía.

Seguían charlando del Cristo y de los globos oculares de Sun Yat-sen, pero no me importó. Entendía que monsieur Landowski era un verdadero artista: había ganado la medalla de oro en la competición de arte de los Juegos Olímpicos de verano y, al parecer, era famoso en todo el mundo por su talento. Lo que más admiraba de él era que la fama no lo había cambiado. O, al menos, eso me imaginaba, porque trabajaba todas las horas que podía y muchas veces se saltaba la cena, un hábito por el que madame Landowski lo regañaba, pues sus hijos necesitaban verlo y ella también. La atención que prestaba a los detalles y el hecho de que aspirase a alcanzar la perfección, cuando en realidad podría haberle pedido a Laurent que acabara el trabajo, me motivaban. Me prometí que, terminara lo que terminase haciendo o siendo en este mundo, siempre me entregaría a ello con todo mi ser.

—¿Y a ti qué te parece, muchacho? ¡Niño!

Una vez más, me obligué a salir de mis pensamientos. Era un lugar en el que me había acostumbrado tanto a vivir que me costaba un poco adaptarme a que la gente mostrara algún tipo de interés en mí.

—No estabas prestando atención, ¿verdad?

Con una mirada de disculpa, hice un gesto de negación.

—Te preguntaba si consideras que los ojos de Sun Yat-sen están ya bien. Te enseñé una foto suya, ¿te acuerdas?

Cogí la pluma y pensé cuidadosamente mi respuesta antes de contestar. Me habían enseñado a decir siempre la verdad, pero también debía ser diplomático. Escribí las palabras necesarias y luego le pasé el libro.

«Casi, señor».

Observé a Landowski mientras tomaba un sorbo de vino; después echó la cabeza hacia atrás y rompió a reír.

34

—En el clavo, muchacho, has dado en el clavo. Bueno, esta tarde lo intentaré otra vez.

Cuando los dos hombres terminaron de comer, recogí el pan y el queso sobrantes y luego les preparé el café tal como sabía que le gustaba a monsieur Landowski. Mientras tanto, me metí los restos en el bolsillo del pantalón corto. Era una costumbre de la que aún debía librarme: uno nunca sabía cuándo iban a cortarle el suministro de alimentos. En cuanto les serví el café, me despedí con un gesto de la cabeza y volví a mi buhardilla. Guardé el pan y el queso en el cajón del escritorio. La mayoría de las veces, a la mañana siguiente, sin que nadie me viera, acababa tirando la comida que había almacenado allí en el cubo de la basura de la calle. Pero, como ya he dicho, nunca se sabía.

Después de lavarme las manos y peinarme, bajé para empezar la ronda vespertina de ofrecimiento de ayuda. Ese día consistió en pulir plata, algo que, debido a mi precisión y paciencia, hasta Evelyn dijo que se me daba bien. Me iluminé con el orgullo de una persona privada de halagos durante mucho tiempo. Aunque el brillo no me duró demasiado, porque el ama de llaves se quedó parada junto a la puerta y se volvió hacia Elsa y Antoinette, que estaban guardando los cuchillos y los tenedores en sus respectivos lechos de terciopelo.

—Ya podríais aprender un poco de la destreza del joven —les espetó.

En cuanto se marchó, Elsa y Antoinette me fulminaron con la mirada. Pero, como ambas eran vagas e impacientes, se mostraron encantadas de dejar la tarea en mis manos. Adoraba sentarme en el pacífico ambiente del gran comedor —a la mesa de caoba, que siempre relucía bajo una película brillante—, con las manos ocupadas y el pensamiento libre para vagar a su antojo.

La principal idea que me invadía la mente en ese momento, y casi todos los días desde que mi cuerpo y mis sentidos habían empezado a recuperarse, era cómo ganar dinero. Por muy bondadosos que fueran los Landowski, sabía que estaba a su merced. Podía ocurrir que, incluso esa misma noche, me dijeran que por una razón u otra mi tiempo con ellos había llegado a su fin. Una vez más, me echarían a la calle en un entorno que no conocía, vulnerable y solo. Obedeciendo a un instinto, me llevé los dedos a la bolsita de cuero que guardaba bajo la camisa. El mero hecho de tocarla y sentir su forma familiar me consoló, aunque supiera que no podía vender su contenido porque no me pertenecía. Que hubiera sobrevivido al viaje era todo un milagro, pero su presencia era tanto una bendición como una maldición. En ella estaba la única razón por la que, en esos momentos, me encontraba en París, viviendo bajo el techo de unos desconocidos.

Cuando terminé de pulir la tetera de plata, decidí que en la casa solo había una persona en quien confiara lo suficiente como para pedirle consejo. Evelyn vivía en lo que la familia llamaba «la casita», aunque en realidad era una extensión de la vivienda principal formada por dos habitaciones. Como me había dicho el ama de llaves, al menos tenía baño privado y, aún más importante, una puerta de entrada propia. Yo nunca había visto la casita por dentro, pero esa noche, después de la cena, me armaría de valor e iría a llamar a la puerta.

Observé a Evelyn a través de la ventana del comedor mientras se dirigía hacia sus aposentos; siempre se marchaba una vez que se había servido el plato principal y dejaba a sus dos criadas a cargo del postre y de fregar después. Cené escuchando las conversaciones de la familia. Nadine, la hermana mayor, todavía no estaba casada y pasaba gran parte de su tiempo fuera con un caballete, pinceles y una paleta. Nunca había visto sus cuadros, pero sabía que también diseñaba fondos de escenarios teatrales. Tampoco había ido a ver ninguna función representada en un teatro y, desde luego, no podía hablar con ella para preguntarle por su trabajo. Como pasaba tan poco tiempo en casa y parecía bastante absorta en su propia vida, me prestaba poca atención, aunque me dedicaba alguna que otra sonrisa si nos cruzábamos a primera hora de la mañana. Luego estaba Marcel, que un día me hizo frenar en seco, sacó pecho y se puso las manos en las caderas para decirme que no le caía bien. Sin duda, era una tontería, porque no me conocía de verdad, pero, aun así, le había oído decirle a su hermana pequeña, Françoise, que yo era un «lameculos» porque ayudaba en la cocina antes de la cena. Entendía cómo se sentía: que tus padres acogieran a un niño vagabundo al que habían encontrado en su jardín y que se negaba a hablar habría despertado las sospechas de cualquiera.

Sin embargo, se lo perdoné todo en el momento en el que oí por primera vez la bella música que brotaba de una habitación de la planta baja y flotaba hasta la cocina. Dejé de hacer lo que estaba haciendo y me quedé ahí plantado, fascinado. Aunque mi padre me tocaba lo que podía con su violín, nunca había oído el sonido que las teclas del piano emitían cuando un ser humano las manejaba con pericia. Y era glorioso. Desde entonces, me obsesioné ligeramente con los dedos de Marcel; sentía curiosidad por saber cómo conseguían cruzar tan rápido y en un orden tan perfecto las teclas del piano. Tenía que obligarme a apartar la mirada de ellos. Algún día reuniría el valor necesario para preguntarle si podía verlo tocar. Con independencia de cómo se comportara conmigo, lo consideraba un mago.

Su hermano mayor, Jean-Max, que ya estaba en la cúspide de la adultez, se mostraba indiferente hacia mí. No sabía gran cosa de lo que hacía cuando salía de casa, pero una vez intentó enseñarme a jugar a la petanca, el pasatiempo nacional de Francia. Consistía en lanzar bolas sobre la gravilla del patio de atrás y lo aprendí con bastante facilidad.

Por último, estaba Françoise, la hija menor de los Landowski, que no era mucho mayor que yo. A mi llegada, se mostró simpática, aunque muy tímida. Me sentí muy agradecido cuando, en el jardín, sin decir una palabra, me dio un caramelo, una cosa azucarada y pegada a un palo, y nos sentamos el uno junto al otro a lamer nuestras respectivas golosinas y a observar a las abejas mientras recogían el néctar. Se sumaba a Marcel en los ensayos de piano y le gustaba pintar, como a Nadine. Muchas veces la veía sentada ante el caballete mirando hacia la casa. No tenía ni idea de si se le daba bien o no, porque nunca había visto ninguno de sus cuadros, pero sospechaba que el precioso paisaje pastoril de un campo y un río que colgaba en el pasillo de la planta baja era suyo. Nunca nos hicimos grandes amigos, claro —debe de ser bastante aburrido pasar el rato con alguien con quien no puedes mantener una conversación—, pero me sonreía a menudo y notaba que me miraba con simpatía. De vez en cuando —por lo general los domingos, que monsieur Landowski no trabajaba—, la familia jugaba a la petanca o decidía organizar un pícnic. Siempre me pedían que los acompañara, pero yo declinaba la invitación por respeto a su intimidad familiar y porque había aprendido por las malas lo que el resentimiento era capaz de hacer.

Después de la cena, ayudé a Elsa y a Antoinette con los platos y, una vez que subieron a acostarse, salí a hurtadillas por la cocina y rodeé la casa por la parte trasera para que nadie me viese.

Cuando llegué a la puerta de la casita de Evelyn, tenía el corazón desbocado. ¿Estaba cometiendo un error? ¿Debería marcharme por donde había venido y olvidarme por completo de todo aquello?

—No —susurré casi para mis adentros.

En algún momento tenía que confiar en alguien. La intuición que me había mantenido con vida durante tanto tiempo me decía que era lo correcto.

Estiré una mano temblorosa y llamé a la puerta con timidez. No obtuve respuesta... Claro que no: nadie me habría oído ni aunque hubiera estado esperando justo al otro lado de la hoja de madera. Así que llamé con más fuerza. Al cabo de unos segundos, vi que levantaban la cortina de la ventana y luego abrían la puerta.

—Vaya, ¿a quién tenemos aquí? —dijo Evelyn sonriéndome—. Pasa, pasa. No suelo recibir muchas visitas inesperadas, eso está claro —afirmó entre carcajadas.

Entré en la que quizá fuera la habitación más acogedora que había visto en mi vida. Aunque me habían dicho que una vez fue un garaje para el coche de monsieur Landowski y que no era más que un cuadrado de cemento, había algo bello dondequiera que mirase. Dos butacas, cubiertas por unas colchas bordadas y de colores vivos, ocupaban el centro de la habitación. Las paredes estaban salpicadas de retratos de familia y bodegones, y un arreglo floral se alzaba con orgullo sobre la impoluta mesa de caoba que había al lado de la ventana. Había una puertecita, que imaginé que daba paso al dormitorio y al baño, y una pila de libros descansaba en un estante sobre una cómoda llena de vasos y tazas de porcelana.

—Venga, siéntate —dijo la mujer, que me señaló una de las butacas y apartó algún tipo de labor de bordado de la suya—. ¿Te sirvo un poco de limonada? La hago siguiendo mi propia receta.

Asentí con entusiasmo. No la había probado antes de llegar a Francia y ahora no me hartaba nunca de beberla. La observé mientras se dirigía a la cómoda y sacaba dos vasos. Vertió el líquido amarillo lechoso desde una jarra llena de hielo.

—Toma —me dijo al sentarse en la butaca, casi encajonada de tan corpulenta que era—. *Santé.*

Levantó el vaso y yo la imité, pero no dije nada, como de costumbre.

—Bueno —dijo el ama de llaves—, ¿en qué puedo ayudarte?

Ya había anotado lo que quería preguntarle, de manera que me saqué el papel del bolsillo y se lo pasé.

Leyó lo que ponía y luego me miró.

—¿Que cómo puedes ganar dinero? ¿Eso es lo que has venido a preguntarme?

Asentí.

—Bueno, jovencito, no estoy segura de saberlo. Tendría que pensármelo. Pero ¿por qué tienes la sensación de que debes ganar dinero?

Le hice un gesto para indicarle que le diera la vuelta al papel.

—«Por si los benévolos Landowski deciden que ya no tienen espacio para mí» —leyó en voz alta—. Bueno, dado el éxito de monsieur y la cantidad de encargos que está recibiendo, dudo mucho que tengan que mudarse a una casa más pequeña. Así que aquí siempre habrá sitio para ti. Pero creo que entiendo a lo que te refieres. Tienes miedo porque quizá algún día decidan echarte sin más, ¿no es eso?

Asentí con ímpetu.

—Y no serías más que otro huerfanito muerto de hambre en las calles de París. Lo cual me lleva a una pregunta muy importante: ¿eres huérfano? Me basta con un sí o un no.

Sacudí la cabeza con el mismo vigor con el que acababa de asentir.

—¿Dónde están tus padres?

Me devolvió el papel y yo escribí la respuesta.

«No lo sé».

—Entiendo. Pensaba que a lo mejor los habías perdido en la Gran Guerra, pero terminó en 1918, así que es posible que seas demasiado pequeño para eso.

Me encogí de hombros, intentando evitar que me cambiara la expresión de la cara. Lo malo de la bondad era que te hacía bajar la guardia, y yo sabía que no debía permitirme algo así, costara lo que costase. La miré mientras me observaba en silencio.

—Sé que, si quieres, eres capaz de hablar, jovencito. La mujer brasileña que estuvo aquí nos dijo que le diste las gracias en un francés perfecto la noche en que te encontró. La pregunta es: ¿por qué no quieres hablar? La única respuesta que se me ocurre, salvo que te hayas quedado mudo de golpe después, cosa que dudo mucho, es que tengas demasiado miedo como para confiar en nadie. ¿Voy desencaminada?

Ahora estaba realmente indeciso… Quería decirle que no, que no iba desencaminada en absoluto, y arrojarme hacia sus brazos consoladores, que me rodease con ellos y contárselo todo, pero…, pero todavía no podía. Le señalé que necesitaba el papel, escribí unas cuantas palabras y volví a dárselo.

«Tenía fiebre. No recuerdo haber hablado con Bel».

Evelyn leyó aquellas frases y luego me sonrió.

—Lo entiendo, jovencito. Sé que mientes, pero, sea cual sea el trauma que has sufrido, ha aniquilado tu confianza. Tal vez algún día, cuando nos conozcamos un poquito más, te cuente algo de mi vida. Fui enfermera en el frente durante la Gran Guerra. Las penurias que vi allí… jamás las olvidaré. Y sí, te seré sincera, por un tiempo perdí la fe y la confianza en la naturaleza humana. Y también en Dios. ¿Crees en Él?

Asentí con algo menos de vigor. En parte porque no sabía si Evelyn seguía siendo una mujer religiosa tras su lapso de fe y en parte porque no lo tenía claro.

—Creo que es posible que te encuentres en el mismo punto en el que yo estaba entonces. Tardé mucho tiempo en volver a confiar. ¿Sabes qué fue lo que me devolvió la fe y la confianza? El amor. El amor por mi adorado hijo. Y eso lo arregló todo. Por supuesto, el amor proviene de Dios o como quieras llamar al espíritu que nos une a los humanos a Él a través de una red invisible. Aunque a veces sintamos que nos ha abandonado, nunca lo hace. De todas maneras, la verdad es que no tengo una respuesta para tu pregunta, me temo. Hay muchos niños pequeños como tú en las calles de París y se las arreglan para sobrevivir de formas en las que en realidad no quiero pensar. Pero… Madre mía, ojalá me confiaras al menos tu nombre. Te prometo que monsieur y madame Landowski son personas buenas y amables y que jamás te echarían de su casa.

Volví a indicarle que necesitaba el papel y, cuando terminé de escribir, se lo pasé de nuevo.

«Entonces ¿qué van a hacer conmigo?».

—Pues, si hablaras, te permitirían vivir aquí, en su casa, de manera indefinida y te mandarían a estudiar como al resto de sus hijos. Pero, en estas circunstancias... —dijo, encogiéndose de hombros—, es imposible, ¿no? Dudo que algún colegio acepte a un niño mudo, con independencia del nivel de formación que haya recibido antes. Por lo que sé de ti, diría que tu educación ha sido buena y que te gustaría seguir ampliándola. ¿Me equivoco?

Esbocé lo que me pareció una imitación decente de un encogimiento de hombros a la francesa, un gesto en cuya ejecución parecían expertos todos los habitantes de aquella casa.

—Si hay una cosa que no me gusta son los mentirosos, jovencito —me reprendió Evelyn de pronto—. Sé que tienes tus razones para guardar silencio, pero al menos podrías ser sincero. ¿Deseas continuar con tu educación o no?

Asentí de mala gana.

Evelyn se dio una palmada en el muslo.

—Pues ahí lo tienes. Debes decidir si estás preparado para empezar a hablar, momento en el que tu futuro en el hogar de los Landowski pasará a ser mucho más seguro. Serías un niño normal que podría ir a un colegio normal, y sé que continuarían acogiéndote de buen grado. Bueno. —Evelyn bostezó—. Mañana tengo que madrugar, pero he disfrutado mucho de esta velada y de tu compañía. Por favor, ven a visitarme siempre que te apetezca.

Me levanté enseguida, asentí con la cabeza en señal de agradecimiento mientras me dirigía hacia la puerta y Evelyn se puso en pie para acompañarme. Justo cuando estaba a punto de girar el pomo, noté sobre los hombros un par de manos suaves que me hicieron darme la vuelta y luego me rodearon la cintura al mismo tiempo que me atraían hacia ella.

—Lo único que necesitas es un poco de amor, *chéri*. Buenas noches.

3

26 de octubre de 1928

Hoy han encendido la chimenea del comedor antes de la cena. Es muy emocionante ver el fuego, aunque no entiendo por qué todo el mundo se queja del frío. Los miembros de la familia gozan de buena salud y están ajetreados. Monsieur Landowski está preocupado por el transporte de su preciosa escultura del Cristo a Río de Janeiro. También debe terminar aún a Sun Yat-sen. Intento ayudar todo lo que puedo en la casa y espero que consideren que soy útil y no una carga. Estoy muy contento con mis nuevas prendas de invierno, heredadas de Marcel. La tela de la que están hechas la camisa, los pantalones cortos y el jersey tiene un tacto muy agradable y suave sobre la piel. Madame Landowski ha tenido la amabilidad de decidir que, aunque de momento no pueda ir al colegio porque soy mudo, debería recibir algún tipo de educación de todos modos. Me ha preparado problemas de matemáticas y un examen de ortografía. Me esfuerzo por acertar las respuestas. Me siento feliz y agradecido de estar en esta preciosa casa con gente tan amable.

Solté la pluma y cerré con llave mi diario, con la esperanza de que las miradas indiscretas, de haberlas, no encontraran nada criticable en lo que decía dentro. Luego metí la mano debajo del cajón para coger el pequeño fajo de papeles que cortaba al mismo tamaño que las páginas del diario. En ellos documentaba mis verdaderos pensamientos. Al principio, escribía el diario solo para complacer a quienes me lo habían regalado, por si alguna vez me preguntaban si lo había usado.

Pero me di cuenta de que no poder expresar mis ideas y sentimientos se me hacía cada vez más difícil y de que plasmarlos por escrito era un alivio necesario, una vía de escape. Un día, decidí que, cuando ya no viviera con los Landowski, insertaría estas hojas en los lugares pertinentes y así conformaría un retrato mucho más sincero de mi vida.

Creo que la razón por la que me resultaba más difícil pensar en marcharme era Evelyn, ya que, desde que me lo pidió, había ido a visitarla siempre que podía. Y, sinceramente, creía que la mujer había desarrollado una especie de sentimiento maternal hacia mí que parecía real y verdadero. A lo largo de las últimas semanas, estando sentados el uno junto al otro en su acogedora salita, la había escuchado hablar en múltiples ocasiones sobre su vida, que, como sospechaba, había albergado mucho sufrimiento. Su marido y su hijo mayor no regresaron de la Gran Guerra. Desde que estaba en la casa de los Landowski, me habían enseñado muchas cosas sobre el conflicto. Pero, como nací en 1918, no lo viví. Escuchar a Evelyn hablar de la enorme cantidad de hombres que habían muerto en el campo de batalla tras obligarlos a salir de las trincheras, gritando de dolor porque les habían volado pedazos del cuerpo, me provocaba escalofríos.

—Lo que más me duele es que mis queridos Anton y Jacques murieron solos, sin nadie que los reconfortara.

Al ver que se le llenaban los ojos de lágrimas, le tendí la mano. Lo que de verdad quería hacer era decirle: «Lo siento mucho. Debe de resultarte muy duro. Yo también he perdido a todos mis seres queridos...».

Me explicó que por ese motivo se sentía tan orgullosa y protegía tanto al único hijo que le quedaba. Si lo perdía, también perdería la cabeza. Quise decirle que yo la había perdido, pero que, para mi sorpresa, la estaba recuperando poco a poco.

Cada vez me costaba más seguir mudo, sobre todo porque sabía muy bien que, si hablaba, me mandarían al colegio. Y yo deseaba, por encima de todas las cosas, seguir estudiando. Pero, claro, me harían preguntas sobre mis circunstancias a las que, sencillamente, no podía contestar. O tendría que mentir, y estas personas tan buenas que me habían acogido en su casa, vestido y alimentado se merecían algo mejor.

—¡Pasa, pasa! —me dijo el ama de llaves cuando abrí la puerta de su casita.

Sabía que Evelyn tenía una pierna mal y creía que le dolía más de lo que dejaba entrever. No era el único al que le preocupaba su posición en casa de los Landowski.

—Prepara tú el chocolate, si no te importa. Ya lo tienes todo listo —añadió.

Obedecí e inhalé el maravilloso aroma del cacao. Estaba seguro de que lo había probado en algún momento de mi pasado, pero ahora no me cansaba nunca de él. La hora del chocolate con Evelyn se estaba convirtiendo a toda prisa en mi rato favorito del día.

Cogí las dos tazas y luego dejé una en la mesa, junto a ella, y la otra encima de la chimenea, tras cuya rejilla ardía alegremente el fuego. Cuando me senté, me abaniqué la cara con la mano, casi mareado por culpa del calor.

—Vienes de un país muy frío, ¿verdad?

Evelyn me miró de hito en hito y supe que estaba al acecho de información en un momento en el que creía que podría haberme pillado desprevenido.

Levanté mi taza de chocolate y bebí un sorbo para demostrarle que mi cuerpo acalorado era capaz de tolerar el líquido caliente, aunque me moría de ganas de quitarme el jersey de lana.

—Bueno, algún día me contestarás —dijo sonriendo—. De momento, sigues siendo un enigma.

La miré con aire inquisitivo. Nunca había oído esa palabra, pero parecía interesante.

—«Enigma» significa que nadie tiene muy claro quién eres en realidad —explicó—. Y eso te hace interesante, al menos durante un tiempo. Luego, quizá, se vuelva aburrido.

¡Uf! Eso sí que había dolido.

—De todas formas…, te pido disculpas por mi frustración. Es solo que me preocupo por ti. Puede que la paciencia de monsieur y madame Landowski se agote en algún momento. Los oí hablar el otro día mientras limpiaba el polvo de la sala de estar. Se están planteando mandarte a un psiquiatra. ¿Sabes lo que es?

Negué con la cabeza.

—Es… Son médicos de la mente. Te hacen preguntas y toman una decisión sobre el estado de tu cabeza y las razones que lo han provocado. Por ejemplo, si padeces un trastorno mental, significaría que tienen que ingresarte en una especie de hospital.

Abrí los ojos como platos, horrorizado. Sabía muy bien a qué se refería. En casa, a uno de nuestros vecinos, al que muchas veces oíamos gritar y vociferar y al que una vez vimos desnudo en plena calle principal de la ciudad, se lo habían llevado a lo que llamaban un «sanatorio». Por lo que se ve, son lugares terribles, llenos de hombres y mujeres que chillan y dan voces o que permanecen inmóviles con la mirada perdida, como si ya estuvieran muertos.

—Perdón, no tendría que haberte dicho nada —dijo entonces Evelyn—. Todos sabemos que no estás loco, sino que, más bien, ocultas lo inteligente que eres. La razón por la que se estaban planteando llevarte al psiquiatra era descubrir por qué te sientes incapaz de comunicarte con nosotros cuando sabemos que tienes la capacidad de hacerlo.

Como siempre, sacudí la cabeza con firmeza. Todos sabían que mi respuesta a esa pregunta era que tenía fiebre y que no recordaba haber hablado con Bel. Y en realidad no era mentira.

—Su intención es ayudarte, cariño, no hacerte daño. Por favor, no pongas esa cara de miedo. Mira —dijo Evelyn, que cogió un paquete marrón que había junto a su butaca—, esto es para ti, para el invierno.

Acepté lo que me tendía y me sentí como si fuera mi cumpleaños. Hacía mucho tiempo que no tenía un regalo que abrir. Casi deseaba saborearlo, pero Evelyn me animó a rasgar el papel con rapidez. Dentro había una colorida bufanda de rayas y un gorro de lana.

—Pruébatelos, jovencito. A ver si te quedan bien.

Aunque tenía un calor tremendo, hice lo que me pedía. La bufanda me iba perfecta, como no podía ser de otra manera. Sin embargo, el gorro de lana era un poquito grande y la primera vez que me lo puse me tapó los ojos.

—Dámelo —dijo Evelyn, y la vi doblar hacia arriba la parte delantera—. Toma. Así te irá mejor. ¿Qué te parece?

«Que quizá me muera de un golpe de calor si me los dejo puestos...».

Asentí con entusiasmo y a continuación me levanté, me acerqué a ella y le di un abrazo. Cuando me aparté, me di cuenta de que se me habían llenado los ojos de lágrimas.

—Anda, tonto, ya sabes cuánto me gusta tejer. Hice cientos de ellos para nuestros chicos del frente —añadió.

Me di la vuelta para volver a mi butaca, con la palabra «gracias» rondándome los labios, pero los mantuve apretados con fuerza. Me quité el gorro y la bufanda, los doblé y, con gran reverencia, volví a guardarlos en su papel marrón.

—Venga, ya es hora de que los dos nos vayamos a la cama —dijo con la mirada clavada en el reloj que había sobre la repisa de la chimenea—. Aunque antes debo decirte que hoy he recibido una noticia maravillosa. —La vi señalar una carta que descansaba detrás del reloj—. Es de mi hijo, Louis. Vendrá a visitarme en mi día libre. ¿Qué te parece?

Asentí con ganas, pero me di cuenta de que, dentro de mí, había una parte que sentía celos de ese extraordinario Louis, que, a ojos de su madre, no hacía nada mal. Me pareció que lo que sentía por él podría ser odio.

—Me gustaría que vinieras a conocerlo. Me llevará a comer al pueblo y estaremos de vuelta a las tres y media. ¿Por qué no pasas a saludarlo a las cuatro?

Asentí e intenté no parecer tan enfurruñado como me sentía. Después de decirle adiós con la mano y de dedicarle una enorme sonrisa mientras le daba unas palmaditas al paquete, salí de la casa. Cuando llegué a mi habitación, me hice un ovillo en la cama, inquieto debido a ese rival al que tendría que enfrentarme por los afectos de Evelyn y también a lo que me había dicho sobre el psiquiatra, al que quizá los Landowski me obligaran a visitar.

Esa noche no dormí bien.

El domingo por la tarde me lavé la cara en la palangana con agua que una de las criadas me proporcionaba todos los días. Arriba, en la planta de la buhardilla, no teníamos «servicios» (otra de las cosas de las que se quejaban Elsa y Antoinette, ya que por la noche tenían que bajar escaleras para hacer sus necesidades). Me peiné y decidí que no me pondría un jersey de lana, porque lo más probable era que, si tenía a su hijo en casa, Evelyn hubiera encendido un fuego muy vivo. Ya en el piso de abajo, salí por la puerta de la cocina y emprendí mi habitual paseo hacia la casita. Entonces oí algo y frené en seco. Agucé el oído y cerré los ojos al mismo tiempo que, sin poder evitarlo, se me dibujaba una sonrisa en la cara. Conocía la obra musical y me di cuenta de que no la estaba tocando un aficionado, como mi padre, sino una persona que llevaba muchos años formándose.

Cuando la música paró, recuperé la compostura y reanudé la marcha hasta llegar a la puerta delantera de Evelyn. La golpeé con los nudillos y un hombre alto y delgado de diecinueve años, como yo ya sabía, la abrió de inmediato.

—Hola —me saludó con una sonrisa—. Tú debes de ser el jovencito sin hogar que se ha unido a la familia desde la última vez que vine por aquí.

Me invitó a pasar y recorrí la habitación a toda prisa con la mirada en busca del instrumento que acababa de oírle tocar. El violín ocupaba la butaca en la que yo solía sentarme y no pude por menos que quedarme mirándolo.

—Hola —dijo Evelyn—. Este es Louis, mi hijo.

Asentí, aún incapaz de apartar la vista del sencillo trozo de madera que, mágicamente, había dejado de ser un árbol para transformarse en un instrumento con el potencial de emitir los sonidos más gloriosos del mundo. Al menos en mi opinión.

—¿Has oído tocar a mi hijo?

A Evelyn no le había pasado desapercibida mi forma de mirar el instrumento.

Asentí. Hasta el último recoveco de mi cuerpo ardía en deseos de asirlo, de colocármelo con cuidado bajo la barbilla, levantar el arco y comenzar a arrancarle notas.

—¿Quieres cogerlo?

Alcé la mirada hacia Louis, que me recordaba a su madre, pero en hombre: ambos compartían la sonrisa tierna. Asentí con vehemencia. Me lo tendió y lo acepté con la misma actitud reverencial con la que habría recibido el vellocino de oro. Luego, de manera casi automática, me puse el instrumento bajo la barbilla.

—Así que tocas —dijo Louis.

No fue una pregunta, sino una afirmación.

Volví a decir que sí con la cabeza.

—Pues habrá que ver cómo lo haces —repuso mientras agarraba el arco y me lo pasaba.

Acababa de oírlo tocar, así que sabía que el violín estaba perfectamente afinado. Aun así, pasé el arco por las cuerdas para intentar familiarizarme con el instrumento. Pesaba más que el que papá y yo tocábamos —era más sólido, por decirlo de alguna manera— y me pregunté si sería capaz de arrancarle esas notas. Hacía muchísimo tiempo que no tenía un violín en las manos. Tras cerrar los ojos, hice lo que mi padre me había enseñado siempre y comencé a acariciar las cuerdas. Antes de empezar, ni siquiera tenía claro lo que iba a tocar, pero las hermosas notas de la «Allemande», de la *Partita para violín* de Bach comenzaron a brotar de mi interior. Me pilló por sorpresa que la música cesara y llegase el silencio. Y luego los aplausos.

—Vaya, esto era lo último que me esperaba —oí que decía Evelyn mientras se daba aire con el abanico.

—Señorito, eres… —comenzó Louis—. Bueno, eres extraordinario. Lo es sin duda para un niño de tu edad. Dime, ¿dónde has aprendido a tocar?

Mientras me permitieran tenerlo en las manos, no tenía la menor intención de soltar el violín para sacar un trozo de papel, así que me limité a encogerme de hombros con la esperanza de que me pidiera que tocase algo más.

—Ya te lo he dicho, Louis, no habla.

—Pues la música que crea con el violín compensa con creces las carencias de sus cuerdas vocales. —Sonrió mirando a su madre y luego se volvió hacia mí—. De verdad que eres excepcional para ser tan pequeño. Ven, deja que lo recoja y siéntate a tomar una taza de té.

Cuando Louis empezó a acercarse, una parte de mí quiso aferrarse con fuerza al instrumento, darse la vuelta y echar a correr.

—No te preocupes, jovencito —intervino Evelyn—. Ahora que sé que tocas tan bien, te animaré a hacerlo lo más a menudo posible. Verás, el violín era de mi marido, que también lo tocaba maravillosamente, así que vive aquí conmigo, debajo de la cama. Vuelve a guardarlo, por favor —dijo Evelyn con suavidad, y me señaló una funda abierta en el suelo.

Mientras Louis preparaba el té, yo deposité el violín con ternura en su nido. El nombre del fabricante estaba impreso en el interior de la parte superior de la funda. No había oído hablar de él en mi vida, pero daba igual. Puede que la calidad del sonido no fuera tan buena como en el de mi padre, pero valdría. Cualquier violín me valdría.

Evelyn no me pidió que pusiera la funda en su sitio, así que permaneció a mi lado mientras todos nos tomábamos el té y yo escuchaba a Louis hablarle a su madre del curso que estaba estudiando.

—Puede que algún día diseñe el nuevo coche de Renault —dijo.

—En ese caso, además de sentirme orgullosa de ti, sabes que me pondría muy contenta porque vivirías cerca y no en Lyon, que está muy lejos.

—Ya no queda mucho, solo faltan dieciocho meses para que me gradúe, y luego mandaré cartas a todas las fábricas para ver cuál decide que requiere mis habilidades.

—Louis está obsesionado con los coches desde que era pequeño —me explicó Evelyn—. Entonces no había tantos por la calle, pero él los dibujaba tal como se imaginaba que serían en el futuro y, la verdad, sus diseños se parecen mucho a los que las fábricas producen ahora. Por supuesto, esas cosas son solo para los ricos...

—Sí, pero pronto dejará de ser así, *maman*. Un día, todas las familias tendrán uno, y yo también.

—Soñar no es malo, claro —contestó Evelyn con ternura—. A ver, jovencito, ¿te ves capaz de acabarte esa tarta o le pido a Louis que la guarde en la caja para mañana?

Decidí que tenía hueco para un trozo más y cogí la última porción del plato.

—Dime, ¿qué es lo que te apasiona? —me preguntó Louis.

Saqué un trozo de papel y escribí tres palabras:

«¡Comida!».

«Violín».

«Libros».

Añadí «Leer» entre paréntesis y le pasé la nota.

—Ya veo. —Louis me sonrió de oreja a oreja tras leerlo—. Sin duda, hoy he visto esas dos primeras pasiones en acción. ¿Antes hablabas?

No quise que diera la impresión de que me lo estaba pensando, así que decidí decir la verdad y asentí.

—¿Puedo preguntar qué ocurrió para que enmudecieras?

Me encogí de hombros una vez más y negué con la cabeza.

—Bueno, es que no creo que preguntárselo sea asunto nuestro —lo interrumpió Evelyn—. Ya nos lo dirá cuando esté preparado, ¿a que sí?

Asentí y luego agaché la cabeza, apenado. Aunque no pudiera usar la voz, mis capacidades interpretativas mejoraban cada vez más.

—¿Por qué no atizas el fuego, Louis? Los días empiezan a acortarse de verdad. —Evelyn se estremeció de repente—. No me gusta el invierno, ¿y a ti, jovencito?

Sacudí la cabeza con fuerza.

—Pero al menos la Navidad trae luz a nuestro hogar y a nuestro corazón y es algo que esperar con ilusión. ¿Te gusta la Navidad?

Me quedé mirándola y cerré los ojos cuando me asaltó el recuerdo de un día en el que el fuego ardía con fuerza y nos intercambiamos los regalos más insignificantes tras volver de la iglesia. Cenamos carne y otros manjares especiales. Lo disfruté, aunque apareciera en mi memoria como la ilustración de un libro, como si no me perteneciera.

—Espero poder permitirme el pasaje para venir a verte, *maman*. Ahorraré todo lo que pueda —dijo Louis.

—Lo sé, *chéri*. Sin embargo —añadió Evelyn, ahora dirigiéndose también a mí—, es la época más ajetreada del año para mí, porque a monsieur Landowski le gusta ofrecer fiestas para sus amigos. Tal vez sea mejor que lo dejemos hasta después de Navidad, cuando los billetes de tren quizá sean más baratos.

—Puede, ya veremos. Y, ahora, odio decirlo, pero debo ponerme en marcha.

—Claro —convino Evelyn, aunque vi que se le entristecía la mirada—. Deja que te prepare algo de comida para el viaje.

—*Maman*, no te muevas de ahí, por favor —dijo Louis, que le hizo un gesto para que no se levantara de la butaca—. Hemos comido muchísimo a mediodía y, con toda la tarta que me he tomado después, te prometo que llegaré a casa sin morirme de hambre. A *maman* le gusta cebar a la gente; probablemente ya lo habrás notado —dijo como en un aparte para mí.

Me levanté porque no quería estorbar lo que a todas luces era una despedida triste para la madre y el hijo. Abracé a Evelyn y luego le estreché la mano a Louis.

—Todo un placer conocerte, y gracias por hacerle compañía a *maman*. La gallina clueca necesita un polluelo, ¿a que sí? —Sonrió.

—Me conoces demasiado bien —contestó la mujer entre risas—. Adiós, jovencito, hasta mañana.

—Y quizá la próxima vez que venga de visita ya tengas un nombre por el que llamarte —añadió Louis mientras me dirigía hacia la puerta.

Volví a la casa pensando en lo que acababa de decirme. Era algo que me había planteado en numerosas ocasiones desde que enmudecí. Lo cierto era que nunca volvería a revelarle mi verdadero nombre a nadie, jamás, y eso significaba que podía escoger otro, el que quisiera. No había forma de mejorar el real, pero me resultaba interesante pensar en cómo me llamaría. El caso es que, una vez que tienes un nombre, te pertenece, aunque sea el más terrible del mundo. Y suele ser lo primero que la gente conoce de ti. Así que intentar desprenderte de él es mucho más complicado de lo que parece. Me había susurrado no pocos a lo largo de las últimas semanas, solo porque no me gustaba que la gente lo pasara mal por no saber cómo dirigirse a mí. Si tuviera un nombre, los ayudaría, y además era algo muy fácil de escribir. No obstante, me resultaba imposible dar con el adecuado, por más que me esforzase en encontrarlo.

Tras cortarme una buena rebanada de baguette y untarla bien de mermelada en el centro (la familia les daba la tarde del domingo libre a las criadas), subí a mi dormitorio de la buhardilla y me senté en la cama para ver caer la noche desde mi pequeña ventana. Luego cogí el diario y añadí un par de líneas a mi párrafo anterior:

> Acabo de tocar el violín por primera vez desde hacía mucho tiempo. Ha sido maravilloso volver a sentir el arco en las manos y ser capaz de crear música con el instrumento...

La pluma se quedó inmóvil, suspendida en el aire, cuando me di cuenta de que acababa de encontrar el nombre perfecto.

4

—Al fin está acabada la estatua. —El profesor Landows-ki dio un puñetazo de alivio en su banco de traba-jo—. Pero ahora el brasileño chiflado quiere que haga un modelo a escala de la cabeza y las manos de su Cristo. La cabeza medirá casi cuatro metros, así que cabrá en el estudio de milagro. Los dedos también llegarán casi a las vigas. En el atelier experimentaremos lo que es tener la mano de Cristo sobre nosotros en el sentido más li-teral —bromeó Landowski—. Luego, según me ha explicado da Silva Costa, descuartizará mis creaciones como si fueran trozos de ternera para enviarlas en barco a Río de Janeiro. Nunca había traba-jado así. Pero —suspiró— supongo que he de confiar en su locura.

—Me temo que no le queda elección —convino Laurent.

—Por lo menos paga las facturas, Brouilly, aunque no puedo aceptar más encargos hasta que la cabeza y las manos de Nuestro Señor hayan salido del atelier. Básicamente porque no tendría dón-de meterlos. En fin, manos a la obra. Tráeme los moldes que hicis-te de las manos de las dos señoritas hace unas semanas. Necesito trabajar a partir de algo.

Vi que Laurent se dirigía al almacén para rescatar los moldes y decidí que había llegado el momento de escabullirme. Percibía la tensión de ambos hombres. Salí del atelier y me senté en el banco de piedra a contemplar el hermoso y despejado cielo nocturno. Me asaltó un escalofrío repentino y, por primera vez, me alegré de llevar puesto el jersey de lana. Esa noche helaría, pero no me pa-recía que después fuera a nevar. Y yo de eso entendía mucho. Giré la cabeza para mirar hacia la zona correcta del cielo, pues sabía que, junto con noviembre, había llegado la época del año en la que quienes me habían guiado hasta allí, hasta mi nuevo hogar, aparecerían en el hemisferio norte. Ya las había visto varias veces, siempre titilando sin fuerzas y a menudo oscurecidas por las nubes, pero esta noche...

Di un respingo, como me ocurría siempre que oía pasos que se acercaban, e intenté distinguir de quién se trataba. Vislumbré la familiar silueta de Laurent, que se sentó a mi lado mientras yo continuaba contemplando la bóveda celeste.

—¿Te gustan las estrellas? —me preguntó.

Le sonreí y asentí.

—Allí está el cinturón de Orión. —Laurent señaló el cielo nocturno—. Y al lado, formando un grupo compacto, están las Siete Hermanas. Con sus padres, Atlas y Pléyone, velando por ellas.

Seguí la trayectoria de sus dedos mientras trazaban líneas entre las estrellas, sin atreverme a mirarlo por si captaba mi sorpresa.

—A mi padre le gustaba mucho la astronomía. Tenía un telescopio en una de las habitaciones del último piso de nuestro castillo —me explicó Laurent— y a veces, en las noches despejadas, lo instalaba en el tejado y me hablaba de las constelaciones. Una vez vi una estrella fugaz y me pareció la cosa más mágica del mundo. ¿Tú tienes padres?

Mantuve la mirada clavada en las estrellas y fingí no haberlo oído.

—En fin, debo irme. —Me dio unas palmaditas en la cabeza—. Buenas noches.

Mientras lo observaba alejarse, me di cuenta de que era la ocasión en que más cerca había estado de romper a hablar (al menos tras el episodio del violín). De todas las estrellas que podría haber nombrado, de todas las constelaciones... Sabía que eran famosas, pero, por alguna razón, siempre las había sentido como un secreto solo mío, así que no me gustó mucho que también fueran especiales para otra gente.

«Tú busca a las Siete Hermanas de las Pléyades, hijo mío. Siempre estarán ahí, en algún lugar, velando por ti y protegiéndote cuando yo no pueda...».

Me sabía las historias de todas ellas al dedillo. Cuando era todavía mucho más pequeño, escuchaba a mi padre mientras me hablaba de sus antiguos prodigios. Sabía que eran criaturas que no aparecían solo en la mitología griega, sino también en muchas leyendas de todos los rincones del mundo. Para mí, en mi cabeza, siempre habían sido reales: siete mujeres que velaban por mí. Mientras que otros niños aprendían que los ángeles los envolvían con sus alas aterciopeladas, Maia, Alción, Astérope, Celeno, Taygeta, Electra y Mérope eran como madres para mí. Me sentía muy afortunado de contar con las siete, porque, aunque una de ellas no brillara mucho alguna noche concreta, las otras sí lo hacían. Cada una tenía unas cualidades diferentes, fortalezas distintas. A veces pensaba que, juntándolas a todas, quizá obtuviéramos a la mujer perfecta, como la Santa Madre. Y, aunque ya fuera —o tuviese que ser— mayor, la fantasía de que las hermanas eran reales y acudían en mi ayuda siempre que las necesitaba no se desvanecía porque yo no lo permitía. Las miré una vez más y después me levanté del banco y subí corriendo a mi habitación de la buhardilla para asomarme a la ventana. Y sí... ¡SÍ! También las veía desde allí.

Creo que es posible que esa noche durmiera mejor que nunca, consciente de que mis guardianas estaban allí, brillando sobre mí para protegerme.

Toda la casa se había enterado ya de que sabía tocar el violín.

—Quieren oírte —me dijo Evelyn—. Y lo harás este domingo.

Esbocé un mohín, más por miedo que por fastidio. Tocar para ella, que era ama de llaves, era una cosa, pero tocar para la familia Landowski, sobre todo siendo Marcel un pianista tan consumado, era otra muy distinta.

—No te preocupes, usa este para practicar —me dijo al mismo tiempo que me entregaba el violín—. Ven durante el día, cuando todo el mundo está ocupado. Aunque no puede decirse que necesites ensayar, cariño, pero quizá te sientas mejor si lo haces. ¿Te sabes muchas piezas de memoria?

Asentí.

—Entonces escoge al menos dos o tres —me aconsejó, aunque no entendí muy bien por qué.

Así las cosas, a lo largo de los días siguientes visité en varias ocasiones la casita de Evelyn mientras ella trabajaba en la vivienda principal y, tras asegurarme de que todas las ventanas estaban cerradas por si había oídos demasiado curiosos, toqué mis piezas favoritas. El ama de llaves tenía razón: estaba oxidado y había perdido agilidad en los dedos, probablemente debido a todo lo que habían sufrido en mi viaje hasta allí. Después de sopesarlo mucho, seleccioné tres piezas: la primera porque su sonido impresionaba a pesar de que, en verdad, era bastante sencilla de tocar; la siguiente porque era una pieza difícil desde el punto de vista técnico, por si acaso algún miembro de la familia tenía los suficientes conocimientos de ese instrumento como para juzgar mi habilidad; y la última porque quizá fuese mi pieza para violín favorita y me encantaba tocarla.

El «concierto» iba a celebrarse antes de la comida del domingo. Habían invitado incluso al servicio a venir a escucharme. Estoy convencido de que los Landowski solo pretendían ser amables, intentar que me sintiera especial, pero, en cierto sentido, todo aquello me hacía pensar que me estaban poniendo a prueba, cosa que no me gustaba nada. Fueran cuales fuesen sus razones, y no me cabía duda de que eran bondadosas, sabía que no tenía más opción que actuar para ellos. Me daba bastante miedo, ya que hasta entonces solo había tocado delante de quienes vivían en mi antigua casa y, aparte de la de mi padre, en realidad nunca me había importado la opinión de nadie. Pero aquí me escucharían un escultor famoso y una familia llena de talento, algunos de cuyos miembros poseían amplios conocimientos musicales.

No dormí bien la noche anterior; la pasé dando vueltas en la cama y deseando que llegara la hora de bajar corriendo a la casita de Evelyn para practicar hasta que el violín se convirtiese en una extensión de mis manos, que era como mi padre decía que debía ser.

Dediqué la mañana del domingo a ensayar hasta que casi se me cayeron los dedos, y luego Evelyn fue a buscarme y me dijo que subiera a cambiarme. En la cocina, me dio lo que ella llamaba un «baño de pobres», que consistía en mojarme el pelo y peinármelo hacia atrás, además de en pasarme un paño por la cara.

—Ya está, terminé. —Me sonrió y me abrazó—. Acuérdate de lo orgullosa que estoy de ti.

Cuando me soltó, vi que tenía lágrimas en los ojos.

Me recibieron en la sala de estar, donde la familia se había reunido en torno a una chimenea en cuyo interior ardía un fuego enorme. Todos sujetaban una copa de vino y me indicaron que debía situarme frente a ellos.

—Bien, muchacho, no hay que ponerse nervioso, ¿eh? Tú empieza a tocar cuando estés listo —dijo monsieur Landowski.

Me coloqué el violín bajo la barbilla y lo reajusté hasta que me sentí cómodo. Entonces cerré los ojos y les pedí a todas las personas que mi padre me había dicho que me protegían —él incluido— que se congregaran a mi alrededor. Después, levanté el arco y empecé a tocar.

Cuando terminé la última pieza, la sala se sumió en lo que me pareció un silencio espantoso. Mi confianza se había desvanecido por completo. ¿Qué sabía mi padre? ¿Y el ama de llaves y su hijo ingeniero? Sentí que un rubor de vergüenza me invadía las mejillas y quise salir corriendo y ponerme a llorar. El sufrimiento debió de hacerme perder el oído un instante, porque, cuando finalmente volví en mí, oí los aplausos. Incluso Marcel parecía animado e impresionado.

—¡Bravo, jovencito! ¡Bravo! —exclamó monsieur Landowski—. Ojalá nos dijeras dónde has aprendido a tocar así. ¿O es que vas a decírnoslo? —añadió, con una expresión casi desesperada en la cara.

—En serio, eres muy bueno, sobre todo teniendo en cuenta tu edad —dijo Marcel, que así se las ingenió para hacerme un cumplido y tratarme con condescendencia a la vez.

—Has tocado muy bien —dijo madame Landowski, que me dio unas palmaditas en el hombro y me dedicó una de sus sonrisas cálidas—. Vamos —añadió cuando se oyó el tintineo de una campana en el pasillo—, tenemos que ir a comer.

Durante los entrantes se habló mucho de mi increíble pericia y luego, ya con el plato principal, la familia se entretuvo haciéndome preguntas a las que tenía que responder asintiendo o negando con la cabeza. Aunque una parte de mí se sentía incómoda porque los Landowski estaban tratando una vida que desconocían como un mero juego, en el fondo sabía que ninguno de ellos tenía mala intención. Si no deseaba responder a alguna de sus preguntas, dejaba la cabeza inmóvil.

—Hay que buscarte unas clases, jovencito —dijo el escultor—. Tengo un amigo en el *conservatoire*. Rajmáninov me recomendará un buen profesor.

—Papá, el *conservatoire* no admite alumnos hasta que son mucho mayores —intervino Marcel.

—Ya, pero este no es un alumno cualquiera, nuestro joven amigo tiene un talento excepcional, y la edad nunca es un impedimento para el talento. Veré qué puedo hacer —sentenció monsieur Landowski con un guiño.

Vi que Marcel hacía un mohín.

Justo después del postre, antes de levantarnos de la mesa, tomé una decisión. Deseaba con todas mis fuerzas hacerle a monsieur Landowski, principalmente, un regalo por todo lo que había hecho por mí. Así que cogí un papel y anoté unas palabras. Cuando todos comenzaron a retirarse del comedor, hice un gesto para impedir que el escultor se marchara. Luego, con las manos algo temblorosas, le entregué el papel y lo observé mientras leía la frase.

—Vaya, vaya, vaya —dijo entre risas—, después de la actuación que nos has dedicado, es como si fuera el destino. ¿Debo suponer que se trata de un apodo relacionado con tu talento?

Asentí.

—Muy bien, entonces informaré a la familia. Gracias por confiárnoslo. Entiendo lo difícil que te resulta.

Salí al pasillo y subí corriendo a mi dormitorio de la buhardilla. Me coloqué delante del espejo y me enfrenté a mi reflejo. Entonces abrí la boca y pronuncié las palabras.

—Me llamo Bo.

Al parecer, me habían encontrado un profesor de violín y, después de Navidad, iría a París para tocar ante él. Era incapaz de decidir qué me hacía más ilusión: si tocar para un violinista de verdad o que sería Evelyn quien me llevara a la ciudad.

—París —dije arrebujado bajo las sábanas.

El ama de llaves les había ordenado a las criadas que me dieran una manta de lana más gruesa, y acurrucarme en la cama, calentito debajo de ella, se había convertido en uno de mis mejores momentos del día. También notaba una sensación extraña en la barriga, algo que recordaba haber sentido antes, cuando era mucho más pequeño y no tenía el corazón lleno de miedo. Era como si una burbujita me subiera desde la barriga hasta el pecho e hiciese que los labios se me curvaran en una sonrisa. La palabra que la describía era «ilusión», pensé. Era una emoción que casi no me atrevía a experimentar, porque me llevaba a sentirme feliz y no quería serlo demasiado, ya que en cualquier instante podría suceder algo terrible, como que los Landowski decidieran que ya no me querían bajo su techo, y entonces me resultaría aún más difícil enfrentarme a la desgracia de estar solo, sin blanca y hambriento otra vez. El violín me había salvado, me había hecho aún más «intrigante», como le había dicho monsieur Landowski al día siguiente a Laurent en el atelier (había tenido que buscar en el diccionario esa palabra, porque no formaba parte de mi vocabulario).

Por lo tanto, si quería quedarme, tenía que seguir siendo lo más intrigante posible, además de útil, lo cual me resultaba realmente agotador. Los planes para la Navidad también estaban muy avanzados, se oían muchos susurros secretos sobre regalos. Era un tema que me preocupaba muchísimo, puesto que no tenía dinero para comprarle nada a nadie y me aterrorizaba que ellos, siendo una familia tan amable como lo era, me hicieran regalos a mí. Le había pedido consejo al respecto a Evelyn en una de mis visitas nocturnas.

«¿Cómo consigo dinero para los regalos?», leyó y se me quedó mirando mientras lo sopesaba.

—Podría prestarte unos céntimos para comprarles un detallito, pero sé que te negarías a aceptarlo y que los Landowski tal vez se preguntaran de dónde has sacado el dinero... Ya me entiendes —dijo tras poner los ojos en blanco.

Creo que se refería a que a lo mejor sospechaban que lo había robado, cosa que no me ayudaría en absoluto a ganarme su confianza.

Me pidió que preparara el chocolate mientras se lo pensaba y obedecí. Cuando volví para ponerle la taza delante, me di cuenta de que ya tenía un plan.

—Pasas mucho tiempo en el atelier intentando modelar piedras, ¿verdad?

Asentí, aunque cogí un papel y escribí: «Pero se me da fatal».

—Bueno, ¿a quién se le daría bien, salvo a un genio como monsieur Landowski? Pero has practicado mucho, así que he pensado que podrías probar con un material más fácil, la madera, por ejemplo, y ver si consigues tallarle algo a cada miembro de la familia como regalo de Navidad. Monsieur Landowski se sentiría muy complacido, pues vería que los meses que has pasado observando y aprendiendo en el atelier te han aportado algo útil.

Asentí con gran entusiasmo, porque, aunque Evelyn repetía con asiduidad que no era una mujer instruida, a veces se le ocurrían las mejores ideas.

Así pues, fui a buscar unos cuantos trozos de madera a la pila de leña del granero y todas las mañanas, antes de que los demás se levantaran, me sentaba a la mesa de caballete y practicaba. Evelyn tampoco se había equivocado al sugerirme que tallara madera en lugar de piedras. Era como aprender a tocar la flauta irlandesa en vez de la travesera. Y, además, había visto a otros hacerlo en mi antiguo hogar.

«Mi antiguo hogar…». Así era como empezaba a pensar ya en él.

De esa forma, en las tres semanas anteriores a la Navidad, logré tallarle a cada miembro de la familia lo que esperaba que fuese un detalle que les agradara. El de monsieur Landowski fue el que más tiempo me llevó, puesto que quise regalarle una réplica en madera de su querida estatua del Cristo. De hecho, a la suya le dediqué el mismo tiempo que a todas las demás tallas juntas.

El escultor había pasado por un momento complicado en las últimas semanas, pues el arquitecto del Cristo le había asegurado que la única forma de transportar lo que yo llamaba «el sobretodo de Jesucristo» (el hormigón que los sostendría a él y sus entrañas) era cortarlo en pedazos. Por lo que había oído, así habría menos posibilidades de que se rompiera por alguna parte en el largo viaje desde Francia hasta Río. Monsieur Landowski se había puesto muy nervioso, porque consideraba que debía acompañar a su preciado Cristo para velar por él, pero el trayecto de ida y vuelta era larguísimo y le habría requerido un tiempo que no podía desperdiciar, pues la estatua de Sun Yat-sen y sus glóbulos oculares todavía no estaban terminados a su satisfacción.

Lo cierto es que a mí se me había ocurrido la solución perfecta para todos: quien debía ir como niñera del Cristo era Laurent. Eso no solo significaría que monsieur Landowski podría quedarse en casa, sino también que quizá Laurent viera a su enamorada en Río, cosa que tal vez lo hiciera más feliz y evitase que continuara pasando las noches en las calles de Montparnasse (un lugar que yo me moría por conocer a pesar de que monsieur Landowski dedicaba bastantes ratos a quejarse de que estaba lleno de aspirantes a artistas, mendigos y ladrones). Estaba a punto de proponerlo cuando, por suerte, Laurent consiguió pensar con claridad aunque solo fuera un instante y lo sugirió él mismo. Al principio, monsieur Landowski no se mostró muy favorable, porque decir que desde hacía un tiempo no le resultaba particularmente de fiar no era faltar en absoluto a la verdad. Pero, después de jurar una y otra vez que dormiría en la bodega con las piezas del Cristo si era necesario y que no probaría ni una gota de alcohol mientras la escultura estuviera a su cargo, todo el mundo decidió que sería lo mejor. Fue hermoso ver la expectación que le inundó el rostro a Laurent y, en ese momento, albergué la esperanza de ser tan afortunado como para experimentar eso que llamaban amor y que lo había iluminado desde dentro solo con pensar en volver a ver a mi bello ángel Bel.

«Placer y dolor», pensé mientras envolvía con gran cuidado mi propia talla del Cristo en el papel de estraza que me había dado Evelyn para los regalos.

—No eres perfecto, pero al menos estás entero —le dije sonriendo mientras doblaba el papel sobre una cara no del todo simétrica.

Cuando terminé de envolver todas las tallas, las guardé en mi cajonera. Luego, al ver que la noche empezaba a caer, bajé las escaleras y entré de puntillas en la sala de estar para ver el abeto que había llegado hacía un rato, pues era el día de Nochebuena. Había observado a los miembros de la familia mientras le colgaban de las ramas piñas atadas con una cinta, y todos habíamos puesto un par de zapatos debajo para que Père Noël nos lo llenara de regalos. Monsieur Landowski me había contado que era una tradición francesa muy antigua y que los adultos también disfrutaban de ella. Luego sujetaron velas al extremo de las ramas y, al atardecer, las encendieron. Era lo más bonito que había visto en mi vida, sobre todo ahora que la habitación estaba a oscuras.

—¿Todavía contemplándolo, muchacho?

La voz de la persona en la que acababa de estar pensando me hizo dar un respingo y, cuando volví, vi a monsieur Landowski, que aún no se había acostumbrado a llamarme por mi nuevo alias.

—Siempre pienso en la música de Tchaikovsky cuando contemplo el árbol en Nochebuena. ¿Te sabes la partitura de *El cascanueces*?

Con un gesto de la mano, le indiqué que sí, pero no muy bien. Mi padre no fue un gran admirador de Tchaikovsky, se quejaba de que solo componía música para complacer al público en lugar de escribir partituras de un nivel técnico más alto.

—Seguro que no sabías que, cuando estuvo en París, Tchaikovsky tuvo una celesta, un instrumento al que le pusieron ese nombre porque se considera que el sonido que emite es celestial. Fue lo que inspiró su *Danza del hada de azúcar* e hizo que volviera a Rusia con energías renovadas para su composición.

No lo sabía y asentí con entusiasmo, deseoso de que la conversación continuara.

—¿Sabes tocar la *Obertura*?

Me encogí de hombros para darle a entender que quizá, porque por supuesto que con el tiempo podría llegar a tocarla, pero necesitaría practicarla.

—Puede que esto te refresque la memoria. Iba a subir a tu dormitorio para dártelo. Pensé que a lo mejor te sentías avergonzado si te lo entregaba delante de toda la familia —añadió.

A la tenue luz del árbol, lo vi sacarse una funda de violín de detrás de la espalda y ofrecérmela.

—Mis padres me lo regalaron cuando era pequeño, pero me temo que nunca mostré demasiada aptitud para tocarlo. No obstante, lo conservé, como debe hacerse con los regalos de los padres. Por el valor sentimental y demás, ya sabes.

Sí, lo sabía, y durante un instante me sentí atrapado entre la pena de todo lo que me había visto obligado a dejar atrás en mi huida y la inminente alegría de lo que monsieur Landowski me estaba regalando.

—Toma, estará mejor entre un par de manos con talento como las tuyas que acumulando polvo encima de mi armario.

Abrí la boca automáticamente, tan abrumado por su generosidad y por todas las posibilidades que se me abrían al disponer de mi propio violín que estuve a punto de hablar. Lo miré, posado sobre la palma de mis manos, y lo besé; después me acerqué a monsieur Landowski y le di un abrazo incómodo. Al cabo de unos segundos, me apartó de él agarrándome por los hombros.

—Quizá, muchacho, algún día seas capaz de confiar en mí de verdad y de pronunciar las palabras de gratitud que tienes en la punta de la lengua. De momento, feliz Navidad.

Asentí a modo de respuesta y me quedé mirándolo mientras salía de la habitación.

En la buhardilla, sabedor de que las criadas seguían abajo, en la cocina, bebiendo un licor que olía a petróleo líquido y cantando canciones que no se me parecían mucho a los villancicos, dejé la funda encima de la cama y la abrí con el corazón acelerado en el pecho. Allí dentro había un violín hecho para una persona pequeña, como su propietario original y yo. Sería mucho más sencillo de manejar que la versión para adultos que con tanta amabilidad me había prestado Evelyn. Cuando lo saqué, percibí en él las señales del paso del tiempo: algún que otro arañazo en la brillante madera de nogal y las cuerdas cubiertas de polvo.

Me senté, lo saqué de la funda con aire reverente, me lo acerqué a la boca y soplé hasta ver que las motas de polvo se liberaban de su cárcel y empezaban a danzar por el dormitorio. Al día siguiente abriría la ventana y las dejaría escapar. A continuación, me saqué el pañuelo del bolsillo y limpié las cuerdas. Cogí el arco y me coloqué el instrumento bajo la barbilla. No podría haberme resultado más cómodo. Entonces levanté el arco, cerré los ojos y toqué.

Al oír el delicado sonido de un violín bien hecho, el corazón empezó a bailarme en el pecho, como si quisiera huir y sumarse a las motas de polvo. Sí, había que ajustar un poco las cuerdas, pero eso era sencillo. Inspirado por la historia de monsieur Landowski sobre *El cascanueces*, toqué los primeros compases de la *Obertura*. Y entonces estallé en carcajadas y me puse a hacer cabriolas por la habitación mientras tocaba una alegre tonada popular que muchas veces interpretaba en casa cuando las cosas habían sido más difíciles de lo habitual. Jadeando de la emoción, de pronto me sentí débil y tuve que tumbarme en la cama; bebí un poco de agua de la botella que había en la cómoda de al lado para que la cabeza dejara de darme vueltas.

Y pensar que el año anterior en esas fechas creía que ya no vería más Navidades… Sin embargo, allí estaba, con un final feliz, igual que Clara cuando se da cuenta de que todo lo que había visto era un sueño. O quizá un nuevo comienzo.

Pasé una última y escandalosa vez el arco por las cuerdas del que ya era mi instrumento y luego lo guardé y lo metí bajo las sábanas, a los pies de la cama, para rozar la funda con los dedos.

Me recosté sobre las almohadas, sonreí y dije:

—Soy Bo y tendré un final feliz.

5

Después de lo que fueron unas Navidades muy alegres en casa de los Landowski, sobre todo por la fiesta de Nochevieja a la que el señor invitó a muchos de sus amigos artistas, empecé a contar los días que faltaban para la audición con mi posible tutor de violín. Nadie había mencionado su nombre, aunque tampoco me importaba, porque, si trabajaba en el *conservatoire* en el que había estado Rajmáninov, por fuerza debía de ser impresionante.

Dedicaba todo el tiempo posible a practicar, tanto que me había llevado una buena regañina por parte de las criadas, que me habían dicho que los «chirridos» de esa «cosa» las obligaban a taparse la cabeza con la almohada. «¡Es más de medianoche!», dijeron.

Me disculpé una y otra vez cuando miré el reloj y me di cuenta de que tenían razón; había perdido la noción del tiempo.

Llegó el gran día. Evelyn entró a toda prisa en mi habitación y me dio una americana gris de Marcel para que me la pusiera encima de la camisa y del jersey de lana.

—Venga, tenemos que irnos ya. El autobús pasa a la hora que le da la gana, no a la que pone en la parada.

Evelyn no paró de charlar mientras caminábamos hacia el pueblo, pero la verdad es que yo no le presté mucha atención, ni siquiera cuando empezó a pasearse de un lado a otro, frustrada, y a comentar con el resto de los pasajeros de la parada lo poco fiables que eran los autobuses y lo absurdo que era que en Boulogne-Billancourt se fabricaran tanto coches como aviones y, sin embargo, no dispusiéramos de autobuses que circulasen a su hora. Yo estaba en otro sitio, repasando mentalmente las notas, intentando recordar lo que mi padre me había enseñado hacía tantos años acerca de «vivir la música» y sentir su alma. De hecho, cuando comenzamos a adentrarnos en París, la ciudad sobre la que tantas cosas me había contado papá, cerré los ojos, consciente de que ya habría más ocasiones para verla y absorber su belleza, pero, de momento, lo único que importaba era el violín que descansaba sobre mi regazo y las notas que tocaría.

—Venga, jovencito, no te quedes atrás —me reprendió Evelyn, ya que, como me había empeñado en llevar el violín aferrado al pecho con las dos manos, ella no podía darme la suya. Me fijé en que había mucha gente caminando por las amplias aceras, árboles y…, ¡sí!, un edificio que reconocí al instante. ¡La torre Eiffel! Aún seguía viéndola cuando Evelyn se detuvo.

—Ya hemos llegado, número catorce de la rue Madrid. Vamos, adentro.

Levanté la mirada hacia el enorme edificio de piedra arenisca que ocupaba casi toda la calle y conté tres plantas de ventanas altas, con lo que parecía un piso más pequeño de buhardillas encima. Una placa de latón anunciaba que, en efecto, aquel era el famoso Conservatoire de Paris.

Aunque acababa de decirme que íbamos a entrar, tuve que esperar a que Evelyn se retocara el pintalabios y se arreglase el pelo que alcanzaba a vérsele bajo el mejor de sus sombreros. En el interior, nos encontramos con una gran sala de espera revestida de retratos de compositores antiguos. En el centro del suelo de madera pulida, había una mujer sentada a un mostrador de recepción redondo y Evelyn se dirigió a ella de inmediato. La luz entraba a raudales por las ventanas que daban a la calle por la parte delantera y a lo que parecía ser un parque de gran tamaño por la trasera.

Me alegré mucho cuando la recepcionista de expresión severa asintió al fin y nos dijo que nos presentáramos en el aula cuatro de la segunda planta. Nos señaló una especie de jaula en la que cabría un oso y, cuando giré hacia las escaleras adyacentes, Evelyn tiró de mí y pulsó un botón que tenía al lado.

—Si crees que voy a subir dos pisos de escaleras teniendo un ascensor disponible, es que estás loco.

Sentí ganas de preguntarle qué era un «ascensor», pero entonces vi una caja que bajaba por dentro de la otra y todo cobró sentido. Aun así, aunque parecía emocionante, no pensaba correr ningún riesgo. Señalé las escaleras y empecé a subirlas de dos en dos. Cuando llegué junto a otra caja, que era igual que la que había en la planta baja, no había ni rastro de Evelyn por ninguna parte y me puse en lo peor, pero entonces oí un zumbido repentino y la caja del interior asomó por el suelo. La puerta se abrió y allí estaba ella, que empujó la parte delantera de la jaula y salió sana y salva.

—Conque nunca habías visto un ascensor, ¿eh? —preguntó.

Negué con la cabeza, aún maravillado por el milagro.

—Cuando nos vayamos, baja conmigo. Así tendrás algo que te haga ilusión, pase lo que pase. Ahora tenemos que encontrar el aula cuatro.

Se encaminó hacia un pasillo en el que se oían los sonidos de los diferentes instrumentos que se tocaban tras las puertas cerradas. Nos detuvimos ante el número cuatro y Evelyn llamó con los nudillos. No obtuvimos respuesta. Tras esperar unos segundos, la golpeó con más fuerza.

—No hay nadie.

Se encogió de hombros y luego giró el pomo lo más lenta y silenciosamente que pudo hasta abrir una rendija lo bastante amplia como para meter la cabeza —o debería decir el sombrero— y asomarse al interior.

—No, no hay nadie. Pues tendremos que esperar, ¿no?

Y eso hicimos. Sé que la gente exagera cuando dice que algo ha sido el momento más feliz o el peor o el más largo de su vida, pero, en serio, no sé cuánto tiempo pasamos junto a la puerta del aula cuatro esperando a la persona que me diría si era lo bastante bueno como para ser su alumno, pero se me hizo eterno. Y lo que me resultaba aún más frustrante era que, desde donde estábamos, seguía viendo el ascensor y, cada vez que zumbaba y liberaba a un pasajero, me imaginaba que esa era la persona que determinaría mi destino. Sin embargo, siempre se dirigían hacia el lado contrario o pasaban de largo ante nosotros.

—Uf, de verdad —protestó Evelyn, y vi que cambiaba el peso de una pierna a la otra porque le dolía de estar de pie—, no sé quién será este profesor, pero sus modales dejan muchísimo que desear.

Por fin, justo cuando el ama de llaves empezaba a farfullar que tendríamos que marcharnos y que estaba claro que se había producido algún tipo de malentendido, se abrió una puerta del pasillo.

Entonces apareció un joven delgado, con la piel muy blanca y el cabello oscuro. Se encaminó hacia nosotros con andares de estar un poco borracho, según me pareció, y se detuvo al llegar a nuestra altura.

—Por favor, discúlpenme, tenía clase con un alumno antes de ustedes y luego decidí tomarme un breve descanso. Me temo que me he quedado dormido. —Le tendió la mano a Evelyn y ella se la estrechó de mala gana.

—Madame, *petit monsieur*, perdónenme, por favor —dijo—. Aquí las jornadas laborales son muy largas y el sueño suele eludirme por las noches. Bien, madame, ahora que me ha entregado a su preciado protegido, ¿por qué no baja en el ascensor y lo espera en el vestíbulo, donde podrá sentarse cómodamente? Dígale a Violetta que Ivan le ha pedido que le sirva una taza de té o de café, lo que sea más de su agrado.

Evelyn pareció aliviada, pero también algo reticente a dejarme con un hombre que, a todas luces, consideraba bastante extraño, pero al final sus pies ganaron y asintió.

—Cuando termines, baja enseguida, ¿entendido, Bo?

Asentí.

—¿Sabe que es mudo? —añadió dirigiéndose a monsieur Ivan.

—Sí, pero su música hablará por él, ¿no es cierto?

Sin una sola palabra más, abrió la puerta y me invitó a pasar.

Ya esa misma la noche, mientras escribía en mi diario —y, justo después, en la versión secreta, de la que forman parte estas palabras—, conservaba solo recuerdos vagos del rato que había pasado con monsieur Ivan. Sé que primero me hizo tocar lo que él denominó mis «piezas de fiesta» y que luego sacó una partitura para poner a prueba mi lectura a primera vista. A continuación, cogió su propio violín y tocó una serie de escalas y arpegios que yo tuve que imitar. Todo pareció pasar muy rápido. Después, me guio hacia una pequeña mesa de madera rodeada de sillas y me dijo que me sentara.

Cuando apartó una, soltó un taco y se miró el dedo. Luego, añadió algo y me di cuenta de que estaba hablando en ruso.

—Vaya, me he clavado una astilla que tendré que sacarme esta noche en casa. Las cosas más nimias pueden causarte el dolor más intenso, ¿no te parece?

Asentí, porque, aunque no estuviera de acuerdo, no habría supuesto ninguna diferencia. Deseaba agradar a aquel hombre más que a nadie desde que mi padre se había marchado.

—¿Cómo nos comunicamos si no hablas?

Ya preparado, me saqué el lápiz y los trozos de papel del bolsillo.

—¿Te llamas Bo?

«Sí».

—¿Cuántos años tienes?

«Diez».

—¿Dónde están tus padres?

«Mi madre está muerta y no sé dónde está mi padre».

—¿De dónde eres?

«No lo sé».

—No te creo, *petit monsieur*, y ya tengo mis sospechas, pero apenas me conoces y a nosotros, los emigrantes, no nos gusta facilitar información personal de buenas a primeras, ¿me equivoco?

«Sí». Estaba emocionado por que lo entendiera y no me tomase por un raro, como todos los demás.

—¿Quién te enseñó a tocar el violín?

«Papá».

—¿Cuánto tiempo hace que recibiste la última clase?

Intenté recordarlo, pero no estaba seguro, así que escribí:

«Tres o cuatro años».

—Nunca había conocido a nadie tan pequeño con tanta destreza. Es extraordinario, la verdad. Tienes una musicalidad tan natural que oculta las deficiencias de tus habilidades técnicas. Me ha impresionado que los nervios no te hayan jugado una mala pasada, aunque imagino que esta oportunidad de recibir clases en el *conservatoire* lo es todo para ti, ¿no?

«Sí».

—Hum...

Me quedé mirándolo. Se llevó una mano a la barbilla y comenzó a moverla de arriba a abajo y de un lado a otro mientras reflexionaba si merecía la pena ser mi maestro.

—Como imaginarás, muchos padres acuden a mí con sus hijos superdotados, niños que han tenido los mejores violines y profesores de provincias y a los que obligan a practicar durante horas. Aunque técnicamente sean mucho mejores que tú, la mayoría de las veces siento que no ponen el alma en la música que tocan. En otras palabras, son monos de circo, una mera extensión del ego de sus padres. No es tu caso, eso está claro; por un lado, porque eres huérfano y no tienes padres y, por el otro, porque tu tutor es un hombre que a duras penas necesita que un niño que no es suyo impresione a sus amistades cuando él mismo se basta y se sobra para hacerlo. Así que…, aunque hay defectos en tu forma de tocar y… No pretendo faltarle al respeto a tu padre, pero deduzco que no era profesional, ¿verdad?

Negué con la cabeza, convencido de que quien le estaba faltando al respeto era yo, dijera lo que dijese monsieur Ivan.

—No te pongas tan triste, *petit monsieur*, de verdad. Veo que te enseñó con amor. Y que luego se encontró un talento mucho más grande que el suyo y deseó alimentarlo. ¿A qué colegio vas ahora?

«A ninguno. No hablo, así que no puedo ir».

—Aunque no sea de mi incumbencia, eso no es bueno. Sé que puedes hablar, no solo porque me lo hayan dicho, sino también por la forma instintiva en que te has cohibido de responderme desde que hemos empezado a hablar. Creo que estás rodeado de personas buenas y amables y que las cosas terribles que te han sucedido en el pasado, sean cuales sean, te han dejado tan dañado que no te atreves a comunicarte. Espero, por tu bien, que llegue un momento en el que lo hagas. Pero, da igual, solo te lo digo como alguien que también ha sufrido mucho desde que salió de Rusia. Tanto sufrimiento, tantas guerras en solo quince años de humanidad… Tú y yo somos el resultado de todo ello. Un pequeño consejo, mi joven amigo: no dejes que esa gente horrible gane, ¿vale? Ya te han quitado mucho: tu pasado, tu familia… No permitas que te arrebaten también tu futuro.

Para gran bochorno mío, se me llenaron los ojos de lágrimas. Asentí despacio y después saqué un pañuelo.

—Vaya, te he hecho llorar, discúlpame. A veces soy demasiado liberal con las palabras. La buena noticia es que, si no vas al colegio, será mucho más fácil hacerte un hueco en mi horario. A ver, deja que eche un vistazo…

Se sacó una agenda delgada del bolsillo de la chaqueta y pasó unas cuantas páginas, aunque no muchas, porque aún estábamos en enero.

—Bueno, empezaremos con dos clases a la semana. Puedo ofrecerte los martes a las once y los viernes a las dos. Veremos cómo te va, pero tengo un buen presentimiento contigo. De verdad que sí. Bien, ahora te llevaré con tu niñera. Parece una mujer amable —afirmó mientras salía del aula y se dirigía al ascensor.

Asentí.

Entonces me acordé y escribí unas palabras a toda prisa:

«¿Cuánto cuesta cada clase?».

—Hablaré con monsieur Landowski, pero los emigrantes debemos ayudarnos unos a otros, ¿no?

Me dio una palmada tan fuerte en la espalda que casi me caigo en la caja de dentro de la jaula. Tiró de la puerta para cerrarla, apretó un botón y bajamos. Me pregunté si sería así como se sentían los pájaros cuando volaban, pero, por alguna razón, lo dudaba. Aun así, era divertido y pensé con ilusión en las dos veces a la semana que iba a hacerlo a partir de entonces. Siempre y cuando monsieur Landowski y monsieur Ivan se pusieran de acuerdo en el precio.

—¡Madame, su chico lo ha bordado! Por supuesto que le daré clases, los martes a las once y los viernes a las dos. Dígale a monsieur Landowski que lo llamaré por teléfono para concretar los detalles. Buen viaje de vuelta —dijo.

Luego, con un guiño y una sonrisa, monsieur Ivan volvió al ascensor.

Merry

En tránsito: de Dublín a Niza

Junio de 2008

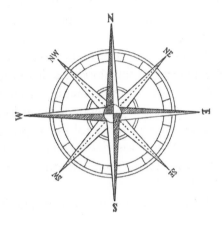

6

Cerré las páginas del viejo diario encuadernado en cuero y miré por la ventanilla del jet. Mi intención de dormir se había desvanecido tras leer la carta que me había revelado la existencia del diario que ahora descansaba en mi regazo. El hombre que decía ser mi padre —Atlas— escribía con gran pesar:

> No puedo ni empezar a expresar el amor que sentí por ti desde que supe de tu inminente llegada. Tampoco puedo contarte en esta carta lo mucho que me he esforzado por encontraros a ti y a tu madre, a quien también perdí de forma tan cruel antes de que nacieras…

El peso emocional de las últimas semanas me cayó de pronto sobre los hombros y sentí que se me llenaban los ojos de lágrimas. En ese momento, lo único que deseaba era un abrazo de Jock, mi marido; era como si me lo hubieran arrebatado cuando más lo necesitaba.

«Ojalá estuvieras aquí. —Me enjugué los ojos con una de las servilletas de seda que me habían colocado en el bolsillo lateral del lujoso asiento de cuero—. Te encantaría este trato de cinco estrellas, de eso estoy segura».

La carta de Atlas prometía que su diario daría respuesta al misterio de mi verdadera ascendencia, pero era un volumen enorme. Ya había leído la primera parte y no estaba ni un ápice más cerca de entender su historia ni el papel que yo desempeñaba en ella. Quienquiera que fuese mi «padre», no cabía duda de que había llevado una vida extraordinaria. Pese a que la sección inicial del diario estaba escrita por un niño de diez años, su voz rebosaba madurez y sabiduría, como si perteneciera a alguien mucho mayor.

Negué con la cabeza al percatarme de que el patrón de las últimas semanas volvía a repetirse. Cada vez que tenía la sensación de que me estaba acercando a la verdad sobre mi pasado, surgían más misterios. ¿Por qué fingía aquel niño que era mudo? ¿Por qué consideraba que no debía dar a conocer su verdadero nombre? ¿Y qué demonios lo había llevado a terminar en medio de París, huérfano y tirado debajo de un seto? Era como si el diario de Atlas comenzase demasiado tarde para que yo pudiera entender la situación al completo.

Aunque, ojo, pensé, si vas a acabar aterrizando en la puerta de un desconocido, hacerlo en la del afamado escultor responsable de una de las nuevas siete maravillas del mundo —el Cristo Redentor— no era una mala opción.

Suspiré, pues me parecía un poco raro que Atlas me hubiera confiado la historia de su vida a mí, la supuesta hija biológica a la que nunca había llegado a ver, antes que a sus adoradas hijas adoptivas. Ellas eran, desde luego, las que habían conocido y querido tantísimo a su «Pa Salt». Merecían leer sus secretos antes que yo.

Intenté calmar el revoloteo que sentía en el estómago mientras reflexionaba sobre la naturaleza de mis circunstancias. Aquí estaba, montada en un jet camino de sumarme a un puñado de absolutos desconocidos en una peregrinación a bordo de un superyate con el fin de depositar una corona de flores para un hombre con el que, por el momento, no sentía ningún tipo de conexión. Sí, había coincidido de pasada con un par de las hermanas, pero eso no me bastaba para aplacar los nervios. Ni siquiera sabía si las demás eran conscientes de que, al parecer, yo estaba genéticamente emparentada con su padre adoptivo. Eso, unido al hecho de que Atlas había determinado que yo debía ser la primera en leer su diario, tenía el potencial de despertar un gran resentimiento en las hermanas.

Intenté consolarme con la idea de que había sido la familia la que me había localizado a mí y no al revés.

«Te quieren allí, Merry», me dije.

Por supuesto, la mayor fuente de consuelo para mí era saber que también iba a reunirme con mis hijos, Jack y Mary-Kate, que ya estaban a bordo del Titán. Sabía la enorme ilusión que les haría que hubiera decidido acompañarlos en el crucero. Aun en el caso de que las seis hermanas resultaran ser unas absolutas lunáticas, al menos mi familia estaría allí para protegerme y ayudarme a mantener la cordura durante el viaje. En principio, estaba previsto que el crucero durase seis días en total: tres para navegar en el Titán desde Niza hasta Delos y depositar la corona y otros tres para volver. Además, si la situación terminaba por superarme, siempre podía «abandonar el barco» en la cercana isla de Miconos, que contaba con un aeropuerto internacional.

Llamaron a las puertas correderas, cuyas hojas habían salido una de cada lado de la cabina para formar una separación entre la parte delantera del avión y la trasera. El ruido me arrancó de mis pensamientos con un sobresalto.

—Huy, ¿hola? —dije.

La puerta se abrió y la figura alta y bronceada de Georg Hoffman la franqueó. Seguía vestido de forma impecable, con su traje oscuro, y me dio la impresión de que ni siquiera se había aflojado la corbata durante el transcurso de las tres horas de vuelo.

—Buenas noches, Merry. O, mejor dicho, buenos días… —Desvió la mirada hacia la manta y la almohada que me había dado el azafato, ambas sin usar en un asiento contiguo—. Vaya. Deduzco que no has descansado mucho. ¿Has… abierto el paquete?

—Sí, Georg. Leí la carta y, claro, después tuve que empezar el diario. Es tremendamente largo…, como imagino que ya sabes.

Un atisbo de sonrisa asomó en el rostro bigotudo del abogado.

—Lo he llevado conmigo durante mucho tiempo, pero te juro que nunca, ni una sola vez, lo he hojeado. No me correspondía a mí leerlo.

—¿Me estás diciendo, entonces, que de verdad no tienes ni idea de la historia de Atlas?

—No, no. No he dicho eso. Solo que no he leído el diario. —Georg titubeó—. Conozco… Conocía muy bien a Atlas, a tu padre. Era el hombre más valiente y bondadoso con el que he tenido el privilegio de tratar.

—¿Cuánto queda para aterrizar?

—El piloto acaba de comunicarme que iniciaremos el descenso hacia Niza dentro de unos instantes. Luego tenemos esperando un coche que nos llevará directos al puerto donde está atracado el Titán.

Miré por la ventana de la cabina.

—Sigue siendo de noche, Georg. ¿Qué hora es?

Le echó un vistazo a su reloj de pulsera y enarcó las cejas.

—Casi las tres y media aquí, en Francia. Te pido disculpas, soy consciente del torbellino que debe de estar suponiéndote todo esto.

—Y que lo digas. Sigo sin tener claro si estoy haciendo lo correcto. Porque ¿saben las otras hijas que...? Bueno, según todo lo que he descubierto..., soy su hija biológica.

Georg bajó la mirada.

—No... Dan por hecho que se te describe como «la hermana perdida» debido a que Atlas tenía la intención de adoptarte, pero no lo consiguió. Debo confesar que, por extraño que parezca, ni siquiera conocen su verdadero nombre. Ya sabes que sus hijas siempre se han referido a él únicamente como «Pa Salt».

—¡Jesús, María y José, Georg! —Me sujeté la frente entre el dedo pulgar y el índice—. Aunque recuerdo que, cuando la conocí, Tiggy había resuelto el anagrama. —Volví a mirarlo—. ¡Eso, como mínimo, ya es una! —exclamé con un dejo de sarcasmo.

Georg asintió.

—Debes entender, Merry, que no soy más que un empleado. A pesar de que conocí a tu padre durante casi toda mi vida y de que lo consideraba un buen amigo, mi deber es seguir sus órdenes incluso después de muerto.

—Y, sin embargo, tengo la sensación de que lo sabes todo de mí, Georg. Has averiguado dónde encontrarme. Y, por lo que se ve, que desciendo de Atlas. ¿Y dices que todo esto ha salido a la luz a lo largo de las últimas semanas?

—Pues... sí.

Georg cambió de postura con incomodidad.

—Entonces, teniendo en cuenta que Atlas lleva muerto ya un año, ¿de dónde narices has sacado toda la información? ¿Quién te habló del anillo con el que me encontraron? —El agotamiento y la frustración de las últimas semanas empezaban a desbordarme—. ¿Y qué me dices de Argideen House? ¿Cómo te enteraste de que nací allí?

Georg se sacó el pañuelito del bolsillo delantero de la americana y empezó a enjugarse la frente.

—Merry, son muy buenas preguntas y te prometo que todas recibirán respuesta. Pero no seré yo quien te las ofrezca.

Su contestación no me satisfizo demasiado.

—A ver, no pretendo ofender a ninguna de las hermanas, pero ¿nunca se plantearon por qué un hombre así de extraño decidió adoptar a seis niñas y ponerles los nombres de las Siete Hermanas? ¿Ni que su apellido, D'Aplièse, es un anagrama de «Pléyades»?

—Muchas veces. Como verás cuando las conozcas, todas ellas son igual de inteligentes que el hombre que las crio. Simplemente, aceptaron su palabra de que se las había llamado así porque era su cúmulo de estrellas favorito y de que su apellido no era más que otro reflejo de su amor por lo celestial. No cayeron en la cuenta de la conexión, de que se llamaban así porque eran las hijas de Atlas.

Cerré los ojos; la perspectiva de meterme en mi propio cuento de hadas artesanal a bordo del Titán me resultaba cada vez menos atractiva.

—¿Hasta qué punto del diario has llegado?

—No he avanzado mucho. Atlas es todavía un crío. El escultor y su familia lo han acogido.

Georg asintió.

—Entiendo. Aún queda mucho por descubrir. Te prometo, Merry, que cuanto más leas más se aclarará la situación. Entenderás quién era él, quién eres tú... y por qué adoptó a las seis niñas.

—Pero es que ese es justo el problema, Georg. No sé si está bien que sea yo la primera en leerlo. Como tú mismo acabas de decir, Atlas crio a las otras seis. Ellas lo querían. Yo ni siquiera lo conocí. Creo que las demás deberían acceder al diario antes que yo.

—Te entiendo, Merry. Estas circunstancias seguro que son muy complicadas para ti. Pero, por favor, has de saber que el deseo de Atlas era que conocieras su historia en cuanto fuéramos capaces de encontrarte, porque también es la tuya. Vivió toda su vida con la culpa de que creyeras que te había abandonado, lo cual no podría distar más de la verdad. Lo que pasa es que... los acontecimientos se han precipitado, como, por algún motivo, parece ocurrir siempre. Me fue imposible predecir que te localizaríamos en el preciso momento en el que el resto de las hermanas tenían planeado depositar una corona de flores para conmemorar el aniversario de su muerte. —Georg recuperó la sonrisa—. Podría decirse que se han alineado los astros.

—Bueno, puede que tú lo veas así. A mí me da la impresión de que, más que alineándose, están colisionando. La carta dice que mi madre desapareció y que Atlas ni siquiera sabía si estaba viva o muerta. Así que deduzco que tampoco estaría al tanto de que me abandonaron en la puerta del padre O'Brien, ¿no?

Georg negó con la cabeza.

—No. Una vez más, te aconsejo encarecidamente que leas el diario. Para que las otras hermanas comprendan por qué las adoptaron, primero deben saber quién eres tú.

—¿Conoces la parábola del hijo pródigo, Georg?

—La expresión me resulta familiar, pero debo reconocer que...

—En el Evangelio de Lucas, Jesús narra la historia de un hijo que le pide su herencia a su padre y luego la dilapida llevando una vida de lujo y malas costumbres. Cuando se queda sin dinero, vuelve a su progenitor y le pide perdón, pero, en lugar de enfadarlo, su regreso llena de felicidad al padre, que celebra un banquete en su honor. Pero ¿sabes cuál es la parte más importante de la parábola, Georg? El hermano del hijo pródigo no se alegra en absoluto de su vuelta. Porque él ha permanecido siempre fiel junto a su padre durante muchos años y no ha recibido recompensa alguna por ello. No quiero ser la hija pródiga, ¿me explico?

Georg frunció el ceño, turbado por la firmeza de mi postura.

—Merry, por favor, entiende que las chicas no podrían estar más entusiasmadas por recibirte en su familia si así lo deseas. Saben lo mucho que su padre ansiaba encontrar a la hermana perdida y te aseguro que las hijas de Atlas no te mostrarán nada más que amor. Creo que ya has conocido a Tiggy y también a Star. ¿Sentiste algo aparte de amor y entusiasmo por parte de alguna de ellas?

Estiré la mano izquierda y abrí un compartimento de cuero color crema que contenía botellas de agua. Cogí una y desenrosqué el tapón.

—De Tiggy no, y esa es una gran parte de la razón por la que estoy sentada aquí en este avión. Pero Star se hizo pasar por una tal lady Sabrina para sonsacarme información. El caso es, Georg, que sé mejor que la mayoría de la gente el resentimiento que puede generar una disputa familiar. ¿Y si algunas hermanas se alegran de saber que «Pa Salt» tiene una hija biológica, pero otras no? —Recordé la reciente revelación de que compartía una abuela, Nuala, con el hombre que había sido la principal causa de que huyera de Irlanda, Bobby Noiro—. Tengo entendido, por mis conversaciones con Mary-Kate, que hay una supermodelo internacional, Electra, que no siempre ha sido célebre por... la gentileza de su personalidad.

Bebí un gran trago de agua.

—Te aseguro, Merry, que todas las hermanas han vivido su propio viaje personal de autoconocimiento durante el año pasado. He tenido el gran privilegio de verlas madurar hasta convertirse en excelentes personas. Todas ellas... —Me di cuenta de que Georg tragaba saliva con dificultad para intentar contener la emoción—. Todas ellas han aprendido una lección que la mayoría de nosotros descubrimos demasiado tarde: que la vida es muy corta.

Suspiré y me froté los ojos.

—Me has dicho que Atlas era un gran hombre, muy sabio. Pues, si he heredado algo de esa sabiduría a través de la genética, es posible que deba ejercitarla ahora, en su ausencia. Según me has dicho, Georg, Atlas deseaba que leyera su historia en cuanto me encontrarais. Y lo haré. Pero me gustaría que hicieras seis copias del diario para las otras hermanas. Así podremos leer sobre nuestro padre de forma simultánea.

Georg me miró y, detrás de sus ojos, vi cómo se le activaban los engranajes del cerebro. No sabía por qué motivo, pero estaba decidido a seguir los deseos de Atlas al pie de la letra. ¿Qué era lo que no me estaba contando?

—Sí... Sí, quizá sea una buena idea. Es una decisión que debes tomar tú, Merry.

—Aunque imagino que encontrar una tienda de fotocopias a las cuatro de la mañana en el sur de Francia resultará un tanto complicado.

—Ah, no temas por eso. El Titán está totalmente equipado con todos los servicios modernos. Hay un despacho a bordo con ordenadores y varias impresoras industriales. Lo agradezco, ya que el diario contiene... —Georg guardó silencio un instante para sopesar sus siguientes palabras— información personal. No podría arriesgarme a que cayera en las manos equivocadas.

—¿Un despacho completo a bordo del barco? Madre mía. Yo pensaba que el objetivo de tener un superyate era relajarse y olvidarse del estrés del día a día. Bueno, digo «día a día», pero si eres propietario de un superyate solo Dios sabe qué implica ese «día a día». Dime, Georg, ¿a qué se dedicaba Atlas para acumular tanto dinero?

El abogado se encogió de hombros y señaló el desgastado diario de cuero que descansaba en mi regazo.

—Las respuestas se hallan ahí dentro.

Volvieron a llamar a la puerta y el azafato se asomó por la rendija.

—Siento mucho interrumpir, pero el capitán ha pedido que se preparen para el aterrizaje. ¿Les importaría abrocharse el cinturón de seguridad, por favor? Tomaremos tierra en Niza dentro de unos minutos.

—Sí, por supuesto, gracias. —Georg hizo un gesto de asentimiento—. Bien, entonces, quizá debas dejar el diario temporalmente a mi cargo una vez más para que me ocupe de que se hagan seis copias cuando embarquemos en el Titán. —Le entregué el diario, pero me quedé con la carta. Me dedicó una gran sonrisa—. No tienes nada que temer, Merry. Te lo prometo.

—Gracias, Georg. Nos vemos en tierra.

Regresó a la otra parte del avión y yo volví a mirar por la ventana. Mientras el jet descendía, contemplé la luz del sol apenas nacido que danzaba sobre las ondas celestes del mar Mediterráneo. Esperaba que estuviera un poco más caliente que las aguas del Atlántico en la playa de Inchydoney, en West Cork. Me recosté en mi asiento y cerré los ojos mientras me preguntaba cómo era posible que aquel niño huérfano al que habían encontrado bajo un seto en la ciudad de París hubiera terminado creándome a mí.

7

El Titán

Ally se quedó mirando el techo de caoba pulida que adornaba todos los camarotes del Titán. El hecho de llamarlos «camarotes» le resultaba muy divertido, pues estaba acostumbrada a dormir en el espacio más reducido posible con hombres fornidos y sudorosos en embarcaciones de ocho metros de eslora. Los dormitorios del Titán se parecían más a la suite presidencial del Grand Hotel de Oslo. Además, el barco se hallaba en un estado impecable. A pesar de que la familia llevaba sin usarlo casi un año, la leal tripulación de Pa seguía encargándose de él y manteniéndolo con los estándares más altos. Ally suponía que el fideicomiso que había creado antes de su muerte pagaba los salarios. Como ocurría en muchas ocasiones en el mundo de Pa Salt, las cosas... sucedían sin más, y ella no solía cuestionárselas.

Un rayo de sol se abrió paso a través de una rendija de las cortinas y se le posó en la cara. Ally se preguntó cuánto tiempo le quedaría antes de que los gritos de Bear, que dormía en la cuna que había a los pies de la cama, marcaran que había llegado el momento de empezar el día.

Se sorprendería si hubiera dormido más de media hora esa noche. Aunque el suave chapoteo del mar Mediterráneo en junio apenas provocaba oscilaciones, estaba tan acostumbrada a sentir el agua bajo su propia embarcación que notaba hasta la última ola que chocaba contra el yate. Si a eso le sumabas la cacofonía de pensamientos a los que no paraba de dar vueltas en la cabeza, no era precisamente una gran combinación para descansar. La situación en la que se encontraba ya era bastante tensa, puesto que sus hermanas y sus respectivas parejas se habían reunido para presentarle sus respetos a su padre. Pero Ally, además, debía resolver muchas otras cosas.

A fin de cuentas, había sido ella quien había visto el Titán frente a la costa de Delos poco después de la muerte de Pa. Recordaba con gran claridad el momento en que, tumbada en la cubierta del yate Sunseeker de Theo, el Neptuno, este le dijo muy emocionado que su amigo había divisado un superyate Benetti desde su catamarán y que debía de sonarle el nombre. Los nervios le encogieron el estómago al pensar en que tendría que presentar a Theo y a Pa. Pero, puesto que ya sabía que estaba enamorada por completo, no le encontró mucho sentido a retrasar lo inevitable. Ally llamó por radio al Titán esperando oír el comedido tono de voz del capitán Hans, pero no recibió respuesta. Y no solo eso, sino que, además, quienquiera que estuviera capitaneando el yate decidió alejarse de Ally a toda máquina.

«Da la impresión de que tu padre huye de ti», le dijo Theo.

Cuando Georg y Ma informaron a las hermanas de que Pa había dispuesto que, en caso de que muriera, debía celebrarse un entierro privado en el mar (para no angustiar a sus hijas), Ally supuso que se había topado con la ceremonia por casualidad. De hecho, incluso se sintió culpable por alterar la última voluntad de su padre. No obstante, teniendo en cuenta los recientes acontecimientos, estaba empezando a cuestionarse el relato que le habían transmitido.

Recordaba que el Titán no era la única embarcación anclada frente a la costa de Delos aquel día. Cuando el amigo de Theo llamó por radio para informarles de su presencia, comentó que había un segundo «palacio flotante» al lado: el Olympus, el barco del infame Kreeg Eszu, propietario de Lightning Communications. Todo se volvió aún más raro con la noticia de que el magnate empresarial había fallecido ese mismo día, un suceso que ocupó los titulares de todo el mundo. El mar había llevado su cadáver hasta la orilla y parecía un suicidio. De pronto, Ally sintió náuseas. ¿Por qué no había analizado todo esto más a fondo?

No era la única cosa extraña que, al parecer, vinculaba a Pa Salt con Kreeg Eszu. Las coordenadas de Merry —que estaban grabadas en la esfera armilar y que las hermanas habían descubierto hacía poco— señalaban hacia Argideen House, en West Cork, Irlanda.

Preocupantemente, Ally acababa de enterarse por Jack de que la propiedad pertenecía a un tal «Eszu». Aunque por lo visto el edificio llevaba mucho tiempo abandonado, ese era el último nombre que constaba.

Lo que Ally había considerado una simple y extraña coincidencia a lo largo del último año comenzaba a adentrarse en el terreno de lo misterioso. No era ningún secreto que Zed, el hijo de Kreeg, sentía una fijación por las hermanas D'Aplièse que rayaba en lo obsesivo. El hecho de que hubiera atraído a Maia de adolescente a sus brazos con su buena apariencia física y su encanto untuoso solo para abandonarla en el momento en el que más lo necesitaba todavía obligaba a Ally a rechinar. Muchas veces pensaba que era casi como si Zed se hubiera propuesto hacerle daño a su hermana a propósito. A Ally no le cabía la menor duda de que el hecho de que el Tarado, como se refería a él en tono sarcástico, se hubiera acercado después a Electra respondía a un plan muy bien pensado. Estaba segura de que Zed había calculado que, si había una hermana de Maia capaz de aceptarlo como amante después de cómo la había tratado, esa sería Electra. Para un depredador tal, la vulnerabilidad provocada por un estilo de vida marcado por el alcohol y las drogas debía de parecerle demasiado tentadora como para ignorarla. También tenía sentido que hubiera puesto la mira en Tiggy. Su predisposición a ver la bondad inherente a todo el mundo, unida a su tendencia a dejarse llevar por el ámbito de lo espiritual, ya había permitido que la gente se aprovechara de ella en el pasado. Ally agradecía enormemente que Tiggy no se hubiera dejado embaucar por las insinuaciones de Zed y hubiera encontrado al maravilloso Charlie Kinnaird.

Ally estaba convencida de que Pa no había mencionado jamás el nombre de Eszu. De hecho, fue una de las primeras cosas que le preguntó a Maia a su regreso a la casa familiar, Atlantis, hacía un año.

«Estoy segura de que no existe ningún vínculo —insistió Maia—. Ni siquiera se conocían, ¿eh? Delos es una isla preciosa que atrae muchos barcos».

Ally empezaba a temerse que la rápida respuesta de Maia se debiera solo al estado de negación provocado por su horripilante situación personal. Volvió a sentirse culpable por no haber investigado la presencia del Olympus. Al fin y al cabo, ¿qué sabían las hermanas de la vida de Pa fuera de su casa y su yate? De pequeñas, conocieron a muy pocos amigos y socios empresariales suyos. Desde luego, que su padre y Kreeg Eszu se hubieran conocido antes no quedaba fuera de los límites de lo posible.

Cerró los ojos con la esperanza de forzarse a dormir una o dos horas. Como solía hacer cuando estaba angustiada, se imaginó la voz profunda y tranquilizadora de su padre. Sus pensamientos volvieron a Atlantis, donde, de niña, los fines de semana veía a Pa deslizarse por el lago de Ginebra en su Laser. El modo en que la elegante embarcación surcaba las aguas en los días de calma, sin apenas crear ondas a su paso sobre la superficie cristalina, parecía resumir al propio Pa. Él siempre había sido un pilar de fuerza y poder y, aun así, daba la sensación de moverse por el mundo con una distinción y un aplomo que todos los que lo rodeaban admiraban sobremanera.

Un fin de semana de otoño, Pa divisó a Ally observando su barco con anhelo desde la orilla y acercó el Laser al embarcadero de madera que sobresalía del jardín.

—Hola, mi *petite princesse*. Aquí fuera hace un frío terrible. Creo que Maia está leyendo en el salón. ¿No preferirías ir con ella y estar calentita?

—No, Pa. Me encanta verte en el velero.

—Ah. —Le dedicó a Ally una de sus tan características sonrisas cálidas, que siempre conseguían animarla por muchos problemas que le hubiera acarreado el día—. Bueno, entonces quizá te apetezca ser mi primer oficial.

—Ma dice que es demasiado peligroso.

—Pues menos mal que está ocupada ayudando a Claudia a preparar la cena de esta noche —dijo con un guiño. A continuación, haciendo que se sintiera más ligera que una pluma, Pa levantó a Ally del embarcadero con sus brazos musculosos y se la sentó en el regazo—. Bien, ya te habrás fijado en que, cuando el barco gira, se inclina hacia un lado del barco. Cuando quiero ir en dirección contraria, tengo que desplazarme hacia el otro pasando por debajo esta vela.

—¡Sí, Pa! —respondió Ally con entusiasmo.

—Excelente.

Se quitó el chaleco salvavidas naranja y se lo puso a ella. Lógicamente, le quedaba enorme y a él se le escapó una risa mientras le ajustaba todo lo posible las correas.

—¿Y tú, Pa?

—Bah, no te preocupes por mí, pequeña. El viento no sopla con fuerza y vamos a navegar muy despacio. ¿Ves ese huequito que hay ahí? —Señaló una hendidura poco profunda en el casco blanco—. Creo que es del tamaño justo para Ally, ¿no?

La niña asintió y entendió que debía situarse en el centro del barco.

—Solo tienes que mirar hacia delante y estirar los brazos para que te ayuden a mantener el equilibrio. Vamos a dar una vuelta grande que nos traerá de nuevo aquí, al embarcadero, y eso significa que solo viraré hacia la izquierda. Hacia este lado. ¿Ves? —Ally asintió y un escalofrío de emoción la recorrió de arriba abajo—. Muy bien.

Pa levantó la pierna del embarcadero y el Laser empezó a alejarse. Después, agarró la gran palanca negra que Ally había identificado como el instrumento principal para dirigir el velero.

—¡No nos movemos, Pa! —exclamó, algo decepcionada.

—El marinero no puede controlarlo todo, Ally. Debemos esperar a que corra la brisa.

Justo en ese momento, ella sintió que una ráfaga de viento apartaba el Laser del embarcadero. El aire comenzó a agitarle la espesa melena cobriza y se le aceleró el corazón.

—¡Allá vamos! —gritó Pa.

Ally recordaba la euforia de estar tan cerca del agua, el Laser desplazándose por el lago tranquilo impulsado tan solo por el aire que los rodeaba. Se volvió para mirar el magnífico castillo de cuento de hadas que era Atlantis. Las montañas coronadas de nieve se alzaban de forma abrupta tras la casa de color rosa pálido y Ally se sintió muy afortunada por vivir en un lugar tan mágico.

—Ahora voy a aumentar el giro —dijo Pa—. Eso quiere decir que el barco va a inclinarse un poco más hacia mí. Acuérdate de estirar los brazos para no caerte. —La niña obedeció—. Perfecto, Ally, ¡perfecto! —exclamó él con una gran sonrisa al ver que su hija se adaptaba muy bien al cambio de ángulo y elevación.

El sol destellaba sobre la superficie del agua cristalina y la niña se permitió cerrar los ojos. Aquel día experimentó por primera vez una libertad que regresaba siempre que salía a navegar. Finalmente, Pa volvió a acercar el Laser con destreza al embarcadero y se aseguró de que su hija bajaba sin percances del velero. La sonrisa que iluminaba el rostro de la niña en ese momento se lo dijo todo.

—Vaya, mi *petite princesse*, tú también lo sientes... No hay nada como navegar en pleno lago. Es el mejor lugar del mundo para pensar.

—¿Por eso sales tan a menudo con el Laser?

A Pa se le escapó una carcajada tierna.

—Puede que no sea una coincidencia, no. Es muy raro que las cosas ocurran por casualidad. —Apartó la mirada de la de Ally y la dirigió hacia la otra orilla del lago. A veces, se le empañaban los ojos y ella tenía la sensación de que su mente lo trasladaba a otro lugar—. En realidad, «coincidencia» solo significa que hay un vínculo esperando a que lo descubran. —Pa volvió a mirar a Ally—. Perdona, pequeña... Es que me hace muy feliz saber que sientes el mismo amor por la navegación que tu Pa.

—¿Crees que podría apuntarme a clases? —preguntó ella en tono cantarín.

—Hum. Creo que sí. Siempre y cuando las compagines con tus estudios de flauta.

Volvió a guiñarle el ojo.

—¡Pues claro, Pa! ¿Crees que algún día seré tan buena como tú?

—Qué va, Ally. Creo que serás mejor. Venga, ve a entrar en calor. ¡Y no le cuentes a Ma lo de nuestra pequeña excursión!

—Vale, Pa —respondió ella mientras se desembarazaba del chaleco salvavidas.

Echó a correr por el muelle hacia las torrecillas de Atlantis.

Los gorjeos de Bear interrumpieron el sueño de Ally. Se frotó los ojos, satisfecha de haber conseguido descansar un poco al fin, se levantó de la cama y se acercó a la cuna. Al ver a su madre, Bear alzó los brazos y emitió un gritito de alegría.

—Buenos días a ti también —dijo ella, que enseguida sacó a su hijo de la cuna—. ¿Cuánta hambre tenemos hoy, señor? Me temo que el menú del desayuno no es muy variado.

Con gran pericia, se desabrochó los botones de la chaqueta del pijama usando solo una mano y Bear comenzó a mamar con ganas mientras Ally miraba por la ventana de su camarote.

No pudo evitar sentir que en su interior comenzaba a gestarse una tormenta perfecta de culpa. No podía negar que volver a ver a Jack había sido maravilloso. Le había bastado con observarlo mientras cruzaba la cubierta superior la noche anterior para confirmar que sus sentimientos por él no solo existían, sino que además eran muy profundos. Y, sin embargo, aquí estaba, a punto de zarpar hacia el lugar exacto donde hacía un año había sido tan abrumadoramente feliz con Theo. Si este estuviera aquí con ella, el viaje le habría resultado mucho más fácil. No era dada a la autocompasión, pero sí era muy consciente de que era la única de las hermanas que no tenía a alguien en quien confiar o de quien sacar fuerzas. Aunque se alegraba de verdad de ver a sus hermanas y a sus respectivas parejas a bordo del Titán, todo aquello era como meter el dedo en la llaga aún demasiado reciente de la cruel y prematura muerte de Theo.

«Hasta Electra se ha buscado un abogado de derechos humanos», pensó Ally, sabedora de que su burla surgía del amor fraternal, no del rencor.

Bajó la mirada hacia Bear, que tenía los ojos suaves de Theo y atisbos de su rebelde cabello castaño.

«Menudo lío». Pensó que, por no haberle hablado de su hijo, había echado a perder toda posibilidad de mantener una futura relación con Jack. La expresión de perplejidad del joven cuando le presentó a Bear la noche anterior le dejó muy claro a Ally que no había actuado bien.

—Debe de pensar que estoy loca de remate, Bear. Primero, me presento de incógnito en la Provenza para sonsacarle información sobre su familia a escondidas y, justo cuando me perdona por eso, me paso los días enviándole mensajes de texto y ni siquiera le hablo de ti. Si él cree que estoy pirada, ¡solo Dios sabe lo que pensará su madre de mí!

Ally consultó su reloj de pulsera. Eran casi las cinco de la mañana. Merry estaba a punto de llegar al barco, siempre y cuando Georg hubiera conseguido convencerla de que se subiera al avión. Lo último que había sabido por Jack era que «la hermana perdida» no tenía ni el más remoto interés en acompañarlos en este crucero. Aunque, por la expresión que lucía en la cara al marcharse, no le extrañaría que Georg la hubiera subido a rastras al jet. Verlo partir a Dublín ayer por la noche tan muerto de miedo solo había logrado inquietarla aún más. En muy pocas ocasiones lo había visto tan alterado.

Ally soltó un bufido de frustración. A veces desearía hacer con Georg lo mismo que hacía con su tripulación unos días antes de cada regata: llevárselos a un bar y emborracharlos como cubas. A lo largo de su carrera profesional, había descubierto que no había mejor manera de establecer un vínculo de confianza que beber abundantes cantidades de alcohol y compartir anécdotas y secretos.

«Eso no va a ocurrir ni en sueños», pensó.

Bear emitió un gemido de satisfacción y Ally volvió a dejarlo en su cuna. Luego entró en el baño, abrió la ducha y empezó a prepararse psicológicamente para conocer a su hermana perdida. Pensó en lo extraño que sería verla en carne y hueso, tener justo delante de sus narices a la misteriosa niña que, según decía siempre Pa, nunca había logrado encontrar. Las seis hermanas la habían buscado por todo el mundo y Ally esperaba que su padre, dondequiera que estuviese, se sintiera muy orgulloso de lo que sus hijas habían conseguido. Por supuesto, la razón de por qué Merry se había «perdido» seguía siendo un misterio. ¿Había salido algo mal en su proceso de adopción? ¿Por qué Pa se había empeñado tanto en esa niña en concreto?

Mientras Ally se deleitaba bajo el chorro de agua caliente y la magnífica presión de la ducha —que nunca dejaba de asombrarla, teniendo en cuenta que estaban en el mar—, intentó averiguar en qué momento habría entrado Merry en la vida de Pa. La «hermana perdida» tenía ahora cincuenta y nueve años. Pa había muerto hacía un año a los ochenta y nueve, lo cual quería decir que debía de tener unos treinta cuando intentó adoptarla. Teniendo en cuenta que encontró a Maia estando ya cerca de los sesenta, Ally empezó a sentir curiosidad por saber qué le habría ocurrido a Merry para que Pa tardara más de veinticinco años en volver a intentar adoptar.

Sin embargo, la edad de la hermana perdida hacía que Ally no se sintiera tan mal por estar empezando a sentir algo tan fuere por su hijo, Jack. Se permitió soltar una risita por lo extraño de la situación.

«Y yo que pensaba que esta familia no podía ser más rara...».

8

Merry

El coche que nos trasladó desde el aeropuerto hasta el puerto de Niza era tan extravagante como el propio jet. Tenía que reconocer que, aunque albergaba mis dudas respecto al viaje, estaba disfrutando muchísimo del lujo. Había bajado todas las ventanillas e iba inspirando el fresco aroma a pino que flotaba en el aire. Apenas había salido el sol, pero ya sentía que el día iba a ser sofocante.

Como era tan temprano, la limusina pudo acceder hasta el muelle. Los barcos, cada uno más desacomplejadamente opulento que el anterior, ocupaban hasta el último centímetro cuadrado de agua, y todos ellos estaban atracados en unos huecos tan minúsculos que la habilidad requerida para introducirlos marcha atrás debía de ser espectacular. Me estremecí solo de pensar en lo que costaría reparar un casco arañado. Todos los barcos parecían disponer de un equipo que trabajaba a bordo puliendo, barriendo, poniendo la mesa para el desayuno… A mí todo aquello me parecía de lo más claustrofóbico. Quizá porque estaba acostumbrada al espacio amplio y abierto de los viñedos del valle de Gibbston o, en los últimos tiempos, a los campos verdes y ondulados de West Cork.

—¿Sabes qué, Georg? Si yo tuviera tanto dinero, me compraría una casa enorme en medio de la nada, no vendría aquí a sentirme como una sardina en lata. Debe de ser imposible encontrar algo de paz y tranquilidad.

—Estoy de acuerdo contigo. Me da la sensación de que la mayoría de esta gente se pasa el verano en el amarre, sin apenas salir a navegar. Para casi todos ellos, estos yates son un símbolo de su estatus, nada más.

—Bueno, ¿y no es ese el caso del Titán?

—No. Ahí debo discrepar contigo. Para Atlas era un lugar seguro.

—¿Un lugar seguro? —Lo miré de hito en hito.

—Sí, exacto. Cuando necesitaba… escapar de… del estrés y la tensión de la vida, sabía que podía embarcarse en su yate en compañía de sus hijas y navegar a cualquier lugar del mundo.

Me fijé en que Georg había hecho una pequeña pausa antes de pronunciar la palabra «escapar». La limusina se detuvo al final del muelle.

—Bueno, ¿cuál es? Aunque la verdad es que me vale cualquiera, no soy quisquillosa.

El conductor me abrió la puerta y después procedió a sacar mi bolsa de viaje del maletero. Menos mal que se suponía que estaba en plena gira mundial. Eso significaba que mi equipaje estaba perfectamente surtido. Antes de que me diera cuenta, otro hombre, vestido con un polo azul marino, había cogido la maleta que le tendía el conductor.

—¿Es este? ¿El que está justo al final? —pregunté al mismo tiempo que señalaba el último yate del muelle.

—No, Merry —respondió Georg. El joven que había cogido mi maleta pasó de largo ante el barco que yo había supuesto que era el Titán y, cargado con ella, enfiló un muelle de madera que se adentraba en el agua—. En realidad, está anclado en la bahía. Llegaremos hasta él tras un brevísimo trayecto en lancha.

Georg señaló más allá del final del muelle hacia un barco que hacía que los demás parecieran juguetes para la bañera.

—¡Cielo santo! —Era innegable que tenía un aspecto magnífico. Conté no menos de cuatro niveles, y la enorme torre de radio con antenas parabólicas por todas partes lo distinguía de las embarcaciones cercanas—. Jack y Mary-Kate me habían dicho que era enorme…, pero… Guau. A lo mejor retiro mi comentario sobre sentirme como una sardina en lata.

Georg me sonrió.

—Buenos días, señor —lo saludó el joven que se había llevado mi maleta hacía un momento—. ¿No hay más equipaje?

—No, eso es todo, gracias —respondió aquel.

—Muy bien. El capitán en persona se ha encargado de traer la lancha aquí. —El joven me miró—. Le ruego que me siga hasta el final del muelle, madame.

Lo seguí y, allí, esperándonos a bordo, había un hombre apuesto y bronceado, con el pelo entrecano y unas gafas de montura de carey.

—Vaya, va muy bien vestido para ser tan temprano —dije.

—Le confieso que, en circunstancias normales, habría enviado a Victor a recogerla, pero es una pasajera muy especial. Será un placer para mí escoltarla personalmente a bordo. Me llamo Hans Gea. —Me tendió la mano y me la estrechó antes de ayudarme a subir—. Soy el capitán del Titán.

—Muchas gracias, Hans. Lo siento si te he decepcionado, llevo cuarenta y ocho horas sin dormir.

—Le aseguro, señora McDougal, que no me decepciona ni por asomo. Es un gran honor recibirla a bordo. Conocía a su padre de muchos años y siempre fue muy bueno conmigo. Sé lo feliz que estaría de verla al fin en su casa del mar.

—Pues… Yo… Gracias otra vez por haber madrugado tanto.

—Buenos días, señor Hoffman. Bienvenido de nuevo. —Saludó a Georg con un gesto de la cabeza.

—Gracias, Hans.

—Bueno, si estamos todos, volvamos al yate. Victor, suelta la amarra. —El marinero quitó el nudo del pilote de hormigón y se subió a la lancha con nosotros—. Serán solo unos minutos, señora McDougal.

—¿Hay alguien más despierto?

—No que yo sepa. Victor, ¿has visto a alguien ya levantado?

—No, capitán.

Me inundó una oleada de alivio. A decir verdad, la bienvenida de Hans ya había sido bastante intensa y no era más que el hombre que manejaba el barco. Una cosa estaba clara: quienquiera que fuese Atlas, no cabía duda de que engendraba una feroz lealtad en todos sus empleados. No estaba segura de si sería capaz de enfrentarme a una «reunión familiar» inmediata en cuanto pusiera un pie en el barco. Lo único que quería era una cama para descansar la cabeza durante unas horas.

—Me encargaré de que se hagan las seis copias del diario cuando lleguemos a bordo —me aseguró el abogado mientras recorríamos la corta distancia sobre el agua en calma.

—Gracias, Georg. No hay prisa. Solo quiero dormir, la verdad.

En cuanto Victor descargó la maleta y el capitán Hans me ayudó a subir a bordo, me guiaron por las escaleras hacia la cubierta de popa y luego al salón principal, donde Georg me mostró un plano de las habitaciones colgado en un enorme panel de corcho.

—A ver…, cubierta dos, suite uno. Excelente. Te han puesto al lado de tus hijos. Están en los dos camarotes justo a la derecha del tuyo.

—Caray, Georg, ahí hay un montón de nombres… ¿Todas las hermanas han traído a su pareja?

—Sí, eso es. Como ya imaginarás, este viaje tiene un peso emocional importante, así que las chicas decidieron conjuntamente que lo mejor sería que cada una de ellas contara con alguien especial.

—Ya… ¿Y todas las hermanas tienen «alguien especial»?

Enarqué una ceja, pues la madre sobreprotectora que llevaba dentro pensó de inmediato en Jack. Sabía muy bien que su principal motivación para venir a este crucero era cierta joven de cabello cobrizo.

—Todas menos Ally, la segunda hermana. Pero ha venido con su bebé, Bear. —Al estar tan cansada, una expresión de sorpresa incontenida me afloró el rostro—. ¿Estás bien, Merry?

—Sí, sí, muy bien. ¿Hay muchos niños a bordo?

—Otros dos: Valentina, la hija del compañero de Maia, Floriano; y Rory, que es el hijo de Mouse, la pareja de Star. También debería avisarte de que el joven Rory es sordo, aunque lee muy bien los labios.

—Caramba, este barco está a tope. Creo que van a tener que ser benévolos conmigo en el tema de los nombres.

—No me cabe la menor duda de que todos lo serán. ¿Te acompaño a tu habitación?

—Sí, gracias, porque… —De repente, el salón empezó a girar despacio y sentí que me invadía una familiar sensación de mareo. Caí en la cuenta de que, aparte de la falta de sueño, lo último que había ingerido había sido un café irlandés en Belfast la noche anterior—. ¿Puedo salir a tomar un poco el aire, Georg? Estoy mareada.

—Por supuesto, agárrate a mi brazo.

Me llevó a la cubierta superior y me sentó en unos enormes cojines que formaban una gran zona de descanso en la parte trasera.

—Voy a buscarte una botella de agua. Lo siento, pero, como es temprano, no hay mucho personal de servicio por aquí. ¿Te ves capaz de quedarte sola un momento?

—Sí, tranquilo, estaré bien.

Georg se alejó a buen paso y yo intenté controlar la respiración y reducir el ritmo cardiaco, pues el corazón me latía con tanta agresividad que pensé que se me iba a salir del pecho. Me sentía totalmente abrumada, tal como me había temido. La idea de estar aislada en medio del mar con aquellas desconocidas, sus respectivas parejas y todas las personas relacionadas con ellas era demasiado, y eso por no hablar de las revelaciones que se me había encomendado hacerles. Cerré los ojos y oí otro ruido más allá de mis profundas inhalaciones: el golpeteo de unos pies que corrían por la cubierta. Abrí los ojos esperando ver a Georg acercándose a mí a toda prisa con una botella de Evian en las manos, pero más bien me encontré con un hombre al que no había visto en mi vida plantado delante de mí. Era alto y lucía unos músculos bien definidos que se le marcaban mucho gracias a la ropa deportiva ajustada. A juzgar por las canas que le salpicaban el cabello ensortijado, lo habría situado ya cerca de los cuarenta.

—Huy, hola —dijo con acento americano.

—Hola —respondí con timidez.

—¿Te encuentras bien? Pareces un poco, eh…, pachucha.

—Sí, sí, estoy bien. Georg acaba de ir a buscarme un poco de agua.

—Georg… Ese es el abogado, ¿no?

—Sí. ¿No lo sabías?

—Perdona, ni siquiera me he presentado. Soy Miles, he venido con Electra.

—Esa es la modelo, ¿no?

—Exacto. Tú debes de ser Mary.

—Sí. Pero casi todo el mundo me llama Merry.

—Toma, bebe un trago de esto. —Me tendió una botella llena de un líquido de un azul tan vivo que podría haber sido un producto químico—. Es Gatorade. Me imaginé que aquí andarían algo escasos de existencias, así que me traje un montón desde Estados Unidos.

Le di un trago al líquido fresco y dulce. No sabía tan horrible como parecía.

—Gracias.

—De nada. Suelo levantarme muy temprano para hacer ejercicio. Iba a subirme a una de las cintas de correr del gimnasio de a bordo, pero este sitio es enorme y, como no había nadie más, me ha parecido una pena desperdiciar este amanecer. Unas cuantas vueltas a cada cubierta y estaré preparado para empezar el día.

—Brindo por ello —dije, y bebí otro gran trago de Gatorade—. Perdona, debo de estar acabando con tu preciado suministro.

—No te preocupes, seguro que has tenido unas veinticuatro horas de lo más interesantes.

—Sí, podría decirse así, Miles.

—Bueno, yo solo sé que Electra se muere por conocerte. Como todos los demás pasajeros del Titán, la verdad. Estás más solicitada que la supermodelo internacional. —Me dedicó una gran sonrisa.

—Pues, si te soy sincera, Miles, eso es lo que me preocupa.

—Lo entiendo. Sé que tu situación y la mía no son comparables, pero todo esto también es nuevo para mí. Hace apenas unas semanas que conozco a Electra. Me sorprendió un poco que me pidiera que la acompañase. Si te digo la verdad, llevo días hecho un manojo de nervios.

—¿A qué te dedicas? ¿Eres actor? ¿Fotógrafo o algo así?

—No, señora, ninguna de esas cosas tan emocionantes, me temo. Soy abogado.

Me reprendí en silencio por haber hecho una suposición basada en que era el novio de la supermodelo. Es más, Miles tenía algo que ejercía un efecto increíblemente tranquilizador sobre mí. Me costaba distinguir si la cabeza se me estaba despejando gracias al Gatorade o a la presencia de ese hombre educado y sensato que me estaba tratando con empatía.

—Y ¿cómo os conocisteis Electra y tú?

Miles miró hacia el mar.

—Bueno, teníamos, eh…, intereses comunes. Nuestros caminos se cruzaron en una granja de Arizona. A todo esto, fue un verdadero placer conocer anoche a tus hijos, Merry. Jack y Mary-Kate fueron el alma de la fiesta durante la cena. Me alegré mucho de que estuvieran aquí, se encargaron a las mil maravillas de que no nos quedáramos sin conversación en ningún momento. Podría haber sido un poco incómodo. Ya sabes: un montón de desconocidos, una ocasión muy emotiva para las hermanas…

—Sí, esos son mis chicos. Si hay algo que se les dé bien a los australianos, es hablar.

—¡Es cierto! La novia de CeCe…, Chrissie, creo que se llama, también es de Australia y es igual.

—O sea que tú eres de Estados Unidos, Chrissie es australiana… ¿Hay alguna procedencia exótica más que deba conocer?

—Bueno, depende de tu definición de «exótica»… Floriano el de Maia y su hija Valentina son brasileños. Pero todas las hermanas tienen una historia asombrosa que contar. Su padre… Vuestro padre les dejó unas pistas que debían descubrir tras su muerte. Grabó las coordenadas de sus respectivos lugares de nacimiento en una especie de escultura que colocó en el jardín de la casa familiar; la llaman «la esfera armilar». Resulta que adoptó a niñas de todos los rincones del mundo…

—Ostras. Tuvo una vida asombrosa, de eso no cabe duda.

—Igual que tú, por lo que parece. Jack y Mary-Kate nos han contado lo de tu viaje de las últimas semanas. Merry, lamento mucho todo lo que has tenido que pasar. No sé cómo lo has sobrellevado. Que las hermanas te siguieran por todo el mundo debió de asustarte mucho. Que estés en este yate me hace pensar que eres una persona muy fuerte. Tus hijos opinan lo mismo. Anoche no dejaron de cantar tus alabanzas.

No sé muy bien qué fue, pero su serena sinceridad hizo que se me saltaran las lágrimas.

—Gracias, Miles. Ha sido un comentario muy generoso por tu parte.

—Y, Merry… No las conozco desde hace mucho, pero son buena gente. Sé alguna que otra cosa sobre el carácter de las personas. Verás, me dedico al campo de los derechos humanos, así que en el trabajo he tenido que aprender a ser un buen juez en ese aspecto. Te prometo que aquí estás a salvo y que todo el mundo tiene muchas ganas de conocerte.

—Solo espero… estar a la altura de las expectativas.

Volví a sentirme superada.

—Mi punto de vista es que te conocen de toda la vida. Bueno, al menos, siempre han sabido de tu existencia. Por lo que se ve, tu padre te mencionaba a menudo. Decía constantemente que te había perdido, pero no logró encontrarte. Por eso todas están tan contentas de haber conseguido traerte hasta aquí para cumplir el deseo que vuestro padre tuvo toda su vida.

—Miles, eres abogado, así que conoces las susceptibilidades inherentes a las familias, sobre todo tras la muerte de un ser querido.

—Desde luego, sí.

—Ya te habrás percatado de que soy mucho mayor que todas las demás.

—Pues… no lo habría notado jamás, pero las chicas me lo han comentado, sí.

—Sí que eres abogado, Miles. Has tenido mucho tacto. Como sea, imagino que, dada tu profesión, sabes guardar un secreto, ¿no?

Él se echó a reír y asintió.

—Pues sí. Tengo unos cuantos que se irán a la tumba conmigo.

—Bueno, por suerte, eso no será necesario en este caso, pero agradecería que me dieras tu opinión sobre una cosa.

Me miró a los ojos durante unos segundos.

—Tienes mi discreción.

Metí la mano en mi bolso y saqué la carta de Atlas.

—¿Puedes leerla, por favor?

—Por supuesto. ¿Estás segura de que quieres que lo haga?

—Necesito una opinión externa que no sea la de Georg. Es una nota de mi padre para mí. Parece confirmar que soy su… Léela tú mismo.

Miles hizo lo que le pedía y yo lo escudriñé mientras leía. Esta vez se le llenaron a él los ojos de lágrimas.

—Perdóname —se disculpó al devolverme la carta—. Es bastante fuerte.

—Sí.

—Si no te importa que te lo pregunte, ¿qué te preocupa tanto? ¿El hecho de que esto signifique que eres su hija biológica?

—¡Sí! Y que me haya confiado la historia de su vida a mí antes que a las demás.

Miles guardó silencio un instante mientras sopesaba su respuesta.

—Lo entiendo. Bueno, no puedo hablar por todo el mundo, pero míralo desde su perspectiva: eres la respuesta a una pregunta fundamental. Llevan toda la vida queriendo saber por qué su misterioso padre se embarcó en la misión de adoptar a tantas niñas de todo el mundo. Si perdió a su esposa y a su hija cuando era mucho más joven, quizá eso lo explique hasta cierto punto...

Me recosté sobre los cojines y consideré su perspectiva.

—Supongo que no me lo había planteado así.

—De todas formas, Jack y Mary-Kate ya te han allanado el camino. Todo el mundo los quiere tanto que ya casi forman parte del mobiliario.

—Ya me lo imagino. Gracias, Miles.

—No hay de qué. Y, si las cosas se ponen demasiado intensas a lo largo de los próximos días y necesitas hablar con alguien que tenga una perspectiva externa, solo tienes que decírmelo.

Volví a oír un ruido de pies corriendo y, cuando me di la vuelta, vi que Georg salía del salón blandiendo una botella de agua.

—Discúlpame, Merry. He tenido que bajar a la cocina. Resulta que sacarse una licenciatura en Derecho en la Universidad de Basilea es un proceso menos complejo que buscar en las despensas del mayordomo jefe.

—No pasa nada, Georg. Miles me ha salvado con su brebaje azul. —Alcé la botella de Gatorade.

—Le añadiré un pequeño cargo a su factura al final de su estancia, madame —respondió Miles con un guiño—. Bueno, te dejo para que te instales, Merry. Todavía me quedan unas cuantas vueltas más antes de que Electra se levante y tenga que ir a por café. —Se puso en pie y saludó a Georg con un gesto de la cabeza—. Y recuerda mi oferta. Estoy aquí siempre que lo necesites. Cubierta tres, suite cuatro, creo.

Se echó a reír y le dije adiós con la mano antes de que se volviera para continuar con su circuito por el Titán.

—Lo siento, Merry, no sabía que hubiera alguien despierto.

—Tranquilo, Georg. Ha sido agradable conocerlo. Su presencia me ha calmado bastante.

—Sí. Ha superado muchas cosas a lo largo de su vida. Estoy convencido de que es el compañero perfecto para Electra. Bueno, ¿te encuentras un poco mejor?

—Sí, gracias, Georg. Por lo menos lo justo para llegar a mi dormitorio.

—Agárrate otra vez. Te acompaño abajo. Victor se ha asegurado de que tu equipaje te esté esperando.

Me apoyé en él mientras nos adentrábamos en las tripas del enorme barco. No sé si sería mi estado delirante o el hecho de que todos los pasillos estuvieran revestidos de la misma madera de color marrón oscuro —y pulida hasta el extremo de que todas las superficies parecían un espejo—, pero me sentía como si estuviera atravesando un cuadro de M. C. Escher. Camino de mi habitación, nos cruzamos con los numerosos miembros del personal, que empezaban a despertarse para preparar el inminente viaje. Algunos iban vestidos con polos y otros con camisas blancas de manga corta adornadas con charreteras. Georg farfulló algo sobre la «tripulación de cubierta» y la «tripulación de interior», pero yo no le presté mucha atención. Sin embargo, todos los uniformes tenían una cosa en común: llevaban bordado en el pecho el nombre del Titán y, justo debajo, en hilo de color dorado intenso, la imagen de una esfera armilar. Varias escaleras y pasillos después, Georg me señaló una puerta en la segunda cubierta.

—Esta es tu habitación —susurró—. Mary-Kate y Jack están justo aquí, a tu derecha. —Abrió la puerta del camarote.

—Fantástico, Georg. Oye, ¿tengo que hacer algo antes de desplomarme en la cama y abandonar el mundo de los vivos durante unas horas?

—No, nada, Merry. Por favor, descansa todo lo que necesites. Eso sí, no tardaremos en marcharnos de Niza, así que debo advertirte que los motores son un poco... molestos —dijo avergonzado.

—No pasa nada, Georg, creo que estoy tan cansada que podría dormir pasara lo que pasase. Imagino que tú también querrás echarte una siestecita, pero, si pudieras pedirle a alguien que avise a mis hijos de que su madre ya está a bordo, te lo agradecería.

—No hay problema, yo me encargo de eso y de preparar las copias del diario. Buenas noches, Merry.

—Buenos días, más bien.

Suspiré, agotada, y entré en la habitación. Cuando cerré la puerta a mi espalda con suavidad, no me sorprendió en absoluto descubrir que el camarote parecía un hotel de cinco estrellas. De hecho, puede que fuera incluso mejor que la suite en la que me había alojado hacía poco en el Claridge's de Londres. Me habían dejado la maleta junto a la cama, pero no me quedaban fuerzas para abrirla e intentar encontrar alguna prenda adecuada para dormir. Así las cosas, me quité los zapatos, tiré al suelo las toallas (perfectamente dobladas en forma de elefantito) y me derrumbé sobre el colchón. Me arrebujé bajo las sábanas, cerré los ojos y me dormí.

9

Maia se estiró y bostezó mientras echaba un vistazo en torno a la mesa vacía. Miró su reloj de pulsera: las 10.50. Habían quedado en verse todos aquí, en la cubierta superior, a las once, pero, por lo visto, iba a desayunar sola. Hacía más o menos una hora que los motores del Titán se habían puesto en marcha con un rugido y habían iniciado el viaje hacia Delos y Pa. Sin embargo, sospechaba que la cantidad de vino consumida la noche anterior bastaba para asegurar que el ruido no despertara a quienes se habían excedido un poquito más de la cuenta. Maia ni siquiera lo probó, claro. Por suerte, todos aceptaron con bastante facilidad la consigna de «mantener la cabeza despejada durante los próximos días».

Al principio, se preocupó por no poder contar con el consuelo de tomarse alguna que otra copa de rosado de la Provenza que la ayudara a sobrellevar el crucero, pero, tras la noche anterior, no creía que fuera a echarlo mucho de menos. De hecho, estaba contentísima por lo bien que se habían compenetrado todos durante la cena. En el fondo, llevaba meses temiendo este viaje, como la mayoría de los demás pasajeros, según sospechaba. Sus hermanas y ella habían hecho grandes progresos a lo largo del último año y todas estaban aprendiendo a adaptarse a la vida sin la guía luminosa de Pa Salt. Por eso, la mayor de las hermanas D'Aplièse tenía miedo de que este viaje solo sirviera como recordatorio de la enorme pérdida que habían sufrido. Incluso su llegada al muelle el día anterior resultó difícil, ya que el Titán siempre había sido un símbolo de que la familia se reunía con el fin de empezar el verano; era un lugar seguro para relajarse y ponerse al día. Pero, mientras bebía un sorbo de agua, Maia reconoció para sí que la noche anterior había sido casi... ¿Sería osado decir «divertida»?

La verdad, era la presencia de las «parejas» lo que convirtió la velada en un momento tan alegre. El grupo congregado para el crucero era bastante ecléctico, algo que seguro que a Pa le habría encantado. Estaba el trabajador doctor Charlie Kinnaird, que hacía una labor magnífica a la hora de mantener a su espiritual hermana Tiggy con los pies en la tierra. Electra tenía a Miles, un hombre tranquilo y sagaz que no la veía como una superestrella mundial, sino como la mujer vulnerable pero apasionada que era. Chrissie era capaz de plantarle cara a CeCe (aunque Maia se alegraba de no tener que vivir bajo ese techo tan particularmente ruidoso). Hasta Mouse, que solía mostrarse reacio a las ocasiones sociales, se reveló la noche anterior como un pilar de elocuencia y humildad. Él y su encantador hijo, Rory, le proporcionaban a la silenciosa Star la confianza que necesitaba para crecer.

Y luego, claro, estaba Ally. Maia no podía ni imaginarse el dolor añadido que su hermana se había visto obligada a soportar durante el último año, tras la pérdida de su amado Theo. Admiraba muchísimo su fuerza y su resistencia; había estado a la altura del reto de la maternidad en las circunstancias más complicadas... Algo que ella no logró en su día.

—Buenos días, Maia —la saludó Tiggy mientras cruzaba la cubierta y tomaba asiento frente a ella.

—Buenos días, Tigs.

Esta se pasó las manos por la espesa melena castaña, que casi parecía reflejar la luz del sol.

—Qué día tan bonito —dijo.

Maia pensó en lo bien que veía a su hermana. Tiggy siempre había poseído una elegancia y una soltura naturales, pero la muerte de Pa hacía un año parecía haberla afectado más que a ninguna. Ahora, con el inquebrantable Charlie a su lado y entregada al trabajo de sus sueños —repoblar las Highlands de gatos monteses—, la sonrisa parecía haber vuelto de manera permanente a sus labios.

—Me temo que va a ser un desayuno más tranquilo de lo esperado —suspiró Maia.

—Huy, yo no estaría tan segura. Se oyen muchos ruidos bajo cubierta. Charlie está en el despacho revisando el informe de unos análisis de sangre o algo así. Me alegro de no ser médico, ¡parece que no tienes derecho a disfrutar ni de un minuto de paz! ¿Dónde están tus dos invitados?

—Floriano acaba de ir a buscar a Valentina. Al final, anoche la tripulación tuvo que prepararles a Rory y a ella un camarote libre para que lo compartieran. Se empeñaron. Rory ha empezado a enseñarla a signar y, a cambio, ella le da clases de portugués... —Maia y Tiggy se echaron a reír—. Son como hermanos.

Tiggy enarcó las cejas y luego se volvió para comprobar que la cubierta superior seguía vacía.

—Por cierto, hablando de hermanos, Maia... —Bajó la mirada hacia su vientre y luego le dedicó una sonrisa enorme.

Su hermana exhaló, negó con la cabeza y también sonrió.

—En una situación como esta, normalmente me ofendería que hicieras un comentario sobre mi peso. Pero, siendo como eres, sospecho que esa no es la razón por la que me lo preguntas.

Tiggy soltó un chillido de emoción.

—¡Lo sabía! ¿Se lo has dicho ya?

—Chis... Se lo he dicho a Floriano, sí. Pero a Valentina no. ¿Cómo es posible que siempre lo sepas, Tiggy?

La joven se encogió de hombros y puso cara de satisfacción.

—No, en serio. Siempre te he dejado salirte con la tuya en este frente, desde que éramos pequeñas. Jamás me olvidaré de aquella vez que me dijiste que Madeleine iba a tener seis gatitos, ni uno más ni uno menos. Y, en efecto, esa misma noche aparecieron seis crías maullando. Y todos nos sabemos la historia de Ally sobre el nacimiento de Bear. Jura que ninguno de los dos estaría aquí si no fuera por ti y por Angelina. Dímelo, ¿qué ves tú que a los demás se nos escapa?

Tiggy miró hacia el mar por la parte trasera del Titán, donde el enorme motor del yate creaba una estela de aguas blancas y agitadas.

—Es un don ancestral. Soy «bruja» —dijo pronunciando esta última palabra en español, tal como se la había enseñado Chilly.

—Un segundo, ¿eres hechicera? —preguntó Maia.

Tiggy se echó a reír.

—Claro, tendría que haber caído en la cuenta de que eres traductora. No, Maia. No soy hechicera. Ser «bruja» es formar parte de un linaje espiritual.

La hermana parecía avergonzada.

—Perdona, Tiggy, no quería meter la pata, es solo que mi cerebro funciona así.

—¡Haces bien en pedir perdón! Y, ahora, escucha con atención mientras te lo explico o te daré un escobazo en la cabeza. —Señaló el agua—. Cuando miras el mar, ves el agua azul, la espuma y las olas. Pero eso es solo una parte. No ves lo que hay debajo de la superficie, donde el Titán crea una corriente. Para la vida marina, para los peces y las plantas, esa corriente es una fuerza que escapa a su control, procede de un lugar que no comprenden. —Tiggy cerró los ojos, como si estuviera visualizando lo que intentaba describir—. Aquí arriba también es así. A nuestro alrededor hay energías y fuerzas que la mayoría de la gente no se plantea o no entiende. Pero yo sí veo algunas. —Volvió a abrir los ojos y miró a Maia—. No es magia ni nada por el estilo. Está todo ahí, delante de nuestras narices. Lo que pasa es que yo sí sé cómo mirar.

—Eres increíble, Tiggy. Entonces, la pregunta es... si vas a ser tía de una sobrina o de un sobrino.

Su hermana la miró enarcando una ceja.

—Sugiero un bonito color neutro para la habitación —respondió con un guiño.

Un sonriente camarero rubio salió del salón. Maia le lanzó una mirada a Tiggy y esta respondió haciendo el gesto de cerrarse una cremallera sobre los labios. Ninguna de las dos hermanas había visto antes al camarero. De hecho, lo más habitual era que la tripulación de interior del Titán cambiase cada temporada, así que todos los años aparecía una nueva tripulación de jóvenes «apasionados de la navegación».

—Buenos días, señorita D'Aplièse y... señorita D'Aplièse. ¿Puedo ofrecerles un café? ¿O quizá un zumo? —preguntó con timidez.

Maia sintió lástima por él. Se imaginó que, trabajando en superyates, no siempre te encontrabas con la clientela más fácil de tratar. Intentó tranquilizarlo.

—Por favor, llámanos Maia y Tiggy. Y sí, gracias, yo tomaré un café con leche —respondió.

—Yo también, gracias —añadió la otra—. ¡Con leche de avena, por favor!

—Perfecto, os los traeré enseguida. Y el chef ha preguntado si sigue en pie el plan de servir el desayuno para todo el mundo a las once.

—Sí, por favor, empieza a subir cosas cuando quieras. Seguro que el olor a beicon y café consigue que los demás salgan de las profundidades del barco. Y, si no es así, ya iremos nosotras a buscarlos —prometió Maia.

—Estupendo —respondió el camarero antes de desaparecer de nuevo.

Maia respiró hondo.

—¿Sabes que ahora me resulta un poco extraño experimentar tanta riqueza y lujo? Me da un pelín de vergüenza, si te soy sincera.

—Te entiendo. Personalmente, yo estoy mucho más cómoda bajo una lona en medio del bosque —coincidió Tiggy.

—Bueno, eso no lo tengo tan claro. No sé si sería capaz de sobrevivir mucho tiempo sin el calor brasileño. El caso es que creo que todas debemos acordarnos de que tenemos que seguir haciendo cosas por el resto del mundo siempre que podamos. De hecho, he empezado a visitar una favela de Río todas las semanas para darles clases de inglés y español a los niños.

—Ostras, Maia, eso es maravilloso. Al fin y al cabo, es donde empezó tu vida —dijo Tiggy con ternura.

—Así es, sí. Me apasiona ofrecerles toda la ayuda posible para mejorar sus perspectivas de futuro. Creo que no es muy probable que un enigmático multimillonario vaya hasta allí a salvarlos, como fue nuestro caso.

—No. Sin duda, Pa fue un salvavidas para todas nosotras. Qué diferente habría sido nuestra historia si no nos hubiera ido recogiendo una a una por todo el mundo. —Tiggy negó con la cabeza y luego volvió a mirar a su hermana—. Lo echo mucho de menos, Maia. Siento que he perdido mi punto de apoyo. Daba igual el problema al que me enfrentara, él siempre sabía qué decir para hacer que me sintiera mejor. Me imagino que a ti te pasa lo mismo.

—Sí. A todas, creo.

—Lo más irónico es que ahora lo necesitamos más que nunca y no está aquí para ayudarnos.

—No, físicamente no. Pero, en cierto sentido, creo que sí está con nosotras —respondió Maia.

Tiggy la miró.

—Oye, no estarás a punto de darle una lección de sabiduría espiritual a la mismísima «bruja», ¿no?

—Yo no diría tanto, pero mira lo que hemos conseguido: ¡encontrar a la hermana perdida! No lo habríamos logrado sin su guía.

—Se habría alegrado mucho de que viniera —sonrió Tiggy.

—Sí, es cierto.

—Lo que pasa es que... —Se apoyó la cabeza entre las manos—. Eso que te he dicho antes, lo de que soy capaz de sentir las diferentes energías que influyen en nuestra vida...

—Sí...

—Por favor, no pienses que estoy loca —dijo en tono suplicante.

—Te prometo que no lo pensaré, Tiggy. Nunca lo he pensado.

—Vale. Por lo general, cuando alguien está a punto de morir, lo noto. Siempre he tenido esa capacidad, igual que cuando noto que se está gestado una nueva vida, como la que tú llevas dentro en este momento. —Maia asintió a su hermana con sinceridad—. Y luego, cuando fallece una persona a la que he conocido en vida, siempre he podido... despedirme de ella. O sea, de su espíritu, de su fuerza vital o como quieras llamarlo, antes de que se vaya. Siempre me ha resultado muy reconfortante. Y creo que a ellos también.

—Entiendo.

—Pero, Maia, con Pa no sentí nada de eso. No sentí que estuviera a punto de dejarnos y, desde luego, no he lo he sentido desde entonces. Por eso lo he pasado tan mal este último año. No he podido despedirme de él.

—Madre mía. Lo siento mucho, Tiggy, debe de ser muy difícil.

—Sí. Lo era todo para mí, para todas nosotras, y no puedo creerme que no haya venido a verme por última vez. —Agachó la cabeza y empezó a estudiarse las manos, como solía hacer cuando contemplaba asuntos que iban más allá del mundo físico.

Maia no sabía muy bien qué decirle a su hermana.

—¿Quizá es porque sabe lo mucho que te afectaría, Tiggy?

—Puede —contestó ella—. Había empezado a plantearme que tal vez me hubiera enviado a Charlie, que esa era su despedida.

—Eso sería muy típico de Pa —sugirió Maia.

—Sí. Pero, desde hace unas semanas, he empezado a sentirme angustiada otra vez.

—¿Va todo bien con Charlie?

—Sí, nos va muy bien. Me refiero a que de pronto he vuelto a notarme muy ansiosa de nuevo por lo de Pa. No me lo esperaba, teniendo en cuenta que murió hace un año.

—No, ya me lo imagino. Pero, Tiggy, si piensas a lo que hemos venido aquí, creo que es normal. Estoy segura de que todas hemos sentido algo parecido.

Tiggy se quedó pensando unos instantes.

—Sí. Seguro que tienes razón. Perdona, Maia, no quería ponerme en plan serio y toda «bruja» contigo. Y menos después de lo de anoche... ¡Qué bien nos lo pasamos!

—Ostras, sí. Jack y Mary-Kate son un encanto.

—Y que lo digas. A todo esto, ¿sabemos si Georg volvió anoche con Merry?

—Algo me dice que sí. Hay dos cubiertos extra en la mesa: ayer éramos dieciséis y esta mañana somos dieciocho.

—Madre mía. Es increíble que por fin todas vayamos a conocer a la hermana perdida. Después de tantos años... No era más que una historia y esta mañana se tomará un zumo de naranja con nosotras.

—Pobre Merry. Ha sufrido mucho, Tiggy. Me cuesta creer que Georg haya sido capaz de convencerla para que viniera. Tenemos que asegurarnos de hacer todo lo posible por cuidarla estos próximos días.

—Estoy de acuerdo. Tiene un alma muy bella, Maia. Aunque la conocí de pasada en Dublín, sé que aquí encajará a la perfección.

Se hizo un breve silencio mientras ambas reflexionaban sobre la importancia de la nueva pasajera. Al cabo de un rato, Maia dijo:

—Ayer fue muy raro ver a Georg salir corriendo del barco, ¿no? Creo que nunca lo había visto sudar. Estaba verdadera y absolutamente desesperado por lograr que Merry hiciera este viaje. Bueno, ya sé que todas lo estábamos deseando, pero creo que nosotras sabemos aceptar un no por respuesta —reflexionó Maia.

Tiggy volvió a mirar hacia el horizonte.

—Creo que, para él, dejarla marchar no era una opción. —Sonrió—. ¿Sabes? Tengo el presentimiento de que...

Unas voces procedentes del salón la interrumpieron.

—Mi papá dice que el Ore Brasil es un barco aún más grande que este —le dijo Valentina a Rory con gran orgullo.

—Halaaa… ¿Sabes lo que es el Titanic? —replicó él.

Los dos salieron a la cubierta con Floriano pisándoles los talones.

—Bueno, bueno, no creo que debamos hablar ahora de ese barco, señorito. —Sonrió a Maia y enarcó las cejas.

—*Bom dia*, Maia.

—*Bom dia*, Valentina. *Apenas inglês, por favor.* En este viaje, solo inglés.

—Vale…

—Gracias, Valentina —dijo Tiggy—. Algunas no somos tan listas como tú. ¡Ni tan guapas!

—Uf, por favor, tía Tiggy, ¡que se le va a subir todavía más a la cabeza! —exclamó Floriano, que cogió a la niña en brazos y se puso a hacerle cosquillas.

—¿Has visto a alguien más, Floriano? —preguntó Maia.

Fue Rory quien contestó:

—Hemos llamado a la puerta de todo el mundo, ¿verdad, Valentina? Luego hemos echado una carrera por el barco y nos hemos encontrado a Ma con Ally y con Bear en la proa. Ya vienen para acá. ¿Vamos a desayunar salchichas?

—Imagino que el chef preparará unas cuantas, sí. Buena elección, Rory. ¿Es lo que más te gusta desayunar? —le preguntó Tiggy.

—Yo diría que sí, ¿verdad, amiguito? —La voz de Mouse les llegó como un retumbo desde el salón, de donde salió agarrado de la mano de Star.

—¡Buenos días, Star! ¡Buenos días, papá!

—Hola, Rory. Buenos días a todos. —Star saludó con un discreto gesto de la mano a toda la mesa—. Me he encontrado con Mary-Kate cuando subía. Me ha dicho que Jack y ella van a entrar a ver a su madre… y que empecemos a desayunar sin ellos.

—Perfecto. ¿Estás nerviosa, Star? —preguntó Maia.

—Sí. Si te soy sincera, llevo toda la mañana con el estómago revuelto. La última vez que hablamos, yo estaba «metida en el personaje», ejecutando el ridículo plan de Orlando, y me siento fatal por todo aquello.

—En serio, Star, no te preocupes. Cuando conocí a Merry en Dublín, me dio la impresión de que estaba todo perdonado —la tranquilizó Tiggy.

—Seguro —añadió Maia, que le agarró la mano a Star—. Este es un gran momento. —Paseó la mirada por la mesa—. Las seis hermanas están a punto de convertirse en siete.

10

Merry

Aunque solo había dormido seis horas, había sido un sueño profundo y reparador. En el valle de Gibbston, donde nuestra casa se alzaba en medio de vastos viñedos, las noches eran muy silenciosas. La única desventaja de esa paz era que por lo general significaba que dormía fatal cuando no estaba en mi propia cama. Había descubierto que, en los hoteles, el más ligero de los pasos en el pasillo bastaba para despertarme. Pero a bordo del Titán me había sumido con facilidad en un sopor pesado. De hecho, no me di cuenta de que habíamos zarpado hasta que me levanté de la cama y me acerqué a la ventana del camarote. Ni siquiera los motores me habían molestado. Quité el pestillo del circulito de cristal de la portilla y lo levanté todo lo que pude, unos diez centímetros por lo menos. Inhalé el aire cálido y salado procedente del Mediterráneo y eso me revitalizó aún más. Tras la muerte de Jock, me había prometido que correría una aventura y, bueno, no cabía duda de que había cumplido mi palabra. No era exactamente la vuelta al mundo que me había imaginado, pero aquí estaba, en un superyate embarcada en una expedición para descubrir mi verdadera ascendencia. Sí, el día de hoy iba a ser… impredecible, pero mi charla con Miles, sumada a unas cuantas horas de buen descanso, me había hecho sentir mucho más positiva.

Cogí el móvil de la mesita de noche y vi dos mensajes, uno de Jack y otro de Mary-Kate. Ambos me pedían que los avisara cuando me despertase. Les contesté diciéndoles que los esperaba dentro de media hora, en cuanto me hubiera adecentado.

Después de ducharme y lavarme el pelo, saqué un vestido de lino limpio de la maleta y busqué el secador. Al mirarme en el espejo, pensé en el dibujo al carboncillo que Georg me había enseñado la noche anterior. Era innegable: la mujer del retrato bien podría haber sido yo. Me pregunté cuál sería la historia de mi madre biológica y qué la habría empujado a abandonarme en la puerta del padre O'Brien hacía tantos años. Era del todo incapaz de imaginar una situación hipotética que me hubiera llevado a hacerles eso mismo a Jack o a Mary-Kate. Un escalofrío me recorrió la columna vertebral de arriba abajo solo de pensarlo.

Unos minutos después de apagar el secador, oí un golpeteo conocido en la puerta, el mismo que, hacía más de un cuarto de siglo, resonaba en la de mi dormitorio cuando mi hijo tuvo una pesadilla y quiso meterse en la cama con Jock y conmigo.

—Pasa, Jack —dije.

La puerta se abrió y aparecieron su pelo rubio y ondulado, sus penetrantes ojos azules y su rostro naturalmente alegre.

—¡Hola, mamá! ¡Bienvenida a bordo del buen barco Titán! —exclamó con una sonrisa enorme.

—¡Mamá! ¡Has venido! Cómo me alegro de verte. —Mary-Kate entró tras él, ataviada con un bikini y un caftán.

Los abracé a los dos a la vez y los mantuve apretados contra mí durante un buen rato. Aunque estábamos en otro hemisferio, flotando en medio del vasto mar, en ese momento volví a estar en casa.

—Yo también me alegro de verte, Mary-Kate. No tienes ni idea de cuánto. Venga, venid a sentaros.

Señalé los dos sillones situados uno a cada lado de la mesita de centro y yo me acomodé a los pies de la cama.

—Bueno, mamá, ¿qué te ha hecho cambiar de opinión? Ally nos dijo que Georg se marchó corriendo del barco ayer por la noche para ir a secuestrarte. Doy por hecho que no te metió en un saco de arpillera, así que ¿qué te dijo para convencerte de que vinieras?

—En realidad fue mi viejo amigo Ambrose. Ya sabéis lo mucho que confío en él. Me conoce desde hace más tiempo que nadie. Me dijo que debía venir. Y le hice caso.

—Pues a bordo de este barco eres como una celebridad. Más incluso que la auténtica celebridad. ¿No sabes quién es Electra, mamá? Ahora mismo es nada menos que una de las mayores estrellas del mundo. Dio un discurso en el Concert for Africa justo después de Obama y...

—Sí, sí, puede que leyera algo al respecto en Nueva Zelanda.
—Me volví hacia mi hijo—. ¿Y qué tal está la joven Ally, Jack?

—Ah, sí. Está bien.

Le sostuve la mirada.

—Vale, sí... Pues, eh, tiene un bebé —añadió.

—Algo me dijo un pajarito llamado Georg hace un rato —dije—. ¿Y qué opinas tú de eso? Es un poco raro que no te hubiera dicho nada.

—El bebé no me supone ningún problema. Es un hombrecito precioso, se llama Bear.

Mary-Kate le dio un codazo cariñoso en el brazo.

—Pero ya no hay duda de que está soltera, mamá. Tienes que verlos juntos. ¡Son adorables!

—Venga ya, Mary-Kate. Perdió al padre de Bear hace solo un año. Yo creo que no me había dicho lo del niño porque no quería hacerme daño, nada más. Sobreviviré. De todas formas, ¡aquí el plato fuerte eres tú, mamá! ¿Estás lista para ir a conocer a la familia?

Respiré hondo.

—Pues, veréis, en realidad hay un par de cosas de las que me he enterado hace poco y que querría comentar con vosotros. A poder ser antes de todas esas solemnes presentaciones.

Mary-Kate percibió mi inquietud y se levantó para sentarse a mi lado en la cama. Me cogió una mano.

—Claro, mamá.

Me acerqué al bolso y saqué la carta de Atlas y el dibujo a carboncillo.

—¡La leche, mamá! Cuántas cosas que asimilar. Sobre todo, después de lo que has vivido estas últimas semanas. ¿Cómo te sientes? —me preguntó Jack con dulzura tras pasarme un brazo por el hombro.

—Fatal, al principio. Ahora mejor, después de haber descansado. Además, he conocido a un hombre llamado Miles...

—¿El novio de Electra?

—Exacto. Me ha tranquilizado mucho. Georg está haciendo copias del diario para entregárselas a las hermanas y que puedan leerlo todas a la vez.

—Entonces ¿es cierto que eres la hija biológica del tal Pa Salt? —preguntó Mary-Kate.

—Eso parece. Atlas es mi padre. Y vuestro abuelo.

Se hizo el silencio.

—¡Anda, sí, claro! Aunque los que estáis emparentados con él de verdad, oficialmente y como es debido, sois vosotros dos —dijo Mary-Kate, refiriéndose al hecho de que ella también era adoptada. Se pasó las manos por la larga melena rubia—. ¡Esto es una locura!

—Dios, no me extraña que Georg estuviera tan desesperado por traerte a bordo, mamá. Eres... Somos sangre de la sangre de Pa Salt —tartamudeó Jack.

—¿Está todo esto...? Bueno, ¿está verificado? —quiso saber Mary-Kate.

—¿Te refieres a si se han hecho pruebas de ADN? Puede que resulte un poco complicado organizar algo así estando aquí y teniendo en cuenta a lo que hemos venido.

—Bueno, de todos modos, tampoco creo que sean muy necesarias. La mujer del dibujo al carboncillo es tu viva imagen, mamá. Supongo que no sabes qué fue de ella, ¿verdad? —preguntó Jack.

—Pues no. Confío en que el diario ofrezca algunas respuestas.

—Sí. Yo espero que también nos hable un poco más de Argideen House, la casa de Cork.

Mary-Kate señaló el techo.

—¿Y qué me dices de toda esa gente de ahí arriba? ¿Cómo crees que se lo van a tomar?

—Ni idea. Es importante recordar que no he sido yo la que ha querido estar aquí. Esas mujeres me han buscado casi literalmente por todo el mundo. —Eché un vistazo en torno al lujoso camarote y me detuve en la ornamentada lámpara de araña y en el cabecero de madera de nogal hecho a medida—. Tampoco pretendo reclamarles nada de esto.

Jack parecía alicaído.

—Te seré sincero, mamá: creo que es posible que revelarle a Ally que soy su sobrino secreto supere con creces el hecho de que ella no me contara que tenía un hijo.

—Ay, no seas idiota, Jack. Ally es adoptada, es hija de un músico noruego. No mantenéis ningún tipo de relación de consanguineidad —le recordó Mary-Kate con firmeza—. Además, eso no es lo que importa ahora. ¿Estás bien, mamá? ¿Cómo podemos apoyarte?

—Bueno, lo típico, robando un bote salvavidas si las otras seis deciden lanzarme por la borda.

—Si te sirve de algo, creo que es muy poco probable que eso ocurra —dijo Mary-Kate, que me posó una mano tranquilizadora en la espalda—. Son todas bastante majas. A todo esto, ¿cuál es el plan? ¿Vas a subir y decírselo sin más?

—Creo que no me queda otra —suspiré—. No me parece justo guardarme ningún tipo de información. Como le he dicho a todo el mundo, este tal Atlas es un desconocido para mí, pero lo es todo para ellas.

—Mamá, eres alucinante. Con lo que has pasado… y lo que estás pasando y, aun así, siempre pones a los demás en primer lugar.

—Gracias, Mary-Kate. Oye, vuestro padre me hizo prometer que iba a correr una aventura apasionante si alguna vez le ocurría algo. Y aquí estamos. —Los tres nos agarramos de las manos y permanecimos en silencio unos instantes—. Él habría hecho lo mismo. Era la persona más altruista de este mundo. Bien sabe Dios que nosotros también hemos pasado justo por lo mismo que están pasando ellas ahí arriba. Así que, si puedo…, si podemos ayudar a esas seis jóvenes en el momento más difícil de su vida, lo haremos. —Les apreté las manos con fuerza a ambos—. ¿Qué están haciendo, andan dispersados por ahí?

—No, al contrario. Están todos sentados en la cubierta superior disfrutando de un desayuno tardío. Les hemos dicho que nos apuntaríamos después de venir a verte.

—Muy bien. —Cogí una gran bocanada de aire, me di una palmada en las rodillas y me puse de pie—. Pues entonces habrá que ir a saludar.

Jack y Mary-Kate me guiaron de nuevo por el Titán. Con mis dos hijos formando una falange en miniatura a mi alrededor, me sentí reconfortada. Daba igual lo que estuviera a punto de pasar, ellos me protegerían.

La escalera central del yate nos condujo hacia grandes salones, zonas de comedor y el despacho del que Georg me había hablado en el jet. Ahora que ya había descansado, aprecié con detenimiento que el barco era una verdadera fortaleza flotante.

Tras subir no menos de tres pisos, llegamos a la parte superior del Titán, que estaba formada por un pequeño salón acristalado. Varias de las hojas de cristal ligeramente tintado se habían abierto para permitir que el brillante sol francés penetrara en la estancia.

—¿Preparada, mamá? Es aquí —preguntó Jack, que me dedicó una de sus sonrisas alentadoras.

El corazón empezó a latirme con más fuerza cuando oí un rumor de voces. «Esto es lo que debían de sentir las personas a las que echaban a los leones», pensé. En medio del bullicio, oí la voz comedida de Georg y eso me proporcionó la confianza que necesitaba para cruzar el umbral. Mary-Kate me agarró la mano y me la apretó cuando los tres franqueamos la puerta.

La mesa estaba llena por completo y un mar de caras me saludó.

Jack fue el primero en hablar:

—¡Buenos días a todos! Me gustaría presentaros a mi madre, Mary. Puede que ya hayáis oído hablar de ella...

Se produjo un silencio extraño. Estoy segura de que no debió de durar más de unos segundos, pero a mí me pareció una eternidad. Me sentí como si toda aquella gente estuviera absorbiéndome, asimilándome, como si por alguna razón mi presencia fuera difícil de entender. Dos de las mujeres intercambiaron una mirada y sonrieron. Las demás se limitaron a mirarme de hito en hito, con los ojos como platos y algo boquiabiertas, abrumadas. Fuera como fuese, parecía que nadie sabía muy bien qué decir, así que rompí el hielo.

—Hola. Todo el mundo me llama Merry... Sí, como en «Merry Christmas». Bueno, si queréis, también podéis llamarme así... —Los nervios hicieron que recuperara enseguida el acento de West Cork.

Una mujer con una melena espesa y cobriza que estaba meciendo a un bebé en el regazo fue la primera en levantarse. No iban a darme un premio por averiguar de cuál de las hermanas se trataba. Tenía una piel clara y unos ojos enormes que cautivaban; las cejas delicadas y los pómulos altos realzaban su belleza. Entendí a la perfección por qué Jack estaba tan fascinado.

—Merry, hola... Estoy... Estamos... Todos estamos encantados de tenerte a bordo.

—Gracias. Es todo un detalle que os hayáis tomado tantas molestias para traerme.

En ese momento, otra mujer, esta con los ojos de color marrón oscuro y el pelo moreno y suelto, empezó a aplaudir. El resto de la mesa se unió a su gesto casi al instante. Un segundo después, todos se pusieron de pie y no pude evitar echarme a reír ante su reacción entusiasta. Me fijé en que Georg, que ocupaba la cabecera, me hacía un gesto con la cabeza. ¿Eran lágrimas lo que tenía en los ojos? Seguro que no... Desde luego, los demás rostros lucían una sonrisa y la sincera calidez que emanaba de la reunión resultaba bastante alentadora.

Una mujer alta se encaminó hacia mí. Calculé que debía de rondar los sesenta y cinco años. Era elegante y tenía unos rasgos marcados, aguileños.

—Hola, Merry. Soy Marina. Las niñas... Perdóname, siempre las llamo así. Las niñas me conocen como «Ma». Las cuidé cuando eran pequeñas. No puedo explicarte el privilegio que supone para nosotras que hayas venido hasta aquí. Has hecho muy feliz a un montón de gente y has llenado muchos corazones, *chérie*.

—¿Tu acento es francés?

—Vaya, ¡qué buen oído tienes! Soy francesa, pero quizá sepas que vivo en Suiza.

—Por supuesto. Me han hablado mucho de vuestra maravillosa casa a orillas del lago de Ginebra.

—*Oui, chérie!* Tienes que venir a visitarnos.

Se me escapó una risita ante el entusiasmo de la mujer.

—¡Venga, Ma! No la asustes, por lo que más quieras. Si sigues así, saltará por la borda y volverá nadando a la orilla. —Aquellas palabras las pronunció una mujer escultural con una preciosa piel de ébano y una melena de rizos enmarañados. Era tan asombrosamente bella que hasta yo me quedé sin palabras—. Hola. Soy Electra. Es un honor conocerte.

Su mirada de ojos dorados se clavó en la mía y me quedó claro que aquella era la supermodelo.

—¡Ah, sí! Te he visto en la tele. De hecho, ¿no has salido hace poco en un anuncio de perfume?

La joven se rio y negó con la cabeza.

—Puede ser. Perdóname si mi cara ha intentado venderte algo

desde el televisor antes de que tuviéramos la oportunidad de conocernos en persona.

—Bueno, confirmo que eres tan espectacular en vivo como en la pantalla.

—Eres un encanto. Mira, esta es mi hermana CeCe. —Electra señaló a una mujer fornida con motas de color avellana en sus ojos almendrados y el pelo rapado, con un corte algo masculino.

—Hola, Merry. Que sepas que me encanta tu nombre.

—Huy, gracias. El tuyo también es genial. CeCe, ¿verdad?

—Eso es, abreviatura de Celeno. Es un poco más fácil de decir. Puedes echarle la culpa a mi padre de eso.

Detrás de esta estaba la rubia esbelta que me recordaba a Mary-Kate. Ya nos habíamos visto en el Claridge's, por supuesto, aunque bajo una apariencia distinta. La miré a los ojos.

—Hola, Merry —me saludó con timidez—. Yo...

—¡Madre mía! —exclamé—. Pero si es la única e inigualable lady Sabrina Vaughan. Qué curioso que nos veamos aquí. ¿Cómo está el vizconde?

La tez pálida de la pobre chica adquirió inmediatamente un tono rojizo.

—Lamento muchísimo todo aquello, Merry. Fue una idea ridícula de mi amigo Orlando, que es tonto. Y un poco excéntrico. En todos los sentidos.

—Uf, y está siendo muy comedida. La verdad es que es tontísimo. Tengo la desgracia de ser su hermano —intervino un hombre con un acento inglés perfecto desde la mesa del desayuno.

—Nunca debería haberle seguido el juego. —La mujer rubia me tendió la mano—. ¿Podemos empezar de nuevo? Soy Star. En teoría, es el diminutivo de...

—Astérope. —Acepté el apretón de manos—. Os han puesto a todas los nombres de las Siete Hermanas de las Pléyades. Es precioso.

—¡Sí, has dado en el clavo! Caray, por lo general es un tema que requiere muchas explicaciones —comentó Star.

—Ah, bueno, conmigo estáis de suerte. Hice la tesis sobre la persecución de Mérope por parte de Orión. Y no se preocupe, lady Sabrina. Todo está perdonado. Es un placer conocer a la verdadera Star.

Detrás de esta, atisbé otra cara conocida.

—Hola de nuevo, Merry —dijo la dulce Tiggy—. Me alegro mucho de verte.

Se acercó a mí y nos abrazamos. Cuando nos conocimos en Dublín, fue su personalidad y su voz tranquila lo que me convenció de que esta familia no pretendía hacerle daño a la mía.

—Hola, Tiggy. Yo también me alegro de volver a verte —respondí.

Me escudriñó los ojos durante un largo rato.

—Guau. Me parece increíble que estés aquí. Habría significado mucho para nuestro padre. Gracias.

Si lo hubiera vivido con cualquiera de las otras, ese momento me habría hecho sentir bastante incómoda, pero el aura serena de Tiggy se impuso y, justo igual que en nuestro encuentro anterior, sentí una especie de conexión con ella. Me miraba de una forma... Como si ambas compartiéramos un secreto que las demás no sabían.

—Creo que ya solo quedamos nosotras —dijo Ally—. Yo soy Ally y esta es mi hermana mayor, Maia. Hemos hablado varias veces por teléfono.

—Hola, Ally, Jack me ha hablado mucho de ti. —Esperé el rubor, que no tardó en llegar—. Un placer conocerte a ti también, Maia.

—No podríamos estar más contentas, Merry. —A Maia se le quebró un poco la voz—. Perdona, es un momento importante para nosotras.

—Ya me imagino. Todas debéis de estar pasando una época muy difícil. Pero es precioso que estéis aquí juntos. —Me dirigí a todos los presentes, incluidos los que seguían sentados a la mesa—. Cuando era pequeña, tenía muchos hermanos, pero luego me pasé años sin verlos.

—Debes de estar muerta de hambre, Merry. ¡Siéntate y ataca! —exclamó una mujer cuya piel era del mismo color nuez que la de CeCe—. Soy Chrissie, por cierto. Encantada de conocerte.

—Lo mismo digo. Me alegro de tener a otra paisana de las Antípodas a bordo.

—Sí, ¿verdad? Aunque, con ese acento, está claro que nunca conseguimos que hablaras como nosotros...

Me senté entre Mary-Kate y Jack. La mesa estaba repleta de bandejas de bollería y fuentes con tapas metálicas bajo las que había salchichas, beicon, huevos y todo tipo de manjares recién preparados. Durante el desayuno, me presentaron a un médico que era el heredero de una finca enorme en Escocia; a un escritor brasileño; al caballero del inglés perfecto, que estaba restaurando una casa; y, por si eso fuera poco, me enteré de que Chrissie había sido nadadora de élite y de que había perdido una pierna en un accidente.

—Merry, este es Miles —dijo Electra, y señaló al hombre que tenía sentado al lado.

—Sí, ya tuvimos el placer de conocernos esta mañana, cuando Georg me trajo a bordo.

—Vaya. No me lo habías dicho, Miles —dijo Electra, que le lanzó una mirada asesina.

—No me lo has preguntado. —Le devolvió él la mirada con una gran sonrisa y un guiño. Noté el efecto aplacador que ejercía sobre ella—. Bueno, ¿has dormido bien, Merry?

—Muy bien, gracias. —Cuando al fin conseguí vaciar mi plato, tenía la cabeza como un bombo—. Dios mío, no os lo toméis a mal, pero esto es como una de esas viejas novelas de Agatha Christie, con todos esos personajes tan interesantes congregados en el mismo sitio.

—*Asesinato en el Titán* —dijo entre risas Mouse, el del inglés perfecto.

Star chasqueó la lengua y puso los ojos en blanco.

—Aquí no corres ese tipo de peligros, Merry.

—A mí me asombra que Georg se las haya ingeniado para convencerte de que vinieras —dijo CeCe.

Miré al abogado, aún sentado a la cabecera de la mesa. Tenía la vista clavada en mí, a la espera de mi respuesta.

—Bueno… Me explicó lo mucho que todas os habíais esforzado para encontrarme y lo mal que lo estabais pasando. Fue muy persuasivo —contesté.

—Sí, puede serlo cuando quiere. A fin de cuentas, es abogado. ¿Verdad, Georg? —bromeó Electra.

—Como sabéis, estoy aquí para cumplir con los deseos de vuestro padre, aunque ya no esté con nosotros. Una vez que confirmamos la identidad de Merry, me di cuenta de que él no se habría detenido ante nada para traerla a bordo —replicó Georg con frialdad.

CeCe se dirigió de nuevo a mí.

—Pero alguna cosa en concreto de las que te dijo debió de hacerte cambiar de opinión, ¿no? Porque todas entendimos que no querías venir…

—CeCe —la interrumpió Ally.

—No, a ver, es comprensible que no quisieras venir. Qué narices, yo no estaría precisamente encantada si un puñado de absolutas desconocidas me hubiera perseguido por todo el mundo diciendo que yo era su «hermana perdida». —No me quedó claro si CeCe lo había hecho a propósito, pero una tensión tácita se había apoderado de la mesa—. ¿Qué ha cambiado? —prosiguió—. Es lo único que he preguntado.

Volví a mirar a Georg. Estaba examinando la mesa, observando el rostro de los reunidos mientras el interrogatorio continuaba.

—Por favor, perdona a CeCe, nunca se le ha dado muy bien filtrar lo que le sale por la boca, ¿no, Cee? —Star le dirigió a su hermana una mirada seria que la obligó a parar.

—Perdón. ¿Estoy siendo maleducada? Seguro que sí. Discúlpame, Merry. Es que…

—¿Qué? Por favor, no te preocupes por mí, no me enfadaré. Puedes preguntarme lo que quieras —la tranquilicé.

—Creo que Georg nos ha estado ocultando algo —se atrevió a decir CeCe.

Toda la mesa se volvió de golpe a mirar al hombre que ocupaba la cabecera. Resultó casi cómico.

—¡Rory! Ven, muchacho. Creo que me prometiste llevarme a ver el puente de mando, ¿no? —intervino Mouse con gran tacto—. ¿Quieres venir tú también, Valentina? Estoy seguro de que, si nos portamos bien, el capitán Hans nos dejará manejar un rato el timón.

Los dos niños permanecieron felizmente ajenos a la tensión que había saturado la atmósfera a toda prisa y se marcharon dando brincos detrás de Mouse, que supuse que también se alegraba bastante de alejarse de la mesa.

—Sigue, CeCe, por favor. ¿A qué te refieres con que os oculto algo? —la instó Georg al fin.

—¿A qué crees que me refiero, Georg? Grabas unas coordenadas en la esfera armilar de Pa sin que nos enteremos. Por lo que se ve llevan ahí muchísimo tiempo. Después, en cuanto nos tienes a todas dando vueltas por todo el mundo intentando localizar a la hermana perdida, tú desapareces en combate durante semanas. Maia y Ally también nos han hablado de tus misteriosas llamadas telefónicas. Y luego, ayer, saliste pitando del Titán camino de Dublín para traer a la pobre Merry a rastras a un barco en el que ya había dejado claro que no deseaba estar.

Siguió un silencio atónito. Mary-Kate me puso una mano en la rodilla para calmarme mientras esperábamos la respuesta de Georg.

—Caray. Gracias por tu sinceridad, CeCe. ¿Pensáis todas lo mismo? ¿Que de una manera u otra os estoy escondiendo información?

—Venga ya, Georg, por favor. No paras de ocultarnos cosas —contestó Electra—. Para empezar, la muerte de Pa. Te aseguraste de no decírnoslo hasta después de que se celebrara su funeral privado. Y también está lo de la esfera armilar, las coordenadas, las cartas de Pa. Siempre has sabido más que nosotras, aunque seamos sus hijas. Y así lo hemos aceptado.

Marina —Ma— fue la siguiente en hablar.

—*Chérie*, por favor. No te enfades con Georg. Nunca he conocido a una persona tan entregada a su profesión y tan leal. Créeme, ha llegado a quereros a todas tanto como yo.

—Gracias, Marina. Pero no pasa nada. Comprendo muy bien su frustración —suspiró el abogado.

—Georg, por favor, no sientas que debes justificarte de ningún modo —dijo Ally con calma—. Este es un momento muy emotivo para todas y debemos hacer cuanto esté en nuestra mano para honrar a Pa comportándonos como él habría querido que lo hiciéramos. Sobre todo, ahora que nuestra hermana perdida se ha unido a nosotras.

Me señaló e intenté dedicarle mi sonrisa más solidaria. No obstante, las mariposas habían empezado a revolotearme en el estómago.

—Perdona, Ally. No pretendo parecer desagradecida. Es solo que, a veces, siento que vamos tres pasos por detrás de todo el mundo. Y era nuestro padre, ¿sabes? —dijo CeCe.

—Lo entiendo, Cee. ¿Y si lo hablamos más tarde? —respondió Ally.

—Sí, claro. Perdonadme todos. Solo quería decir que es maravilloso tenerte a bordo, Merry. En cierto sentido, nos hemos criado contigo toda la vida. Eras una historia. Un cuento de hadas. Y, sin embargo, aquí estás.

—Sí, y, durante todo este tiempo, ¡yo ni siquiera sabía que estaba perdida!

Quería desesperadamente intentar aligerar la crispación del ambiente.

—Supongo que quería saber cómo llegaste a perderte, al menos —continuó CeCe, que, a todas luces, era como un perro con un hueso—. A eso me refería al decir que Georg nos ocultaba algo. Creo que sabe muy bien cómo te perdiste. Y a lo mejor te lo contó anoche, Merry, y por eso has decidido venir. Me molesta que no nos lo cuente también a nosotras. —Parecía verdaderamente disgustada.

—¡CeCe! ¿Qué estás haciendo? Por favor —le dijo Star a su hermana—. Lo siento mucho, Merry.

—Caramba —dije con calma—. Bueno, entiendo muy bien que estés molesta, CeCe. Pero te prometo que Georg no me ha contado cómo me convertí en la «hermana perdida». Y te aseguro que yo tampoco sé la respuesta a esa pregunta.

Miré a Georg en busca de ayuda.

—Chicas —comenzó—, vuestro padre era mi cliente. Por favor, debéis saber que, por decisión propia, nunca os he ocultado, ni os ocultaría, información. —Exhaló otro suspiro profundo—. Es cierto, no obstante, que en ocasiones he sido el encargado de seguir las estrictas instrucciones que me dio antes de su muerte. Por ejemplo, para él era muy importante que todas pudierais elegir si deseabais o no descubrir la verdad sobre vuestras respectivas familias biológicas. Así que, aunque es correcto decir que yo conocía vuestra ascendencia, por ejemplo, no me correspondía a mí divulgar esa información. Como dice Ma, os quiero mucho a todas.

Desvié la mirada hacia el pobre Charlie Kinnaird. Tenía cara de querer que se lo tragara la tierra. Me dio lástima. No se encontraba entre británicos, que preferirían tirarse por la borda a sufrir cualquier tipo de confrontación como consecuencia de haber expresado sus verdaderos sentimientos sobre cualquier cosa. Ni Floriano ni Miles parecían compartir su incomodidad; ambos estaban absortos en la conversación, como si estuvieran viendo una obra de teatro.

Georg prosiguió:

—Debéis creerme cuando os digo que todos los secretos que vuestro padre guardó en su vida tenían como objetivo protegeros.

—¿Protegernos? ¿De qué? —preguntó Star.

—Tranquila, Star —la calmó Maia—. Creo que lo que Georg trata de decirnos es que Pa quería asegurarse de que todas gozáramos de una posición segura cuando él ya no estuviera.

—Sí —continuó Georg—. Pero también durante su estancia en la tierra. Existen motivos por los que conocisteis tan bien su faceta de padre pero tan poco su vida fuera de Atlantis.

Me percaté de que Ma le lanzaba una mirada a Georg, con los ojos abiertos como platos de la angustia.

—¿Qué quieres decir, Georg? —preguntó Maia.

El hombre negó con la cabeza, como si aceptara que ya era demasiado tarde para frenar el tren de mercancías que avanzaba a toda prisa por las vías.

—Digo que nadie estaba más unido a Pa Salt que vosotras, sus seis hijas. Veíais su bondad, su cordialidad, su pasión por la humanidad... y su amor por la vida. Vosotras sois producto de ese amor.

—Continúa —lo instó CeCe.

—Sin embargo, vuestra infancia fue poco corriente. Sé que la mayoría habéis pensado que es muy extraño que vuestro padre se empeñara en adoptar a seis niñas de diferentes rincones del mundo. De igual modo, quizá os preguntéis por qué nunca se casó a pesar de que era muy buen partido: educado, guapo y económicamente estable. Las razones de esto nunca se os han explicado del todo. Por vuestra seguridad.

—Georg, no lo entendemos. Por favor, déjate ya de acertijos —dijo Ally con firmeza.

—En esta vida todo tiene una causa, chicas. Solo intento explicaros que, si creéis que vuestra crianza o que cualquiera de mis comportamientos tras la muerte de vuestro padre han sido extraños, todo obedece a una lógica.

La atmósfera que rodeaba la mesa había pasado de la tensión al nerviosismo. Yo no tenía ni idea de qué camino había emprendido Georg, pero sospechaba que no tardaría en asignarme un papel en él.

—Vuestro padre creó un refugio para su familia, un lugar donde pudiera garantizar vuestra protección y bienestar. Por eso construyó Atlantis: un rincón idílico del universo donde os mantuvo a todas aisladas de las crueles realidades de la vida. Allí os cuidó, os educó y os proporcionó todo el amor que cualquier criatura podría desear. Por eso nos contrató a mí, a Marina y también a Claudia. El mundo de Pa Salt se creó para vosotras, sus hijas.

—Georg, sea lo que sea lo que estás intentando decir, suéltalo de una vez —le espetó Maia.

—Perdón. Queréis respuestas. Bueno, quizá debamos empezar por el nombre de vuestro padre, Pa Salt. Así os habéis referido todas a él desde que llegasteis a su lado. De hecho, es como lo llamaban casi todos los que visitaban Atlantis. Y lo mismo puede decirse de vuestros profesores, amigos... Era Pa Salt para el círculo que lo rodeaba.

—Sí. Era solo... Pa —murmuró Tiggy.

—En efecto —continuó Georg—. Así quería él que fuera.

—Todas se lo preguntamos un montón de veces. Me acuerdo perfectamente. —CeCe frunció el ceño—. Se echaba a reír y nos decía: «¡Ya sabes cómo me llamo! Mi nombre es Pa Salt».

—Siempre que teníamos que ponerlo en algún formulario oficial, nos decía que escribiéramos solo «señor D'Aplièse» —recordó Star.

—Sí, exacto. Por eso no quiero que experimentéis ningún... sentimiento negativo respecto a no haberos cuestionado nunca que era un tanto extraño.

—Ay, Dios —gimió Electra—. Ni siquiera sabíamos su nombre. La persona más importante de nuestra puñetera vida y desconocíamos cómo se llamaba.

—Insisto, no debes reprochártelo, Electra. Todo esto obedecía a un plan suyo. Era la indudable intención de vuestro padre que las cosas fueran así —procuró tranquilizarla Georg—. El mérito de que nunca sintierais un deseo abrasador de cuestionároslo del todo es suyo y del mundo que construyó.

—Georg, nos estás asustando. ¿Cómo se llamaba papá?

El susodicho me miró y me dedicó un gesto empático. Parecía

que había llegado mi momento. Respiré hondo y me armé de valor para lo que estaba por venir.

—Atlas —murmuré con timidez—. Creo que se llamaba Atlas.

Entonces todos se volvieron hacia mí. Miré a las hermanas a los ojos; estaban claramente desesperadas por recibir más información.

—Floriano, Charlie, Miles, Chrissie..., ¿os importaría mucho dejarnos solos un rato? —preguntó Maia al cabo de unos segundos.

—Huy, qué va, por supuesto que no. Claro. Os lo daremos. Tiggy, avísame si necesitas cualquier cosa. —Charlie se levantó a la velocidad del rayo y cruzó la puerta del salón más rápido que un galgo de carreras.

—¿Estás bien, mamá? —me preguntó Jack en voz baja.

—Sí, gracias, cariño. Tu hermana y tú podéis marcharos. Todo irá bien.

—¿Estás segura? Nos quedaremos en la cubierta de popa para cuando nos necesites.

Jack y Mary-Kate se pusieron en pie y se marcharon. A la mesa quedaron solo Ma, Georg y las hermanas.

—Perdona, Merry. ¿Qué nos decías? —apuntó Maia.

—Sí. Vuestro padre se llamaba Atlas.

Las chicas me miraron con una mezcla de confusión y desconfianza. Salvo Tiggy, claro, que permanecía allí sentada con una sonrisa enorme en la cara. La miré a los ojos y asintió con la cabeza para darme ánimos.

—No hace falta ser un genio para resolver el anagrama —dijo Ally—. Pa Salt... —farfulló mientras garabateaba en una servilleta—. Tiene las mismas letras que Atlas y una «p» de sobra.

—¿Qué quiere decir la «p»? Por lo que hemos ido averiguando hasta ahora, me parecería muy raro que Pa hubiese dejado algo al azar —señaló Star.

—Creo que sé la respuesta a esa pregunta... —dijo Ma—. La «p» hace referencia a las Pléyades.

—Marina tiene razón —confirmó Georg.

—Pues supongo que eso resuelve un misterio bastante importante: el de nuestros nombres —dijo Maia—. Las hijas de Atlas.

—Recuerdo que contaba algo así como que se llamaba Pa Salt

porque Maia decía que siempre olía a salitre de mar. ¿Se lo inventó? —preguntó Electra.

—La verdad es que no lo sé —respondió Maia—. Di por hecho que era cierto.

—Como todas —asintió Ally—. Pero, Merry, cuéntanos más. ¿Cómo sabes el nombre de nuestro padre?

—Me escribió una carta.

—¿Una carta?

—Sí, eso es. Anoche, ya en el avión, después de que Georg llegara a Dublín y me convenciese para que viniera hasta aquí a reunirme con vosotras, él mismo me entregó un paquete. Dentro había una carta y un diario —dije despacio y con cautela, puesto que no quería omitir ningún detalle ni cometer errores.

—¿La carta era de Pa? —preguntó Star.

—Sí. Creo que no me equivoco si digo que todas recibisteis una misiva suya, ¿no? —Las hermanas asintieron—. Pues a mí también me ha llegado una. Ya os imaginaréis que esto me pone bastante nerviosa, sobre todo después de que hayas hablado con tanta... vehemencia hace un rato, CeCe.

Me fijé en que algunas de las mujeres le lanzaban una mirada a su hermana, que clavó la vista en el suelo.

Metí la mano en mi bolso para sacar la carta y la copia del dibujo a carboncillo de mi madre. Cuando las dejé sobre la mesa, me di cuenta de lo mucho que me temblaban los dedos.

—Por favor, Merry, no tienes por qué estar nerviosa. Solo queremos saber qué está ocurriendo —dijo Ally en tono tranquilizador.

—En primer lugar, me gustaría enseñaros un dibujo. —Lo sostuve en alto para que todos lo vieran.

—Cielo santo. Merry..., sabía que tu cara me sonaba de algo —dijo Star—. ¿Sabéis todas qué es ese retrato?

—Perdón por la expresión, pero ¡joder! —añadió Electra—. Ese dibujo ha estado en el despacho de Pa desde que tengo memoria.

—¡Y eres tú! ¡La del dibujo al carboncillo siempre has sido tú! —exclamó CeCe.

—No, no, no soy yo. Pero te doy la razón en que el parecido es asombroso. Georg me confirmó anoche que es un retrato de mi madre. Cuando lo vi, me despertó una reacción muy emotiva, primaria —confesé.

—El dibujo que Pa ha tenido en su despacho durante todos estos años es tu madre... —dijo Maia al mismo tiempo que miraba despacio a cada una de sus hermanas.

Me di cuenta de que empezaban a atar cabos.

—Me había fijado en que, en algún momento del último año, había desaparecido del despacho de Pa. Esto explica el misterio. —Ally se volvió hacia Georg—. Imagino que te lo llevaste e hiciste esa copia para contribuir a la búsqueda de Merry.

Él asintió.

—Doy por hecho que aún conservas el original en algún sitio, ¿no? —preguntó CeCe.

Georg tardó un instante en contestar.

—Sé dónde está el original, sí.

Volví a tomar la palabra.

—En verdad, chicas, estoy aquí tanto por mí como para compartir este viaje con vosotras. Quiero descubrir mi verdadera ascendencia y es un enigma que comienza con vuestro padre. —Hice un gesto de negación con la cabeza—. El caso es que Georg me ha dejado claro que, en lo que a la vida de Pa Salt se refiere, sabéis tan poco como yo.

—Desde luego, cada vez está más claro que así es —murmuró Electra.

—Era vuestro padre. Él os crio y vosotras lo queríais. Y por eso espero que juntas descubramos más cosas de él. —Cogí la carta y la saqué del sobre—. ¿Os la leo?

Todas asintieron con ansia.

—«Querida hija...».

Dejé la carta y volví a mirar en torno a la mesa. Tiggy se acercó a mí y me envolvió en un abrazo enorme.

—Creía que sentía a Pa —dijo—, pero eras tú.

—No hubo ningún problema con tu proceso de adopción. Eras su... —susurró Maia.

—Eres sangre de la sangre de Pa, Merry. Eso es increíble —añadió Ally.

—O sea que tenía una hija de verdad... —intervino CeCe.

—No. Esa expresión no es válida, CeCe. —Georg habló con contundencia; el abogado que llevaba dentro había aflorado a la superficie—. Todas y cada una de vosotras erais sus hijas de verdad y os quería como si fuerais de su propia estirpe. Espero con toda sinceridad que ninguna de vosotras discrepe de eso.

—No, claro que no —respondió Star.

Se produjo un silencio mientras las hermanas intentaban asimilar lo que significaba todo aquello.

La siguiente en hablar fue Electra.

—Entonces, el linaje de Pa Salt continúa. Qué locura.

—A mí me parece precioso —dijo Tiggy con ternura—. Y tus ojos, Merry... Ahora me doy cuenta de que son los de Pa.

—Madre mía, tienes razón, *chérie* —dijo Ma, asombrada y con la boca abierta.

—Supongo que te convertiste en la hermana perdida porque le ocurrió algo a tu madre —conjeturó Star—. Debió de perderos a las dos a la vez. Es tristísimo. —Se llevó la mano a la boca.

—Pero nunca se dio por vencido —afirmó Georg—. Dedicó toda su vida a la búsqueda. De hecho, por eso se ausentaba tan a menudo.

—Creía que Pa viajaba tanto por trabajo... —dijo CeCe.

—Vuestro padre se jubiló hace muchos años. Ganó todo su dinero siendo muy joven. Con el paso del tiempo, sus acciones e intereses aumentaron y amasó una fortuna.

—¿A qué se dedicaba exactamente, Georg? Siempre que se lo preguntábamos nos contestaba algo vago acerca de inversiones y finanzas hasta que nos aburríamos y dejábamos el tema.

Georg volvió a mirarme y entendí que me estaba cediendo la palabra de nuevo.

—Bien, Atlas me ha confiado su diario y en la carta me pide que comparta su contenido con vosotras una vez que haya terminado de leerlo. Sin embargo, a pesar de las instrucciones, no considero tener derecho a conocer la historia de Pa Salt antes que las hijas que crio. —Señalé a Georg—. Por eso he pedido seis copias. Si así lo deseáis, podemos descubrir su historia todas a la vez.

Tras un breve silencio, Ally dijo:

—Gracias, Merry. Es un gesto muy generoso por tu parte.

—Ojalá se hubiera sentido capaz de contarnos esto él mismo —añadió Electra con tristeza.

—Como ya he dicho antes, todo tiene un motivo. Atlas era el hombre más inteligente que he conocido. Mantuvo los orígenes de Merry en secreto para asegurar vuestra protección —afirmó el abogado.

—Georg, no dejas de hablar de «protección» y «seguridad», pero no tengo ni idea de a qué te refieres. De pequeña no me sentí amenazada ni una sola vez —dijo Maia.

—Entonces su plan funcionó.

—¿Qué plan? En serio, ¡quiero respuestas ya! —No había previsto que Maia fuera la primera hermana en alzar la voz.

—Georg —me apresuré a intervenir—, ¿has podido hacer ya copias del diario?

—Sí, Merry, están abajo, guardadas a buen recaudo.

—¿Serías tan amable de ir a por ellas y repartirlas? Creo que todas nos sentiremos mucho mejor cuando tengamos algo físico en las manos —añadí con decisión.

El abogado asintió y, al pasar junto a Ma, me di cuenta de que ella le agarraba la mano y se la apretaba. Estaba claro que ambos se esperaban este momento.

—Planeamos este viaje para honrar la memoria de Pa. Sin embargo, ahora siento que ni siquiera lo conocíamos —murmuró Electra con la mirada gacha.

—Este «mundo» que creó para nosotras... —dijo CeCe—. ¿Por qué no nos lo cuestionamos más? Tampoco es que seamos tontas, ¿no? —Se le quebró la voz y cogió una gran bocanada de aire cuando empezó a sollozar. Star se levantó y le pasó un brazo por los hombros—. Perdonadme, chicas. Es que estoy cansada. Todas hemos tenido que madurar muy rápido en un solo año. Aprender a vivir sin Pa, viajar por el mundo, encontrar cada una a nuestra familia biológica... Ha sido un torbellino. Creía que este viaje sería una oportunidad para que todas nos despidiéramos y comenzásemos un nuevo capítulo. Pero resulta que había más. Estoy agotada.

El discurso de CeCe tuvo un efecto acumulativo sobre las demás. Era evidente que todas empatizaban con la opinión de su hermana. Cambié de postura en mi asiento, incómoda.

—Mis niñas —empezó Ma—. Mis niñas preciosas, llenas de talento, tan buenas… Siento que vuestra vida haya sido tan dramática últimamente. Todas habéis sufrido muchísimo dolor durante este año. Pero recordad que también habéis experimentado muchas alegrías.

Me fijé en cómo la miraban las hermanas. De repente, las adultas que tenía delante volvían a ser niñas, desconcertadas y en busca de consuelo paternal.

—¿Sabéis lo que creo? —continuó—. Creo que la vida es como los latidos del corazón que se ven en un monitor. Suben y bajan. ¿Y qué os dice eso? Que estáis vivas, queridas. —Percibí que una o dos de las hermanas sonreían—. Si todas tuvierais una existencia monótona y aburrida, la línea ni subiría ni bajaría. ¡Sería recta! ¿Y qué significaría eso? Que estaríais muertas. —Algunas de las sonrisas se convirtieron en risas—. Así que, bueno, es preferible tener este tipo de… emociones en la vida a que los días pasen como autobuses, uno tras otro, eternamente…

—Pa siempre decía que, para experimentar los mejores momentos de la vida, hay que conocer los peores —dijo Tiggy.

—Eso es, *chérie*. Pronto descubriréis que, en efecto, vuestro padre experimentó los peores momentos que la vida te puede traer. Pero también los mejores, todos ligados a vosotras, sus hijas.

—O sea que no es solo Georg, tú también conoces el pasado de Pa. ¿Por qué nos lo has ocultado, Ma? —preguntó Maia.

—*Non!* Basta ya. Esto no tiene nada que ver con el señor Hoffman ni conmigo, sino con vuestro querido Pa y con el camino que deseaba que siguierais.

—Perdón, Ma —se disculpó Maia, acobardada.

—Quiero deciros lo orgullosa que estoy de vosotras. Todas habéis gestionado los acontecimientos de los últimos doce meses con una valentía, determinación y sabiduría que habrían hecho muy feliz a vuestro padre. Ahora sé que seguiréis siendo las mujeres tolerantes, generosas e inteligentes que él y, si se me permite achacarme un poco de mérito, yo misma os educamos para ser.

El efecto que ejerció sobre las hermanas fue significativo. Por lo que había observado hasta el momento, apostaría a que era una mujer que elegía con gran cuidado las ocasiones en las que imponía su autoridad.

Ally rompió el silencio.

—Merry, sé que hablo en nombre de todas cuando digo que nos alegramos mucho y nos sentimos muy orgullosas de que estés aquí. Perdónanos si nos dejamos llevar por nuestras emociones en algún momento.

—No pasa nada —le aseguré—. Si hay alguien que entiende la sensación de que te pongan el mundo patas arriba, esa soy yo.

Georg volvió cargado con una montaña de páginas apiladas y, encima, el original del desgastado diario encuadernado en cuero.

—Seis copias y el original. —Procedió a colocar los facsímiles individuales delante de cada hermana y me devolvió el diario.

—Ostras, es larguísimo —dijo Star—. Debe de tener cientos de páginas. —Levantó su ejemplar de la mesa y lo examinó.

—Sí, en eso tienes razón. Debo deciros que he leído una parte —les confesé—. Pero no mucho. Todavía es un crío. La verdad es que hasta el momento es una historia extraordinaria.

—Bueno, típico de Pa —dijo Tiggy con una sonrisa.

—También es bastante educativo. Ahora que lo pienso, tengo que añadir Río a mi lista de lugares por visitar.

—¿Cómo dices? —dijo Maia, que se inclinó hacia mí.

—Ay, lo siento, estoy pensando en voz alta. El diario comienza cuando vuestro Pa conoce al tipo que esculpió el Cristo Redentor. Como si eso fuera algo que ocurre todos los días. —Maia se quedó boquiabierta—. Perdón, ¿es un dato importante? —pregunté en tono serio.

—Podría decirse que sí —dijo Ally—. Su ayudante era el bisabuelo de Maia.

Se me contagió la expresión de la susodicha.

—¿Estás de broma? Laurent... ¿cómo era?

—Brouilly —consiguió decir Maia a duras penas.

—Caray... Es increíble. Lo siento mucho, Maia, no pretendía destriparte la historia.

—No, tranquila. Es que... guau. —Negó lentamente con la cabeza. Vi que, en torno a la mesa, las hermanas intercambiaban miradas emocionadas.

—¿Es así como va a ser este diario? —preguntó Electra—. ¿Vamos a descubrir la razón por la que Pa decidió adoptarnos a cada una de nosotras? ¿Georg?

—Tendréis que leerlo para averiguarlo —respondió con estoicismo.

Tiggy dio una palmada.

—Muy bien, ¿cómo lo hacemos? ¿Queréis que lo leamos todas juntas? —preguntó.

Maia fue la primera en responder:

—Uf, no. Creo que preferiría disponer de cierto espacio para procesar las cosas a medida que las voy descubriendo. ¿Qué opináis las demás?

—Creo que es buena idea, Maia —contestó Ally—. Parece que en este crucero en particular no pasaremos mucho tiempo en el jacuzzi. Todas estaremos metidas hasta las cejas en la historia de la vida de Pa.

Se oyó un murmullo de asentimiento alrededor de la mesa.

—Yo no leo tan rápido como vosotras, chicas —apuntó CeCe con timidez—. Y menos si me siento presionada para terminar un libro lo antes posible. La dislexia hace que las letras se conviertan en un galimatías. —Bajó la mirada hacia el suelo.

—Ay, perdona, CeCe, claro. ¿Quieres que lo hagamos juntas? A mí no me importaría leértelo en voz alta, ni mucho menos —se ofreció Star.

CeCe le dedicó una sonrisa de agradecimiento.

—Gracias, Star. Sería estupendo. Siempre que estés segura de que de verdad no te importa.

—No seas tonta, pues claro que no.

Ally se levantó.

—Solucionado, entonces. Tenemos tres días. Deberían bastarnos para leerlo entero —confirmó.

—En cierta manera, todo encaja, ¿no? —dijo Electra—. Cuando lleguemos a despedirnos de él, sabremos quién fue realmente Pa Salt.

11

Maia se encaminó hacia la segunda planta. Desde el momento en que Merry había mencionado que Brouilly aparecía en el diario, la cabeza le iba a mil por hora. ¿Cuál era el vínculo de Pa? Rememoró su propio viaje de autodescubrimiento hacía un año. Las piezas de su rompecabezas biológico encajaron a la perfección y ella era plenamente consciente de la herencia genética que la había dotado de un cabello castaño oscuro y brillante y de una piel impecable del color de la miel tostada. Pero ahora Maia estaba empezando a darse cuenta de que el panorama estaba incompleto. ¿Por qué Pa había elegido rescatarla a ella? ¿Y cómo era posible que él supiera tanto sobre su historia familiar?

Encontró a Floriano sentado en un gran sillón de cuero en un rincón de la sala de lectura, disfrutando de un libro. La imagen le provocó mariposas en el estómago. Le recordó a Pa, que pasaba gran parte de su tiempo en el Titán sentado en ese mismo sitio. Sin duda, aquella habitación era uno de los lugares favoritos de Maia a bordo: una gran biblioteca flotante con las paredes forradas de estanterías a medida, todas ellas llenas hasta los topes de los libros preferidos de Pa. Recordaba veranos interminables y suntuosos escogiendo novelas y llevándoselas a la cubierta superior para pasarse el día leyendo bajo los rayos del sol. Cerró los ojos y aspiró el olor dulce y almizclado de los libros. No había cambiado ni un ápice desde que tenía diez años y se interesó por primera vez en el contenido de la sala de lectura. Empezó a recordar...

—¿Pa? —llamó Maia en voz baja, puesto que no deseaba interrumpir la profunda concentración de su padre en *Los miserables*, de Victor Hugo.

Él levantó la mirada hacia su hija.

—Maia, cariño. ¿Te lo estás pasando bien en el crucero?

—Sí, Pa, gracias. Pero se me ha acabado el libro. ¿Puedo coger uno de tus estanterías?

Se le iluminaron los ojos.

—¡Por supuesto, mi *petite princesse*! Nada podría hacerme más feliz. —Se levantó y la agarró de la mano para guiarla hacia la estantería más grande—. Aquí es donde guardo la ficción.

—¿Las historias inventadas?

—Ah, cielo, las historias inventadas no existen. Todas sucedieron en un pasado muy muy lejano.

—¿De verdad?

—Bueno, eso espero. —Miró su desgastado ejemplar de *Los miserables*. A Maia le pareció que aquel libro se había leído muchas veces—. Al final alguien siempre termina escribiéndolas. Bueno, ¿qué te apetece?

Ella sopesó la pregunta.

—Creo que una historia de amor. Pero que no sea aburrida.

—Hum, una sabia elección, sin duda, pero pone a prueba mis aptitudes de bibliotecario. Veamos... —Examinó los estantes mientras pasaba un dedo por las hileras de libros que había ido acumulando con los años. Al cabo de unos instantes, se detuvo en uno—. ¡Ah! Claro. —Lo sacó de la estantería y sonrió mientras le echaba un vistazo a la cubierta—. *El fantasma de la ópera*, de monsieur Gaston Leroux.

—¿Fantasma? Parece de miedo, Pa.

—Te prometo que es una historia de amor. Estoy seguro de que te va a encantar. De hecho, si no te gusta, te doy permiso para tirarme a la piscina. —Maia se echó a reír y Atlas hizo amago de entregarle el libro—. ¡Uy, no! Perdona, cariño, pero este ejemplar está en inglés. Deja que mire si tengo alguna edición en francés.

—No pasa nada, Pa, me gustaría intentar leerlo en inglés.

—Caray, sí que eres valiente. ¿Seguro que no quieres que te busque una versión en francés? A fin de cuentas, estás de vacaciones, no tienes por qué forzarte a estudiar.

—Para mí eso no es estudiar. Me gusta.

—Muy bien, mi *petite princesse*.

La voz de Floriano se inmiscuyó en el recuerdo.

—¿Maia? ¿Estás bien? —preguntó, mirándola desde el sillón.

—Sí, perdona. Estaba un poco en mi mundo. ¿Dónde anda Valentina?

—Ma se la ha llevado a la piscina con el pequeño Rory. Ven, siéntate conmigo y cuéntame qué ha pasado arriba. ¿Qué son todos esos papeles que traes? —preguntó.

Floriano le quitó el peso de las páginas de entre las manos y las depositó en la vieja mesita de madera de roble. Entonces Maia lo puso al corriente sobre el resto de los acontecimientos de la mañana.

—*Meu Deus.* Son muchas cosas que asimilar. ¿Cómo te sientes?

—Bien, creo. Merry es maravillosa, no entiendo cómo es posible que esté sobrellevando tan bien todo este caos. Sin duda, tiene que ser hija de Pa.

—Y el diario... ¿Dices que Merry ha mencionado a Laurent Brouilly? ¿Es posible que tu Pa lo conociera?

—Eso es lo que parece sugerir, sí.

—Entonces ¿qué haces hablando conmigo? ¿Por qué no estás leyendo? —Floriano señaló uno de los sofás de lujoso terciopelo azul que había en el centro de la sala.

—A lo mejor te suena raro, pero estoy un poco nerviosa. ¿Y si descubro algo terrible? No sé, Floriano, ¿y si resulta que Pa era una especie de capo internacional de la droga?

Él le puso una mano en el regazo.

—Lo comprendo. Aunque no sé muy bien cuántos capos internacionales de la droga son admiradores de las obras de Shakespeare y Proust. —Paseó la pirada por la habitación.

Maia suspiró.

—No, pero ya me entiendes.

—Sí. Solo puedo decirte que ya te adentraste en la oscuridad sin siquiera una vela y al final del viaje encontraste una luz. La verdad es que uno nunca se aburre con la familia D'Aplièse.

—En eso tienes razón. ¿No desearías haber encontrado a alguien que viviera en una *fazenda* tranquila con cuatro gallinas, un perro y una abuela achacosa?

Floriano se echó a reír.

—Mi adorada Maia, no desearía nada que no fuera esto. Recuerda que fui yo quien te animó a volver a la casa de los Aires Cabral.

Y también soy yo quien te dice ahora que, descubras lo que descubras en ese diario, conocer las circunstancias completas del vínculo de tu padre con Brasil te traerá paz. ¿Qué pensarían mis lectores si les ofreciera una historia contada a medias? —Floriano trasladó la mano al vientre de Maia y se agachó para susurrar—. Recuerda que, para tener esperanza en el futuro, hay que mirar al pasado. —Ella se calmó de inmediato; el carácter tranquilo de su compañero le proporcionó el asidero que necesitaba para volver a zambullirse en el pasado—. A todo esto, ¿cuándo se lo diremos a los demás? Sé que lo has hablado con Ally, pero seguro que tus hermanas empiezan a preguntarse por qué has cambiado el vino por el agua.

—Uf. Había pensado en anunciarlo durante el viaje, pero ahora están pasando tantas cosas... ¿Te importaría que esperáramos un poquito más?

—Claro que no, cariño, marca tú el ritmo. —Se acercó y la besó—. Me alegro de que nuestro hijito vaya a saber quién fue exactamente su abuelo.

—¿«Hijito»? ¿Por qué estás tan seguro de que va a ser un niño?

Floriano se echó a reír y se encogió de hombros.

—Lo siento, se me ha escapado. Aunque, qué quieres que te diga, me gustaría tener un *garoto* con el que compartir el dolor de ser hincha del Botafogo.

—En eso estoy de acuerdo, me quitaría bastante presión de encima.

—Exacto. Bueno, supongo que querrás quedarte sola para empezar a leer el diario, ¿no?

—Gracias, Floriano.

—No hay de qué. Recuerda que estoy por aquí si me necesitas.

Salió por la puerta de doble hoja y la cerró tras de sí. Maia recorrió la habitación vacía con la mirada y después se encaminó hacia el sofá, ya con las páginas en la mano. Aquel silencio, solo alterado por el zumbido grave de los motores del Titán, era justo lo que necesitaba para concentrarse en la tarea que tenía por delante.

El diario de Atlas

1929

12

Boulogne-Billancourt
París, Francia

Monsieur Landowski insistió en salir del atelier para recibirnos a Evelyn y a mí a nuestro regreso del *conservatoire*.

—¿Y bien? —preguntó con lo que parecía verdadera expectación.

—Monsieur Ivan ha dicho que lo ha bordado y que le gustaría darle clases a Bo dos veces a la semana —respondió Evelyn.

La expresión de monsieur Landowski me sorprendió. Se le iluminaron los ojos y esbozó una sonrisa enorme.

—¡Ah! ¡Excelente! Enhorabuena, muchacho. Muy merecido. —Me cogió la mano y me la estrechó con fuerza. A mí también se me dibujó una sonrisa en la cara. Hacía tanto tiempo que nadie se interesaba por mi felicidad que no tenía muy claro cómo debía reaccionar—. Es una buena noticia —prosiguió—. Con tu permiso, esta noche durante la cena brindaré por ti y se lo comunicaré a la familia.

Me saqué un trozo de papel del bolsillo, garabateé algo y se lo tendí a monsieur Landowski.

«¿Dinero?».

—Señorito, para un *artiste* es un privilegio ayudar a otro. He tenido la inmensa suerte de recibir generosas compensaciones por mis encargos. No dudaré en ayudarte.

«Gracias, monsieur», garabateé mientras combatía las lágrimas que se me estaban formando en los ojos.

—¿Conoces el Prix Blumenthal, muchacho? —Negué con la cabeza—. Se trata de un importante galardón económico concedido por la filántropa estadounidense Florence Blumenthal y su esposo George a un joven artista, escultor, escritor o músico. Yo formo parte del jurado aquí, en Francia. Siempre me ha parecido un poco... extraño obsequiar un dinero que no es mío, así que, en esta ocasión, estoy encantado de poder contribuir personalmente. Además, estoy seguro de que algún día serás tú quien se encuentre en la posición de ayudar a otros. Asegúrate de aceptar ese privilegio.

Asentí con firmeza.

Por la noche, todos los Landowski me felicitaron con sinceridad, salvo Marcel, que se pasó la cena entera con cara de haberse comido una grosella amarga.

Más tarde, cuando me tumbé en la cama, reflexioné sobre la suerte que había tenido al desplomarme en el jardín de aquella casa concreta. Estaba tan agotado, desnutrido y aturdido que me caí redondo al suelo y me arrastré para refugiarme bajo el seto más cercano. Podría haber pertenecido a cualquiera, mi destino podría haber quedado en manos de la gendarmería local. Podrían haberme mandado a un orfanato, a un asilo para pobres o a una institución psiquiátrica, dada mi negativa a hablar. Lo más probable, sin duda, habría sido que muriera esa misma noche bajo las estrellas francesas. Pero mi ángel, Bel, me salvó. ¿Me había encontrado por pura casualidad? Pensé en mis guardianas estelares, las Siete Hermanas. Quizá me la hubieran enviado ellas, igual que creía que me habían mantenido a salvo durante mi viaje imposible...

No dudo de que los Landowski encuentran cierto patetismo en el niño mudo que apareció debajo del seto y tiene talento para el violín. Lo más seguro es que inventen historias sobre quién soy. El caso es que, sea cual sea su teoría ficticia, la verdad es mucho más devastadora de lo que podrían llegar a imaginar.

Debo continuar recordándome que el atelier Landowski no es el punto final de mi viaje. Me he lanzado al mundo con un propósito y aún no lo he completado.

Cerré los ojos y pensé en lo que me dijo mi padre el último día que lo vi: «Hijo mío..., me temo que ha llegado el momento en el que ya no puedo elegir si me quedo o me voy. Nuestra situación es insostenible. Tengo que intentar buscar ayuda.

Sentí que se me caía el alma a los pies y que se apoderaba de mí una angustia insoportable.

—¡Por favor, papá! ¡No puedes irte! ¿Qué haremos sin ti?

—Eres fuerte, hijo mío. Quizá no de cuerpo, pero sí de mente. Y eso es lo que te mantendrá a salvo mientras yo no esté.

Me arrojé a sus brazos y el calor de su ser me envolvió.

—¿Cuánto tardarás? —conseguí preguntarle entre unos sollozos cada vez más intensos.

—No lo sé. Muchos meses.

—No sobreviviremos sin ti.

—En eso te equivocas. Si no me voy, no creo que ninguno de nosotros tengamos futuro. Te prometo por la vida de tu querida madre que volveré por ti… Reza por mí y espérame.

Asentí con docilidad.

—Recuerda las palabras de Lao-Tse: "Si no cambias de dirección, puede que llegues adonde vas"».

Me tumbé boca abajo con la esperanza de que un cambio de postura me borrara del cerebro ese recuerdo en particular. Noté que se me clavaba algo en el pecho y me di cuenta de que aún no me había quitado la bolsita de cuero. ¿Era posible que, por primera vez desde hacía meses, me hubiera olvidado de su presencia?

Mientras me pasaba el cordón por el cuello, me permití echar un vistazo al interior. La habitación estaba oscura, pero los rayos brillantes de la luna entraban por la ventana. La luz se reflejó en las aristas afiladas del objeto que había dentro y los destellos de un blanco amarillento que empezaron a danzar por las paredes me dejaron maravillado. Me dolía pensar que algo tan increíblemente bello pudiera causar tanto daño y sufrimiento. Los celos empujan a los seres humanos a hacer cosas terribles.

Me planteé cuál sería mi siguiente paso. Había cruzado desiertos árticos y cordilleras montañosas con la esperanza de ver a mi padre una vez más. ¿Creía que seguía vivo? Aunque reconociese que las probabilidades eran escasas, ¿cómo iba a abandonar mi búsqueda después de haber llegado tan lejos?

Lo cierto era que en la casa de los Landowski había encontrado cobijo, seguridad y ahora, con la promesa de las clases de monsieur Ivan, mucho más. Me destapé, posé los pies en el suelo de madera y me acerqué a la ventana. La luz lechosa de la luna iluminaba el patio y alcé la vista hacia la brillante esfera celeste suspendida sobre nuestro planeta.

—¿Estás ahí, papá?

Con mucho cuidado, abrí el pestillo de la ventana y dejé que la brisa nocturna me envolviera. Yo venía de un lugar frío y todavía me gustaba sentir su frescura vigorizante en la piel. El silencio reinaba en el exterior y me empapé de la noche. Mientras miraba el cielo despejado, busqué a mis guardianas. Y, cómo no, allí estaban, las Siete Hermanas de las Pléyades. Su presencia era una certeza y quizá por eso me proporcionaban tanto consuelo. Por muchas cosas que cambiaran en mi vida, por muchas pérdidas que aún tuviera que soportar, las estrellas siempre estarían ahí, contemplando la creación durante toda la eternidad. Me di cuenta de que, esa noche, Maia era la que más brillaba, como siempre ocurría en invierno.

—Maia —susurré—, ¿qué debo hacer?

Cuando hablaba con las estrellas, albergaba la infantil esperanza de que algún día me contestaran. Cerré la ventana y al darme la vuelta para meterme en la cama de nuevo golpeé algo con el pie y estuve a punto de caerme. Al bajar la mirada, vi que la funda del violín sobresalía un poco por debajo de la cama. La idea de tocar para monsieur Ivan en el *conservatoire* me produjo tal sensación de emoción y alegría que me mareé y volví a meterme bajo las mantas.

Tras colocarme la bolsa de cuero entre las piernas, me tapé hasta la barbilla. En mi corta vida, ya había soportado más traumas de los que cualquier ser humano debería sufrir. Por primera vez desde hacía años, me encontraba en un lugar seguro, rodeado de gente que parecía preocuparse por mi bienestar. ¿Tan horrible sería quedarme una temporada en el atelier de Landowski? Si al final papá estaba vivo, ¿me reprocharía que pospusiera su búsqueda? Más bien, se sentiría orgulloso de lo que había conseguido su hijo. Había cruzado fronteras peligrosas para escapar del horror de mi antigua vida, me había hecho amigo de un escultor famoso y, aún más imposible, me había convertido en alumno del prestigioso Conservatoire de Paris. La voz de mi padre me resonó en la cabeza: «Si no cambias de dirección, puede que llegues adonde vas».

Sí..., exacto. Si prosiguiera ahora mi viaje, sin contar con más guía que la de unos cuantos datos vagos, el destino que más temía se convertiría en mi realidad. Tendría que volver a robar comida y a beber agua de lluvia, por no hablar de intentar encontrar refugio por el camino. Dudaba que esa fuera la vida que mi padre hubiera querido para su hijo.

Estaba decidido. Me quedaría con los Landowski todo el tiempo que me dejaran. Luego, completaría la tarea que me había llevado hasta allí en un principio: la búsqueda de mi padre.

—¿Cuándo es tu cumpleaños, muchacho? —me preguntó monsieur Landowski cuando Evelyn le puso delante un montón de formularios del *conservatoire*—. Estos papeles requieren mucha información de la que no dispongo: tu fecha de nacimiento, un resumen de tu experiencia con el violín... y, podría decirse que aún más importante, ¡tu nombre! —Se echó a reír y negó con la cabeza—. Joven Bo, vas a necesitar un apellido, ¿lo tienes ya?

Dudé.

—¿Hay alguno que estés dispuesto a compartir conmigo a efectos de tu matriculación en el conservatorio?

Lo pensé un momento y saqué un papel. Anoté varias de mis palabras favoritas en francés: *étoiles*, *aurore*, *sérendipité*, *Pléiades*..., es decir, estrellas, aurora, serendipia, Pléyades... Ah, sí... Esa tenía el número de consonantes y vocales apropiado para crear algo interesante. Seguí garabateando, reordenando las letras mientras monsieur Landowski examinaba los formularios. Le entregué el trozo de papel.

«Me llamo Bo D'Aplièse».

Enarcó una ceja.

—Bravo, joven. Has inventado un nombre que te será muy útil en el conservatorio. En cuanto a tu experiencia previa... Bueno, ¿quién mejor para escribirla que tú mismo?

Me pasó los documentos. Bajo «l'expérience antérieure de l'élève», puse:

«Sin formación técnica ni experiencia profesional».

Cuando monsieur Landowski leyó mis palabras, exclamó:

—Caray, ¡cómo se nota que eres joven, querido muchacho! Una de las cosas más importantes que debe aprender un *artiste* es a venderse. —Puse cara de sorpresa—. No hay que confundirlo con la arrogancia. Uno puede seguir siendo humilde y, al mismo tiempo, cobrar consciencia de su valía. ¿Y si hablas de cuando empezaste a tocar?

Me devolvió los formularios. Reflexioné unos instantes y comencé a escribir de nuevo:

Toco el violín desde que tuve las manos lo bastante grandes como para agarrar el mástil. Veía a mi padre tocar y la danza del arco sobre las cuerdas me maravillaba. Tuvo la amabilidad de compartir su pasión conmigo. Al principio, aprendí a tocar de oído, imitándolo nota a nota. Este sigue siendo mi método favorito, ya que a los demás les parece magia. Sin embargo, mi padre dedicó una generosa cantidad de tiempo a enseñarme lectura a primera vista y he llegado a entender los «armónicos naturales» como si fueran un lenguaje hablado. Él decía muy a menudo que tocar mejora la memoria y la capacidad de atención, así como las funciones mentales y la salud en general. No sé si me he beneficiado de esas cosas, pero sí sé que, cuando toco, el tiempo se detiene y viajo a un lugar que no es de este planeta; bailo en las alas del universo.

Le devolví los papeles a Landowski.

—A lo mejor también tienes que ser poeta —dijo—. Dime, ¿quién era tu padre? ¿Dónde está ahora?

Hice un gesto de negación con la cabeza.

—Bueno, jovencito, dondequiera que esté, en este universo o en el siguiente, no me cabe duda de que se sentiría orgulloso de tu logro. Tanto como yo, si no te molesta que te lo diga.

Lo miré a los ojos.

—Joven Bo, soy escultor. Mi trabajo consiste en inmortalizar para siempre en piedra la esencia de otro individuo. El cliente debe percibir la emoción de la pieza, sentir algo. Así las cosas, soy experto en saber lo que subyace a la superficie de un individuo. Y tú, joven monsieur, has conocido un gran dolor.

Bajé la mirada, suspiré y asentí.

—Y por eso me alegro de tenerte aquí, con mi familia. Espero que esto contribuya a restaurar tu fe en la humanidad. —Miró por la ventana del atelier—. A veces cuesta recordarlo, sobre todo cuando se ha experimentado la tristeza que percibo en ti..., pero en esta vida hay mucha más gente buena que mala.

Volví a escribir en mi papel.

«Usted es una buena persona».

—¡Ah! Lo intento. Aunque puede que me vea obligado a cometer un cruel asesinato si Brouilly no entrega mi Cristo en Río en perfectas condiciones.

Se me escapó una risita.

—¿Te has reído, querido muchacho? Caray, hoy sí que me siento privilegiado.

Landowski volvió a concentrarse en rellenar los formularios que monsieur Ivan requería para mi inscripción. De repente, me sentí obligado a corresponderle para demostrarle lo agradecido que estaba. No estaba acostumbrado a un altruismo tal y verlo dedicar unos minutos preciosos de su tiempo a hacer algo por mí me compelió a actuar. A pesar de la bola de nervios que se me estaba formando en el estómago, me armé de valor y abrí la boca.

—Gracias, monsieur —dije con timidez.

Landowski abrió los ojos como platos y una sonrisa enorme le iluminó el rostro.

—Vaya. Bueno. Es un placer.

Me llevé un dedo a los labios y le lancé una mirada suplicante.

—No te preocupes, muchacho. Tus palabras de gratitud quedarán entre nosotros. Bien, le pediré a Evelyn que envíe estos documentos de vuelta al *conservatoire*. Monsieur Ivan ha propuesto que empieces la semana que viene. Teniendo eso en cuenta, creo que quizá deberíamos actualizar tu armario.

14 de enero de 1929

Hoy Evelyn me ha llevado a París. Hemos visitado un edificio enorme que se llama Le Bon Marché y que está situado en la orilla izquierda del Sena, en el séptimo *arrondissement*. Nunca había visto una tienda así. Bajo un mismo techo, puedes comprar comida, muebles y ropa. Evelyn me ha dicho que estos establecimientos se llaman «grandes almacenes». Estoy en deuda con monsieur Landowski y con su familia por haberme comprado un nuevo par de zapatos marrones y una americana solo para mí, además de varios pantalones cortos, camisas y ropa interior. Nunca había recibido los servicios de un sastre, que es un caballero que mide las prendas para asegurarse de que se adaptan perfectamente al cuerpo. Evelyn le ha indicado que no me deje la chaqueta demasiado justa, pues predice que creceré bastante rápido. Mientras esperábamos a que el buen señor terminara su trabajo, ella ha tenido el detalle de comprarme un *éclair au chocolat* en la Grande Épicerie de la planta baja, que es un espacio gigantesco, de varios kilómetros, en el que venden comida. Luego hemos ido a dar un paseo por el río Sena. Me he sentido como si estuviera en el famoso cuadro de monsieur Seurat. Después de recoger la ropa, hemos vuelto a casa y he subido corriendo a mi habitación para practicar escalas, ya que mañana comienzan mis clases con monsieur Ivan.

13

—¡**B**o D'Aplièse! *Entre, s'il te plaît.* —La delgada figu-ra de monsieur Ivan me invitó a entrar en su aula diminuta. Aunque el exterior del *conservatoire* era muy grande, las salas donde se daban las clases no lo eran tanto. Habían pegado fieltro rojo sobre el papel pintado y desconchado de las paredes para que absorbiera el ruido y en el aire flotaba un penetrante olor a rancio, aunque no pensaba dejarme desanimar por eso—. Permite que te felicite por tu hermoso apellido, del que he tenido noticia después de nuestro último encuentro. Es bastante singular.

Monsieur Ivan se acarició su escuálido mentón. Lo saludé agachando la cabeza.

—¡Ah, sí! El chico que no habla. Bueno, no perderé el tiempo con charlas, *petit monsieur*. Comencemos.

Fui a abrir la funda del violín.

—*Non!* Hay que dejar que el instrumento se aclimate al aula. Trae el frío de las calles parisinas en enero y debe calentarse. Hablando de calentar, por favor, haz lo mismo que haga yo.

Monsieur Ivan levantó la mano izquierda y estiró los dedos.

—*Un, deux,* ¡cierra! —Rápidamente formó un puño y yo lo imité—. Tenemos que repetirlo cinco veces con cada mano.

A continuación, me hizo apoyar las manos en su escritorio y luego me pidió que levantara todo lo que pudiera los dedos, uno por uno, y que los mantuviera en el aire mientras él contaba hasta dos. Monsieur Ivan percibió mi confusión, debida a que en mis sesiones con papá nunca había hecho esas cosas.

—*Petit monsieur*, ¿crees que un corredor no estiraría antes de salir a la pista? Le debemos al instrumento el estar listos para tocar.

Asentí con la cabeza y no me permitió sacar el violín de la funda hasta que completamos varios minutos de preparación de los dedos y las muñecas.

—Ahora, sígueme, por favor —me indicó. Imité sus trinos y *études* antes de pasar a las escalas y los arpegios—. Muy bien, pequeño Bo. Veo que has mejorado desde nuestro primer encuentro. ¿Has practicado?

Asentí una vez más.

—Muy prometedor. Esa es la característica que permite que un violinista medio ascienda a la grandeza. Bueno, como maestro tuyo, te enseñaré técnicas de cuerda de nivel superior, como el control del vibrato, los diferentes ataques de arco y la serie armónica. Intentaré corregirte los defectos de técnica y te animaré a superar los límites de la interpretación musical. ¿Te parece aceptable?

Me parecía más que aceptable. De hecho, me sentía como si el propio Dios acabara de ofrecerse a enseñarme las puertas del cielo.

El resto de la clase me resultó agotador. En ningún momento conseguí tocar más de unas cuantas notas seguidas, puesto que monsieur Ivan me interrumpía a cada poco para corregirme la colocación de los dedos, la postura o la musicalidad. Las reprimendas eran constantes y empecé a preguntarme por qué se me habría ocurrido siquiera tocar un violín. Justo cuando estaba a punto de echarme a llorar, el maestro anunció que nuestra primera clase había terminado.

—Creo que el tiempo se ha acabado, monsieur Bo.

Aparté el mentón de la barbada y bajé los brazos de inmediato. El violín y el arco se balanceaban junto a mis rodillas.

—Cansado, ¿no? No te preocupes, es normal. Nunca habías recibido una clase en condiciones. Muchas de nuestras sesiones serán igual de duras tanto para tu cuerpo como para tu mente, pero cada vez será más fácil, te lo prometo. Nos vemos el viernes. Mientras tanto, practica la relajación de los hombros, por favor. Me he dado cuenta de que, cada vez que te interrumpía, los tensabas más aún. Eso no nos conviene.

«¿Cómo?», escribí.

—Una buena pregunta. Debes intentar buscar un «espacio sagrado» dentro de ti. Recuerda un momento de tu vida en el que te hayas sentido en paz, por ejemplo. Esos serán tus deberes para los próximos días. Nos vemos el viernes. Gracias, *petit monsieur*.

Terminé de guardar el violín en la funda y salí del aula de monsieur Ivan. La mayoría de la gente no sabría darse cuenta de si un niño que no habla está disgustado o eufórico, pero Evelyn se percató de que algo no iba bien.

—¿Ha sido difícil la clase, cariño?

Bajé la mirada hacia el suelo.

—Debes recordar que monsieur Ivan no está acostumbrado a enseñar a alumnos tan pequeños. El *conservatoire* está pensado para los estudiantes que cursan allí sus estudios superiores y dedican todas las horas del día a formarse. Mientras te esperaba en la recepción, he visto entrar y salir a chicos que te doblan la edad. Dudo que te dé un trato distinto al de ellos. —Miré a Evelyn y sonreí—. Debes de tener unos diez años menos que el alumno más joven del *conservatoire*, *chéri*. Tu logro es más que sobresaliente.

Durante las semanas siguientes, trabajé sin descanso. Todas las tardes visitaba la casita de Evelyn y practicaba escalas, le mostraba mi postura y tocaba «Venus», de *Los planetas* de Holst. Pobre mujer, debió de escuchar la pieza cien veces, pero todas las noches aplaudía y decía que la había disfrutado aún más que la última vez. Los días que no iba al *conservatoire*, los pasaba en el atelier con monsieur Landowski. Ya hacía tiempo que monsieur Brouilly había partido hacia Río de Janeiro y, en su ausencia, yo me había convertido en su ayudante *de facto*: le proporcionaba las herramientas que me pedía, preparaba el café y escuchaba las exclamaciones de alegría o los gritos de angustia del escultor mientras trabajaba en sus encargos. Como recompensa, me permitía tomar prestados los libros de su biblioteca personal. Me concedió ese honor cuando me pilló mirando con avidez una de las estanterías una noche después de cenar. Así que devoré obras de Flaubert, Proust y Maupassant. Cuando le devolví el tercer libro en solo una semana, monsieur Landowski abrió los ojos como platos.

—Dios mío, muchacho, al ritmo que te estás leyendo mi colección, tendré que comprar la Bibliothèque de la Sorbonne entera. —Sonreí de oreja a oreja—. Debo confesar que no conozco a muchos jóvenes que sientan una pasión así por la literatura. Eres muy listo para tu edad. ¿Estás seguro de que no eres un cuarentón que ha descubierto la fuente de la juventud?

En el *conservatoire*, mis clases con monsieur Ivan avanzaban a buen ritmo y con cada una de ellas me adaptaba más a sus métodos.

—¡Relaja los hombros, *petit monsieur*! Ve a tu espacio sagrado.

—Debo reconocer que eso me estaba costando mucho—. Cada vez que te hago una corrección, te pones más tenso. Pequeño Bo, ¡estás en clase y tú eres el alumno, vienes aquí a aprender!

Era irónico que monsieur Ivan me pidiera que me relajase mientras alzaba la voz y agitaba los brazos. Creo que, si hubiera tenido la opción de hablar, me habría puesto a gritar de frustración. Pero, como no era el caso, apretaba los dientes y seguía tocando. Aunque me exasperaba, no le guardaba rencor a mi profesor. No era agresivo ni tenía mala intención. Solo era un apasionado de su oficio con muchas ganas de verme mejorar. Mi irritación, si acaso, nacía del deseo de alcanzar la perfección. Todas las noches rompía a sudar mientras practicaba todo lo que monsieur Ivan me había enseñado. Suponía que, si me esforzaba mucho, sus críticas irían desapareciendo poco a poco.

Unas semanas más tarde, mi maestro me permitió tocar un solo entero sin interrumpirme.

—Bien, Bo. Tu *legato* va mejorando. Eso es un avance.

Agaché la cabeza en señal de agradecimiento.

—Bueno, como no creo que seas capaz de hacerlo por ti mismo, vamos a crear una lista de cosas que te generan felicidad. Así, cuando te enfades porque te corrijo, pensarás en ellas y la tensión desaparecerá. Por favor, siéntate. —Señaló el taburete que había detrás del escritorio, junto a su silla—. ¡Es como si cargaras tú solo con todo el peso del mundo sobre los hombros, jovencito! —Me quedé helado, preguntándome si sería posible que monsieur Ivan hubiera descubierto mi verdadero nombre de algún modo. Ya había averiguado que procedíamos de la misma parte del mundo. ¿A quién conocía? Se me revolvió el estómago solo de pensar en las consecuencias—. No puede ser, Bo. Un gran violinista no puede tocar con esa pesadez lastrándolo. Tus hombros deben tener la libertad de moverse con el instrumento. Así que juntos intentaremos librarnos de ese peso.

Me di cuenta de que había elegido esa analogía por pura coincidencia. El corazón empezó a latirme un poco más despacio. Me senté a su lado y saqué un papel.

—Venga, hagamos nuestra lista de cosas felices. —Mi pluma no se movió y monsieur Ivan se echó a reír—. Vale, empiezo yo —dijo—. ¿Qué me hace feliz? Ah, sí...

«El buen vodka», escribió.

—Muy bien. Te toca. —Seguí sin mover la pluma—. ¿Tienes amigos, *petit monsieur*?

«Los Landowski», escribí.

—Sí, sí, aparte de la familia Landowski.

«No voy al colegio, así que no veo a más niños».

—Hum. Planteas una cuestión interesante. Cuando rememoro lo que me hacía feliz de pequeño, pienso en mis amigos del colegio. Nos pasábamos las horas haciendo travesuras en las calles de Moscú. —Monsieur Ivan se cruzó de brazos y se recostó contra el respaldo de la silla—. Recuerdo que nos tirábamos bolas de nieve y construíamos iglús. Pero tú ahora no tienes esa oportunidad.

«Violín, libros», escribí.

—Sí, claro, esas cosas están muy bien. Pero te aíslan. Ninguna de ellas puede ayudarte cuando te pido que vayas a tu «espacio sagrado». Necesitas experiencias, jovencito. Voy a ver si podemos organizar algo para que te relaciones con gente de tu misma edad. Un antiguo alumno mío va varias veces a la semana al orfanato Apprentis d'Auteuil a tocar para los niños. Me pondré en contacto con él y le preguntaré si puedes participar en las actividades recreativas de la hora de comer o de la tarde cuando vengas a París. —Se percató de mi cara de espanto—. ¡No te asustes, *petit monsieur*! ¿Qué te da tanto miedo? ¿Que te internen a ti en el orfanato? —Asentí enérgicamente y monsieur Ivan rompió a reír—. No tienes que preocuparte de eso. Monsieur Landowski y yo hablamos a menudo y sé que valora mucho tu presencia en su casa. ¿Estamos de acuerdo, entonces? —Me mantuve firme y negué con la cabeza—. Bah. Hazme caso, que yo sé mucho de esto: lo importante de la vida son las personas y no hay peor castigo que la soledad. Lo estoy haciendo por tu bien. —Clavé la mirada en el suelo, pero mi maestro continuó—: Además, esos chicos no tienen padres y han conocido las dificultades de la vida mucho antes de lo que deberían, como tú. Creo que te iría muy bien pasar el rato con ellos. —No respondí. Monsieur Ivan dejó escapar un suspiro—. Vale. Si dices que sí, te prometo que me abstendré de criticarte durante toda una clase y que podrás tocar lo que quieras. Es una oportunidad única. Jamás llegaría a un acuerdo así con mis alumnos mayores, ya lo sabes. ¿Podemos cerrar ya el trato? —Sentí que, en realidad, la opción de rechazar su petición no existía, así que levanté la mano y le estreché la suya—. Excelente. Llamaré a monsieur Landowski para que nos dé permiso y luego buscaré a mi antiguo alumno. *Merci, petit monsieur.* Te veo el martes.

14

—Caray, mi pequeño *chéri*. Estas visitas no harán más que aumentar tu gratitud hacia monsieur y madame Landowski.

Evelyn no se equivocaba en su descripción del orfanato Apprentis d'Auteuil. Tenía un aspecto muy gótico, con las ventanas podridas y los ladrillos muy deteriorados. Una mujer alta y enjuta llamada madame Gagnon nos recibió junto a la gran verja de hierro y nos condujo hacia el otro lado del patio de cemento.

—Este favor se debe única y exclusivamente a la contribución que el joven monsieur Baudin hace con su violín. En realidad, no tenemos tiempo para supervisar a un niño más. Madame, ¿es usted consciente de lo llenos que estamos después de la Gran Guerra? No me sobra ni un centímetro.

—Madame Gagnon, sé que monsieur Landowski y monsieur Ivan le están muy agradecidos por dejar que Bo pase el rato con otros niños.

—Pues no sé qué beneficio va a sacar de todo esto. No habla, así que ya me dirá usted qué gana atestándome el patio.

—Madame Gagnon, monsieur Landowski me ha indicado que le gustaría contribuir al mantenimiento del orfanato.

—Si eso le purifica el alma, que así sea, madame. Tenemos muchos parisinos con mala conciencia cuyas donaciones apenas nos permiten mantener las puertas abiertas y alimentar a los críos. Si monsieur Landowski quisiera cambiar de verdad las cosas, debería plantearse la conveniencia de proporcionarles a algunos de estos niños un buen hogar. —Vi que Evelyn se enfurecía y me señalaba. Madame Gagnon enarcó las cejas—. Bueno, ya les toca a los muchachos salir a tomar el aire. Pasarán solo una hora aquí fuera, así que espero que sea puntual a su regreso, madame Evelyn. Después del recreo, le abriré la verja al niño y ya no será responsabilidad mía.

—Entendido, madame Gagnon —respondió Evelyn.

La mujer enjuta nos dio la espalda y entró en el orfanato. Cuando la gran puerta de madera se cerró tras de ella, el golpe retumbó en el patio delantero.

—¡Madre mía! No quiero juzgarla precipitadamente, pequeño Bo, porque su trabajo es muy difícil, pero presiento que esa mujer tiene lava en las venas. Sin embargo, estoy segura de que los niños a los que cuida serán harina de otro costal. Recuerda, volveré dentro de solo una hora. Intenta divertirte, *chéri*. ¿Quieres que me lo lleve? —Evelyn agarró la funda del violín, pues aún iba cargado con ella tras mi reciente clase con monsieur Ivan. Me aferré a él por instinto. Era mi posesión más preciada y me costaba entender que cualquier persona, incluso ella, quisiera apartarla de mí—. Muy bien, Bo. Quédatelo si así lo deseas.

La puerta del Apprentis d'Auteuil se abrió de nuevo y los niños empezaron a salir en tropel al patio.

—Cielo santo. Algunos de esos abrigos de invierno tienen más agujeros que un queso suizo —dijo Evelyn en un susurro—. Buena suerte, pequeño Bo. Nos vemos enseguida.

Sin más, abrió la verja de hierro y se marchó. Me había preguntado muchas veces cómo se sentirían los esclavos romanos mientras esperaban su turno para salir al Coliseo abarrotado y enfrentarse a los leones. De repente, lo supe.

La variedad de edades me sorprendió. Me dio la sensación de que a algunos de los residentes apenas podía considerárselos niños, mientras que otros no tenían más de dos o tres años e iban agarrados de la mano de compañeros mayores. El patio se llenó enseguida y los chicos que se cruzaban conmigo me miraban con desconfianza. Algunos se sacaron tizas de los bolsillos y se pusieron a dibujar cuadrados en el suelo. Otros tenían viejas pelotas de goma que se lanzaban entre ellos. Mientras este frenesí de actividad se producía a mi alrededor, yo continué allí plantado, inmóvil, mirando a todas partes sin saber qué hacer.

Como nunca había asistido al colegio, no estaba acostumbrado a relacionarme con otros niños. Salvo con uno, claro: el chico al que consideraba mi mejor amigo, al que quise como a un hermano y... del que hui. Él era el motivo de que hubiera escapado entre la nieve el peor día de mi vida. Un escalofrío me recorrió la columna vertebral de arriba abajo al imaginar las consecuencias de volver a verlo. Había jurado que me mataría y, a juzgar por su rictus de asesino aquella terrible mañana, no tenía motivos para dudar de él.

—¿Quién eres? —Un niño con el rostro anguloso y un gorro de lana raído se había acercado a mí.

Me saqué un papel del bolsillo y empecé a escribir.

—¿Qué haces? Te ha hecho una pregunta —dijo otro chico, que tenía las cejas gruesas y oscuras.

«Me llamo Bo, no puedo hablar. Hola».

Sostuve el papel delante de mí.

Los dos lo miraron con los ojos entornados. De pronto caí en la cuenta de que había sido arrogante al suponer que aquí todos sabrían leer.

—¿Qué dice, Maurice? —preguntó el niño del gorro.

—Dice que no puede hablar.

—Vaya, ¿y qué sentido tiene, entonces? ¿Qué sentido tienes?

—Por alguna razón, intuí que la pregunta del joven no tenía nada que ver con la filosofía de mi compatriota Dostoyevski—. ¿De qué murieron tus padres?

«Solo he venido de visita», garabateé.

—No lo entiendo. ¿Por qué quieres visitar este basurero?

«Me gustaría hacer amigos», contesté, esperanzado.

Los dos rompieron a reír.

—¿Amigos? Tú te has escapado del circo. ¿Y eso qué es, chico del circo?

El que se llamaba Maurice me arrebató la funda del violín. Me inundó una oleada de pánico. Sacudí la cabeza con todas mis fuerzas y junté las manos en señal de oración para suplicarle en silencio que me lo devolviera.

—Un violín, ¿no? ¿Por qué te has traído esto aquí? ¿Quién te crees que eres, el marica de Baudin?

—Sí, claro que se lo cree, Jondrette. Solo tienes que fijarte en su ropa. Se piensa que es un elegante *monsieur* en miniatura, ¿a que sí?

—Te parece muy gracioso, ¿verdad? Has venido aquí a reírte de nosotros, que no tenemos nada... —Seguí negando con la cabeza y me arrodillé con la esperanza de que entendieran mi desesperación—. Aquí rezar no te va a servir de nada. Venga, a ver qué hay dentro.

Jondrette empezó a abrir los cierres de la funda. Hasta el último recodo de mi ser deseaba gritar, atacarlo verbalmente o recurrir a la razón para recuperar mi violín. Pero sabía que no podía llamar la atención.

—Dámelo, so enclenque.

Maurice se lo quitó de las manos y empezó a tirar de los cierres de metal para intentar arrancarlos de la carcasa. El muy bestia lo consiguió y los tiró al suelo. Entonces Jondrette levantó la tapa con avidez y, con las manos mugrientas, sacó mi preciosa carga del interior.

—Vaya, vaya, mira esto. Diría que es incluso mejor que el de Baudin. ¿Qué te parece, Jondrette? ¿Intentamos venderlo?

—¿Conoces a alguien dispuesto a pagarnos por algo así sin denunciarnos de inmediato a la gendarmería por intentar vender bienes robados?

—Ya. Tienes razón. Creo que esta sería una buena oportunidad para darle una lección a monsieur Elegante.

Jondrette levantó mi violín en el aire. Cerré los ojos y me preparé para el estallido de la madera contra el cemento. Para mi sorpresa, el sonido no llegó a producirse.

—¿Qué narices crees que estás haciendo, pedazo de sapo?

Abrí los ojos y vi que una niña de pelo rubio le había agarrado el brazo a Jondrette.

—¡Eh! ¡Suéltame! —gritó el muchacho. La chica apretó más todavía—. ¡Ay!

—O le devuelves ese instrumento o le digo a madame Gagnon que sois vosotros dos los que forzasteis la puerta del almacén y robasteis las galletas.

—¡No tienes pruebas, chivata!

—Me da la impresión de que bastaría con las migas que hay debajo de tu cama, Maurice. —La niña señaló la puerta, donde madame Gagnon fumaba un cigarrillo mientras vigilaba a los más pequeños—. Como vaya a decírselo, subirá corriendo a comprobarlo, lo sabes de sobra.

Maurice y Jondrette intercambiaron una mirada.

—¿Por qué defiendes a este gusano? ¿No has visto la ropa que lleva? Tiene dinero. Ha venido a burlarse de nosotros.

—No todo el mundo va a por ti, Maurice. Venga, Jondrette, devuélvele el violín.

El susodicho dudó y la chica puso cara de hastío.

—Muy bien, como quieras. —Volvió la cabeza hacia el edificio y alzó la voz—: Madame...

—Vale, vale —dijo Jondrette para hacerla callar—. Toma. —Se zafó de la presa de la muchacha y me entregó el violín—. ¿Siempre necesitas que las chicas te defiendan? —siseó.

—Basta ya. Largaos de aquí, enanos ridículos —dijo mi salvadora.

Maurice y Jondrette la obedecieron a regañadientes, pero no antes de que este último le asestara una buena patada a mi funda rota, que se alejó deslizándose por el patio. La niña se acercó a recogerla y me la dio. Yo estaba sentado en el suelo, acunando mi violín como si fuera un cachorro enfermo.

—Siento lo de esos dos. Yo no me lo tomaría como algo personal, se portan fatal con todo el mundo. A ver, que te ayudo. —Empezó a recoger los trozos de papel que se habían caído al suelo mientras suplicaba. Le echó un vistazo a la primera hoja—. ¿No puedes hablar? —Negué con la cabeza—. Caramba. Ahora entiendo por qué no has gritado. ¿Cómo te llamas? —Busqué rápidamente entre los papeles y encontré el adecuado—. ¿Bo? —Asentí con la cabeza. La chica soltó una risita. Aquel sonido me causó tal placer que pensé que se me iba a parar el corazón allí mismo—. Me gusta tu nombre, Bo.

Me encogí de hombros y, sin darme cuenta, una sonrisa me curvó los labios. Me saqué la pluma del bolsillo y empecé a escribir. «¿Cómo te llamas?».

—Ay, sí, perdona. Soy Elle. Encantada de conocerte, Bo.

20 de marzo de 1929

Monsieur Ivan ha insistido en que asista a las actividades recreativas del orfanato Apprentis d'Auteuil para disfrutar de experiencias positivas con otros niños. Cree que, si consigo hacer amigos, dejaré de cargar con el peso del mundo sobre los hombros y mejoraré como violinista. Respeto los deseos de monsieur Ivan y, desde hace unas semanas, participo en el recreo de la hora de comer los martes y en el de la tarde los viernes. Agradezco la experiencia y he descubierto lo afortunado que fui cuando me acogió la generosa familia Landowski. Muchos de los niños del orfanato perdieron a sus padres durante la Gran Guerra. La verdad es que, debido a mi condición, me resulta difícil relacionarme con los demás. No puedo pedir que me pasen la pelota ni cantar durante un juego que se llama «rayuela». Sin embargo, estoy decidido a convertirme en un virtuoso del violín, así que persistiré. Entre las personas que he conocido en el Apprentis d'Auteuil sí hay una con la que me gusta pasar el rato. Se llama Elle y no le importa que no hable. Está mucho más interesada en mi música y, en varias ocasiones, me ha pedido que toque el violín para ella. Confieso que aún no he reunido el valor necesario. No es por miedo a lo que puedan hacer los otros niños (aunque, según mi experiencia, es una preocupación legítima). En realidad, me asusta tanto decepcionarla en cualquier sentido que la ansiedad me paraliza. Tiene un pelo dorado y unos ojos azules que me recuerdan a un ángel, y el mero hecho de imaginarme desilusionando a un ángel me resulta demasiado terrible.

Levanté la pluma de la página. Me pareció que anotar mis sentimientos en mi diario «oficial» no sería apropiado, por si al final la familia Landowski intentaba leer su contenido en algún momento. Cambiaré a mis páginas secretas, de las que estas forman parte. Por si no resulta ya obvio, diré que soportar los horrores del orfanato Apprentis d'Auteuil solo merece la pena por pasar dos horas a la semana con Elle Leopine.

En el poco tiempo transcurrido desde que la conozco, he sabido que toca tanto la viola como la flauta y que es autodidacta. Los instrumentos eran de sus progenitores y son lo único que la conecta a ellos. Los perdió a ambos durante la guerra. Su padre murió en las trincheras y su madre pereció por culpa del brote de gripe de 1918. Ella tiene trece años y, por tanto, no conserva recuerdos de ninguno de los dos. Puede que lo más triste que haya descubierto de Elle es que tenía un hermanito pequeño, de apenas unas semanas, cuando su madre falleció. El orfanato organizó su adopción enseguida, ya que había una gran demanda de recién nacidos por parte de familias que habían perdido mucho en el conflicto. Pero Elle no tuvo tanta suerte. Llevaba once años viviendo en el Apprentis d'Auteuil.

Me he dado cuenta de que, cuando estoy con ella, no pienso en nada más. En esos momentos, no me regodeo en mi pasado ni en el dolor ni en las tragedias que he vivido. En ese sentido, Elle es como la música: capaz de transportarme a un lugar que está más allá del suelo que piso. ¡Cielo santo! ¿Quién me creo que soy, lord Byron?

En realidad, su poesía siempre me había resultado un poco difícil de digerir. Sin embargo, ahora me identifico plenamente con sus versos. Me avergüenza decir que, desde que conocí a Elle, es casi lo único que me importa. Mis visitas nocturnas a Evelyn son secundarias, igual que los libros que me presta monsieur Landowski. Incluso las clases de violín con monsieur Ivan ocupan ahora un lugar accesorio entre mis prioridades. Mis viajes bisemanales a París ya no están motivados por la emoción de tocar en el *conservatoire*, sino por la idea de pasar un rato con mi nueva amiga.

Soy consciente de los efectos del «amor» y de la influencia que pueden tener en la mente. Gracias a la literatura que he leído, comprendo que incluso el más tenaz de los cerebros puede perder todo el sentido de la razón y la lógica. Y, aun así, aunque lo sé, no consigo que me importe.

Elle me ha dicho que se ha leído dos veces todos los libros de la biblioteca del orfanato, así que me he tomado la libertad de llevarle novelas de la colección de monsieur Landowski. Si esto no prueba que estoy empezando a perder el juicio, no sé qué lo demostrará. Esos libros no son míos, así que no me corresponde a mí prestarlos y odio pensar en cómo se sentiría monsieur Landowski si descubriera lo que estoy haciendo. Pero no puedo evitarlo: mi deseo de complacer a Elle supera cualquier posible repercusión de mis acciones. Cada vez que termina de leer una obra, la comentamos juntos (utilizo el término «comentar» en un sentido bastante amplio: ella habla y yo escribo). Pero, aunque parezca sorprendente, muchas veces sabe lo que quiero decir sin que mi pluma llegue siquiera a tocar el papel.

Mañana es martes y tengo la esperanza de que Elle se haya terminado *El fantasma de la ópera*. Me sonrojo al pensar en ello, pues es la historia de un músico con talento que intenta conquistar con su don a una mujer inasequiblemente bella. Me gustaría pensar que yo, además, dispongo de una ventaja significativa, pues no tengo el rostro desfigurado, como el Fantasma. No obstante, debo reconocer que, si quiero impresionar a Elle con mis dotes musicales, primero tendría que tocar para ella.

Guardé mi diario y me metí en la cama. Aquella noche había tocado una serie de arpegios muy complicados para Evelyn y, mientras pensaba en el dulce rostro de Elle, los ojos se me cerraron enseguida. Me tumbé boca abajo y volví a sentir una punzada en el pecho. Cada vez era más habitual que me olvidara de quitarme la bolsita del cuello antes de acostarme. A medida que pasaban los días, me resultaba cada vez más sencillo olvidar quién era y por qué estaba allí.

Los viernes por la noche, me permitían entrar en el Apprentis d'Auteuil y subir a la sala común del primer piso con los demás niños. Elle y yo nos acomodábamos en el asiento de la ventana y mirábamos hacia la rue Jean-de-La-Fontaine.

—¡No me creo que Christine vaya a ser feliz con Raoul! —exclamó ella refiriéndose a la novela de Gaston Leroux—. La música es su pasión y eso solo lo entiende el Fantasma. Raoul es aburrido. Lo que pasa es que es… guapo y rico…

«¡El Fantasma es un asesino!», escribí a modo de respuesta. Elle se echó a reír.

—¡Eso es cierto, Bo!

«¿A quién elegirías?».

Me miró y fue como si, de alguna manera, sus ojos azules penetraran más allá de los míos y me vieran el alma.

—Hum. Un hombre rico y aburrido o un asesino interesante… —reflexionó—. A lo mejor parece una locura, pero creo que me arriesgaría con el Fantasma. Supongo que, si terminara asesinándome, preferiría haber vivido una vida corta y apasionada que una larga y aburrida.

«Eres muy sabia».

—No, creo que me has confundido contigo, Bo. El sabio eres tú. No hablas, pero eres capaz de transmitir en una sola frase escrita lo que yo tardaría horas en decir.

«Es una necesidad».

—¿En serio? —Sonrió y miró por la ventana—. A veces parece que quieres hablar. —Se me encogió el estómago. Tenía miles de palabras en la punta de la lengua—. Como sea, ¿por qué no tocas para mí, Bo? Te prometo que Maurice y Jondrette ya no se atreverán a molestarte.

«Tú aún no has tocado para mí...».

—Yo soy una mera aficionada que ha aprendido sola con libros y mucha práctica. ¡Ni siquiera sé si poseo algún talento! Me daría vergüenza tocar delante de ti. Tú, en cambio, eres alumno de monsieur Ivan.

«Todavía no soy perfecto», anoté.

—Bueno, nadie lo es. Pero estás yendo a clases en el Conservatoire de Paris. No conozco a ninguna otra persona de nuestra edad a la que hayan admitido. Mi sueño es estudiar allí algún día, pero... —dijo, haciendo un gesto que pretendía abarcar lo que la rodeaba— es imposible pagar las tasas.

Bajó la mirada y, en ese momento, pensé que se me partía el corazón por la mitad.

«Irás algún día».

—Gracias. Pero dudo que sea cierto. Si ya me cuesta imaginarme saliendo de aquí, más difícil me resulta verme cruzando las puertas del conservatorio.

Empezaron a llenársele los ojos de lágrimas.

Deseé con todas mis fuerzas abrir la boca y animarla con lugares comunes, asegurarle que yo era la prueba viviente de que todo es posible. No obstante, sabía que era fundamental resistir.

Se me ocurrió una idea.

Desaté a toda prisa las cuerdas que sujetaban la funda rota y me coloqué el violín bajo la barbilla. Cogí el arco, cerré los ojos y comencé la *Sonata n.º 9* de Beethoven. Mientras tocaba para Elle, sentí que mi interpretación se elevaba, que la importancia de cada nota aumentaba. Cuando aparté el arco del instrumento para concluir la pieza, me atreví a mirarla con el fin de medir su reacción.

Me observaba de hito en hito, con los ojos abiertos como platos y ya sin lágrimas.

—Bo... Ha sido increíble. Sabía que, si monsieur Ivan te había aceptado, debías de tener talento, pero aun así...

Agaché la cabeza en señal de agradecimiento. La adrenalina me corría por las venas y saber que mi actuación había tenido el efecto deseado me desbocó el corazón. De repente, caí en la cuenta de que mi público había sido mucho más numeroso que Elle. Me volví despacio hacia la sala común y vi un mar de rostros atónitos que no me quitaban ojo. Al fondo, las cejas de madame Gagnon estaban tan arqueadas que pensé que quizá hasta la alzaban del suelo. Para mi gran asombro, levantó poco a poco las manos y empezó a aplaudir. El resto siguió su ejemplo y, unos instantes después, me convertí en objeto de una ovación entusiasta. Incluso Maurice y Jondrette, aunque no aplaudían, lucían una expresión de sorpresa en la cara. Elle debió de notar que me estaba agobiando y me agarró la mano; fue el momento más perfecto de mi vida.

Los aplausos se apagaron y madame Gagnon decidió dedicarme un cumplido.

—Bravo. A pesar de tu edad, intuyo que podrías darle un repaso a monsieur Baudin.

—¿Ves? —susurró Elle—, debes de haberlo hecho bien. —Me besó en la mejilla—. Gracias, Bo.

Un rubor me tiñó el rostro al instante e intenté disimular la vergüenza guardando el violín.

«¿Cuándo me dejarás oírte tocar?», escribí en cuanto até las cuerdas de la funda.

—¿Crees que voy a querer tocar para ti después de esto? Sería como si un recién nacido intentara recitarle versos a Shakespeare.

«Me haría feliz».

Elle se apoyó la cara sonriente en las manos.

—¡Vale! Muy bien. Practicaré durante el fin de semana y estaré preparada cuando vengas el martes. Así al menos podrás darme algunos consejos sobre qué mejorar.

Cuando Evelyn llegó para llevarme de vuelta a Boulogne-Billancourt, madame Gagnon me acompañó a la verja y le contó lo que había ocurrido.

—Posee un gran talento y aquí siempre será bienvenido.

Durante el trayecto de vuelta a casa en autobús, Evelyn se percató de mi buen humor.

—¡Me parece increíble que hayas tocado para los niños! Es una noticia fantástica, Bo. Ya verás qué contento se pone monsieur Landowski cuando se entere de que estás ganando confianza.

Lo que ella no sabía, claro, era que no había «tocado para los niños», sino solo para una chica que estaba cambiando el rumbo de mi vida a toda velocidad.

El martes, cuando volví al Apprentis d'Auteuil, Elle me agarró y me dijo que la siguiera. Cruzamos el patio y, para mi sorpresa, madame Gagnon abrió la puerta y nos franqueó el paso.

—Me ha dado permiso para tocar sola en la sala común. Soy demasiado tímida para ofrecerles un espectáculo a las masas, como hiciste tú el otro día.

Recorrimos los pasillos a toda prisa; Elle tiraba de mí con tanta fuerza que tuve que empezar a trotar para seguirle el ritmo. Cuando llegamos, me senté en una de las sillas, tan viejas que el tapizado de cuero se había desgastado hasta mostrar el metal de debajo. Elle sacó y montó la flauta en un santiamén.

—He decidido que voy a tocar Debussy: *Prélude à l'après-midi d'un faune*. Por favor, no seas demasiado duro criticando mi habilidad. Recuerda que nunca he tenido maestros profesionales. —No daba crédito a que la persona más bella del mundo estuviera a punto de ofrecerme un concierto privado—. Empiezo ya.

Se llevó la flauta a la boca y cogió aire.

Su destreza musical resultaba obvia. Sin embargo, lo más mágico era que Elle hubiera aprendido a tocar ella sola, con la única ayuda de unos cuantos libros. Creo que yo no habría tenido esa capacidad. Su razón para coger un instrumento por primera vez era mucho más noble que la mía. Tocaba porque era un homenaje a sus padres perdidos, una forma de conectar con ellos aunque ya no estuvieran aquí.

Cerré los ojos. La acústica de aquel antaño grandioso edificio facilitaba que las notas reverberaran deliciosamente en el aire. A pesar de ello, obligué al músico que llevaba dentro a evaluar los aspectos técnicos de la interpretación de Elle, tal como ella me había pedido. Observé que su respiración era errática y que tocaba la obra de Debussy con demasiada precipitación. Saqué la pluma.

«Relájate». Levanté la nota.

Alzó la vista y leyó mi mensaje; luego se apartó el instrumento de la boca.

Volví a escribir. «Recuerda, ¡no soy más que un niño de once años!».

Para mi deleite, se echó a reír y asintió. Volvió a coger aire y empezó la pieza desde el principio. Esta vez, las notas perdieron el ritmo de *staccato* y de repente comprendí las ventajas de retirarse al «espacio sagrado» del que me hablaba monsieur Ivan. Cuando terminó, me levanté y aplaudí.

—Para. Esta ha estado mejor, pero tienes razón, la primera me ha salido fatal. —Negué con la cabeza—. No seas tan amable. Es que me ponía muy nerviosa tocar para ti, Bo. Desde que te marchaste el viernes, no he podido pensar en otra cosa que no fuera en lo mucho que deseaba impresionarte.

«Lo has hecho». En mi fuero interno, estaba más que encantado de que mi opinión significara tanto para Elle.

—Ahora voy a tocar la viola. Me siento menos segura con ella que con la flauta.

Se colocó el instrumento bajo la barbilla y empezó a tocar el *Don Quijote* de Strauss. No se había equivocado en su apreciación: tocaba mejor la flauta, pero también mostraba mucho potencial con la viola. Cuando terminó, me aseguré de que mi aplauso fuera tan efusivo como el anterior.

«Me parece increíble que seas autodidacta».

—Gracias. A veces a mí también. Supongo que es el resultado de muchas horas de soledad. Pero, venga, dime qué opinas, por favor. ¿Cómo puedo mejorar, Bo?

«Ninguno de los dos es mi instrumento, pero intentaré darte consejos generales». Procedí a redactar una lista de trucos básicos que había aprendido durante mis clases con monsieur Ivan.

—Caramba, gracias, Bo. Lo pondré todo en práctica, sin duda. —Repasó la lista—. Aquí pone «Practicar la colocación del arco». ¿Me enseñas a qué te refieres?

Me acerqué y cogí el arco de la viola. Luego me coloqué detrás de Elle y le agarré la mano derecha. Se la estiré con delicadeza hacia delante y le di la vuelta para que la palma quedara de cara a nosotros. Después, acerqué el arco y se lo alineé con la base de los dedos.

—¿Así? —me preguntó, y asentí con la cabeza.

Le cogí el pulgar y me aseguré de que presionara la madera con una ligera firmeza. Luego le coloqué el dedo corazón justo al otro lado, con la articulación apenas rozando el arco. Teniendo en cuenta que la viola era mucho más grande de lo que debería para una niña, puesto que había pertenecido a la madre de Elle, mis ajustes debieron de parecerle doblemente extraños.

—Caramba, no sabía que lo cogía tan mal.

Volví a colocarme frente a ella y continué manipulándole los dedos para colocárselos en la posición que monsieur Ivan ya había conseguido grabarme a fuego en la memoria. Mientras lo hacía, levanté la vista hacia Elle. Me estaba mirando de una forma extraña, como si quisiera que hiciese algo, aunque no decía el qué. Debí de poner cara de desconcierto, porque se le escapó una risita y después se acercó y me besó. Posó sus labios suaves sobre los míos y mi mundo cambió para siempre.

—Veo que ya hemos terminado con nuestra clase de música.

Sentí un escalofrío cuando me di la vuelta y vi que la figura de madame Gagnon nos acechaba desde la puerta abierta. Elle se puso a guardar la viola en su funda de inmediato y recogió la flauta. Se precipitó hacia la puerta.

—Voy a guardarlos en el dormitorio, madame Gagnon.

Como toda respuesta, la mujer se limitó a enarcar una ceja, pero dejó que Elle pasara y se escabullese. Nos quedamos los dos en la sala común y me lanzó una mirada que habría hecho caer a un caballo de tiro en pleno galope. De repente, me invadió una vergüenza inmensa. Se nos había concedido un permiso especial para que Elle tocara ante mí lejos de las miradas de los demás niños y ahora debía de parecer que estaba abusando de la indulgencia de madame Gagnon. Cogí la pluma a toda prisa y empecé a garabatear una disculpa.

—No escribas, siéntate —me ordenó al mismo tiempo que señalaba una silla.

Estaba convencido de que iba a decirme que ya no era bienvenido en el orfanato, y eso significaría, claro está, que ya no volvería a ver a Elle. En cuestión de segundos, sentí que el mundo se derrumbaba a mi alrededor y que mi esperanza se convertía en desesperación. Tomé asiento y, para mi sorpresa, madame Gagnon cerró la puerta de la sala común y se sentó frente a mí. Debió de ver el terror reflejado en mi rostro, porque, por increíble que parezca, me dijo algo reconfortante.

—Está muy encandilada de ti, joven monsieur. Espero que sepas lo frágil que es el corazón de las jóvenes, debes tratar el de Elle con mucha delicadeza. —Asentí—. Huelga decir que, si vuelvo a ver algo de ese... cariz, no dudaré en pegarte con la vara. ¿Me has entendido bien?

«Sí, madame Gagnon».

—Perfecto. Ahora, tengo que hablar contigo de una cosa. Llevo veinte años trabajando aquí, en el Apprentis d'Auteuil, y he visto a cientos de niños cruzar sus puertas. Mi prioridad siempre ha sido intentar encontrarles a mis pupilos un nuevo hogar lo antes posible, pero nunca a costa de su propio bienestar. —Madame Gagnon guardó silencio un instante y respiró hondo—. Después de la guerra, nos enfrentamos a un periodo muy complicado, sin recursos y con muchos niños. No tenía claro si sería posible alimentar tantas bocas, y menos aún proveerlos a todos de medicamentos, sábanas y toallas, ropa y demás cosas necesarias para criar a un niño. Era una situación muy difícil. Eso me obligó a tomar decisiones espinosas. Elle y su hermano llegaron poco después de que su madre sucumbiera a la gripe. Un mes antes, una pareja extranjera con mucho dinero me había pedido que la informara si el orfanato recibía a algún recién nacido, ya que ellos no podían concebir hijos. Les aseguré que lo haría y, en circunstancias normales, habría estado encantada de organizar cuanto antes el traslado de un bebé a un hogar lleno de amor. Pero... esta criatura tenía una hermana mayor. Por lo general, no habría permitido la adopción a menos que la familia hubiera accedido a acogerlos a ambos. En mi opinión, cuando los niños ya han perdido a sus padres, es imperativo que permanezcan juntos. Sin embargo, como ya he dicho, temía por el futuro del orfanato y me avergüenza decir que dejé que el sentido práctico se impusiera a la moralidad. En resumen, no tendría que haber permitido que Elle y su hermano menor terminaran separados. Cada año que ella pasa en este orfanato, invisible para las familias, mi sentimiento de culpa aumenta. Estoy segura de que ya te ha contado que toca esos instrumentos para sentirse conectada a sus padres, ¿verdad? —Asentí—. Tal vez alcances a imaginarte lo doloroso que me resulta oírla tocar sabiendo que soy la única responsable de haberle arrebatado su verdadero vínculo con el pasado: su hermano menor.

«¿Quién se lo llevó?».

Madame Gagnon bajó la mirada hacia el suelo.

—Estoy convencida de que no dudas que una persona tan oficiosa como yo mantiene un registro impecable de todos los niños que entran por esa puerta. Pero, en esa ocasión, la pareja que se llevó al bebé exigió permanecer en el más absoluto anonimato para que nunca se supiera que el hijo no era de ellos. Ya te he dicho que me encontraba bajo una presión tremenda, y la familia accedió a hacer una importante donación al orfanato. Como suele decirse, a caballo regalado, no le mires el diente. Pero la consecuencia es que Elle vive separada de su hermano y, encima, no tiene manera de encontrarlo.

«¿De qué nacionalidad era la pareja rica?», pregunté con la esperanza de tener al menos algún dato que facilitarle si alguna vez me sacaba el tema.

—Soy totalmente incapaz de acordarme. El caso es que, ahora que te he puesto un poco en antecedentes, quiero pedirte una cosa. En los muchos años que llevo aquí, no he conocido jamás un alma más sabia y amable que la de la joven Elle Leopine.

«¿Por qué nadie quiere adoptarla?».

—Muchos han estado a punto de hacerlo, pero siempre se han echado atrás. Si tuviera que formular una hipótesis del porqué… —Madame Gagnon negó con la cabeza—. Los Leopine, los padres de Elle, huyeron de los horribles pogromos de Europa del Este y emigraron a París. ¿Sabes lo que es un pogromo? —Asentí con tristeza. Mi padre me había hablado muchas veces de la locura y la depravación de la injusticia racial—. Hum. No sé si estás al tanto, joven, pero corren rumores de que en Alemania está cobrando auge un movimiento que bien podría amenazar la seguridad de la población judía. Tras los horrores de la última década, los franceses son muy conscientes del poder del Estado alemán. Creo que es posible que los adoptantes potenciales no deseen sufrir problemas en casa si estalla otro conflicto.

«¿A Elle no la han adoptado porque es judía?».

—Es una especulación, pero creo que es posible, sí.

«¿Hermano?».

—Al bebé se lo llevaron a otro país y lo registraron con un nombre nuevo. De todas maneras, en ese momento el mundo tenía la cabeza en otra parte y su condición de judío no fue un factor relevante. A lo que iba es a que, sea por la razón que sea, Elle sigue aquí y yo siento una culpa inmensa. La conoces desde hace muy pocas semanas, pero está claro que tenéis afinidad. Todo lo que anime la vida de esa joven alivia la carga de la mía, así que te lo agradezco. —Intenté sonreírle, pero creo que esbocé un gesto un tanto maniaco, pues el hecho de que la severa madame Gagnon se hubiera abierto a mí de esa manera me había puesto muy nervioso—. Volvamos a mi petición. Según mis conversaciones con madame Evelyn, eres alumno de monsieur Ivan en el Conservatoire de Paris. El sueño de Elle es asistir a ese conservatorio. Desde que fue físicamente capaz de coger los instrumentos, empezó a tocarlos y a formarse de manera autodidacta con los libros que le conseguía gracias a las donaciones de la biblioteca. Debes entender que yo no tengo ningún tipo de habilidad musical, pero a lo largo de los años he ido observando que el talento de Elle crecía como la espuma. Le he pedido muchas veces que toque para el señor Baudin cuando viene a visitarnos, pero siempre se ha negado alegando que le dan miedo las críticas. Es todo un logro que hayas conseguido convencerla de que toque para ti.

«Ha sido un placer escucharla».

—Dime, tú que sabes de esto, ¿tiene potencial?

«Infinito».

Un leve atisbo de alivio surcó el rostro de madame Gagnon.

—Me alegro de que mi oído musical no esté muy desafinado y de ser capaz de reconocer el talento cuando lo oigo. ¿Crees que es lo bastante buena como para recibir clases en el conservatorio?

«Sin duda».

—Ya habrás deducido que las posibilidades de que Elle asista al *conservatoire* para cursar estudios superiores son escasas, debido única y exclusivamente al alto coste de las tasas. Necesitaría una beca completa y, por lo que sé, son más difíciles de conseguir que los diamantes azules. —La analogía escogida por madame Gagnon me encogió el estómago—. Es posible que ya sepas lo que te voy a pedir, Bo. Me gustaría saber si podrías convencer a monsieur Ivan de que la acepte como alumna.

Me puse tenso. ¿Cómo iba a conseguir algo así? ¿Quién pagaría las clases? ¿Y si Elle se entera de que por mi culpa no la aceptan? «Monsieur Ivan solo enseña violín», escribí.

—Estoy segura de que conocerá a las personas adecuadas para cultivar el talento de Elle.

«¿Dinero?».

—Claro. Tengo una cuenta de ahorros con la que he sido muy frugal a lo largo de los años. He acumulado una cantidad nada despreciable de dinero para mi jubilación, pero no se me ocurre mejor uso que el de ayudar a corregir un error que es responsabilidad mía.

Madame Gagnon se quedó callada y siguió mirándome a los ojos. Tras su postura erguida y su expresión severa, percibí que esperaba mi respuesta con nerviosismo. Sin duda, los remordimientos que sentía por todo lo que me había contado eran sinceros y, después de tantos años, creía que yo era una especie de respuesta a su culpa.

«Lo intentaré, señora Gagnon».

—¡Bien! Estoy muy contenta. Sobra decir que no informaré a Elle de la tarea secreta que te he encomendado. Quedará entre tú y yo hasta que obtengamos un resultado positivo.

«Gracias».

Su alivio era palpable.

—Me aseguraré de que tus esfuerzos se vean recompensados, joven monsieur. Tal vez, cuando nos visites a partir de ahora, en lugar de rodeado de masas ruidosas, se te conceda permiso para estar a solas con Elle aquí o en alguno de los despachos. —Se me iluminaron los ojos—. Con el único propósito de mejorar su capacidad musical, ¿entendido? Seguiré acechándote como un halcón. —Para mi sorpresa, madame Gagnon sonrió—. Gracias, Bo. Eres una buena persona.

15

—¿Qué te pasa hoy, *petit monsieur*? —Monsieur Ivan levantó los brazos demacrados al aire—. Durante las últimas semanas, has mejorado bastante. Tienes los hombros mucho más relajados. ¡Eso es muy bueno! Sabía que pasar algún rato con gente de tu edad te beneficiaría. —No me molesté en aclararle que era «una persona de mi edad» y no «gente de mi edad» quien había facilitado la mejora—. ¡Pero hoy estás como una estatua de hielo! Eres todo tensión y angustia. Dime, ¿qué te aflige?

Monsieur Ivan no se equivocaba en su valoración de mi estado mental. Tras unas cuantas clases en las que me había asegurado de seguir todas sus instrucciones con meticulosidad, sonreír ante sus ocurrencias y asentir cuando despotricaba del salario que ofrecían algunas orquestas, había llegado el día de armarse de valor para preguntarle por Elle. Acerqué la pluma al papel.

«Gracias por su sugerencia de asistir a las actividades recreativas del Apprentis d'Auteuil. Me ha cambiado la vida para mejor».

Monsieur Ivan se encogió de hombros con suficiencia.

—No es necesario que me des las gracias, joven Bo. —Se dio unos golpecitos en la sien con el dedo índice—. Que no se diga que no sé sacar lo mejor de mis alumnos, tengan la edad que tengan. Sin embargo, eso no responde a mi duda. ¿Por qué estás tan tenso hoy? ¿Va todo bien en casa de los Landowski?

«Sí, gracias. Monsieur Landowski y su familia están contentos. Tengo que hacerle una pregunta que es de naturaleza personal».

—Uf. Tendré que prepararme. No te avergüences, jovencito. Somos emigrantes, recuerda. Tenemos que apoyarnos los unos a los otros. —Monsieur Ivan se sentó en su silla y se cruzó de brazos—. ¿La pregunta es acaso... de naturaleza anatómica? ¿Te da vergüenza hacérsela a monsieur Landowski o a madame Evelyn? No temas, recuerdo que, cuando era joven, me sorprendió descubrir que el cuerpo masculino experimenta ciertos cambios que...

Agité los brazos y sacudí la cabeza con desesperación. Aquella no era una conversación que deseara mantener con monsieur Ivan ni con ninguna otra persona, de hecho. Garabateé a toda prisa:

«Es sobre el talento musical de alguien del orfanato».

—Ah... Entiendo. Hablaré con Baudin para que escuche al chico. Así podrá hacerle una crítica directa sobre cómo aumentar sus posibilidades de entrar en el *conservatoire*. ¿De acuerdo? ¡Ves! A veces los problemas se resuelven con facilidad. No tenías por qué estar tan nervioso. Ahora, volveremos a repasar la pieza de Tchaikovsky.

Ya estaba escribiendo: «Es una niña».

—Perdón, no debería haber dado por supuesto el género. Solo es que pensaba que pasarías la mayor parte del rato jugando a las canicas y tramando travesuras con otros niños. Como sea, le pediré a Baudin que la escuche y le ofrezca una valoración.

Ya me había imaginado que la tarea no sería fácil. «Quería preguntarle por la posibilidad de que esa niña reciba clases en el conservatorio, como yo».

Se hizo un silencio prolongado mientras monsieur Ivan asimilaba la información. Luego me miró con perplejidad y empezó a reírse.

—¡Uf, no! Está claro que he cometido un error al mandarte al Apprentis d'Auteuil. Ahora vas a intentar colarnos aquí a todos los niños. —Monsieur Ivan continuó riéndose y luego se dio una palmada en las rodillas con las manos—. Como intuyo que ya sabes, eso sería imposible. En el conservatorio se cursan estudios superiores. No somos una escuela de música para críos. Hay muchos profesores particulares que se dedican a escuchar los chirridos y los graznidos de los niños. Estoy seguro de que encontraré a alguien dispuesto a darle clases a tu amiguita. ¿Vale? Ahora, Tchaikovsky.

«Ha sido autodidacta durante muchos años. La he escuchado tocar y posee un talento enorme. Creo que solo se beneficiaría de una formación de conservatorio».

—Ah, vale, ya lo entiendo. Eso lo cambia todo. —Monsieur Ivan se colocó las manos junto a las comisuras de la boca y fingió gritar—: ¡El joven profeta ha decretado que solo una formación de conservatorio ayudará a su amiga! ¡Despejen las agendas y preparen a los maestros! Nuestro *petit* cazatalentos ha encontrado al próximo gran genio. —Bajé la mirada—. Joven Bo, no dudo que tu intención es buena y sé que solo pretendes ayudar a tu amiga, pero no eres más que un niño que está aquí por un acuerdo especial debido a que monsieur Landowski conoce al señor Rajmáninov. Sin ese contacto, lamentablemente, jamás habría accedido a recibirte. En realidad, esperaba escucharte tocar por puro compromiso y nada más. El único motivo de que estemos aquí es tu excepcional habilidad. Tienes una… madurez que es muy poco habitual en una persona de tu edad. El *conservatoire* no admite niños y no hay más que decir. Venga, por favor, el Tchaikovsky.

«Ella también es excepcional porque es autodidacta. No puedo ni imaginarme la fortaleza mental que…».

Monsieur Ivan me arrancó el papel de las manos y lo tiró al suelo.

—¡Basta ya! ¡El Tchaikovsky, niño!

Temblando, cogí el violín y apoyé el mentón en la barbada. Agarré el arco y empecé a tocar. Antes de darme cuenta, las lágrimas ya me rodaban por las mejillas y la respiración se me volvió tan errática que cometí una plétora de errores. Monsieur Ivan se apoyó la cabeza en las manos.

—Para, Bo, para. Discúlpame, mi reacción ha sido innecesaria. Lo siento.

Sus palabras no sirvieron de nada; las compuertas se habían abierto y era incapaz de cerrarlas. Era consciente de que hacía mucho tiempo que no sollozaba así. Durante mi viaje, hubo noches oscuras en las que mi cuerpo amagó con llorar, pero estaba demasiado deshidratado como para generar lágrimas reales. Monsieur Ivan rebuscó en los cajones de su escritorio y sacó un pañuelo de tela.

—Está limpio —dijo al dármelo—. Insisto, jovencito, en que no tendría que haberte gritado. Solo estabas intentando ayudar a alguien y eso es algo que no debería desalentarse jamás.

Me puso una mano en el hombro para consolarme.

No funcionó. Lloré y lloré. El hecho de que me hubieran gritado no fue más que el catalizador de un desahogo necesario desde hacía muchos meses. Lloré por mi padre, por mi madre y por el chico al que consideraba mi hermano, pero que ahora me quería muerto. Lloré por las muchas vidas que podría haber llevado si no me hubiera visto obligado a huir. Lloré al pensar en la generosidad de monsieur Landowski y en el interés que monsieur Ivan había mostrado en ser mi maestro. Lloré de agotamiento, de pena, de desesperación, de gratitud, pero quizá lo más significativo de todo sea que lloré de amor. Lloré porque no iba a ser capaz de brindarle a Elle la oportunidad que se merecía. Mi llanto debió de durar más de quince minutos, un tiempo durante el cual monsieur Ivan mantuvo estoicamente la mano pegada a mi hombro mientras repetía una y otra vez: «Tranquilo, no pasa nada». Pobre hombre. Dudaba que hubiera previsto una reacción tan dramática cuando me levantó la voz. Seguro que con sus alumnos mayores no tenía que enfrentarse a ese tipo de situaciones.

Al final, mi pozo interior se secó y empecé a coger bocanadas de aire largas y profundas.

—Madre mía. Debo decir que, aunque me he equivocado, esa reacción ha sido más extrema de lo que esperaba. ¿Estás ya bien? —Asentí y me limpié la nariz con la manga—. Me alegro. Huelga decir que considero que lo mejor es que hoy demos ya la clase por finalizada.

«Lo siento, monsieur Ivan», escribí.

—No tienes por qué disculparte, *petit monsieur*. Me ha quedado claro que hay muchas más cosas en juego. ¿Te ayudaría hablarlo? O, mejor dicho, ¿te ayudaría escribirlo? Recuerda, somos emigrantes y, aunque nos gritemos, nuestro vínculo es eterno.

Empecé a escribir, pero luego me detuve. Puede que fueran las sustancias químicas internas liberadas por el llanto, pero de repente sentí que me invadía una oleada de calma. Si hablaba, ¿qué era lo peor que podía pasarme? A lo mejor desembocaba en mi muerte. Así al menos estaría en el otro mundo acompañado de mi madre y quizá también de mi padre. Todo me parecía un sinsentido absoluto y bellísimo. El deseo de desahogarme me hizo perder el buen juicio. Así que hice lo impensable. Abrí la boca.

—Si está dispuesto a escuchar, le contaré mi historia, monsieur —dije en mi lengua materna.

Monsieur Ivan se quedó de piedra.

—Por todos los santos...

—Mi vida ha sido corta, pero la historia es larga. No creo que me dé tiempo a contársela entera en los diez minutos que nos quedan.

—No, no, claro que no. No te preocupes, cancelaré mis clases. Esto es importante. ¿Y qué hacemos con madame Evelyn? Le dejaré un mensaje en la recepción diciéndole que hoy hemos alargado la clase para preparar un recital. —Se levantó tan de golpe que se tropezó con la silla de madera y estuvo a punto de caerse.

—Gracias, monsieur Ivan.

Mentiría si dijera que no disfruté un poco de haberle ganado la delantera por una vez.

Volver a usar la voz fue similar a flexionar un músculo que llevaba muchos meses inmovilizado para rehabilitarse. Parecía nueva y extraña, casi como si no me perteneciera. Por supuesto, la había utilizado de vez en cuando para recordarme que aún conservaba la capacidad de hablar y para darle las gracias a monsieur Landowski hacía unas semanas. Pero la frase que acababa de dirigirle a monsieur Ivan era la más larga que había pronunciado desde hacía casi un año.

—Me llamo... Bo —dije—. Me llamo Bo. Yo-soy-Bo.

Mi voz era bastante más grave de lo que la recordaba, aunque estaba muy lejos de quebrarse. Qué sensación tan extraña.

Monsieur Ivan volvió a entrar dando tumbos en el aula.

—Bien, todo listo. —Se sentó de nuevo en la silla y me hizo un gesto.

Cerré los ojos, respiré hondo y le conté la verdad.

Tardé casi una hora. Durante ese tiempo, él permaneció en silencio y con los ojos muy abiertos, completamente absorto en la impactante naturaleza de lo que le estaba revelando. Cuando al fin terminé, con el momento en que Bel me encontró bajo el seto de monsieur Landowski, se produjo un silencio atónito.

—Dios mío... Dios mío... Dios mío... —Monsieur Ivan no paró de repetir ese estribillo mientras negaba con la cabeza, se mordía las uñas y elaboraba su respuesta—. Joven Bo... O sin Bo, como ambos sabemos; me he quedado sin palabras. —Se levantó, me agarró y me envolvió en un abrazo tan firme que me extrajo todo el aire de los pulmones—. ¡Si es que lo sabía! Somos emigrantes. Somos fuertes, Bo. Más de lo que nadie se imagina.

—Monsieur Ivan, si alguien se enterara...

—Por favor, *petit monsieur*. Estamos unidos por nuestro lugar de nacimiento. Recuerda, yo entiendo el país desde el que has llegado y el trauma que has sufrido. Juro, sobre las tumbas de mi familia, que nunca le diré a nadie una sola palabra de lo que acabas de contarme.

—Gracias, monsieur.

—Me siento obligado a decirte que creo que tus progenitores estarían muy orgullosos de ti, Bo. Tu padre... ¿de verdad crees que sigue vivo?

—No lo sé.

—Y el... objeto que has mencionado, ¿sigue estando en tu posesión? —Quizá esa fuera la única parte de mi historia que debería haberle ocultado a monsieur Ivan. Ya había aprendido que la codicia infecta las mentes y vuelve locos a los cuerdos. Percibió mis dudas—. Por favor, no tengo ningún interés en él, de eso puedes estar seguro. Solo pretendía decirte que debes protegerlo a toda costa. No por su valor material, ya me entiendes, sino porque algún día podría valerte como moneda de cambio para salvarte la vida.

—Lo haré. Ya lo hago.

—Me alegra que así sea. Ahora, por favor, cuéntame más de Elle. Después de lo que has pasado, entiendo la importancia de tener una amiga así en tu vida.

Le narré su historia.

—Es una persona muy especial, monsieur Ivan, por continuar mostrándose tan positiva y valiente a pesar de sus circunstancias. Creo que se parece un poco a la gravedad: nos atrae a todos hacia ella.

Monsieur Ivan se echó a reír.

—Ay, Bo. Ahora lo entiendo. Yo diría que a lo mejor no nos atrae a todos, sino solo a ti. Que Dios te ayude, jovencito, porque, por si no tenías ya suficientes problemas, ¡te has enamorado!

—No sé si es posible que un niño de once años esté enamorado.

—¡No seas tonto, *petit monsieur*! ¡Claro que sí! Al amor le da igual la edad. Esa chica te tiene en sus manos y ahora eres su esclavo.

—Perdón.

—¿Perdón? Por favor, no hay de qué disculparse. Es algo que celebrar. De hecho, si fueras más mayor, te serviría un vodka y nos hablaríamos hasta altas horas de la noche de tu pasión.

—¿La recibirá, monsieur Ivan?

—Si descubro que lo que has compartido conmigo es un elaborado ardid para traerte a tu novia al conservatorio, te daré una azotaina… —Me sostuvo la mirada antes de esbozar una sonrisa enorme—. Estoy de broma, *petit monsieur*. Claro que la recibiremos. Monsieur Toussaint enseña flauta y monsieur Moulin, viola. Elle tendrá su audición. No hace falta que te diga, no obstante, que, en caso de que decidamos aceptarla como alumna, los *professeurs* no trabajarán gratis.

—De eso se hará cargo un alma caritativa del orfanato.

—Muy bien. Concertaré los detalles y te informaré la próxima vez que nos veamos. ¿Debo suponer que, cuando entres de nuevo por esa puerta, volverás a ser mudo durante las clases?

Lo pensé unos instantes.

—No, monsieur Ivan. Estamos unidos por nuestro lugar de nacimiento.

—Gracias por tu confianza, *petit monsieur*. Te aseguro que no lamentarás haberla depositado en mí. —Asentí y estiré la mano hacia el pomo de la puerta—. Otra cosa. Lo único que no me has dicho es tu verdadero nombre. ¿Te importaría compartirlo conmigo?

Se lo dije.

—Bueno. Ahora tiene sentido.

—¿El qué?

—Que, cuando tocas, cargues con el peso del mundo sobre los hombros.

Al final, la audición de Elle había sido una mera formalidad. Así lo había dispuesto mi profesor al concertarla.

—Pequeño Bo, he tenido que decir una mentirijilla piadosa para asegurarme de que admiten a tu novia.

—No es mi novia, monsieur Ivan.

—Claro que sí. El caso es que no hace falta que te recuerde que a los otros *professeurs* no les haría ninguna gracia que el *conservatoire* se convirtiera en un jardín de infancia.

—¿Qué mentira ha dicho? —pregunté, inquieto.

—Solo que tu amiga guarda cierta relación con monsieur Rajmáninov y que él está interesado en que se promuevan sus pujantes talentos musicales.

—¿Monsieur Serguéi Rajmáninov?

—En efecto. Toda una ocurrencia, ¿no?

—Pero, monsieur Ivan, no lo entiendo. ¡Elle vive en el orfanato!

—Joven Bo, a ver cómo te explico esto con tacto… Monsieur Rajmáninov, aunque es un hombre de gran bondad y talento, es célebre por sus protegidas, muchas de las cuales han residido en París. Es, por lo tanto, perfectamente plausible que la joven Elle sea fruto de uno de esos escarceos amorosos y que la culpa sea su motivación para intervenir en este caso.

—Monsieur Ivan, no creo que ella sea capaz de mantener una fachada tan ridícula —repliqué.

—No será necesario, *petit monsieur*. He informado a Toussaint y a Moulin de que la joven no conoce su ascendencia y de que monsieur Rajmáninov se pondría furioso si Elle llegara a averiguarla. Te garantizo que no dirán ni una palabra, no les gustaría hacer enfadar al Gran Ruso.

—Monsieur Ivan…

—Bo, supongo que querrás que vuestros horarios de clase coincidan. Es obvio que habrá que reorganizar las agendas y, con el detalle de monsieur Rajmáninov, nos aseguraremos de que se haga sin aspavientos.

Accedí a regañadientes a apoyar el plan de monsieur Ivan con la idea de que le proporcionaría a Elle, aunque fuese de manera indirecta, un nivel adicional de protección. Toussaint y Moulin no se atreverían a ser tan mordaces en sus críticas a la hija de Rajmáninov. Sin embargo, debo reconocer que me sentía fatal por manchar de esa manera la reputación del gran compositor.

Y así fue como Elle y yo, juntos, nos convertimos en los alumnos más jóvenes del Conservatoire de Paris. Hace unas semanas Evelyn me dio permiso para empezar a coger solo el autobús de ida y vuelta a la ciudad siempre y cuando me presente ante ella nada más volver a casa. Este procedimiento es un tanto innecesario teniendo en cuenta mis experiencias de los últimos dieciocho meses, pero es una sensación maravillosa que haya alguien tan preocupado por mi bienestar.

Después de nuestras clases bisemanales, antes de volver al Apprentis d'Auteuil, Elle y yo hemos cogido la costumbre de comprarnos un helado en una tiendecita de la avenida Jean-Jaurès y luego ir a dar un paseo por el Sena. Es un privilegio que nos ha concedido madame Gagnon, que sigue tan emocionada por que le haya conseguido las clases en el conservatorio a su pupila que apenas la reconozco. Con el paso de las semanas, hemos empezado a forzar los límites volviendo cada día un poco más tarde. A veces nos llevamos libros y lápices a la orilla del río. Elle lee en voz alta y yo dibujo. No pretendo ser un prodigio, pero mis paisajes van mejorando poco a poco.

Hace unos días, ella apoyó la cabeza en mi hombro y me leyó *Nuestra Señora de París*. Detuve mi intento de representar el castaño de Indias y desvié la mirada hacia su melena rubia y luego hacia el río agitado. La luz del sol de mayo bailaba sobre las ondas del agua.

—«El amor es como un árbol: crece por sí solo, echa profundas sus raíces en todo nuestro ser y a menudo continúa reverdeciendo en un corazón en ruinas. Lo inexplicable es que esa pasión, cuanto más ciega, más tenaz es. Jamás es más sólida que cuando es irracional...» —recitó Elle—. ¿Crees que es cierto, Bo? ¿Que el amor ciega a la gente?

Me miró. Negué con la cabeza y cogí la pluma.

«Al contrario, creo que el amor permite a las personas abrir al fin los ojos».

Le sostuve la mirada y ella levantó la cabeza para besarme. Fue un beso más largo que el anterior y Elle movió sus labios cálidos con delicadeza sobre los míos. Cuando se apartó, me sentí ligero y volátil y una agradable sensación de cosquilleo me invadió el estómago. No pude evitar que se me escapara una carcajada y eso hizo que a ella también le entrara la risa. Envalentonado, la agarré de la mano. Desde entonces, cuando estamos juntos, no se la suelto en ningún momento.

Elle hace que me sienta a salvo. Antes, creía que ese era el terreno de los edificios cálidos, la comida en la mesa y el dinero en el banco. Pero ella me ha enseñado que se puede ser feliz sin esas cosas, siempre y cuando estés con alguien que...

Después de mucho debate y autorreflexión internos, he llegado a la conclusión de que sí: estoy total, perdida e incondicionalmente enamorado de Elle Leopine.

16

Espero que mi destreza con la prosa escrita no haya disminuido mucho a lo largo de estos últimos meses. En realidad, desde que hace ya un tiempo di el paso de empezar a hablar con monsieur Landowski, no he sentido la necesidad de redactar un diario destinado a mi amable anfitrión, así que, si por algún motivo estás leyendo esto, notarás que he prescindido de los añadidos anodinos que pretendían apaciguar las posibles miradas indiscretas. Se debe a que he llegado a confiar por completo en los Landowski. Esta bondadosa familia sigue alimentándome y acogiéndome bajo su techo.

Supongo que plasmar mis pensamientos más íntimos en un papel me resultaba terapéutico. La mayoría de la gente, claro está, puede expresárselos verbalmente a un amigo o a un familiar, pero, cuando comencé este proceso, yo no disponía de ese lujo. Ahora puedo hablar con monsieur Ivan, que ha cumplido al pie de la letra su palabra de no divulgar mis secretos. Cuando empezó el trimestre de otoño, quiso compartir algunas ideas conmigo.

—Bo, durante las vacaciones de verano, he reflexionado sobre tus progresos. Muchos envidiarían la vida que tienes en estos momentos: clases en el Conservatoire de Paris, la oportunidad de trabajar junto a un escultor de renombre mundial... y eso por no hablar de la atención que te presta cierta muchacha rubia y de ojos azules.

Me sonrojé.

—Sí. Me siento muy agradecido, monsieur Ivan.

—Sin embargo... Hasta ahora no hemos sido capaces de conseguir que relajes del todo los hombros.

—¿Qué quiere decir?

—Estoy convencido de que tienes lo necesario para convertirte en un virtuoso de la música. De hecho, tu habilidad con el violín supera con creces a la de muchos que se ganan la vida tocándolo.

—Gracias, monsieur.

—Pero la postura de los hombros es incorrecta y creo que es un problema que nos va a costar solucionar.

—Oh.

La sinceridad de la valoración de monsieur Ivan fue como una cuchillada.

—No pongas esa cara de desánimo, joven Bo. Seguiré dándote clases de tu instrumento favorito, por supuesto, pero insisto en que añadamos otro a tu repertorio. —Se levantó y se acercó a una funda enorme que descansaba sobre su escritorio—. Has crecido mucho durante el verano, lo cual nos será de gran ayuda. ¿Qué opinas del chelo, Bo?

Lo cierto era que no tenía ninguna opinión al respecto, y así se lo hice saber.

—Es un instrumento bellísimo. Melodioso, sonoro, trascendental... Posee una gran variedad de tonos, desde el registro más bajo, tranquilo y solemne hasta los estallidos de pasión del registro superior. Me recuerda un poco a ti. En tu vida, has conocido un dolor y un sufrimiento inmensos. Aun así, tienes algo de héroe. No puedo evitar sentir que, a pesar de todo, estás destinado a la grandeza.

—¿Con el chelo? —pregunté con sinceridad.

Monsieur Ivan soltó una risita.

—Puede que con el chelo, sí. O quizá en otra parte. A lo que me refiero es a que posee una especie de doble personalidad. Por un lado, desempeña el papel de un instrumento grave, sólido y melancólico al mismo tiempo; pero, por el otro, aspira a la pasión de un tenor heroico. Creo que te irá bien.

—Nunca he tocado un instrumento tan grande. Pero, desde luego, estoy dispuesto a probar todo lo que usted me proponga, monsieur Ivan.

—Bien. La mejor parte de mi plan es que el chelo se coloca cómodamente entre las piernas. No te hará falta utilizar esos hombros tan rígidos que tienes, como sí pasa con el violín. Es mi segundo instrumento, así que yo mismo te enseñaré.

Y así empecé a tocar el violín los martes y el chelo los viernes. Al principio me resultó extraño tener un objeto tan grande entre las piernas y sostener el arco a la altura del estómago. Pero me entregué de lleno a ello y me sentía satisfecho de mis progresos. Hay que tener en cuenta que en casa no dispongo de un violonchelo y, por lo tanto, no puedo practicar. Pero eso, si acaso, me ha servido para agudizar la mente y alimentar mi deseo de aprovechar al máximo las clases en el conservatorio.

Supongo que he sentido la necesidad de retomar la pluma porque hoy es Nochebuena y mi padre me inculcó que era un momento para reflexionar sobre el año anterior y dejar constancia del paso del tiempo en la memoria. Por eso he pensado mucho en Bel..., pero quizá no tanto como monsieur Brouilly, que está destrozado desde que volvió de Brasil. Como no podía ser de otra manera, sigo ayudando en el taller, ya que Laurent, aunque físicamente esté presente, tiene la cabeza en otro sitio. Hace unos días, me oyó practicar *La mañana* en el banco que hay en la puerta del atelier y se acercó a mí con lágrimas en los ojos.

—¿Dónde has aprendido a tocar así? —Le devolví la mirada—. ¿Quién te ha regalado el violín? ¿Landowski? —Asentí—. Entiendo que, como cualquier otro artista —murmuró—, te comunicas a través de tu arte. Tienes un verdadero don. Cuídalo, ¿vale?

Sonreí y asentí una vez más. El señor Brouilly me puso una mano en el hombro, se despidió con un gesto discreto y se marchó a ponderar su propia desgracia en los bares de Montparnasse, donde parecía pasar todo el tiempo que no estaba en el taller.

Anoche me despertó un lamento extraño que me llegó desde el otro lado de la ventana. Miré el reloj. Eran poco más de las dos. A menos que Père Noël hubiera hecho una parada bastante temprana en el atelier de Landowski, el ruido pertenecía a alguien más real. Me saqué la bolsa de cuero de entre los muslos y me la colgué al cuello. Luego abrí la ventana y me asomé al patio. Atisbé la figura de monsieur Brouilly y, junto a él, la de varias botellas. Enseguida llegué a la conclusión de que intentar seguir durmiendo sería un esfuerzo inútil y, además, mi padre me había enseñado que en Navidad había que buscar oportunidades para ayudar al prójimo. Escuché la voz de mi conciencia y cogí mi abrigo más grueso. Luego abrí la puerta de mi habitación con gran cuidado, bajé las escaleras y salí de la casa. Siguiendo el rumor de los sollozos, me dirigí hacia el patio, donde me encontré a monsieur Brouilly con la cabeza entre las manos. Pensé que había sido una suerte que hubiera elegido sentarse a llorar debajo de mi ventana, en la parte de atrás de la casa, en lugar de bajo cualquiera de las de la familia, en la zona delantera.

A medida que me acercaba, empecé a patullar el suelo a propósito para que se percatara de mi presencia y, en su estupor, no me confundiese con el Fantasma de las Navidades Pasadas. Mi estratagema tuvo el efecto deseado y Brouilly se volvió hacia mí. Al hacerlo, derribó una botella e, instintivamente, me llevé un dedo a los labios y me apoyé una mejilla en las manos imitando el gesto de dormir.

—Bo, perdóname. —Se sorbió la nariz—. ¿Te he despertado? —Asentí—. Ay, madre, qué vergüenza. Aquí el niño eres tú, no yo. —Fui a sentarme a su lado y me miró con perplejidad—. Te prometo que ya no haré ruido. Vuelve a la cama, por favor. —Señalé la luna y luego el corazón de monsieur Brouilly—. Monsieur Landowski es muy bueno por permitir que siga trabajando aquí cuando está claro que ahora mismo soy igual de útil que el chocolate derretido. —Se le escapó una risa repentina—. Incluso aceptó mandarme a Brasil cuando sabía a la perfección que mi propósito iba más allá de entregar el Cristo sano y salvo. Es un gran hombre. —Me señalé a mí mismo—. Cierto, ha demostrado una humanidad inmensa con ambos. —Me miró—. Has crecido mucho durante mi ausencia, has madurado. Y no me refiero solo a lo físico. Es un placer ver que empiezas a florecer. Bel se alegraría muchísimo... Ojalá pudiera contárselo. —Enarqué las cejas y me encogí de hombros—. ¿Quieres saber qué ha pasado? La verdad es que hasta yo mismo estoy intentando entenderlo aún. Estuvimos juntos en Río, aunque los dos sabíamos que yo debía volver a París porque no podía dejar pasar mi oportunidad con monsieur Landowski. Le rogué que viniera conmigo y abandonara a ese patético gusano de Gustavo. Pensé que me elegiría a mí, Bo. Pero no fue así. Y ya está. Es posible que nunca llegue a saber el porqué. —Brouilly rompió a llorar de nuevo y le puse una mano en el hombro—. Tengo entendido que, desde que me marché, has hecho una amiga especial, ¿es así? —Asentí una vez más—. ¿Te imaginas ahora la vida sin ella? —Esta vez mi gesto fue de negación—. Entonces quizá entiendas un poco el destino que me ha tocado vivir, jovencito. —Se le escapó otro sollozo—. Tú conoces la bondad de Bel mejor que cualquiera. A fin de cuentas, sin ella no estarías aquí.

Eso era totalmente cierto. A decir verdad, me sorprendía un poco que monsieur Brouilly hubiera vuelto a París. Por cómo había visto a Bel y a Laurent en el atelier, no me cabía la menor duda de que se amaban. Si hubiera tenido que apostar, me lo habría jugado todo a que los dos huirían a algún rincón apartado del mundo, donde serían felices teniéndose mutuamente. Por otro lado, como ya había aprendido, a veces en la vida el amor no basta para mantener a dos personas unidas.

—Ni siquiera vino a despedirse de mí. A lo mejor porque pensó que sería una situación demasiado traumática. Al final, me envió a su criada con esto. —Brouilly se metió la mano en el bolsillo y sacó algo blanco y suave—. ¿Sabes qué es, Bo? —Entorné los ojos, pero a la luz de la luna reconocí lo que Laurent sostenía en la mano—. Una tesela del Cristo. Las trabajadoras establecieron la tradición de escribir mensajes de amor eterno en el dorso de las teselas y sellarlos para siempre en la estatua. Mira.

Me la pasó y me la acerqué a los ojos. Me costó descifrar la inscripción:

30 de octubre de 1929
Izabela Aires Cabral
Laurent Brouilly

—He pensado mucho en su decisión de regalarme esta tesela. Al hacerlo, ha elegido no sellar nuestro amor para siempre, sino devolvérmelo; no es correspondido. Por tanto, no deseo conservarla en mi poder. Quédatela, por favor. —Intenté volver a ponérsela en la mano, pero Laurent se negó a aceptarla—. Quizá no lo entiendas, Bo: si el Cristo tiene una recepción tan buena como predigo, esta pequeña tesela valdrá mucho dinero algún día, creo. Es un regalo. Tal vez puedas venderla. —Laurent se levantó y se tambaleó contra la pared—. O quizá quieras quedártela para siempre como recordatorio de que nunca debes perder a la persona que amas. ¡Porque si no terminarás igual que yo! —Yo también me puse de pie—. El amor perdido es una maldición, Bo. Duele mucho, y no solo en el alma. Tiene la capacidad de hacer que te duela hasta la médula. Espero que tú nunca tengas que experimentar algo así. —Se agachó, cogió la única botella que aún contenía líquido y bebió un buen trago. Después, miró la luna—. Es raro, ¿no? —Lo miré, desconcertado—. Bel está en el otro lado del mundo, pero ahora estará viendo lo mismo. —Cerró los ojos y se quedó callado un momento—. Vale, buenas noches, pequeño Bo. Estoy deseando trabajar a tu lado en el taller. Feliz Navidad.

Sin más, Laurent Brouilly se adentró en la noche dando tumbos.

Volví a mi dormitorio y guardé la tesela de esteatita en la bolsita de cuero, junto al objeto que seguía protegiendo. Me eché en la cama y me la metí de nuevo entre los muslos. El dolor que sufría Brouilly era profundo y visceral. Elevé una plegaria silenciosa a mis Siete Hermanas para que cuidaran de él y, por supuesto, también de Bel.

El día de Navidad fue mágico. Me sorprendió descubrir que, bajo el gran abeto bellamente decorado con velas y adornos de papel, había un regalo para mí.

—Père Noël está muy impresionado de que hayas ayudado tanto a monsieur Landowski durante la ausencia de monsieur Brouilly, así que estaba deseando recompensarte —me dijo madame Landowski con una sonrisa.

La forma del paquete era muy reconocible. Quité con delicadeza el papel de estraza que lo envolvía y abrí la gran funda de cuero que contenía. En su interior, había uno de los instrumentos más magníficos que había visto en mi vida. La tapa superior del violonchelo era de una impecable madera de pícea y la inferior y los laterales, de arce brillante. Estaba tan bien pulido que veía mi cara reflejada en él y, cuando lo saqué del todo de la funda, un agradable olor a vainilla y almendra me invadió las fosas nasales.

Monsieur Landowski me puso una mano en el hombro.

—Lo ha hecho el artesano alemán G. A. Pfretzschner, así que, salvo accidentes, debería durarte toda la vida. Monsieur Ivan dice que crecerás deprisa, así que me pareció que lo más adecuado sería que fuera ya de tamaño adulto. Lo encargué yo mismo. —Madame Landowski le lanzó una mirada—. O sea, Père Noël me pidió que lo encargara en su nombre.

Lo abracé instintivamente.

Sin embargo, aquel generoso regalo no fue ni por asomo lo mejor del día. La familia conocía toda la situación de Elle gracias a las habituales conversaciones entre monsieur Landowski y monsieur Ivan. En consecuencia, tuvieron el bondadoso detalle de sugerirme que la invitara a la comida de Navidad. Aunque al principio estuve nervioso, terminó siendo una ocasión alegre y, al mirar en torno a la mesa y verla llena de gente que significaba tanto para mí, se me hinchó el alma. Elle, como no podía ser de otro modo, se desenvolvió a las mil maravillas y cautivó a los Landowski con su encanto natural y su buen carácter.

Durante la sobremesa, la estancia se sumió en una especie de malestar melancólico. Uno a uno, los Landowski fueron abandonando la mesa del comedor para trasladarse a uno de los sillones del salón acompañados de un libro o de un puzle o para dar una cabezada. Elle y yo ayudamos a recoger los platos y, después, nos pusimos el abrigo y la guie hasta el banco que había junto a la puerta del atelier.

Le cogí la mano y me armé de valor. Llevaba varias semanas planeando este momento. Era el día de Navidad, Elle estaba aquí y yo sabía lo que quería hacer. Era la ocasión adecuada. Levanté la mirada hacia mis brillantes guardianas estelares en busca de fuerza y por fin pronuncié las palabras que hacía tanto tiempo que deseaba decir:

—Te quiero, Elle.

Me agarró la mano con más fuerza y abrió los ojos como platos.

—Dime que no acabo de soñarlo, Bo.

—No, no lo has soñado —respondí.

Se le iluminó la cara.

—¡No, no debo de haberlo soñado! —Se echó a reír y luego me abrazó—. ¡Hola, Bo!

—Hola, Elle. —Me sentía eufórico—. Te quiero.

—¡Yo también te quiero! —dijo casi gritando de emoción—. Ay, Bo, ¡cuánto tiempo llevo esperando a que me hables! ¡Sabía que eras capaz de hacerlo! Pero, dime, ¿por qué has tardado tanto en decidirte?

Miré hacia el cielo parisino, donde titilaban las Siete Hermanas.

—Antes de explicarte por qué hice voto de silencio, dime, ¿conoces el grupo de estrellas llamado las Pléyades, Elle?

Negó con la cabeza, todavía sin creerse del todo que estuviéramos conversando.

—No... Debo confesar que no.

—Pues no se me ocurre mejor tema para nuestra primera charla. No he podido compartir su historia con nadie desde hace mucho.

Me apoyó la cabeza en el hombro.

—Entonces, cuéntamela, Bo.

—¿Ves la estrella más brillante del cielo? ¿Justo encima de la aguja de la iglesia?

—¡Sí! Qué bonita.

—Se llama Maia. Ahora, si te fijas bien, verás que hay otras estrellas brillantes que la rodean y forman una luna creciente.

—Las veo...

—Son las otras seis de las Siete Hermanas. Empezando por arriba, Alción, Astérope, Taygeta, Celeno, Electra... y Mérope, la hermana perdida.

—¿La hermana perdida? ¿Por qué la llaman así? Yo la veo.

—Lo sé. Siempre me ha parecido curioso. Solo se me ocurre que estuviese perdida una vez y después la encontraran. Me gusta pensar en su estrella como en una esperanza. Vale, a la izquierda de Mérope, ¿alcanzas a ver una estrella brillante encima de otra? La más pequeña es Pléyone y la más grande..., Atlas. —Respiré hondo—. Son los padres de las Siete Hermanas.

—Hablas de ellos como si fueran reales, Bo.

—¿Y quiénes somos nosotros para decir que no lo fueron? La leyenda dice que, mientras su padre cumplía con el castigo de cargar con el peso del mundo sobre los hombros, las hermanas sufrían la persecución del implacable Orión. Por eso el todopoderoso Zeus convirtió a las niñas en estrellas, para consolar a Atlas.

Elle contemplaba el cielo con destellos en los ojos.

—Cuánta belleza.

—Eso creo. Hay otras interpretaciones que no son tan románticas, claro. Pero esta es la historia que yo he decidido creer. —Volví a mirarla—. He pasado gran parte de mi vida solo, pero nunca sin las estrellas sobre mí. Las considero mis protectoras. —Bajé la vista al suelo—. Era lo que solía decirme mi padre.

—¿Tu padre? ¿Dónde está, Bo?

Negué con la cabeza.

—No lo sé. Hace años que no lo veo. Estoy decidido a encontrarlo, pero…, aunque me cueste admitirlo, no creo que esté vivo.

—¿Y tu madre?

—Muerta.

—Lo siento mucho, Bo.

Me atreví a pasarle un brazo por los hombros.

—Es una situación que tú llevas soportando toda la vida.

—Por eso lo entiendo tan bien, Bo. —Me posó una mano en la mejilla—. De verdad, lo siento muchísimo.

Se me formó un nudo inesperado en la garganta.

—Gracias, Elle.

—A ver, dime, ¿por qué has elegido el día de hoy para hablarme? ¡Podrías haber abierto la boca en cualquier momento, querido!

Guardé silencio un instante mientras reflexionaba sobre su pregunta.

—Bueno, porque es Navidad, una época que nos recuerda que solo vivimos una vez y que no debemos desperdiciar ni un instante.

—Es una respuesta muy dulce, además de una tontería tremenda. Por favor, estás aquí, a solas conmigo. Dime la verdad.

Volví a alzar la vista hacia las estrellas. Su majestuosidad silenciosa y estoica me dio la confianza que necesitaba para confesarle la verdad a Elle.

—No hablo porque tengo miedo de revelar algo inconveniente que me acarree problemas.

—¿Problemas? —repitió con una expresión de preocupación en el rostro.

—Sí. Pero, cuando estoy contigo, no tengo miedo, Elle. Me siento valiente. Por tanto, no hay razón para continuar callado.

—Oh, Bo. ¿De qué te ampara el silencio?

—Huyo de alguien, Elle. De una persona que ha jurado matarme. Lo único que me protege ahora mismo es que mi perseguidor desconoce mi ubicación. Si hablo, es más probable que mi paradero se difunda y no me siento seguro corriendo ese riesgo.

—*Mon Dieu*, Bo. ¿Quién te desea tanto mal?

Tardé unos segundos en contestar.

—Otro chico.

—¿Un chico? Bo, tendrías que habérmelo dicho. Me encantaría conocerlo. Una chica mayor y más lista es lo que más miedo les da a los niños pequeños. Ya has visto cómo manejo a Maurice y a Jondrette.

La bondad de sus palabras hizo que el corazón se me hinchara en el pecho.

—Gracias por tu oferta de protección, Elle. Pero, con todo el respeto, los niños como Maurice y Jondrette en realidad no tienen ninguna importancia. El chico del que huyo cree que hice algo terrible y eso lo vuelve muy peligroso.

—¿Cómo es posible que un niño sea tan peligroso?

—Me considera responsable de… una muerte.

—¿De una muerte? —preguntó Elle al mismo tiempo que intentaba contener un grito.

—Sí.

Ambos nos miramos a los ojos y se produjo un parón incómodo en la conversación.

—¿Fuiste… responsable de la muerte?

—No, en absoluto. Pero nunca me creerá, así que me he visto obligado a huir de él. Me temo que estoy condenado a seguir escapando para siempre.

—¿Dónde está ese chico ahora? ¿En Francia?

—No lo creo. Albergo la esperanza de que aún esté a varios países de distancia.

—¿Países, Bo? ¿Has cruzado países?

Asentí con solemnidad.

—Escapando de él y buscando a mi padre. Iba camino de Suiza, su país de nacimiento, para intentar salvarme a mí… y también a la familia del niño. Allí quería llegar yo cuando me encontraron desplomado bajo el seto de los Landowski hace más de un año.

—Bo…, aún hay muchas cosas que no entiendo, pero ¿cómo iba a enterarse ese chico, sea quien sea, de cuál es tu paradero?

—Hay algo que complica las cosas. —Respiré hondo y me quité la bolsita de cuero del cuello—. Este… objeto… es la causa de todo el sufrimiento.

Miré a mi alrededor para asegurarme de que no había miradas indiscretas acechándonos entre las sombras y saqué el objeto. Incluso en la penumbra de la noche, y a pesar de estar cubierto tanto de betún como de pegamento, tenía la capacidad de atraer la fuente de luz más cercana y destelló ante nuestros ojos.

—Bo... —dijo Elle, conmocionada.

Lo alcé para que lo viera con claridad.

—Es un diamante.

—No puede ser, es enorme. El más grande que he visto en mi vida.

—Te aseguro que es real. El otro chico cree que se lo robé a su madre y la maté. —Ella se llevó la mano a la boca—. Por favor, confía en mí cuando te digo que eso no podría estar más lejos de la verdad. Pero creo que, mientras sepa que la piedra sigue en mi poder, no se detendrá ante nada para arrebatármela y acabar con mi vida. Es inteligente...

—¿Tanto como tú?

Se me escapó otra sonrisa ante sus amables palabras.

—Quizá. ¿Entiendes ya ahora por qué no hablo, Elle? ¿Y por qué no debes revelarle a nadie que soy capaz de hacerlo ni nada de lo que te he contado esta noche? —Volví a guardar el diamante en la bolsita de cuero y me la puse alrededor del cuello.

—Tienes que contarme tu historia, Bo... Hasta el último detalle.

Negué con la cabeza.

—Es larga y terrible.

Se irguió en el asiento y adoptó un tono directo.

—Mírame. Soy tu Elle y te quiero más de lo que he querido nunca a nadie ni a nada. Te prometo que guardaré el secreto de todo lo que me cuentes esta noche hasta el día en que me muera. Te lo juro bajo las Siete Hermanas de las Pléyades.

En realidad, me moría de ganas por compartir con ella todos los pormenores. Pero era mi deber hacerle ver las consecuencias.

—Elle —comencé—, desde que has llegado a mi vida, me siento vivo de nuevo. Disfruto del olor del café cargado de monsieur Landowski, del calor de las mantas y del rumor del Sena. Todo porque te he conocido.

—Yo siento lo mismo —respondió ella con ternura.

—Debes entender que, si te cuento mi historia, tu vida también pasará a correr peligro. Si te ocurriera algo, jamás me lo perdonaría. —Aparté la mirada—. De hecho, dejaría de verle sentido a mi existencia.

Elle me obligó a volver de nuevo el rostro hacia ella.

—Bueno —dijo—, a mí tampoco me gustaría vivir sin ti. Pero quizá tú también debas entender, Bo, que te acepto con todo lo que eres, y eso incluye tu pasado.

¿Cómo iba a decirle que no a aquellos ojos azules?

—Muy bien. Te relataré la historia de mi vida —contesté.

Se lo conté todo, desde el momento de mi nacimiento en un vagón de tren en 1918 hasta aquel día de Navidad. Le hablé de mi padre, de los crudos inviernos, de la observación de los astros y de los violines, de las familias divididas y de los estómagos hambrientos. Le hablé de la invención de «Bo» y de mi verdadero nombre, de que nunca debía usarlo.

Elle permaneció sumida en un silencio perplejo mientras me escuchaba. Cuando terminé, me di cuenta de que estaba llorando.

—¿Por qué lloras, Elle?

—Porque eres muy buena persona y el universo te ha tratado muy mal.

—Yo pienso lo mismo de ti, pero ahora nos tenemos el uno al otro. Siempre…

—Y hasta el final —añadió ella.

Nos abrazamos bajo la mirada de las Siete Hermanas. En ese momento, no fuimos niños, sino dos almas antiguas y vapuleadas por la vida antes de tiempo.

—¿Cambia esto las cosas? —pregunté.

—Claro, sí —contestó Elle. Me dio un vuelco el corazón—. Mi amor por ti no ha hecho más que crecer y mi deseo de mantenerte a salvo se ha fortalecido.

—Eso es una buena noticia —respondí—. Para serte sincero, pensaba que mi voz te iba a desagradar, porque ahora se me escapan gallos en los momentos inoportunos.

Se rio.

—Me parece preciosa. Y no te preocupes, en el orfanato he conocido a otros chicos que han pasado por esa fase hasta que se les asientan las cuerdas vocales. Es pasajero.

—Vaya, es un alivio.

—Bo...

—¿Sí?

—Hay un detalle que has omitido. El chico que ha jurado matarte... ¿cómo se llama?

Miré las estrellas, sabiendo que, al otro lado del mundo, él estaría inevitablemente haciendo lo mismo.

—Kreeg Eszu.

El Titán

Junio de 2008

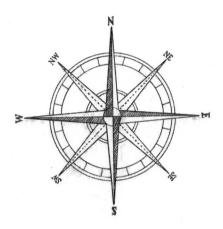

17

Los gritos de Bear devolvieron a Ally al presente. Temblorosa, dejó las pesadas páginas del diario encima de la cómoda de su camarote.

—No pasa nada, cielo. —Sacó al bebé de la cuna en la que había estado durmiendo tan tranquilo hasta hacía unos segundos. El estruendoso rugido de los motores del Titán acababa de apagarse e, irónicamente, parecía haber sido ese cambio de tono lo que lo había despertado—. El capitán Hans debe de haber encontrado donde echar el ancla para pasar la noche, Bear, nada más.

Volvió a sentarse en la cama y, por inercia, empezó a mecer a su hijo en el regazo. Parpadeó con fuerza varias veces y se dio cuenta de que, durante las últimas horas, había estado tan absorta en la lectura del diario que la tarde comenzaba a apagarse. Encendió la lámpara de la mesilla y se puso a Bear al pecho. Ally no paraba de darle vueltas en la cabeza y se imaginó que las demás también estarían igual de alteradas que ella tras la revelación de que Pa sí que había conocido a Kreeg Eszu y, además, estaba huyendo de él. Pensó sobre todo en Maia, a quien aquella verdad debía de resultarle aún más difícil de aceptar. Agradeció que Floriano estuviera en el barco.

Pero Ally tenía más cosas que asimilar. Conocía el alias de Pa, Bo, y el nombre su amada, Elle... Habían sido amigos íntimos de sus abuelos, Pip y Karine Halvorsen, y se los mencionaba con frecuencia en el manuscrito de *Grieg, Solveig og Jeg*, el principal documento del que se había servido para descubrir su ascendencia. Bo siempre había sido Pa. Se le llenaron los ojos de lágrimas al recordar que no hablaba mucho, pero que era el músico con más talento del Conservatorio de Leipzig. Intentó con todas sus fuerzas acordarse de más datos sobre los amigos de sus abuelos, pero, aparte del hecho de que huyeron a Noruega —porque Elle y Karine eran judías—, no recordaba mucho más. ¿Qué había sido después de la pareja? Le sonaba algo así como que habían viajado a Escocia, ¿no? Alguien llamó a la puerta de su camarote e interrumpió sus pensamientos.

—Pasa —dijo como una autómata.

Apareció la figura alta y atractiva de Jack en la habitación.

—Hola, Ally, venía... —Se percató de que estaba amamantando a Bear—. Ay, perdona, puedo volver más tarde. No pretendía...

A ella se le enrojecieron las mejillas.

—No, perdóname tú a mí, Jack, estaba en mi mundo... No pasa nada, por favor, entra. Terminará enseguida.

—Vale. —Jack se sentó en el sillón de cuero que había junto a la cómoda—. Solo quería ver qué tal estabas. ¿Cómo lo llevas?

—Bien, gracias, Jack. —Le dedicó una sonrisa débil.

—¿Has comido? ¿O al menos has bebido un poco de agua o una taza de té?

Ella lo pensó.

—Pues la verdad es que no.

—Eso explica por qué estás blanca como el papel. —Ally no se sentía con fuerzas para contarle todo lo que implicaba lo que había descubierto esa tarde en el diario—. Vale, voy a encender el hervidor de agua. Mientras tanto, puedes empezar con esto. —Intentó darle una botella de Evian sin abrir de la nevera de la habitación.

—Gracias. ¿Te importaría...? —La señaló con la cabeza.

—Uy, claro, perdona.

Jack quitó el tapón y Ally cogió el agua con la mano que le quedaba libre. Bebió un largo trago.

—Mucho mejor. A todo esto, ¿qué anda haciendo la gente por ahí arriba? —preguntó, mirando al techo.

—¿Qué gente? Es como un pueblo fantasma, todo el mundo se ha encerrado a leer. No he visto a mi madre en toda la tarde, debe de estar tan abstraída como tú. Los «sobrantes» solo damos vueltas por ahí manteniendo charlas incómodas entre nosotros, ¡y encima nos da vergüenza pedirle las cosas a la tripulación!

—Jack, no seas tonto. No sobráis en absoluto. De hecho, basándome en lo que acabo de leer, diría que todos vais a tener que desempeñar un papel muy importante apoyando a mis hermanas.

—Y a ti, por supuesto. —Le sonrió mientras preparaba el té y a Ally se le disparó el corazón como si fuera una adolescente.

—Es muy amable por tu parte, Jack, gracias. Pero, de verdad, estoy bien. Lo tengo a él. —Miró a Bear.

—Bueno, no soy ningún experto, pero, por lo que recuerdo de los bebés, no suelen ser los mejores conversadores del mundo. —Ally se echó a reír—. Verás, me he dado cuenta de que aquí eres una especie de líder, de que las demás confían en ti para que las guíes. Pero todas tienen una pareja a la que llorarle cuando cierran la puerta de su camarote. Tú no dispones de ese lujo, solo de ese chiquitajo que no te deja ni a sol ni a sombra. Así que, bueno, quería decirte que... —abrió los brazos de par en par— aquí me tienes.

—Es todo un detalle que te ofrezcas, gracias —respondió Ally con sinceridad. El joven le dejó el té en la cómoda y devolvió la leche a la nevera—. Jack...

—Dime.

—Quería explicarte que... —Bear balbuceó y levantó la mirada hacia ella—. Perdón, dame solo un segundo.

—Desde luego, todos los que necesites. —Ally se quitó a Bear del pecho y se fijó en que Jack apartaba la vista, un gesto que le pareció muy dulce. Tumbó a su hijo sobre la cama y el pequeño gorjeó encantado—. ¿Qué querías explicarme? —Se ruborizó.

—Ah, nada. —Jack asintió y miró al suelo. Ally se flageló para sus adentros e intentó cambiar de tema cuanto antes—. Ni siquiera te he contado la revelación más importante del diario. —Se acercó a la cómoda para coger las páginas—. ¿Cómo se llamaba la casa de Irlanda? Esa de West Cork a la que llevaban las coordenadas de tu madre...

—Argideen House —respondió Jack.

—Eso. ¿Recuerdas que la relacionaste con el nombre de Eszu?

—Claro que me acuerdo.

—Bien, pues mi padre lo conocía. Y bastante, al parecer.

—Qué interesante. ¿Qué significa eso?

—Todavía no tengo todas las respuestas, pero cada vez están más cerca. Ahora que lo pienso, debería ir a ver a Maia. Será a la que más le ha afectado ese dato.

—¿Puedo preguntar por qué?

—Lo siento, Jack. No es mi historia y no me corresponde contarla.

—Lo entiendo. Te propongo una cosa, ¿y si yo cuido del pequeñín mientras tú te vas a ver a tu hermana?

—¿Me harías ese favor?

—Por supuesto.

—Gracias, Jack. Si quieres llevártelo por ahí para no quedarte aquí metido, no hay problema. Y si te aburres, seguro que Ma también anda por ahí.

Ally cogió su té y se encaminó hacia la puerta.

—Vale. Vamos, Osito Pardo, ¿por qué no nos vamos arriba? Tú márchate tranquila, Ally. Nos vemos luego.

Maia tenía ganas de vomitar. Se le había llenado la cabeza de horribles recuerdos de Zed Eszu, el zalamero y untuoso hijo de Kreeg, y pensar en que, una generación antes, Pa se había visto obligado a huir de su padre hacía que le entraran ganas de llorar. ¿Conocía Zed la historia que unía a sus respectivas familias? Seguro que sí. Quizá eso aclarara por qué tenía esa fijación con las hermanas D'Aplièse. Maia sabía perfectamente que Electra y él habían estado juntos, y Tiggy le había contado lo de su aparición en las Highlands escocesas. La presencia de Zed en la vida de las chicas debía de haberle causado mucho dolor a Pa, y a ella todo aquello se le hacía insoportable.

—¡Cabrón! —gritó la mayor de las hermanas, que tiró las páginas del diario al suelo.

—¿Maia? —dijo Star. CeCe y ella cruzaron la puerta de la sala de lectura justo en el momento en el que su hermana se apoyó la cabeza en las manos y rompió a llorar. Las dos corrieron hacia ella y la abrazaron—. Lo siento muchísimo. Debe de ser terrible para ti.

—Por si te vale de algo, estoy de acuerdo contigo, Maia. Qué pedazo de cerdo asqueroso —añadió CeCe.

—Lo sabía, ¿verdad? Sabía lo de Kreeg y Pa. Por eso no para de revolotear a nuestro alrededor como un moscardón del que no hay manera de librarse. Me siento muy utilizada. ¡Parí a su bebé! —chilló Maia.

—Ya lo sé, cielo, ya lo sé. No fue culpa tuya. —Aunque solo se lo había contado a Ally, el resto de las hermanas siempre lo había sospechado, dado que se trasladó durante nueves meses al Pabellón de Atlantis bajo el pretexto de estar aquejada de «mononucleosis»—. Hemos subido en cuanto lo hemos leído.

—Gracias, Star. —Maia se sorbió la nariz—. Uf, madre mía. Todo esto me remueve tanto por dentro... Odio pensar en Pa como una persona tan desesperada y sola.

—Al menos encontró a Elle. Le cambió la vida. Hasta su caligrafía parece más... retorcida. ¿Entendéis a qué me refiero? —preguntó CeCe.

Maia dejó escapar un ruido que era medio sollozo, media carcajada.

—Por extraño que parezca, sí, te entiendo. Y leer lo bien que se portó la familia Landowski con él me hace muy feliz.

—Ostras, claro, no lo había pensado. Tiene que haber sido muy raro para ti leer sobre la época que Pa pasó en el atelier y sus interacciones con Laurent Brouilly —dijo Star con voz suave.

—Sí. Era el niñito callado sobre el que leí en las cartas de Bel. No me lo podía creer.

—Eso también explica cómo consiguió la tesela de esteatita que Pa te dejó en la carta —prosiguió Star.

—Así es.

Ally entró en la habitación y se acercó a sus hermanas. Le agarró a Maia la mano y se la apretó.

—Ay, cielo. Aquí nos tienes a todas para todo lo que necesites.

—Lo sé. Perdón, enseguida recupero la compostura. —Se enjugó las lágrimas con el dorso de la manga—. Zed es un mal bicho, no es ninguna novedad. —Ally le dio un pañuelo de papel que se había sacado del bolsillo. Maia lo aceptó, agradecida, y se secó los ojos—. O sea que Pa conocía a Kreeg.

—Creo que ese «conocía» se queda un poco corto —añadió CeCe con brusquedad.

—¿Por qué nunca nos dijo nada al respecto? Debió de sufrir un ataque al corazón la primera vez que le comenté que había conocido a un chico llamado Zed Eszu —gimoteó Maia.

—No sé, cariño. A lo mejor ya habían resuelto sus diferencias. A fin de cuentas, solo conocemos una parte de la historia —dijo Star mientras le acariciaba el pelo a su hermana.

—Algo me dice que eso nunca llegó a ocurrir, Star —contestó Maia—. Todas sabemos que Kreeg se suicidó el día que murió Pa. Y, Ally, tú nos dijiste que ese día también viste al Olympus junto al Titán, ¿no?

—No lo vi con mis propios ojos, pero el amigo de Theo nos lo dijo por radio —confirmó la susodicha. Suspiró y se pasó las manos por el pelo—. Bueno, creo que ha llegado el momento de que os ponga a todas al corriente de una cosa.

—¿Qué tienes que contarnos, Ally? —preguntó CeCe con aspereza.

—¿Os acordáis de que las coordenadas de Merry llevaban a Argideen House, en West Cork? —Sus hermanas hicieron memoria un segundo y luego asintieron—. Pues, aunque la casa está abandonada desde hace mucho tiempo, pertenece a los Eszu. Jack lo descubrió cuando lo investigó en nuestro nombre.

Se hizo el silencio mientras las mujeres intentaban procesar el significado de esa conexión.

—¿Qué quiere decir eso? —preguntó al final Star.

—Sinceramente, todavía no lo sé. Pero una cosa está clara: con Zed, Argideen House y la presencia del Olympus el día de la muerte de Pa…, la relación entre papá y Kreeg es la clave para entenderlo todo.

—Estoy de acuerdo —suspiró Maia.

—Voy a ir a buscar a las demás para ver hasta qué parte del diario han llegado. Así podremos comentar lo de la conexión con un par de botellas de rosado.

—Buena idea, Ally —asintió Star—. Todavía nos faltan por saber muchos datos de la historia: de dónde era Pa, por qué Kreeg cree que mató a su madre…, el diamante…

—Nuestra única esperanza es que las cosas vayan aclarándose a medida que avancemos en la lectura —dijo Ally, que le puso una mano en el hombro a Star.

18

Georg Hoffman agitó el whisky que tenía en la mano y se concentró en el tintineo de los hielos contra el vaso. Desde el salón acristalado de la cubierta superior, miró por encima del mar Mediterráneo hacia la costa italiana, que ardía, dorada y brillante, bajo el sol poniente. Solo alcanzaba a distinguir Nápoles y, más allá, la antigua ciudad de Pompeya, cuyos habitantes se quedaron paralizados en el tiempo hacía miles de años. Le pareció que era una metáfora muy apropiada para este viaje en el que, de algún modo, los acontecimientos del pasado seguían dando forma al presente.

Georg pensó en los últimos doce meses. Menudo torbellino habían sido para las hermanas D'Aplièse. Todas ellas, sin excepción, habían sobrellevado la verdad sobre su pasado con una madurez y una sabiduría impresionantes.

—Te sentirías muy orgulloso —le dijo a la sala vacía.

Durante las últimas semanas, más en concreto, apenas había pegado ojo. Las llamadas telefónicas que había recibido con constantes actualizaciones sobre «la situación» le resultaban tremendamente angustiosas. Aunque intentaba gestionarlo lo mejor que podía, Georg se sentía, una vez más, dividido entre el abogado que llevaba dentro, obligado a cumplir los deseos de su cliente, y el ser humano que quería a aquella familia como si fuera la suya. Alguien llamó a la puerta del salón acristalado y, cuando se volvió, vio a Ma con la cabeza asomada entre el marco y la hoja.

—Solo quería saber cómo estabas, *chéri*. ¿Lo llevas bien? —preguntó.

—Sí, gracias. Entra, Marina, por favor. ¿Te tomas una copa conmigo?

La mujer cerró la puerta con cuidado tras ella.

—Pues, ¿sabes qué, Georg? Creo que, según están la cosas, voy a decir que sí.

El abogado cogió el decantador y le sirvió una copa a su vieja amiga.

—Era de él. Un Macallan de 1926. De hecho, no me cabe ninguna duda de que la última mano que tocó este decantador fue la suya. —Le pasó el vaso a Ma.

—Gracias. Sí, recuerdo haberlo oído decir que, desde su época en Escocia, había desarrollado un gran gusto por los whiskies de la zona. —Marina bebió un sorbo delicado y sintió que el líquido cálido y suave le bajaba por la garganta hasta el estómago—. ¿Las chicas habrán llegado ya a ese punto del diario?

—No lo sé. ¿Cómo crees que van a tomarse todo esto, Marina?

—Me cuesta imaginarlo. Puede que ciertos elementos de la historia de Atlas les resulten más fáciles de asimilar a unas que a otras. Pero me alegro de que, por una vez, todos vayamos a estar en el mismo punto.

—Sí.

—¿Tienes alguna novedad? —Lo miró con aire inquisitivo.

—Nada, aparte de lo que te he contado esta mañana. Las cosas están empeorando muy rápido. Se está acabando el tiempo.

Ella se santiguó.

—Pase lo que pase, no debes culparte, Georg. Has actuado con una gran nobleza. —Le cubrió una mano con la suya.

—Gracias, Marina. Eso significa mucho viniendo de ti, hemos pasado de todo juntos a lo largo de los años. Es solo que siento que le debo que esto salga bien.

—Y así será, Georg, con independencia de lo que decidas. Me temo que no se te dice a menudo, pero Atlas también estaría muy orgulloso de ti. Y de tu hermana, claro. Perdona que no te haya preguntado... ¿Cómo está llevando ella todo esto?

—Le está costando, como le sucedería a cualquiera en estas circunstancias.

—Ya me imagino. —Miró hacia el mar—. Siempre le encantó esta costa. —Georg no respondió y, cuando ella miró a su amigo, vio que tenía los ojos anegados en lágrimas—. Ay, *chéri*, por favor, no llores. Se me rompe el corazón.

—Se lo debo todo, Marina. Todo.

—Igual que yo. Siempre he querido saber... Cuando Atlas os encontró a los dos a orillas del lago de Ginebra, ¿os preguntasteis si os entregaría a las autoridades?

Georg levantó el decantador y se rellenó el vaso.

—Claro. No éramos más que un par de críos aterrorizados. Pero él también había escapado de una persecución. —Bebió un lento trago de whisky—. Atlas fue muy bueno con nosotros.

—Se lo has devuelto con creces, Georg. Has entregado tu vida a su servicio.

—Era lo menos que podía hacer, Marina. Sin él, ni siquiera estaría vivo.

Ella también había vaciado su vaso y Georg se lo rellenó.

—Gracias. ¿Cuánto tiempo calcula tu hermana que queda?

Él se encogió de hombros.

—Es cuestión de días.

—¿Influirá eso en tu decisión, Georg? Sobre...

—Tal vez. —La interrumpió—. Confieso que encontrar a Merry y traerla a bordo del Titán justo a tiempo para que zarpara podría determinar mi forma de proceder.

—Me parece lógico. Tal vez sea una señal de arriba.

—Como siempre lo han sido tantas cosas de su mundo.

Volvieron a llamar a la puerta y esta vez fue Merry la que entró.

—Hola. ¿Cómo os va?

—¡Merry! Bueno, bien, gracias —respondió Ma—. Aún más importante, ¿cómo estás tú, *chérie*?

—Ah, genial, gracias. El diario es una lectura fascinante. Atlas manejaba muy bien las palabras, ¿no os parece? Era increíblemente elocuente para su edad.

—Siempre tuvo grandes dotes lingüísticas —contestó Ma con una sonrisa.

—Quería preguntar por el tal Kreeg Eszu. Hasta el momento, solo lo ha mencionado una vez y de forma muy breve, pero Jack me ha dicho que Argideen House pertenecía a su familia. ¿Podríais contarme algo más acerca de cómo terminó siendo así?

Ma miró a Georg, que apuró su whisky de un trago.

—Ah, sí. Supongo que esa conexión debe despertarte mucha curiosidad. —Ella se dio cuenta de que Ma le lanzaba una mirada acerada a él—. Pero, si te soy sincero, Merry, no lo sabemos.

—Vaya. ¿En serio?

—Sí. Supongo que es mejor decírtelo ya que dejar que leas el diario entero y te lleves una decepción.

—Ya. Pues la verdad es que me fastidia bastante.

—A lo mejor lo descubrimos algún día. O quizá sea pura coincidencia, Merry —mintió Georg.

Ella frunció la nariz y chasqueó la lengua con fuerza.

—Claro, sí, tienes toda la razón, seguro que le estoy dando demasiadas vueltas. Al fin y al cabo, es un apellido muy irlandés. Debe de haber miles de Murphy, O'Brien y Eszu —replicó y se puso las manos en las caderas; miro a Georg enarcando las cejas, un gesto que lo obligó a sacarse el pañuelo del bolsillo delantero de la americana para enjugarse la frente—. Oye, me gustaría llamar a Dublín, si se puede, para poner a Ambrose al día de todo esto. Me cuesta creer que hayan pasado menos de veinticuatro horas desde la última vez que lo vi, cualquiera diría que hace una eternidad.

—Coincido contigo, sí —respondió Georg—. Hay un teléfono vía satélite en el despacho. La mayoría de los miembros del personal están familiarizados con su funcionamiento. Marina, ¿te importaría acompañar a Merry?

—Claro que no. Ven, *chérie*. ¿Qué te parece si después nos tomamos una copa de vino en la cubierta de popa antes de la cena?

Las dos mujeres abandonaron el salón acristalado y Georg se quedó solo de nuevo. Suspiró con pesadez. Era lamentable que acabara de mentir a la hija de Atlas. Tal vez debería haber contado toda la verdad allí mismo; sin duda, habría aliviado la enorme carga que sentía que debía soportar. Pero, por supuesto, eso no era lo que su cliente deseaba. Notó una vibración en el bolsillo y se apresuró a sacar el móvil. Aunque la pantalla rezaba «Número desconocido», sabía muy bien quién se encontraba al otro lado de la línea. Respiró hondo y contestó a la llamada.

—Pléyone —dijo Georg.

—Orión —respondió ella.

Eran las palabras requeridas para que ambas partes supieran que era seguro hablar.

Él se preparó para el informe de la noche.

19

Ally no paraba de dar vueltas en la cama de su caluroso camarote. Las hermanas habían estado intranquilas durante la cena, puesto que cada una de ellas intentaba discernir por separado la gravedad de lo que había leído esa tarde. Floriano y Chrissie se habían ocupado a la perfección de rellenar cualquier posible silencio y Rory y Valentina habían entretenido a toda la mesa con la preciosa amistad que estaban forjando. Aun así, el ambiente había sido bastante tenso, algo nada de extrañar dadas las circunstancias. Ally había intentado captar la atención de Jack mientras comían, pero él la rehuyó para evitar situaciones incómodas. Ojalá hubiera sido capaz de abordar el «tema de Bear» cuando se vieron antes en su camarote, pero se puso demasiado nerviosa. Se sentía estúpida. Cuanto más tiempo siguiera sin hablarlo con él, más extraño le parecería todo a Jack.

Le vibró el teléfono y vio que tenía un mensaje nuevo en el buzón de voz. La cobertura no era muy estable en mar abierto, pero estaba claro que Hans había anclado el Titán dentro del radio de alcance de una torre de la zona. Marcó el número de su servicio de mensajería.

«Hola, Ally. Soy Celia... —La voz de la madre de Theo crepitaba en la grabación—. ¡Espero que el pequeño Bear y tú estéis bien, cariño! Tengo muchas ganas de volver a veros en Londres, avísame si tenéis planes de venir. Si no, ¡meteré las camisetas térmicas en la maleta y me iré a Noruega! Oye, sé que estás en el crucero en honor a tu maravilloso Pa..., así que solo te llamaba para que supieras que te estoy pensando, cielo. Y estoy segura de que, desde dondequiera que esté, Theo también te mira con una sonrisa. Te mando muchos besos, cariño. Adiós».

Ally dejó el teléfono y una nueva oleada de culpa la recorrió de arriba abajo. La voz de Celia Falys-Kings rebosaba de afecto sincero. Sí, sentía algo por Jack, pero la idea de faltarle al respeto a la memoria del padre de Bear la hacía estremecerse.

—Lo siento, Theo —susurró.

Aunque sus hermanas no paraban de animarla, Ally se detuvo a pensar un momento en lo que opinarían los demás. ¿Qué diría Thom, su hermano, si Jack y ella...? No daba precisamente buena imagen que te echaras un novio nuevo menos de un año después de la muerte de tu pareja. Además, lo último que quería era disgustar a Merry, a la que toda aquella experiencia ya debía de estarle resultando bastante surrealista sin que su nueva hermana adoptiva se mostrara cariñosa en exceso con su hijo.

—Ay, Dios —suspiró.

—¿Ally? ¿Estás despierta? —susurró una voz al otro lado de la puerta de su camarote. Se acercó a ella de puntillas y la abrió con cuidado. Allí estaba Tiggy, con su albornoz del Titán—. ¡Hola! Lo siento, no quería llamar a la puerta por si despertaba a Bear.

—Ah, no te preocupes por eso, ya está fuera de combate. ¿Quieres pasar?

—Gracias. —Tiggy poseía una habilidad asombrosa para entrar en las habitaciones deslizándose, como un espíritu grácil y elegante. Era una cualidad ligera y etérea que ella siempre había admirado—. Solo quería que me confirmaras una cosa, porque durante la cena he estado un poco distraída. ¿Hemos quedado en leer otras cien páginas del diario para mañana a la hora de comer?

—Sí, justo. Luego volveremos a juntarnos para comentarlas.

—Estupendo, es un buen plan. Gracias, Ally. —Tiggy se volvió hacia la puerta, pero se detuvo junto a la cuna de su sobrino para contemplarlo dormido—. Mi pequeño Bear. Es increíble que fuera hace solo unos meses cuando decidiste sorprendernos en una cueva de Granada..., ¡sobre todo a tu mamá! —susurró.

Ally sonrió al recordarlo.

—¿Sabes?, creo que Charlie no volverá a ser el mismo después de ver a Angelina aquella noche. Cinco años en la facultad de Medicina no bastaron para sustituir a una «bruja» y sus conocimientos cuando Bear decidió aparecer tan de repente.

—Bueno, no debería desanimarse demasiado. A fin de cuentas,

las «brujas» tienen sus limitaciones... Estoy segura de que agradeciste los analgésicos que te recetó después. —Le guiñó un ojo a su hermana. Luego volvió a mirar a Bear—. Por cierto, dice que mires la carta.

—¿Perdona?

—Quiere que mires la carta.

Tiggy le dedicó una amplia sonrisa a su hermana.

—¿Quién? ¿Bear? ¿Qué quieres decir? Yo...

—No lo sé. Espero que te sirva de algo. Me voy a la cama. Buenas noches, Ally.

Abrazó a su hermana y se fue. Cuando cerró la puerta a su espalda, a ella le dio un vuelco el corazón. Tiggy solo podía referirse a una cosa. Se acercó a su maleta y abrió el bolsillo con cremallera que había en el forro. De su interior, sacó la única carta que tenía en su poder: la de Theo, por supuesto, pues la llevaba consigo a todas partes. No era información que Ally compartiera con todo el mundo y ninguna otra persona había leído jamás aquellas palabras. Un poco temblorosa, abrió el sobre muy despacio y leyó primero el penúltimo párrafo de Theo, como hacía siempre.

Y si, por lo que sea, llegas a leer esto, levanta la vista hacia las estrellas, pues has de saber que estaré mirándote desde allí. Y probablemente tomándome una cerveza con tu Pa para que me explique todas tus malas costumbres de la infancia.

Mi querida Ally —mi Alción—, no imaginas cuánta dicha has traído a mi vida.

¡Sé FELIZ! Ese es tu don.

THEO XXX

La imagen de él y Pa compartiendo una cerveza y una sonrisa le provocó una felicidad inmensa. Sabía lo bien que Theo le habría caído a su padre y esperaba con todas sus fuerzas que se hubieran conocido en otra vida. A ver, ¿qué había dicho Tiggy exactamente?: «Quiere que mires la carta».

Ally clavó la vista en la única palabra en mayúsculas de la página, que atrajo su mirada como un imán: «¡Sé FELIZ!».

Se le formó un nudo en la garganta. Se acercó a la ventana del camarote y dobló las rodillas para alzar la mirada hacia las estrellas. «Gracias, Theo. Dale un abrazo a Pa de mi parte». Volvió a poner el sobre a buen recaudo en el bolsillo de la maleta y se metió en la cama. Enseguida supo que intentar dormir sería inútil, porque tenía la cabeza más saturada que la Gran Plaza de Oslo. Volvió a coger el móvil y le envió un mensaje a Jack: «Gracias por cuidar antes de Bear. Que duermas bien! Bs».

Contestó casi de inmediato: «¡Un placer, Al! Tú también. Bs».

Ally vio las páginas del diario sobre la cómoda. Contenían respuestas. Las hermanas habían acordado leer otras cien durante la mañana siguiente, pero, sabiendo que tenía más revelaciones a su alcance, decidió seguir leyendo.

El diario de Atlas

1936-1940

20

Leipzig, Alemania

El fortuito lector, si se encuentra absorto en estas páginas, tal vez quiera saber por qué hace más de seis años que no registro ninguna entrada en el diario y cómo es posible que el niño pequeño que era *citoyen de Paris* esté ahora en el umbral de la edad adulta en una ciudad europea distinta. La historia es turbulenta. En realidad, durante los seis últimos años he escrito muy a menudo en el diario. Seguro que lo que anotaba resultaría demasiado sentimental para algunos gustos literarios, pero era testimonio de la felicidad que experimenté durante el tiempo que pasé en Francia. Es mi desafortunado deber informar de que la mayoría del contenido se quedó en casa de los Landowski cuando me vi obligado a abandonarla de manera imprevista e intempestiva debido a las circunstancias derivadas de mi gravísimo error: abrir la boca y hablar.

Aunque mientras escribo estas palabras estamos en 1936 y tengo dieciocho años, entiendo que sería negligente por mi parte ofrecer una historia incompleta, así que voy a explicarme brevemente. Entre 1930 y 1933, mi vida en París continuó siendo muy similar a la de los dos años anteriores: ayudaba a monsieur Landowski y monsieur Brouilly en el atelier y asistía a mis clases con monsieur Ivan en el *conservatoire*, tal como hacía Elle. Cuanto más crecíamos, más libertad nos iban concediendo nuestros respectivos cuidadores, madame Gagnon en el caso de Elle y Evelyn en el mío. Pasábamos mañanas felices descubriendo el café en las cafeterías parisinas y, por las tardes, recorríamos las calles y encontrábamos cada vez un nuevo detalle arquitectónico que nos generaba embeleso y maravilla. Mi decisión de empezar a hablar aquel día de Navidad permitió que mi relación con Elle floreciera de verdad...

¿Quién podría habérselo imaginado? Para mí era un gran privilegio ser yo quien le leía durante nuestros pícnics y pedirle opinión sobre todas las facetas de mi vida, que mejoraba con gran rapidez. Lo irónico es que esa misma decisión sería la que me llevaría a la ruina.

Una mañana de principios de 1933, mientras estábamos en el taller, monsieur Landowski nos anunció algo:

—¡Caballeros! Tengo que daros una noticia y no es precisamente insignificante, así que escuchadme con atención: nuestro viaje juntos ha llegado a su fin.

—¿Cómo? —dijo Brouilly, cuyo rostro palideció de repente. Al fin y al cabo, había tomado la decisión de irse de Río para proseguir su carrera en París.

—Esta misma mañana me han ofrecido el puesto de director de la Academia Francesa en Roma. —Laurent no respondió. Yo me sentía igual de angustiado que él, ya que monsieur Landowski me proporcionaba alojamiento, comida y, por supuesto, tenía la generosidad de pagar mis clases en el conservatorio—. Brouilly, ¿no tienes nada que decir?

—Perdone, monsieur. Enhorabuena. Han hecho una buena elección.

Me sumé a las felicitaciones dedicándole al escultor una amplia (aunque artificial) sonrisa y un aplauso en solitario.

—Gracias, caballeros. ¿Quién iba a imaginárselo? ¡Yo! ¡Con un despacho! ¡Y un salario!

—El mundo echará de menos su talento, monsieur —dijo Laurent, con verdadera tristeza.

—Bah, no seas ridículo, Brouilly. Seguiré esculpiendo. ¡Nunca lo dejaré! La principal motivación para aceptar el puesto es… Bueno, supongo que podría decirse que es culpa de nuestro joven amigo aquí presente. —Landowski me señaló y se percató de mi sorpresa—. Lo que pretendo decir es que observar el progreso de Bo durante estos últimos años me ha producido un gran placer tanto artístico como personal. Monsieur Ivan dice que va camino de convertirse en un virtuoso del chelo. Y todo esto en un niño que apenas era capaz de mantenerse en pie cuando nos vimos por primera vez. ¡La verdad es que siento celos de tu profesor, Bo! Aunque he contribuido desde el punto de vista económico, me gustaría haber sido yo quien alimentara tus dotes artísticas. Así las cosas, espero que la Academia Francesa me ofrezca la oportunidad de desarrollar el talento de otros jóvenes en mi propio campo.

Mi sonrisa había dejado de ser artificial y se había convertido en auténtica.

—Es un sentimiento muy loable, monsieur —dijo Brouilly en tono sombrío.

—¡Ay, Brouilly! ¡No pongas esa cara de desánimo, hombre! —Landowski se acercó a su ayudante y le puso una mano en el hombro—. ¿De verdad crees que te dejaría en la estacada? Antes de aceptar, he hablado con monsieur Blanchet, nuestro colega de la École des Beaux-Arts. Ocuparás un puesto de profesor auxiliar allí cuando me vaya a Roma dentro de una semana.

—¿De verdad, *monsieur*?

Laurent abrió mucho los ojos.

—Sí. Blanchet se ha mostrado más que encantado de aceptar mi carta de recomendación. Es una gran institución y tú serás un activo valioso. Como mínimo, te pagarán mucho más de lo que te pago yo. Disfruta de los ingresos regulares mientras trabajas también por tu cuenta para forjarte un nombre.

—Gracias, monsieur Landowski, gracias. Nunca olvidaré lo que ha hecho por mí. —Brouilly le estrechó la mano con entusiasmo a su maestro.

—Te lo mereces. A fin de cuentas, no podría haber completado el Cristo sin ti... —Tras estrecharle la mano a Brouilly, Landowski se la sujetó con firmeza y la examinó; luego le guiñó un ojo—. Tu obra vivirá para siempre. —A continuación, se volvió hacia mí—. ¡Joven Bo! Tu vida seguirá prácticamente sin cambios. No tengo intención de vender esta casa y, por supuesto, volveremos durante las vacaciones de verano y también para las de Navidad. La mayoría del personal se verá obligado a buscar otros puestos..., pero Evelyn se quedará. ¿Lo ves aceptable? —Asentí—. ¡Bien! Entonces, me parece que lo tradicional es celebrar el cambio con una botella de champán...

Al cabo de siete días, la familia Landowski había recogido todas sus cosas y estaba preparada para partir hacia su nueva vida en Roma. Creo que su inminente marcha me habría afectado mucho más de no haber sido por Elle. Si ella permanecía a mi lado, yo me sentía invencible.

Tal como había prometido monsieur Landowski, mi vida apenas sufrió alteraciones, salvo por el hecho de que ahora pasaba más tiempo con Evelyn, que se había convertido en la única responsable del mantenimiento de la casa. Me carteaba a menudo con monsieur Landowski, que me contaba historias de los jóvenes *artistes* que pasaban por las aulas de la Academia Francesa y me ponía al día sobre la familia:

> Marcel está trabajando con gran ahínco en el piano. Como sabes, espera asistir al *conservatoire* dentro de los próximos dos años... Creo que tiene muchas posibilidades. No dudo de que tu presencia le ha proporcionado la motivación necesaria para alcanzar sus sueños

Debo decir que no era del todo desagradable tener la casa entera para mí, con total acceso a la biblioteca... y a la cocina. Incluso me atrevía a mantener breves conversaciones con Evelyn. Cuando por fin abrí la boca delante de ella, lloró. Ahora que lo miro en retrospectiva, vivía en un estado de ensueño, embelesado por la poción embriagadora de Elle, por la música y por lo que había empezado a sentir como una seguridad total.

Qué ingenuo fui.

El principio del fin llegó en el otoño de 1935.

Elle y yo estábamos sentados en una cafetería de la rue Jean-de-la-Fontaine. Como ella ya era mayor de dieciocho años, había dejado el Apprentis d'Auteuil y vivía en una habitación oscura y sucia en la buhardilla de una amiga de madame Gagnon. Ganaba una miseria limpiando para su casera, madame Dupont, pero lo aceptaba porque así podía seguir asistiendo a sus clases bisemanales en el *conservatoire*. Me recosté contra el respaldo de mi silla de metal y la observé; tenía la mirada perdida en su taza de café. Estaba claro que algo le preocupaba.

—¿Va todo bien, amor mío? —le pregunté.

—Sí, tranquilo... Es solo que monsieur Toussaint me gritó en la última clase.

Esbocé una sonrisa cálida.

—Ya sabes que no es algo raro en el *conservatoire*.

Elle se encogió de hombros.

—Ya. Pero, si te soy sincera, me parece que nunca le he caído bien a Toussaint. Considera que tener que enseñar a una adolescente novata no está a su altura. Y, sin duda, tiene razón. Pero, durante las últimas semanas, ha intentado que mejore con la lectura a primera vista y su veneno se ha vuelto especialmente dañino.

—No te preocupes por eso. Estoy seguro de que solo está frustrado porque no has aprendido «como es debido». Tuve una experiencia similar con monsieur Ivan —la aplaqué.

—Es cierto. Sin embargo, durante el arrebato dijo algo que me extrañó.

—¿El qué?

—Dijo que, si no fuera «descendiente del Gran Ruso», me obligaría a pasarme la noche en vela estudiando. —Se me heló la sangre—. Le pregunté a qué se refería con ese comentario y se echó a reír; me dijo que era «imposible» que pensara que estaba en su clase solo por mérito propio. Seguí insistiéndole y se puso furioso, empezó a gritar que él no tenía tiempo para enseñar a críos y que Rajmáninov debería bajar de su trono y hacerlo él mismo.

—Vaya —titubeé.

Elle frunció el ceño.

—Le dije que no entendía y volvió a reírse y me dijo que iba a escribir al Gran Ruso para decirle que su hija era una inútil. Entonces apareció monsieur Ivan y le pidió a Toussaint que lo acompañara al pasillo. Salieron, hablaron un rato y luego Toussaint volvió y me dijo que la clase había terminado. —Elle me miró extrañada—. ¿Qué crees que quiso decir al referirse a Rajmáninov?

Le di un sorbo lento a mi té English Breakfast.

—Creo que podría arrojar algo de luz sobre la situación.

Puso cara de desconcierto.

—¿Qué quieres decir, Bo?

Suspiré y le expliqué la ficción que monsieur Ivan había inventado. Cuando terminé, Elle, como es comprensible, parecía abatida.

—O sea que…, si hubiera dependido únicamente de mi talento, no habría conseguido una plaza en el conservatorio, ¿no?

—No, eso no tiene nada que ver. Monsieur Ivan dijo que eras hija de Rajmáninov para que te concedieran la audición. El resto lo lograste gracias a tu destreza musical, te lo aseguro.

—¿Todos creen que soy la hija abandonada de Rajmáninov?

—Bueno, Toussaint y Moulin sí. Por favor, intenta no preocuparte. Hablaré con monsieur Ivan durante nuestra siguiente clase y le pediré que me cuente su versión de lo ocurrido.

Pero ya no pude volver a hablar con mi profesor. Unas cuantas noches más tarde, mientras dormía en casa de los Landowski, un ruido estrepitoso me despertó con un sobresalto. Abrí los ojos de golpe y me destapé. Me alegró saber que, a pesar de mi nueva vida de seguridad, mis sentidos seguían en alerta máxima al menos a nivel subconsciente. Mi anterior existencia en los páramos helados me garantizaba «dormir siempre con un ojo abierto», como solía decir mi padre.

El reloj de mi escritorio señalaba que eran poco más de las dos de la mañana. Ya despierto por completo, oí un segundo ruido en las entrañas de la casa: una puerta que se abría.

No estaba solo. Cuando miré por la ventana y vi que no había ninguna luz encendida en la casita de Evelyn, no pude consolarme pensando que, por alguna razón, el ama de llaves hubiera decidido entrar en la casa principal a aquellas horas de la noche. Me acerqué a la puerta de mi habitación tan sigilosamente como pude y giré el pomo con precisión. Por suerte, se abrió sin hacer ruido. Agucé el oído y capté el sonido de unos pasos que crujían en el suelo de madera de la planta baja. Por instinto, busqué la bolsita que llevaba colgada al cuello.

¿Era él? ¿Había conseguido encontrarme?

Este era el momento que tanto había temido.

A pesar del terror que me atenazaba, deduje que disponía de una ventaja táctica. Yo conocía bien la casa de los Landowski, pero, a juzgar por los choques y los crujidos, ese no era el caso del intruso. Pensé en esconderme, pero sabía que no serviría de mucho: estábamos en plena noche y quien fuera podría seguir buscando hasta dar conmigo sin que nadie lo interrumpiera. También me planteé la posibilidad de echar a correr sin más, de bajar a toda velocidad hasta la puerta y adentrarme en la oscuridad. Pero, si de verdad era él, dudaba que los pocos kilómetros de distancia que lograra interponer entre nosotros esa noche bastasen para protegerme. Por desgracia, llegué a la conclusión de que las circunstancias requerían de una acción ofensiva.

Me acerqué despacio al final de la escalera y escuché los pasos que me llegaban desde abajo. Me dio la sensación de que el intruso estaba registrando la casa con meticulosidad, como si buscara algo. O, más bien, a alguien: a mí. Al final los pasos se encaminaron hacia el ala este de la casa —la sala de estar y la biblioteca— y aproveché la oportunidad. Aún sin hacer ruido, bajé a la planta inferior con mucho cuidado y eché a andar en dirección contraria. Me dirigí a toda prisa hacia el atelier, donde estaban los cinceles de monsieur Landowski. Tras elegir la herramienta más afilada de todas, volví al pasillo y me mantuve pegado a la pared para evitar que la luz de la luna relevara mi presencia. Cuando llegué de nuevo a la escalera, me detuve a escuchar. Solo había silencio. ¿Dónde estaba? Di otro paso hacia delante y una fuerza descomunal me levantó del suelo y me hizo saltar por los aires. El intruso me había agarrado por la espalda para trabarme los brazos. Con todas mis fuerzas, lancé una patada hacia atrás con intención de alcanzarle en las rodillas a mi agresor. El grito posterior me indicó que había dado en el blanco. El intruso se dobló y me soltó mientras ambos caíamos al suelo. El cincel se me había escapado de entre las manos durante el forcejeo y me arrastré de un lado a otro en un intento desesperado por encontrarlo. En esos escasos segundos, el asaltante se puso en pie de un salto y corrió por el pasillo hacia el salón. Afortunadamente, por fin rocé el cincel con la mano y, tras agarrarlo, me lancé en pos de mi atacante.

—¡Muéstrate! —grité, sin poder controlar la rabia que me teñía la voz.

El salón estaba en silencio y, a la luz de la luna, solo distinguía las siluetas de los muebles.

—Nunca fuiste un cobarde, Kreeg. Deja que te vea. —La habitación permaneció sumida en un silencio escalofriante—. Sabes que no quiero luchar contra ti, nunca lo he querido. Solo llevo este cincel para defenderme. Hay cosas que no entiendes… Cosas que ansío contarte. Por favor, sal y te lo explico todo. —Más silencio—. Yo no la maté, Kreeg. Tienes que creerme. —Las lágrimas comenzaron a escocerme en los ojos—. ¿Cómo has podido siquiera pensar que sería capaz de algo así? Éramos amigos, hermanos. —Me enjugué las lágrimas y traté de mantener la concentración—. La única razón por la que escapé ese día es que sabía que me matarías.

No era más que un crío, Kreeg, igual que tú. Ahora ya somos hombres y deberíamos resolver este asunto como tales. —Pronuncié una última frase que esperaba que lo tentara a salir de su escondite—: Tengo el diamante. Jamás lo vendería, como tú supusiste que haría. Te lo daré ahora mismo, lo llevo colgado del cuello en una bolsita de cuero. Solo tienes que mostrarte y haremos la transacción. Luego podrás marcharte y no tendremos que volver a vernos nunca, si así lo decides.

Se oyó un crujido detrás del guardarropa, en la esquina de la habitación. Sabía que referirme a la piedra preciosa bastaría para hacerlo salir de su escondite.

—¿Un diamante, has dicho? O sea que eso es lo que guardas en esa bolsita...

Conocía la voz, pero no era la de Kreeg. Entonces una figura apareció en la penumbra y vi un rostro.

—¿Monsieur Toussaint?

—Oye, para ser un chico que en principio no puede hablar, eres muy elocuente.

—¿Qué hace aquí? ¿Qué quiere?

—No me gusta que me timen, chaval. El Conservatoire de Paris es la mejor institución musical del mundo, no una guardería. Como bien sabes, esa rata rusa que es Ivan nos hizo creer que tu novia era hija natural de Rajmáninov. Cuando amenacé con escribirle, confesó y me dijo que nos había mentido. —Dio un paso hacia mí—. Le pregunté por ti. Me contó que eras el pupilo de Paul Landowski..., que sé que ha aceptado un puesto en Roma. Así que, como compensación por haberme estafado, pensé en venir y llevarme un par de jarrones. Pero ahora sé que aquí hay algo mucho más valioso.

Dio otro paso.

—No lo entiende.

—De hecho, hay dos cosas de valor en esta estancia, chaval: el diamante que ahora sé que llevas colgado al cuello... y tú.

Dudé.

—¿Yo?

—Yo diría que ese tal Kreeg que has mencionado debe de estar muy interesado en conocer tu paradero, dada la situación que acabas de revelarme. Estoy seguro de que pagaría bien por recibir información sobre ti.

—Es poco mayor que yo, Toussaint. No tiene dinero. Y, si descubre que me ha robado el diamante, también lo matará a usted.

El hombre soltó una risa desdeñosa.

—Siempre pueden hacerse tratos, muchacho. Si me limito a acabar con tu vida en este momento y le devuelvo el diamante al joven señor Kreeg, a lo mejor encontramos la manera de repartir la recompensa... —Hablaba arrastrando las palabras. Era evidente que estaba borracho.

—Monsieur, por favor. Usted es flautista, ¡no asesino! —supliqué.

—Chaval, con ese diamante en mi poder, seré lo que quiera ser. ¡Ven aquí!

Toussaint se abalanzó sobre mí, pero yo ya me esperaba su maniobra y me subí de un salto al sofá. Desde esa posición de ventaja, me encaramé a su espalda. Pero el hombre era sorprendentemente fuerte y consiguió darse la vuelta de tal manera que ambos nos desplomamos contra el suelo. Todo su peso me cayó encima y me quedé sin aliento. Él aprovechó la oportunidad, se volvió y me arrancó la bolsita. La lanzó a un lado antes de rodearme el cuello con ambas manos.

Recuerdo que sentí una calma extraña cuando, poco a poco, la fuerza vital empezó a abandonar mi cuerpo. El pánico no fue instantáneo..., solo apareció cuando me vino a la cabeza una imagen de Elle, pero en ese momento me invadió la necesidad de luchar. Hice acopio de hasta el último resquicio de mis fuerzas, agarré el cincel con la mano y se lo clavé en el brazo a Toussaint.

—¡Ah! —gritó al mismo tiempo que me soltaba el cuello.

Aproveché la ocasión para recuperar la bolsita y metérmela en el bolsillo.

De repente, la habitación se inundó de luz y oí un fuerte grito junto a la puerta. Cuando me volví, vi a Evelyn en el umbral, con una mano en el interruptor de la luz y la otra tapándole la boca. Toussaint, aún sujetándose el brazo, se levantó e intentó ocultar su rostro encorvándose. Luego pasó disparado junto al ama de llaves y salió corriendo por la puerta delantera.

—¡Bo! ¿Qué ha pasado? Dios mío, ¿eso del suelo es sangre?

—Asentí—. ¿Estás bien? —Asentí una vez más, jadeante. Evelyn se arrodilló a mi lado y, desesperada, se puso a buscarme heridas—.

Vas a tener que hablarme ahora mismo. ¿Quién era ese hombre? ¿Qué hacía aquí? —Le devolví la mirada, aturdido—. Bo, por favor. Cuéntamelo todo.

Le expliqué la situación con toda la urgencia de la que fui capaz.

—*Mon Dieu*, Bo. ¿Tienes el diamante? —Me di unas palmaditas en el bolsillo—. Perfecto. Pero aquí ya no estás a salvo. Puede que vuelva, y a saber con quién. Ha llegado el momento de que te marches.

—¿Marcharme? ¿Adónde?

—Al apartamento de monsieur Brouilly en Montparnasse. Él te acogerá y allí estarás a salvo hasta que se me ocurra una solución.

—Me preocupa que Toussaint vaya a por Elle. Es su maestro, es posible que sepa dónde vive.

Evelyn cerró los ojos y asintió.

—Creo que tienes razón al preocuparte. Ve primero a verla a ella.

—Pero, Evelyn, ¿y tú? ¿Y si Toussaint vuelve?

—Pues que venga. No creo que quiera nada de mí. Mañana mandaré a buscar a Louis y vendrá a quedarse conmigo. Vamos, date prisa. Si vas corriendo, puedes llegar a la rue Riquet en menos de una hora. Es ahí donde vive Elle, ¿no? Sube y coge algo de ropa, solo lo esencial. Mientras tanto, te anotaré la dirección de monsieur Brouilly.

Subí corriendo las escaleras y metí unas cuantas camisas y algo de ropa interior en mi mochila de cuero. Evelyn me dio las señas y, tras un largo abrazo, me adentré a la carrera en la noche.

Llegué a la rue Riquet empapado en sudor y jadeando tras correr durante más de once kilómetros. La ventana de Elle era la más alta de la casa y me maldije por no haber pensado antes en cómo resolver esta dificultad. Recurrí a recoger unas cuantas piedrecitas del borde de la carretera y lanzarlas contra el cristal de la buhardilla. Era una estrategia arriesgada, pero no tenía más remedio. Al cabo de uno o dos minutos, dio resultado y apareció la cara adormilada de Elle.

—¿Bo? —Pronunció mi nombre moviendo solo los labios. Le hice un gesto para que bajara y asintió.

Unos instantes más tarde, la puerta principal se abrió sin hacer ruido y salió vestida con un camisón blanco. Me abrazó.

—¿Qué pasa, Bo?

—Te lo explicaré todo en cuanto estemos a salvo, pero ahora necesito que vengas conmigo.

Se le descompuso el gesto.

—¿Es él? —preguntó con los ojos llenos de miedo.

—No, pero necesito que cojas algo de ropa y vuelvas enseguida. Nos vamos al apartamento de monsieur Brouilly.

No tuve que darle más explicaciones. Al cabo de unos minutos, Elle bajó de nuevo y, juntos, nos dirigimos en silencio hacia Montparnasse caminando por calles secundarias. Encontrar el domicilio de Laurent nos resultó una tarea relativamente sencilla, porque tenía la ventana adornada con orquídeas rosas, que yo sabía que era la flor nacional de Brasil. Tras llamar varias veces al timbre, nos abrió Brouilly con los ojos soñolientos y, en cuanto se percató de que era yo quien llamaba a la puerta, nos invitó a pasar. Tuvo la amabilidad de prepararnos un café bien cargado y después les conté los acontecimientos de la noche a los dos.

—¡Madre mía! ¡Madre mía! —repetía aquel sin cesar—. Eres un enigma, Bo. El chico silencioso. Y mira cómo habla ahora. ¡Madre mía!

Elle me cogió de la mano y su presencia me proporcionó un consuelo que ni siquiera podría expresar con palabras.

—Gracias por venir a buscarme —dijo.

—Ojalá no hubiera hablado, Elle. Di por hecho que era Kreeg, intenté razonar con una persona que ni siquiera estaba en la habitación...

—Es normal que lo dieras por hecho. A mí me habría ocurrido lo mismo.

Observé con detenimiento el minúsculo apartamento de Brouilly. Una lámpara de luz tenue iluminaba su colección de proyectos semiacabados y sus ideas a medio hacer. Aquel lugar estaba atestado de esculturas, lienzos y herramientas. El caos no contribuía precisamente a mejorar mi estado mental, así que me apoyé la cabeza entre las manos.

—¡Ojalá no me hubiera despertado! Toussaint habría cogido sus jarrones y se habría marchado. Seguro que ni me habría enterado.

—Me gustaría que Bel te oyera hablar —dijo Brouilly en tono melancólico.

Lo miré. Incluso después de lo que acababa de explicarle, seguía teniendo la cabeza en otra parte.

—¿Habéis vuelto a tener contacto? —pregunté.

Mi antiguo compañero de atelier lucía una expresión atormentada.

—No.

Al final, Brouilly nos sacó unas mantas. Insistí en que Elle durmiera en el pequeño sofá y yo me puse una almohada en el suelo. Ella me tendió una mano y yo se la sostuve hasta que el cansancio se apoderó de mí y me quedé dormido.

El timbre sonó a primera hora de la mañana siguiente y Brouilly le abrió la puerta a Evelyn.

—Queridos, cómo me alegro de veros. —Corrí hacia ella y la estreché entre mis brazos—. Hola, Elle. Menos mal que estás a salvo. Me he puesto en contacto con la gendarmería.

—¿La gendarmería? —repetí, horrorizado.

—Sí, Bo. No te olvides de que anoche alguien asaltó la casa de mi patrono, y eso por no hablar del asuntillo de que el maestro de Elle intentó matarte estando borracho. A Toussaint tienen que detenerlo y condenarlo. A fin de cuentas, no podemos permitir que un loco de atar vuelva al Conservatoire de Paris a dar clases a jóvenes vulnerables.

—Pero, Evelyn, la gendarmería querrá hablar conmigo. Me preguntarán sobre el diamante. No lo entiendes, no puedo...

—Lo entiendo mejor de lo que crees, Bo. —Me agarró de la mano—. Siempre lo he entendido, desde la primera vez que aquel niñito llamó a mi puerta: has conocido más terror en tu corta vida del que cualquier humano debería experimentar jamás y te lo han impuesto fuerzas que escapan a la comprensión de una simple mujer como yo. Así que, aunque, en efecto, la gendarmería querrá hablar contigo cuanto antes, por suerte, no tengo la menor idea de dónde estás —concluyó, guiñándome un ojo.

La siguiente en hablar fue Elle:

—Cuando la policía lo atrape, Toussaint tergiversará la historia y les contará todo lo que Bo le confesó anoche. —Me miró con un gran pesar en los ojos—. Recuerda que ayer le hablaste... de matar a una mujer.

Apreté los puños, frustrado.

—¡No! ¡Dije que jamás podría haberla matado!

Ella me puso una mano en la espalda para tranquilizarme.

—Dudo mucho que Toussaint vaya a decir eso. Y, además, Bo, le clavaste un cincel.

Vi que Brouilly abría los ojos como platos.

—Fue en defensa propia —respondí con sinceridad.

—Lo sé. Pero no tienes papeles y, por lo tanto, la ventaja será para Toussaint.

Sentí que se me humedecían los ojos.

—Tendré que volver a huir. Como sabéis, es algo en lo que ya tengo bastante experiencia. A fin de cuentas, ya es hora de que concluya la búsqueda de mi padre. Si está en algún sitio, será en Suiza. Pondré rumbo a la frontera. Elle, te…

—Te acompañaré —me interrumpió.

Sacudí la cabeza con todas mis fuerzas.

—No, no lo entiendes. Ya has visto lo que conlleva crear un vínculo conmigo. No puedo dejar que vengas.

Me agarró de la mano.

—Bo, hasta que te conocí, mi existencia era triste y monótona. Tú lo cambiaste todo. Si tú te vas, yo también. —Me abrazó.

Evelyn se llevó una mano al pecho y vi que Brouilly echaba la cabeza hacia atrás en un intento de aplacar las lágrimas.

—Por favor —le supliqué—, necesito que estés a salvo.

Laurent estalló:

—Por el amor de Dios, Bo, ¿quieres escucharla? —Levantó las manos al techo en un gesto de frustración—. ¿No te das cuenta de que el amor es lo único que hay? Y te lo dice alguien que lo sabe bien. Esta joven adora el suelo que pisas y está claro que tú sientes lo mismo por ella. No repitas mis errores, Bo. La vida es corta. Vive para el amor y nada más.

Miré a Elle a los ojos y supe que el asunto no requería más discusión.

—Muy bien. Hoy mismo, cuando caiga la noche, nos dirigiremos a la frontera.

—¡Qué frontera ni qué frontero! —exclamó el ama de llaves—. Cielo santo, Bo, ¿de verdad crees que tu Evelyn permitiría que te resignaras a un destino así?

La miré, confundido.

—No te entiendo.

La mujer suspiró.

—Desde el día en que llegaste a París, monsieur Landowski siempre ha sabido que huías de algo y que habías decidido no hablar porque tenías miedo. Fue lo bastante astuto como para saber que, por tanto, quizá tuvieras que abandonar París en algún momento. Decidió ayudarte e hizo planes en consecuencia. —Evelyn me entregó un sobre de color crema—. Me complace decirte, Bo, que, desde esta mañana, eres el ganador del codiciado Prix Blumenthal.

Me quedé boquiabierto.

—¿Qué es eso, Evelyn? —quiso saber Elle.

—¿Te acuerdas, Bo? —La susodicha me miró y entendí que quería que fuera yo quien respondiera.

—Es un premio que la filántropa estadounidense Florence Blumenthal entrega a un joven artista o músico. Monsieur Landowski forma parte del jurado. Pero, Evelyn, no lo entiendo... ¿Cómo es posible que me lo hayan dado?

—Monsieur Landowski llegó a un acuerdo con la señorita Florence en 1930, poco antes de que ella muriera. Por lo visto, tu historia la conmovió mucho y ambos acordaron que, si llegaba un momento en el que corrías peligro aquí en París, se te concedería el premio y los fondos que conlleva se utilizarían para garantizar tu seguridad.

No daba crédito a lo que oía.

—¡Enhorabuena, Bo! —exclamó Elle con entusiasmo.

—Perdón —sonrió Evelyn—, debería haberos comentado que el premio es compartido.

—¿Cómo? —preguntó Elle.

—Tú también eres beneficiaria del Prix Blumenthal. Monsieur Landowski se aseguró de que ambos quedarais bien cubiertos en caso de desastre.

—Madre mía... —dijo Elle, totalmente conmocionada.

La agarré de la mano y, a pesar de todo, se me dibujó una sonrisa en la cara.

—Por supuesto, os alegrará saber que una de las condiciones del premio es que debéis continuar con los estudios instrumentales. Se os ha concedido por vuestras dotes musicales, a fin de cuentas.

—¿Cómo vamos a hacerlo, Evelyn? —pregunté.

—Se harán las gestiones necesarias para que os trasladéis desde el Conservatoire de Paris a otro conservatorio europeo. Por suerte, monsieur Landowski no carece de contactos y estoy a la espera de recibir sus instrucciones para vuestro viaje.

—Ese hombre del bigote ridículo es inteligentísimo —tartamudeó Brouilly.

—Lo es, Laurent. Le he enviado un telegrama esta mañana. Está elaborando un plan y más tarde me informará sobre su decisión.

Me quedé sin palabras.

—Evelyn, no sé qué decir...

Se rio.

—¿Y no ha sido ese siempre tu problema, joven maestro Bo?

Volví a abrazarla.

—Gracias, Evelyn. Gracias por todo.

Me susurró al oído:

—Mantenla siempre cerca, Bo. Es un regalo de las estrellas. —Cuando me aparté, vi que le brillaban sus ojos marrones—. ¡Bueno! —Dio una palmada y recuperó la compostura—. Tengo que volver a casa a esperar el telegrama de monsieur Landowski. Cuando regrese, traeré tus instrumentos. Elle, había pensado que podrías escribirle una nota a madame Dupont confirmándole que soy tu tía y que tengo permiso para recoger algunas de tus posesiones.

—Buena idea.

Se acercó al escritorio de Brouilly a coger un papel y empezó a redactarla.

—A todo esto, si alguno de los dos tiene algún asunto pendiente que quiera solucionar antes de dejar París, es el momento. Adiós, *mes chéris*. —Sin más, se dio la vuelta y salió del apartamento.

Los tres nos quedamos en silencio durante unos instantes mientras el vendaval regresaba a la calma. Al cabo de un rato, me volví hacia Elle.

—Tenemos que escribir cartas. Hay pocas cosas más dolorosas que cuando alguien desaparece de tu vida sin dar explicaciones. Escribiré a monsieur Ivan.

Elle asintió.

—Y yo a madame Gagnon, supongo.

Quise que mi carta fuera breve, pero sincera.

Querido monsieur Ivan:

Espero que Evelyn se haya puesto en contacto con usted y que esta carta lo encuentre con buena salud. Me temó que no podré asistir a la clase del martes. Quería escribirle para darle las gracias por todo. Usted no ha sido solo el mejor maestro que cualquier joven músico desearía, sino que además ha sido algo mucho más importante: el primer amigo verdadero que creo haber tenido.

Espero que algún día volvamos a vernos. Si no es así, escucharé atentamente todas las futuras grabaciones de las orquestas sinfónicas parisinas y veré si soy capaz de distinguir el inconfundible roce de su arco sobre las cuerdas. Tal vez usted pueda hacer lo mismo, así siempre nos llevaremos el uno al otro en el corazón.

Deseo que sepa que no lo considero en absoluto responsable de los acontecimientos que, por desgracia, han sucedido. Sin su ingenio y sin la... ayuda de monsieur Rajmáninov, sé que no habría sido posible garantizar el ingreso de Elle. Le estoy muy agradecido por habernos dado una oportunidad a ambos.

Por último, por favor, no baje la guardia ante cierto profesor de flauta. No es de fiar. Quería facilitarle esta información, porque, bueno..., los emigrantes debemos ayudarnos los unos a los otros, ¿no es cierto?

BO D'APLIÈSE

Esa misma noche, Evelyn regresó en un taxi con nuestros instrumentos. Intenté ayudarla a descargarlos, pero enseguida levantó una mano para detenerme.

—Quédate dentro, Bo. Nunca se sabe si hay alguien mirando.

Brouilly la ayudó a vaciar el coche enseguida y el taxista se marchó.

—No me quedaré mucho rato. Ya tengo las instrucciones de monsieur Landowski. En la Academia Francesa, tiene un colega que también es escultor y de París. Se llama Pavel Rosenblum y da la casualidad de que su hija, Karine, está a punto de comenzar su primer curso en el Conservatorio de Leipzig. Ha hecho unas cuantas llamadas telefónicas y os han aceptado a ambos para que curséis allí vuestros estudios superiores.

—¿En Leipzig? ¿En Alemania? —preguntó Elle nerviosa.

La rodeé con un brazo.

—Sí, en efecto. Está claro que, para que consideren que estáis cursando estudios superiores, tendréis que modificar un poco la edad que decís que tenéis. Pero no creo que suponga ningún problema, porque ambos parecéis mayores de lo que sois.

—¿Cuándo nos marchamos, Evelyn? ¿Y cómo vamos a llegar hasta Alemania? —pregunté.

—¿Te acuerdas de que mi hijo, Louis, trabaja en la fábrica de Peugeot? —Asentí—. La suerte ha querido que mañana por la mañana tenga que entregarle un coche nuevo a un cliente de Luxemburgo. Os llevará hasta el otro lado de la frontera y, desde allí, ya podréis llegar a Leipzig en tren sin correr ningún peligro. En cuanto a la documentación, Bo, te llevarás los papeles de Marcel, y tú, Elle, usarás los de Nadine. Como los dos sois jóvenes, no creo que os los miren mucho. Cuando lleguéis a Alemania, tendréis que devolverlos por correo.

La amabilidad de ese gesto me conmovió.

—¿Sabes dónde viviremos, Evelyn?

—Me han informado de que, gracias a monsieur Rosenblum, tenéis alojamiento en un barrio llamado Johannisgasse. Es donde se aloja Karine. No dispongo de muchos detalles porque se ha organizado todo en un solo día, pero, por lo que se ve, es bastante agradable.

Me puse a pensar en todas las preguntas prácticas que aún no tenían respuesta.

—¿Y el dinero?

—Queridos, sois los ganadores del Prix Blumenthal. Os aseguro que la remuneración financiera bastará para manteneros durante vuestros tres años de estudios superiores. Os pagarán la matrícula, os abrirán cuentas bancarias... El Prix se encargará de todo eso. Mientras tanto, aquí tenéis algo de efectivo para los billetes de tren y la comida. —Me entregó un sobre marrón—. Ahí dentro también va la dirección de vuestro alojamiento.

La miré a sus bondadosos ojos.

—Evelyn, jamás podré... —Se me quebró ligeramente la voz. Acababa de caer en la cuenta de que quizá fuese la última vez que la viera y se me estaba partiendo el corazón. Sin decir nada más, me abrazó con fuerza y enterré la cara en su abrigo.

—Gracias por ser mi *petit* compañero, Bo. Recuerda que, a pesar de todo, hay más gente buena que mala en el mundo. Te quiero mucho. —Se apartó y se metió una mano en el bolsillo—. Tengo un telegrama para ti, de monsieur Landowski. —Lo cogí y me lo guardé mientras hacía todo lo posible por contener los sollozos. Evelyn cogió aire e intentó recomponerse—. ¡Elle! Siento mucho que tu partida de París esté rodeada de tanto drama. —La estrechó entre los brazos—. Cuida de él, ¿quieres?

—Siempre —respondió ella.

—Bien. Vale, Louis vendrá a buscaros a las seis en punto de la mañana. ¿Tenéis alguna carta?

—Sí.

Me sorbí la nariz y le entregué mi nota para monsieur Ivan; Elle hizo lo propio con la suya para madame Gagnon.

—Estad seguros de que las entregaré. Cuando todo esto se calme, espero que volvamos a vernos. Intentaré escribiros a Leipzig, dependiendo de la intensidad con que la gendarmería pretenda seguir los acontecimientos de anoche. Sed buenos, los dos. Y tened buen viaje. —Esta vez, fue la voz de Evelyn la que se quebró, así que se apresuró a salir por la puerta.

—¿Sabéis?, creo que nunca había cruzado más de unas cuantas palabras con madame Evelyn —dijo Brouilly—. Tienes suerte de haber contado con ella en tu vida —añadió.

—Lo sé —respondí.

Pasamos la noche en vela y, al filo de las seis, oímos el ruido de un motor. Nuestro anfitrión, aunque adormilado, nos ayudó a cargar nuestros instrumentos en el nuevo y reluciente coche Peugeot.

—¡Buenos días, Bo! Qué placer poder disfrutar de tan buena compañía en este largo viaje. —Mi viejo conocido Louis me dedicó una sonrisa enorme y se me calmaron los nervios.

Antes de volver a entrar, Brouilly me puso una mano en el hombro.

—Bel sabía que valía la pena salvarte. Por favor, no la olvides. Yo no te olvidaré a ti.

Le estreché la mano y subí al coche. No tardamos en salir de París y poner rumbo al futuro. Mientras intentaba acomodarme y dormir un poco, noté que algo se me clavaba en la parte exterior del muslo. Recordé que aún tenía el telegrama de monsieur Landowski y que me había olvidado de abrirlo la noche anterior: «"Si no cambias de dirección, puede que llegues adonde vas", Lao-Tse. *Bonne chance*, muchacho».

21

Espero haber sido capaz de ofrecer un panorama general decente de las circunstancias que llevaron a nuestra huida de París el año pasado. El viaje hasta Leipzig fue bastante sencillo y Evelyn y monsieur Landowski han cumplido lo que prometieron. El Prix nos paga las clases y el alojamiento y también nos proporciona un subsidio para vivir mientras estudiamos. Por desgracia, no he podido mantener contacto directo con ninguno de mis amigos desde que salí de París. Sin embargo, la noche de mi primera actuación como solista en el Conservatorio de Leipzig, me enviaron anónimamente un enorme ramo de rosas a mi camerino. La tarjeta decía: «Saludos desde Roma».

Nuestra nueva vida en Alemania está resultando ser una experiencia variada. Elle y yo vivimos en sendas casas de huéspedes en Johannisgasse y, a medio camino entre ambas, hay una cafetería que se ha convertido en uno de nuestros lugares favoritos a lo largo del último año. A diferencia de mí, ella comparte habitación, algo que aquí es lo habitual en el caso de las mujeres. Ya sea por casualidad o a propósito, su compañera no es otra que Karine y entre las dos ha surgido una firme amistad. La señorita Rosenblum es el extremo opuesto a Elle en todos los aspectos imaginables, así que, como no podía ser de otra manera, se llevan muy bien.

Karine es toda una bohemia y la mayoría de los días opta por ponerse pantalones y una chaqueta de pintor francés, una vestimenta que contrasta sobremanera con la falda, la camisa y el jersey de Elle, mucho más convencionales. Tiene una melena negra y sedosa que me recuerda al pelaje de una pantera y sus brillantes ojos oscuros contrarrestan la palidez extrema de su piel. Hemos pasado muchas tardes entretenidos escuchándola contar anécdotas de sus padres, sobre todo de su madre, que, al parecer, ¡es una cantante de ópera rusa! Y ahora que hablo de familias: no le he mencionado en ningún momento a monsieur Landowski; de hecho, apenas le he hablado de nada, puesto que eso solo daría lugar a preguntas que no podría responder. Intento mantenerme lo más callado posible y dejo que Elle hable por los dos.

Esta, por su parte, no necesita apartarse mucho de la verdad. Le ha contado a Karine que es huérfana, pero que en París tuvo un profesor de música que se apercibió de su talento y la propuso para una beca. En lo que se refiere a mi historia, si alguien me pregunta, me limito a decir que procedo de una pequeña familia de artistas parisinos. Por lo general, suele bastar con eso. Es irónico, pero, con la edad, he aprendido que en realidad permanecer mudo genera muchas más preguntas que hablar.

Las clases en el conservatorio son extraordinarias. La dicha de dedicar jornadas enteras al estudio musical, en lugar de mis habituales dos tardes a la semana, es ilimitada. El conservatorio tomó enseguida la decisión de que me centrara solo en el violonchelo, pues los profesores consideran que tengo más talento con el mayor de mis instrumentos. No obstante, guardo mi violín a buen recaudo bajo la cama, como hacía en París, y lo toco con frecuencia para relajar la mente. La verdad es que esto me ha permitido redescubrir mi alegría infantil por el instrumento. Como dice Elle, ahora tengo «uno por trabajo y otro por placer».

Aquí, en Leipzig, se nos invita a participar en todo lo que ofrece la vida del conservatorio: tocar en orquestas, dar conciertos, escribir composiciones... Paso la mayor parte del tiempo sumido en una especie de ensoñación, algo fundamental para mí, ya que la realidad que nos rodea es mucho más aterradora de lo que me habría imaginado jamás.

En marzo de 1933, el Partido Nazi de Adolf Hitler alcanzó el poder en Alemania. Me avergüenza decir que no sabía mucho de las ignominiosas ideologías del hombre del bigotito. Elle, como es natural, había prestado algo más de atención al auge del movimiento, pero solo a través de los artículos de los periódicos franceses, que eran contados. Fue Karine —que también es judía— quien nos informó de la verdadera maldad política del nazismo. Nos dijo que una de las primeras cosas que había hecho Hitler al llegar al poder había sido aprobar una resolución que permitía al gabinete promulgar leyes sin el consentimiento del Parlamento. Eso le otorgaba a Hitler el control dictatorial sobre la nación y el totalitarismo había comenzado a afianzarse en Alemania. Los nazis han disuelto los demás partidos políticos, han abolido los sindicatos y pretenden encarcelar a todo el que se oponga al régimen. Incluso corren oscuros rumores de la existencia de campos en los que encierran a sus enemigos y los someten a torturas que escapan a cualquier capacidad que pueda considerarse humana.

Hitler no ha ocultado en ningún momento su odio hacia el pueblo de Elle. Por lo visto, los considera culpables de la derrota de Alemania durante la Gran Guerra, una opinión despreciable que me revuelve el estómago. Como resultado de la locura intolerante de un solo hombre, el antisemitismo es ahora una de las políticas oficiales del Gobierno. Parece que la mayoría del país está dispuesto a aceptarlo, pues opina que Hitler recuperará el estatus de Alemania como superpotencia mundial.

Así las cosas, las condiciones en las que vivimos aquí, en Leipzig, son de tensión, sobre todo debido al hecho de que el alcalde de la ciudad, Carl Friedrich Goerdeler, es un acérrimo opositor de los valores de Hitler. Ninguno estamos muy seguros de cómo es posible que siga en el cargo… Quizá se deba a que su vicealcalde, un hombrecillo diminuto llamado Haake, es un oficioso y obediente miembro del partido. Mientras escribo estas palabras, Goerdeler está reunido con los secuaces de Hitler en Múnich, donde no dudo de que lo están presionando para que emplee aquí la retórica antisemita que promulgan. Mientras aquel permanezca en el poder para protegernos, los ciudadanos de Leipzig nos sentiremos relativamente seguros. Pero la verdad es que no sé cuánto tiempo durará.

Todos los días se me rompe el corazón al ver la preocupación grabada en el rostro de Elle. No es raro encontrarse con soldados de las SS deambulando por las calles y las Juventudes Hitlerianas —el método que emplea el Partido Nazi para asegurarse el futuro por medio del adoctrinamiento— desfilan con frecuencia. Pronto tendremos una generación de ciudadanos que acepta el odio racial como algo normal.

Cada vez es más probable que Elle y yo no terminemos nuestros estudios en el Conservatorio de Leipzig. Hemos hablado de volver a París —o quizá a algún otro lugar de Francia—, pero me preocupa que, si Alemania desea entablar una guerra, el conflicto llegue también al país de origen de Elle.

Esta tarde hemos quedado con Karine para tomar un café y comentar el asunto. También vendrá su novio, un noruego llamado Jens Halvorsen (aunque sus amigos lo conocen como «Pip»), que, en mi opinión, está demasiado relajado en lo que respecta a la situación de la ciudad. Está convencido de que los nazis no tocarán a los alumnos del conservatorio, pues asegura que, pese a todo, Hitler apoya la música y la cultura. Karine se pone cada vez más nerviosa con sus llamadas a la calma.

22

E ra él.
Kreeg Eszu.
Reconocería esos penetrantes ojos verdes en cualquier sitio.

¿Cómo me ha encontrado? ¿Habrá conseguido seguirme la pista hasta París y sonsacárselo allí a alguien? ¿A Toussaint, tal vez? No paro de darle vueltas en la cabeza y recurro a mi diario para intentar ordenar las ideas.

Tal como teníamos planeado, fuimos a la cafetería donde habíamos quedado con Pip y Karine y la conversación se centró de inmediato en la situación política de Leipzig.

—Elle y Bo también están preocupados —le repitió Karine a Pip—. Ella es judía, como yo, aunque no se le note. Qué suerte la suya —murmuró.

—Creemos que será solo cuestión de tiempo que lo que está pasando en Baviera empiece a ocurrir también aquí —dijo Elle en voz baja.

Pip se puso a la defensiva.

—Hay que esperar a ver qué puede hacer el alcalde mientras esté en Múnich. Pero, aunque suceda lo peor, estoy seguro de que no tocarán a los alumnos de nuestra escuela. —Karine negó con la cabeza y suspiró. Pip se volvió hacia mí—. ¿Cómo estás, Bo?

—Bastante bien —contesté.

—¿Dónde pasarás la Navidad?

Guardé silencio durante unos segundos mientras lo pensaba.

—Pues...

Antes de responder, vi que dos militares de las SS entraban tranquilamente en la cafetería luciendo su característico uniforme gris y con el revólver metido en una funda de cuero a la altura de la cintura. Cuando vi la cara del más joven de los dos, noté que me ponía pálido de golpe.

Aunque era una década mayor, Kreeg seguía teniendo la mandíbula afilada, unos ojos como de láser encima de los pómulos marcados y la piel de color aceituna. Me devolvió la mirada. Con toda la calma de la que fui capaz, bajé la vista y volví la cara. Eszu y su compañero estaban sentados a una mesa situada a escasos metros de la mía. El hombre que había jurado matarme me tenía al alcance de la mano.

—Todavía no tenemos claros nuestros planes —le dije con la voz entrecortada a Pip, que aún esperaba una respuesta. Después, me volví con sutileza hacia Elle y le susurré—: Está aquí. Kreeg.

Abrió los ojos como platos.

—No te muevas —le dije—. Esperaremos unos minutos y luego saldremos de la cafetería con tranquilidad.

Me agarró la mano con fuerza.

Ver a Kreeg ya era bastante impactante, pero verlo vestido con el uniforme gris de las SS me revolvió el estómago. De pequeños, construíamos iglús en la nieve, trepábamos a árboles helados y nos contábamos historias para pasar las largas y oscuras tardes siberianas. Y ahora servía al Partido Nazi. Me miré los pies. Aunque me moría de ganas de levantarme de un salto y salir corriendo, sabía que sería inútil. No duraría ni un minuto.

—Ha sido un placer charlar con vosotros, pero Bo y yo tenemos que irnos ya... —anunció Elle—. Habíamos quedado en terminar unas tareas pendientes, ¿no, Bo? —Asentí con la cabeza—. Luego te veo, Karine. Adiós, Pip.

—Ah. Vale, adiós —respondió él.

Nuestra amiga nos miró con solidaridad, pues supuso que solo nos habíamos asustado ante la presencia de los soldados.

Aún aferrada a mi mano, Elle se puso de pie con calma y se dirigió con paso decidido hacia la puerta de la cafetería. Aunque había roto el contacto visual con él hacía rato, sentí que Kreeg me seguía con la mirada mientras cruzaba la estancia. Mi miedo de recibir un balazo en la nuca aumentaba a cada paso, pero no se produjo ningún disparo. Cuando llegamos a la salida, me resultó imposible resistir la tentación de darme la vuelta y mirarlo una vez más. Para mi sorpresa, estaba de espaldas a mí, tomándose el café que acababan de servirle en la mesa.

Volvimos a mi casa de huéspedes lo más deprisa que pudimos, aunque mantuvimos un ritmo constante para no llamar la atención.

—¿Estás seguro de que era él, Bo? —preguntó Elle casi sin aliento.

—Sí, más o menos. Han pasado muchos años..., pero sus ojos son inconfundibles. ¡Dios mío, Dios mío! —Mi exasperación crecía por segundos.

—Por favor, intenta mantener la compostura, mi amor. ¿Crees que te ha seguido el rastro hasta aquí?

Me encogí de hombros.

—Debe de ser eso... No se me ocurre otra explicación. Pero, cuando hemos salido de la cafetería, no nos estaba mirando, estaba de espaldas.

Elle asintió, aliviada.

—Bien. A lo mejor no te ha reconocido. El caso es que los dos sois rusos, Bo. ¿Cómo es posible que Kreeg sea miembro de las SS?

—Su padre era prusiano, ¿te acuerdas? Te conté toda la historia de Cronus Eszu.

—Claro —respondió al recordar mi relato.

Llegamos de nuevo a la maltrecha casa adosada de piedra caliza a la que llamo hogar y subimos a toda prisa las escaleras estrechas hasta el tercer piso. Cuando entramos en mi habitación, cerré la puerta con llave y eché las finas cortinas. Por suerte, la mujer que regenta la casa de huéspedes, frau Schneider, es una vieja bohemia y apenas se inmuta cuando una mujer entra en el edificio, siempre que «no oiga nada y se vayan antes de las nueve».

Me senté en la cama chirriante y apoyé la cabeza entre las manos.

—Si estábamos buscando señales de que debemos marcharnos de Leipzig, creo que acabamos de recibir una enorme. Tenemos que organizarlo todo para huir cuanto antes. —Me pasé las manos por el pelo. Respiraba de manera superficial e irregular y tenía calor y frío a la vez—. No... No me encuentro... —El mundo se tornó borroso y se me empezó a estrechar el campo de visión.

Elle se sentó a mi lado en la cama.

—No pasa nada, amor mío. Todo va bien. —Me pasó un brazo por el hombro para reconfortarme—. Cálmate. Estás a salvo y yo estoy aquí. Te has llevado un buen susto, pero te recuperarás.

—Tenemos que irnos, Elle. Vendrá a por mí... A por nosotros...

—Estoy de acuerdo, cariño. Pero ¿quieres escucharme un momento? —Me recompuse y asentí—. Gracias. A ver, por lo que me has dicho, Kreeg Eszu tiene una misión en la vida: acabar con la tuya. ¿No es así?

—Ya sabes cuál es la respuesta a esa pregunta.

—Entonces, si te hubiera reconocido en la cafetería, no habría dudado en actuar, no le habrían importado las consecuencias. ¿Estás de acuerdo?

Reflexioné un momento.

—Supongo que sí —contesté.

—Lo lógico, por tanto, es que no se haya dado cuenta de quién eres. Teniendo eso en mente, cabe suponer que no corres ningún peligro inmediato. ¿Sigues mi razonamiento? —Dudé—. Yo tampoco corro ningún peligro inmediato por la situación política de Leipzig. Nadie va a irrumpir en nuestra casa y a segregarnos... todavía. Eso no quiere decir que las cosas no puedan cambiar rápidamente, pero, por el momento, estamos a salvo y juntos. Así que, por favor, cielo, mantén la calma. Hazlo por mí, al menos.

Ralenticé la respiración y miré a Elle a los ojos.

—Lo siento.

—Por favor, mi amor, no pidas perdón. Solo quiero que sepas que estás bien y que estoy aquí. —Me acarició el pelo con los dedos, algo que siempre conseguía tranquilizarme.

Al cabo de unos instantes, me levanté de la cama.

—Hora de ponerse en marcha. Empezaré a trazar planes para escapar. —Saqué mi maleta del armario que había en la esquina de la habitación—. Mañana tienes que acercarte al Deutsche Bank y sacar todos los fondos que puedas. Después solo tendremos que coger el último tren que salga de la ciudad.

—¿Adónde propones que huyamos, Bo? ¿Quieres que volvamos a Francia, a una gendarmería en la que, con toda probabilidad, todavía están deseando arrestarte? No podríamos hablar con Evelyn ni con los Landowski. En Boulogne-Billancourt se correría la voz de que has vuelto tras tu misteriosa desaparición y la policía te encontraría.

—Tienes razón. No iremos a Francia, es demasiado arriesgado. Viajaremos a Suiza. Ya es hora. Tengo que averiguar qué ha pasado con mi padre.

Elle suspiró.

—¿Cuántos años llevas hablando de ir a Suiza, Bo? ¿Queda algún resquicio de ti que aún crea que está vivo?

Sus palabras me pillaron por sorpresa.

—No, claro que no. Pero ¿qué propones tú, que nos quedemos en Alemania? ¿Que acepte sin más que Kreeg podría matarme? ¿O que Hitler podría hacerte lo mismo a ti?

La frustración me llevó a pegarle una patada a la maleta y me arrepentí de inmediato. Elle solo intentaba ayudar, pero yo me había dejado llevar por el pánico.

—Escúchame —me suplicó—. No podemos hacer nada respecto a Hitler, pero tal vez sí respecto a Kreeg.

Me puse las manos en las caderas.

—¿Como qué, Elle?

—Llevo años pensando en ello. ¿Por qué no le devuelves el diamante sin más? —preguntó.

No pude evitar que se me escapara una carcajada.

—Ay, Elle. Sabes de sobra que intenté devolvérselo en Siberia y que se negó escucharme. Me atacó de buenas a primeras.

Ella asintió.

—Sí, pero desde entonces han cambiado muchas cosas. Erais unos críos. Y, dada la situación que me has descrito, no sé qué más iba a pensar Kreeg. —Se quedó callada un momento, sin duda sopesando si sus siguientes palabras serían acertadas—. Al fin y al cabo, te encontró de pie junto al cadáver de su madre.

Me estremecí al acordarme. Hacía muchos años que intentaba borrar aquella imagen de mi mente.

—¿Por qué tienes que recordármelo?

—Porque, amor mío, debes recordar que no eres un asesino. Me preocupa que a veces lo olvides. Eres inocente y no tienes nada que temer de tu creador.

—De mi creador no. De mi hermano... De Kreeg... Eso es harina de otro costal.

—Kreeg cree que mataste a su madre para apoderarte del diamante. Ambos sabemos que eso no es así. Tiene que aceptar la verdad de la situación.

—¿Y cómo sugieres que lo haga, Elle? ¿Me acerco a él por la calle, le doy unos golpecitos en el hombro y lo abrazo? ¿O prefieres que le lance el diamante y le diga: «Sin rencores, hermano»?

—Entiendo cómo debes de sentirte, Bo, pero no es necesario que te pongas agresivo conmigo —me dijo con aire afligido.

—Perdona, cariño, pero me da la sensación de que te has olvidado de por qué estamos aquí. Kreeg juró dar conmigo y vengar a su madre o morir en el intento. Lo conozco, Elle. Quizá mejor que ninguna otra persona de este mundo. Cumplirá su palabra.

—Ya, pero hay varias cosas que debemos tener en cuenta. En primer lugar, que él no conoce tu apodo: aquí eres Bo D'Aplièse. En segundo lugar, que has cambiado con la edad. Sé que tú has reconocido a Kreeg de inmediato, pero eso no quiere decir que a él le resulte igual de fácil. Y, por último, ¿qué instrumento sabe él que tocas?

—El violín. —Entonces caí en la cuenta—. Ah…

—Exacto. Desde luego, no va a ir haciendo preguntas sobre un alumno llamado Bo D'Aplièse que toca el chelo. Si ha estado husmeando por ahí, puede que esté empezando a perder la esperanza de que estés siquiera aquí.

—Supongo que es posible, sí —convine.

—Entonces, tal vez las estrellas te hayan dado una oportunidad. Kreeg no cuenta con el elemento sorpresa que tanto temes. Si elaboramos un plan para devolverle el diamante, quizá con una carta que le explique las verdaderas circunstancias que rodearon la muerte de su madre, a lo mejor abandona la persecución.

Negué con la cabeza, entristecido.

—Nunca será suficiente, Elle, pese a la verdad. Quiere mi vida.

Me acarició la mejilla con una mano.

—¿No merece la pena intentarlo, mi amor? Así tú y yo podríamos vivir en paz.

—Tengo miedo, Elle. Kreeg me da miedo.

—Lo sé. Pero me tienes aquí contigo. —Se puso de pie y empezó a pasear de un lado a otro por la habitación mientras pensaba en voz alta—. Lo primero: es fundamental que no salgas a la calle hasta que consiga averiguar dónde está destinado Kreeg y cuál es su rutina diaria. ¿Te parece un comienzo razonable?

Dejé escapar un suspiro.

—Sí.

—¡Bien! Entonces, empezaremos por ahí.

—Elle…

—¿Sí, mi amor…?

—Te suplico que tengas cuidado. Lo de que Kreeg no me ha reconocido esta noche es solo una hipótesis. Es un manipulador astuto y muy peligroso. Si te pasara algo, me entregaría a Eszu por voluntad propia.

—Ya lo sé. Por eso vamos a intentar ponerle fin a esto de una forma u otra. —Me dio un beso—. Adiós, cielo. Volveré con la información en cuanto pueda.

Sin más, abrió la puerta de mi habitación y se marchó de la casa de huéspedes.

Y ahora estoy aquí sentado, paralizado por el miedo a que le pase algo a Elle o a que Kreeg me haya reconocido en la cafetería. De vez en cuando abro un poco la cortina y miro hacia la calle medio esperando ver a un hombre con el uniforme de las SS devolviéndome la mirada. Preveo que me aguarda una larga noche.

23

Elle regresó a las diez de la mañana del día siguiente, pálida y conmocionada. Apenas le salían las palabras, así que la senté y fui a buscarle una taza de té dulce a la cocinita de la planta baja. Mientras se lo tomaba, la abracé hasta que recuperó un poco el color.

—Ha sido horrible, Bo. Horrible.

Cuando por fin se sintió capaz, me describió la terrible escena que acababa de presenciar en la Gewandhaus, la mayor sala de conciertos de la ciudad. En la plaza que había delante, se erguía una estatua del gran Felix Mendelssohn, el fundador judío del primer Conservatorio de Leipzig. Esa mañana, miembros de las Juventudes Hitlerianas habían derribado la estatua y la habían golpeado hasta reducirla a un montón de escombros.

—Su expresión era de furia y rechinaban los dientes, Bo. Eran como animales rabiosos, cegados por la rabia y el odio. No me quedó más remedio que mantener la calma y pasar de largo sin que se me notara lo que sentía. —Cerró los ojos en un intento de bloquear el recuerdo.

—Goerdeler se pondrá furioso —dije—. ¿Cómo es posible que alguien odie a un hombre que dio tanto al mundo?

—Apostaría lo que fuera a que lo ha organizado ese vicealcalde tan perverso, Haake. Tendría sentido que preparara una acción intimidatoria mientras Goerdeler está en Múnich. Ahora ya no cabe duda de que lo expulsarán y entonces Leipzig estará perdida.

—Elle, lo siento mucho.

Sacó un pañuelo y se secó los ojos.

—Aún hay más. He visto a Kreeg junto a los escombros, gritándoles instrucciones a los chicos. Creo que es el supervisor de la brigada de las Juventudes Hitlerianas. —Me estremecí al pensar en su influencia sobre niños inocentes—. Por lo tanto, no debería costarme mucho descubrir cuáles son sus movimientos habituales. Solo tengo que averiguar el horario de la brigada para saber dónde se encuentra Eszu en todo momento.

—Bueno, supongo que al final hemos sacado algo útil de esta mañana.

Elle clavó la mirada en el suelo.

—Yo no diría tanto, Bo.

Me flagelé para mis adentros.

—Perdona, ha sido una estupidez. No permitiré que te hagan daño, mi amor, te lo juro. —Me sonrió con tristeza—. Oye, ¿no tienes que ir a clase?

—No. El director Davisson ha cerrado el conservatorio. Ha considerado que es demasiado peligroso para los alumnos, así que he quedado con Karine en la Wasserstraße. —Se puso de pie.

—Elle, no creo que sea prudente. A ella se le nota que es judía. Si el sentimiento antisemita campa hoy a sus anchas por las calles, me preocupa tu seguridad.

—Bo, no podemos olvidar que tenemos un deber para con nuestra amiga. Ambos sabemos que Pip no entiende la gravedad de la situación. Está mucho más preocupado por terminar su pieza para que lo evalúen.

Asentí con la cabeza.

—Yo en principio tenía que tocar el chelo en la orquesta… —Alejé ese pensamiento con un gesto de la mano—. Como sea, no puedo dejar que hoy salgas sola. Quiero acompañarte.

Se lo planteó.

—Confieso que me sentiría mejor si vinieras conmigo. Kreeg y su brigada de las Juventudes Hitlerianas están celebrando una quema de libros junto a las ruinas de la estatua de Mendelssohn. Les exigen a los alumnos que arrojen al fuego partituras escritas por compositores judíos… —A Elle se le escaparon las lágrimas, como es lógico. Me levanté y la abracé—. Ponte el abrigo largo —me dijo al fin—. Y el sombrero. No vamos a correr ningún riesgo.

Nos sentamos en un rincón apartado de la cafetería de la Wasserstraße y esperamos a que llegaran Pip y Karine. Cuando aparecieron, ella estaba conmocionada y era obvio que había estado llorando. Aun así, la mejor amiga de Elle se mostró prediciblemente entera cuando tomó la palabra.

—Después de lo que ha sucedido, no tenemos a nadie que nos proteja. Todos sabemos que Haake es antisemita, solo hay que ver cómo ha intentado imponer esas horribles leyes del resto de Alemania. ¿Cuánto tiempo pasará antes de que impidan a los médicos judíos ejercer y a los arios acudir a su consulta aquí en Leipzig? —preguntó.

Pip levantó las manos para llamar a la calma.

—No debemos dejarnos arrastrar por el pánico, sino esperar a que Goerdeler regrese. Los periódicos dicen que es cuestión de días. Ha viajado a Finlandia desde Múnich para cumplir con un encargo de la Cámara de Comercio. Estoy seguro de que, cuando se entere de esto, volverá a Leipzig de inmediato —dijo.

—¡Pero la ciudad rebosa odio! —espetó Elle—. Todo el mundo sabe cuántos judíos estudian en el conservatorio. ¿Y si deciden ir más allá y arrasar el edificio entero, como han hecho con las sinagogas de otras ciudades?

—El conservatorio es un templo dedicado a la música, no al poder político ni religioso. Por favor, debemos intentar mantener la calma —reiteró Pip.

—A ti te resulta muy fácil decirlo —le comentó Karine en voz baja—. No eres judío y te tomarán por uno de los suyos. —Recorrió con la mirada el pelo ondulado y rubio rojizo de Pip, los ojos de color azul claro—. Para mí es distinto. Justo después de que derribaran la estatua, cuando iba camino del conservatorio, pasé por delante de un grupo de jóvenes y me gritaron «Jüdische Hündin!». —Agachó la cabeza al recordarlo. Todos sabíamos que significaba «zorra judía»—. Y, encima —continuó—, ni siquiera puedo hablar con mis padres. Están en América preparando la nueva exposición de esculturas de mi padre.

De repente, fue como si a Pip le hirviera la sangre bajo la piel. Agarró a Karine de la mano.

—Amor mío, yo te mantendré a salvo, aunque tenga que llevarte de vuelta a Noruega para conseguirlo. No te ocurrirá nada malo. —Le apartó un mechón de pelo negro y brillante de su cara angustiada.

—¿Me lo prometes? —preguntó ella, con una sinceridad desgarradora.

Pip la besó en la frente con ternura.

—Te lo prometo.

A Elle y a mí nos complació ver que, por primera vez, Pip había entendido la gravedad de la situación.

A lo largo de los siguientes días, permanecí encerrado en mi casa de huéspedes y, a través de Elle, les envié una nota a mis profesores diciéndoles que había contraído la gripe. Ella venía a visitarme todos los días y me ponía al corriente de los movimientos de Eszu. La tercera noche, volvió con nuevos datos.

—Hoy he seguido a varios oficiales de las SS hasta el centro de la ciudad. Me he enterado de que se alojan en un hotel cercano al edificio del NSDAP —dijo con cierta emoción en la voz.

—¿Qué es eso?

—Una especie de cuartel general administrativo. Es la sede de la policía estatal.

Me apoyé en mi endeble escritorio de madera.

—¿Crees que es ahí donde está destinado Kreeg?

—Estoy casi segura, sí. Aunque… —Miró hacia otro lado.

—¿Qué pasa, Elle?

—He descubierto que siguen un sistema de rotación. Kreeg viaja por todo el país visitando las diferentes brigadas de las Juventudes Hitlerianas para asegurarse de que sus respectivas técnicas de adoctrinamiento están a la altura. Se marchará de Leipzig en cualquier momento.

Solté una carcajada de incredulidad.

—¿Cómo te has enterado de eso?

—He hablado con uno de ellos.

El humor me cambió de inmediato.

—¿QUÉ? Elle, ¿en qué narices estabas pensando? Solo accedí a este plan con la condición de que no te pusieras en peligro.

Me agarró las manos.

—¿Qué mejor manera de protegerme que mostrar apoyo a su causa? Me acerqué con disimulo a uno de los más jovencitos, que estaba fumando en la columnata del conservatorio. Le dije lo guapo que estaba con el uniforme y el magnífico trabajo que había hecho el otro día cuando derribaron la escultura.

Me zafé de sus manos y empecé a masajearme las sienes.

—Uf, Elle. Continúa.

—Le pregunté en qué consistía su trabajo y me dijo que era responsable de formar a la brigada juvenil bajo la supervisión del teniente primero Eszu..., que se va mañana.

La ira me desbordó.

—Estás jugando con fuego, Elle. ¿Y si se hubiera dado cuenta de que eres judía?

Puso los ojos en blanco.

—Cielo santo, ¿es que no me has visto? Soy rubia y tengo los ojos azules, no sé si podría encajar mejor con la visión aria que tienen para Alemania. Y es increíble lo que se puede lograr con un batir de pestañas...

Suspiré.

—No sé cómo sentirme. Supongo que debería alegrarme de que, si sigo escondido otras veinticuatro horas, Kreeg abandonará Leipzig y yo volveré a estar protegido. Por otro lado, no podremos llevar a cabo tu plan.

—No. Aunque el soldado jovencito me ha dicho que el teniente Eszu volverá dentro de seis meses para comprobar que los estándares no han disminuido. Eso nos dará tiempo para que se nos ocurra una idea más concreta de cómo devolverle el diamante y garantizar tu seguridad.

Empecé a caminar de un lado a otro por mi pequeña habitación.

—Sí. Pero no cambia la situación en la que nos encontramos aquí, Elle. Los nazis no van a hacer las maletas y marcharse, como Kreeg. Leipzig sigue sin ser un lugar seguro para ti.

Se tomó unos segundos para pensar su respuesta.

—Tal como predijo Pip, Goerdeler ha vuelto. Esta misma tarde ha prometido reconstruir la estatua de Mendelssohn. El plan de Haake para destituirlo ha fracasado. Creo que... las cosas parecen más estables ahí fuera. Mientras él siga ostentando la alcaldía, la amenaza no es inminente.

Dejé de pasearme y la miré a los ojos.

—¿De verdad me estás sugiriendo que nos quedemos, Elle?

Asintió despacio.

—Es mi deber para con Karine. Pip no piensa irse a ningún sitio por el momento y ella necesita nuestro apoyo. No olvides, Bo, que, sin su padre, ni siquiera estaríamos aquí. Tenemos que quedarnos para protegerla.

No podía rebatir el argumento de Elle. Si Karine no se iba, nosotros, evidentemente, tampoco.

—Lo entiendo —respondí.

—Gracias, Bo. —Me recompensó con un beso en la mejilla—. ¿Te has dado cuenta de que solo faltan unos días para las vacaciones de Navidad? Pip y Karine tienen pensado pasar una semana en un hotelito registrándose como pareja casada. frau Fischer, la mujer que regenta mi casa de huéspedes, se irá a Berlín a visitar a su familia esos mismos días. —Elle se sonrojó un poco—. Había pensado que…, si quieres, podrías venirte a pasar la semana conmigo.

Se me aceleró un poco el corazón. Aunque Elle y yo llevábamos siete años «juntos», nunca habíamos… consumado la relación. Perdón, me da algo de vergüenza escribir sobre esto. Nuestros años de formación se han basado en la inocencia. Sin embargo, ahora que tenemos veinte y dieciocho años, es obvio que hay ciertos impulsos que no estaban presentes cuando éramos niños. Hemos estado a punto de saciarlos en varias ocasiones, pero siempre hemos sufrido alguna interrupción, por lo general de algún inquilino de la casa de huéspedes. Muchas veces hemos hablado de reservar un hotel, pero siempre nos da la sensación de que sería faltarles al respeto al señor Landowski y al Prix Blumenthal.

—La vida es corta, Bo —dijo Elle, que me guiñó un ojo y se encaminó hacia la puerta.

Llegaron las vacaciones de Navidad y el conservatorio se vació, puesto que tanto los alumnos como el profesorado se marcharon a pasar las fiestas con su familia. Las casas de huéspedes también se quedaron casi desiertas, así que preparé una maleta pequeña para trasladarme al dormitorio de Elle.

Esa noche, hicimos el amor por primera vez. Ambos nos mostramos muy tímidos y la experiencia fue corta y torpe. Después, mientras la abrazaba, nos miramos a los ojos en un extraño intento de forzar un momento romántico, supongo que porque era lo que ambos habíamos leído en las novelas. En realidad, el… acto había sido un tanto decepcionante, y el contacto visual posterior solo consiguió hacernos estallar en carcajadas. Luego, las risas se convirtieron en besos, que a su vez se transformaron en algo más y… Bien, me complace informar de que el segundo intento fue mucho más placentero. No me decido a dar detalles aquí, pues deseo preservar la modestia de Elle y evitar mi propio bochorno, pero fue extraordinario.

Dedicamos la semana a educarnos el uno al otro en el arte de la intimidad física y entregándonos felizmente a los pecados de la carne. Descubrimos que, tras una salida en falso, es el proceso más natural para dos personas que se aman. Nuestro cuerpo está diseñado para proporcionarnos placer, así que ¿por qué negárselo?

Empezó el nuevo trimestre y, con Goerdeler de vuelta en la ciudad, la temperatura política descendió, tal como Elle había predicho. Volví a mis estudios y, en general, la vida continuó igual que antes de la llegada (y la partida) de Kreeg Eszu. Pip trabajaba con gran ahínco en su composición, con la apremiante esperanza de estrenarla antes de que a Karine no le quedase más remedio que abandonar Leipzig. Organizaba ensayos ocasionales de los nuevos elementos de la partitura y, desde detrás de mi violonchelo, mi admiración por su obra era genuina. Aunque tenga sus carencias en otros ámbitos, Pip Halvorsen es un compositor de sumo talento.

—¿Te parece buena, Bo? Confío en tu opinión.

—Creo que será un triunfo —respondí con sinceridad.

—Gracias por tus amables palabras. —Cerró la tapa del piano y se inclinó hacia mí—. ¿Te ha contado alguien que por el conservatorio corre el rumor de que te llamas «Bo» porque nunca se te ve sin el arco del chelo? Ya sabes, como en inglés se dice *bow*… Tengo curiosidad. ¿Es cierto?

Me reí con seguridad para disimular la punzada de ansiedad.

—Tonterías, me temo. Aunque, desde luego, ¡por eso lo primero que cogí fue un arco! —Para mis adentros, me felicité por la facilidad con la que le había mentido.

—Ah, claro, era inevitable… —Pip echó un vistazo en torno a la sala de ensayo forrada de madera—. Oye, Goerdeler se presentará a la reelección en marzo. Lo ha anunciado hoy.

Me levanté y empecé a guardar el violonchelo en la funda.

—Vaya, no cabe duda de que es una buena noticia.

Era consciente de que Pip me observaba con atención para ver cómo reaccionaba.

—Sí —continuó—. Espero que, como todo el conservatorio y

la mayoría de Leipzig lo apoyan, su reelección libere a esta ciudad de los visitantes indeseados. Por el bien de nuestras respectivas medias naranjas.

Aseguré los cierres de la funda y me volví para mirarlo.

—Creo que esa predicción es demasiado ambiciosa, Pip. Goerdeler ni siquiera ha conseguido reconstruir la estatua de Mendelssohn.

Se encogió de hombros.

—Cierto. Pero seguro que, una vez que el pueblo haya hablado y él vuelva a ocupar el cargo, al Reich no le quedará más remedio que apoyarlo.

—No lo veo tan claro. Todos sabemos que Haake está haciendo campaña abiertamente contra su reelección. La destrucción de la estatua ha revelado por completo su postura respecto a los judíos.

Pip respiró hondo. Era evidente que no le estaba dando las respuestas que esperaba.

—Lo sé. No paro de intentar convencerme de que esto no es real. Yo ya estoy en tercero, así que es muy probable que termine los estudios superiores aquí, en Leipzig. Pero Karine, Elle y tú... es posible tengáis que marcharos incluso antes de empezar el último curso.

—No es un precio muy alto a cambio de garantizar nuestra seguridad, Pip.

Guardó silencio un segundo y luego asintió.

—Tienes razón, sí.

A lo largo de las siguientes semanas, durante la fase previa a la reelección de Goerdeler, Elle, Karine y muchos otros alumnos del conservatorio hicieron campaña por él. La noche en que se hizo el recuento, nos unimos a la muchedumbre congregada ante el ayuntamiento y gritamos, eufóricos, cuando supimos que nuestro candidato había ganado las elecciones. Por primera vez en mucho tiempo, sentimos que habíamos experimentado una verdadera victoria.

24

A pesar de todos sus esfuerzos, Goerdeler no consiguió que la estatua fuera reconstruida. Por esa razón, presentó su dimisión el 31 de marzo de 1937, negándose de forma oficial a aceptar su reelección.

Debo pedir disculpas por la calidad de mi letra, que sin duda el lector habrá comprobado que se ha deteriorado de manera significativa desde mis últimas anotaciones. Por desgracia, he sufrido una herida en el brazo derecho y me resulta sumamente doloroso levantarlo para escribir. Cada vez que empiezo una nueva línea, una sacudida de dolor me atraviesa el codo y me sube por el hombro hasta llegar al cuello. Me sirve para recordar que el cuerpo humano es una compleja masa de nervios conectados unos con otros, y parece que me he hecho tanto daño que siento dolor en muchas partes del cuerpo. Ahora llevo un cabestrillo que Elle ha improvisado con la ayuda de su bufanda; también se encarga de colocármelo y quitármelo a lo largo del día. Además, mi tez tiene ahora el mismo color del *Glühwein* que tomamos en invierno por la noche para calentarnos.

Quiero aclarar que ahora me encuentro en el camarote de un viejo ferry desvencijado, que nos lleva a Elle y a mí a una nueva tierra totalmente desconocida para ambos. A pesar de todo lo ocurrido, me siento ilusionado ante la perspectiva de llegar a un nuevo país. En el ferry también viajan con nosotros Pip y Karine, a los que es probable que tanto Elle como yo les debamos la vida. Pip ha accedido desinteresadamente a que nos uniéramos a ellos y a acogernos en su casa familiar de Noruega. Este viaje de dos días me ofrece una magnífica oportunidad para seguir escribiendo en mi diario y voy a relatar los acontecimientos que nos llevaron a salir de Leipzig.

A lo largo de los últimos meses, permanecimos alerta, sobre todo Elle, a la que no se le pasó por alto la reaparición de Kreeg en la brigada de las Juventudes Hitlerianas. Aunque no había ninguna señal de Eszu, tanto ella como yo consideramos que mayo era el momento para marchar. Habíamos acordado esperar a que finalizara el curso académico para hacer los exámenes de nuestro segundo año y luego irnos de allí para siempre. Goerdeler ya se había marchado y los nacionalsocialistas tenían plena libertad para decretar lo que se les antojara contra la población judía. Simplemente era demasiado peligroso quedarse allí. Elle logró convencer a Karine de que abandonara Alemania con o sin Pip, pero este reconoció la gravedad de la situación e invitó a su novia a volver con él a Noruega una vez finalizado el curso académico.

Nosotros pensamos que Estados Unidos podía ser un buen destino. Teníamos dinero suficiente para cruzar el Atlántico y a mí se me había ocurrido una idea: ir a buscar a los Blumenthal con el fin de darles las gracias por haberme salvado la vida y pedirles trabajo.

Con todos los planes ya en la cabeza, me pareció oportuno que el acto final de mi estancia en Leipzig fuera tocar en la orquesta la pieza de Pip que debía pasar el examen. Era una clara tarde de verano y fuera de la Gewandhaus se habían reunido cientos de alumnos que esperaban escuchar las orquestaciones de los compositores de tercer curso. La plaza que hay frente al conservatorio parecía un lugar realmente idílico, a pesar de la ausencia evidente de herr Mendelssohn. Montones de estudiantes (muchos vestidos con frac para el concierto) tomaban vino, hablaban de música y reían. Las luces de adorno proporcionaban un difuso brillo amarillo muy relajante y, si alguien hubiera caído allí en paracaídas sin estar al corriente de la tensión reinante en la ciudad, sin duda alguna aquel ambiente le habría parecido uno de los más encantadores del mundo.

Creo que querré recordar así el conservatorio hasta el final de mis días: un enclave feliz de expresión creativa que me hizo crecer inmensamente, tanto desde el punto de vista musical como personal.

—Estás muy apuesto, Bo. Los fracs parecen hechos para ti —exclamó Elle mientras me cogía del brazo.

—Gracias, cariño. Pero lo cierto es que el frac sienta bien a todos los hombres. Lo tenemos muy fácil. Sin embargo, tú y todas las demás mujeres sois analizadas y juzgadas por los vestidos que elegís. Es absurdo, realmente absurdo...

—¿Me va a llegar algún piropo? ¿O debería empezar a preocuparme? —dijo Elle riendo.

—¡Perdona! ¡Por supuesto! Ya sabes que siempre estás radiante, pero esta noche de manera excepcional.

No era ninguna exageración. Elle lucía un vestido de fiesta sin tirantes de color azul marino que se ajustaba perfectamente a su cuerpo hasta formar un gran volante por debajo de la cadera.

—Gracias, Bo. Tienes razón en lo referente a las mujeres y la moda. ¡Me imagino que la pobre Karine será objeto de comentarios maliciosos durante toda la noche!

Nuestra amiga, como era de esperar, había decidido no ponerse vestido y optar por llevar un traje negro con una enorme pajarita blanca para completar el conjunto.

—Creo que va perfecta —comenté.

—Yo también. Es tan... ella misma. Algo que quizá ni tú ni yo lleguemos a dominar nunca.

Solté una risita y dije:

—Creo que tú ya estás a punto. Pero, oye, deberíais entrar. Esta noche los asientos no son numerados y no querréis perderos el concierto.

Elle me dio un besito en la mejilla.

—Buena suerte. Intenta no arruinar la carrera de Pip —exclamó mientras iba a buscar a Karine para entrar en la Gewandhaus.

Pip estaba claramente muy nervioso, y con razón. Corrían muchos rumores acerca de su pieza y el público asistente era bastante más numeroso de lo habitual. Mientras iba entrando la gente para tomar asiento, él no dejaba de dar vueltas, nervioso, alrededor del vestíbulo.

—No te preocupes, amigo —dije para tranquilizarlo—. Esta noche nos aseguraremos de hacerle justicia a tu exquisita pieza.

—Gracias, Bo. La aportación que haces con tu chelo es muy valiosa.

—Tengo que ir a sentarme. Buena suerte, Pip —dije mientras le ponía una mano en el hombro.

Tras ocupar mi lugar en el escenario, lo vi entrar acompañado del director Walther Davisson junto con otros cinco compositores que compartían aquella velada sinfónica. Tomaron asiento en la primera fila de la Großer Saal, cada uno de ellos más pálido que el que había a su lado y todos hechos un manojo de nervios. A continuación, el director Davisson subió al escenario y recibió un caluroso aplauso. Al igual que Goerdeler, se había convertido en un ejemplo constante de calma y sensatez en esos días tan turbulentos. En el conservatorio lo considerábamos nuestro gran defensor y protector.

—Muchas gracias, muchas gracias a todos —dijo mientras levantaba una mano y los aplausos se iban apagando—. Bienvenidos a la Gewandhaus y a los conciertos de fin de curso. Estoy seguro de que ansiáis escuchar los frutos del duro trabajo y la dedicación de vuestros compañeros, así que voy a ser breve. Quiero elogiar a todos los aquí reunidos esta noche por haber sabido soportar un año increíble de resistencia y determinación. La mayoría de vosotros recordará mi consejo de colocarse unas anteojeras de caballo imaginarias para abstraerse de lo que pasa en el mundo que nos rodea. Esta noche no solo es una simple celebración de los seis jóvenes compositores que vais a escuchar, sino también de todos vuestros logros durante este último año. Me siento inmensamente orgulloso de ser vuestro director. Os ruego que, por favor, os concedáis un sonoro aplauso. —La Gewandhaus obedeció y en el salón retumbaron gritos de «¡Hurra!» y «¡Viva!»—. En los años venideros la gente se os acercará en busca de consuelo, de felicidad y de evasión. Estáis perfectamente equipados para dárselos. No os olvidéis de hacerlo. —En el salón se hizo un gran silencio mientras el público asistente reflexionaba sobre aquellas últimas palabras—. Y ahora os voy a presentar a nuestra primera compositora de la noche: Petra Weber. El título de su obra es *La ascensión de la esperanza*.

Mientras Davisson seguía hablando me fijé en Pip. Sus ojos miraban todos los rincones de la Gewandhaus. Por desgracia, era el último de la lista y faltaban unos noventa minutos para que ejecutara su pieza. Aquella perspectiva tenía que resultarle demoledora.

Al final, después de cinco actuaciones fantásticas, le tocó subir al escenario. Cuando llegó su momento, me fijé en que le temblaban un poco las piernas. Hizo una tímida reverencia y se sentó al piano. El director de orquesta levantó la batuta y empezamos a tocar.

Pip no tenía por qué preocuparse. Las luces se atenuaron y el público se vio transportado a un lugar de euforia. Las delicadas armonías y los potentes *crescendos* de su partitura no fallaron. En cierto modo, la pieza desbordaba intensidad y vibraba llena de emoción, como si expresara la capacidad de resistencia de todo el conservatorio. Fue un verdadero placer formar parte de aquello. Tras sonar las últimas notas —una delicada melodía ejecutada con el arpa— se produjo un breve silencio, seguido por sonoros aplausos de entusiasmo. El público se puso en pie para vitorear a Pip, que esta vez hizo su reverencia lleno de confianza.

A continuación se sirvió un cóctel en el vestíbulo de la Gewandhaus. Me emocioné un poco al ver a los profesores y los compañeros dándole palmaditas en la espalda y felicitándolo. Había incluso un periodista que le pidió a mi amigo que le concediera una entrevista para su periódico. Era innegable que Pip había trabajado concienzudamente durante los últimos meses y merecía recoger los frutos de su ardua labor. Vi a Karine abriéndose paso entre la multitud para darle un abrazo.

—¡Ese es mi Grieg! —le dijo—. *Chéri*, tu brillante carrera acaba de empezar.

Resultaba difícil, por no decir imposible, no estar de acuerdo con ella.

El conservatorio pagó el champán y parecía que este año había decidido tirar la casa por la ventana. El vino espumoso corría como el agua y la mayoría de los allí presentes se dejaban llevar por aquella tentación. Resultaba comprensible: simplemente aprovechaban la ocasión y celebraban juntos aquel momento. Me ofrecían una copa y luego otra, pero las rechacé todas.

A lo largo de los años, me he acostumbrado a bajar la guardia y he empezado a hablar con la gente incluso para contarles mi historia, algo que nunca imaginé que llegara a compartir con nadie. Pero el alcohol tira de la lengua y embota los sentidos, de modo que me parece que lo mejor es evitar lo que muchos consideran el néctar más dulce. Ya al comienzo de la velada quedó patente que yo estaba en franca minoría y por esa razón decidí que había llegado la hora de regresar a casa: feliz, pero sobrio.

Fui a decirle a Elle que me iba.

—Creo que me quedaré un ratito más en compañía de Karine —contestó.

—Como quieras, cariño. ¿Nos vemos mañana para tomar un café?

—¡Perfecto! —replicó y me dio un beso en la mejilla.

—Buenas noches, Karine. Por favor, coméntale una vez más a Pip que para mí ha sido un auténtico placer tocar su pieza esta noche —le dije a la compañera de habitación de Elle.

—Lo haré, Bo. ¡Y gracias por todo! Buenas noches.

Cuando salí de la Gewandhaus era casi medianoche y ya no había tranvías, de modo que eché a andar en dirección a casa. De día, aquel paseo era muy agradable, pero en aquellos momentos el sol ya se había puesto y el aire de la noche resultaba gélido. Me levanté el cuello del abrigo. La larga avenida flanqueada por enormes abetos que va de la Gewandhaus a Johannisgasse estaba vacía, apenas iluminada por farolas de gas colocadas a unos quince metros una de otra. A cada lado había sendos campos al aire libre que los habitantes de Leipzig solían utilizar principalmente para hacer ejercicio o pasear a sus perros. De noche, aquello producía un efecto sobrecogedor que me hacía sentir como si estuviera caminando por un puente flotante que se extendía sobre un profundo abismo. Como ya era muy tarde, por ahí no se veía ni un alma.

Llevaba andando unos diez minutos cuando oí a mis espaldas el chasquido de una rama golpeando algo. Me di la vuelta, esperando ver un zorro, o quizá un ciervo, cruzando la avenida para ir de un campo a otro. Pero para mi sorpresa no vi nada. Me quedé quieto, observando en silencio la zona en busca de señales que indicaran algún tipo de movimiento. Como no vi nada, seguí mi camino. Tras recorrer poco más de cinco metros, habría jurado que oí pasos procedentes de detrás de los árboles. Volví a darme la vuelta.

—¡Hola! —grité—. ¿Hay alguien ahí?

No obtuve más respuesta que un silencio absoluto.

Empecé a inquietarme y aceleré la marcha. Fue entonces cuando los pasos que había oído comenzaron a escucharse con mayor claridad. Quien fuera que anduviera por ahí ya no podía avanzar con tanta sutileza. Ideé un plan y, consciente de que el ataque es la mejor forma de defensa, me lancé rápidamente hacia los árboles y el lugar del que parecía proceder el ruido de las pisadas.

—¿Por qué me sigues? ¿Por qué te escondes? ¡Sal y da la cara! ¡Si tienes algo que decirme, quiero oírlo!

Fui de un árbol a otro, con la esperanza de encontrar a alguien escondido. Como no vi a nadie, entré en el campo abierto, donde me sentí rodeado por la oscuridad. Permanecí inmóvil para ver si volvía a oír los pasos. Al cabo de unos instantes, los escuché de nuevo: la tierra empantanada ponía de manifiesto la presencia del individuo misterioso. Parecía que los pasos se adentraban en la oscuridad y se alejaban de mí. Satisfecho de que quien fuera que estuviera siguiéndome hubiera decidido evitar cualquier tipo de confrontación conmigo, me puse de nuevo rumbo a casa caminando a toda prisa.

Jadeante y algo tembloroso, llegué al portal. Empecé a hurgar en el bolsillo para coger las llaves, pero los nervios me traicionaron y al final cayeron al suelo detrás de mí. Cuando me di la vuelta para cogerlas, observé el movimiento rápido de una figura en la sombra detrás de un edificio situado en una esquina de la calle.

¿Había regresado a Leipzig? ¿Sabía quién era yo?

Valoré mis opciones, que eran limitadas. Si la figura misteriosa era Kreeg, coger el toro por los cuernos y decidir enfrentarme a él de nuevo sería una locura. Era harto probable que él tuviera su pistola y que simplemente me disparara a bocajarro. Lo primero que pensé es que tenía que proteger a Elle, pero si volvía sobre mis pasos y recorría el largo camino que llevaba a la Gewandhaus conduciría a Eszu directamente hasta ella, poniendo a mi amor y a nuestros amigos en grave peligro. Enseguida me quedó claro que solo había una alternativa posible y me dispuse a entrar en casa. Introduje la llave en la cerradura y subí a toda prisa a mi habitación. Cerré la puerta del cuarto y no encendí la luz. Me acerqué a la ventana para ver la calle, buscando algún indicio de la presencia de aquella figura en la sombra. Todo se veía tranquilo.

No obstante, me pareció sensato tomar precauciones. Abrí el cajón de la mesita de noche y cogí mi navaja de bolsillo. Luego volví a mi lugar estratégico junto a la ventana y esta vez corrí las cortinas, dejando descubierto un pequeño ángulo por el que mirar. Desde mi posición divisaba la esquina en la que se encontraba la residencia de Elle. Al menos lograría ver si ella y Karine llegaban sanas y salvas a casa.

Aquella iba a ser una noche muy larga.

Acerqué una silla, me senté y me coloqué una almohada detrás de la cabeza. Las horas siguientes me darían al menos la oportunidad de trazar un plan para escapar de las garras de Kreeg, si es que se trataba, efectivamente, de él. Me quedé sentado, observando con atención la calle vacía. El tiempo pasaba y no había ni rastro de la figura que, en mi opinión, me había seguido. Pero... ¿estaba tan seguro de ello? Tal vez la mente me había jugado una mala pasada. Llevaba tiempo sometido a una gran presión y quizá mi imaginación había echado a volar de manera absurda.

El cuarto, como se encontraba en lo más alto del edificio, estaba caldeado y el ruidito y los silbidos de los radiadores de hierro empezaban a tener en mí un efecto balsámico. Notaba que se me cerraban los ojos. Para tratar de despejarme, decidí entreabrir la ventana de la habitación y entró enseguida el aire fresco de la noche. Mi plan funcionó un rato, pero al final mi cuerpo sucumbió a la fuerza inevitable del sueño.

Una sensación de asfixia me despertó bruscamente. Abrí los ojos, pero no lograba ver nada. Por instinto, me levanté y, a ciegas, di unos pasos hacia delante. Me tropecé con la pata de una mesa y caí de bruces al suelo. A pesar del dolor que sentía debido a la caída, de repente vi con claridad lo que pasaba a mi alrededor. Mientras intentaba ponerme en pie, me di cuenta con horror de que el cuarto estaba lleno de humo negro y acre.

Presa del pánico, me levanté con dificultad, pero una bocanada de aquel humo oscuro me llenó los pulmones y empecé a asfixiarme de nuevo. Volví a tirarme al suelo. El corazón me latía con fuerza. Avancé a rastras utilizando como guía las esquinas del cuarto para alcanzar la puerta. Cuando llegué a ella me di cuenta, para mi horror, de que el humo entraba hasta la habitación desde el pasillo. Era evidente que debía librar una gran batalla para bajar y salir al exterior. Pero ¿qué otra alternativa tenía? Me apoyé en el pomo de la puerta y conseguí ponerme en pie sin dejar de contener en todo momento la respiración. Busqué el cerrojo con la mano y, cuando lo encontré, noté que quemaba como un demonio. Apreté los dientes, reuní todas las fuerzas que pude, tiré de él y, para mi alivio, desbloqueé la puerta.

Para protegerme, me coloqué detrás de ella y la abrí de un tirón. Unas grandes llamaradas anaranjadas entraron en el cuarto cual lengua gigantesca de una serpiente enfurecida. Entristecido, me di cuenta de que escapar de allí era imposible.

Volví a cerrar la puerta. Era solo cuestión de tiempo que el fuego la destruyera y me preguntaba si al final yo iba a perecer víctima de las llamas o del humo. Volví a echarme en el suelo y me coloqué en posición fetal.

—¡Lo siento! —grité, aunque sin estar completamente seguro de a quién me dirigía. Tal vez a Elle, por dejarla sola en Leipzig ante grandes peligros. Tal vez a mi padre, al que no había encontrado a pesar de prometerme que lo haría. Tal vez a los Landowski, a Evelyn, a monsieur Ivan y a todos los que creyeron en mí cuando no era nadie. Quizá incluso a Kreeg Eszu, por el simple malentendido que ha dado lugar a tanto sufrimiento y dolor.

Ahora me lo estaba haciendo pagar.

Yo había cruzado continentes y había sobrevivido al frío y al hambre. A pesar de todo, había encontrado a alguien que había conseguido que vivir mereciera la pena para mí... y así era como iba a terminar todo: bruscamente, sin contemplaciones, en una nube de humo.

Me tendí de espaldas y cerré los ojos. Cuando yo era niño, para mandarme a la cama, mi padre solía utilizar una técnica de relajación inventada por el pedagogo teatral Konstantín Stanislavski. Recordé su voz y sus palabras: «El controlador de los músculos se encuentra por ahora en el dedo meñique del pie. Tiene que empezar por el punto más pequeño del cuerpo, ¿sabes?..., y lo desconecta. Luego se traslada al siguiente dedo, y después al siguiente... y ahora está en la planta del pie. ¡Caramba! ¡Cuánta tensión hay ahí, soportando el peso de tu cuerpo todo el día! Pero no es un problema para el controlador de los músculos. Él se encarga de desconectarla con la misma facilidad con la que se enciende una luz. Ahora empieza a subir por el tobillo...».

Mi padre, imaginario o no en esos momentos, me mandaba dormir. Lo más probable es que fuera el humo que había inhalado. En cuanto a lo que ocurrió a continuación, creo que lo soñé.

Vi estrellas en lo alto.

Recuerdo que me sentía feliz de que al final estuvieran allí para mí. La constelación de las Siete Hermanas brillaba y parpadeaba ante mis ojos: mi luz guía, mi fiel compañera. Luego, las estrellas de la formación empezaron a transformarse en siete rostros femeninos que no supe identificar. Cada uno parecía irradiar calor y amor. En aquellos momentos me sentía en paz... Estaba preparado.

Entonces oí una voz:

—No, ahora no, Atlas. Aún tienes cosas que hacer.

Los siete rostros se esfumaron y las estrellas volvieron a transformarse, esta vez creando una única figura. Tenía una larga melena y llevaba un vestido suelto que parecía extenderse a su espalda como si fuera la eternidad. Luego, las estrellas se apagaron y la figura apareció ante mí en tecnicolor. Su vestido era rojo carmesí e iba adornada con guirnaldas de flores blancas y azules. Su cabello —una melena rubia resplandeciente— estaba peinado elegantemente alrededor de su cara con forma de corazón. Sus enormes ojos de un azul opalescente parecían emanar destellos de luz y me quedé paralizado. Ella volvió a hablarme.

—El muchacho con el mundo sobre sus espaldas debe cargar con él un tiempo más. Hay gente que depende de ti. —Tenía un acento europeo, aunque se dirigía a mí utilizando mi propia lengua materna.

—¿Qué quieres decir? —repliqué entrecortadamente—. ¿Quién eres?

—Tu destino sigue esperándote. Aún no tienes que cruzar esta puerta.

—¿Qué puerta? ¿De qué me hablas?

—Atlas, me estás viendo a través de una ventana. Creo que es mucho mejor que una puerta, pues permite que uno vea antes de partir el camino que le aguarda —contestó ella con una sonrisa.

Comprendí su mensaje.

—¿La ventana?... Pero si estoy en un tercer piso... ¡Es imposible que sobreviva después de caer desde semejante altura!

—Si te quedas aquí, tampoco sobrevivirás. Confía y no pierdas la fe.

La figura empezó a difuminarse, engullida por el humo negro que formaba nubes y palpitaba encima de mí.

Ya plenamente consciente en aquellos momentos, me di la vuelta, me puse boca abajo y empecé a avanzar a rastras en dirección a la ventana. Mientras lo hacía, rocé con la mano una cosa larga y delgada. Era el arco de mi violonchelo. Lo agarré. Logré distinguir la luz al otro lado del cristal en medio del humo, que salía aspirado hacia el exterior a través de la rendija. Esa era la razón de que se moviera con tanta fuerza.

Con la ayuda de la cortina, conseguí ponerme en pie y levantar la pesada hoja de la ventana de guillotina. Entonces la capa de humo que me rodeaba me dio una tregua, pero enseguida volvió a envolverme, esta vez con mucha más furia. Asomé la cabeza y miré hacia abajo, donde distinguí a frau Schneider junto a los que habían escapado de las llamas. Ellos también me vieron.

—¡Está vivo! ¡Dios mío! —gritó entre sollozos frau Schneider—. ¡Muchacho, no te muevas, espera ahí! ¡Ya han llamado a los bomberos! ¡Te salvaremos!

Oí una explosión aterradora a mis espaldas. Me di la vuelta y vi que la puerta, con marco incluido, había cedido a la violencia de aquel pavoroso incendio. Mi decisión de abrir tanto la ventana había servido para enfurecer a las llamas, que invadían la habitación como las patas de un pulpo adentrándose en una cueva submarina. El fuego tenía hambre. Y me quería a mí. Ahora ya no quedaba ninguna otra alternativa. Lo último que cogí fue mi diario, que localicé sobre el escritorio que había allí al lado. A continuación, me subí a la repisa de la ventana.

—¡No lo hagas! ¡Quédate ahí! —me gritó frau Schneider.

Calculé que la altura superaba los quince metros. Me metí el arco y el diario debajo de la cinturilla de los pantalones. Luego, no sin vacilaciones, agarrado a la repisa, empecé a dejarme caer hasta quedar colgado. Cada palmo que pudiera reducir de aquella altura resultaba crucial para mitigar el impacto de la caída. Y me preparé mentalmente para lo que estaba por venir.

—¡El macizo de flores! ¡El macizo de flores! —gritó frau Schneider—. ¡Lo regué esta tarde!

Para mirar hacia abajo, me quedé colgado de la repisa solo con la ayuda del brazo derecho y empecé a balancearme. Aunque era de noche, las flores blancas y azules parecían luces de aterrizaje. Si lograba darme un pequeño impulso para caer sobre aquel mullido parterre recién regado, tendría una oportunidad. Se oyó un potente crujido proveniente de la habitación y me di cuenta de que era ahora o nunca. Volví a agarrarme de la repisa con los dos brazos y aproveché el balanceo para impulsarme hacia la derecha y luego hacia la izquierda antes de soltarme.

Mi aterrizaje, aunque imperfecto, fue bastante bueno, sobre todo teniendo en cuenta la situación. Mis pies impactaron en el macizo de flores como esperaba que lo hicieran y doblé las rodillas para rodar por el suelo. Solo noté la verdadera fuerza de la caída cuando aterricé con el brazo derecho sobre el pavimento de piedra que había junto al parterre, seguido inmediatamente por la cara.

—¡Ay! —chillé de dolor.

—¡Hijo mío! ¡Hijo mío! —gritaba frau Schneider arrodillada a mi lado—. ¿Dónde te has herido? ¿Sientes las piernas? ¿Puedes mover los dedos de los pies?

—Sí —contesté—. Lo que me duele es el brazo.

Me remangué la manga con el otro y me encontré con una sorpresa bastante desagradable. Era evidente que me había dislocado el codo y el efecto era desorbitante.

—Tenemos que alejarlo del edificio. ¡Ayúdenme! —exclamó frau Schneider, a la que inmediatamente se unieron un par de muchachos que también vivían allí y que, en su afán por hacerlo con la mayor celeridad, tiraron de mis brazos.

—¡No! —grité, pero fue demasiado tarde.

Los chicos me levantaron en volandas y se oyó un fuerte crujido proveniente de mi brazo derecho. Enseguida noté una descarga de dolor extremo que empezaba en el codo y se extendía por todo mi cuerpo. Yo gritaba, pero aquellos muchachos estaban decididos a alejarme del edificio en llamas. Cuando me soltaron, me acurruqué en posición fetal mientras seguía mortificándome aquella sucesión de descargas de dolor.

—Respira, muchacho. ¡Ánimo! —repetía frau Schneider, que se había arrodillado de nuevo a mi lado y me acariciaba la cabeza—. ¡Lo has logrado! ¡Te has salvado!

—¿Pudo… salir… todo el mundo? —conseguí preguntar al final.

—Están todos aquí. Gracias a Dios no había mucha gente en la residencia, la mayoría sigue aún en el centro de la ciudad celebrando las actuaciones que han tenido lugar esta noche…, pero no sé nada de los otros edificios.

—¿Qué edificios? —exclamé.

—Muchacho, me temo que la cosa va muy en serio. Lo siento muchísimo. Nada de esto habría ocurrido de no ser por mí. Es a mí a la que quieren hacer daño.

Perplejo, fruncí el ceño.

—No entiendo, frau Schneider —exclamé.

—Soy judía. Prendieron fuego al edificio para acabar con mi negocio y dejarme claro que aquí no soy bienvenida. Lamentablemente, esta noche se han salido con la suya.

Enseguida empezaron a activarse los engranajes de mi cabeza.

—Lo siento, frau Schneider —dije.

—No tienes por qué disculparte. Has estado a punto de morir esta noche y yo habría sido la responsable —exclamó, bajando la cabeza.

—No, frau Schneider —repliqué—. No lo habría sido, de eso no cabe la menor duda —añadí mientras se me hacía un nudo en el estómago—. Usted ha hablado de «otros edificios». ¿Es que las SS se han presentado en otras casas en las que residen judíos?

—Sí, me temo que sí.

Yo estaba de pie, pero tambaleante por las descargas de dolor que seguían extendiéndose por el brazo. Sentía escalofríos y respiraba con fatiga.

—¡Ten cuidado! Mandaré que avisen a un médico —insistió frau Schneider.

Me encaminé a toda prisa hacia la cafetería e inmediatamente vi que el edificio en el que residía Elle seguía intacto. La sensación de alivio que me invadió fue un antídoto más efectivo para el dolor que la morfina.

—No necesito ningún médico, frau Schneider. Estaré bien. Muchas gracias, pero ahora tengo que encontrar a Elle.

—No la he visto. Tal vez si preguntas por ahí, quizá… —exclamó mientras asentía con la cabeza. Y de repente se llevó las manos a la cara y estalló en lágrimas al sentirse superada por todo lo ocurrido esa noche.

Coloqué el brazo bueno sobre su hombro.

—¡Es todo tan injusto, frau Schneider…! Estoy verdaderamente triste por lo que usted ha perdido.

—¡Gracias! —replicó entre sollozos—. Pero no entiendo por qué han decidido ir a por mí. No hago publicidad de mi religión, a diferencia de mucha gente aquí en la ciudad.

Sentí un remordimiento de conciencia. Sabía que esa noche frau Schneider no había sido el objetivo, sino yo.

—¡Bo!

Por encima del hombro de frau Schneider vi a Elle, que corría hacia mí acompañada de Karine. Cuando fui a abrazarla, otra descarga de dolor me recorrió el brazo y no pude evitar que en mi cara se dibujara una mueca.

—Amor mío…, ¿qué ha pasado? ¿Estás bien?

—¡Oh, Bo! —añadió Karine.

Señalé el edificio humeante y aún en llamas.

—Tuve que saltar. Están prendiendo fuego a las casas de los judíos. Pero, Elle…, era él. Lo sabe. Debemos marcharnos de aquí, esta misma noche si es posible.

—¿A quién te refieres con «él»? —preguntó Karine.

Elle miró a su amiga.

—Se refiere a ese oficial de las SS particularmente desagradable que hemos visto por la ciudad. ¿No es así, Bo?

—Sí —respondí, satisfecho de que su cerebro funcionara mejor que el mío—. Su aura pone de manifiesto una gran agresividad. Frau Schneider, que dirige mi residencia, es judía, de modo que nuestro edificio estaba en la lista de las casas que querían incendiar esta noche. ¿Y dónde está Pip?

—Sigue en el centro de la ciudad, disfrutando de su éxito —contestó Karine—. ¿Se ha salvado todo el mundo?

—Por lo visto, sí. Pero ninguno de nosotros está a salvo aquí ahora. Tenemos que preparar nuestra partida inmediatamente.

Rodeé a Elle con el brazo izquierdo y ella hundió la cabeza en mi pecho. Me volví para mirar el edificio mientras sonaban cada vez más sirenas. El arco de mi violonchelo se me clavaba en la pierna. Se había repetido el mismo patrón de mi vida y lo había perdido todo. Pero esta vez tenía a Elle a mi lado.

—¿Dónde iréis? —preguntó Karine.

—Lo más lejos que podamos. Esperamos que a América.

—Te echaré de menos, Karine —exclamó Elle acongojada—. Has sido como una hermana para mí.

—Y tú para mí —replicó la otra, mordiéndose el labio—. Pero... ¿y si hubiera una manera de permanecer todos juntos? ¿Os gustaría?

Nosotros nos miramos.

—Por supuesto, Karine —replicó Elle—. Nos encantaría que vinieras con nosotros. ¡Podríamos ir juntos a América!

—En realidad, lo que estaba pensando es que vosotros vinierais conmigo. Como sabéis, Pip se ha ofrecido a llevarme a Noruega. Viendo lo que ha ocurrido esta noche, estoy convencida de que estaría encantado de haceros extensiva su invitación. ¿Qué os parece?

—¡Sí! ¡Ay, sí! —replicó Elle antes incluso de que yo tuviera la posibilidad de absorber la información—. ¡Bo!, es un plan perfecto —exclamó, dirigiéndose a mí.

Aturdido aún por aquella propuesta, asentí con la cabeza.

—Si Pip está de acuerdo, vamos sin duda. Gracias, Karine. No puedes ni imaginar lo que significa para nosotros este ofrecimiento.

—¡Pues arreglado! El curso académico finaliza en apenas unos días. En cuanto acabe, compramos los pasajes para Bergen.

—¡No! —exclamé con determinación—. Cuando dije que Elle y yo no íbamos a quedarnos aquí ni un día más, lo dije en serio. Por nuestra seguridad, mejor dicho, por la seguridad de Elle, debemos marcharnos de Leipzig inmediatamente. Es urgente que lo hagamos —dije mientras señalaba con la mirada el edificio de mi residencia.

—Lo entiendo —asintió Karine—. Lo primero que haré será hablar con Pip. Lo que él quería era ejecutar su pieza y lo ha conseguido hoy. Con un poco de suerte, mañana por la noche podemos estar todos lejos de Leipzig.

—Pero, mientras tanto, Bo, necesitas un sitio en el que alojarte —dijo Elle—. Estoy segura de que, en vista de las circunstancias, frau Fischer no pondrá objeciones a que pases la noche en nuestro cuarto, durmiendo en el suelo. ¿Te parece bien, Karine?

—¡Claro que sí!

Afortunadamente, frau Fischer no puso objeciones. Cogí la silla de madera que había en el cuarto de Elle y Karine y la coloqué junto a la ventana, decidido a redimirme por lo que había ocurrido antes. De haber estado más atento, todo eso podría haberse evitado. Consciente de que proteger a Elle era mi responsabilidad, estaba convencido de que esta vez no iba a fallar. Esperé a que el sol saliera, esto es, hasta poco antes de las cinco de la mañana, para echarme en el suelo y descansar un rato, pues tenía la certeza de que Kreeg no se atrevería a hacernos nada a la luz del día. A eso de las siete, oí que Karine salía para ir a hablar con Pip.

Regresó al cabo de unas pocas horas y nos aseguró que la familia nos acogería en su casa y que su novio estaba en el despacho del director Davisson efectuando una breve llamada telefónica con el fin de avisar a sus parientes de Bergen.

El resto del día fue un frenesí de actividad con vistas al viaje. Ayudé a Elle a clasificar sus pertenencias, aliviado, curiosamente, por no tener que hacer yo lo mismo, pues las mías eran en aquellos momentos un montón de cenizas. Solo había sobrevivido mi violonchelo, que me había dejado en la Gewandhaus la noche anterior. No es que no pudiera recuperarlo; sencillamente, la operación resultaba demasiado arriesgada. Se me hizo un nudo en la garganta mientras me despedía en silencio de mi instrumento. Al menos el diamante estaba a salvo, seguro como siempre en la bolsita que llevaba colgada del cuello. Cuando doblé el brazo para comprobar que seguía allí, sentí una sacudida de dolor que me recorrió el codo. No pude evitar lanzar un alarido.

—¡Uf, Bo! ¡Te tiene que ver un médico! —exclamó Elle—. Ven.

Cogió una de sus bufandas y me la ató alrededor del cuello a modo de cabestrillo; me dio un tierno beso en la mejilla y me acarició la cara magullada.

—¡Pobrecito mío! Dentro de poco te saldrán un montón de cardenales.

—¡Y en una semana me voy a poner negro! —añadí.

—Se me olvidó decirlo —interrumpió Karine—. La madre de Pip, Astrid, es enfermera. Ella le echará un vistazo a tu brazo.

—¡Ya lo ves, Bo! —dijo Elle con cierta alegría—. ¡La vida ya empieza a sonreírnos!

A pesar de todo lo ocurrido durante los últimos seis meses, aún se me rompía un poco el corazón al verme obligado a marchar de Leipzig. Cuando Elle y yo llegamos, tuve la sensación de que quizá ya podríamos vivir juntos nuestra vida en total libertad —¡y nada menos que como músicos!—, sin las ataduras del pasado. Sin embargo, como supongo que siempre pasará, aquel me había dado alcance, conspirando con el presente no solo para perjudicarme a mí, sino también a Elle.

Egoístamente, rezo por que Noruega permanezca muy lejos de las garras de Kreeg.

25

Puerto de Bergen, Noruega
Nochevieja de 1938

Por favor, querido lector, perdona mi larga ausencia. Ahora, mientras escribo, apenas me creo que hayan pasado más de dieciocho meses desde mi última anotación. Solo un factor justifica que no haya seguido escribiendo mi crónica: mi brazo. Sucedió que mi «caída» en Leipzig acabó con un codo dislocado y una fractura abierta. Al parecer, no ayudó a mejorar la situación el hecho de que me pusiera estoicamente a escribir unas cuantas páginas durante el viaje de dos días desde Leipzig hasta Bergen.

Cuando llegamos a Noruega, la maravillosa Astrid Halvorsen, siempre tan amable, se encargó de que recibiera enseguida asistencia médica en el Hospital Haukeland. Tuve escayolado el brazo durante seis semanas y me dijeron que la recuperación llevaría un año entero o más. Aunque a diario me parece que voy mejorando ligeramente, escribir ha seguido resultándome difícil. Muchas veces, he intentado levantar el codo y coger la pluma, pero enseguida he tenido que parar debido al dolor. Sin embargo, estoy muy contento de comunicarte que lo que antes era una quemazón insoportable en el brazo ahora es un simple dolorcillo sordo, así que... puedo seguir con mi diario. ¡Qué lujo!

Procuraré recordar los acontecimientos con detalle, pues creo que si todavía estás leyendo esto es que tienes un interés personal en mi relato.

Una vez que hube bajado del vapor, Astrid echó una ojeada a mi codo y determinó que casi con absoluta seguridad iba a necesitar una operación. Demostró tener razón y, a pesar de la resistencia de la amable familia Halvorsen, insistí en que los gastos del hospital corrieran de mi cuenta. De hecho, aquello supuso el fin de los fondos que me había reportado el Prix Blumenthal de monsieur Landowski.

Afortunadamente, los Halvorsen fueron más que generosos con nosotros. Durante aquellos primeros días, nos proporcionaron techo, comida y una innumerable serie de veladas felices llenas de música y risas. Pip y sus padres (y Karine, por supuesto) nos trataron a Elle y a mí como si fuéramos de la familia.

El padre de Pip, Horst, es también violonchelista y toca en la Filarmónica de Bergen. Por consiguiente, durante mi estancia en Noruega he recibido una desmesurada cantidad de compasión por su parte, pues ya no puedo levantar como es debido el brazo con el que sostengo el arco. Sencillamente está demasiado entumecido. Así que no pude nunca participar en las audiciones que se llevaban a cabo después de cenar y que no tardaron en hacerse tradicionales. En ellas actuaban Pip al piano, Karine al oboe, Elle tocando la flauta o la viola (dependiendo de la obra) y Horst el ya mencionado violonchelo. Punzadas de tristeza me golpeaban por dentro el pecho como si fueran olas mientras me quedaba mirando lleno de nostalgia mi antiguo instrumento.

Aquellos primeros meses en Noruega fueron justamente lo que me hacía falta tras nuestra turbulenta salida de Alemania. Aquí, Elle y yo nos sentimos a salvo. Tal vez sea el país más hermoso del planeta. En el corto tiempo que he pasado aquí, me he quedado asombrado ante las montañas cubiertas de niebla y he contemplado con admiración los canales que parecen correr lentamente hacia la eternidad. Uno de mis pasatiempos favoritos es subir al parque de Bergen, el Fjellstrekninger, provisto de un cuaderno de dibujo y unos cuantos lápices para intentar capturar algo de la belleza natural de la que puede jactarse el país. Incluso el aire tiene aquí cierta pureza. Es casi como emborracharse, embriagado por el frío penetrante.

Yo era plenamente consciente de que no podíamos depender de los Halvorsen para siempre, al margen de lo cómodos que pudieran hacer que nos sintiéramos Elle y yo. Lo cierto era que no éramos de la familia, sino refugiados. En París, ya había permitido a monsieur Landowski que me financiara, y en Leipzig el Prix Blumenthal se encargó de que no nos hiciera falta nada. Había tomado la determinación de empezar a pagarme mis cosas, las mías y las de Elle.

Durante mis paseos por el puerto de Bergen, me había fijado en la tienda de un cartógrafo, Scholz and Scholz. Por las conversaciones que había mantenido con Horst, me había enterado de que el anciano propietario del negocio era alemán y de que su hijo había abandonado recientemente Noruega para volver a la patria y unirse al movimiento nazi, cada vez más numeroso; aquella decisión había supuesto una fuente de enorme preocupación para el viejo. Apostaba a que, dadas las circunstancias, el hombre estaría dispuesto a contratarme como ayudante, a pesar de tener el brazo malo. Al fin y al cabo, mi conocimiento de las estrellas no tiene igual, aunque me esté mal el decirlo.

Estoy encantado de poder afirmar que acerté en mi apuesta: desde entonces estoy trabajando para el señor Scholz. Es un anciano muy amable y su esposa es una experta en las oscuras artes de hacer pan de centeno. A decir verdad, es muy poco lo que hago aquí. Desde luego no tengo la responsabilidad de elaborar ningún mapa, sino que solo corroboro el trabajo del señor Scholz. El salario es merecidamente escaso, pero resultó que mi presencia era tan agradable que, cuando descubrieron mi situación, el señor Scholz y su esposa me ofrecieron el pequeño piso situado encima de la tienda, que antes había ocupado su hijo. Aproveché la ocasión y pregunté si mi «esposa» podría venir a vivir conmigo. Enseguida aceptaron con la promesa de que Elle ayudaría a la señora Scholz en la limpieza de la casa.

Al principio se mostró preocupada por si su amiga sentía envidia. Pip y ella habían anunciado su intención de casarse a los pocos meses de llegar a Bergen y Karine estaba ansiosa por salir de casa de los Halvorsen.

—Necesitan tener su propio espacio —dijo Elle suspirando.

—Estoy seguro de que lo encontrarán muy pronto —contesté—. Si Pip aprueba su examen, entrará, igual que Horst, en la Filarmónica de Bergen. No tardarán en disponer de dinero suficiente para tener su propia casa.

—Estoy segura de que tienes razón —replicó Elle, cogiéndome la mano—. ¿Crees que nosotros podremos un día...? —vaciló.

Desde el anuncio del compromiso de nuestros amigos, flotaba en la atmósfera una sensación tácita de tristeza por el hecho de que nosotros no pudiéramos emprender, como ellos, el viaje hacia el matrimonio.

Le estreché las manos entre las mías.

—Amor mío, lo único que es seguro en nuestra vida es que permaneceremos siempre juntos. Nos casaremos en cuanto contemos con dinero y un sitio donde estar a salvo de forma permanente. Te lo prometo.

Así que, sin más, Elle y yo llevamos dieciocho meses viviendo como «marido y mujer». En una palabra, ha sido estupendo. Pasamos las tardes en nuestro minúsculo pisito acurrucados junto a una estufa de leña, mirando a través de la lluvia las casitas que trepan por la ladera de la colina. Por la noche, las ventanas lanzan cálidos destellos amarillos, del mismo color que la mantequilla derretida. Estando los dos solos ahí en nuestro nidito, aislados del resto del mundo, resulta muy fácil olvidar lo que hemos tenido que dejar atrás...

Hago todo lo posible por vivir el presente, igual que nuestros amigos. Pip y Karine se casaron hace un año, el día de Nochebuena de 1937, una vez que ella se «convirtió» a la religión luterana de Pip. Había discutido previamente aquel trámite con Elle: «Unas cuantas gotas de agua y una cruz en la frente no van a hacerme cristiana en el fondo de mi corazón». No obstante, su nuevo apellido y su documentación le proporcionaban una forma de protegerse si un día la amenaza nazi llegaba a las costas de Noruega, riesgo que sigue siendo posible todavía.

Pip salió airoso de su audición y ahora ocupa un puesto al lado de su padre en la Filarmónica de Bergen. Cualquier sombra de envidia que pudiera haber abrigado yo por su éxito se ha esfumado gracias al hecho de haber sido mi salvador, sin olvidar que se merece sin ninguna duda la posición que ha alcanzado. Además de sus compromisos con la Filarmónica, Pip sigue trabajando intensamente en el concierto que supondrá su presentación y se niega a compartir los resultados con nadie hasta que esté acabado. Dice que cuando lo haya terminado se lo quiere dedicar a su mujer. No dudo que mi amigo va a componer una obra maestra.

En la primavera de 1938, Pip y Karine habían conseguido reunir entre los dos el dinero suficiente para alquilar una casa el Teatergaten, a tiro de piedra de la sala de conciertos de Bergen. Karine me preguntó si podría escoger un piano para el salón y yo hice todo lo posible por encontrar el mejor instrumento con el presupuesto que me dijo que tenía. El regalo que Elle y yo les hicimos para inaugurar la casa fue más humilde: la pareja tendría que conformarse con un taburete hecho a mano para el piano nuevo, que yo mismo fabriqué, mientras que Elle se encargó de tapizarlo. Aunque no era el objeto más caro del mundo, lo hicimos con mucho cariño.

Poco tiempo después, Karine nos comunicó que estaba esperando un niño y en noviembre nació el pequeño Felix Halvorsen. Cuando conocimos al hijo de nuestros amigos, me fijé en la expresión pensativa y melancólica que había en los ojos de Elle. La cogí de la mano.

—Un día nosotros también… —le aseguré y le di un suave beso en la frente.

Ninguno de los dos era lo bastante ingenuo como para creer que íbamos a permanecer a salvo de Kreeg y de los nazis para siempre. ¿Cómo iba a ser posible, después de todo por lo que habíamos tenido que pasar? Simplemente estábamos esperando que el desastre llegara a las costas de Noruega en forma de guerra o de algún hombre que me quiera muerto. Quizá las dos cosas.

En particular, la lectura de los periódicos contribuye a que la sensación sea más deprimente. Las tensiones en Europa aumentan día tras día. En marzo, Alemania se había anexionado Austria. En septiembre se había producido un breve destello de esperanza que nos permitió suponer que podría evitarse la guerra. Gran Bretaña, Francia, Alemania e Italia habían firmado los Acuerdos de Múnich, que entregaban a Alemania una zona de Checoslovaquia, los Sudetes, a cambio de la promesa por parte de Hitler de no plantear más exigencias territoriales. Pero ahora, solo tres meses después, eran pocos los que creían que los acuerdos fueran a respetarse.

Conforme a nuestra filosofía de vivir el presente, Pip, Karine, Elle y yo hemos reservado plaza a bordo del Hurtigruten, un barco que costea el magnífico litoral del oeste de Noruega para festejar la llegada de 1939. Había sido una propuesta mía, pues el viaje nos llevaría a pasar por numerosos lugares de una belleza impresionante, incluido el más excitante de todos ellos, la cascada de las Siete Hermanas, suspendida al borde del fiordo de Geiranger.

26

Resulta imposible reproducir mediante palabras la belleza de todo lo que contemplé durante nuestra travesía a bordo del Hurtigruten. Nadie tiene la capacidad de captar verdaderamente la magnificencia serena y silenciosa de la cascada ni la irresistible elegancia del espectáculo de luces que vino a continuación. Aun así, me siento obligado a volver a mi diario para ofrecer al lector un poco de la sensación de asombro que aún sigo teniendo.

Alrededor de las once de la mañana, el Hurtigruten dobló el recodo que da acceso al fiordo de Geiranger y apareció la cascada de las Siete Hermanas. No me da ninguna vergüenza decir que sentí un revoloteo de mariposas en el estómago y una ilusión casi infantil cuando el barco fue acercándose cada vez más a ella, hasta que me encontré cara a cara con uno de los panoramas más admirables que he visto nunca. Trepando por la pared rocosa del fiordo había siete senderos opacos de hielo blanco, decorados con finas ramas que se escindían en infinitas direcciones distintas. No he visto nunca nada semejante. Me daba la sensación de que los arroyos congelados eran los etéreos cabellos de las propias hermanas, flotando bajo el soplo de los vientos cósmicos. Elle me apretó la mano al notar que me sentía abrumado por tanta belleza.

—Es verdaderamente impresionante, *chéri* —dijo Karine a Pip, estrechándolo en sus brazos, antes de volverse al resto del grupo—. ¿Por qué la llaman la cascada de las Siete Hermanas?

—Bo puede responder a esa pregunta —contestó Elle, dirigiéndome una sonrisa.

—¡Ah, bueno, por supuesto! —dije—. En este caso en concreto la leyenda afirma que los siete arroyos o «hermanas» bajan danzando por la montaña, provocando y chinchando a la cascada que tenemos aquí enfrente. —Señalé el único arroyuelo que había al otro lado del fiordo—. Lo llaman el «pretendiente». Debo decir que no es mi leyenda favorita, pero me fascinan las apariciones que hacen estos personajes en casi todas las culturas y épocas.

—Por favor, Bo, continúa —me pidió Pip con un interés aparentemente auténtico.

—Culturas diferentes creen en cosas distintas. Pero durante milenios, las Siete Hermanas han sido inmortalizadas en el famoso grupo de estrellas y son objeto de fascinación y maravilla en todo el mundo. Los relatos acerca de ellas se han transmitido de boca en boca, a través de la poesía, el arte, la música, la arquitectura... Están incrustados en todas las facetas de nuestro mundo.

—¿Sabes una cosa, Bo D'Aplièse? —dijo Pip—. En los tres años que hace que te conozco, esta es la ocasión en la que te he oído hablar más.

No se equivocaba y su comentario hizo que todos nos echáramos a reír.

Al pasar por Tromsø el oleaje acabó por ser tan fuerte que Karine decidió irse a su camarote y Elle se ofreció a acompañarla bajo cubierta. El sobrecargo había comunicado que aquel era el mejor punto para ver la aurora boreal, de modo que Pip se quedó arriba todavía un rato.

—¡Con cuánta pasión has hablado antes de las Siete Hermanas! Dime, ¿cómo es que sabes tanto acerca de las estrellas? —me preguntó.

—Mi padre era profesor.

—¿Ah, sí? ¿De qué?

Me sentía lo bastante seguro como para darle la información que buscaba.

—De música, cultura y lenguas clásicas. Esta última materia abarca la filosofía, la antropología, el arte, la historia..., además de la astrología y la mitología. Le fascinaba especialmente la relación existente entre estas dos últimas —sonreí al recordarlo—. Como es natural, me legó esa fascinación.

—¿Eso fue allá en París? —preguntó Pip.

—Bueno... Sí, eso es. En París. Trabajó de profesor particular para... unos clientes ricos. —Esto último no era mentira.

Pip se echó a reír.

—Eso explica tu inteligencia, Bo. No me da vergüenza reconocer que es mucho mayor que la mía.

Yo lo negué sacudiendo la cabeza a un lado y otro.

—Amigo mío, ¡soy yo el que te envidia! Echa la vista atrás y fíjate en tu vida. ¡Eres miembro de la Orquesta Filarmónica de Bergen! El *Concierto del héroe* va a ser un éxito que ni tú te imaginas, y tienes una familia preciosa —contesté sinceramente—. No cabe duda de que Felix va a echarte hoy de menos.

Pip se inclinó y se apoyó en la barandilla del Hurtigruten.

—Estoy seguro de que está bastante feliz con su *bestemor* y su *bestefar*. Gracias por esas palabras tan amables, Bo. Aunque los dos sabemos que, de no ser por tu maldito brazo, estaríamos mirándonos cara a cara en el foso de la orquesta.

Sonreí.

—Tal vez en otra vida.

Pip se quedó mirando pensativamente la negrura del agua.

—Quiero mucho a Karine, Bo. Me siento el hombre más afortunado que haya existido nunca. —Se metió la mano en el bolsillo y sacó algo que parecía un pequeño adorno—. Antes de trasladarme a Leipzig para matricularme en el conservatorio, mi padre me dio una cosa...

—¿Qué es? —pregunté.

—Esto, amigo mío, es una rana de la suerte..., o eso dice mi padre. Cuentan que Edvard Grieg solía tener varias repartidas aquí y allá por toda su casa para que le trajeran suerte. Al parecer, esta perteneció a mi abuela, Anna. Toma —dijo y me la entregó—. Es tuya.

—¡Por Dios, Pip! No puedo aceptarlo. Es una reliquia de familia.

—Bo, me ha traído toda la fortuna del universo, de modo que lo único que me parece justo es entregársela a otro para que se beneficie de ella. —Se quedó pensando un momento—. Deseo que Elle y tú podáis vivir sin miedo.

Me sentí profundamente conmovido.

—Pip, no sé qué decir. Gracias.

—¡No hay de qué! Mira, la verdad es que debería ir con Karine. Está mareadísima. ¿Tú vas a quedarte aquí fuera? —me preguntó.

—Toda la noche, si es preciso, con tal de ver la aurora boreal.

Pip me puso amistosamente una mano en el hombro y se metió dentro.

Permanecí con los ojos clavados en el cielo nocturno, aún transparente como el cristal. No estoy seguro de cuánto tiempo seguí allí. Horas, tal vez, bañado por la luz de las estrellas y en contacto con mis chispeantes guardianas.

En un momento dado las Pléyades desaparecieron de la vista. Parpadeé varias veces y, cuando volví a abrir los ojos, el cielo, encima de mi cabeza, se había cubierto de un brillante manto iridiscente que danzaba y palpitaba por todo el firmamento. Me puse de pie lleno de un temor reverencial ante tanto resplandor, bajo aquel brillo..., la refulgente luminosidad de las luces... ¡Qué privilegio contemplar la inmensa belleza cósmica de nuestro universo, mayor que cualquier obra de arte o de arquitectura creada por la mano del hombre!

Al cabo de unos minutos, la aurora boreal desapareció tan misteriosa y repentinamente como se había presentado. No pude evitar prorrumpir en una risa eufórica. Levanté incluso las manos hacia lo alto y exclamé: «¡GRACIAS!»; el gesto sorprendió a algunos de los que, como yo, se habían quedado en cubierta contemplando las estrellas.

Tras un rato, amaneció sobre las tranquilas aguas del Cabo Norte. En un abrir y cerrar de ojos, estaríamos regresando a Bergen. Por fin, volví al interior del barco para despertar a Elle y contarle lo que había visto. Mientras me dirigía a nuestro camarote, pasé por delante del comedor y vi a Pip y a Karine sentados ante la mesa del desayuno. Desde donde estaba, les dije bromeando en voz alta:

—¡Amigos, las he visto! ¡He visto el milagro! Y su majestuosidad habría bastado para convencer incluso al más ferviente de los que no creen en un poder superior. Los colores... Verde, amarillo, azul... ¡Todo el cielo iluminado con su resplandor! Yo... —Sentí que las palabras iban a ahogarme, hasta que me recuperé. Extendí los brazos hacia Pip y lo abracé; estoy bastante seguro de que lo pilló por sorpresa—. ¡Gracias! —exclamé—. ¡Gracias!

Con la sensación de estar flotando en el aire, bajé danzando las escaleras y entré en el camarote, donde Elle dormía pacíficamente.

Nunca olvidaré la noche en la que el cielo bailó para mí.

27

Cuando vuelvo a leer aquellas páginas escritas en el Hurtigruten, parece que las luces de la aurora boreal y la cascada daten de hace una eternidad. Noto que las lágrimas me inundan los ojos cuando leo algo acerca de nuestros queridísimos amigos que ya no... Discúlpame, mi fiel lector, me estoy adelantando.

Necesito tiempo para no tener que disculparme por el hecho de que haga más de un año que no escribo en este diario. Tras nuestro viaje a bordo del Hurtigruten en 1939, y con el codo mejorando sin cesar, me sentía revigorizado y llené hasta el borde muchas páginas hablando de mis recuerdos. Pero lamento comunicarte que la historia se repitió y que esas páginas siguen en el piso de arriba de la tienda del cartógrafo en Bergen, porque Elle y yo nos vimos obligados a huir una vez más.

La máquina de guerra de Alemania atacó Noruega el 9 de abril de 1940. El país fue pillado completamente por sorpresa, con su armada ayudando a Gran Bretaña a asegurar el bloqueo del canal de la Mancha. Al final, la batalla de Bergen fue breve pero brutal y la ciudad no tardó en ser ocupada por completo. Había soldados patrullando por las calles y enormes esvásticas colgaban de las ventanas del ayuntamiento. Naturalmente, el nuevo régimen suspendió todos los acontecimientos culturales noruegos, incluido el estreno del *Concierto del héroe* de Pip.

Durante las semanas previas a la invasión, Karine anduvo como loca de preocupación. Le suplicó a su novio que abandonara Europa con ella, pero su marido estaba decidido a quedarse. En varias ocasiones la chica se presentó en nuestro piso llorando.

—Cree que mi nuevo apellido y el hecho de haberme bautizado en la fe luterana me protegerán. Yo lo quiero, pero él es muy ingenuo. Los soldados no tendrán más que echarme un vistazo y verán la verdad. Lo único que les hará falta será investigar un poco, y entonces... —Karine ocultó la cara entre las manos antes de dirigirse a Elle—. Tú también deberías tener miedo. Tu pelo rubio y tus ojos azules no podrán protegerte mucho. Nadie que pertenezca a nuestro pueblo está a salvo en Europa.

—Lo sé, Karine —contestó ella—. Nosotros ya estamos haciendo planes.

—Hacéis bien, a pesar de lo que diga mi marido. Es imposible subestimar la meticulosidad con la que actúan. No se detendrán ante nada con tal de exterminarnos. Y el pequeño Felix tiene sangre judía, por supuesto. ¿Y qué pasaría si se lo llevan también a él?

Elle abrazó a su amiga.

—Queridísima Karine, no puedo imaginarme la inquietud que te embarga. Pero tu marido daría la vida por proteger a vuestro hijo. Estoy segura de que Pip hará lo que sea por mantenerlo a salvo.

La otra empezó a sollozar.

—Quiero creerlo, Elle, de verdad que sí —exclamó sacudiendo la cabeza—. Pero en lo único en lo que piensa Pip es en el *Concierto del héroe*. Mis padres nos han suplicado que nos vayamos con ellos a Norteamérica. Incluso nos han mandado dinero. Pero Pip sencillamente se niega. Dice que en un nuevo país sería solo un aspirante más a compositor. ¡Aquí, en cambio, es el gran Jens Halvorsen!

—¿De verdad crees que pondría su ego por delante de vuestra seguridad? —preguntó Elle.

—No quiero creerlo. Él insiste en que Noruega es un país seguro porque permaneció neutral durante la Gran Guerra. Pero nosotros conocemos a esa gente, Elle. No pararán nunca. Estoy convencida de que vendrán hasta aquí. Y cuando lo hagan tenemos que estar preparados.

Lo estábamos. La noche en la que llegaron los nazis, Elle y yo buscamos refugio en las montañas del Froskehuset junto con todo el clan de los Halvorsen. Uno de los preparativos que había hecho en previsión precisamente de aquel momento había sido contratar los servicios de un pescador de la ciudad, Karl Olsen, que trabajaba en el puerto de Bergen. Habíamos acordado que nos pondría a salvo llevándonos a Gran Bretaña. Era un buen hombre, amable y de fiar, y yo solía hablar con él cada día desde que entré a trabajar en Scholz and Scholz. Sin embargo, debo decir que Karl no actuaba solo por puro altruismo. Yo llevaba ya dieciocho meses proporcionándole mapas gratis.

El primer día de la ocupación por la mañana, me levanté temprano y me reuní con él en el puerto cuando empezaba su jornada de trabajo. Me juró que en veinticuatro horas estaría preparado y esperándonos para llevarnos en su barco a Escocia.

Fui a informar a Elle.

—Tenemos que decírselo a Pip y a Karine —me suplicó.

Yo vacilé.

—Karine sí. Pero Pip y sus padres… Cuantas más personas conozcan nuestro plan, más probable es que nos descubran.

Pero ella se mantuvo en sus trece.

—Bo, debemos ofrecerles la oportunidad de acompañarnos.

—Por supuesto que sí. Pero ya sabes lo terco que es Pip. Lo último que queremos es montar una escena. ¡Prométeme que hablarás con Karine y tantearás primero su reacción!

Aquella noche, la última que pasaríamos en Noruega, nos encontramos con los Halvorsen. Yo mantuve una conversación con Astrid y Horst y Elle habló con Karine. Estudié la expresión de las caras mientras ella daba la noticia de nuestra marcha inminente. Me partió el corazón asistir a la desgarradora despedida de nuestros dos mejores amigos.

—¿Qué te ha dicho Karine? —pregunté cuando salimos por la puerta principal de la casa para dirigirnos al diminuto pabellón de caza que ocupábamos temporalmente.

—Me ha dicho que me esperará siempre aquí y que le escriba cuando lleguemos a Escocia.

—¿Ni siquiera ha contemplado la posibilidad de acompañarnos?

Elle negó con la cabeza.

—Ha dicho que Pip ni se lo plantearía y que ella estaría dispuesta a morir antes que dejarlo.

Le tomé la mano entre las mías mientras contemplábamos en silencio el destino al que estaba condenando Pip a nuestra amiga.

Al día siguiente, a las cinco en punto de la madrugada, Elle y yo nos reunimos con Karl en el puerto. Saltamos a bordo de su arrastrero y aguantamos una travesía con mala mar, pero sin incidentes, hasta Inverness, en Escocia. Duró casi todo el día, durante el cual recé pidiendo que no encontráramos ningún barco militar. Pero las Pléyades nos sonrieron y nuestro viaje a Gran Bretaña fue, por fortuna, seguro. Estreché con fuerza entre mis brazos a Elle mientras los dos nos despedíamos mentalmente de nuestra vida anterior. Era algo a lo que, por desgracia, estábamos ya acostumbrados, pero no por ello resultaba más fácil. Yo sabía sobre todo lo acongojada que estaba Elle. Karine significaba mucho para ella y no cabía duda de que estábamos dejando en peligro a nuestra amiga. Pero aparte de secuestrarla, y con ella al pequeño Felix, poco podíamos hacer.

—Recuerda, Karl, tienes que dejarnos en algún sitio apartado. No tenemos papeles.

Calmó mi preocupación haciendo un gesto con la mano.

—No hay problema, Bo. Encontraremos alguna playa vacía. Así de memoria, no faltan por aquí. Tendréis que bajar a tierra a pie, recuérdalo.

Elle y yo nos miramos y levantamos las cejas.

Después de hacer un breve reconocimiento, Karl encontró un sitio apropiado y acercó el arrastrero a tierra lo máximo posible.

—Esto es lo único que puedo hacer —comentó, encogiéndose de hombros—. Tendréis que tiraros al agua.

Hice un gesto de asentimiento con la cabeza y salté a regañadientes por el costado del barco al agua helada, que me llegaba hasta los muslos.

—¡Por Dios! —exclamé exasperado—. Será mejor que te lleve en brazos, Elle. Coge nuestra bolsa.

Agarró la curiosa mochila de cuero que contenía las pocas pertenencias que habíamos podido recoger y Karl la ayudó a llegar a mis brazos.

—¡Por favor, si tienes ocasión, dile a Karine que hemos llegado bien y que estamos a salvo! —le dijo Elle alzando la voz—. ¡Que ya le escribiré!

Karl levantó el pulgar.

—Buena suerte para los dos. Y te agradezco lo de los mapas, Bo.

—Gracias a ti por todo, Karl. ¿Estás seguro de que no quieres desembarcar tú también?

El pescador se echó a reír.

—Bergen es mi casa. Quiero volver allí y ayudar a quitarnos de encima a esos visitantes no deseados. Te lo puedo asegurar: el pueblo noruego lo conseguirá.

Tras esas palabras encendió el motor y así dio comienzo la travesía de regreso.

Yo salí lenta y penosamente del mar caminando hacia la playa de blanquísima arena, donde deposité con cuidado a Elle.

—Gracias, amor mío —me dijo agradecida.

El día era gris y hacía viento, como es propio de esta costa accidentada.

Fui haciéndome a nuestro entorno. Si Noruega me había parecido un país pintoresco y sereno, la primera impresión que tuve de Escocia fue que era una tierra abrupta y fiera, pero tanto una como otra eran igualmente hermosas. Los afloramientos rocosos, las lomas cubiertas de hierba y el cielo siempre amenazador sobre nuestra cabeza se encargaron de causar esa primera impresión. Nos dirigimos a lo alto de una duna y a continuación salimos a una carretera desierta.

—No creo que tardemos mucho en llegar andando a Inverness —calculé—. Por lo que he visto desde el mar, desde aquí habrá como máximo unos cuatro kilómetros hasta la población.

En menos de una hora, llegamos a la gran ciudad costera, que se define a sí misma como «el centro de las Highlands». No sé qué era lo que me esperaba de un sitio semejante, pero daba la sensación de estar prácticamente desierto. Una parte de mí sospechaba que se debía al reclutamiento obligatorio ordenado por el Ejército británico, que había entrado en vigor el día en que Neville Chamberlain declaró la guerra a Alemania. Me estremecí al pensar en las familias de las pequeñas poblaciones como esta que se habrían sentido desoladas a raíz de semejante decisión. El número de habitantes de las localidades debía de haber quedado reducido prácticamente a la mitad.

Cuando nos acercamos al centro, pasamos ante el castillo de arenisca roja, cuya imponente silueta sobresalía de las orillas del río Ness. Recordé que allí era donde Macbeth asesinó al rey Duncan en la tragedia de Shakespeare y no pude impedir que un escalofrío me recorriera la espalda.

Gracias al cielo, cuando llegamos a la calle principal empedrada, los pantalones ya se me habían secado, aunque no pudiera decir lo mismo de mis zapatos. Tenía los pies completamente congelados, necesitaba con desesperación refugiarme dentro de algún sitio lo antes posible. Por fortuna, no tardamos en divisar un viejo letrero abollado que oscilaba sobre nuestra cabeza movido por el fuerte viento. La placa decía: «The Sheep Heid Inn, habitaciones y comidas».

—¿Qué te parece? —pregunté a Elle.

Ella asintió con énfasis con la cabeza.

—Vamos —dijo.

Abrimos la puerta del decrépito edificio que formaba parte de una manzana de casas adosadas y entramos. El interior estaba oscuro y era estrecho; una sola luz eléctrica iluminaba tenuemente el mostrador de la recepción. Probé a llamar al timbre y un señor anciano con gafas y cargado de hombros apareció procedente de la cantina que había en la estancia de al lado.

—¿Sí? —preguntó.

—¿Qué tal, señor? ¿Tendría usted una habitación libre para mi esposa y para mí?

El hombre se me quedó mirando con recelo.

—¿Para cuánto tiempo? —dijo entre dientes con un fuerte acento escocés.

—Unas cuantas noches por lo menos. Quizá más.

El otro levantó una ceja.

—¿Qué lo trae por Inversneckie?

—Disculpe... ¿Por dónde?

Me miró poniendo los ojos en blanco.

—Por Inverness. ¿Qué está haciendo en la ciudad? Por su forma de hablar no parece usted de por aquí.

—Tiene un oído impresionante. Somos franceses de nacimiento, pero hemos venido a visitar a nuestra abuelita escocesa, que está enferma.

—¡Ah, ya! ¿Y dónde vive? —insistió.

—En Munlochy —respondí rápido como una centella. Había visto una indicación que dirigía hacia allí cuando llegamos a la ciudad y el nombre se me quedó en la memoria porque resultaba agradable al oído. Aquello pareció satisfacer al propietario de la fonda.

—O sea, una habitación para dos. Hay que tener mucho cuidado. Chamberlain ha hecho que todos nos andemos con ojo con cualquiera que resulte extraño, ¿sabe?

—Y con razón, señor.

Nos acompañó a nuestra habitación, que era sombría y húmeda, bastante parecida al tiempo que hacía en la calle. El colchón era horriblemente delgado y, cuando tuve el atrevimiento de tumbarme en él para descansar un poco, mi espalda chocó con una muralla de muelles. Por fortuna, la poca calidad del alojamiento se veía reflejada en el exiguo precio de la habitación, que, aun así, iba a comerse una buena parte de nuestros escasos ahorros.

—Tenemos que comentar algunas cosas sobre nuestra forma de hablar, cariño —le dije a Elle en cuanto se acostó a mi lado en la cama—. Como acabamos de comprobar, para el oído de los británicos tenemos un acento muy marcado. Lo último que necesitamos es llamar la atención. ¡Imagínate que alguien nos acusa de ser espías!

Elle se volvió de lado para mirarme a la cara.

—Tienes razón. Pero ¿qué podemos hacer?

—Bueno, propongo que, si vamos a quedarnos aquí durante largo tiempo, lo primero que debemos hacer es adaptar nuestros nombres. Yo, que soy Bo, ahora podría ser... —busqué mentalmente un equivalente inglés— ¡Bob!

Elle frunció el ceño.

—No puedo llamarte Bob y no echarme a reír. ¿Qué te parece Robert?

Me quedé pensando un instante.

—De acuerdo. Pues Robert. ¿Y quizá tú podrías convertirte en Elle... anor? Como la Elinor Dashwood de *Sentido y sensibilidad*.

Su gesto ceñudo dio paso a una leve sonrisa. Pensé que la alusión a Jane Austen le gustaría.

—Vale. Pues ahora somos Robert y Eleanor. ¿Y qué hacemos con nuestro apellido? D'Aplièse no es muy corriente, por no decir otra cosa.

—Desde luego. No podemos correr el riesgo de provocar recelos no deseados, menos aún con la ley de reclutamiento forzoso en vigor. Yo soy joven y la gente de aquí podría empezar a preguntarse por qué no estoy en el frente. —Suspiré de frustración. El peso de lo desconocido empezaba a hacer mella en mi ánimo.

—Bo, aunque quisieras combatir, no te lo permitirían. Todavía te las ves y te las deseas para levantar el arco del violonchelo. Así que de levantar un fusil no cabe ni hablar —se encargó de recordarme Elle—. Cualquier médico lo confirmaría inmediatamente.

Solté una risita irónica.

—¡Sí, claro! ¡Qué oportuno!

Ella volvió a tumbarse boca arriba y se quedó mirando el techo.

—Si la gente empieza a hacer preguntas sobre nuestro pasado y quiere saber qué estamos haciendo aquí en Gran Bretaña, creo que es lógico que digamos que somos refugiados judíos, que escapamos de Francia debido a la amenaza de invasión de los nazis. Eso al menos explicará nuestro acento. Para uno de nosotros esa es precisamente la verdad.

—Tienes razón. —Me quedé pensativo, pasándome la mano por la sien—. Lo único que necesitamos es encontrar algún rinconcito tranquilo del país en el que permanecer ocultos.

—Y también ganarnos la vida, por supuesto —añadió Elle.

—¿Qué te parecen las Highlands? Podíamos ir más al norte incluso. No veo ningún motivo para cambiar la situación que teníamos en Bergen, donde trabajábamos en pareja. Quizá podamos encontrar algo en una casa de campo. Habrá escasez de mano de obra debido a la guerra.

Elle se sentó en la cama y se quedó mirando la calle inhóspita a través de los cristales mugrientos.

—Echo de menos nuestro pisito y sus vistas del puerto de Bergen —dijo—. Me habría gustado quedarme allí contigo para siempre.

—A mí también. Pero debemos recordar que hemos venido aquí empujados por la necesidad. En este país creo que estamos a salvo de una invasión por parte de los alemanes. El Ejército de Gran Bretaña es fuerte y su pueblo tiene mucho aguante. —Le cogí una mano y la apreté con fuerza—. Te lo prometo, amor mío, encontraremos un final feliz para nosotros.

Elle pasó la tarde escribiendo una carta a Karine y yo aproveché para salir a explorar el terreno. A pesar del tiempo, Inverness tenía cierto encanto y resultaba pintoresca. Intenté imaginarme la ciudad en pleno verano en tiempos de paz, llena de turistas que vienen a visitar la comarca, y eso bastó para corroborar mi impresión. Bajé paseando por la orilla del río Ness, que divide la ciudad en dos y une el mar del Norte y el famoso lago en el que habita el monstruo. Cuando iba de vuelta a la fonda, pasé ante una miríada de pequeños cafés que aseguraban que servían «el mejor desayuno escocés de la ciudad». Me atreví a leer alguno de los menús y vi que la mayoría de ellos ofrecían morcilla, que tengo entendido que se hace con sangre. Los británicos tienen unos gustos muy raros.

Después de echar la carta con destino a Noruega, Elle y yo nos instalamos en el bar del Sheep Heid Inn para pasar la velada. A diferencia de nuestra habitación, el bar daba una sensación relativamente acogedora ahora que empezaba a ponerse el sol. Nos encaramamos a un viejo banco de madera y nos quedamos mirando el agradable fuego que brillaba en la chimenea. Cuando anocheció en la calle, el camarero empezó a cerrar los postigos de las ventanas para mantener la oscuridad del lugar en caso de que se produjera un ataque aéreo del enemigo. Me levanté con la intención de ayudarlo.

—Gracias, amigo —me dijo con una sonrisa—. ¿Quiere que le traiga un whisky?

Vacilé un instante. El lector ya estará familiarizado con mi renuencia a beber alcohol. Pero aquel día, a primerísima hora de la mañana, había tenido que meterme en el mar del Norte con el agua hasta la altura de los muslos y todavía no me había recuperado por completo del frío. Decidí que en aquella ocasión podía hacer una excepción, debido a las célebres cualidades reconfortantes del alcohol.

El líquido ambarino era fuerte, pero indudablemente delicioso. Tuvo un efecto agradable y relajante en nuestro estado de ánimo y aquella noche Elle y yo disfrutamos de unas cuantas copas de varios tipos de maltas distintas. El amable camarero, Hamish, estaba a todas luces encantado de impartir lecciones a dos refugiados «franceses» sobre los entresijos de la destilación y por qué el licor era superior al vino. Lo único que a mí me preocupaba era cuánto me había gustado el whisky. Me apunté mentalmente que no debía volver a ceder a esa tentación en mucho tiempo.

Los días sucesivos los pasamos intentando adaptarnos a la vida de aquel nuevo país. Según observé, la gente, una vez que bajaba la guardia, era amable, acogedora y risueña. La comida, sin embargo, resultaba una valla muy difícil de superar. La dieta británica parecía estar compuesta casi exclusivamente de carne, *gravy* y patatas. Yo no comprendía cómo era posible que ese país tuviera tantos atletas famosos.

La quinta noche que pasamos en Inverness, fuimos a cenar a una taberna —o «pub», como dicen los británicos— de la localidad llamada The Drovers Inn. En la ciudad había muchos pubs y, a mis ojos, todavía no acostumbrados a ellos, todos les parecían casi iguales. Sin embargo, la gente de la localidad insistía en que eran muy distintos y cada uno defendía firmemente su favorito. El Drovers nos lo había recomendado Hamish. Aunque no era muy grande, tenía mucho carácter, con arneses de caballos y mantas de tartán colgando de casi todas las paredes. Detrás del mostrador había una colección de picheles de peltre, cada uno con un nombre grabado en su superficie, que pertenecían a los parroquianos. Naturalmente, no me costó trabajo localizar entre ellos uno en el que ponía «Hamish».

Cuando eché un vistazo al menú, me puse muy contento al ver por fin que ofrecían *haggis*. Hamish me había dicho que era el plato nacional, pero cuando le pregunté qué era exactamente se echó a reír y me animó a probarlo sin saber nada más. El tabernero, alto y corpulento, se acercó a apuntar la comanda.

—Me gustaría probar el *haggis*, por favor —dije con confianza antes de decidir que no era lo bastante valeroso para ir a ciegas—, pero... ¿puedo preguntarle qué es exactamente?

—Es hígado, corazón y pulmón de oveja —contestó el propietario del local.

Di un ligero respingo.

—¡Dios mío!... ¿Y cómo lo presentan? —Me pregunté con sinceridad si iba a ser capaz de soportar la vista de todo aquello servido en un plato.

—Bueno, no se preocupe *usté*... ¡Va todo envuelto en el estómago de la oveja! —dijo el hombre en tono jovial.

Sus palabras no me inspiraron mucha confianza.

—¿Y lleva algo más? —pregunté.

—*Neeps and tatties* —respondió aquel.

—¿*Neeps and tatties?* No sé si lo he entendido bien...

—Nabo y patatas —exclamó una voz profunda y fuerte procedente del mostrador. Un hombre de unos cincuenta años aproximadamente se dio la vuelta y nos sonrió a Elle y a mí, que estábamos sentados en una mesa en un rincón. Aunque tenía el pelo canoso, sus ojos oscuros y su mandíbula bien dibujada hacían que pareciera bastante apuesto.

—¡Ah, muchas gracias, señor! —Le hice una inclinación de cabeza—. Me gustaría pedir eso, por favor.

—¿Y aquí para su gachí?

—¿Mi qué?

—Su distinguida señora —dijo el hombre de la barra, ahora riendo abiertamente. Su acento era sin duda inglés. Además, llevaba un traje de tweed de color verde botella.

—Yo tomaré la sopa, por favor —le dijo Elle al tabernero.

—Como *usté* quiera —respondió este moviendo con amabilidad la cabeza y desapareció con la comanda rumbo a la cocina.

El inglés de la barra se acercó a nuestra mesa y me di cuenta de que tenía una pronunciada cojera. Dejó su espumeante vaso de cerveza y agarró una silla.

—Los escoceses viven al lado de nosotros, los ingleses, pero incluso yo me las veo y me las deseo a veces para entender esos acentos tan fuertes. Archi Vaughan —dijo, tendiéndonos la mano—. Encantado de conocerlos.

—¡Oh! ¿Qué tal? Yo me llamo Robert y ella es Eleanor.

—El placer es nuestro —añadió Elle.

Archie sonrió de buena gana.

—Encantado, por supuesto. Perdonen, seguro que estoy siendo muy maleducado. ¿Les importa que me siente a tomar algo con ustedes?

Yo miré a Elle, que permaneció totalmente tranquila y le devolvió la sonrisa.

—Por supuesto que no —contestó, levantando su copa de oporto y limón.

—¡Estupendo! —exclamó Archie—. Y ahora, díganme, con esos nombres tan ingleses, ¿de dónde han sacado esos acentos tan raros? —Dio un sorbo a su cerveza.

—Somos franceses. Hemos llegado huyendo hasta aquí para escapar de la inminente invasión. —Elle hizo una pausa, ateniéndose fielmente al guion—. Nuestro pueblo se encuentra amenazado en todas partes —añadió.

—¿Quién? ¿Los franceses? —El hombre resopló y puso una cómica cara de perplejidad.

Elle negó con la cabeza y Archie cerró un poco los ojos cuando empezó a entender las cosas.

—¡Uf! Ya veo. Bueno, sean bienvenidos aquí. Y no se preocupen, estoy seguro de que conseguiremos que esos bárbaros salgan con el rabo entre las piernas. —Cambió la postura de las susodichas e hizo una mueca de dolor—. ¿Y qué los ha traído concretamente a Inverness?

—Intentamos encontrar trabajo —respondí yo con sinceridad.

El hombre se echó a reír.

—Bueno, siento ser portador de malas noticias, pero están en la zona equivocada. El que les aconsejara venir al norte de Escocia se merece un buen tirón de orejas. Como probablemente habrán comprobado, por aquí no hay más que montañas y lagos hasta donde alcanza la vista.

—¿Es usted de la zona? —preguntó Elle.

—No, desde luego que no. Pero estoy muy familiarizado con ella. Vengo de caza los fines de semana desde que era un muchacho. Ese es el motivo de que me encuentre aquí en este momento. La Real Fuerza Aérea me ha concedido una semana de permiso, así que he venido a tomar un poco el aire a esta comarca.

—¿Y dónde tiene usted su residencia? —pregunté.

Archie hizo una breve pausa con el fin de escoger con cuidado su respuesta.

—En el sur de Inglaterra. En Kent, exactamente. ¡No creo que eso signifique mucho para ustedes!

—La tierra de Charles Dickens —comenté.

El hombre pareció sorprendido de verdad.

—¡Por Dios! ¿Están seguros de que son ustedes franceses? Los felicito por sus conocimientos de la literatura de Gran Bretaña. —Se recostó en el respaldo de su asiento y cruzó los brazos—. ¡Y no olviden que también la señorita Vita Sackville-West procede de un rincón de nuestros bosques!

Elle y yo nos lo quedamos mirando sin comprender.

—Sí, bueno. Puede que esto sea un poquito exagerado. —Tomó otro sorbo de cerveza antes de clavar en mí los ojos—. ¿Puedo preguntarle cómo se las ha arreglado para librarse de ir al campo de batalla, Robert?

Me sentí un poco incómodo ante aquel interrogatorio, pero contesté con tranquilidad.

—No puedo combatir debido a una lesión en el brazo. Estamos buscando algo que nos permita salir adelante.

Archie levantó las cejas.

—¡Ah, vaya, un inválido! Lo siento, chaval. Quizá se haya usted percatado de que tengo una pierna mala, así que yo tampoco puedo combatir. —Se dio una palmada en el muslo—. La culpa es de los alemanes, pero no se trata de una lesión reciente. Me la pesqué durante la Gran Guerra. Ahora estoy destinado a una mesa de despacho.

—Lo siento también por usted —contesté.

Él me dirigió una mirada de simpatía.

—Sé lo que significa para un hombre joven no poder luchar. Tengo un hijo, quizá algo menor que usted, Robert. Se llama Teddy. Tiene los pies planos. —Hice un gesto de comprensión con la cabeza—. Muy mala suerte. Aunque tampoco es que le preocupe demasiado el asunto —añadió, poniendo los ojos en blanco.

—¿Y cómo pasa el tiempo? —preguntó Elle—. ¿Está también detrás de una mesa de despacho, como usted?

Se dibujó en su rostro una sonrisa de resignación.

—No. Teddy tiene veintiún años y es el heredero de mi enorme mansión y todas sus fincas.

No pude por menos que aguzar el oído.

—A pesar de todos mis esfuerzos, no veo la forma de motivarlo. En consecuencia, va de dandi por la vida y no para de meterse en líos, la mayor parte de los cuales tiene que resolver mi sufrida esposa Flora.

Aproveché la ocasión para decir:

—¿Una mansión en el campo? Debe de tener un montón de personal que se encargue de su cuidado.

Archie se echó a reír.

—Mucho me temo que esos tiempos ya han pasado para High

Weald. Las cosas son un poquito... complicadas desde la Gran Guerra. Y el personal que tenemos ahora o está en el frente o está trabajando en las fábricas de munición —comentó, suspirando—. Flora tiene que hacerlo casi todo. Es muy injusto. Pero por desgracia no hay mucho donde elegir en estos momentos. —Clavó los ojos en su vaso de cerveza, ya casi vacío.

Elle me puso una mano en la pierna, instándome a continuar por ahí.

—Parece que a su esposa debe de resultarle muy difícil. ¿Tal vez podríamos nosotros llenar ese vacío?

Archie levantó la mirada, sintiéndose de repente incómodo.

—Claro, por supuesto. Lo siento. A veces puedo ser muy corto de entendederas. Decían ustedes que estaban buscando trabajo. —Empezó a recorrer con la mirada todos los rincones del pub mientras intentaba dar con la manera de formular su negativa—. Parecen ustedes muy decentes, desde luego, pero, como ya les dije, las finanzas de la familia Vaughan pasan por un momento bastante difícil. Mi casa, High Weald, se está desmoronando lentamente y yo dedico casi hasta el último penique que gano a evitar que se venga abajo por completo. —Se restregó los ojos con las manos—. Ha pertenecido a mi familia durante generaciones y no estoy dispuesto a ser el Vaughan que la pierda. En resumen, apenas puedo ofrecerles nada en materia de remuneración.

Yo ya me había resignado a aceptar la negativa de Archie, pero Elle no estaba dispuesta a rendirse.

—Bueno, nosotros ya estamos acostumbrados a tener unos ingresos pequeñísimos, señor Vaughan. En París, teníamos un piso minúsculo.

—Bueno, en honor a la verdad, es lord Vaughan —dijo Archie con un guiño—. En fin, pues vale. Díganme, ¿cuál era el trabajo que hacían en París?

—Perdóneme, lord Vaughan.

Archie hizo un gesto con la mano rechazando las disculpas y echándose a reír. Elle me miró y dijo:

—Robert y yo trabajábamos juntos en un orfanato —mintió descaradamente—. Él era cuidador y jardinero y yo cocinaba para los niños y me encargaba también en parte de la limpieza. Por supuesto, los recursos del orfanato eran limitados, así que no nos pagaban mucho. —La calma con la que se lo inventaba todo era asombrosa.

—¿Era un sitio grande? —preguntó lord Vaughan arqueando las cejas.

Ella asintió enérgicamente.

—¡Ah, sí! Enorme. Se llama Apprentis d'Auteuil, si desea informarse. ¡Y le garantizamos que cualquier follón que organice el señorito Teddy no será nada comparado con el caos que causan cien niños!

Archie arqueó las cejas y se bebió lo que le quedaba de su pinta de cerveza.

—No, no me imagino nada comparable con eso. Bueno, no puedo negar que Flora estaría encantada, especialmente teniendo en cuenta que a mí me tienen maniatado en la base aérea... —Se quedó pensando un momento—. Escuchen, aunque no podría pagarles mucho, High Weald cuenta con varias casitas de campo en la finca y ahora misma están desocupadas. ¿Se conformarían con un techo y todas las piezas de caza que consigan?

Elle lanzó una sonrisa de satisfacción.

—¡Oh, señor, le estaríamos agradecidos de por vida!

Yo me sumé a su entusiasmo.

—Sinceramente, lord Vaughan, estaríamos en deuda con usted.

—Pues entonces —dijo, dándose una palmada en el muslo y se puso en pie—, ¡bienvenidos a bordo! —Nos estrechó la mano a los dos con efusividad—. ¡Qué encuentro más afortunado ha acabado siendo el nuestro! —dijo. Y eso que no sabía la mitad de la historia—. Pero ahora debo volver a mi alojamiento. Dentro de unas horas tengo que coger el coche cama. —Me lo quedé mirando con cara de no entenderlo—. ¡Ah, lo siento! El tren nocturno. El que va de Glasgow a Londres. A propósito, ¿dónde se alojan ustedes de momento? Ya me encargaré yo de los billetes. ¿Podrían empezar la semana que viene?

Elle y yo nos miramos.

—Por supuesto. Le estaremos muy agradecidos —contesté—. Estamos en el Sheep Heid Inn.

—¡Estupendo! —exclamó batiendo las palmas—. Haré que les manden los billetes allí.

—Bueno, estaríamos encantados de pagárnoslos nosotros... —empezó a decir Elle.

Archie levantó una mano.

—¡Bobadas! Ahora son ustedes empleados míos y las cosas no están tan mal como para no poder pagarles una noche en el Caledonian Railway. —Lord Vaughan apuró lo que quedaba de su pinta de cerveza—. Perdonen, pero, ¿saben?, creo que no he oído su apellido... —Se nos quedó mirando con expresión inquisitiva—. Son ustedes Robert y Eleanor...

—Tanit —contesté con toda la rapidez y la calma posibles.

—Perfecto. Enviaré los billetes a nombre del señor y la señora Tanit. —Con una inclinación de cabeza y una sonrisa, Archie Vaughan cogió su gran abrigo azul, que estaba colgado del gancho situado junto a la puerta, y salió de la taberna.

Elle y yo nos miramos y nos echamos a reír.

—¿Ves, cariño? —dije—. ¿Comprendes por qué, a pesar de todo, deposito mi confianza en el universo?

Ella me cogió las manos entre las suyas.

—Pues desde luego yo también estoy empezando a hacerlo. ¡Menudo golpe de suerte!

—En efecto. —Levanté la vista al techo y me encogí ligeramente de hombros—. O quizá algo más poderoso que la suerte. ¿Quiénes somos nosotros para decirlo?

Nos quedamos un rato mirándonos a los ojos, un poco desconcertados ambos por el hecho de que se nos hubiera concedido una nueva oportunidad tan pronto. Por fin, Elle frunció el ceño.

—¿Y qué es ese apellido que le has dado? ¿En qué estabas pensando?

Lector, debo confesarte que en un momento de verdadero pánico le había dado a Archie Vaughan mi apellido real, el mismo que en algún lugar de las tierras baldías de Siberia aparece escrito en mi partida de nacimiento: Tanit.

Me pasé la mano por el pelo.

—Lo sé, ha sido una tontería por mi parte. Pero no quise vacilar ni un instante, menos aún después de las preguntas acerca de nuestros acentos. Mi cabeza no ha dado para más.

Elle puso los ojos en blanco, pero enseguida volvió la sonrisa a su rostro.

—Bueno, pues seremos el señor y la señora Tanit.

—Supongo que si Kreeg logra entrar alguna vez en Gran Bretaña —dije en tono reflexivo—, lo último que esperaría de mí es que utilizara mi verdadero apellido...

Durante la sobremesa, discutimos todas las posibilidades que podría proporcionarnos nuestra vida en la finca. Nos pusimos a fantasear sobre la casita rústica que nos habían prometido y el entorno exuberante y verde de la campiña inglesa. En aquellos momentos, el peligro de Kreeg y de la invasión alemana parecía muy lejano.

Volvimos a nuestro alojamiento dando un paseo por la calle mayor, tras lo cual el propietario de la fonda nos entregó una carta dirigida a «Bo y Elle», que afortunadamente eran los nombres que habíamos utilizado al registrarnos. A Elle se le iluminó la cara y subió corriendo a nuestra habitación.

—¡Debe de ser de Karine! —dijo llena de nerviosismo—. ¡No puedo esperar más! Tengo que contarle lo que nos ha ocurrido esta noche. Le parecerá graciosísimo. —Se quedó mirando la parte delantera del sobre y frunció el entrecejo—. ¡Qué extraño! No parece su letra.

—Ábrela y lo sabrás —le dije, dándole ánimos.

Después de romper el sobre, sacó dos hojas de papel.

—Es algo que manda Horst —dijo enigmáticamente.

—¿Horst? ¿Va todo bien? —Me quedé estudiando su cara mientras leía.

—No entiendo nada —dijo.

—Léela en voz alta —le propuse.

—«Querido Bo, querida Elle...» —empezó a leer.

Espero que esta carta llegue a vuestras manos. Me he enterado de vuestra dirección por la nota que recientemente habéis mandado a Karine. Os pido disculpas por haberla abierto, pero pronto comprenderéis por qué no tuve más remedio que hacerlo. Me alegro de que estéis a salvo en Escocia y espero que el horror de este conflicto absurdo no os persiga hasta allí. Ojalá no tuviera que escribiros en unas circunstancias tan lamentables. Pero me veo en la obligación de mandaros esta carta, por expreso deseo de mi querido hijo.

Os lo ruego, no penséis mal de él. No era una persona despreciable. Simplemente cometió un error y ha pagado por ello el precio más alto que quepa imaginar. Gracias por haber sido unos amigos tan buenos de mi hijo y también de Karine. Sé que los dos os querían muchísimo.

Por favor, cuidaos mutuamente como si fuerais un tesoro, amaos y escuchaos.

Vuestro amigo,

HORST HALVORSEN

Elle soltó la carta y se me quedó mirando con cara de preocupación.

Yo sentí que empezaba a hacérseme un nudo en el estómago.

—Déjame a mí leer la otra carta. —Me acerqué a ella y se la quité con delicadeza de las manos.

Querido Bo, querida Elle:

Cuando llegue a vuestras manos esta carta (si es que eso pasa), yo ya no estaré aquí. Es mi triste deber comunicaros que esta mañana el amor de mi vida, Karine Eliana Rosenblum, ha sido fusilada por nuestros invasores.

Su delito ha sido atreverse a bajar a la ciudad a comprar pan y leche.

Como sabéis los dos, el deseo de Karine era irse de Noruega. Yo me comporté como un egoísta y no quise escuchar sus advertencias y por eso no tengo perdón. Mi esposa era más bondadosa, más inteligente y MEJOR que yo y habría debido hacerle caso.

Mi corazón ha quedado destrozado y no hay forma de arreglarlo.

Elle, debo pedirte disculpas especialmente a ti. Eras la mejor amiga de Karine y había entre las dos un vínculo más fuerte incluso que el que la unía a mí. Es culpa mía y de nadie más que no volváis a veros.

Amigos, me someto a la misericordia del Señor, pero no espero perdón. Escribir esta carta será la penúltima cosa que haga en mi vida. Luego iré al establo, cogeré la escopeta de caza de mi padre y me suicidaré en los bosques situados detrás de la casa. No os inquietéis. Felix está a salvo con mis queridos padres, que sé perfectamente que querrán tanto a mi hijo como han querido al suyo.

Lo único que deseaba yo era ser elogiado por mi talento musical. Así que, por favor, amigos míos, no os acordéis de mí. Que ese sea mi castigo eterno. Permitidme ir a parar al polvo y a la ceniza.

Pero recordad a nuestra querida Karine. En un mundo envuelto en las tinieblas, ella era una luz y debe brillar para siempre.

Con todo mi cariño,

JENS «PIP» HALVORSEN

Ni Elle ni yo pudimos pronunciar palabra. Simplemente nos quedamos en silencio, hasta que mi mujer empezó a temblar y a estremecerse y por fin estalló en sollozos. Permanecí abrazado a ella durante horas; por fin se tranquilizó y se quedó dormida en mis brazos, agotada por la carga emocional que la noticia recibida había echado sobre sus hombros.

Al final llegó la luz del amanecer y con ella también los billetes del coche cama del Caledonian Railway a nombre de «Señor y señora Tanit», cosa que causó no poca confusión en la recepción, pues nos habíamos registrado como «D'Aplièse». Por fortuna, el propietario de la fonda aceptó mis disculpas cuando le dije que «Tanit» era el apellido de mi abuela enferma y que evidentemente debía de tratarse de un error.

Aquella noche tomamos un tren de Aberdeen a Glasgow y subimos al coche cama justo antes de que dieran las once. Una vez acomodados en nuestro pequeño compartimento —en el que había unas camas de metal, un lavabo diminuto y una mesita plegable—, me acosté en la litera de abajo junto a Elle y la cogí de la mano.

—Seguiremos viviendo para honrarla —le aseguré—. Vaya nuestra felicidad en memoria suya —dije mientras el convoy se ponía en marcha. Me sentía tristísimo al ver lo afligida que estaba Elle.

—No puedo dejar de pensar en el pequeño Felix —dijo sollozando—. ¿Qué va a ser de él? Perder a tu padre y a tu madre al mismo tiempo es…, bueno, ya sé lo doloroso que es. —Me miró fijamente a los ojos—. ¿No tenemos tal vez la obligación de volver por él?

Me quedé meditando la pregunta de Elle. Escudriñando en el fondo de mi corazón, pensé que la verdad era... Sí, teníamos esa obligación. Pero en aquellos momentos no podíamos volver a Bergen. Sería un suicidio.

—Felix estará a salvo con Horst y Astrid. Ya sabemos lo buenos que son. Y Karine descansará en paz sabiendo que ya nadie podrá relacionar al niño con su herencia religiosa. Está bien protegido allí.

Elle se llevó la mano a la boca.

—Siento que tengo una deuda muy grande con los dos. De no ser por ellos, ¿quién sabe dónde estaríamos? Y ahora... es demasiado tarde para corresponder a su amabilidad.

Las palabras de Elle siguieron dando vueltas en mi cabeza mientras el tren se adentraba traqueteando en la noche. Al final, el suave ritmo y el zarandeo del convoy lograron sosegarme hasta quedarme profundamente dormido. Y así abandonamos Escocia para empezar una nueva vida.

El Titán

Junio de 2008

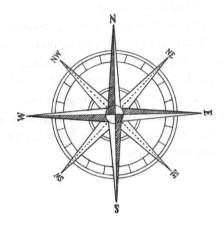

28

Merry

Al final, logré dormir bastante bien la noche pasada. Tal vez gracias a la breve conversación que mantuve con Ambrose. Él se iba a cenar, pero el hecho de oírlo hablar, con ese acento entrecortado y ese tono de voz tan jovial, me relajó. Le había prometido que a la mañana siguiente le devolvería la llamada para ponerlo al día. Bostecé y miré alrededor de mi camarote, que estaba teñido de unos agradables reflejos anaranjados debido a la luz del alba que entraba por el ojo de buey.

Oí un ruido sordo que me resultó familiar, procedente de la sala de máquinas, en cuanto el capitán Hans aceleró los motores para empezar otra jornada de travesía. Ni que decir tiene que me sentía encantada con el lujo opulento del Titán y con no tener que cruzar el mar del Norte, con sus agitadas aguas, en un barco de arrastre, como mis padres. Se me humedecieron los ojos al recordar todo lo que habían tenido que pasar. Era evidente que en aquellos momentos me sentía profundamente absorbida, desde el punto de vista emocional, por su historia, y cuando acordamos depositar una corona de flores en honor a Atlas intuí que a mí también se me saltarían las lágrimas, igual que a sus otras hijas.

Todas hablaban de su padre con cariño de verdad. Sin esperármelo, empecé a sentirme un poco celosa por no haber recibido nunca sus muestras de afecto, a pesar de mi vínculo biológico.

Sonó el despertador —no es que lo necesitara— y me senté al borde de la cama. Luego cogí el teléfono satelital que me había instalado un joven muy amable de la tripulación y marqué el número de Ambrose, que al cabo de poco contestó.

—¿Debo deducir que estoy hablando con la Sirena del Mediterráneo?

—¡Buenos días, Ambrose! —dije entre risas—. ¿Te lo pasaste bien ayer por la noche?

—¡Sublime! Gracias, querida. Me invitó a cenar al restaurante Drury Buildings un antiguo alumno mío. Había «buen ambiente», como dicen ellos... —Cortó, lo que fue muy generoso por su parte, pues podía hablar horas y horas sin parar—. ¡Pero ya hemos tenido bastante de mí! ¡Venga, insisto, cuéntamelo todo! —exclamó.

Me recosté sobre la almohada.

—Ambrose, quiero darte de verdad las gracias por haberme convencido de venir aquí. Tengo la sensación de que esto me va a cambiar la vida.

—Sabes, querida, que pienso lo mismo. Y ahora, venga, cuéntame los detalles más jugosos, si no te importa.

—Bueno, vamos allá... ¡Prepárate! —exclamé y lo puse al día de todo de lo que me había enterado hasta entonces.

Ambrose estaba atónito.

—¡Caramba, Merry! Perdona por el tópico, pero... ¡menuda montaña rusa!

—Pues no es ni siquiera la mitad de la historia —añadí—. En el diario, a Atlas lo persigue por medio mundo un amigo de la infancia que se volvió su enemigo. Tal vez hayas oído hablar de él. Es ese magnate de las comunicaciones, Kreeg Eszu..., el que se suicidó hace un año.

Se hizo un breve silencio mientras Ambrose meditaba sobre ese nombre.

—Ah, sí... ¡Qué curioso! Ahora que lo dices, creo que tengo contratado internet con su empresa. ¡Es una mierda!

No pude por menos que echarme a reír.

—Estoy segura de que aquí en el Titán a todo el mundo le gustaría saberlo. Kreeg y su hijo Zed son personas no gratas a bordo.

—¡No me extraña! —exclamó Ambrose—. Por lo que recuerdo, ese tipo estaba metido en infinidad de negocios, ¿no es así? Banda ancha, telefonía móvil, internet... Creo que incluso tenía una importante participación en un par de canales televisivos.

Bajé los pies de la cama y me levanté.

—Por lo que parece, sí. Zed asumió el mando a la muerte de su padre.

Ambrose chasqueó la lengua en señal de desaprobación.

—Bueno, si un día te lo encuentras por ahí, por favor, envíamelo a Dublín para que me mejore la velocidad de internet.

—Lo haré, Ambrose —repliqué mientras asentía con la cabeza.

—¡Gracias! —contestó, haciendo evidente su deprecio—. Y, dime, ¿has averiguado algo más sobre por qué acabaste en la puerta de la casa del padre O'Brien en West Cork?

Suspiré mientras contemplaba el amanecer por el ojo de buey.

—Todavía no. Aunque hay algo bastante misterioso que aún no te he contado.

—¡Magnífico! —exclamó Ambrose—. ¡Me encantan los misterios! ¡Cuéntamelo!

—Te acordarás de que Jack llevó a cabo unas pesquisas sobre Argideen House. Resulta que, según los registros, el último propietario del lugar era nada más y nada menos que Kreeg Eszu.

—Hum... —musitó Ambrose—. ¡Qué coincidencia más intrigante! Si es que lo es...

—Pues sí. ¿Por casualidad tú no sabrás nada de lo que fue de esa casa después de los años cincuenta?...

Suspiró, claramente disgustado consigo mismo.

—Debo admitir que no. Tuve poco que ver con Argideen House durante mis visitas a West Cork. ¿No crees que el diario te dará alguna respuesta?

—Según el señor Hoffman, no. Aunque no lo creo a pies juntillas. Juraría que no nos cuenta toda la verdad.

Ambrose volvió a chasquear la lengua.

—Por lo general, los abogados no lo hacen. Llegado este punto, me encantaría investigar un poco, si crees que puede ser de utilidad. Sigo teniendo muchos contactos en West Cork. Ya sabes lo pequeño que es. Se podría dar con alguien que recuerde algo de aquella época.

—Gracias, Ambrose. Si lo haces, te estaré inmensamente agradecida —respondí mientras sonreía ante su amabilidad.

—De nada, Merry. Como bien sabes, siempre me ha gustado la idea de hacer de detective.

—Poirot estará estremeciéndose en su tumba —exclamé en broma.

—En efecto. Estate tranquila, voy a aportar mi granito de arena y veré de qué puedo enterarme acerca de los antiguos habitantes de Argideen House.

—Gracias, Ambrose. Te llamaré mañana por la mañana antes de depositar la corona de flores.

—¡Estupendo! Disfruta de tu navegación por alta mar y de la aventura inacabada de tu verdadero legado. Adiós, Merry.

—Adiós, Ambrose. —Colgué el teléfono satelital, me desperecé y me dirigí hacia la ducha.

29

Ally tomó un sorbo de su taza de café con leche y se quedó contemplando el Mediterráneo desde la cubierta con vistas al puerto. Aquella mañana el mar parecía la represa de un molino y la joven no pudo por menos que envidiar las condiciones perfectas que ofrecía para la navegación. ¡Qué ganas tenía de dejar el Titán durante unas horas e irse a dar una vuelta en su Laser! Eso era lo que necesitaba para aclarar sus ideas. Revivir el terrible destino que sufrieron sus abuelos había resultado muy difícil. Seguía sin entender la decisión de Pip de quedarse en Noruega. ¡Ojalá su abuela hubiera escuchado a Pa y a Elle! ¡Qué distintas habrían sido las cosas! Se habría ido con ellos a Escocia a empezar una vida completamente nueva...

Ally sacudió la cabeza. Era increíble que los lazos del amor pudieran obligar a una persona a actuar en contra de su buen juicio.

Leer la historia desde una nueva perspectiva le había proporcionado una sensación mayor aún de compasión por su padre biológico, Felix Halvorsen. Él fue la verdadera víctima de todo aquel episodio tan horrible. ¿A quién podía extrañarle que terminara como había acabado? Ally sintió una necesidad repentina de mandar un mensaje a su hermano Thom y sacó el móvil del bolsillo. Comprobó si tenía cobertura, pero el Titán estaba moviéndose ya fuera del alcance de cualquier antena.

—¿Ally?

La joven dio un respingo y no pudo evitar derramar la mitad de su café con leche sobre su camisa de lino blanco.

—¡Ay, mierda! ¡Lo siento! —Jack fue corriendo hacia ella por la cubierta.

—Jack... No ha sido culpa tuya. Estaba absorta en mis pensamientos, eso es todo.

—¿Ah, sí? —El joven le tocó cariñosamente la espalda y ella sintió en escalofrío—. ¿Va todo bien?

Ally asintió con la cabeza.

—Sí, estoy bien. Gracias, Jack.

El chico se la quedó mirando y arqueó las cejas.

—¿Y ahora vas a responder con sinceridad?

En los labios de ella asomó una sonrisa de resignación.

—De acuerdo. La última parte del diario me ha resultado especialmente difícil.

Jack suspiró y se apoyó en la barandilla del Titán.

—Lo siento, Al. Todo esto debe de ser durísimo para ti en particular.

—Es difícil para todas nosotras —replicó Ally—. No puedo ni siquiera figurarme por lo que estará pasando tu madre.

—¡Bueno, es gallina vieja!

—¡Jack! —Ally no pudo por menos que reírse al oír el escandaloso comentario del muchacho.

Él también soltó una carcajada.

—¡Vaya, ella misma lo reconoce! —Continuó con el comentario que estaba decidido a hacer—. Pero de verdad que lo siento por ti, Ally, con Bear y todo lo que te ha caído encima. Por cierto, ¿dónde está el hombrecito de la casa esta mañana?

—En estos momentos está con Ma.

—¡Qué suerte! Se le dan de maravilla los niños, ¿verdad?

—Desde luego. —Ally se cruzó de brazos y clavó la vista en el suelo, sin saber cómo formular el cumplido que quería hacer—. Tú también te portaste muy bien con él ayer. Tienes un don innato —añadió, moviendo la cabeza afirmativamente.

—¡Uy, gracias! Siempre he deseado ser papá... —Se corrigió—: No es que yo sea... su padre. Ni que quisiera... serlo. —Sacudió la cabeza y se agarró con fuerza a la barandilla.

—No pasa nada —comentó ella, soltando una risita.

Jack suspiró profundamente.

—Se me dan fatal estas cosas, Ally. Pero en realidad quería decirte que... Me figuro que pensarás mucho en Theo, aparte de todo lo demás. Debes de echarlo de menos una barbaridad. Y eso es lo más importante si piensa uno en todo por lo que estás pasando.

Sus sinceras palabras y su amabilidad impresionaron mucho a Ally.

—De verdad te agradezco lo que has dicho, Jack. Muchas gracias.

—Te lo digo como lo siento —continuó él—. Theo estaría verdaderamente orgulloso de ti. Y de Bear, por supuesto.

Ally intentó reprimir el nudo que se le estaba formando en la garganta.

—Gracias.

Los dos permanecieron un instante en silencio, contemplando el mar. Luego Ally le tendió despacio la mano.

—Ahora que estamos manteniendo esta conversación tan embarazosa, tengo que pedirte disculpas —dijo.

Jack le estrechó la mano, pero la expresión de su cara era de verdadera perplejidad.

—¿Disculpas por qué, Ally?

—Por no hablarte de Bear cuando nos conocimos en Francia. Debió de resultarte muy extraño verlo al llegar aquí.

—¡Ah! —exclamó el joven, encogiéndose de hombros como si quisiera restarle importancia—. No tienes ni que mencionarlo. No es en absoluto de mi incumbencia.

Ally insistió.

—Gracias. Pero, Jack…, lo cierto es que sí que es asunto tuyo, y me siento como una tonta por no habértelo dicho. De verdad, perdona.

El chico negó con la cabeza.

—No digas bobadas. En cualquier caso, ¿por qué piensas que es asunto mío?

Ally se animó a seguir adelante.

—A ver, Jack… No te lo dije porque no quería…

El joven le apretó la mano.

—¿No querías qué, Ally?

—No quería alejarte de mí —reconoció la chica.

Se produjo un breve silencio.

—¡Ah! —Eso fue lo único que pudo decir Jack.

—Sencillamente —prosiguió ella—, di por supuesto, con razón o sin ella, que no te gustaría saber que tenía un niño recién nacido.

Por no decir que se trata del hijo de mi amante muerto. —Ally ocultó el rostro entre las manos—. La verdad, Jack, no te habría cabido en la cabeza.

El joven soltó una risita nerviosa.

—Pues no. Para ser sinceros, pensé que no me lo habías dicho porque no me veías como «algo serio».

—¿«Algo serio»?

—Bueno, ya sabes. —La mirada de Jack fue desplazándose de un sitio a otro por la cubierta—. Un novio potencial, supongo.

—Ese no fue el motivo, no —replicó Ally, sonriendo con franqueza—. ¿Acabas de utilizar realmente la expresión «novio potencial»?

Esta vez fue Jack el que se tapó la cara con las manos.

—¡Dios mío! Lo siento.

Ally le dio unas palmaditas en la espalda.

—¡No pasa nada, hombre! Pero, ahora que estamos manteniendo esta conversación, ¿puedo preguntarte qué piensas de verdad de toda esta situación? Sé sincero, por favor.

Jack abrió desmesuradamente los ojos.

—¿Te refieres a Bear? —preguntó.

Ella asintió con la cabeza.

—Bueno… —Al chico le costaba trabajo encontrar las palabras adecuadas—. ¡Creo que es una cosa estupenda! Quiero decir… ¡El niño es estupendo! ¡Todo… es estupendo!

Ally no pudo por menos que echarse a reír ante aquella salida. Y Jack hizo lo mismo.

—Lo siento. Nunca he sido muy elocuente. Pero lo digo en serio, Ally. Creo que lo que ha sucedido con tu hijo es algo muy especial. Creo que es muy bonito que Theo siga vivo. Bueno, eso es lo único que voy a decir al respecto antes de liarme más todavía.

Se quedaron unos instantes mirándose, hasta que ella acercó la cara a la de él y lo besó con suavidad.

—¡Caramba! —dijo Jack—. ¡Deberíamos haber mantenido esta conversación tan embarazosa hace semanas! —La atrajo hacia sí y esta vez la besó apasionadamente, y la joven se abandonó entre sus brazos.

—Gracias, Jack —dijo Ally.

—¿Por qué?

—Por estar aquí.

30

A eso de las once, cinco de las seis hermanas D'Aplièse se habían reunido en los grandes y cómodos sofás del salón principal. La mayoría de ellas se había traído un zumo y cruasanes recién hechos de la mesa del desayuno, después de pasar una larga noche leyendo.

—No podía soltar el diario —comentó Tiggy.

—Ni yo —dijo Maia—. ¿Sabéis el pasaje que he encontrado realmente interesante? Cuando Pa está en aquel incendio y se le aparece esa mujer con el vestido rojo...

—¡Síí! Es increíble lo que puede hacerle al cerebro inhalar un poco de humo, ¿verdad? —bromeó Electra, y a continuación se metió un bollito en la boca.

—Bueno, no estaría yo tan segura, Electra. —Tiggy le dirigió una sonrisa melancólica e intentó no mostrarse ofendida cuando su hermana menor puso los ojos en blanco.

—Creo que a todas se os ha pasado lo más importante —dijo CeCe, frunciendo el ceño—. Ese hijo de puta de Kreeg intentó literalmente quemar vivo a Pa. No sé vosotras, pero yo sentí mucha... ¡rabia!

—Sí, lo sé, CeCe —le dijo Star para consolarla—. Lo raro es que no lo consiguiera. Kreeg no logró nunca matar a Pa. Los dos murieron de viejos. Entonces ¿cejó en su persecución o se reconciliaron?

El salón permaneció en silencio mientras todas las hermanas se preguntaban cuál podría ser la verdad. Ally lo interrumpió al entrar en el salón seguida de Jack.

—Buenos días a todas —dijo.

—Sí, buenos días, señoras. —Jack se las arregló torpemente para separarse de ella, sin saber con claridad si debía quedarse a su lado o no.

Ally juntó las manos.

—A juzgar por lo que decís, deduzco que todas estáis al corriente del diario de Pa. —Todas asintieron—. ¿Dónde está Merry?

—Ya se ha levantado —contestó Star—. Creo que se ha escapado al jacuzzi a meditarlo todo. ¿Tú estás bien, Ally? —preguntó tímidamente—. Ha sido horrible enterarnos de lo que les pasó a tus abuelos.

Se dibujó una sonrisa forzada en su rostro y asintió con la cabeza.

—Estoy bien. No es nada que no supiera.

De repente, Maia dio un chillido.

—¡Dios mío!

La mayor de las hermanas D'Aplièse señalaba con el dedo el televisor situado en un rincón de la sala, que estaba sintonizado en el canal de noticias de la BBC. Aunque estaba silenciado, todos los presentes se encontraron cara a cara con Zed Eszu.

—¡Mierda! ¿Qué está haciendo ese animal en la tele? Lo siento, Maia. ¿Puede alguien apagar eso? —dijo Electra precipitadamente.

—¡No! —replicó Maia con firmeza—. Quiero oírlo. Súbelo.

CeCe cogió el mando a distancia y apretó el botón del sonido.

«... y como parte de nuestra semana de "futuros", está con nosotros el director ejecutivo de Lightning Communications, Zed Eszu, para hablar de sus planes sobre el desarrollo de internet por medio de fibra óptica. Sea usted bienvenido al programa, señor Eszu».

«Muchas gracias», contestó Zed, con esa sonrisa empalagosa que lo caracterizaba. Iba vestido con uno de sus horrorosos trajes de tela brillante, aunque había decidido no ponerse corbata. De hecho, llevaba la camisa desabrochada, de modo que el espectador entreveía sus poderosos pectorales. Su cabellera negra peinada hacia atrás y su persona en sí exudaban untuosidad, en toda la extensión de la palabra.

—¡Dios! ¡Pero miradlo! —exclamó Electra—. Es que está encantadito con todo esto.

—¡Chis! —dijo Maia, que miraba atentamente la pantalla.

«En primer lugar —continuó diciendo el presentador—, nuestro más sentido pésame por la muerte de su padre, Kreeg, que dirigió Lightning durante décadas».

«Sí, casi treinta años», contestó Zed.

El presentador inclinó la cabeza antes de proseguir.

«Durante todo ese tiempo, consiguió muchas cosas, contribuyendo a poner al día la infraestructura de internet en todos los hogares del mundo, lo que naturalmente lo convirtió en un hombre muy rico».

Zed soltó una risita artificial que hizo que a Maia se le pusiera la carne de gallina.

«El dinero no era importante para mi padre —dijo, abriendo las manos de forma ostentosa—. A él solo le preocupaba ayudar a la gente. Esa era su verdadera pasión».

—Pero ¿qué es esa mierda? —siseó Electra.

—¡Chis! ¡Calla, por favor! —insistió Maia.

«Mi padre amaba a la humanidad. Quería que todos viviéramos una vida mejor, que dispusiéramos de una conexión mejor y... —Zed miró directamente a la cámara— que no perdiéramos nunca el contacto con las personas que de verdad importan».

El entrevistador cruzó los brazos e hizo la siguiente reflexión acerca del comentario:

«¿Cree usted que era eso lo que lo movía?».

Zed se recostó en el respaldo de su sillón y mostró otra sonrisa enfermizamente dulzona.

«¿Sabe usted? No le gustaba la idea de que alguien pudiera desaparecer sin más de la faz de la tierra. Todo el mundo merece estar conectado. Creo que era eso lo que lo fascinaba de las comunicaciones y de internet».

«Es una historia muy estimulante. Usted lleva ya un año dirigiendo la empresa tras ser nombrado director inmediatamente después de la muerte de su padre. ¿Siempre estuvo previsto que usted ocupara un día su lugar?».

«¡Ah, desde luego que sí! Mi padre era un hombre que lo planeaba todo con mucha meticulosidad. Era increíble, siempre lo tenía todo... muy bien pensado», respondió Zed, afirmando sobriamente con la cabeza, con una expresión de profundo interés.

Tiggy aprovechó para meter baza.

—Me produce escalofríos. ¿Por qué tengo la sensación de que nos está hablando a nosotras?

—Comprendo lo que quieres decir —añadió Ally casi sin aliento.

El presentador continuó:

«Bueno, como parte de nuestra semana de "futuros", está usted aquí para hablar acerca de los planes de expansión que tiene para Lightning. A lo mejor vemos próximamente que aumenta la velocidad de internet».

«Exacto, eso es, gracias», dijo el entrevistado juntando los dedos, representando el papel de hombre de negocios inteligente. Todo era puro teatro, por supuesto. Era una interpretación estupenda y las hermanas D'Aplièse lo sabían.

«Hoy puedo anunciarles —prosiguió— que Lightning Communications tiene la intención de sustituir nuestra red satelital anticuada por cables de fibra óptica de vanguardia que conectarán los continentes de manera más fiable que cualquier cosa desde el espacio».

El presentador parecía confundido.

«¿Cables? ¿Eso no es un paso atrás respecto a los satélites?».

«Buena pregunta. Gracias por planteármela», dijo Zed sonriendo.

—¡Puf! —soltó CeCe.

«Mis cables ofrecerán unas prestaciones significativamente mejoradas en lo que se refiere al ancho de banda y al transporte de datos. Sé que tal vez resulte un poco difícil de entender para algunos de sus espectadores. —Zed sonrió con aire condescendiente—. Esos cables funcionan trasladando la información por medio de pulsos de luz que pasan a través de tubos de plástico transparente. Como si fuera magia. —Rio con satisfacción—. Considérenme ustedes un mago».

—Un mago con una cara que está pidiendo un puñetazo a gritos —intervino Jack.

El presentador siguió con su interrogatorio:

«¿Y esos cables irán por encima de nuestra cabeza, como los de las líneas telefónicas?».

«¡Por Dios, tiene usted un montón de preguntas interesantes! —Los intentos de Zed de parecer sincero resultaban cada vez menos creíbles—. Lo cierto es que esos cables estarán colocados bajo el mar. Imagíneselo... ¡El lecho marino estará plagado de tecnología!».

«Todo eso parece muy ambicioso, señor Eszu. Pero no tengo más remedio que abordar los problemas medioambientales. ¿Sería usted capaz de llevar a cabo su labor sin causar perjuicio a la vida marina?».

Zed frunció el ceño y bajó momentáneamente la guardia.

«Esta nueva red constituirá la base de las telecomunicaciones globales para todos los seres humanos. Si en su camino se interponen unos cuantos peces, estoy seguro de que será un sacrificio que la gente estará dispuesta a aceptar».

«Bueno, no todo el mundo estaría de acuerdo...».

Zed le quitó la palabra al presentador:

«Es todo cuestión de riesgo y rentabilidad. Para ganar, tenemos que aceptar que se produzcan bajas por el camino. —Se estudió a sí mismo y mostró otra nauseabunda sonrisa de satisfacción—. Por supuesto, para ser completamente claro, en Lightning haremos todo lo que esté en nuestra mano para asegurarnos de que Nemo y sus amiguitos los peces salgan indemnes».

«Estoy seguro de que muchos espectadores se sentirán muy aliviados al oír sus palabras —comentó el presentador, que empezaba a ponerse nervioso—. Iba a preguntarle...».

Zed lo interrumpió una vez más:

«¿Sabe usted? Mi padre no ha muerto en realidad. Sigue vivo en este proyecto. Y, si las cosas salen según los planes previstos, vivirá eternamente. Todo el mundo recordará el apellido Eszu».

«Vaya... Esos son unos sentimientos... muy bonitos. Pero volvamos al tema del que estábamos hablando. Se trata de una tarea enorme, ¿no?».

«Así es —replicó Zed, encogiéndose de hombros con actitud modesta—. Pero me complace anunciar que Lightning Communications se asociará con el Banco Berners para garantizar el cumplimiento del proyecto». El joven Eszu parecía muy satisfecho de sí mismo.

«¿Van ustedes a ser financiados por Berners?», preguntó el presentador.

«Ha utilizado usted un término muy burdo, pero sí. David Rutter, el director ejecutivo de esa entidad bancaria, es amigo íntimo mío. Es un gran hombre. Y comparte mi visión de futuro».

—David Rutter... —musitó CeCe—. ¿Dónde he oído antes ese nombre?

«Sin duda resulta muy práctico tener en la agenda el número de teléfono del señor Rutter», bromeó el presentador.

Zed levantó sus cejas inmaculadamente perfiladas.

«Me inclino a darle la razón, sí».

«¿Y por dónde empezará usted este proyecto tan gigantesco?».

«Comenzaremos conectando Australia con Nueva Zelanda. Es nuestro pequeño ensayo en las Antípodas —comentó, riendo abiertamente—. Estamos a punto de enviar un pequeño ejército de "cavadores de trincheras" que empezará a abrir zanjas bajo el mar de Tasmania».

El presentador movió la cabeza en señal de asentimiento.

«Bueno, seguiremos sus avances con interés, señor Eszu. Tendrá que prometernos que volverá a nuestro programa y que nos pondrá al día en lo tocante a los avances de su proyecto».

«¡Estaré encantado, muchas gracias! —Zed mostró sus resplandecientes dientes blancos—. Pero antes de marcharme solo quiero decir que en Lightning nos gusta dejar nuestra marca en todo. ¿Querrían quizá saber el nombre de este proyecto?».

El presentador se quedó desconcertado una vez más.

«Por supuesto», dijo a regañadientes.

«Bueno, en vista de que este proyecto va a hacer el trabajo duro en favor de la humanidad, tiene sentido que lo llamemos... Atlas».

Electra cogió el mando a distancia y apagó el televisor. En el salón se hizo el silencio.

—Bueno, señoras —dijo—. Estoy segura de que sabe que estamos haciendo este viaje. Y de que está perfectamente al corriente del pasado de Pa y Kreeg. —Señaló con el dedo la televisión y añadió—: Ese bicho busca una reacción por nuestra parte. Pero no le vamos a dar esa satisfacción, ¿de acuerdo?

CeCe se levantó.

—Es como si fuera el último acto de venganza. Todo el mundo va a saber lo de los cables esos. Y él va a usar el nombre de Pa para construirlo.

—Perdón, pero... ¿quién era exactamente ese tío? —susurró Jack al oído de Ally.

—El hijo de Kreeg Eszu —respondió ella.

—Por Dios, huelo el aceite del pelo desde aquí... —Jack se interrumpió un momento al notar el cambio en el ambiente—. Escuchad, voy a hacer café, creo que os vendría bien.

—Tráenos mejor un rosado, si no te importa, Jack —contestó Star.

—¡Oído! —replicó el joven y se dirigió a la puerta del salón.

—¡Por Dios! ¡Qué mala me ha puesto! Es un... —La voz de Maia se apagó al sentir que se le hacía un nudo en la garganta.

—Lo sé, cariño —comentó Electra, cogiendo a su hermana de la mano—. Pero hay que calmarse y estar todas a una. Pensad en lo que haría Pa: una pausa y a meditar bien las cosas. ¿Qué era lo que decía siempre sobre el ajedrez?

—«Pierde las piezas con prudencia» —musitó Star.

—Eso es. Creo que quería decir que tienes que elegir el combate que vas a librar. Y este es uno en el que no podemos hacer gran cosa por ahora —siguió diciendo Electra—. Sabemos que el momento que ha escogido Zed no ha sido pura coincidencia. Está intentando arruinar el viaje que estamos haciendo para honrar a Pa. Y no se lo vamos a permitir.

Ally salió a la cubierta de popa con la cabeza dándole vueltas. ¡Menuda mañanita había tenido! Desde tener que revivir la espantosa muerte de sus abuelos hasta la aparición de Zed Eszu en todos los televisores del Titán como si fuera un dios malvado y omnipotente. Por supuesto, sin olvidar a Jack... El corazón le dio un brinco cuando pensó en el beso que se habían dado poco antes. Esperaba desesperadamente que hubiera pasado ya la terrible tensión que había entre ellos y que llegaran a tener una oportunidad... Continuó andando hacia la parte trasera del barco con la idea de localizar a Ma y librarla de su «obligación para con Bear».

Cuando ya casi había llegado a la popa, vio a Georg Hoffman. Estaba pasándose una mano por el pelo mientras con la otra sujetaba un teléfono satelital. El abogado iba dando paseos arriba y abajo y meneaba enérgicamente la cabeza. Ally se quedó mirando con incredulidad a Georg, que dejó el teléfono, se puso de rodillas y empezó a dar puñetazos en el pavimento de teca. Corrió hacia él.

—¡Georg! ¿Estás bien?

El abogado se llevó un susto tremendo y se puso rápidamente en pie.

—¡Ally! Disculpa, creí que estaba solo.

—¿Qué ha pasado? ¿Con quién estabas hablando?

—¡Oh! —dijo, dando un traspié—. No es nada, era mi hermana. Estaba dándome una noticia... un poco difícil.

—Disculpa, Georg. Si hay alguien que entienda de noticias difíciles, esa soy yo. ¿Quieres que hablemos de ello?

El hombre se ruborizó.

—Eh, no. Pero gracias de todos modos. No sé cómo disculparme. Es rarísimo que llegue a perder los estribos, por no decir otra cosa.

—No te preocupes, Georg —repuso Ally, intentando consolarlo—. Es un momento de mucha tensión para todos. ¿Estás seguro de que no te vendría bien hablar de ello?

El abogado suspiró profundamente.

—No es nada, de verdad. Claudia estaba poniéndome al día acerca de algunas cuestiones personales que en estos momentos no puedo resolver, ya está. Ese es mi trabajo, Ally, resolver cosas. Y me siento frustrado por no ser capaz de ayudar a alguien que es muy importante para mí.

Ally frunció el entrecejo.

—Perdona, Georg... ¿Has dicho Claudia? ¿Nuestra Claudia de Atlantis? Pensé que hablabas por teléfono con tu hermana.

Él se quedó con la boca abierta.

—¡Ay, disculpa! Sí, me he equivocado. Bueno, no —se corrigió de inmediato—. No me he equivocado. Mi hermana también se llama Claudia. ¡Las dos Claudias! Ja, ja, ja.

—¿Te has equivocado, Georg? ¿O, por una vez, has dicho la verdad sin rodeos?

Georg Hoffman se llevó las manos a la cabeza.

—¿Hasta qué punto del diario has llegado?

—Cuando Pa estaba viviendo en High Weald.

El abogado tardó un momento en comprobar mentalmente algo.

—Sí, Ally, Claudia es mi hermana pequeña. Las circunstancias de nuestro encuentro con tu padre aparecen detalladas en las páginas de su diario. Prefiero que él te lo cuente con sus propias palabras.

Ally no sabía qué decir.

—Georg... Yo... ¿Por qué demonios habría que mantener en secreto una cosa así?

Él se encogió de hombros; aquel lío estaba perfectamente claro para él.

—Tu padre hacía lo que mejor se le daba: protegernos. Eso es todo. Sigue leyendo y lo verás.

Ally pensó que aquel día no podía ser más caótico. El espectáculo de Georg fuera de sí resultaba muy inquietante. Era un poco como ver al hombrecillo que había detrás de la cortina en *El mago de Oz*, manejando frenéticamente una maquinaria complejísima con el fin de mantener la ilusión. De repente, Ally sintió una necesidad urgente de hacerse con el control de la situación.

—Venga, Georg, dime cuál era la noticia que estaba dándote Claudia. Esa que literalmente ha hecho que te pongas a aporrear el suelo como un loco.

Él siguió en sus trece.

—De verdad, Ally, no es nada relacionado con...

Ella se adelantó y lo agarró por las solapas de su chaqueta de lino.

—Georg Hoffman, por primera vez en tu vida vas a decirme exactamente qué es lo que pasa. Quiero saber lo que te estaba contando Claudia y por qué te ha enfadado tanto. Y además quiero saber por qué llevas todo el mes haciendo tantas llamadas por teléfono en secreto, y por qué esas llamadas empezaron en cuanto Claudia se fue de Atlantis de permiso. Recuerda que trabajas para mí y para mis hermanas, Georg. Y queremos respuestas. Eso no es negociable.

El hombre se vino abajo y ella se quedó mirándolo a los ojos, cada vez más rojos.

—Vale, Ally. Haré lo que me pides. Pero, por favor, no me eches la culpa. Créeme cuando te digo que he hecho todo lo posible. —Empezó a sollozar en silencio.

—No lo dudo, Georg. Pero estamos preparadas para conocer la verdad —respondió la joven y se quedó mirando una vez más los ojos llorosos del abogado.

—Sí, lo estáis —dijo él enfáticamente.

El diario de Atlas

1944-1951

31

High Weald
Kent, Inglaterra

Personalmente, no entiendo por qué los Vaughan quieren vivir en su vieja y destartalada mansión cuando existe esta casita de campo tan pintoresca en la que vivimos Elle y yo. Tiene un horno de leña, unas grandes vigas muy sólidas y unas vistas maravillosas a los verdes prados ondulados del «jardín de Inglaterra». ¡Me encanta!

En cuanto al trabajo, Elle y yo nos sentimos dichosos con nuestras actividades cotidianas. Ella cocina para unos estómagos muy agradecidos y yo cuido de los hermosos jardines que High Weald exhibe con orgullo. A veces, incluso colaboramos, pues Elle utiliza los productos que cultivo en el huerto de la finca. En honor a la verdad, pensé que la inquietud y la angustia acabarían por hacer mella en nuestro ánimo, visto que ninguno de los dos puede expresar su pasión tocando en una orquesta sinfónica; pero lo cierto es que la vida tranquila y saludable que llevamos ahora resulta, me atrevería a decir…, ¿preferible? Nunca en mi vida me he sentido más a salvo o relajado. Es evidente que mis dibujos paisajísticos han mejorado en calidad y Elle me ha permitido incluso colgar un par de ellos en las paredes del salón.

Al atardecer, nos reunimos frente a la chimenea y leemos algún libro. A veces, enchufamos la radio para comprobar que los aliados siguen manteniendo a raya a las potencias del eje. Pero la verdad es que la guerra parece que esté desarrollándose a millones de kilómetros de distancia de este idílico lugar tan pastoral en el que vivimos. Con el avance del conflicto bélico, Archie Vaughan se ha visto obligado a pasar más tiempo en la base aérea de Ashford, pero está infinitamente más alegre. Su esposa, Flora, es también una persona encantadora. Se pasa horas y horas trabajando conmigo en los jardines. Es evidente que su pasión por las flores le sirve para animarla y transportarla a otro mundo. Me doy cuenta de ello porque la música tiene el mismo efecto en mí.

Flora es particularmente paciente conmigo, pues enseguida observó que no soy jardinero de profesión. Cada día me enseña algo nuevo y gracias a ella he aprendido a apreciar la verdadera belleza de la naturaleza. Es delicada, compleja y armoniosa en su majestuosidad. Durante nuestras largas tardes dedicadas al cuidado de las plantas perennes y a la poda de los arbustos, Flora me ha contado su historia, que, en mi opinión, rivaliza con la mía por lo dramática que es. Estoy muy contento de que, al final, ella y Archie se conocieran.

—Me pasé muchos años intentando renegar del amor, señor Tanit —me confesó—. Pero me he dado cuenta de que es una fuerza poderosa que escapa al control de cualquier ser humano.

—En eso está en lo cierto, lady Vaughan —contesté con una sonrisa.

—Sé que lo estoy —replicó Flora mientras cortaba con las tijeras un capullo seco de su rosal de rosas blancas—. Cuénteme, señor Tanit, ¿cómo conoció a Eleanor?

Medité un momento mi respuesta mientras arrancaba unos hierbajos muy tenaces.

—Nos conocimos en París... cuando éramos huérfanos, lady Vaughan.

—¡Válgame Dios! No sabía que los dos habían perdido a sus padres —exclamó, apoyando las manos en la cadera, e hizo una pausa—. ¿Sabe? Teddy... —Volvió a interrumpir sus palabras, sacudiendo la cabeza—. Bueno, lo importante es que hacen ustedes buena pareja —añadió mientras examinaba un delicado pétalo blanco—. Cuanto mayor me hago, más pienso que el amor está simplemente escrito en las estrellas.

Levanté la vista para mirarla a los ojos.

—¡Sin duda, lady Vaughan! Se lo puedo asegurar.

Ella chasqueó la lengua en señal de desaprobación.

—Por favor, señor Tanit, ya no sé cuántas veces se lo he dicho. Puede llamarme Flora.

—Perdón, Flora. Por favor, llámeme Bo... Bob. Robert.

—Vale, Bo-Bob-Robert. Lo haré —replicó, echándose a reír.

Hice un gesto con la cabeza y me puse a arrancar otro hierbajo.

—Discúlpeme. Pensar en inglés en vez de en francés hace que a veces me confunda —le expliqué.

—Es comprensible. No puedo ni imaginar todo lo que ustedes han tenido que pasar. Pero me alegra que se tengan el uno al otro. La forma en la que se miran es realmente mágica. ¿Cuándo se casaron?

Por suerte podía concentrar mi atención en el lodazal que tenía ante mí.

—Eh, hace ya unos años, justo antes de salir de Francia. No fue una boda suntuosa.

Flora suspiró con melancolía.

—Creo que es mejor así. Al fin y al cabo, de lo que se trata es de estar junto a la persona amada, sin nadie más.

Archie y Flora tienen una hija, la encantadora y brillante Louise. Es dulce y cariñosa y dirige un «ejército femenino» que hay en High Weald para ayudar en estos tiempos de guerra cultivando las tierras de la finca. Su liderazgo resulta inspirador y las chicas que están bajo su tutela simplemente la adoran.

Hace muy poco, celebramos el compromiso de Louise con Rupert Forbes, un joven estudioso y muy amable que no ha podido unirse al ejército en el frente debido a su miopía. No obstante, su gran inteligencia y su conducta impecable le han servido para ser reclutado por el servicio de seguridad británico, algo de lo que Archie en particular está inmensamente orgulloso.

La pareja se ha mudado a Home Farm, al otro lado del camino por el que se llega a High Weald, que ha estado vacía desde que el capataz de la finca tuvo que irse al frente. Es siempre un placer cuando la pareja se detiene para hablar conmigo en los jardines y un privilegio cuando se unen a nosotros para cenar, cosa que han hecho en varias ocasiones.

El único miembro de la familia al que no hemos tenido el gusto de conocer es Teddy, el hijo de los Vaughan. Hace poco lo invitaron a abandonar la Universidad de Oxford por razones que prácticamente desconozco, y sé que desde entonces ha intentado entrar como voluntario en la Guardia Nacional (una elección condenada al fracaso, pues Teddy no soporta recibir órdenes de nadie). También se le permitió durante un breve periodo de tiempo encargarse de la administración de las tierras de High Weald, pero bajo su gestión la producción anual de la finca cayó casi un cuarenta por ciento debido a su negligencia. Desesperado, Archie le buscó un puesto como administrativo en el Ministerio del Aire, en el que el joven apenas duró unas pocas semanas.

A menudo, Elle y yo oímos el rugido del motor de su coche deportivo cuando pasa frente a nuestra casa a primera hora de la mañana, después de una de sus noches de diversión en la ciudad, sin duda en compañía de varias mujeres distintas que, inexplicablemente, parecen sucumbir a sus encantos. Dios sabe lo que ven en él. Por lo que a mí se refiere, me trata como si yo fuera una mancha en sus costosos zapatos. Pero el ego del jovencito no me afecta. Teddy Vaughan es un renacuajo patético comparado con el feroz rottweiler que es Kreeg Eszu.

Sin embargo, hace relativamente poco tiempo, el renacuajo me tocó las narices de una manera bastante agresiva. Empezó a propasarse con Elle, cosa que la afectó muchísimo. Teddy puede llamarme lo que quiera, que yo no reaccionaré, pero lo que no estoy dispuesto a perdonar es que se metan con ella.

—¡Voy a hablar con él ahora mismo! —grité hecho una furia en cuanto me dijo lo que había salido por aquella boca lasciva. Me levanté, cogí el abrigo y me dirigí a la puerta.

—¡Bo, no! —(Seguimos siendo Bo y Elle en la intimidad). Me agarró del brazo y me miró con cara de súplica—. No podemos poner en peligro todo lo que tenemos aquí. Es simplemente demasiado perfecto para nosotros. En realidad, no ha hecho nada.

—No me importa. Lo que dijo te incomodó y no voy a tolerarlo.

Elle me cogió de la mano y me obligó a sentarme en el viejo sofá rosa que hay en el centro del salón.

—No puedes olvidar que aquí somos mero personal de servicio. No estamos en posición de hablar con ninguno de los Vaughan sin la debida deferencia.

Yo estaba hecho una furia, pero cedí a regañadientes.

—Si alguna vez intenta algo contigo, yo... —exclamé, y no quise acabar la frase.

—De acuerdo —asintió Elle con la cabeza.

—Ya sabes que corren rumores sobre su promiscuidad. Oí a un par de chicas del ejército femenino hablar de eso. ¡Al parecer, una de ellas está embarazada de él!

Elle suspiró y se reclinó en el sofá.

—Sí, Tessie Smith. Los rumores son ciertos. Ya se le empieza a notar. Lo que es peor es que tiene novio y que está en el frente en Francia.

—¡Dios mío! ¡Nunca dejará de sorprenderme lo que la llamada gente bien se cree con derecho a hacer! —exclamé, sacudiendo la cabeza.

—Me he fijado en lo que come esa chica —añadió Elle—. Ahora está comiendo por dos y las raciones que reciben son realmente patéticas. —Su ternura me ablandó y la cogí entre los brazos.

Durante los últimos meses, las insinuaciones de Teddy se habían hecho cada vez menos ambiguas y más directas. Elle me ha contado lo grotescas que son sus palabras y lo ligeras que tiene las manos. Precisamente el otro día tuvo el descaro de agarrarla por la espalda mientras Flora estaba en la cocina. Es un individuo que no tiene límites.

Hace un par de días, por la noche, mientras trabajaba en el huerto poniendo trampas alrededor de las hortalizas —llevábamos tiempo sufriendo incursiones nocturnas de conejos hambrientos—, estaba cortando unos trozos de tela metálica cuando oí el típico ruido sordo de un coche que bajaba por el largo camino de grava que conduce a High Weald. Era Teddy, que evidentemente llegaba de pasar el día en el pub. En esta ocasión, en vez de continuar hasta la casa principal, detuvo el automóvil frente a nuestra casita. Se bajó a trompicones y desapareció detrás del vehículo. Consciente de que pasaba algo, solté la linterna y me dirigí corriendo a casa. Cuando llegué, encontré la puerta abierta y a Teddy encima de Elle en el sofá.

—¡Venga! ¡Tu marido no tiene por qué enterarse! —balbuceaba.

—¡Por favor, sal de aquí encima! —gritaba ella.

Cegado por la furia, lo agarré violentamente y lo tiré al suelo. Elle se refugió detrás de mí.

—¡Entró y se abalanzó sobre mí! —decía entre sollozos.

Teddy se levantó del suelo como pudo y se lanzó contra mí, intentando darme un puñetazo, que yo esquivé.

—¡Fuera de nuestra casa! —grité—. ¡Inmediatamente!

—¿Qué quieres decir? ¿VUESTRA casa? ¡Esta es mi casa! ¡Es mía! —replicó sin vocalizar de tan borracho que iba.

—No lo es, cretino petulante. Esta casa pertenece a tus padres.

—Sí, pero un día morirán y trabajaréis para mí —dijo—. Y entonces tendré todo lo que me dé la gana —añadió, lanzando una mirada lasciva a Elle.

—Nunca trabajaremos para ti. Y ahora lárgate. Estás borracho.

—Sí, lo estoy —replicó y se acercó a mí—. Pero aunque esté borracho al menos soy sincero —añadió mientras me clavaba un dedo en el pecho.

El estómago me dio un vuelco y una sensación de miedo se apoderó de mí.

—¿Qué diablos quieres decir?

—No eres francés. En Oxford, mi compañero de habitación era francés. Y no hablaba en absoluto como tú. Eres un mentirosillo, Tanit —contestó mientras retrocedía a trompicones y levantaba los brazos—. ¡Quizá eres un espía! ¡Tendría que denunciarte al Departamento de Guerra!

No perdí la compostura.

—Y, exactamente, ¿a quién crees que espío en High Weald? ¿A las patatas?

—Mi padre es un hombre muy importante. Quizá trates de averiguar lo que hace en la base aérea..., ¿eh? —replicó, levantando el dedo índice y colocándolo ante mis narices—. Basta una llamada para que venga aquí la policía. Eso no te gustaría, ¿verdad, Tanit? Haciendo averiguaciones y todo tipo de preguntas incómodas. Quizá te encierren. Pero no te preocupes. Yo sabría encargarme de tu mujercita... —añadió lanzando a Elle una mirada lasciva.

Agarré a Teddy por el cuello; perdió el equilibrio y lo arrastré hasta la puerta.

—¡Eh! ¡Suéltame! ¡No eres más que un simple criado! ¡Es lo que serás siempre!...

Le cerré la puerta en las narices e inmediatamente fui a hablar con Elle.

—¿Estás bien?

—Sí... Estaba leyendo y entró de repente... Y no sabía si ibas a venir... —exclamó entre sollozos.

—Siempre estaré aquí para protegerte, Elle —le dije mientras la estrechaba entre los brazos—. Sé que se pasa el día en el pub del pueblo, pero nunca lo había visto tan borracho como hoy. Estaba completamente fuera de control. —Elle empezó a temblar—. Ven y siéntate, cariño. Te prepararé una buena taza de té con azúcar.

La dejé en el sofá y fui a la cocina de nuestro acogedor hogar. Llené de agua la pequeña tetera de cobre y la puse al fuego. Mientras miraba alrededor de aquella maravillosa casita de campo, me invadió una sensación de congoja. Sabía que solo había una salida.

—Creo que sé por qué Teddy iba tan borracho —comentó Elle aspirando por la nariz—. Al parecer, lady Vaughan se ha sentado antes con él para hablar seriamente de Tessie Smith. Es lo que cuentan las chicas...

—Supongo que eso lo explicaría todo, sí —exclamé dando un suspiro y me senté en el sofá junto a ella—. Lo primero que haremos mañana por la mañana será presentar a Flora nuestra renuncia.

—No... —exclamó Elle, dejando caer la cabeza.

Le pasé el brazo alrededor de los hombros.

—Lo sé, cariño. Pero aquí no hay nada que discutir. Ya no estamos a salvo. No podemos permitir que Teddy se te acerque y no puedo correr el riesgo de que decida denunciarme al Departamento de Guerra. No hay otra alternativa —dije con tono grave.

Elle levantó la vista para mirarme a los ojos.

—¿Crees de verdad que Teddy se atrevería a denunciarte?

Entristecido, me encogí de hombros.

—¡Quién sabe! Soy consciente de que estaba borracho. Pero no creo que merezca la pena correr semejante riesgo.

—¡Pero, Bo, hemos sido tan felices aquí...! —se lamentó Elle—. No creo que pueda soportar otro cambio de vida. Es demasiado.

Me levanté del sofá y volví a la cocina porque la tetera había empezado a silbar.

—Me habría encantado poder quedarnos aquí para siempre. Pero si queremos seguir juntos debemos irnos, Elle.

Vertí el agua hirviendo en una taza y sumergí en ella el colador lleno de hojas de té.

—¿Estás dispuesto a volver a hacerlo, Bo? ¿Empezar de nuevo y deshacernos de todo lo que hemos construido aquí?

Le pasé la infusión y me senté a su lado.

—Elle, cuando era niño pensaba que «casa» significaba refugio, seguridad y comida en la mesa —dije, cogiéndola de la mano que tenía libre—. Tú me has enseñado que no es un lugar físico, sino un sentimiento engendrado por la gente que amamos. Mientras esté contigo, estaré en casa.

Permanecimos allí sentados un rato, cogidos de la mano, contemplando todo lo que, de nuevo, nos veíamos obligados a perder.

Al final, Elle habló:

—¿Dónde iremos esta vez?

Me cogí la cabeza con las manos. El subidón de adrenalina que me había provocado la agresión de Teddy ya se me había pasado y me sentía totalmente exhausto.

—¿Qué te parece Londres? —pregunté—. Allí no nos faltaría el trabajo.

—¿Dónde, en una fábrica de municiones? —exclamó contrariada Elle.

Negué con la cabeza.

—No, vida mía. Archie dice que muy pronto se pondrá en marcha una operación para liberar Francia. Ha hablado de un gran desembarco en las costas de Normandía. Creo que Londres será un lugar seguro.

Elle sorbió un poco de té. Su cara empezaba a recuperar por fin algo de color.

—No obstante, ya sabes lo que significa que acabe la guerra —dijo—. Puede que, con ella, también terminen las persecuciones para mí, pero Kreeg Eszu será libre de viajar donde quiera. Si averigua dónde estamos...

—Lo sé —la interrumpí—. Otra razón más para marcharnos de aquí.

A la mañana siguiente, esperé a Flora Vaughan en la impresionante cocina de High Weald mientras Elle se ocupaba de empaquetar nuestras pertenencias en la casita. La grandiosidad de la mansión no hacía más que aumentar el dolor que sentíamos ante nuestra inminente partida.

—¡Buenos días, señor Tanit! —exclamó Flora, que parecía realmente contenta de verme—. Raras veces lo veo por aquí en la cocina —añadió, esta vez con cara de preocupación—. ¿Se encuentra mal la señora Tanit?

—No, no... Está bien. Gracias, lady Vaughan.

Puso los ojos en blanco de forma jocosa y dijo:

—No sé cuántas veces tendré que decírselo... Llámeme Flora, señor T.

—Gracias, lady Vaughan —respondí a propósito, lo que provocó que en su rostro se dibujara una expresión grave—. He venido para comunicarle que, lamentablemente, la señora Tanit y yo hemos decidido marcharnos de High Weald de inmediato. Antes de esta noche ya nos habremos ido.

Flora se quedó atónita.

—Por favor, señor Tanit. No entiendo nada. ¿Puedo preguntar por qué motivo?

Vacilé un poco. Ella merecía saber cómo se había comportado Teddy, pero me temía que, después de lo de Tessie y su embarazo, probablemente Flora no pudiera soportarlo.

—El motivo me lo guardo para mí, lady Vaughan —respondí—. Pero le aseguro que, desde lo más profundo de nuestro corazón, deseamos agradecerle todo lo que ha hecho por nosotros. No sería una exageración decir que en High Weald hemos pasado algunos de los años más dichosos de nuestra vida.

Flora se limitó a negar con la cabeza.

—No voy a admitir su renuncia sin un motivo, señor Tanit. Creo que al menos me merezco eso.

Acepté su razonamiento.

—Es lo mejor, señora —contesté e hice una pausa—. La señora Tanit ya no se encuentra bien viviendo en High Weald.

Flora cerró los ojos despacio y respiró profundamente.

—Es por Teddy —exclamó.

—Como le he dicho, lady Vaughan, el motivo me lo guardo para mí.

Flora se llevó las manos a la cabeza y se frotó la sien.

—Lo siento muchísimo, señor Tanit. El muchacho está fuera de control —dijo mientras miraba por la ventana de la cocina el huerto en el que habíamos pasado horas trabajando—. Echaré en falta nuestras conversaciones en las que arreglábamos el mundo —añadió, tras lo cual se dio la vuelta para mirarme a los ojos—. Por no hablar de sus habilidades horticulturales.

—Todo se lo debo a usted, lady… Flora.

Me miró con tristeza.

—No espero que Eleanor venga a la mansión, pero, por favor, exprésele todo mi agradecimiento y dígale que también voy a echarla mucho de menos —dijo con mirada pensativa—. ¿Sabe?, me cuesta recordar cómo era High Weald sin ustedes…

—Sus palabras rebosan amabilidad —contesté sinceramente.

—¿Y dónde irán ahora? —preguntó.

Me encogí de hombros.

—Tal vez a Londres —dije—. Es la mejor alternativa para encontrar trabajo.

—¿Tienen suficiente dinero? Quiero estar segura de que no pasen penurias, sobre todo después del disgusto que les ha dado mi hijo.

—Yo nunca he dicho que su hijo…

—No hace falta, señor Tanit. —De repente se le iluminaron los ojos—. ¿Le importaría esperar aquí un momento? Quiero darles una cosa. —Antes de contestarle, Flora ya había salido por la puerta de la cocina y subía por la escalera principal. A su regreso, llevaba una cajita azul en la mano—. Es mi regalo para ustedes. No quiero parecer pretenciosa, pero lo cierto es que tiene un valor enorme. Si lo venden, obtendrán el dinero necesario para comenzar de nuevo.

—¡Oh, Flora! No puedo… —exclamé impresionado.

—Pero si aún no ha visto lo que es —replicó mientras abría delicadamente la cajita, en cuyo interior había una pequeña pantera de ónice—. Bueno, quizá parezca poca cosa, pero esta pantera la fabricó una joyería llamada Fabergé. Es muy prestigiosa.

Flora ignoraba hasta qué punto yo estaba familiarizado con la casa Fabergé. Mi padre me había hablado a menudo sobre las exquisitas piezas de esa firma.

—Por favor, Flora, sé lo valioso que es este objeto y no puedo aceptarlo. Gracias…, pero no.

Ella se puso firme.

—Señor Tanit, el hombre que me dio esta pantera, mi padre, ya no está en este mundo. Creo que me la dejó en parte para que la utilizara en caso de necesidad —respondió, con los ojos al parecer vidriosos—. Tras su muerte, Archie reapareció en mi vida y ahora vivo aquí, en High Weald, feliz y tranquila. No necesito esta pieza; está en un cajón y no le hago ningún caso. Creo firmemente que a mi padre le habría encantado que ustedes la tuvieran —añadió mientras me la ponía entre las manos—. De un hombre bueno para otro hombre bueno.

—Flora, es una reliquia de la familia.

Lady Vaughan sonrió con picardía.

—Bueno, sí… Es cierto que es una reliquia de la familia…, pero probablemente no en el sentido más convencional de la expresión, señor Tanit. Se lo aseguro, no me importa en absoluto desprenderme de ella. Al menos, guárdela como un recuerdo de su estancia en High Weald.

No hubo discusión. Quería que aceptara su regalo.

—Muy bien, la conservaré conmigo. Gracias por todo.

De pronto, sin que me lo esperara, Flora me estrechó entre sus brazos, a lo que yo respondí con un gesto recíproco.

—Gracias a usted, señor Tanit. —Me dispuse a salir de la cocina—. ¿De verdad está seguro de que quiere marcharse de High Weald esta misma noche?

—Sí. Tiene que ser de noche —contesté, pues no podía ni siquiera contemplar la idea de volver a encontrarme con Teddy.

—¿Y dónde se alojarán? Londres es una ciudad cara.

Suspiré profundamente.

—No lo sé con seguridad, pero algo encontraremos —le dije para tranquilizarla.

Flora se quedó meditabunda.

—Quizá tenga la solución… Le he hablado de mi amiga Beatrix Potter, ¿no, señor Tanit?

—Sí, claro —contesté.

A mí me encantaba escuchar los cuentos de esa autora de relatos infantiles y recordaba perfectamente lo desolada que se quedó Flora tras la muerte de su amiga las pasadas Navidades.

—¿Le comenté que me dejó en herencia su librería?

Me estrujé los sesos.

—No, creo que no.

—Está ubicada en un preciosa calle de Kensington —exclamó con entusiasmo—. Mi intención es dársela a Louise y Rupert como regalo de boda, pero hasta entonces es mía para hacer con ella lo que se me antoje. Lo digo porque encima de la tienda hay un pisito. Por favor, no dude en utilizarlo hasta que encuentren un lugar apropiado para vivir.

No conseguía encontrar las palabras para expresar todo mi agradecimiento.

—Flora, ¿está usted segura?

—Absolutamente —dijo con una enorme sonrisa en el rostro—. Espere un momento que escribo la dirección —añadió mientras abría un cajón de la cocina y sacaba lápiz y papel—. No creo que el piso esté en un estado del todo satisfactorio, pero espero que sea habitable.

Me pasó un pedazo de papel con la dirección:

Librería Arthur Morston
190 Kensington Church Street
Londres W8 4DS

—Flora…, muchísimas gracias de nuevo —contesté, intentando mantener a raya mis emociones.

—Es lo mínimo que puedo hacer, señor T. Voy a traerle las llaves.

Salí de la cocina y eché a andar por el sendero de grava en dirección a nuestra casita de campo. A mitad de camino, me volví para ver por última vez la mansión. Aunque la fachada de piedra mostraba algunos desperfectos y había un par de ventanas en mal estado, lo cierto es que aquella casa era imponente. Seguía allí después de muchísimos años, sobreviviendo a cambios, a guerras y a diversas generaciones de la familia de los Vaughan. Y ahí estaba, inamovible y majestuosa.

Luego me alejé para comenzar mi viaje a un nuevo futuro.

32

Elle y yo llegamos a la librería Arthur Morston, en Kensington Church Street, con nuestras dos maletas e introduje la llave en la cerradura. Al empujar la puerta para abrirla, sonó una campanilla y busqué inmediatamente algún interruptor. Cuando localicé uno y lo accioné, Elle y yo nos encontramos con un panorama magnífico. Cubrían las paredes unas enormes estanterías de roble, llenas hasta los topes de publicaciones de todo tipo. Por no hablar de varios mostradores cubiertos con montañas totalmente desorganizadas de libros, colocados de forma caótica, como si alguien hubiera estado buscando un pasaje en concreto entre miles de páginas.

—¡Es increíble! —dijo Elle.

Nos pusimos a recorrer la tienda, respirando el ligero perfume de vainilla que parecía emanar como por misterio de los viejos volúmenes. Al final, detrás de la caja registradora localizamos una puerta que conducía a la vivienda del piso de arriba, algo sombría. En contraste con la grandeza propia de la tienda de un anticuario del local situado en la planta baja, la vivienda tenía un papel de pared verde medio arrancado y una moqueta de poquísimo grosor. Aun así, sería suficiente de momento. Tras deshacer nuestro equipaje, volvimos abajo y, como si fuéramos niños en una tienda de golosinas, nos pusimos a rebuscar ávidamente entre los libros de Arthur Morston que había en las estanterías.

Ellos contribuyeron sin duda a que nos olvidáramos de la vida idílica que nos habíamos visto obligados a dejar atrás.

—¡Hay suficientes para mantenernos entretenidos aquí durante años, Elle! —dije riendo.

—Lo sé. Creo que es mágico vivir encima de una librería.

Crucé la tienda y corrí a su encuentro.

—¿Sabes una cosa? Creo que Londres nos vendrá muy bien. Podremos asistir otra vez a conciertos, ir al teatro, dar paseos a orillas del Támesis, como hacíamos en París y el Sena cuando éramos niños.

Elle devolvió a su estante el libro de poesía que había estado leyendo y suspiró.

—Tienes razón. Intentaré ver todo esto como un avance positivo, pero... —vaciló antes de continuar— realmente nos veía en High Weald para siempre. Pensé que por fin nos casaríamos, que tendríamos hijos..., y ahora me pregunto si todas estas cosas llegarán a suceder alguna vez.

Le di un beso suave en la frente.

—Lo comprendo. Por favor, no dudes que eso es también lo único que yo deseo. Un día, cuando estemos a salvo, nos casaremos.

Elle aspiró y dijo:

—Ya sé que no es más que un trozo de papel...

—Pero muy importante —dije yo, acariciándole el pelo—. Y luego, cuando nos hayamos casado, te prometo que tendremos mil niños.

—¿Mil? —comentó Elle, riendo finalmente un poco.

—Bueno, por lo menos —seguí yo diciendo—. Necesitaremos algo que nos mantenga ocupados cuando nos establezcamos en un sitio fijo.

—¿Por qué no empezamos por uno ahora y vemos qué tal nos va?

—Como tú quieras, Elle. Pero si vamos a empezar solo por uno, ¿qué prefieres? ¿Niño o niña? —pregunté.

Se quedó un momento pensativa.

—Mientras la criatura tenga un cincuenta por ciento de ti, la querré incondicionalmente —respondió, apoyando la cabeza en mi hombro.

Elle y yo pasamos los siguientes días ordenando y clasificando los miles de libros que llenaban la tienda. Aquello desde luego nos permitía tener la mente ocupada y, una vez más, dejamos que se impusiera la rutina.

—Me pregunto si Flora consideraría la posibilidad de que vendiéramos algunos de estos libros. Es absurdo que todo este maravilloso surtido se quede aquí en las estanterías acumulando polvo —dijo Elle—. El dinero que saquemos podríamos enviárselo directamente a High Weald... —De pronto levantó la vista entusiasmada—. Podríamos incluso encargar libros nuevos si Flora nos lo permitiera..., antes de que lleguen Louise y Rupert, por supuesto.

Me quedé pensando un momento.

—Desde luego creo que vale la pena preguntárselo —contesté.

Escribimos a Flora, pero tardamos más de diez días en recibir respuesta. Cuando por fin encontramos la misiva, que el cartero había dejado por debajo de la puerta, la librería Arthur Morston se encontraba en unas condiciones impecables y lista para abrir sus puertas al público. Por desgracia, el triste contenido de la carta explicaba el motivo del retraso de la contestación de Flora.

Queridos señor y señora Tanit:

Con gran pesar debo comunicarles que mi marido falleció la noche posterior a su marcha, junto con otros catorce hombres, en la base de la RAF en Ashford, al caer una bomba directamente en la tienda en la que dormía. En consecuencia, Teddy ha heredado de forma inmediata High Weald y todas las posesiones de su padre asociadas con la finca, en virtud de su mayorazgo.

Por favor, no les quepa la menor duda de que la librería Arthur Morston sigue siendo de mi propiedad y de que Teddy no puede arrebatármela. Sigo teniendo la intención de regalar la tienda a mi hija y a su marido cuando se casen este verano, pero, mientras tanto, estoy más que feliz de permitirles vender los libros y reabastecer el local. Quizá, si son ustedes capaces de tener éxito en el negocio, Rupert y Louise opten por mantenerlos *in situ* como administradores..., aunque como es natural esa decisión deberían tomarla ellos.

Lamentablemente, ya no podrán ustedes contactar conmigo en High Weald, pues Teddy tiene intención de tomar esposa y en consecuencia me trasladaré a Dower House. Ya les mandaré todos los detalles con precisión cuando esté segura de ellos. Es muy amable por su parte que hayan pensado en enviar los beneficios de la librería a High Weald, pero les pediría que los fondos sobrantes, si los hubiera, se los queden ustedes.

Saludos cordiales,

FLORA V.

—¡Ha echado a patadas de la casa a su propia madre! ¿Cómo ha podido atreverse? —exclamó Elle, furiosa.

La noticia nos había conmovido por igual a los dos.

—¡Pobre Flora! El amor de su vida fallece y el sinvergüenza de su hijo se queda con todo. ¡Qué situación tan horrible e injusta!

—¿Crees que ha sido por nosotros, Bo? —preguntó Elle—. ¿Estamos malditos? Parece que adondequiera que vamos dejamos a nuestro paso un rastro de desesperación humana.

Pasamos aquella velada contándonos historias de Archie Vaughan y las mil maneras en las que había influido para bien en nuestra vida.

Al cabo de tres días ya habíamos abierto al público la librería Arthur Morston. No tardamos en descubrir que era un negocio increíblemente rentable, pues los habitantes de la ciudad estaban ansiosos por leer historias y literatura de evasión tras los tenebrosos días de bombardeo en Londres.

33

Tras un año muy fructífero para el negocio, el 8 de mayo de 1945 la BBC anunció la victoria de los aliados en Europa y el país celebró la aceptación formal de la rendición incondicional de Alemania. La guerra en el continente había terminado. Elle y yo bailamos por la calle junto con el pueblo británico. Luego, a primeros de junio, llegó al buzón de la librería Arthur Morston un sobre de papel vitela color crema dirigido al «Señor Tanit». Me lo llevé a mi pequeño escritorio, en la trastienda, y lo abrí.

Estimado señor Tanit:

Espero sinceramente que esta carta llegue al individuo al que va dirigida.

Mi nombre es Eric Kohler y soy abogado de un bufete de Ginebra, en Suiza. Tengo el triste deber de comunicarle que su abuela, Agatha Tanit, falleció hace ya algunos años —en 1929— a los noventa y un años de edad. Me veo en la incómoda posición de no saber qué relación tenía usted con su familia, de modo que si lo que voy a escribir le asusta le pido disculpas.

El heredero de los bienes de Agatha —el padre de usted, Jápeto Tanit— desgraciadamente también ha fallecido. Fue encontrado muerto en Osetia del Sur, en Georgia, en el invierno de 1923. Se consideró que la causa de su fallecimiento fue la exposición al frío y a la intemperie.

Los soldados que lo encontraron reconocieron el cuerpo debido a la posición que ocupaba en la familia imperial rusa, y con mucha lentitud la noticia fue abriéndose paso a través de Europa hasta llegar a su abuela.

Cuando Agatha se enteró de la muerte de su hijo, intentó encontrar a su único nieto, usted, gastando en esa búsqueda grandes cantidades de dinero y de tiempo. Finalmente logró comprobar que estaba en Siberia, pero cuando sus representantes llegaron hasta allí usted ya se había ido.

Desde hace ya más de una década he intentado rastrear por todo el continente el apellido «Tanit», buscando a un hombre que tuviera más o menos su edad. De hecho, debo confesar que he escrito varias veces distintas versiones de esta carta, pero no tuve suerte con los anteriores destinatarios. Recientemente, durante las investigaciones mensuales llevadas a cabo en nombre de su difunta abuela, su nombre apareció registrado como administrador de esta librería de Londres.

Señor Tanit, abrigo la esperanza sincera de que en efecto sea usted el nieto de Agatha y el beneficiario de su herencia. Sin embargo, para asegurarme de que así es, debo pedirle que venga a entrevistarse personalmente conmigo y que viaje a Ginebra, donde podré hacerle algunas preguntas que determinarán el resultado de todo el asunto. Los costes del viaje, por supuesto, correrían de nuestra cuenta, de modo que, si tiene usted la amabilidad de escribirme comunicándome su disponibilidad, estaré encantado de organizar su viaje.

Saludos cordiales,

E. KOHLER

Puse la carta encima del escritorio y, sin darme cuenta, se me llenaron los ojos de lágrimas. Era como si, de alguna manera, la mano de mi padre saliera de aquel folio.

—¡Bo! ¿Qué te pasa? —preguntó Elle al verme tan emocionado. Lo único que pude hacer fue tenderle la carta para que se empapara de su contenido.

—Ay, Bo… Yo también me he quedado sin palabras. No puedo ni imaginarme cómo te sentirás —dijo, abrazándome con fuerza—. Siento mucho lo de tu padre.

Yo le dije que no con la cabeza.

—Soy un bobo. Ya lo sabía, Elle. Pero ver la noticia escrita en un papel ha hecho que todo salga a la superficie. —Suspiré profundamente—. Después de tanto años haciéndome preguntas, ahora ya sé que solo consiguió llegar hasta Georgia.

Elle me acarició la espalda con ternura y dijo:

—Entonces resulta todavía más extraordinario que tú lograras llegar hasta París. Pero ¿y tu abuela? ¿Sabías algo de ella?

Negué con la cabeza.

—No. Cuando mi padre me dejó aquel horrible día de 1923, me dijo que iba a Suiza a buscar ayuda. —Me levanté, fui hasta la puerta de la tienda y di la vuelta al cartel de ABIERTO para que por fuera se leyera CERRADO—. Nunca llegué a saber dónde tenía intención de encontrar ayuda. Evidentemente, pretendía ir hasta donde estaba su madre —dije con un gemido.

Elle frunció el ceño.

—Bueno, pero hay algo que no entiendo. Si Jápeto tenía una madre tan rica, ¿cómo es que él se hallaba en una situación tan difícil en Siberia?

Me encogí de hombros.

—Ya te he dicho quién era. Como has leído en la carta, lo veían a menudo con los Romanov. Después de la revolución, era necesario mantenerse en segundo plano para garantizar nuestra seguridad.

Elle se sentó en uno de los grandes sillones de orejas que habíamos instalado en la tienda para los clientes.

—No puedo creerme que ese abogado haya conseguido localizarte —dijo.

No pude por menos que darle la razón.

—Flora debió de enviar algún documento oficial a alguien con nuestros nombres. —Me acaricié la barbilla mientras mentalmente iba procesando la cadena de acontecimientos que habían conducido a que me localizaran—. Parece que fue un irónico golpe de suerte darle a Archie Vaughn mi verdadero apellido hace ya años. Aunque me preocupa que el señor Kohler nos encontrara con tanta facilidad. Como tú misma has señalado, ahora que la guerra ha terminado, Kreeg es libre de moverse por donde quiera.

—Si es que ha sobrevivido —me recordó Elle—. Muchos no lo han conseguido.

Yo negué con la cabeza.

—Dudo que tuviera yo tanta suerte.

Elle me sonrió compasivamente.

—¿Irás a ver al señor Kohler? —preguntó.

—Sí —respondí con toda seguridad—. Cuando me puse en marcha en medio de la nieve siendo un niño, mi destino era Suiza. Por fin ha llegado la hora de llevar a término ese viaje.

—¿Cuándo te irás?

—En cuanto el señor Kohler lo organice todo. —Eché un vistazo a las estanterías cargadas de volúmenes de la librería Arthur Morston—. No tengo ni idea de cuánto dinero supondrá la herencia de la abuela Agatha, pero me figuro que podríamos conseguir una suma significativa, ¿no? Con ella finalmente sufragaremos nuestra seguridad —dije, atreviéndome a soñar por un momento— y nos compraremos una casita en mitad de la nada. Elle, con dinero suficiente y un poco de inteligencia...

—Podríamos protegernos de Kreeg para siempre.

Después de hacer unas cuantas pesquisas, descubrí que el despacho de abogados Kohler & Schweikart era auténtico. Tomé el ferry con destino a Francia una semana más tarde. Al cabo de tres días de viaje cambiando varias veces de tren, llegué a Ginebra para reunirme con Eric Kohler en su elegante edificio de la rue du Rhône. La imponente recepción del despacho podía jactarse de tener, entre otras cosas, una fuente, y me quedé veinte minutos escuchando el elegante murmullo del agua mientras esperaba a que el abogado me recibiera. Por fin se abrió una gran puerta de nogal y apareció un hombre vestido de manera impecable, con su cabello rubio cuidadosamente peinado.

—¿El señor Robert Tanit? —Al ver que yo asentía con la cabeza, el abogado me estrechó la mano—. Eric Kohler. Por favor, sígame.

Me condujo a través de la gran puerta de nogal hasta un despacho con un techo altísimo que resultaba impresionante. Su escritorio estaba colocado delante de unas ventanas enormes de estilo palladiano que ofrecían una vista panorámica del imponente y tranquilo lago de Ginebra.

—Tome asiento —dijo, indicándome con un gesto el sillón de cuero verde situado al otro lado de su escritorio.

—Muchas gracias.

Eric se me quedó mirando, intentando, supongo, decidir si guardaba algún parecido con Agatha.

—Confío en que su viaje haya sido agradable —dijo.

—Sí, gracias. Creo que no he hecho nunca un viaje en tren tan satisfactorio. Tiene usted un país muy hermoso.

Eric sonrió.

—Me gusta creer que así es. Pequeño, pero de formas perfectas. —Se volvió e hizo un gesto hacia la ventana—. Con un lago muy grande. —Sus modales amistosos me hicieron sentir cómodo—. Aunque debo confesar, señor Tanit, que me deja un tanto perplejo que hable usted de «mi» país. También es el suyo, ¿no?

—¡Oh! —Me quedé pensativo por un momento—. Supongo que sí, en el sentido de que era el país de mi padre. Pero yo no nací aquí y nunca lo he visitado.

Eric asintió.

—Nació usted en Rusia, ¿correcto?

Vacilé al no saber qué era exactamente lo que sabía el abogado.

—Sí.

—Mmm... —Eric se recostó en su sillón—. Tenemos muchas cosas que discutir. Pero antes de seguir adelante necesito confirmar su identidad. ¿Tiene aquí su documentación?

Dudé antes de contestar:

—Tengo mi carnet de identidad británico y un pasaporte.

—¡Perfecto! —exclamó el señor Kohler, dando unas palmadas.

—Pero, señor Kohler, para ser sinceros, ambos documentos me los proporcionó mi anterior patrón, Archie Vaughan. Tenía buenos contactos con las altas esferas del Ejército británico, y por eso, generosamente, nos ofreció estos documentos, a mí y a mi pareja.

—El señor Kohler entrecerró los ojos—. Lo que intento decirle es que la información relativa a mi lugar de nacimiento y a mi edad quizá no concuerde con los datos que a usted le constan.

Eric cruzó las manos y apoyó los codos en su mesa.

—¿Puedo preguntarle por qué no posee usted ningún documento original, señor Tanit?

—Si mi partida de nacimiento existe, quedó enterrada bajo la nieve de Siberia. Hui de Rusia siendo un niño. No tenía otra elección, señor Kohler. Temía por mi vida. Mi padre se fue mucho antes y yo pensé...

—Que tenía que escapar —me interrumpió el abogado, asintiendo con la cabeza. Vi una sonrisa de complicidad en su rostro. ¿Estaría acaso al corriente de la misión de acabar con mi vida que se había fijado Kreeg Eszu?—. Pensé que probablemente así sería, señor Tanit —siguió diciendo Eric—. Su abuela me preparó para algo por el estilo.

Me veía en la necesidad de ir con pies de plomo, atenazado como estaba por una mezcla de nerviosismo y de curiosidad.

—Lo siento, señor Kohler, no estoy muy seguro de entenderlo.

—Aquí no hay ningún secreto, señor Tanit. Lo sé todo. —Sus palabras me reconfortaron—. Su padre, Jápeto Tanit, formaba parte de la casa imperial del zar Nicolás II antes de la revolución. ¿Correcto? —Asentí lentamente con la cabeza—. Daba clases de lengua y cultura clásicas y de música al zarévich y a sus hermanas. Por consiguiente, era bien conocido por los bolcheviques, lo mismo que todas las personas vinculadas a la familia imperial. Tras la Revolución de Octubre, cuando el zar fue destronado y asesinado, su padre sintió miedo por su seguridad y huyó. Luego, como no pudo volver a buscarlo, usted decidió ir tras él, pues también temió por su vida. —Eric parecía un poquito satisfecho de sí mismo—. ¿Me equivoco?

Nada de lo que había dicho se alejaba de la verdad. Solo se le había escapado el detalle fundamental de Kreeg y el diamante. Le di la razón.

—No, señor Kohler. Todo lo que ha dicho es correcto.

El abogado se levantó de su asiento y empezó a pasear con calma ante la ventana, como si fuera Hércules Poirot explicando un caso.

—Por las razones que acabo de mencionar se ha pasado usted toda la vida huyendo, temiendo desesperadamente que algún miembro del Ejército Rojo apareciera en cualquier momento dispuesto a cortarle el cuello por el mero hecho de formar parte de la casa del zar. —Levantó las cejas y se quedó mirándome—. Movido por el miedo, ha recorrido usted toda Europa, cambiando todo el rato de trabajo y, me atrevo a decir, también de nombre. —Su explicación se acercaba, en efecto, bastante a la realidad.

—Es usted muy astuto, señor Kohler.

—He tenido mucho tiempo para reconstruir la historia. —Volvió a sentarse y abrió un cajón—. Ahora que por fin ha salido todo a la luz, quiero empezar pidiéndole que me confirme cuál es su nombre de pila, pues los dos sabemos que no es «Robert».

Me quedé callado.

—Doy por supuesto que lo recuerda, ¿no? —dijo el abogado en tono algo compasivo.

—Sí —balbucí—. Es solo que... aquella era una vida muy distinta.

—Lo comprendo. Bueno, una cosa que deseo asegurarle, señor Tanit, es que está usted completamente a salvo de sus perseguidores soviéticos. Dejaron de ir a la caza de los monárquicos hace más de una década y el hijo de un profesor no tendría ningún interés para ellos. Está usted a salvo, se lo prometo.

—Resulta... tranquilizador saberlo. Gracias, señor Kohler —contesté.

—Por consiguiente, no habrá necesidad de seguir huyendo y cambiando de nombre. Es usted ciudadano suizo de nacimiento y si decidiera establecerse aquí sería bienvenido. Y ahora, por favor, ¿cuál es su nombre?

—Atlas —musité.

—Buen comienzo —dijo Eric, sonriente.

Me había apartado de mi costumbre de no utilizar mi singularísimo nombre durante años y años. El lector perspicaz tal vez recuerde, por supuesto, mi renuencia a utilizarlo en este diario. Pero Kreeg me ha localizado a pesar de todo.

—Como ya he dicho, señor Tanit —siguió diciendo Eric—, su abuela me preparó muy bien. Me contó que a su hijo lo contrató el zar cuando sus estudios de música lo llevaron hasta Rusia. Tiene que darle a ella las gracias por todo esto, no a mí.

—Yo... Ojalá pudiera —respondí con sinceridad—. Ha comentado usted que soy ciudadano suizo y que sería bienvenido si me quedara aquí. Pero no tengo pasaporte ni certificado de nacimiento. ¿Cómo podría ser así?

Eric hizo un gesto con la mano como para quitarle importancia.

—Si puedo demostrar que es usted nieto de Agatha Tanit, cosa que tengo intención de hacer de inmediato, el camino hacia la ciudadanía es relativamente sencillo. —Eric se ajustó el nudo de la corbata—. Con el respaldo de mi bufete, que está muy acreditado, podrá tramitar su documentación con facilidad. Aunque, como es natural, llevará tiempo.

Me confundía la idea de tener una ciudadanía auténtica.

—¡Por Dios!

Eric abrió otro cajón del escritorio y sacó de él una carpeta.

—Los demás señores Tanit que se han sentado en ese sillón han aportado su respectiva identificación, pero esta es la parte de la conversación en la que empezaron a tener dificultades. A sabiendas de que quizá no tuviera usted pruebas formales de su progenie, Agatha ideó una serie de preguntas cuya respuesta pensaba que solo conocería su verdadero nieto.

—¡Qué misterioso! —respondí, ligeramente nervioso por lo que pudiera suceder—. ¿Y qué pasaría si no fuera capaz de contestarlas?

Eric se encogió de hombros.

—En tal caso, señor Tanit, me temo que tendremos que seguir caminos distintos, según expreso deseo de Agatha.

Tragué saliva y dije:

—Ya veo.

—Son solo tres preguntas, señor Tanit. ¿Puedo proceder?

Cambié de posición y me senté en el borde mismo del sillón.

—Por favor, adelante —contesté, conteniendo el aliento.

—Muy bien. —Eric se aclaró la garganta y continuó—. Primera pregunta: junto con el cúmulo estelar abierto de las Híades, ¿qué entidad astral forman las Pléyades?

Respondí sin vacilar:

—La Puerta de Oro de la Eclíptica.

En el rostro de Eric se dibujó una gran sonrisa.

—Correcto. ¡Qué emocionante, señor Tanit! Hasta ahora no había llegado nunca a la pregunta número dos. —Se inclinó ligeramente hacia delante—. ¿Puedo saber por qué conocía usted la respuesta?

—Mi padre estaba fascinado por la astronomía. Me enseñó todo lo que sé acerca del cielo nocturno.

Eric chasqueó la lengua.

—Igual que su madre le enseñó a él todo lo que sabía. Bueno, segunda pregunta: ¿quién fabricó el violín de Jápeto Tanit?

—Giuseppe Guarneri del Gesù, señor Kohler.

De nuevo apareció en su rostro una amplia sonrisa.

—Muy bien, señor Tanit. Fue un regalo que le hizo Agatha, justo antes de que él se fuera a Rusia. ¿Lo sabía usted? —Negué con la cabeza—. Bueno, su respuesta es correcta a pesar de todo.

Pasemos, pues, a la tercera y última pregunta… ¿Puede usted decirme por qué Jápeto Tanit poseía un violín Guarneri?

Fruncí el entrecejo y moví la cabeza negativamente.

—¡Vaya por Dios, señor Kohler! —dije—. Me temo que quizá hemos fracasado. Mi padre solía decir que prefería los Guarneri por la profundidad de su resonancia.

—Hum… —replicó el abogado, sin decidirse a dar por buena mi respuesta—. Jápeto prefería los violines Guarneri a los…

—Bueno, a los Stradivarius —exclamé, divertido—. Siempre decía que Stradivarius «se daba demasiados humos».

Aunque casi con toda seguridad no había sido capaz de aprobar el examen de identidad de mi abuela, aquel recuerdo me dibujó en los labios una sonrisa. El señor Kohler se me quedó mirando antes de dar la vuelta a la hoja de papel que tenía en las manos y señalar con el dedo una frase en particular. Con una letra muy bonita y ricamente decorada se leía: «Stradivarius se daba demasiados humos…».

Al ver que me había quedado boquiabierto, Eric dijo:

—Parece que su abuela escogió muy bien las preguntas. Y eso que yo, hace ya más de quince años, le aconsejé con fervor que no siguiera esa estrategia. «No, señor Kohler. Es inconcebible que mi hijo no comentara a menudo que Stradivarius se daba demasiados humos. ¡No paraba de repetirlo!». Eso me dijo.

—Pero… ¡si Agatha no llegó a conocerme! —dije, todavía en estado de absoluta perplejidad.

—No. Pero era una mujer excepcionalmente lista que conocía a su hijo mejor que nadie en el mundo.

—¡Cuánto siento no haberla conocido!

—Pues sí. En cualquier caso, señor Tanit, felicidades. Encantado de conocerlo personalmente, Atlas. —Me tendió la mano para estrechar la mía—. En fin, permítame contarle la historia de su familia. ¿Qué es lo que sabe ya de ella?

—Muy poco —respondí con sinceridad—. Mis padres formaban parte de la casa imperial de Rusia. Mi madre murió cuando me dio a luz, aunque mi padre me habló mucho de ella. También sabía ya que él tenía origen suizo, pero aparte de eso… no sé gran cosa.

—En ese caso, tengo el placer de comunicarle que su linaje es aristocrático. La familia Tanit hunde sus raíces en el Sacro Imperio Romano Germánico. ¿Ha oído usted hablar de la casa de Habsburgo?

Negué con la cabeza.

—Esta familia acabó convirtiéndose en una de las dinastías más destacadas de la historia de Europa, pero era originaria del norte de Suiza. Dio origen a reyes de España, de Croacia, de Hungría... Y podría seguir nombrando países.

Abrí los ojos desmesuradamente.

—Señor Kohler, ¿está usted diciéndome que soy un Habsburgo?

El abogado se echó a reír.

—No, no lo es. —Al oírlo sentí que me ruborizaba—. Sin embargo, hay relatos históricos que cuentan que los Tanit servían a la casa de Habsburgo ya en 1198. Sus antepasados asesoraban a la familia acerca de la posición de los astros y sobre si eran favorables a los Habsburgo, que depositaron mucha confianza en su familia, razón por la cual la recompensaron con títulos nobiliarios... y mucho dinero. Y usted, Atlas, es el último de ese linaje, el último Tanit. Tengo que entregarle una fortuna de alrededor de... —se puso a rebuscar entre su documentación— cinco millones de francos suizos. Cuando arregle sus papeles debidamente, por supuesto.

Mi expresión debía de parecer cómica.

—¿Cinco... millones? —susurré.

Eric asintió con la cabeza.

—En efecto. Quizá ahora comprenda por qué tenía yo tanto interés en ponerme en contacto con usted. ¡No solo tiene derecho a una gran cantidad de dinero, sino que además es el último miembro que queda de una dinastía cultural suiza!

Me había quedado sin palabras. El dinero podía proporcionarnos todo lo que Elle y yo habíamos soñado. Esa simple idea me dejó sin respiración.

—No sé qué decir —exclamé.

—No necesita decir nada, Atlas. Empezaré las gestiones para registrarlo a usted oficialmente como ciudadano suizo. Como le dije, una vez acabada la guerra, hay una cola enorme y los trámites pueden durar no ya meses, sino años.

—Lo comprendo —repuse. La cabeza me daba vueltas. Elle y yo podríamos establecernos aquí y empezar a pensar en crear una familia. No veía la hora de darle la noticia—. ¿Puedo preguntarle dónde voy a alojarme esta noche, señor Kohler? ¿Me quedaré en casa de Agatha?

—Bueno. Le he reservado un hotel para las próximas noches. Aquí tiene la dirección. —Me tendió una tarjeta—. Agatha legó su enorme mansión urbana a la pareja que estuvo cuidándola durante su vejez. Cuando su padre se marchó a Rusia, ese matrimonio se convirtió en la única familia que le quedó a su señora abuela. Sin embargo... —Eric levantó un dedo al acordarse de algo. Volvió a coger la carpeta que tenía encima de la mesa y empezó a rebuscar en ella una vez más—. Un año más o menos antes de su muerte, Agatha compró un terreno muy grande en una península aislada a orillas del lago. —Encontró el folio que andaba buscando y le echó un vistazo—. Ahora le pertenece a usted. Aquí tiene un mapa con su localización. Por favor, visítelo con toda libertad cuando lo desee. —Cogí el papel que me tendía—. Es un sitio muy bonito... —Eric volvió la cabeza para mirar por las enormes ventanas del despacho—. Puede usted ir a verlo esta tarde.

—Probablemente sea lo que haga —respondí mientras me ponía en pie. Las piernas me temblaban—. ¿Puedo coger un taxi aquí fuera?

Eric lanzó un pequeño bufido.

—Le costaría mucho trabajo llegar allí en taxi. ¡La península solo es accesible en barco! Sin embargo, puede usted alquilar un medio de transporte acuático a un precio razonable en el muelle que hay aquí al lado. Muéstrele el mapa al piloto y él ya sabrá dónde tiene que llevarlo.

—¿Un particular puede aquí alquilar directamente un barco? En realidad se me dan muy bien los mapas.

—Sí, creo que sí, si es capaz de convencer de sus credenciales al dueño de la embarcación. ¡Ah, además tengo esto! —Sacó de la carpeta un pequeño sobre color crema—. Es una carta de su abuela para usted. ¿Sabe? —dijo chasqueando la lengua—, nunca pensé que vería el día en que pudiera entregársela a alguien. ¡Mire! —Se señaló las sienes—. Ya peino canas. Cuando conocí a su abuela yo era joven. —Se levantó para entregarme el sobre y despedirse de mí—. Me pondré en contacto con usted a través del hotel. Tendrá que firmar un montón de documentos mientras esté aquí en Ginebra. Adiós, Atlas. Hasta mañana, supongo.

—Gracias a usted, señor Kohler.

34

Al cabo de unos cuarenta minutos me encontraba avanzando lentamente a través del lago de Ginebra a bordo de una pequeña motora de la casa Shepherd algo desvencijada. A pesar de la embarcación, me sentí extasiado ante la belleza de las inmensas montañas que rodeaban el lago. Cerré los ojos y disfruté de la sensación de frescor de aquella brisa en mi piel. Me entusiasmaba el hecho de navegar por esas aguas con la única compañía de mis pensamientos y del aire puro.

El trayecto desde el muelle próximo a la rue du Rhône duró prácticamente veinte minutos en aquel botecito de madera y me dio la clara sensación de que la península de Agatha estaba muy aislada. Por fin divisé la parcela que aparecía indicada en el mapa. Me quedé mirando aquel promontorio privado, en el que se alzaba al fondo una imponente y escarpada franja de terreno en semicírculo.

Apagué los motores para que la embarcación se aproximara lentamente a la orilla. Se hizo un silencio absoluto y sentí un temor reverencial ante la majestuosidad de aquel paisaje de cuento de hadas, que se reflejaba en las aguas transparentes como el cristal. El casco de la motora enseguida entró en contacto con la blanda tierra arenosa y bajé de un salto con la maroma de amarre en la mano. Arrastré la embarcación hasta dejarla en tierra firme y la até a una roca enorme. Luego respiré profundamente y cogí la carta de Agatha que llevaba en un bolsillo.

Querido Atlas:

Mi queridísimo nieto, si estás leyendo esta misiva es porque el señor Kohler ha mantenido su promesa y ha conseguido dar contigo (algo que, lamentablemente, yo no he sido capaz de hacer por mí misma).

Mientras escribo estas líneas, soy muy consciente de que se acerca el fin de mis días en este mundo, pero, si asoma alguna lágrima en tus ojos, por favor, no la derrames, pues pronto me reuniré con mi amadísimo hijo, tu padre.

A pesar de la distancia que se interpuso entre nosotros debido al trabajo de tu padre, te diré que él solía escribirme con regularidad. Fue así como, desde tu más tierna infancia, seguí de cerca tu formación y tu desarrollo. Hablaba de ti con mucho orgullo, Atlas, y a menudo me decía que eras más inteligente que cualquier niño de tu edad y que tus proezas superaban lo que él consideraba humanamente posible. No lo dudo, viniendo de un Tanit.

En ese sentido, Jápeto me habló de tu talento para el violín y de tu pasión por las estrellas, que, en vista de la historia de la familia, seguro que es innato en ti. Tal vez el señor Kohler ya te haya contado algo. Si no, no dudes en preguntarle. Es una historia fascinante y más larga de lo que mis fuerzas me permiten ahora escribir en esta carta.

¡Cuánto me habría gustado que nos hubiéramos conocido para hablar de nuestros recuerdos y observar el cielo silencioso que reina sobre mi queridísimo lago de Ginebra! Y a propósito del lago, seguro que ya te han informado de que ahora eres el propietario de un terreno apartado a orillas del mismísimo.

Lo adquirí para ti, mi amado nieto. Escogí concienzudamente su ubicación. Verás que solo es accesible por agua y que está escondido de las miradas de los curiosos.

Presentí que quizá un día necesitarías tu propio rincón en el mundo, Atlas; un remanso de paz y de serenidad. Espero que estas tierras te lo ofrezcan y que se conviertan en un hogar para las futuras generaciones de la familia Tanit.

Pero tal vez me equivoque y no necesites un regalo como este. De ser así, si un día deseas vender la propiedad, que sepas que lo puedes hacer con mi bendición.

Ahora me canso con facilidad, por lo que me temo que no puedo seguir escribiendo mucho más. Utiliza tu legado con sabiduría, pero recuerda que la vida es extraordinariamente corta. Es mi más ferviente deseo que uses el dinero para mejorar la vida de mis biznietos y la de las futuras generaciones que nacerán de ellos.

Espero con ansia reunirme contigo en la próxima vida. Hasta entonces, si quieres encontrarme, Atlas, mira las estrellas.

Con todo mi amor,

TU ABUELA AGATHA

La carta era conmovedora y un escozor volvió a invadirme los ojos. Miré hacia el cielo.

—Gracias —susurré.

Por un momento, de una manera absurda, tuve la sensación de que el universo me contestaba directamente, pues oí el chasquido de una ramita a mis espaldas. Me di la vuelta, pero no vi nada más que aquella extensión de tierra en la península.

—¿Hola? —exclamé en tono inquisitorio.

Curioso por saber si se trataba de algún animal, me abrí camino entre los árboles. Mientras avanzaba, oí el ruido de unos pasos acelerados.

—Repito: ¿hola?

Al penetrar en el bosque me encontré con una cubierta de lona y los restos de una hoguera, que habían apagado rápidamente con un cubo de agua que estaba cerca de allí.

Los pasos parecían perderse entre los matorrales y empecé a seguir el ruido.

—¡Por favor, deténgase! Soy el dueño de estas tierras. ¡No voy a hacerle ningún daño!

Después de una pequeña carrerilla, me paré para escuchar los pasos una vez más. Como solo oía el canto de los pájaros, me planté en jarras y empecé a mirar detenidamente a uno y otro lado de aquel paraje indómito.

De pronto, un dolor agudo y punzante me recorrió la parte posterior de la pierna izquierda, que se me dobló.

—¡Ay! —chillé y caí al suelo.

Alcé la vista y apareció ante mí un muchacho que empuñaba un gran palo de madera. El crío lo volvió a levantar por encima de su cabeza, esta vez para propinarme un golpe en la cara, por lo que me protegí con el brazo.

—¡Detente! —exclamó una voz proveniente de la arboleda que había a mis espaldas.

Era una niña… mucho más pequeña que el muchacho.

—No, no lo hagas, por favor…

—¿Qué quieres? —me gritó el chico, aún con el palo en alto.

Me di cuenta de que los dos hablaban alemán y les contesté en la misma lengua.

—Esto es de mi propiedad. Bueno, lo será pronto. Pero, por favor, creedme, no quiero haceros ningún daño. No sabía que estabais aquí.

El muchacho miró de reojo a la niña y luego se dirigió a mí.

—¿Eres alemán? —preguntó—. Antes has hablado en francés.

—Es que soy suizo —repliqué, para no alargarme en explicaciones.

—¿Por qué sabes alemán? —preguntó él.

—Antes de la guerra estuve viviendo en Alemania, en Leipzig.

—Claudia, ven aquí —ordenó el muchacho.

La niña se acercó y se colocó detrás de él. El chico bajó el palo.

—No sabía que estas tierras fueran tuyas. Lo siento. Prepararemos nuestras pertenencias y nos iremos de aquí.

—Hay una cosa que no entiendo. ¿Por qué me has golpeado? —pregunté mientras me levantaba lentamente—. Podéis acampar aquí. No tengo inconveniente. ¡Pero no podéis arremeter contra la gente!

—¿Ves? Ya te lo advertí —susurró la niña al muchacho—. Te pido disculpas por lo que ha hecho mi hermano. Le dije que no ibas a hacernos ningún daño.

—Perdóname —exclamó el chico—. Ya nos vamos.

Fue entonces cuando me di cuenta de que la ropa que los dos llevaban estaba increíblemente sucia y hecha jirones. También les quedaba muy grande, pues la talla era de adulto y, además, los críos estaban esqueléticos.

—Como ya os he dicho, podéis seguir acampados aquí. Eso es lo que hacéis, ¿no? Acampar —dije.

—Sí, acampar —contestó el muchacho.

—Parece que lleváis mucho tiempo aquí…

—Sí, pero ahora nos marchamos.

—¿A las montañas? No he visto ninguna barca. ¿Estáis seguros de que podréis escalar? Parece muy difícil.

—Nos las arreglaremos —replicó el chico.

—Por favor, señor —terció la niña—, no le diga a nadie que nos ha visto. No quiero que ellos vuelvan a buscarnos.

—¡Claudia! —le gritó el niño en tono de reprimenda.

—No pasa nada —dije para disipar cualquier temor—. ¿Claudia? ¿Así te llamas?

La niña asintió sumisamente con la cabeza.

—Es un nombre precioso —comenté—. ¿Y puedo saber cómo te llamas tú, jovencito? —pregunté dirigiéndome al chico. Me dijo que no con la cabeza y yo me encogí de hombros—. Muy bien. Pues yo me llamo Atlas. ¿Puedo preguntaros a qué os referíais con eso de que no queréis que vuelvan a buscaros. ¿Quiénes?

—Los malos —replicó Claudia.

—¿Los malos? —repetí—. ¿Quieres decir los soldados? —Ella asintió. Yo ya estaba empezando a entenderlo todo—. ¿Venís de Alemania?

—Sí —contestó el muchacho.

Me quedé mirándolo muy emocionado.

—¿Habéis escapado de uno de sus campos de concentración? —El chico me dijo que sí con la cabeza. Yo me arrodillé para ponerme a la altura de los ojos de aquellas criaturas—. Os lo garantizo, yo no soy uno de ellos, os lo prometo. Soy amigo. —El muchacho suspiró de alivio y me dijo que sí, que me creía, con la cabeza—. ¿Cuántos años tenéis? —pregunté.

—Yo once —contestó él— y mi hermana siete.

—Sois muy pequeños para estar por aquí solos. Creedme, sé lo que me digo. ¿Cuánto tiempo lleváis así?

El chico se encogió de hombros.

—No estoy seguro. Creo que unas cincuenta noches. Y no estamos solos —replicó, con mirada desafiante y pasándole un brazo alrededor de los hombros a su hermana—. Nos tenemos el uno al otro.

—Por supuesto —exclamé—. Y eso es algo maravilloso. ¿Puedo preguntaros cómo llegasteis aquí? —dije, intentando escoger con cuidado mis palabras, consciente de que aquellas inocentes almas probablemente habían vivido unos episodios horribles que iban más allá de mi comprensión.

El muchacho clavó la mirada en el suelo. Con mucha dulzura, su hermana lo cogió de la mano.

—Nuestra madre distrajo a uno de los guardias y nos colamos por el agujero de una alambrada. Nosotros...

El chico intentó continuar su relato, pero estaba demasiado emocionado. Claudia tomó la palabra:

—No queríamos irnos, pero mamá dijo que teníamos que hacerlo —masculló en bajito—. Sobre todo, después de lo que le hicieron a papá.

Se me rompió el corazón viendo y oyendo a aquellas criaturas. En su breve existencia en este mundo, habían experimentado lo peor de la humanidad. Si alguien podía entender su dolor, ese era yo.

—No creo que lo sepáis, pues lleváis mucho tiempo aquí, pero lo cierto es que tengo una noticia para vosotros. La guerra ha terminado. Los campos de concentración, como ese del que escapasteis, han sido liberados. Puedo ayudaros a encontrar a vuestra madre —les dije afectuosamente.

El muchacho negó con la cabeza.

—No, no puedes. Ella sacrificó su vida por nosotros. Oímos los disparos mientras cruzábamos la alambrada. Luego, echamos a correr. Mamá nos dijo que fuéramos a Suiza porque era un país seguro. De modo que cogí a Claudia y traté de hacerlo lo mejor que pude —contestó entre sollozos.

Despacito, le puse una mano en el hombro.

—No sé cómo expresaros cuánto lo siento. Yo también perdí a mis padres de niño. Pero, recordad —dije señalando el pecho—, están vivos aquí, para siempre. —El chico me miró a los ojos—. Has mantenido a salvo a tu hermana. Tu madre, donde sea que esté, está orgullosísima de ti. —Entonces tuve una idea—. Seguro que estáis hambrientos —exclamé mientras metía la mano en el bolsillo y sacaba un paquete de cacahuetes que guardaba allí desde mi viaje en tren—. ¡Tomad! —El muchacho cogió la bolsita agradecido y se puso a compartir su contenido con su hermana—. ¿Cómo acabasteis en esta península? —pregunté.

—Robamos una barca en la otra orilla del lago y navegamos a la deriva hasta llegar aquí —explicó, con la boca llena de frutos secos—. Desembarcamos con nuestras pertenencias y por la mañana las corrientes se habían llevado la barca.

Los miré boquiabierto.

—Así que os habéis quedado tirados... ¡Qué horror! —exclamé.

—Ha menudo pasan barcas, pero no nos atrevemos a hacer señales por si nos quieren volver a encerrar en un campo de concentración —comentó el muchacho, encogiéndose de hombros.

Me froté los ojos al oír la tormenta de desgracias que habían vivido aquellos niños.

—Claro, ya lo entiendo. ¿Y cómo os habéis apañado para comer?

El chico se vació la bolsa de cacahuetes en la mano y se los dio casi todos a su hermana.

—Sé pescar, pero casi no consigo peces. Hemos probado muchas bayas. Una planta nos sentó muy mal.

Yo sabía que debía devolverlos a la civilización lo antes posible. Necesitaban cuidados médicos y una cama caliente para descansar.

—Ya sé que nos acabamos de conocer —empecé a decir con cuidado para ver su reacción—, pero ¿os vendríais conmigo en mi barca? Voy a regresar a la ciudad. Conozco gente allí que os puede ayudar.

El chico se quedó helado.

—¿Y cómo sabemos que podemos confiar en ti? —exclamó.

Yo contemplé la cuestión.

—Haces bien preguntándolo..., pero me resulta imposible daros una respuesta satisfactoria —contesté, frunciendo el ceño—. Aquí no tengo ningún periódico, de modo que no puedo demostraros que en Europa la guerra ha terminado. Aunque puedo enseñaros esto —añadí mientras sacaba mi pasaporte y mi carnet de identidad británicos y se los pasaba al muchacho.

—¿Británico? —exclamó el chico, dando un paso atrás—. Pensé que habías dicho que eras suizo.

—¡Ah! Sí —dije mientras me maldecía mentalmente—. Buena observación. Sin duda eres muy inteligente —añadí algo nervioso y guiñándole un ojo—. Mi padre era suizo. En realidad, he venido hasta aquí para hacerme cargo de la finca que me ha dejado mi abuela en herencia —continué, dando gracias por la bombilla que se me había encendido—. Aquí tengo una carta suya. ¿Puedes leer en francés?

—Un poquito —replicó, haciendo un gesto con los ojos.

—Toma. Léela, por favor —le dije mientras se la pasaba y me sentaba en el suelo con las piernas cruzadas—. Si hay alguna palabra que no entiendas, solo tienes que preguntar —añadí con una sonrisa.

El chico se alejó unos diez metros y se sentó junto a su hermana frente a mí. Lentamente, fue leyendo la carta y al cabo de unos cinco minutos se puso en pie.

—Vale —dijo—. Iremos con usted.

La carita de Claudia se iluminó.

—¿De verdad? —le preguntó a su hermano, que asintió con la cabeza.

Yo di un suspiro de alivio.

—¡Es una fantástica noticia! —exclamé, levantándome de un salto—. Gracias por confiar en mí. ¿Qué os parece si cargamos ya vuestras cosas en la barca?

—No, no hace falta —replicó el muchacho—. No tenemos que llevarnos nada —añadió, cogiendo a su hermana de la mano.

—Lo entiendo —contesté—. Y ahora que ya hemos entablado amistad, ¿puedo tener el placer de saber cómo te llamas?

El chico me miró a los ojos y dijo:

—Georg.

El señor Kohler quedó estupefacto al verme de nuevo aquella misma tarde…, sobre todo al llegar a su despacho acompañado de un par de niños desnutridos y sucios.

—¿Qué diablos ocurre? —preguntó, soltando prácticamente de golpe su taza de té en el escritorio.

Expliqué la situación de la manera más sucinta que pude. Querido lector, es sorprendente lo que puede hacer el dinero. Aquella tarde, el señor Kohler se encargó de conseguir un médico, un trabajador social y acceso ilimitado a abundante comida, todo ello pagado por Agatha Tanit (en vista de las circunstancias, y con la seguridad de que mi abuela habría dado su aprobación, el señor Kohler se prestó de inmediato a desbloquear unos fondos para que yo pudiera utilizarlos).

—¿Qué va a pasar con ellos, señor Kohler? —pregunté.

El abogado estaba aturdido, y con razón.

—En cuanto hayamos confirmado exactamente quiénes son, veremos si tienen algún pariente vivo en Alemania que los pueda acoger.

Levanté una ceja y me lo quedé mirando.

—¿Cree que eso es posible?

Eric apoyó la cabeza en las manos.

—No, no creo. Y, si es como pienso, el Gobierno suizo es probable que se haga cargo de ellos y los envíe a un orfanato, donde quizá encuentren unos padres adoptivos. Por suerte, como menores de edad refugiados, la obtención de la ciudadanía resultará fácil para ellos.

Me senté en el sillón de cuero que había al otro lado del escritorio del señor Kohler.

—¿Ha dicho «orfanato»?

Eric asintió con la cabeza. Me acordé del Apprentis d'Auteuil. Condenar a Georg y a Claudia a semejante vida después de todo lo que habían tenido que soportar me parecía una verdadera crueldad. Habían escapado de las persecuciones, igual que yo. Me acordé de Boulogne-Billancourt. ¿Cómo era aquello que dijo Landowski?: «Estoy seguro de que algún día serás tú quien se encuentre en la posición de ayudar a otros. Asegúrate de aceptar ese privilegio». Yo ya sabía lo que quería hacer.

—Me gustaría correr con los gastos de los niños —le recalqué a Eric.

—¿Cómo dice?

—Georg y Claudia buscaron cobijo en la propiedad de Agatha, mis tierras, y quiero estar seguro de que reciben la atención y los cuidados necesarios. Gracias a la amabilidad de unos desconocidos, hoy yo puedo estar aquí ante usted. Debido a las circunstancias, no he podido ejercer el altruismo a lo largo de mi vida, pero ahora parece que las cosas han cambiado.

El señor Kohler se reclinó en su silla mientras meditaba mis palabras.

—Es un sentimiento muy noble, Atlas, pero no creo que eso impida que internen a Georg y a Claudia en un orfanato. A no ser que piense llevárselos con usted a Londres...

Me quedé mirando el techo mientras consideraba esa posibilidad. Simplemente, no me parecía muy sensato llevármelos a casa mientras Kreeg pudiera andar suelto.

—Por el momento, eso no es posible —contesté—. Pero, señor Kohler, de verdad desearía evitar que estos niños acaben en uno de esos centros. Han perdido a sus padres y en muy poco tiempo su mundo ha quedado patas arriba. Necesitan afecto y seguridad, no las incertidumbres con las que se llena el corazón cuando uno se encuentra recluido en un orfanato. ¿De verdad no se le ocurre nada?

Eric empezó a tamborilear sobre el escritorio con los dedos.

—Quizá… Bueno, no prometo nada, pero la pareja que solía cuidar a su abuela quizá se preste a acogerlos si, por su parte, usted está en dispuesto a cargar con los gastos de la manutención.

—¿De verdad? —exclamé un poco sorprendido.

Eric asintió con la cabeza.

—Los dos están muy agradecidos a Agatha por haberles dejado en herencia su casa de la ciudad —contestó, soltando de pronto una risita—. De hecho, tuve que insistir mucho para convencerlos de que aceptaran ese regalo. Esta misma mañana los llamaré por teléfono.

Me levanté del sillón para estrecharle la mano a Eric.

—¡Gracias, señor Kohler! Me encantaría conocerlos, a la espera de que contacte telefónicamente con ellos. ¿Cómo se llamaban?

—Señor y señora Hoffman.

Timeo y Joelle Hoffman tenían sesenta y tantos años y formaban una pareja afectuosa y humilde con la que me reuní varias veces durante mi estancia en Ginebra. Hablaban con muchísimo cariño de Agatha y de su amabilidad y de verdad se pusieron muy contentos cuando Eric Kohler dio finalmente conmigo. La predicción del abogado se reveló acertada y la pareja se mostró encantada de acoger a Georg y a Claudia en su casa de la ciudad, que era impresionante y muy apropiada.

—¡Sería un honor, señor Tanit! —exclamó Joelle, entusiasmada—. Para ser sincera, le diré que desde que nos abandonó su abuela nos hemos sentido un poco perdidos.

Timeo asintió con la cabeza.

—No tiene ningún sentido que nosotros estemos dando vueltas por esta enorme casa con cuatro dormitorios vacíos —comentó el señor Hoffman—. Hay espacio de sobra. Es lo mínimo que podemos hacer por esas dos pobres criaturas después de todo lo que han pasado.

Me quedé conmovido ante tantísima generosidad.

—¿Ustedes tienen hijos? —pregunté.

Los dos me miraron cariacontecidos.

—No —replicó Joelle—. Dios no nos dio hijos —añadió, esta vez con cara de preocupación—. Pero se lo garantizo, señor Tanit, tenemos mucha experiencia como cuidadores y nunca...

Levanté la mano para interrumpirla.

—No hace falta que siga, Joelle. No sé cómo expresar lo feliz que me siento de que quieran acoger a Georg y a Claudia en su casa. Prométanme que mandarán al señor Kohler las facturas de todos los gastos..., comida, ropa, colegio. Yo lo autorizaré a que se los reembolse de inmediato. —A continuación fui a estrecharles la mano, pero Joelle se abalanzó hacia mí y me dio un fuerte abrazo. Timeo se echó a reír.

—Perdone, señor Tanit. Mi esposa simplemente expresa lo dichosa que estaría Agatha si lo viera aquí en el salón de su casa.

Joelle se apartó y me miró a los ojos.

—¿Cree que regresará para quedarse a vivir en Suiza? —preguntó—. ¡Es un país encantador para construir un hogar!

Le sonreí con afecto.

—Tal vez, Joelle. No obstante, debo resolver varios asuntos en Inglaterra antes de considerar esa posibilidad —respondí y me dirigí hacia la puerta—. Por favor, mantengan informado al señor Kohler de los progresos de los niños. Me encantará recibir noticias al respecto..., cómo están, cómo van adaptándose...

El resto de mi estancia en Suiza lo pasé firmando documentos, reuniéndome con directores de banco y resolviendo cuestiones pendientes con Eric Kohler, que dejó oficialmente de trabajar para Agatha y empezó a trabajar para mí.

—Le enviaré su pasaporte y otros documentos a la librería Arthur Morston, señor Tanit. Por favor, acuérdese de avisarme si cambia de dirección. No quiero tener que buscarlo durante otros quince años —dijo, riendo entre dientes y sacudiendo la cabeza, antes de que yo cerrara la enorme puerta de nogal y saliera de su despacho.

35

Los trámites para la adquisición de la ciudadanía resultaron tan lentos como Eric había pronosticado. Acabé acostumbrándome a las cartas que me enviaba cada mes, detallando en qué frustrante fase se había quedado atascada mi solicitud, junto con toda una profusión de nuevos documentos en los que debía poner firma y fecha. Además de los asuntos de carácter administrativo, recibir noticias acerca de cómo iba mejorando la vida de los niños a los que había encontrado en la península suponía un constante consuelo para mí. Los dos habían empezado a asistir a una escuela independiente de la ciudad recomendada por el señor Kohler, y Georg en particular daba muestras de ser toda una promesa desde el punto de vista académico.

Por fortuna, no tuve que perder mucho tiempo en convencer a Elle de que nuestro futuro estaba en Suiza. «En cuanto tenga mi documentación oficial, empezaremos a construir un refugio seguro solo para los dos —le prometí—. ¡Imagínate! ¡Nuestro propio paraíso alejado de todos y de todo!».

Elle había quedado deslumbrada ante la sola idea de algo parecido. «¡Ay, Bo! ¡Demasiado bonito para ser verdad! Y cuando tengas la ciudadanía, podremos casarnos… sin tener que escondernos. Oficialmente. ¡No veo la hora de que llegue el momento!».

Yo ya sabía cuán entusiasmada estaba Elle con la idea de establecernos en un sitio fijo. Mi deseo habría sido que la tramitación de la ciudadanía suiza fuera rápida, pero, mientras tanto, quise hacerle una promesa. Con permiso del señor Kohler, retiré algún dinero del legado de Agatha y me dirigí a una joyería de Bond Street, en Londres.

Aunque me mostraron una enorme variedad de anillos, ninguno llegó a impresionarme lo suficiente. Hasta entonces no había gastado nunca una cantidad tan importante de dinero y no estaba dispuesto a cambiarlo por una joya que, a pesar de su precio, no fuera más que eso. Quería que el anillo tuviera un significado. Al cabo de una hora de mirar y remirar en los expositores, pregunté si podía hacerse una pieza por encargo.

—Todo es posible si se paga el precio adecuado, señor —respondió el joyero.

Yo ya sabía que la piedra central tenía que ser un diamante, el símbolo definitivo de la fuerza del amor. En cuanto a la montura, pedí que se incluyeran otros siete elementos aparte, para dar al anillo la apariencia de una estrella resplandeciente.

—Muy bien, señor —dijo el joyero con una amplia sonrisa—. Como el engarce será bastante grande, tal vez le gustaría a usted escoger otra piedra para los elementos aparte. ¿Zafiros, tal vez?

Me quedé pensativo un instante, consciente de que el hombre pretendía sacarme más dinero, pero yo deseaba con todas mis fuerzas que la joya fuera absolutamente única.

—¿Hay alguna piedra que represente la esperanza? —inquirí.

El joyero asintió.

—¡Oh, sí, señor! Las esmeraldas. Tradicionalmente significan idilio, renacimiento... y fecundidad —añadió, levantando una ceja.

—¡Perfecto! —exclamé, juntando las manos.

Tardaron varios meses en fabricarlo, pero por fin me lo entregaron en la librería. Cuando desenvolví el paquete y abrí el estuche, me quedé sin palabras.

Aquella noche, llevé a Elle a cenar fuera, a un sitio en los Albert Buildings, en plena City. Ella se puso un vestido azulón que, de alguna manera, hacía que sus ojos azules resultarán todavía más vivos que de costumbre. Mientras degustábamos una botella de Côtes du Rhône a la luz de las velas, le hablé del futuro que tenía pensado para nosotros a orillas del lago de Ginebra. El resto del comedor desapareció para mí y pasé la velada como flotando en el aura que Elle irradiaba.

—Creo que está a punto de llegar nuestro momento, querida. Por fin podremos dejar atrás el pasado.

Elle me dirigió la misma sonrisa que me desarmó cuando era niño en París.

—¿De verdad lo crees, Bo? Casi me asusta soñar.

Le acaricié las manos y le dije:

—Tendremos nuestro final feliz.

Hinqué despacio una rodilla en el suelo y metí la mano que tenía libre en el bolsillo de la chaqueta. Suspiré profundamente y me quedé mirando sus resplandecientes ojos.

—Elle Leopine, estamos destinados a pasar el resto de nuestra vida juntos, pero, hasta el día que pueda llamarte «mi esposa», acepta, por favor, este anillo como símbolo de todo lo que eres para mí.

Saqué la cajita y la abrí delante de ella. No pudo por menos que llevarse las manos a la boca.

—Oh, Bo... —Metí con cuidado la sortija en el dedo anular de su mano izquierda—. No sé qué decir —balbució Elle—. No he visto nunca nada parecido. Es realmente hermosísima.

—Siete piedras por mis Siete Hermanas..., las luces que me guiaron y que me condujeron hasta el diamante que ocupa el centro del universo: tú.

Cuando Rupert y Louise Forbes se casaron, Flora les cedió la propiedad de la librería Arthur Morston, como había prometido. Por fortuna, la pareja nos pidió a Elle y a mí que siguiéramos como gerentes de la tienda. Estaban muy contentos con el negocio que habíamos conseguido levantar y también muy ocupados con la renovación de Home Farm. Por si fuera poco, el papel de Rupert en el servicio de seguridad británico al parecer se había vuelto más exigente. Aunque era un apasionado de la literatura, el amor a su país iba por delante.

Una tranquila mañana de mayo de 1947, puse los pies en mi escritorio y abrí el *Financial Times*. Como pronto iba a ser responsable de un capital muy cuantioso, hacía lo posible por mantenerme al día en lo referente a los mercados monetarios, aunque la mayor parte del asunto resultaba sumamente confuso para mí. El periódico hacía su evaluación del año 1946. Anunciaba a bombo y platillo la creación del Banco Mundial, un conglomerado de cinco organizaciones internacionales formado con el fin de conceder préstamos apalancados a los países que lo necesitaran. En su primer mes de existencia, había aprobado la concesión de doscientos cincuenta millones de dólares para la reconstrucción de la Francia de posguerra. Puse los ojos como platos cuando leí el penúltimo párrafo del artículo.

El primer presidente de la organización, Eugene Meyer, es conocido por la mayoría del público como director del *Washington Post*, el periódico norteamericano. El señor Meyer gasta millones de dólares de su propio bolsillo para mantener en marcha su periódico, que solo tiene pérdidas, con el fin de mejorar su calidad y de que siga representando el espíritu del periodismo independiente. En este sentido, podemos suponer por qué el señor Meyer era el candidato perfecto para el papel de presidente del Banco Mundial. Pertenece a una familia estrechamente relacionada con organizaciones benéficas. Su hermana, Florence Meyer Blumenthal, se hizo famosa por la organización filantrópica que creó, la Fundación Blumenthal, una institución franco-americana que sigue concediendo el Premio Blumenthal a jóvenes creadores.

Me puse de pie de un salto y corrí al piso de arriba a enseñarle a Elle el artículo.

Después del susto, se echó a reír.

—¡Válgame el cielo! ¡Cuánto tiempo hacía que no oía el nombre de Florence!

—Y yo —contesté—. Qué raro, ¿verdad? ¡Es tanto lo que le debemos…! ¡Ojalá tuviéramos la oportunidad de darle las gracias por todo lo que ha hecho por nosotros!

Me senté en nuestro raído sofá, que Elle había intentado animar con una mantita tejida a mano.

—Ya lo sé, Bo. Pero Florence murió mucho antes de que nos dieran el Prix Blumenthal.

—Creo que eso hace que me sienta todavía más apenado —contesté.

Elle vino a sentarse a mi lado.

—¿Y qué me dices de Eugene Meyer? —me preguntó—. Podríamos escribirle y contarle la diferencia que supuso su hermana para nuestra vida.

Di un suspiro.

—Tengo la sensación de que es harto improbable que el presidente del Banco Mundial lea una carta nuestra.

Elle asintió en silencio y se quedó un momento pensativa.

—Bueno, pues vale. ¡Vayamos a verlo!

—¿Qué?

—¿Por qué no? Ahora por fin la guerra ya ha terminado, ¿qué podemos perder? Además —añadió con una sonrisa—, siempre he tenido ganas de ir a Estados Unidos.

Me eché a reír. La idea de viajar libremente a otro país sin tener que huir era todavía un concepto nuevo para mí.

—Es una bonita idea, Elle. Pero es que dudo que Eugene Meyer quiera reunirse con nosotros.

Ella me dio un golpecito en la pierna.

—¿Y para qué está tu abogado suizo de altos vuelos? ¿No podrías hacer que escribiera al despacho de Eugene en América?

—Pero yo... —En ese momento sonó la campanilla de la tienda en el piso de abajo, que indicaba la presencia de algún cliente.

—Piénsalo. —Elle se echó a reír alocadamente mientras se levantaba y salía de la habitación.

El señor Kohler tardó menos de una semana en recibir noticias de la secretaria particular de Eugene Meyer. Le comunicó que su jefe quería muchísimo a su difunta hermana y que estaría dispuesto a conceder una breve entrevista. Ni qué decir tiene que estaba ocupadísimo. Sin embargo, estaría en Nueva York dentro de una semana. ¿Podríamos quedar entonces?

Di las gracias a Eric y colgué el auricular.

—Parece que tiene que ser la semana que viene o nunca —le dije a Elle, que estaba aguardando mis palabras con ansiedad.

—¡Ya te dije yo que el señor Kohler daría resultado! ¡Me voy a hacer las maletas! —exclamó, dando un gritito de nerviosismo.

—¡Espera! —repliqué, echándome a reír—. ¿Estás segura de que podemos irnos sin más?

Elle puso los ojos en blanco.

—¡Bo, prácticamente no hemos tenido ni un día libre en una década! Llamaré a Louise por teléfono. Te lo prometo, no habrá ningún problema. —Corrió a mi lado, me agarró del cuello de la camisa y me dio un cariñoso papirotazo en la nariz—. ¡Nos vamos de vacaciones! ¡Unas vacaciones de verdad!

Dos días después estábamos cruzando el Atlántico a bordo del Queen Mary. Aunque nuestro camarote de segunda clase era muy cómodo, lo mismo que todos los salones del barco, me pasé horas al aire libre, en el mirador de cubierta. El vacío del mar abierto me calmaba. Tenía la facultad de ordenar mis pensamientos. Para mí era como volver a arreglar las estanterías de la librería después de un día de clientes curioseando en ellas, pero dentro de mi cabeza.

Elle estaba contentísima de viajar en barco. Me henchía el corazón de gozo ver el placer que le procuraban todas las facetas del viaje, ya fuera el café recién hecho que servían en el desayuno o la cantante de jazz que actuaba por las noches. Después de una travesía de cuatro días de duración, nos registramos en el Winter Quay Hotel, en Manhattan, un miércoles a primera hora de la mañana. Elle y yo subimos a nuestra habitación en el «elevador» acompañados por un joven que llevaba una chaqueta y una gorra rojas. Nos mostró con orgullo el panorama que se veía desde el vigésimo piso, que realmente era asombroso. No me da ninguna vergüenza decir que aquello tuvo para mí un efecto vertiginoso y que me vi obligado a sentarme medio mareado en la cama. Una vez que trajo nuestras maletas a la habitación, el hombre de la gorra roja se quedó parado con una magnífica sonrisa en los labios, esperando junto a la salida. El señor Kohler ya me había avisado de la singular costumbre americana de la «propina» y se había asegurado de proveerme de algunos billetes de dólar. Saqué uno del bolsillo y se lo di al hombre, que se llevó la mano a la gorra a modo de saludo militar.

—Gracias, señor. Que tengan una feliz estancia.

—¡Tengo la sensación de estar en la cima del mundo! —dijo Elle mientras pegaba la cara al cristal de la ventana y contemplaba la impresionante vista que ofrecía.

—Yo también. Pero no estoy seguro de que mi estómago se haya acostumbrado… Bueno, ahora tengo que bajar a la recepción y llamar al señor Meyer. Recuerda que se va esta misma noche.

—Muy bien, cariño. Voy a deshacer las maletas.

Me dirigí de nuevo al vestíbulo, de un blanco ligeramente aséptico, y me encaminé a una de las cabinas telefónicas de madera que había junto al mostrador de recepción. Metí la mano en el bolsillo y saqué el número que me había facilitado el señor Kohler.

Luego introduje una moneda de veinticinco centavos por la ranura y marqué.

—¿Dígame? —contestó lacónicamente un hombre con un rudo acento americano.

—¿Señor Meyer? Bo D'Aplièse al aparato. —Mi nombre parece que lo ablandó.

—¡Bo! Es usted el tío que conocía a mi hermana, ¿verdad?

—Sí —contesté antes de corregirme a mí mismo—. Bueno, en realidad no. No sé si le han explicado a usted la situación, pero fui uno de los beneficiarios del Prix Blumenthal, concedido por su hermana.

El hombre exhaló fuerte y deduje que estaba fumando un cigarrillo.

—Estupendo, estupendo. Escuche, solo para ahorrarnos tiempo a los dos, ya no quedan fondos del legado de mi hermana para los antiguos beneficiarios del premio. Espero que mis empleados se lo dijeran a su abogado.

Me quedé sorprendido.

—Por Dios, señor Meyer, no me ha entendido usted… Yo solo quería darle las gracias.

El magnate resopló.

—¿Darme las gracias a mí? Pero yo no he hecho nada por usted, amigo.

—No, pero su hermana sí, y de una manera que ella nunca llegó a saber. Yo abrigaba la esperanza de reunirme personalmente con ella para decírselo.

El señor Meyer suspiró.

—Siento decirle que llega usted más de diez años tarde, joven.

—Lo sé. Y siento mucho su pérdida. No estoy aquí para pedir dinero, ni mucho menos. Solo quería contarle cuánto llegó a cambiarme la vida su hermana sin saberlo.

Se produjo una pausa antes de que Eugene se echara a reír.

—Bueno, qué sorpresa. No me imaginaba que los británicos fueran tan corteses.

—Pero yo no soy británico, en realidad.

—¡Mire, vamos a conocernos ahora mismo! —El señor Meyer hizo una pausa para dar una calada a su cigarro—. Venga, ¿quiere que nos veamos? Estoy a punto de salir de mi hotel por un artículo en el que voy a trabajar esta tarde.

—Sería maravilloso —le confirmé.

—Estupendo. Me dirijo al 132 de la calle Oeste con la calle 138. Reúnase allí conmigo dentro de media hora.

Aquellos números no significaban nada para mí.

—¿De qué está cerca?

—Es Harlem, joven. Escuche, repítaselo al taxista. Hay una cafetería al lado de una iglesia. Que lo deje allí.

—Lo haré. Mi esposa y yo nos reuniremos con usted enseguida.

Meyer tosió sonoramente.

—¡Uf! Espere un momento. ¿Su esposa? No me había hablado usted de ninguna esposa.

Me disculpé.

—Lo siento. Debería haber sido más claro. Ella también fue galardonada con el Prix Blumenthal. Estaría tan encantada de darle las gracias como yo.

Meyer chasqueó la lengua con desagrado.

—O sea, como quiera, amigo, pero la cosa podría resultar hoy un poquito peligrosa en esas calles. Sería más seguro que la dejara usted en casa. Sea como sea, nos vemos en la cafetería. —Colgó el teléfono.

Volví a subir a la habitación un tanto aturdido y le conté a Elle mi conversación con Eugene. Aunque al principio se sintió abatida, la promesa de una excursión a lo alto del Empire State Building esa misma tarde la animó.

—¿Qué crees que quiere decir con lo de que las calles podrían resultar peligrosas? —preguntó.

—Sinceramente, ni idea. Pero tengo que salir de inmediato. Lo último que desearía es que cuando yo llegara él ya se hubiera ido.

Le di un beso a Elle y bajé a toda prisa al vestíbulo. El portero me consiguió un taxi de un color amarillo brillante, tras lo cual pedí al conductor que me llevara al 132 de la calle Oeste con la calle 138.

El hombre se volvió hacia mí y se me quedó mirando.

—¿Está usted seguro, señor? —preguntó.

—Ese es el sitio que me han dicho —le confirmé.

El taxista se encogió de hombros.

—Lo que usted diga.

Mientras nos encaminábamos hacia Harlem, me fijé en que los rascacielos del Midtown, enormes y resplandecientes, empezaban a ser menos abundantes.

—¿Puedo preguntarle qué lo lleva a esa parte de la ciudad, amigo? —dijo el conductor.

—He quedado con alguien ahí —contesté.

—¡Uy! Apuesto a que no es usted de por aquí. ¿Es su primera vez en Nueva York?

—Pues sí, exacto.

El hombre chasqueó la lengua.

—Me lo imaginaba. No es normal que la gente de fuera de la ciudad quiera ir a Harlem.

—¿Y eso?

—Me refiero a que la mayoría de los turistas quieren ver la Estatua de la Libertad, Central Park y el Met. No les interesa nada la América real.

El barrio en el que entramos parecía encontrarse en estado de decrepitud, por no decir algo peor. Los vidrios resplandecientes y las luces de neón del centro de Manhattan dieron paso a ventanas tapiadas, carteles oxidados y cubos de basura rebosantes de desperdicios. El taxi fue subiendo por Lenox Avenue y las caras de los transeúntes con los que nos cruzábamos eran en su mayoría negras. Mi corazón estaba con los niños que veía sentados en los escalones de las casas medio abandonadas, algunas de las cuales francamente no tenían pinta de poder alojar a nadie.

Por fin el coche se acercó a una imponente iglesia gótica de nombre Baptista Abisinia, como indicaba el letrero colocado en el exterior. Había alguien montando un pequeño estrado con un micrófono al lado y me fijé en que había varios policías rondando por la zona, con los brazos cruzados en actitud desafiante.

—Ya hemos llegado. Este es el 132 de la calle Oeste con la calle 138, jefe —dijo el taxista.

—Gracias. —Eché un vistazo a alrededor—. Me han dicho que hay una cafetería por aquí cerca.

—¡Ah! Debe usted de referirse al Double R. —Volvió la cabeza y señaló un punto detrás de mí—. Mire, está ahí enfrente.

—Estupendo. ¿Cuánto le debo?

—Tres dólares y veinte centavos. —Metí la mano en los bolsillos en busca del dinero—. Tenga cuidado por ahí, señor. He oído decir que hoy va a estar la cosa calentita por aquí.

—Ah, vale. Lo tendré. —Pagué y bajé del coche sin tener muy claro lo que el taxista o Eugene Meyer habían querido decir.

Mientras bajaba por Lenox Avenue hacia el Double R, la calle fue animándose y algunas personas provistas de lo que parecían pancartas empezaron a congregarse y a formar pequeños grupos.

El antiguo letrero luminoso de la cafetería zumbaba y parpadeaba cómicamente y el marco de la puerta estaba combado y herrumbroso. Di un empujoncito y conseguí entrar en el local, y no me sorprendió del todo comprobar que el interior estaba incluso más destartalado que el exterior. El aire estaba cargadísimo debido al humo de los cigarrillos y me vi obligado a dar un manotazo delante de la cara para despejar la atmósfera. Unos metros más allá se hallaba sentado un hombre bien vestido que llevaba un traje de raya diplomática con tirantes rojos y corbata de lana. Lo reconocí porque era la única cara blanca que había en todo el establecimiento.

—¿Señor Meyer? —pregunté al acercarme a él.

El hombre levantó la vista y me miró a través de sus gafas redondas.

—Bo D'Aplièse, ¿verdad?

—Sí, señor —contesté.

—¡Vaya nombrecito tiene usted! —exclamó, agarrándome la mano y estrechándola con fuerza—. Siéntese. En vista de cómo están poniéndose las cosas, no tenemos mucho tiempo.

—Perdone, señor Meyer, no estoy muy seguro de lo que quiere usted decir.

El potentado tomó un sorbo de café.

—Por favor, llámeme Eugene. El señor Meyer era mi padre. Además, suena a «mayor», y ese es el alcalde…, que va a estar aquí dentro de un minuto.

—Muy bien, Eugene. —En realidad me sentía bastante confundido—. ¿Quiere usted decir que el alcalde va a venir aquí? ¿A esta cafetería?

Eugene parecía verdaderamente desconcertado.

—No se ofenda, muchacho, pero ¿es que mi hermana se dedicaba a dar su dinero a tontainas? No, el alcalde O'Dwyer estará en ese estrado dentro de quince minutos. —Eugene señaló en dirección a la iglesia—. Y yo tengo que estar ahí fuera cuando hable. Estoy aquí en Nueva York por un asunto del *Washington Post*. Tengo un interés personal en este artículo.

Volví la cabeza de nuevo hacia él para mirarlo a la cara.

—Perdone mi ignorancia, Eugene, pero ¿de qué va ese artículo?

—De los ciudadanos negros obligados a vivir en un gueto aquí en Harlem. ¿Ha visto usted el estado en el que están las viviendas? Es pésimo, por Dios. Hay un hacinamiento espantoso, por no hablar de la brutalidad de la policía a la que se enfrenta esta gente. Los tratan como animales, pero son seres humanos, igual que ellos.

No tuve más que sumar dos y dos.

—Entonces ¿hoy va a haber aquí una concentración de protesta?

Chasqueó los dedos y me señaló con uno.

—Ya lo ha entendido. El alcalde O'Dwyer va a pronunciar un discurso. Es un buen tío, creo yo. El hombre hizo algunas promesas a la comunidad y en el *Post* deseamos comprobar que las mantiene.

—¿Puedo saber por qué tiene usted un interés personal en ese artículo? —pregunté.

Eugene suspiró y asintió en silencio.

—Sí. Soy judío. He visto lo que los nazis hicieron a mi pueblo en Europa. Quiero asegurarme de que nosotros no acabemos haciendo lo mismo a los afroamericanos.

—Por supuesto —dije en tono balbuciente, incómodo por constatar que ignoraba a todas luces la situación.

Eugene hablaba apasionadamente.

—Se hace propaganda de la América valiente que corre a arreglar las cosas en otros continentes, sin tener en cuenta nunca lo mal que tratamos a nuestros propios ciudadanos… ¡Es una auténtica burla! —Se restregó la cara con la mano—. En cualquier caso, tenemos tiempo hasta que llegue O'Dwyer. Cuénteme su historia.

Sacó un puro del bolsillo, recortó la punta y lo encendió.

Con gran disgusto, hice lo que pude por explicar a Eugene lo importante que había sido la contribución de su hermana para mi vida y, por supuesto, también para la de Elle. El señor Meyer tuvo la bondad de escuchar atentamente y resopló cuando le conté todo lo que me había pasado.

—¿Sabe una cosa, joven? —dijo una vez que hube acabado mi relato—. Creo que Flo lo mencionó antes de morir. El chico que no hablaba.

—Eso es.

—¡Y mírese ahora, aquí sentado, cantando como un canario! ¡Es un milagro!

—Yo solo quería dejarle claro que su hermana realmente me salvó la vida. Y a mi… esposa.

Me dio una fuerte palmada en el hombro.

—Lo he entendido. Escuche, de verdad le agradezco que haya venido hasta aquí a decírmelo en persona. Florence estaría muy orgullosa, estoy seguro. —Dio una profunda chupada a su puro—. ¿Sabe usted? Conservó su apellido de soltera después de casarse con George. Se llamaba Florence Meyer-Blumenthal. Me habría gustado que el premio se llamara Prix Meyer-Blumenthal. —Eugene se encogió de hombros. De repente, se oyó una ovación atronadora procedente del exterior y varios de los individuos presentes en la cafetería se pusieron en pie y se dirigieron a la salida—. Esa es la señal, joven. Tengo que irme. Pero, eh, si alguna vez pasa por Washington, llame a mi secretaria. Podemos quedar para tomar un café. Podrá contarme más cosas sobre usted. —Eugene se metió la mano en el bolsillo y sacó dos monedas de veinticinco centavos que dejó encima de la mesa—. Tal vez podríamos publicar un artículo sobre su persona.

—Eh, no estoy muy seguro de…

—Sí, tiene razón —me interrumpió—. Al fin y al cabo, nadie se creería la historia. —Me guiñó un ojo y me dedicó una sonrisa antes de salir del local.

Me quedé a solas sentado en el reservado tapizado de cuero rojo. Dudaba que alguna vez llegara a reunirme con Eugene Meyer de nuevo. Mi encuentro con él no había producido la catarsis emocional que yo anhelaba. Al igual que su hermana, tenía a todas luces una notable conciencia moral y evidentemente aquella protesta era lo primero en sus pensamientos.

Se oyó otro griterío procedente de la calle. Me levanté para comprobar a qué se debía aquella confusión. Cuando salí del local, me sorprendió ver que la multitud presente se había multiplicado por diez en los veinte minutos que había estado con Eugene. Me encontré en medio de una marea de manifestantes, muchos de los cuales agitaban ahora sus pancartas con eslóganes como ¡IGUALDAD DE DERECHOS! y ¡VIVIENDAS PARA TODOS! Escritos sencillamente a mano. Procedente de la tribuna, oí una voz con un sordo acento irlandés proyectada a través del micrófono y empecé a abrirme paso en medio del gentío para ver al alcalde O'Dwyer.

—¡Harlem! ¡Es un honor estar aquí! —exclamó y la multitud, galvanizada por su presencia, lo vitoreó al oírlo.

Mientras pronunciaba su discurso acerca de las reformas en materia de vivienda y de una mejora de la financiación de las escuelas, los manifestantes empezaron a empujar todos a una hacia delante y yo me vi cada vez más apretujado. Cuando el alcalde terminó su alocución, recibió una gran ovación y fue sustituido al micrófono por un agente de la policía, que empezó a pedir a la multitud que se dispersara. Casi al instante, el ambiente cambió. El aire estaba cargado de tensión y me di cuenta de que un gran número de agentes uniformados había rodeado a los manifestantes. Con las gorras azules caladas y blandiendo las porras de madera, tenían un aspecto amenazador.

Oí a una mujer situada en la parte de delante gritarle al agente que estaba en la tribuna: «¡Asesinos!». Y a continuación se volvió hacia la multitud y exclamó:

—Esos policías atacaron a Robert Bandy... Le pegaron un tiro estando desarmado cuando solo intentaba salvarle la vida a una mujer. ¡Malditos cerdos!

Una ola de cólera recorrió la multitud y los gritos de furia ahogaron el sonido del micrófono. Los manifestantes empezaron a moverse cada vez con más violencia. Cuando me di la vuelta para alejarme de la tribuna y buscar una salida, mi mirada fue a parar a la figura de un joven que se protegía con los brazos de un policía con una porra en la mano. Yo no sabía qué era lo que había hecho para provocar semejante reacción, pero el agente parecía fuera de sí y levantaba la porra por encima de su cabeza con intención de descargar un golpe. La pancarta que sujetaba el hombre casi no ofrecía defensa alguna y, como consecuencia del porrazo, el joven cayó al suelo embarrado e intentó protegerse la cabeza de la continua lluvia de golpes. Otros testigos de la escena, presa del pánico, comenzaron a dispersarse rápidamente y no tardó en desencadenarse una estampida. Procedente de una calle cercana, apareció un grupo de agentes montados a caballo.

Los animales empezaron a avanzar hacia los manifestantes y al cabo de unos segundos se desató una batalla campal. El corazón me latía como loco mientras intentaba escapar de la multitud, algunos de cuyos miembros comprobé que se batían abiertamente con los agentes. El ruido de los golpes sordos de las porras sobre los cuerpos era nauseabundo. Agaché la cabeza e hice todo lo posible por abrirme paso en medio de aquellas hordas enfrentadas. Mientras tanto, la pareja que tenía delante de mí dio un traspié. Después de dar unos cuantos pasos más, me di cuenta de que habían tropezado con el cuerpo de una persona que había caído al suelo en medio del caos. Para mi sorpresa, comprobé que era una mujer blanca de corta estatura.

—¿Puede usted caminar? —exclamé.

—¡Mi tobillo…! —contestó la joven con una mueca de dolor en la cara. —Estaba a todas luces dolorida.

—Cójame la mano —le dije, apretando la suya con fuerza y consiguiendo que se pusiera de pie. La rodeé con un brazo y logramos abrirnos paso entre el gentío.

—Mi chófer… Está esperándome en Lenox Avenue, ahí al final de la calle —dijo jadeando. Noté que tenía un acento americano muy tenue.

—Pues salgamos de aquí rápidamente. La cosa tiene pinta de que va a ponerse todavía más fea —repuse.

A nuestro alrededor estaban desarrollándose violentas escaramuzas a medida que los manifestantes se agrupaban y empezaban a enfrentarse a la policía. Cuando llegamos al cruce de la calle, la mujer señaló un automóvil Chrysler de aspecto impresionante.

—¡Ahí está Archer! —gritó por encima de los alaridos que daban los combatientes. Ahora que tenía una meta a la vista, la cogí en brazos y fui corriendo hacia el vehículo y abrí la puerta trasera de un tirón.

—¡Gracias a Dios que está usted a salvo, señorita Cecily! —exclamó el chófer al tiempo que arrancaba el motor—. ¡Salgamos de aquí!

Me aseguré de que la mujer estaba a salvo en el asiento trasero.

—¡Cuídese, señora! —dije. No había tenido tiempo de cerrar la puerta cuando vi a dos policías blandiendo su porra que se dirigían hacia el coche. Intenté cobrar ánimos preparándome para salir huyendo.

—¡Archer, espere! —exclamó la mujer—. ¡Suba! ¡Ya! —gritó dando un chillido y tiró de mí para que me metiera en el coche a su lado—. ¡Vamos, Archer! ¡Vamos, vamos, vamos!

El chófer encendió el motor y el automóvil arrancó a toda velocidad. Cuando nos alejamos de la escena de pesadilla que habíamos dejado atrás, los tres suspiramos de alivio.

—No sé cómo darle las gracias por su ayuda... —dijo la mujer.

—No hay de qué —respondí—. Debería dárselas yo a usted por lo que acaba de hacer. —Me recosté en el respaldo del asiento y poco a poco el pánico abandonó mi cuerpo.

—¿Podemos llevarlo a algún sitio? —preguntó ella—. ¿Dónde vive usted?

Me encogí de hombros; no quería abusar de una desconocida.

—Lléveme simplemente a la parada de metro más próxima.

—Estamos casi llegando a la estación de la calle 110 —terció el chófer.

—Me viene genial —repuse. El conductor detuvo el automóvil.

—¿Puede usted al menos darme su nombre? —dijo Cecily.

Vacilé un instante antes de meterme la mano en el bolsillo y entregarle mi tarjeta con la dirección de la librería Arthur Morston. Hice una inclinación de cabeza, salí del coche y cerré la puerta tras de mí.

La excursión al Empire State prevista para la tarde tuvo que posponerse para que me recuperara del trauma sufrido por la mañana.

—No puedo por menos que alegrarme de que no estuvieras allí, Elle. No estoy seguro de que hubiera podido protegerte.

—¡Ay, Bo, no me lo puedo creer! Se suponía que esto iban a ser unas vacaciones y te las has arreglado para ponerte directamente en peligro —comentó, pasándome con suavidad los dedos por el pelo—. Pero intentemos olvidar la decepción sufrida con Eugene Meyer y el drama de la manifestación y disfrutemos de nuestra semana en el extranjero. ¡Es muy especial estar aquí contigo!

Elle y yo pasamos los siguientes cinco días explorando la Gran Manzana. Era una ciudad asombrosa, que vibraba de energía y daba a sus habitantes la sensación de hallarse en el núcleo mismo del universo. Nueva York tenía los edificios más altos, los centros comerciales más amplios y los platos de comida más grandes que había visto yo en mi vida. Después de años de racionamiento británico, casi se me salían los ojos de las órbitas al ver el tamaño de las hamburguesas de buey y las montañas de patatas fritas que nos ofrecían a la hora de cenar.

Creo que lo que más me gustó de la ciudad fue la positividad que emanaban sus habitantes. Recientemente habían tenido que soportar el deterioro económico de la Gran Depresión y la participación en el segundo conflicto global. Aun así, casi todas las personas con las que nos encontrábamos rebosaban de una confianza alegre y era un verdadero gusto sentirlo.

Un día antes de que Elle y yo subiéramos a bordo del Queen Mary para volver a casa, sonó el teléfono de la habitación del hotel. Respondió ella.

—¿Dígame?... Sí, está aquí. —Se encogió de hombros y me pasó el auricular.

—¿Señor Tanit? —dijo en inglés una voz que me resultó vagamente familiar.

—Al aparato —contesté.

—Oh, ¡qué estupendo! Estoy entusiasmada porque por fin he conseguido dar con usted. He llamado a casi todos los hoteles de Manhattan.

—Disculpe, pero ¿con quién hablo?

Se oyó una risita tonta al otro extremo de la línea.

—Perdone, señor Tanit. Soy Cecily Huntley-Morgan. Soy la tontuela a la que salvó usted el otro de día en Harlem durante la manifestación en defensa de los derechos civiles.

—¡Ah, sí! Buenos días —contesté, un tanto desconcertado—. ¿Qué tal está?

—¡Tengo el tobillo un poco magullado, pero me encuentro mucho mejor ahora que he dado con usted! Su tarjeta tenía la dirección de su librería de Londres, pero deseaba darle las gracias personalmente por haberme salvado. Así que me he dedicado a llamar a todos los hoteles preguntando si había algún señor Tanit entre sus huéspedes.

Esta vez fue yo el que se echó a reír.

—Ha sido una idea muy amable por su parte, Cecily, pero no hice nada más que lo que habría hecho cualquiera. ¡Me alegro mucho de que se encuentre bien!

—No es cierto, señor Tanit. La gente estaba echándoseme encima. Usted, sin embargo, vio a un ser humano que necesitaba ayuda y se ofreció. Estoy en deuda con usted y me gustaría invitarlo a almorzar. —La cálida voz de Cecily me tranquilizó, pero yo no quería causarle molestias.

—En realidad no creo que sea necesario, muchas gracias. Desde luego, eso sí, le agradezco que haya tenido la idea.

—Lo siento, pero no voy a admitir un no por respuesta. ¿Qué le parece esta tarde en el Waldorf?

—Pues...

—¿Y la señora con la que he hablado hace un momento era su esposa?

—Sí.

—¡Perfecto! Reservaré una mesa para tres y nos vemos a la una.

Antes siquiera de responder, Cecily ya había colgado el teléfono. Le confirmé a Elle que era la señora a la que había sacado del atolladero y ayudado a montar en su coche la semana anterior. Ella, ansiosa por aprovechar el tiempo que nos quedaba en la ciudad, se mostró encantada con la invitación.

—¿Por qué no íbamos a ir? ¡Almorzar con una persona de la ciudad en un hotel tan prestigioso! ¡Qué maravilla!

No supe cómo rebatir sus argumentos, así que Elle y yo nos pusimos la ropa más elegante que nos habíamos atrevido a meter en la maleta y a la una de la tarde estábamos delante de la esbelta torre central del Waldorf Hotel. Entramos al comedor, una sala amplísima con una resplandeciente lámpara de araña que seguro que costaba más que todas las existencias de la librería Arthur Morston. Los rizos rubios perfectamente peinados de Cecily la hacían destacar entre los comensales, de modo que la identifiqué enseguida. Cogí a Elle de la mano y la conduje hacia la mesa.

—¿Cecily? —dije.

—¡Señor Tanit! ¿Qué tal? —Se levantó y me estrechó la mano con firmeza antes de mirar a Elle—. Y usted debe de ser la señora Tanit, ¿verdad? Creo que le debo la vida a su marido.

No pude por menos que echarme a reír.

—¡Oh, yo no sería tan drástico!

—No creo que mis palabras sean drásticas. Cuando la gente está asustada pierde el juicio —comentó Cecily en tono serio—. ¡Mire! —siguió diciendo mientras echaba mano al bolso. Sacó mi tarjeta de visita y nos la enseñó—. Incluso escribí esto detrás: «¡Qué hombre tan bueno!». —Se echó a reír—. Me la guardaré para siempre, como talismán de la suerte —añadió, haciéndome un guiño—. En cualquier caso, siéntense, por favor —dijo, indicando las dos sillas vacías tapizadas de terciopelo rojo—. ¡Y ahora, pidamos champán! ¡Camarero!...

Nuestro almuerzo con Cecily Huntley-Morgan fue delicioso. Nos contó toda su vida: la rotura de su compromiso, su viaje a Kenia con su madrina, Kiki Preston, y finalmente su boda con el propietario de una explotación ganadera llamado Bill.

—Estaba usted en la manifestación de protesta del otro día, señor Tanit. Por consiguiente está en contra de los despreciables prejuicios raciales que asuelan en gran parte este país. —No le había dicho yo que mi presencia el miércoles en Harlem había sido pura casualidad—. No tengo por qué ocultarles este detalle —añadió, tomando un sorbo del Veuve Clicquot que había insistido en pedir para todos—. Cuando vivía en Kenia, una joven princesa masái, Njala, dio a luz a una hija en nuestras tierras. La abandonó, así que me la quedé yo. Llamé a la criatura Stella. Sabiendo que iba a tener que volver a Nueva York, me vi obligada a contratar a una doncella, Lankenua. A mi familia le dije que ella era la madre de la niña, aunque, a todos los efectos, lo soy yo.

—Debe de ser increíblemente difícil —dijo Elle en tono comprensivo.

Cecily se encogió de hombros.

—Es necesario. La tremenda desaprobación de la sociedad sería palpable. Como es natural, yo la podría aguantar sin ningún reparo, pero Stella, por su parte..., tiene ya demasiados retos a los que enfrentarse por ser negra. Para ella es mejor que las cosas sigan así.

—Ha hecho algo increíble, Cecily —dije, sonriéndole con toda sinceridad—. Sin usted, ¿quién sabe qué habría sido de la pequeña Stella? Gracias por mostrarle tanta bondad.

—Como dijo usted antes, señor Tanit, no hice nada más que lo que habría hecho cualquiera.

—Y como me contestó usted…, no creo que en realidad eso sea exacto —repliqué.

Ella chasqueó la lengua y levantó su copa de champán.

—Vale, pues, entonces…, ¡por la bondad!

Elle y yo le hablamos de nuestra vida en Gran Bretaña, primero trabajando para los Vaughan en High Weald y luego en la librería Arthur Morston. Cecily preguntó por el acento francés de Elle, así que repetimos la historia de que habíamos huido de París debido a la amenaza de la ocupación nazi.

—Pero últimamente hemos tenido bastante buena suerte —explicó Elle—. Robert ha heredado unas tierras en Suiza, a orillas del lago de Ginebra. Esperamos trasladarnos a vivir allí en cuanto podamos.

—¡Qué maravilla! —comentó Cecily—. La naturaleza es algo importantísimo, ¿no les parece? Me imagino que la silenciosa paz del lago será lo mejor para ustedes después de todas las penalidades por las que han tenido que pasar.

Tras tomar un riquísimo postre a base de pastel de manzana, llegó la hora de separarnos.

—Muchísimas gracias por el almuerzo, Cecily. Ha sido amabilísimo por su parte —dije, estrechándole la mano al despedirnos.

—No diga bobadas, señor Tanit. Estoy encantadísima de haber podido localizarlo justo antes de que regresaran a Inglaterra. Aunque, si no le importa, me quedaré su tarjeta de visita. Al fin y al cabo, nunca sabe una cuándo va a necesitar a su ángel de la guarda.

36

Inglaterra, 1949

Mi participación en la escaramuza vivida en Nueva York fue el
último caso de mala suerte que iba yo a tener durante algún
tiempo. A finales de 1949, el señor Kohler me comunicó que el
proceso de obtención de la ciudadanía suiza estaba en sus últimas
fases. Además, la librería estaba registrando un auténtico récord de
ventas. Al cabo de todos estos años, tenía la sensación de que la
carga que aguantaba sobre mis hombros empezaba a ser un poco
más ligera.

Comprobé que respiraba con menos dificultad.

Dormía mejor.

Quizá mi estado de relajación se sustentara en algo completamente distinto: la ausencia de Kreeg Eszu. No había vuelto a
echarle la vista encima desde aquella noche terrible en Leipzig.
Querido lector, me permití creer que había muerto, que había pe-
recido en la guerra, como tantos otros solados.

Y entonces lo vi.

Fue un día de frío en Londres. Rupert y Louise Forbes se encontraban en la ciudad y habían venido a la tienda a visitarnos.
Como siempre, fue para nosotros un placer enorme volver a verlos. Estuve encantado al saber que Flora se encontraba bien, a pesar
de que Teddy y su nueva esposa americana estaban llevando High
Weald a la ruina.

La pareja había traído consigo a su hijo recién nacido, un niño
exuberante y comunicativo llamado Laurence, al que, como cabría esperar, Elle consentía y mimaba sobremanera. Una vez que
la criatura se quedó dormida, ella empezó a mostrar a Rupert y a
Louise las nuevas adquisiciones de la librería y yo volví a mi es-

critorio a revisar las cuentas. Mientras repasaba mentalmente uno de los cálculos que había hecho, me vi de pronto contemplando el panorama de Kensington Church Street a través del gran escaparate de la tienda. En ese momento, apareció ante mi vista la figura de un hombre alto, vestido con un abrigo amplio y tocado con un sombrero de fieltro, fumando un cigarrillo. Seguí mirando mientras pasaba ante él una mujer joven, que a continuación se volvió para reconvenirlo por algún comentario que debía de haberle hecho. El individuo echó la cabeza hacia atrás y empezó a reírse de buena gana, y entonces fue cuando le vi la cara. Se me heló la sangre.

—¡Elle! —exclamé.

Las otras tres personas que había en la tienda volvieron la cabeza y me vieron señalando algo al otro lado del escaparate. Elle siguió mi dedo e inmediatamente corrió al interruptor de la luz.

—¿Qué demonios pasa, chico? —preguntó Rupert. No pude por menos que agacharme al suelo hasta quedar por debajo del nivel del escaparate—. ¡Por Dios santo! ¿Qué es lo que pasa?

—Señor Tanit, ¿lo ha asustado algo? —preguntó Louise, también ella con cara de preocupación.

Levanté la cabeza una vez más por encima del nivel del escaparate y vi a Kreeg cruzar la calle en dirección a la librería Arthur Morston.

—¡Elle, ven aquí enseguida!

Atravesó la tienda de una carrera y los dos nos escabullimos por la puerta trasera que conducía a la vivienda; cerramos a nuestra espalda mientras sonaba la campanilla de la entrada del establecimiento. Elle se precipitó escaleras arriba, pero la detuve agarrándola de la mano, por si mi perseguidor oía sus pasos. Sus ojos denotaban un miedo espantoso y yo le apreté con fuerza la mano. Luego me llevé un dedo a los labios y apoyé con cuidado la oreja contra la puerta.

—¡Buenos días! —dijo Rupert—. Bienvenido a la librería Arthur Morston.

—Muchas gracias —respondió Eszu con su voz profunda y ronca—. ¡Qué tienda más bonita tienen ustedes!

—Muy amable por su parte. Me pregunto si hay algún libro en particular que yo pudiera ayudarlo a localizar.

—¿Es usted el propietario?

—¿Disculpe?

—Le he preguntado si es usted el propietario de esta librería —repitió fríamente Kreeg.

—Sí. Soy Rupert Forbes. Mi esposa y yo somos copropietarios del negocio.

—Yo soy Louise Forbes —dijo la aludida—. Encantada de conocerlo.

—Gus. Gus Zeeker. Es un placer conocerla, señora Forbes.

Miré a Elle frunciendo el ceño al oír el anagrama utilizado por Kreeg para presentarse.

—¿Puede ser que detecte cierto acento en su habla, señor Zeeker? —preguntó Rupert—. ¿De dónde es usted originario?

—¡Oh, qué pregunta tan difícil de responder, señor Forbes! Me gusta pensar que soy un ciudadano del mundo.

—¡Ah, pues muy bien! ¡Eso es estupendo! Pero incluso los ciudadanos del mundo han nacido en algún sitio, ¿verdad, amigo? —repuso Rupert, echándose a reír.

Eszu, por su parte, chasqueó la lengua.

—Bueno, señor Forbes, parece un hombre inteligente. ¿Realmente definiría usted a un individuo solo por su lugar de nacimiento?

—Por supuesto que no. Solo estaba dándole conversación. Verá, me jacto de ser capaz de identificar un acento. El suyo es bastante raro, eso es todo.

Se produjo una pausa bien perceptible antes de que Eszu respondiera.

—Como ya le dije, soy ciudadano del mundo.

—Ya. Pero me pregunto en qué bando decidió combatir durante la guerra un ciudadano del mundo. —Me impresionó la valentía de Rupert.

Kreeg se echó a reír una vez más.

—¿Acaso no somos todos amigos ahora, señor Forbes? —Se produjo otro silencio pétreo—. Perdone, ha dicho que si podía ayudarme a localizar algún libro en concreto.

—Sí —dijo Rupert secamente—. ¿Podemos ayudarlo?

—Sería muy amable por su parte. De hecho, estuve ya aquí el otro día. Pero hablé con otra persona. Un hombre alto, de cabello oscuro y ojos marrones. Me pregunto quién sería.

Le agarré con fuerza la mano a Elle.

—Mmm… —oí decir a Rupert—. ¿Está usted seguro de que era Arthur Morston la librería en la que entró? Me cuesta admitirlo, pero hay varias parecidas en la zona. Aquí no tenemos trabajando a nadie que responda a esa descripción. —No podía creer que Rupert estuviera protegiéndome.

—¡Oh, sí! Estoy segurísimo de que era esta tienda —replicó Eszu lentamente—. Había también una joven rubia. Tenía el pelo muy claro.

—Perdóneme, señor Zeeker —contestó Rupert—, pero cuando entró nos felicitó usted por nuestro establecimiento, como si fuera la primera vez que venía. Le hemos dicho que no tenemos ningún empleado que encaje con su descripción, así que debo preguntárselo otra vez. ¿Está usted bien seguro de que fue en la librería Arthur Morston en la que entró?

Oí las viejas tablas de madera del pavimiento crujiendo bajo los pasos de Eszu, deliberadamente lentos.

—¡Qué niño más guapo! —exclamó—. Supongo que es suyo.

—Sí, lo es —repuso Louise.

—La familia es muy importante, ¿verdad, señora Forbes? —añadió Eszu.

—Desde luego, señor Zeeker. —Oí a Kreeg dar un suspiro muy hondo—. Hay que ver qué pequeño es el niño. ¡Tan dulce e indefenso! Me figuro que dependerá de usted para todo, ¿verdad, señora Forbes?

—Pues sí, creo que sí. Se llama Laurence.

—¿Laurence? Permítame que la felicite por la elección del nombre, señora Forbes. Es de origen francés. Significa «brillante, resplandeciente». Como todos los niños nacen libres de pecado, pienso que no habría podido elegir usted uno tan apropiado.

—Yo… Eso no lo sabía —contestó Louise con firmeza—. ¡Qué fascinante!

—Todos los nombres lo son, por lo general. La forma que tenemos de llamarnos… Siempre me ha parecido muy divertido que algo que es tan personal lo utilicen casi exclusivamente los demás.

Rupert terció:

—Perdone que lo moleste, amigo, pero mi esposa y yo estábamos a punto de cerrar la tienda para almorzar. ¿Cuál era el libro que estaba usted buscando?

—Por supuesto, señor Forbes. A decir verdad, el otro día estuve aquí preguntando por un viejo atlas.

Cerré los ojos con fuerza. Como es natural, aquel nombre no significaba nada para Rupert ni para Louise. De hecho, sospeché que Kreeg sabía que yo estaba cerca escuchándolo y que su actuación iba dirigida a mí.

—Bueno, como ya le he dicho, dudo que fuera Arthur Morston la librería en la que entró, pero ahí tiene usted nuestra sección de geografía —dijo Rupert—. ¿Es algún tipo especial de atlas el que está buscando?

—Se trata de uno realmente singular, señor Forbes. Pero lo sabré cuando lo vea.

—Exacto. Parece que va usted a necesitar un poco de tiempo para echar un vistazo y buscarlo bien, así que lo mejor sería tal vez que volviera más tarde, si no le importa.

Kreeg replicó con firmeza:

—Estoy convencido de que lo tienen aquí, señor Forbes. No necesito buscar más.

—Escuche, no sé muy bien qué es lo que quiere decir...

El pequeño Laurence empezó a berrear e interrumpió el diálogo.

—¡Pobre criatura! ¡Cójalo en brazos, señora Forbes! Saboree cada momento que pueda con él. No hay nada más sagrado que el lazo que une a una madre y a su hijo. —Elle se me quedó mirando y yo clavé los ojos en el suelo—. ¿Puedo hacerle una pregunta, señora Forbes? ¿Qué haría este niño tan pequeño sin usted? —dijo Kreeg.

—¿Qué quiere decir? —replicó Louise, sorprendida por sus palabras.

—Permítame que sea más claro. Si un cruel destino se abatiera sobre usted y su marido, ¿qué sería del pequeño Laurence?

Rupert levantó la voz para soltar:

—¡Alto ahí, hombre! ¿Cómo se atreve a decir una ruindad semejante en mi propio establecimiento?

—No son más que palabras, señor Forbes. No obstante, me doy cuenta de que es una pregunta muy difícil que cuesta trabajo responder. Porque realmente no sabe usted qué sería de su hijo.

Laurence se había puesto a llorar.

—Escuche, me gustaría que se fuera —dijo Rupert con firmeza—. Está usted molestando a mi esposa.

Kreeg continuó como si tal cosa.

—Una madre lo es todo para su hijo. Es la que lo cuida, su amiga, su tabla de salvación. Sin esta, podría llevárselo la corriente, y no quiero ni pensar dónde iría a parar.

—Realmente no sé de qué está usted hablando, señor Zeeker. Salga ya de mi tienda —exigió Rupert una vez más.

—Imagínese que yo se lo robara ahora, condenando a su hijo a una vida sin madre. ¿Cree usted que Laurence tendría derecho a vengarse de mí?

—¿Está amenazando a mi hijo? —exclamó Rupert, ahora con un tono fuerte y agresivo.

—¿Yo? Jamás haría semejante cosa, señor Forbes. No es propio de mi naturaleza. Pero el hombre alto de ojos marrones al que tiene empleado… Yo no estaría tan seguro de él.

—¡Por Dios! ¡Vamos, hombre! ¡Ya he tenido suficiente!

Oí crujir las tablas del pavimento mientras Rupert cruzaba toda la tienda e intentaba sacar a Kreeg a empujones. Louise soltó un chillido.

—¡Suéltelo! —gritó.

Yo agarré el tirador de la puerta, dispuesto a aparecer de repente y enfrentarme a Kreeg. No iba a permitir de ninguna manera que hiciera daño a Rupert.

—Estaré encantado de soltar a su marido, señora Forbes, en cuanto me diga usted dónde están los Tanit —gruñó Eszu.

—¿Quiénes son los Tanit? —exclamó Louise. Me partía el corazón ver hasta dónde llegaba su lealtad, a pesar de la amenaza de que era objeto su marido.

Se oyó un ruido sordo y luego un grito ahogado cuando Kreeg soltó a Rupert, como era de esperar, y este cayó al suelo.

—Sé que trabajaban para su familia —siguió diciendo—. Estuve tomando una copa con su hermano el otro día. Fue muy interesante. Bueno, he dicho una copa, pero a decir verdad el muy sinvergüenza se metió entre pecho y espalda casi toda una botella de whisky. Me dijo que se habían ido de su finca y que ahora estaban llevando esta librería.

—No conocemos ese nombre —balbució Rupert, todavía jadeando y sin aliento—. Como usted mismo ha comprobado, Teddy no es más que un borracho. No puede uno creerse ni una sola palabra que diga. Nosotros no tenemos por qué mentirle.

—¿Ah, no? —dijo Kreeg—. Sea lo que sea lo que les dijeran los Tanit, no es verdad. Tiene como empleado a un asesino, señora Forbes. Supongo que eso no se lo dijo, ¿verdad? Créame, estaría encantado de librarla de la amenaza que representa para su familia.

—Voy a llamar a la policía —dijo Rupert, y lo oí dirigirse a toda prisa a la parte posterior de la tienda y coger el auricular—. Será mejor que se largue. No querrá que lo encuentren en las cercanías de mi establecimiento cuando lleguen los agentes. Probablemente no se da usted cuenta de quién es la persona a la que acaba de agredir. Quizá al borracho de mi cuñado se le olvidó decirle que la librería es un entretenimiento para mí, que trabajo para el Gobierno británico.

—¡Pobre señor Forbes! Muy bien. Que tenga usted buen día. Sin embargo, antes de irme... Al comienzo de nuestra conversación aludió a la guerra. Dígame, ¿es usted capaz de diferenciar entre el soldado que asesinó a sus amigos y las personas que trabajaban para protegerlos?

—¡Fuera de aquí! ¡Fuera de aquí ahora mismo! —gritó Louise al tiempo que los berridos de Laurence se hacían más fuertes.

—Como ustedes deseen. —Oí la campanilla de la puerta al abrirse—. ¡Ah, por cierto, no se llama «Robert»! —Se oyó un portazo.

—¡Calla, cariño! ¡Ya ha pasado todo! —dijo Louise para calmar al niño mientras Rupert abría la puerta tras la cual nos ocultábamos.

—¡Maldita sea, chicos! ¿De qué iba todo eso?

A Elle y a mí nos deslumbró la luz mientras Louise corría a cerrar la tienda y a bajar las persianas.

—Gracias, Rupert. Gracias a los dos por no abandonarnos —dije, estrechándole la mano.

—¡Está bien, hombre! Puedo ser miope, pero sé ver un problema cuando lo tengo delante. No obstante, teniendo en cuenta que el muy cabrón ha estado a punto de romperme el cuello, creo que me merezco una explicación.

Les conté a Rupert y a Louise a grandes rasgos cómo estaba la situación: que Kreeg creía que yo era el responsable de la muerte de su madre y que había jurado vengarse.

—¡Ay, señor Tanit! —exclamó la mujer—. ¡Qué espantoso! ¡Cuánto lo siento! ¡Qué situación tan horrible!

—Lo es, Louise. Nunca podremos agradeceros lo bastante lo que acabáis de hacer. Habéis puesto en peligro vuestra vida por salvar la nuestra... —Me sentía realmente conmovido por su acto de valentía—. Nunca lo olvidaré. Por favor, tened la seguridad de que jamás habría puesto en peligro a vuestra familia a sabiendas. Creíamos que Kreeg habría muerto durante la guerra.

—Pero no ha habido tanta suerte —añadió Elle con tristeza.

—Bueno, entonces, ¿cuál es el plan? —preguntó Rupert—. Sabe que estáis aquí. No podéis quedaros. Sencillamente no es seguro.

—¡Deberíamos irnos a Suiza! —exclamó Elle—. Recuerda, el señor Kohler espera que los papeles de tu ciudadanía se aprueben un día de estos.

—¿Y entonces qué? —pregunté—. Sí, seré ciudadano suizo, pero estaré registrado bajo mi propio nombre y como tal viviré. Nos ha encontrado aquí y nos localizará también allí —dije, tapándome la cara con las manos—. No puedo dejar de tener la sensación de que la red está cerrándose.

—¿Cuánto apego tenéis a la vida en Europa? —preguntó Rupert.

—No creo que América funcionara, lo siento. Lo he pensado muchas veces, pero con unas comunicaciones tan desarrolladas y unos archivos tan accesibles y eficaces me temo que a Kreeg no le costaría mucho trabajo localizarnos.

Rupert entornó los ojos y asintió con la cabeza.

—A decir verdad no estaba hablando de América. —Me lo quedé mirando con aire inquisitivo—. Tengo un antiguo compañero de colegio que perdió a su mujer por una pulmonía. El pobre no soportaba seguir aquí. Todo lo que tenía en su vida le recordaba lo que había perdido. Así que cogió un barco y se fue al fin del mundo.

—¿El fin del mundo? —pregunté.

—Bueno, no exactamente —repuso Rupert—. Pero también podría serlo. Me refiero a Australia.

—¿Australia? —exclamó Elle.

Aquel cruzó las manos por detrás de la espalda y empezó a dar vueltas alrededor de la tienda.

—Un país maravilloso, al parecer. Un tiempo estupendo, una vida salvaje magnífica…, por no hablar de kilómetros y kilómetros de territorio despoblado y aislado. Me figuro que, de quererlo, podría uno desaparecer allí por completo. Empezar enteramente de nuevo. Por supuesto, esa es la opinión que yo tengo como miembro del servicio de seguridad de Su Majestad.

Elle dirigió la mirada hacia mí.

—No sé nada sobre ese país —dijo—, pero tenemos que hacer algo. Como dice Rupert, no podemos quedarnos aquí.

—Y si ese monstruo decide perseguiros e ir a por vosotros —añadió Louise—, mejor que lo obliguéis a marcharse bien lejos para perseguiros. —Sonrió ligeramente.

—Si vuelve, también podríamos… mandarlo en otra dirección —añadió Rupert—. Fingir que os traicionamos. Decir tal vez que habéis huido a América. Hacer que os pierda la pista.

—Eso sería demasiada amabilidad por vuestra parte —confesé—. Pero ese hombre… no es de fiar. Hay que tener mucho cuidado con él.

—Entendido, amigo. Pero pareces olvidar que trabajo para el MI5. A pesar de mi apariencia de empollón, estoy bastante acostumbrado a tratar con personajes sombríos. Y ahora que hablamos de eso, voy a hacer que lo investiguen de inmediato. Quizá haya algo que permita al Gobierno detenerlo, incluso deportarlo. Desde luego puedo hacer que lo encierren unos días por intentar estrangularme. Me gustaría que me dijeras cómo se escribe correctamente «Zeeker»…

—Es un pseudónimo. Su verdadero nombre es Eszu. Kreeg Eszu. Dudo que logres descubrir gran cosa sobre él. Me imagino que, como yo, ha intentado pasar desapercibido.

—Aun así, te prometo que haré todo lo que pueda, amigo. Hasta entonces…, ¿está decidido? ¿Un viajecito a Australia?

Elle y yo intercambiamos una mirada y reconocimos el dolor en los ojos del otro. Me parecía que habíamos llegado muy cerca de lo que habría podido ser un final feliz… únicamente para comprobar que de pronto nos quitaban una vez más la alfombra bajo los pies.

—Está… muy lejos —acabé por decir.

—Perdona, Robert, pero ¿no es justo eso lo que importa? —replicó con amabilidad Rupert.

—No tendríamos nada —musitó Elle—. Habría que empezar otra vez de cero.

—Bueno, esperad un poco —comentó Rupert en tono razonable—. Nadie está proponiendo que tenga que ser por fuerza una solución permanente. Pensad más bien en una cosa transitoria. Os largáis inmediatamente al extranjero durante una temporada… Tal vez unos meses, o quizá un poco más. Y ya veré yo qué puedo hacer desde aquí. ¿Qué os parece el plan?

Cogí a Elle de la mano.

—Bien —contesté en voz baja.

Rupert me tocó el hombro.

—Perfecto —dijo—. Tenemos que encargarnos de trasladaros a Tilbury. Con un poco de suerte, habrá algún barco que zarpe de allí en las próximas cuarenta y ocho horas.

—¡Qué amables sois, Rupert, de verdad! —dijo Elle.

—¡Oh, por favor, es lo mínimo que podemos hacer! —replicó nuestro amigo.

—¡Mi madre sigue hablando de vosotros con mucho cariño! —añadió Louise—. ¡Y habéis hecho una labor magnífica llevando la librería por nosotros!

—La echaremos de menos enormemente —dijo Elle con toda sinceridad.

—Por cierto, ese viaje a Australia no será barato —comentó Rupert—. ¿Cómo andáis de fondos?

—Bien, gracias. —Señalé la parte trasera de la tienda—. El salario que pagáis es muy generoso.

—¡Estupendo, amigo mío! En ese caso, os sugiero que recojáis unas cuantas cosas y nosotros os llevaremos a Essex. He dejado el coche aquí al lado.

—Yo me quedaré en la tienda con Laurence —dijo Louise.

—¡No! ¡No hagas eso! —repliqué—. Ese hombre tiene un largo historial de incendios provocados. Me intranquiliza vuestra seguridad.

—¿Incendios provocados, dices? Bueno, no podemos permitir que algo así le ocurra a la librería de Beatrix Potter. Haré un par de llamadas y me ocuparé de que pongan una vigilancia discreta. Si se acerca a más de tres metros de aquí, lo detendrán.

—¡A veces eres bastante útil, Rupes! —dijo Louis, guiñándole un ojo.

—Hago lo que puedo. Y ahora… ¿por qué no subís arriba y os preparáis mientras yo les doy un toque?

Elle y yo subimos corriendo a la vivienda del piso de arriba y empezamos a repetir la rutina a la que, por desgracia, ya estábamos acostumbrados. Sacamos las maletas de debajo de la cama y metimos en ellas solo lo estrictamente indispensable. Nos movíamos en silencio. Como autómatas, contemplando ambos la enormidad que suponía aquella decisión, tomada con tanta rapidez.

—Estoy segura de que Rupert podrá ayudarnos con el traspaso de las cuentas bancarias y todas esas cosas —dije—. Es evidente que tiene muy buenos contactos.

—¿Y qué va a pasar con tus asuntos en Suiza? —preguntó Elle—. ¿No te pidió específicamente el señor Kohler que no desaparecieras de la faz de la tierra?

—En efecto. Tendré que pensar en algo durante el viaje. Me figuro que durará varias semanas.

—Sí… Yo… —Elle fue incapaz de concluir la frase, porque se le llenaron los ojos de lágrimas.

—¡Ay, amor mío! —Solté las camisas que estaba a punto de meter en la maleta y la estreché entre mis brazos—. Lo siento. ¡Todo esto es tan injusto…! Sobre todo por lo que a ti respecta. ¡Qué peso tan tremendo he venido a añadir a tu vida! —El llanto reprimido dio paso a fuertes y profundos sollozos cuando Elle se refugió en mi pecho—. Perdóname, cariño. He hecho que tu vida sea muy difícil.

—No es eso, Bo. Simplemente pensaba que todo eso había acabado ya. Siempre me has dicho que confiara en el universo. Pensé que Kreeg había muerto. Me había atrevido a soñar que de verdad conseguiríamos empezar nuestra vida juntos. La boda, los niños… Es culpa mía.

La estreché con más fuerza entre mis brazos.

—Por favor, Elle. No digas eso nunca. Ni una pizca de este terrible y espantoso lío es culpa tuya. Es la cruz que tengo que soportar yo y tú has sido mi fuerza y ahí sigues, soportándola conmigo. No sé qué habría hecho sin ti. —En ese momento fueron mis ojos los que empezaron a llenarse de lágrimas.

—Basta, Bo. No vuelvas a hablar de ese modo. La vida es un regalo, sean cuales sean las circunstancias. Así que... —dijo finalmente— ¡a Australia!

—¡A Australia! —repetí.

Se apartó de mis brazos y juntó las manos, intentando mantener una actitud positiva.

—¡Una nueva aventura! Desde luego no voy a tener queja del tiempo que haga allí. Pero he oído cosas horribles acerca de las arañas...

—No te preocupes, Elle. ¡Yo te protegeré! Al fin y al cabo, las arañas puede que piquen, pero no son capaces de quemar un edificio —dije con una sonrisa de fatiga.

—Tienes toda la razón —repuso ella suspirando—. Con un poco de suerte, Kreeg no logrará seguir nuestro rastro hasta la otra punta del planeta. Quizá, mejor que estar triste por la seguridad que vamos a perder en Suiza, debería estar contenta por la que vamos a conseguir en Australia, «ahí abajo», como dicen aquí. Además, no importa dónde vayamos, querido Bo. Mientras estemos juntos, será como si estuviéramos en nuestro hogar.

Bajé la mirada y me fijé en el anillo de Elle. Me quedé contemplándolo un rato.

—¿Pasa algo malo? —me preguntó.

—Pienso exactamente lo mismo. —Me acerqué a ella y le cogí la mano—. Mientras estemos juntos, será como si estuviéramos en nuestra casa —repetí—. ¡Hace tiempo que tendría que haberme casado contigo, Elle Leopine! —Mis palabras la pillaron desprevenida.

—Te doy toda la razón, cariño —contestó.

—Tengo una idea —dije con un brillo en los ojos.

Se me quedó mirando con una mezcla de nerviosismo y confusión.

—¿Una idea?

—Los capitanes de barco puede casar legalmente a dos personas en alta mar y extender un certificado que confirme la autenticidad de la ceremonia. ¡Podríamos casarnos durante el viaje a Australia! —Me arrodillé ante ella—. Elle Leopine, ¡eres el amor de vida! ¡Eres mi amor incuestionable, incomparable, irrebatible! ¿Quieres casarte conmigo?

Había logrado sorprenderla, cosa que, por lo que tengo entendido, es el secreto de toda buena petición de mano.

—¡Ay, Bo! —exclamó, tapándose la boca con las manos—. ¡Sí, por supuesto!

Nos quedamos en pie en la vivienda de la planta de arriba de la librería Arthur Morston, riéndonos. Por unos instantes, el resto del mundo se esfumó.

El viaje al puerto de Tilbury, en Essex, fue rápido y sin incidentes. Rupert cumplió sobradamente su palabra e hizo que un amigo suyo que tenía el mismo modelo de coche que él se detuviera a la puerta de la librería Arthur Morston y se pusiera en marcha en dirección al norte, por si Kreeg estaba vigilando. Luego, Elle y yo nos metimos a toda prisa en el automóvil de Rupert y una vez más emprendimos la marcha en busca de una nueva vida.

—Hay un vapor que zarpa mañana mismo, amigo mío —me confirmó—. Hace escala en Port Said, en Egipto, y luego continúa rumbo a Adelaida. Me atrevo a asegurar que para cuando queráis pisar suelo australiano tendré al cabrón ese de Kreeg entre rejas por intento de asesinato. No os preocupéis. —La divertida flema británica de Rupert me animó, aunque no fui capaz de creerlo. Al fin y al cabo, las serpientes se caracterizan por ser resbaladizas—. Hay un hotel justo al lado del puerto que, según he oído, es bastante decente. Os dejaré allí. Ellos mismos se encargarán también de conseguiros los pasajes. El barco que tenéis que coger es el Buque del Correo Real Orient.

—Gracias, Rupert.

—No te preocupes, amigo mío. Cuando estéis ya bien instalados, escríbeme a la librería. Así podré ponerte al día de la situación. ¡Con suerte, estaréis de vuelta en Europa bastante pronto y construiréis vuestro enorme castillo en Suiza! —En cuanto paramos delante del Voyager Hotel, le estreché la mano y abrí la puerta del coche—. Buena suerte, señor y señora T. Y recordad: si el sinvergüenza ese da señales de vida, lo despistaremos mientras hacemos lo que sea necesario para que lo detengan.

Agitamos las manos en señal de despedida mientras Rupert emprendía el camino de vuelta y entramos en el hotel. El vestíbulo tenía un aire de elegancia venida a menos, con un piano polvoriento y varias macetas con plantas medio marchitas. Quizá en otro tiempo fuera un establecimiento espléndido, pero evidentemente se había descuidado mucho durante la guerra.

—Buenas tarde, señor —dijo al vernos llegar el recepcionista, un hombre con gafas.

—¿Qué tal? Desearía una habitación, por favor.

—Muy bien. ¿Cuánto tiempo se van a quedar?

—Solo una noche. Y, según me han informado, ustedes podrían ayudarnos con los pasajes para el vapor que zarpa mañana por la mañana.

—No se preocupe, señor. Por supuesto, nosotros nos ocuparemos de todo. Si me permite, necesitaría unos cuantos detalles…

—Disculpe, acabo de darme cuenta de que he cometido un error. En realidad desearía dos habitaciones —me corregí. Elle se me quedó mirando.

—¿Dos habitaciones?

—Sí, por favor. ¿Sabe usted? —dije, apoyándome en el mostrador de la recepción—, mi prometida y yo vamos a casarnos mañana.

—¡Ah, felicidades! Muy bien, dos habitaciones —dijo con una sonrisa—. ¡Qué envidia me dan ustedes por zarpar mañana en ese barco! Un nuevo comienzo, ¿verdad? —El hombre no podía saber cuánta razón tenía.

—Pues sí, más o menos —le confirmé.

—¡Maravilloso! Creo que a todos nos convendría algo así después de lo ocurrido estos últimos años, señor…

—Tanit. Y ella es la señorita Leopine.

—Gracias. Me ocuparé de poner los pasajes a su nombre, señor. ¿Qué clase desea que le reserve?

—¡Ah, vaya! —Ni siquiera lo había pensado—. Segunda —contesté.

—Muy bien. Haré que se los suban a su habitación, señor. Puede pagar cuando pase por caja al marcharse mañana. El vapor zarpa a las diez en punto. Tendrán ustedes que estar a bordo media hora antes como mínimo.

Dejamos el equipaje junto al mostrador, recogimos las llaves y nos dirigimos a la planta superior.

—¿Qué pasa, Bo? —me susurró Elle—. ¿Por qué has cogido habitaciones separadas?

—Es una pregunta muy fácil de responder. Se supone que el novio no debe ver a la novia la noche antes de la boda.

Elle se echó a reír.

—¡Qué romántico! Aunque necesitaremos hasta el último penique que tenemos mientras nos instalamos en Australia. Podrías haber ahorrado ese dinero.

—¡Bah, tonterías! ¿No vamos ni siquiera a poder disfrutar de alguna tradición? Además —añadí—, tengo dinero suficiente para un vestido. Creo que podríamos salir de compras esta tarde.

—¡Ay, Bo, qué tierno! Pero es completamente innecesario.

—Todo lo contrario, Elle —le contesté—. Es absolutamente necesario. ¡Cenicienta tendrá su vestido y asistirá al baile!

De hecho, el resto del día fue bastante mágico. Elle y yo pasamos aquella fría tarde de enero cogidos de la mano, deslumbrados por el sol invernal y tomando pequeños sorbos del típico té inglés en vasos de papel para entrar en calor. Fuimos incluso a examinar el navío que iba a transportarnos a través del océano hasta el otro extremo del mundo. Sentados al borde del agua con los pies colgando, estuvimos admirando el imponente Buque del Correo Real Orient, que era verdaderamente majestuoso. Debía de medir más de ciento cincuenta metros de eslora y por lo menos treinta de altura. Tenía un casco negro y lustroso y dos resplandecientes cubiertas blancas con decenas de ventanillas circulares.

—¡Cielos! ¿No podríamos vivir ahí dentro y ya está? —preguntó Elle—. En alta mar estaríamos siempre a salvo.

Me quedé un instante pensando en ello.

—¿Sabes una cosa? Creo que tienes razón. Realmente lo estaríamos. ¡Qué buena idea! ¿No debería tal vez gastar todo el dinero de Agatha en uno de esos enormes yates de los que hablan en las revistas?

—Vale, Bo, pero solo si tiene tres piscinas —dijo Elle y se echó a reír.

La forma en la que el sol invernal le iluminaba el rostro creó una de las imágenes más hermosas que he visto en mi vida. De repente me sentí inspirado.

—¡Espérame aquí! —exclamé, poniéndome de pie de un brinco.

—Pero, Bo, ¿qué demonios haces? —dijo Elle levantando la voz.

—¡Tú simplemente no te muevas!

Crucé corriendo el paseo y volví a la pequeña calle principal, al pasar por la cual había visto una tienda de material artístico. Entré, compré unas cuantas hojas de papel y unos carboncillos y volví a la carrera al sitio en el que me aguardaba Elle.

—¿De qué va todo esto? —me preguntó.

—Quiero hacerte un retrato.

—¿Un retrato? —exclamó entre risas.

—Sí. Monsieur Landowski me dijo una vez algo en su estudio acerca de capturar el momento. Dijo que solo sabía lo que quería esculpir una vez que lo veía. Creo que ahora sé a qué se refería. Me he sentido inspirado y quiero capturar tu belleza.

—Me encanta que todavía seas capaz de halagarme después de tantos años.

—Nunca me he atrevido a hacer un retrato, solo he dibujado paisajes. Espero hacer justicia a lo que tengo ante mí...

Me puse a trabajar con el carboncillo, haciendo todo lo posible por reproducir los enormes ojos de Elle, su delicada nariz y sus labios carnosos, todo ello enmarcado en su hermoso rostro en forma de corazón. Al cabo de quince minutos había terminado mi dibujo. Me quedé contemplando mi obra y luego la miré y me sentí plácidamente satisfecho con lo que había hecho. Era desde luego mucho mejor que cualquier campo, río o árbol que hubiera intentado yo reproducir hasta entonces.

—Enséñamelo —me dijo Elle. Le entregué la hoja de papel y se la quedó mirando antes de volver a fijar sus ojos en mí—. Me encanta. Gracias.

—Sé que dista mucho de la perfección, pero siempre me recordará este momento.

—¿Y por qué quieres recordar este momento, Bo?

Cerré los ojos. La sal del mar perfumaba el aire y me estimulaba la nariz.

—Porque, a pesar de todo, cariño mío, me entusiasma la idea de un nuevo futuro. Y mañana voy a casarme con el amor de mi vida.

Elle me dio un suave beso en la mejilla.

—Conservaré este dibujo para siempre.

Por fin nos levantamos; preguntamos a un transeúnte por las tiendas de ropa de la localidad y nos indicó la dirección del pequeño negocio de una modista muy poco corriente.

—Entra tú, Elle. Yo no debería ver el vestido de ninguna manera. Sería ir en contra de todas las reglas. Tómate todo el tiempo que necesites. —La observé entrar por la puerta de la tienda y contemplé mi propia imagen reflejada en el escaparate. Era indudable: por entonces mi aspecto desmentía mi relativa juventud. El pelo se me estaba volviendo gris a pasos agigantados y las arrugas de la frente parecían hacerse cada día más profundas. Mi única esperanza era que el hecho de poner tres océanos entre Kreeg y yo lentificara de algún modo el proceso.

Permanecí esperando pacientemente unos veinte minutos más o menos hasta que oí sonar la campanilla de la puerta de la tienda y Elle salió con una ligera bolsa de papel azul en la mano y una sonrisa deslumbrante en el rostro.

—Gracias, Bo. Espero que te guste.

Cuando llegamos de vuelta al hotel, acompañé a mi prometida hasta su habitación, que estaba un piso por encima de la mía.

—Debo dejarte aquí —comenté, encogiéndome de hombros—. Es decir, en realidad no debería verte hasta el momento de casarnos, pero quiero asegurarme de que subes a bordo. Así que nos vemos en lo alto de la pasarela de acceso al Orient a las nueve y media.

—Vale, pues a las nueve y media —confirmó Elle.

Le aparté de la cara un mechón de su rebelde pelo rubio y le dije:

—Tu última noche viviendo en pecado…

—¡Ajá! No acepto ninguna responsabilidad —dijo riendo—. Ha sido todo por tu culpa.

Levanté las manos.

—Reconozco plenamente que te he obligado a llevar una vida de descarriada. ¿Podrás perdonarme alguna vez? —dije, juntando las palmas en un fingido gesto de súplica.

—En vista de que mañana te vas a enmendar, creo que el perdón es más que probable. Pero, como en realidad esta va a ser la última noche de nuestra vida en pecado, ¿no deberíamos tal vez…

darnos un pequeño lujo? —comentó, desabrochando juguetonamente el botón superior de mi camisa.

—¡Ah, ya veo! —dije, levantando una ceja—. ¿Te preocupa que las cosas sean diferentes cuando nos hayamos casado?

—Desde luego. No será ni la mitad de emocionante.

—Bueno. Pues entonces creo que nos lo tenemos merecido. —La besé y ella aprovechó para hacerme cruzar el umbral de la puerta del dormitorio de un tirón.

Aquella noche pasamos las horas abrazados. Todo el universo habría podido dejar de existir al otro lado de la puerta y ninguno de los dos se habría dado cuenta. Y tampoco nos habría importado lo más mínimo. Con su cabeza apoyada en mis brazos, el dulce y rítmico sonido de su respiración me calmó y consiguió que me durmiera. Cuando me desperté unas horas más tarde, me liberé lentamente de su abrazo para dirigirme a mi habitación un piso más abajo. Elle abrió los ojos y yo le di un beso en la frente.

—Siento haberte despertado. Vuelvo a mi habitación a organizar unas cuantas cosas para el viaje —le susurré al oído.

—De acuerdo. ¿Nos encontramos a bordo del Orient, como habíamos quedado?

—Sí. Nos vemos allí a las nueve y media. Que duermas bien, cariño.

Al agarrar el tirador de la puerta, me di la vuelta para contemplar a mi futura esposa, acostada tranquilamente en la cama. Su ondulada cabellera rubia y su piel pálida y blanca le conferían el aspecto de una madona sacada de un lienzo de Botticelli.

A menudo he intentado en mi fuero interno definir el amor. Ahora creo que sé lo que es: sin pensarlo un minuto y de buena gana, poner otra alma por delante de la de uno, sin tener en cuenta las consecuencias. Puse fin a mi mirada de deseo y abrí con suavidad la puerta para cerrarla tras de mí, con el corazón lleno de amor y orgullo por la increíble mujer que había estado a mi lado durante veinte años. Y con la que al día siguiente iba a casarme.

37

Océano Atlántico, 1949

Sin ti estoy
roto en pedazos
de polvo cósmico.

Las estrellas son negras.
La noche es infinita.
Las Pléyades lloran.

Ya ha oscurecido.
Mi vida se ha ido.

Estoy
solo en la cama.

Mi mundo se ha acabado. Si estás leyendo esta anotación en mi diario, creo que será la última y la historia de Atlas Tanit habrá llegado a su final. He conseguido sobrevivir durante todos estos años con el impulso de esa energía fundamental que empuja al ser humano a seguir adelante contra viento y marea: la esperanza. Pero ahora incluso ella se ha extinguido y no soy capaz de continuar. Esta noche, cuando no haya nadie en cubierta, me arrojaré voluntariamente al océano y dejaré que sus gélidas aguas me consuman. Espero que las olas se apiaden y me den una muerte rápida.

Lo único que me lleva a escribir este último apunte en mi diario es cierto sentido del deber hacia tu persona, querido lector. No es el final que soñé cuando era un muchacho y cogí la pluma por primera vez. Tal vez hayas descubierto este diario por casualidad y hayas empezado a leerlo directamente por el final para averiguar cómo terminó el hombre que saltó al mar desde un vapor. O quizá hayas leído toda la historia de mi vida, que espero que por lo menos te haya parecido interesante. Si es así, estoy convencido de que ya has adivinado lo que me ha deparado el destino.

Elle se ha ido.

Mi peor pesadilla se ha convertido en mi realidad y no puedo vivir en ella mucho tiempo más.

Después de marcharme de su habitación esta madrugada, me dirigí a la mía. Escribí en este diario, reordené mi equipaje y luego me metí en la cama, soñando con mi futura esposa, que me arrullaba para que conciliara el sueño. Me desperté a las ocho, me levanté y pagué la factura del hotel junto con nuestros pasajes. Luego me dirigí al puerto, embarqué en el Orient y busqué nuestro camarote. Incluso le comenté entusiasmado al joven camarero que me ayudó con el equipaje mis planes de celebrar nuestra boda durante el viaje, y él me aseguró que el capitán lo haría encantado. Más tarde tomé un café y salí a cubierta para ver si aparecía Elle.

Había una multitud congregada en el muelle, claramente reacia a dejar marchar a sus seres queridos, que zarpaban rumbo a Australia. El dolor de la separación era visceral y yo di gracias a las estrellas por poder zarpar con la única familia que necesitaba siempre a mi lado.

Como el reloj estaba a punto de marcar las nueve y media, me abrí paso hasta la pasarela en la que habíamos quedado. Los minutos pasaron y dieron las diez menos veinte; empecé a ser presa del pánico, pensando que tal vez Elle se había quedado dormida. Expliqué la situación al camarero, que me garantizó que yo tenía tiempo de sobra para ir corriendo al Voyager Hotel y luego regresar al barco antes de que este zarpara.

Bajé tan deprisa por la pasarela que a punto estuve de tirar al agua a una familia entera. Entré precipitadamente en el vestíbulo del hotel y subí al piso de su habitación. Empecé a aporrear la puerta, pero no obtuve respuesta alguna.

—¡Elle! —gritaba yo una y otra vez—. ¡El barco está a punto de zarpar! ¡Elle!

Al darme cuenta de que todos mis esfuerzos eran en vano, bajé corriendo al vestíbulo, donde estaba de turno el recepcionista con gafas del día anterior.

—¡Hola! ¡Buenos días, señor! Una larga jornada por delante, ¿no? Pero, en realidad, ¿no tendrían ustedes que haber embarcado ya? Retirarán la pasarela en quince minutos.

—Sí, lo sé, pero mi prometida sigue en la cama. Se suponía que íbamos a encontrarnos en el barco, pero no se ha presentado. ¿Sería usted tan amable de abrir su habitación para despertarla?

El recepcionista se quedó atónito.

—Bueno, señor, lo cierto es que la vi salir hace una media hora. Cruzó el vestíbulo con su maleta.

Fruncí el ceño.

—Eso es imposible. Ella no ha subido a bordo del barco. Usted se equivoca. Por favor, quiero que me abra su habitación.

—De verdad, señor, debe usted creerme, yo...

—¡AHORA MISMO! —grité y toda la gente que había allí en la recepción clavó la mirada en mí.

—Como desee, señor. Permítame que llame a un compañero para que vaya con usted.

—Deme a mí la llave. Puedo ir solo —exclamé mientras se la arrancaba de la mano de un tirón.

Subí precipitadamente por la escalera. Introduje la llave en la cerradura y abrí la puerta. La habitación estaba vacía. La cama estaba hecha y allí no había ninguna de las pertenencias de Elle. Solo vi una taza con restos de café y con el borde manchado de pintalabios rosa, el que usaba ella. Era evidente que había estado allí esta mañana y que ya había dejado la habitación, como me había confirmado el recepcionista.

Por un momento, me puse contentísimo. Parecía evidente que Elle había subido al barco. Simplemente yo no la había encontrado. Mi reloj marcaba que ya eran menos diez. Salí del cuarto, bajé corriendo por la escalera y tiré la llave en el mostrador de la recepción. Regresé al puerto, me dirigí a la pasarela y empecé a buscar a Elle.

—¿Ha visto a una señora rubia con un abrigo azul marino? Seguramente llevaba una maleta. Tendría que estar a bordo.

El guarda de la pasarela se puso a pensar, pero negó con la cabeza.

—Lo siento, señor, creo que por aquí no ha pasado nadie que

encaje con esa descripción. Pero el barco es grande y quizá me equivoque. Si ha embarcado, es probable que haya ido directamente a su camarote. Siempre puede usted comprobarlo con el camarero de piso.

Me abrí paso con urgencia hasta llegar a nuestro camarote de segunda clase, en el que solo estaba mi maleta. Me encontré con el camarero en el pasillo y le supliqué que me confirmara que Elle había subido a bordo.

—Su apellido es Leopine. Pero quizá haya utilizado el mío, Tanit. Es rubia. Lleva un abrigo azul. Es mi prometida...

Me di cuenta de que yo empezaba a balbucear a medida que aumentaba en mí una sensación de pánico. Mi reloj ya marcaba menos cinco. Volví rápidamente a la pasarela y comencé a describir a Elle a todos los que me encontraba, pero sin éxito. El corazón me latía a mil por hora y aquella sensación de pánico cada vez mayor me nubló la vista.

Oí que se ponían en marcha los motores del barco.

—¡No, no, por favor, no! —grité, agarrándole el brazo al primer miembro de la tripulación que me encontré—. ¡Tienen que detener el barco! ¡No sé si mi novia ha embarcado!

—Lo siento, señor. A las diez en punto se retira la pasarela. Aquí no hay excepciones.

Cogido a la barandilla de la cubierta, me puse a escudriñar el muelle en busca de algún rastro de mi amor. Como no vi nada, volví a toda prisa a la pasarela y le supliqué al guarda, que, a pesar de entender mi dolor, no podía ayudarme, pues estaba obligado a obedecer a sus superiores en la jerarquía de mandos.

—Señor, entiendo la situación —dijo para intentar tranquilizarme—. Me encantaría ayudarlo, de verdad. Pero, para ser sincero, le sugiero que baje del barco.

—¡Pero quizá ella esté a bordo! —grité.

—En ese caso, señor, zarpa otro dentro de unas pocas semanas. Así usted podría ir tras ella —siguió diciendo.

Empecé a ir de un lado a otro y me encontré cara a cara con una anciana. Tenía mejillas prominentes, tez pálida y penetrantes ojos azules, no muy distintos a los de Elle. Aunque su pelo rizado era claramente grisáceo, se percibía con facilidad que se entremezclaba con cabellos de tono castaño rojizo.

—¡Suban la pasarela! —gritó un miembro de la tripulación, al que se unieron otros dos individuos uniformados, que cogieron la cuerda y empezaron a tirar mientras la sirena daba un último aviso.

—¿Dónde está? ¡Tenía que encontrarse conmigo aquí en el barco! —grité dirigiéndome a la anciana, que me estaba mirando perpleja—. Perdóneme, señora. ¿Acaso ha visto usted a una mujer rubia embarcando en el último minuto?

—No sabría decirle —respondió con un claro acento escocés—. Había tanta gente de aquí para allá...; pero estoy convencida de que estará en algún lugar de la nave.

Volvió a sonar la sirena y muy lentamente el barco empezó a alejarse del muelle. En aquel momento pensé en saltar a tierra. Quizá el camarero no anduviera equivocado. Si me quedaba, lo peor que podía ocurrir es que Elle llegara sana y salva a Australia, lejos ya del peligro que nos acechaba. Yo podría evitar a Kreeg durante unas pocas semanas. Pero si no había embarcado, entonces yo tenía que quedarme en Inglaterra para protegerla. Mi cabeza pensaba a toda velocidad.

—¡Ay, Señor! ¿Dónde estás? —grité al viento con la voz ahogada por el ruido de los motores y los graznidos de las gaviotas.

Tambaleándome, eché a andar por la cubierta, cogido a la barandilla e intentando recuperar la respiración.

—¡Elle! ¡Elle! ¡Elle! —grité sin parar, sintiendo que me precipitaba en un abismo sin fin.

Cuando volví a mirar a tierra por encima de la barandilla, tratando de inspirar la mayor cantidad de aire posible, vislumbré en el muelle algo que me resultó familiar. No daba crédito a mis ojos, pero justo detrás de una multitud de gente que agitaba pañuelos y mandaba besos con la mano había una bolsa de papel celeste de la modista a la que Elle y yo habíamos visitado el día anterior.

—Podría ser de ella, ¿no? —me dije. Tenía muy poco que perder—. ¡Oigan, perdonen! —grité, dirigiéndome a la multitud—. ¡Mi bolsa! ¡Me he dejado mi bolsa! —seguí gritando mientras agitaba los brazos frenéticamente hasta que por fin atraje la atención de un chico—. ¡La bolsa azul! ¡Justo detrás de ti! ¡Por favor, lánzamela!

El joven se dio la vuelta y vio lo que yo le indicaba. Se abrió paso entre los adultos que lo rodeaban y la cogió.

—¡Sí! ¡Por favor, lánzamela!

El barco ya se había alejado unos tres metros del muelle y esa distancia aumentaba por segundos. El chico fue hasta el borde, sin dejar de mirarme. Enseguida me di cuenta de que el lugar en el que me encontraba estaba demasiado elevado y que resultaba imposible que la bolsa llegara. Me abrí paso entre los pasajeros hasta el camarero que había junto a la pasarela.

—¡Mire, por favor, me he dejado mi bolsa en tierra y la tiene ese chico!

Hacía unos instantes aquel camarero se había mostrado claramente dispuesto a ayudarme, de modo que me dijo que sí con la cabeza y, rápido como un rayo, saltó por encima del borde de la nave. Por un momento, pensé que había saltado de verdad, pero en realidad bajó por una especie de escalera que estaba pegada al barco. El chico vio entrar en acción al camarero, que, cuando llegó a la altura del muelle, extendió un brazo para que el muchacho le lanzara la bolsa, aunque este vaciló.

—¡Ahora o nunca! —gritó el otro.

El muchacho me miró y yo asentí con la cabeza. Lanzó la bolsa azul con cierta fuerza. Cuando el camarero la agarró por los pelos, para mí fue un momento de infarto. No obstante, logró sujetarla con firmeza y empezó a subir a cubierta. El chico dio vivas de alegría. Yo, mirándolo, lo aplaudí e inmediatamente fui a por la bolsa.

—¡Gracias! ¡Muchísimas gracias! —le dije al camarero.

—Es de su novia, ¿no? —me preguntó.

—Sí, es de ella —repliqué.

—Bueno, en vista de que estaba allí en medio del muelle, es de esperar que se encuentre a bordo, señor.

—Sí. ¡Gracias de nuevo!

Me abrí paso entre el bullicioso gentío que había en cubierta, una cacofonía de emociones humanas provocada por los pasajeros que se despedían de su tierra natal. Algunos iban a ausentarse varios meses y otros se marchaban para siempre.

Por fin llegué a popa, donde tuve espacio suficiente para abrir la bolsa. De su interior saqué un vestido blanco de satén. Vi que en el fondo había dos papelitos. El estómago me dio un vuelco cuando clavé los ojos en el dibujo a carboncillo que yo había hecho el día anterior. Estaba acompañado de una nota:

Kilómetros y kilómetros recorridos a tu lado han sido el gran privilegio de mi vida.

Reposa por fin sin tener que soportar la carga de cuidar de mí.

Eternamente tuya,

ELLE xx

(Goza lo que puedas de tu vida como yo gozaré de la mía).

Me quedé paralizado. Nada parecía real. La nota daba a entender que Elle había decidido no subir al barco. Había decidido dejarme. «No —dije para mis adentros—. No puede ser...». Empecé a repasar en la cabeza lo que había ocurrido a lo largo de las últimas veinticuatro horas. Todo parecía tan perfecto...

Sin avisar, las piernas me fallaron y me desplomé en el suelo. Esperaba que los ojos se me llenaran de lágrimas, pero no derramé ni una. Mi cuerpo, exhausto, no era capaz de producirlas. En aquel momento, mi luz interior estaba apagada.

—Disculpe, señó. ¿Está usté bien? —Levanté la mirada y vi a una muchacha increíblemente delgada, de ojos vivos, tez cetrina y cabellos castaños lacios. No podía tener más de quince años.

—¡Ea, señó! ¡Córcholis, parece un poco paliducho! Eddie, vete a buscar a alguien que lleve un puñetero uniforme, ¿quieres? —Un crío que había a su lado, de unos cinco años de edad, salió pitando—. ¡Oigan! ¿Alguien puede ayudarme, por favor? Este tío se ha desplomao. ¡Eh! ¿Alguien me oye? —La chica permanecía arrodillada a mi lado.

—No deberías estar en cubierta, sucia entrometida —exclamó una voz profunda y engolada—. Deberías estar abajo con las ratas, en tercera clase.

—Sí, señó, perdone. Hemos subío solo para ver Inglaterra por última vez. Pero este hombre está poco bien. ¿Puede usté ayudarlo? —contestó la chica con acento *cockney*.

El hombre de la voz engolada empezó a irritarse.

—Busca a un camarero, que para eso les pagan —exclamó con desdén antes de alejarse con aire de indiferencia.

La muchacha levantó las manos.

—Mu bien... Gracias por na —exclamó, alzando la voz—. Oiga, señó —me dijo con una gran sonrisa que dejaba al descubierto una dentadura amarillenta—, no se preocupe usté, Eddie ha ido a ver si pilla a alguien.

—No, no puedo —murmuré vagamente.

La chica me cogió de la mano y empezó a agitarla con energía, creo que en un intento por reanimarme.

—Todo va bien, señó. ¿Cómo se llama usté? Yo soy Sarah.

—Sarah... —balbuceé.

Ella asintió con la cabeza.

—Sí, señó, eso es. Se siente usté un poco abrumao, ¿no? Yo también. Pero estaré bien en Australia. Será estupendo y podremos ir a nadar en el mar tos los días.

Me fijé en los ojos pardos de Sarah.

—Elle —susurré—. Elle...

—¿Elle? —exclamó la chica, perpleja y frunciendo el ceño—. ¿Y quién es esa?

—Se ha ido, se ha ido —exclamé en tono quejoso.

Sarah miró a su alrededor.

—¿Se ha ido? ¿Adónde, señó?

—Se ha ido para siempre.

La muchacha puso los ojos en blanco.

—¡Caray! ¡Este tío se ha vuelto majara! —exclamó—. Tranquilo, señó, todo irá bien. Mire, ahí hay un tipo que sabrá qué hacer.

Desde el otro extremo de la cubierta acudía un miembro de la tripulación. A medida que iba acercándose, observé que en su rostro se dibujaba una expresión de fastidio.

—¿Qué demonios hacéis aquí arriba? —le dijo a Sarah en tono de desaprobación.

Indignada, la chica se echó a reír.

—Queríamos decirle adiós a Inglaterra. Pero olvídese de eso, este pobre hombre necesita ayuda.

El camarero se arrodilló a mi lado.

—Yo me encargaré de él. Y ahora vete a buscar al chico y volved abajo. Ya sabes que no podéis estar aquí arriba. La gente se quejará.

—Vale, ya nos vamos. ¡Venga, Eddie! —replicó Sarah entre suspiros.

El crío se despidió con la mano y le devolví el saludo como pude.

—Espero que se ponga bien, señó —dijo Sarah—. ¡Nos vemos en Australia!

La muchacha cogió a Eddie de la mano y se lo llevó. Antes de que desapareciera de mi vista, la vi correr hasta la barandilla de la cubierta y levantar al niño en brazos para que viera la panorámica desde lo alto del barco. Luego empezó a saludar con la mano que le quedaba libre.

—¡ADIÓS, INGLATERRA! —gritó—. ¡Despídete, Eddie!

—¡Venga, para abajo! —dijo el camarero enfadado y los críos obedecieron—. Lo siento muchísimo, señor. No volverá a ocurrir.

Yo ya empezaba a recuperar los sentidos.

—No, debo darle las gracias a esa chica… ¿Quién es?

El camarero puso los ojos en blanco.

—Son huérfanos. Hay un centenar de ellos en tercera clase. Los envían fuera de Inglaterra para que encuentren una nueva familia en Australia.

—¿Huérfanos?

—Sí, y lo siento, señor, me aseguraré de que no vuelvan a molestarlo. —La actitud de aquel hombre me resultaba frustrante.

—No, yo…

—Usted ha sufrido una caída, señor. No se preocupe, nos aseguraremos de que está bien.

Intenté ponerme en pie.

—Tengo que… bajarme…

El camarero trató de retenerme.

—Tranquilo, señor. Ahora no se puede bajar del barco. La siguiente escala es Egipto.

Intenté desembarazarme de aquel miembro de la tripulación, pero la fuerza que ejercía era demasiada para mí.

—No. Yo… —balbuceé antes de que mi mundo se sumiera en la más absoluta oscuridad.

Me desperté en mi camarote. Un hombre vestido con una chaqueta de tweed me estaba observando.

—¡Hola, señor Tanit! Parece que va sintiéndose mejor, ¿no?

—Sí. ¿Qué ocurre? —exclamé mientras parpadeaba con fuerza

El hombre me sonrió.

—Soy el doctor Lyons, el oficial médico del barco. Tengo que decirle que no esperaba entrar en acción tan pronto, pero aquí estamos. Sufrió una caída en cubierta, señor Tanit. ¿Se acuerda usted de eso?

—Sí.

El médico sacó una linternita de su bolsillo y la encendió para examinarme los ojos.

—Es bastante comprensible, creo. Parece que ha tenido un día difícil —comentó, levantando una ceja—. El camarero de su piso dice que usted había hablado de celebrar una boda a bordo. —Todavía aturdido, asentí con la cabeza—. Leí la nota que sujetaba con una mano. Mala suerte, caballero. Estoy convencido de que es algo difícil de aceptar —añadió el médico.

Me invadió una sensación de pánico en cuanto empecé a recordar los acontecimientos que habían provocado mi desmayo.

—¡Oh, no! ¡Oh, no! —exclamé mientras me incorporaba de un salto.

El médico me tocó la espalda para consolarme.

—Tranquilo, señor Tanit. Tenga, tome esto —me dijo, ofreciéndome una pastilla y un vaso de agua—. Es un sedativo suave que lo ayudará a dormir durante unas horas.

Yo no quería dormir.

—¡Tengo que bajar de este barco! —exclamé.

El doctor Lyons me expresó su comprensión con un encogimiento de hombros.

—Eso no será posible, señor Tanit, por lo que le sugiero que tome el sedativo. Hará que el tiempo le pase más rápido, se lo prometo —comentó mientras metía en mi boca prácticamente a la fuerza aquella pastilla, que yo tragué—. ¡Buen muchacho! Esto debería dejarlo roque durante un rato largo. Pasaré más tarde para comprobar cómo va todo.

El doctor Lyons se levantó y, antes de que saliera por la puerta, se me habían cerrado los ojos.

Cuando desperté, volví aquí, a mi diario, para anotar mis pensamientos finales.

Por mi bien, debo creer que mi vida no ha sido una mentira y que Elle me quería de verdad. En cuanto al hecho de que no subiera al barco... solo puedo suponer que no se sentía con fuerzas para seguir con su vida, sometida a la amenaza constante de Kreeg Eszu y su objetivo de hacerme daño. En este sentido, ¿quién soy yo para censurarla? Nos hemos pasado la vida bajo un gran nubarrón que los cielos amenazaban con abrir en cualquier momento. Ella merece mucho más. Sé positivamente que la amo, porque en lo que respecta a su ausencia me siento feliz.

Pero también sé que, sin ella, no puedo esperar nada de la vida.

Y así concluye la historia de Atlas Tanit, o Bo D'Aplièse, o una amalgama de los dos, como sea que te hayas acostumbrado a llamarme, querido lector. Voy a dejar mi pluma en el escritorio y me dirigiré a cubierta. Espero que mis Siete Hermanas brillen para mí una vez más, la última.

No temo a la muerte, pero confío en que el proceso sea relativamente rápido y que las frías aguas del Atlántico me engullan enseguida para librarme de dolorosas horas flotando en la nada.

¿Qué voy a hacer con el diamante? ¿Debería... dejárselo a alguien? Me pregunto si hay una manera de hacérselo llegar al señor Kohler, en Suiza, tal vez para que se lo entregue al joven Georg y a Claudia. Pero si Kreeg llega a descubrir dónde está...

Voy a escribir mis últimas voluntades antes de saltar al agua. Dejaré mi finca a los Hoffman, con la condición de que se encarguen de los dos niños. Tal vez sea mejor que el maldito diamante me acompañe a la tumba en las profundidades del océano. De esa manera, no podrá provocar más daños de los que ya ha causado.

Antes de poner punto final a mi relato, quiero decirte, querido lector, que hay algo que me incomoda. Este diario empieza en París en 1928. Ahora me hace gracia lo cauteloso que fui cuando empecé a escribir sus primeras páginas. Ni siquiera revelé mi nombre. Por supuesto, todas esas precauciones resultaron irrelevantes cuando Eszu me localizó en Leipzig. Si me has seguido hasta aquí, creo que es mi deber ofrecerte una imagen completa de mi vida y contarte los hechos exactos que dieron lugar al caos que ha reinado en mi existencia.

Kreeg, por si algún día este diario cae en tus manos, quiero, una vez más, detallar las circunstancias precisas de la muerte de tu madre. Por favor, te lo ruego: acepta que la siguiente exposición de los hechos es la de un hombre al final de su vida, sin nada que esconder ni que ganar con la mentira.

Tiumén, Siberia, abril de 1918
Si lo pienso bien, nací un día propicio, y no es que yo lo supiera por aquel entonces. El final de la dinastía de los Romanov dio
lugar a grandes distur…

Mis disculpas, querido lector. Mientras escribía esa frase me
interrumpió alguien llamando a mi puerta: era el doctor Lyons, que
venía a ver cómo estaba. Me contó que una muchacha huérfana
llamada Sarah, que viajaba en tercera clase, le había preguntado por
mí durante su visita al piso inferior para comprobar el estado de
salud de los niños.

—Fue muy amable conmigo —le dije con absoluta sinceridad.
De pronto, me vino una idea a la cabeza. Noté el diamante contra
mi pecho—. Me gustaría darle las gracias. ¿Sabe usted cómo puedo
acceder al piso de tercera clase? —le pregunté.

—Sí, claro, siempre y cuando esté seguro de correr semejante
riesgo. Todos los huérfanos están en buenas condiciones, pero me
temo que la higiene personal no es una prioridad para ellos, señor
Tanit.

No pude evitar soltar una pequeña carcajada.

—No se preocupe, eso no es un problema para mí, doctor
Lyons. ¿Cómo se accede?

Bajé hasta las entrañas del Orient por un laberinto de pasillos
y distintas dependencias. Al final, varios pisos más abajo del mío,
entré en tercera clase. Lo más sorprendente era la falta de luz natural. Las paredes blancas deslumbraban por el reflejo de la fría ilu-
minación artificial, que producía un efecto desconcertante en la
noción del tiempo.

La zona común de tercera clase era una estancia llena de mesas
en pésimo estado y sillas de diversos tamaños, y cuando entré el
aire estaba viciado por el humo de cigarrillo. Alrededor de la mesa
más grande había un grupo de chiquillos realmente sucios. Entre
ellos, vi a Eddie, el niño al que ya había visto en la cubierta principal, pero ni rastro de Sarah.

Me acerqué al grupo de huérfanos.

—Siento interrumpiros. Me estaba preguntando si Sarah andaba por aquí…

—Se ha volvío a escapar —replicó uno de los niños antes de
que en su cara se dibujara una expresión de pavor por lo que había

dicho—. Pero no sea mu duro con ella, señó. Simplemente le gusta mirar el mar.

Lo miré sonriendo para tranquilizarlo.

—Bueno, eso no es malo. A mí me gusta hacer lo mismo.

—Así que no la va cascar, ¿verdad? —preguntó.

—¿Pegarle? Dios santo, no, claro que no. Todo lo contario. Quiero darle las gracias por algo —contesté mientras levantaba el pulgar de las dos manos mirando a Eddie, y él me hizo el mismo gesto—. En realidad, yo no trabajo en el barco. Soy un simple pasajero.

—¿Un señoritingo? ¡Usté parece un señoritingo! —exclamó otro muchacho, provocando las risitas de todo el grupo.

—¡Uy, no! No soy tan señoritingo como muchos pasajeros. Así pues, ¿creéis que arriba podré encontrar a Sarah? ¿En la plataforma de observación, tal vez?

—Sí, seguro —replicó el crío.

El silencio reinaba en la plataforma de observación, a la que solo acompañaban la oscuridad infinita del océano y el frío gélido propio del mes de enero. Suspiré, me sujeté a la barandilla y miré al cielo. Celeno brillaba especialmente esa noche. El sonido del vapor surcando el océano tenía un efecto balsámico y el aire frío y vivificante parecía rejuvenecerme la piel.

—Señó, es usté, ¿no? —oí que decía desde las sombras una voz que me resultaba familiar. Miré alrededor y vi a Sarah salir por detrás de un cuarto de almacenaje de salvavidas—. El tío que pilló un mareo antes.

—Hola, Sarah. Quería agradecerte lo amable que fuiste conmigo esta mañana.

—¡Chitón! Baje la voz. Se supone que yo no puedo estar aquí arriba —dijo, colocando un dedo sobre los labios.

—¡Qué normas más ridículas! —susurré—. Oye, ponte a mi lado y nadie se dará cuenta.

Se acercó y se colocó junto a la barandilla. Permanecimos en silencio unos instantes, respirando aquel aire nocturno con olor a mar.

—Así que ya se encuentra mejor, ¿no? —preguntó.

—Mucho mejor, gracias —contesté mientras asentía con la cabeza—. Fuiste la única persona que acudió en mi ayuda. Fue todo un gesto por tu parte.

—Así es, señó. Es decencia humana, na más, ¿no le parece? Pero a esos señoritingos de arriba les preocupa más ensuciarse las rodillas que echar una mano —dijo, chasqueando la lengua cómicamente.

El sonido del Orient surcando las aguas resultaba relajante y noté que empezaba a bajarme la presión arterial. Disfrutaba de verdad allí, en el medio del océano.

—¿Puedo saber cuántos huérfanos viajan a Australia? —le pregunté a Sarah, que enseguida se puso a hacer sus cálculos.

—Como un centenar. Yo tengo quince años, ¿sabe usté?, y por eso lo llevo bien. Pero ahí abajo hay unos pequeñajos que no tienen ni tres añitos. Son los que me dan pena. —La muchacha se quedó mirando la oscuridad. Me sentí conmovido por su ternura. Al fin y al cabo, ella también era una cría.

—¿Puedo saber qué les ocurrió a tus padres? —le pregunté con afecto.

Sarah miró alrededor de la cubierta vacía, como si quisiera comprobar que no había nadie escuchando. Entendí que sus recuerdos eran dolorosos y que por esa razón no solía hablar de ellos.

—Durante la guerra cayeron muchas bombas en el East End. En nuestra calle, la última acabó con diez de nosotros, incluida mi madre. Estábamos en el sótano, ¿sabe?, porque las sirenas habían echao a sonar. Entonces ella se dio cuenta de que se había olvidao su labor de punto arriba y subió justo cuando esa cosa cayó sobre nuestro tejado. A mí me sacaron de entre los escombros sin un rasguño. Yo solo tenía seis años por entonces. El tío que me oyó aullar me dijo que aquello había sido un milagro.

Fui a poner una mano sobre el hombro de Sarah, pero al final no me pareció apropiado.

—¡Qué espanto! Lo siento mucho por ti. ¿Dónde fuiste después?

Antes de seguir hablando, la muchacha inspiró profundamente y luego exhaló el aire poco a poco.

—Mi tía se me llevó a su casa, calle abajo. Se suponía que iba a quedarme allí hasta que mi padre regresara de Francia, de la guerra. Pero no volvió nunca más y mi tía no podía permitirse hacerse cargo de mí, de modo que me internaron en un orfanato. Allí todo iba bien, porque estábamos juntos. Luego, un día nos dijeron que nos mandaban a Australia para empezar una nueva vida. Y aquí estamos.

El Orient chocó contra una ola gigante y gotas menudas de agua nos salpicaron en la cara. Sarah se echó a reír a carcajadas, lo que provocó que yo también empezara a hacerlo. Su positividad resultaba inspiradora y un poco contagiosa.

—¿Usté ha perdío a alguien en la guerra, señó? —preguntó la muchacha.

Por mi mente desfilaron Karine, Pip y Archie Vaughan.

—Sí —respondí.

—Me lo pensaba —exclamó Sarah, haciendo un gesto con la cabeza—. Tiene esa mirada triste en los ojos.

—¿De verdad? —pregunté. Me sonrió con afecto. Yo me di la vuelta para contemplar el océano—. De hecho, hace muy poco he perdido a un ser querido, no por culpa de la guerra.

—¿Y de quién se trata?

—Se llama Elle —repliqué, cerrando los ojos—. Era el amor de mi vida.

Sarah se puso las manos en la cadera.

—¿Se llama Elle? O sea, eso significa que no ha estirao la pata, ¿me equivoco?

No pude evitar que me dieran ganas de reír ante aquel desparpajo a la hora de hablar.

—No, no te equivocas. Simplemente... no está en este barco.

—Y, entonces, ¿por qué está usté tan deprimío? —exclamó ella levantando los brazos—. ¡Dé media vuelta y vaya a buscarla!

—Me gustaría que fuera tan sencillo como eso, Sarah. Ella no quiere estar conmigo —respondí mientras notaba contra el pecho el diamante que llevaba colgado del cuello—. En cualquier caso, quiero volver a darte las gracias. En realidad, tengo aquí una cosa para ti.

Empecé a tirar del cordón que yo llevaba alrededor del cuello. Sarah alzó una mano para detenerme.

—No, no. No quiero su dinero, señó. No por haberle hecho un favó. Eso no estaría bien. A ve, si usté necesitara que le zurciera unos calcetines o que le subiera el bajo de unos calzones, aceptaría muy gustosa que me pagara. Pero no por lo de antes.

Me quedé un poco desconcertado.

—Creo que no lo entiendes, Sarah. Este dinero podría cambiarte la vid…

—Señó, estoy en un barco rumbo al otro lado del mundo. Créame, esto ya supone ahora para mí todo un cambio. Como le dije, soy capaz de utilizar mis manos y espero encontrar una faena con la que ganarme mi propio dinero. ¡Y novio!

Volví a meterme el cordón de la bolsita dentro de la camisa.

—En este caso, voy a dejar que disfrutes del atardecer. Gracias de nuevo, Sarah.

—¿Cree usté en Dios, señó? —me preguntó en cuanto eché a andar hacia el otro extremo de la cubierta.

La cuestión me cogió desprevenido. Me di la vuelta para mirarla.

—¿Qué quieres decir? —repliqué.

—He estao pensando muchísimo en too eso últimamente y usté parece un tipo inteligente. Solo me preguntaba qué piensa usté.

Me acerqué despacio a la muchacha, meditando la cuestión.

—Creo que todo depende de lo que entiendas por «Dios». Yo creo en el poder del universo. Quizá es la misma cosa…

—Así que usté no cree que se trate de un tío viejo con barba blanca, ¿es así? —contestó Sarah, aspirando por la nariz.

—Me da la impresión de que me estás describiendo a Papá Noel. Y yo creo firmemente en él —dije, tratando de contener la risa.

—¡Ah! Bueno, no es que soliera visitar el orfanato, eso sí puedo asegurárselo.

—No —exclamé, levantando la mirada hacia el cielo para observar las estrellas—. Elle era huérfana, ¿sabes? Supongo que yo también lo soy. Más o menos.

Sarah torció el gesto.

—¿Cómo puede ser más o menos huérfano?

—¡Buena pregunta! Es difícil de explicar —contesté sonriendo.

—Bueno, una cosa que no nos falta es tiempo. Haré todo lo posible por escaparme y venir aquí todas las noches, para alejarme del aire viciado por el humo de los pitillos que hay ahí abajo. Podemos encontrarnos aquí y usté me cuenta su historia.

—¿Mi historia? Nunca se la he contado toda a nadie, aparte de Elle. Es larguísima. Y muy triste.

—Triste hasta hoy, señó. Aún no ha acabao, ¿no le parece?

—Entonces vacilé. No estaba seguro de cómo contestar a su pregunta. Sarah puso cara larga—. Espere un momento. Conozco esa expresión. No estará usté pensando en saltar por la borda, ¿verdad?

—Yo...

Sarah se puso hecha una furia.

—¡Venga! No sea usté un puñetero egoísta... ¿Sabe a quién le encantaría estar ahora aquí? A mí madre. Pero no puede ser, porque le cayó una bomba encima. Lo mismo pasa con los padres de todos esos pobrecillos de ahí abajo. Esas criaturas darían lo que fuera por que regresaran con ellos después de haberlos perdido de una manera tan cruel. Y aquí está usté, pensando en estirar la pata pa abandonar este mundo.

Di un paso atrás.

—Sarah, no era mi intención ofenderte...

—¿Ofenderme a mí? ¡Quite usté! Yo estaré bien. Pero ¿sabe quién no lo estará? La gente que lo conoce. ¿Qué ocurrirá cuando esa Elle se entere de que se ha matao por su culpa? ¿Cómo cree que vivirá con ese peso en su conciencia? —replicó, mirándome con los ojos bien abiertos y las cejas levantadas. En honor a la verdad, yo ni siquiera había considerado la posibilidad de que Elle se enterara de las circunstancias de mi muerte—. Y aún le diré más. Si ella lo amaba, y parece que sí, la última cosa que querría es que usté se suicidara.

Yo no sabía qué decir.

—Bueno..., no —murmuré—. Una vez más te pido perdón por haberte disgustado. Sobre todo, porque yo también perdí a mis padres cuando era niño. —En vez de aplacar a Sarah, mis palabras la enfurecieron aún más.

—Bueno, pues entonces, ¡venga, pa'lante! ¿Cree usté que estarán mu contentos esta noche al ver a su hijo ahogándose en el océano? —me gritó—. No me lo parece a mí —añadió, señalando el cielo con un dedo.

La manera franca y directa con la que hablaba aquella mujercita tuvo un efecto aleccionador en mí. Y de repente empecé a sentir vergüenza por lo que había planeado.

—Tienes mucha razón, Sarah.

La muchacha dio un paso hacia mí y suavizó su tono.

—Que no se le olvide, señó: la vida es un regalo, independientemente de las circunstancias.

—Elle me dijo lo mismo una vez —repliqué mientras asentía con la cabeza y notaba que se me llenaban los ojos de lágrimas.

—Y tenía razón —dijo, encogiéndose de hombros y dándome un golpecito en el pecho—. Y, además, cuando lleguemos a Australia, podrá usté encontrar una nueva novia que no lo deje tirao en un barco. ¿Vale?

Sin dejar de llorar, en mi rostro se dibujó una sonrisa.

—¡Vale, Sarah! ¡Tomo nota!

—El cualquier caso, señó, en serio le digo que me gustaría que me contara su historia. Empecemos mañana por la noche. No me dejará colgá, ¿verdad?

—No, Sarah —contesté, negando también con la cabeza.

Le di las buenas noches y regresé a mi camarote y a mi diario. Mantendré la promesa que le he hecho. En cierto modo, ella ha conseguido sacarme de lo más hondo de mis siniestros pensamientos. A pesar de haber tenido una vida tan difícil, procura ver el lado positivo de las cosas y, lo que es más importante, es capaz también de cuidar de los demás.

Me recuerda un poco a Elle.

38

Una vez más, querido lector, parece que el universo me ha lanzado un salvavidas. La noche siguiente, y de hecho todas las posteriores, me reuní con Sarah en la plataforma de observación del Orient. En consecuencia, he compartido con ella la totalidad de mi historia. La muchacha se quedaba pendiente de mis palabras. Me sentí obligado incluso a enseñarle el diamante.

—¡Me cago en die'! ¡Vamo', cuánto lamento haberlo rechazao la otra noche! ¡Jopé! ¡Es más grande q'una casa!

—¿Prometes no decir a nadie a bordo que lo tengo, Sarah? El dinero y los diamantes pueden hacer que la gente se vuelva loca, como creo que ya he conseguido explicarte.

La chica se pellizcó la nariz.

—No se preocupe, señor T. Su secreto está seguro conmigo. —Se cruzó de brazos y volvió a recostarse en el banco de madera de la plataforma de observación—. ¿Sabe lo que no me cabe en la chola? Si estaba pensando en largarse, ¿por qué compró un vestido de novia? —Me quedé considerando el razonamiento de Sarah. Denotaba mucha sagacidad—. ¿Tardó mucho en elegirlo?

Intenté hacer memoria.

—Pues sí, tardó bastante.

Ella se pasó la lengua por los dientes.

—Muy estraño, señor T. Lo mismo que la forma de dejar la bolsa en el muelle, como si se la hubiera tragao la tierra.

—Estoy de acuerdo contigo. Tuvo que ser una decisión de última hora.

La muchacha asintió con la cabeza.

—Sí, debió de ser así. ¿Tie previsto seguir buscándola?

Era una cuestión que había contemplado durante muchas noches de insomnio.

—Siempre prometí a Elle que la mantendría a salvo. Me preocupa ponerla en peligro otra vez si vuelve. Intento asumir que el hecho de que se distanciara de mí es la solución más segura —contesté con tristeza.

Sarah me dio una palmadita en la espalda.

—Lo siento por usté, señor T. ¿Bajará del barco mañana cuando atraquemos en Port Said?

Intenté animarme.

—Desde luego. No perdería nunca la oportunidad de pisar una tierra completamente nueva para mí. Me figuro que tus «captores» te dejarán a ti y a los demás niños salir del barco para visitar el lugar.

Sarah se echó a reír.

—Sí. No vemos la hora de que llegue el momento. A lo que parece, está la ricachona esa, la vieja escocesa…, más rica incluso que usté. Va en primera… Nos va a invitar a todos a pasteles y golosinas. ¡Imagínese!

Me alegré de oírlo.

—¿Ah, sí? ¡Qué noticia más estupenda! ¿Cómo se llama?

Sarah entrecerró los ojos, intentando acordarse.

—Estoy bastante segura de que alguien dijo que era Kitty Mercer. A lo que parece, su marido s'ha muerto. O que l'ha dejao o no sé qué. No estoy segura del to. Pero tie bolsas enteras de dinero contante y sonante.

Me quedé pensando por un instante.

—¿Sabes? Me pregunto si tendrá que ver con los Mercer y su imperio de las perlas, que se ha hartado de Australia. He leído algo sobre ellos en los periódicos.

—Probablemente tenga que ver con ellos, supongo yo. A lo que parece, tie una mansión enorme en Australia, aunque empezó siendo como nosotros. Sin una perra, quiero decir. ¿Cómo cree usté que será esa tierra?

«Sin mi amor…, vacía, desoladora, enorme, cruel».

—Ah, me imagino que será fantástica. Y lo que es más importante, vas a pasártelo maravillosamente allí.

Al día siguiente, vi a Kitty Mercer a la cabeza de un pequeño ejército de niños abandonar el barco y bajar en Port Said. Cuando posé mis ojos en ella, se me ocurrió que ya había visto a la señora Mercer en alguna parte, el día que zarpamos de Tilbury. Era una de las personas a las que pedí con desesperación información sobre Elle.

Como el Orient estaba todo el rato en movimiento, la brisa producida hacía que ningún pasajero apreciara realmente cuál era la temperatura del aire. Sin embargo, desde que atracamos, el calor africano nos golpeó a todos y cuando me dirigí a la pasarela de salida pasé ante una verdadera marea de caras rojas. Al bajar del barco, asaltó mi nariz el olor a cuerpos poco aseados y a fruta podrida. Atravesé el puerto, que estaba concurridísimo, observando el constante ir y venir de cajas de embalar y animales a los que embarcaban y desembarcaban de los buques atracados.

Cuando salí del puerto, me encaminé directamente a la ciudad antigua. No tardé en toparme con un mercado bien abastecido, rebosante de especias, frutas y unos panes planos sin levadura que cocían en hornos que despedían una calorina tremenda. El aire a su alrededor vibraba literalmente por el calor. La población local se arremolinaba con sus vestimentas de brillantes colores; muchos hombres llevaban fez. Yo hacía cuanto podía por asimilarlo todo.

Mientras tanto, me consumía una idea deprimente: cuánto más agradable habría sido aquella experiencia de haberla compartido con Elle. De repente, las golosinas que había comprado carecían de sabor y los puestos de colores deslumbrantes me parecieron grises.

Aquella noche, cuando volvimos al barco, Sarah no se presentó a mantener su habitual charla nocturna conmigo. No podía echarle la culpa. La señora Mercer les habría ofrecido a ella y a los demás huérfanos un entretenimiento mejor que el que le habría procurado yo en el estado en el que me hallaba. No obstante, movido por la costumbre, volvía cada anochecer a la cubierta para hablar con mis Siete Hermanas. Al cabo de cinco noches, Sarah vino a mi encuentro.

—¡Hola, señor T.!

—¡Sarah! ¡Hola! Pensé que te habías olvidado de mí.

—¿Olvidarme de usté? ¡No diga tontás! Solo he estao ayudando a la señora Mercer a restregar bien a esos pequeños bárbaros en su cuarto de baño y a hacerles unos trajes nuevos. Me ha dejao que deshaga con las tijeras todos sus vestidos caros. ¿Se lo puede usté creer?

—Parece que es una mujer muy buena —repliqué.

—Sí que lo es, señor T., igual que usté, que también es un buen tío. ¡Menuda suerte he tenío conociéndolos a los dos, la verdad!

—Todo lo contrario, Sarah. Yo sí que he tenido suerte conociéndote a ti —le dije con toda sinceridad.

La muchacha me guiñó un ojo.

—La verdad, señor T., creo que tiene suerte en eso. Le he hablado a la señá Mercer de usté y quiere conocerlo.

Dejó de latirme el corazón.

—¿Le has hablado de mí?

—Tranquilo, señor T. No he dicho na de Kreeg ni de ese gran peso que lleva usté encima. Solo le he dicho que era un buen tío que estaba pasando por una mala racha y que necesitaba una poquita ayuda.

Me sentí incómodo con aquella situación.

—No deseo ser una carga para nadie —dije.

Sarah puso los ojos en blanco.

—Señor T., uno solo es una carga cuando no necesita ayuda, pero, a pesar de todo, la pide. A lo que parece, a usté le hace falta un poquito. La señá Mercer tiene mu buenas relaciones en Australia. ¿Y nosotros qué tenemos? ¡Pues na! Así que, tal como yo lo veo, si ella quie darnos una poquita ventaja pa que empecemos, ¿por qué la vamos a rechazar?

No pude poner ningún reparo al razonamiento de Sarah.

—Tienes razón acerca de las relaciones de la señora en Australia —acabé por reconocer—. Estaría bien tener algo con lo que empezar.

La muchacha dio unas cuantas palmadas.

—¡Bieen! Lo veré a usté mañana a las siete de la tarde en el camarote de ella. No tiene más que ir a primera clase y preguntar por la señá Mercer. Dudo que el sobrecargo lo trate a usté con tan mala leche como a mí o a los huérfanos cuando vamos a visitarla.

Al día siguiente por la tarde, me encaminé por el pasillo de primera clase, cubierto con una gruesa alfombra, y el sobrecargo me condujo hasta la puerta del camarote de la señora Mercer. Cuando llamé, me abrió un hombre que parecía vestido de esmoquin.

—Buenas noches, señor. Me llamo McDowell. Soy el ayuda de cámara de la señora Mercer. Haga usted el favor de pasar.

Lo seguí al interior del camarote, elegantemente decorado.

—¡Por Dios santo! ¡Qué habitación más maravillosa! —comenté. La lámpara de araña, la tapicería de seda de los sofás y el gran ventanal daban la impresión de pertenecer al hotel más lujoso que pudiera haber en tierra firme—. Pero, si se me permite el atrevimiento, ¿dónde duerme?

—Este es el saloncito, señor. El dormitorio es la puerta de al lado —contestó McDowell—. La señora Mercer saldrá en un momento. ¿Puedo ofrecerle algo de beber?

—Una taza de té negro, por favor.

—Buena elección —dijo una refinada voz con acento escocés que procedía de detrás de la puerta del dormitorio. Cuando esta se abrió, apareció Kitty Mercer vestida con un elegante traje de noche morado, realzado, como habría cabido esperar debido al negocio al que se dedicaba su familia, por una impresionante sarta de perlas—. Pero, señor Tanit, ¿no le apetecería unirse a mí y tomar algo un poquito más fuerte? James hace unos gin-tonics excelentes.

—Buenas tardes, señora Mercer —contesté. En atención a su ofrecimiento, no vi mal alguno en compartir una copa con mi amable anfitriona—. Si me lo recomienda, estaré encantado de tomar lo mismo que usted.

—Estupendo. Por favor, James. —McDowell asintió con un gesto y se dirigió al armarito de las bebidas que parecía mejor surtido que el de la mayoría de los bares en los que yo había estado—. Por favor, señor Tanit, tome asiento —dijo Kitty con un tono escocés ligeramente cantarín. Yo me acomodé en uno de los sofás tapizados de seda gris y ella ocupó otro situado enfrente que hacía juego con el mío.

—Es maravilloso lo que ha conseguido usted hacer por esos niños de la planta inferior, señora Mercer. Gracias por ocuparse de ellos —dije.

Kitty sonrió.

—No hago más que lo que debería hacer cualquiera en mi lugar. Sé que está usted muy unido a Sarah. Es una jovencita muy especial.

No tuve más remedio que mostrarme de acuerdo.

—He disfrutado mucho de las conversaciones que he mantenido con ella. —Intenté formular lo siguiente con mucho tacto—. ¿Puedo preguntarle qué le ha contado acerca de mi... situación?

—Simplemente, señor Tanit, que es usted un buen hombre que la ha tratado con decencia, amabilidad y respeto, cuando la mayor parte de las personas de las clases superiores no lo habría hecho. Al preguntarle cómo se ganaba usted la vida, me ha dicho que debido a una tragedia personal está intentando empezar de nuevo en Australia. ¿Le parece que me hizo un buen resumen?

Solté una risita.

—Supongo que sí.

James colocó las copas de gin-tonic sobre la mesa de vidrio que separaba los dos sofás.

—¡Salud! —dijo Kitty, cogiendo su copa.

—¡Salud! —contesté y di un pequeño sorbo a mi vaso. La bebida era amarga, pero muy refrescante—. ¡Por Dios santo! No mentía usted. James, esto es un auténtico éxito.

El ayuda de cámara hizo una ligera inclinación de cabeza.

—Gracias, señor. Que lo disfruten. Por favor, toque la campanilla si necesitan algo, señora Mercer —dijo y se dirigió a la puerta.

—Sus perlas son increíblemente hermosas, señora Mercer. Espero que no considere demasiado alarmante el hecho de que esté al corriente del negocio de su familia en Australia. El *Financial Times* de Londres informa a menudo de sus éxitos. —Levanté mi copa para brindar por ellos.

—Muchas gracias. Aunque siempre he encontrado muy divertido verme al frente de un negocio «familiar». Simplemente me casé con un miembro de la familia Mercer. Luego, debido a unas circunstancias fuera de mi control, me convertí en guardiana de un imperio que yo no había construido.

—¿Ha supuesto una carga para usted? —inquirí.

Kitty se quedó un momento pensativa.

—No. Ha sido un honor. Pero este será mi último viaje a Australia. Tengo intención de traspasar el negocio a mi hermano, Ralph Mackenzie. Durante los últimos tres años, ha demostrado ser un administrador de mucho talento, con una cabeza excelente para los negocios. Sin olvidar que es sangre de mi sangre, cosa que escasea bastante en estos tiempos. No se me ocurre nadie mejor para ocuparse del negocio en el futuro.

Durante la siguiente hora, Kitty me contó una complicada historia de desgracias, nuevos comienzos y, por increíble que pueda parecer, sobre su relación con un par de gemelos idénticos, Andrew y Drummond Mercer.

Cuando acabó su relato, permanecí un rato en silencio.

—Todavía no había conocido a nadie cuya historia pudiera rivalizar con la mía, señora Mercer, hasta hoy.

Aunque los extraordinarios acontecimiento de la vida de Kitty seguían dando vueltas en mi mente, había un aspecto de ella que me parecía particularmente desconcertante…, un detalle que me intrigaba y me sorprendía más que cualquier otro.

—La perla rosada…, ¿realmente cree usted que está maldita?

Kitty tomó despacio un sorbo de ginebra.

—Cuando Andrew obligó a Drummond a desembarcar del buque Kommbana, la nave se hundió, llevándose consigo a Andrew. Luego, la hija de mi doncella, la joven Alkina, murió tras desenterrarla en los páramos del interior. —Kitty se me quedó mirando un momento—. Dígame, señor Tanit, después de todo lo que le he contado, ¿estaría usted dispuesto a tomar posesión de esa perla?

No necesité tiempo para pensármelo.

—No, de ninguna manera.

Ella soltó una risita forzada.

—Yo tampoco.

—¿Sabe usted dónde está ahora? —pregunté.

—No —contestó Kitty—. No tengo ni la menor idea. Creo que es lo mejor, ¿no le parece? —Yo hice un enfático gesto de afirmación con la cabeza—. En cualquier caso, ahora ya conoce mis planes de ceder el negocio a Ralph y estoy segura de que va a necesitar unas cuantas cabezas sabias a su alrededor que lo ayuden a tomar a diario las decisiones pertinentes. Me pregunto si no estará usted buscando empleo… Yo no dudaría en recomendárselo a mi hermano. Aunque, por supuesto, a quien corresponderá tomar la última decisión será a él.

Me sentí conmovido por su amabilidad.

—Muchas gracias, señora Mercer. Pero acabamos de conocernos. ¿Cómo puede usted confiar tanto en mí para ofrecerme semejante ayuda?

Kitty sonrió calurosamente.

—La joven Sarah le ha cogido mucho cariño, señor Tanit. Me sorprende, por lo que la chica me ha dicho, que su único delito sea la desgracia. Después de escuchar mi historia, se habrá usted percatado de que es un tema con el que estoy muy familiarizada.

—Desde luego. Y realmente no sé cómo darle las gracias, Kitty.

La señora se levantó y se dirigió al escritorio de caoba situado en una esquina de la habitación.

—Esta es la dirección de Alicia Hall, en Adelaida. Es la más espléndida de las mansiones que flanquean Victoria Avenue y allí es donde encontrará usted a Ralph y a su esposa, Ruth. Cuando atraquemos, señor Tanit, allí será donde yo vaya, para informar a mi hermano de mi situación antes de viajar a la roca de Ayers. —Se quedó mirando pensativamente por el amplio ventanal del camarote—. Siempre he tenido intención de hacer una peregrinación hasta allí desde que era niña, pero la vida ha tenido otros planes. Como esta va a ser la última vez que vaya a tierras australianas, por fin voy a ir a visitarla. —Sus ojos brillaban de entusiasmo—. Si no le importa concederme unos días para arreglar mis asuntos antes de hacer su aparición en Alicia Hall, se lo agradecería.

—Por supuesto —contesté—. Estoy encantado de que finalmente pueda usted ir a la roca de Ayers. Los indígenas la llaman Uluru, ¿verdad?

Me miró sorprendida.

—Exacto, señor Tanit. No sabía yo que se interesara usted por el legado de los aborígenes.

Acabé lo que me quedaba de mi bebida.

—Debo confesar que no estoy tan versado en el asunto como debería. Pero mi padre me contó una vez que el Uluru era un lugar cargado de resonancias espirituales.

Kitty asintió con la cabeza.

—Así es, en especial para los aborígenes. Dicen que data directamente de la «era de ensueño».

—¿La «era de ensueño»?

La señora Mercer volvió al sofá situado enfrente del mío.

—A veces la llaman «el soñar». No tema, señor Tanit, los no indígenas no lo entienden muy bien. Pero los aborígenes creen que la era de ensueño era el estado reinante al comienzo mismo de la existencia del universo. Según su cultura, el país y sus habitantes fueron creados por espíritus o antepasados, que hicieron los ríos, los montes, las piedras...

—Y el Uluru —añadí.

—Exacto. Por eso la roca es tan especial. —Los dos tardamos un momento en imaginarnos la gran formación de piedra arenisca situada en medio del páramo, que puede divisarse a varios kilómetros de distancia—. ¿Sabe usted? A veces cambia de color en ciertas épocas del año y adquiere una resplandeciente tonalidad anaranjada a la hora del ocaso.

—¡Qué cosa tan mágica!

—Siempre lo he pensado, sí. —Los ojos de Kitty chispeaban al visualizar aquel lugar tan especial que no había logrado visitar durante tanto tiempo. Tardó unos instantes en volver a hablar—. Perdone, señor Tanit. Ahora ya tiene la dirección de Alicia Hall, así que comunicaré a Ralph que tarde o temprano aparecerá usted por allí.

Me levanté y le estreché con suavidad la mano a Kitty.

—Muchas gracias, señora Mercer. Le estoy profundamente agradecido. Y a Sarah también, por supuesto. Me pregunto... —dije con inquietud—, ¿podría usted ofrecerle alguna ayuda en Australia? No es que no haya hecho ya suficiente por ella.

Kitty me dirigió otra sonrisa irónica.

—Tengo la extraña sensación de que la joven Sarah y yo vamos a acabar conociéndonos mucho en el futuro.

Y, tras oír esas palabras, le di las gracias de nuevo y me dirigí de vuelta a mi camarote.

39

Alicia Hall
Adelaida, Australia

En ningún lugar he tenido tanto calor como aquí. El sol de Australia es capaz de provocar una sensación de ahogo y de sofoco, a diferencia de los agradables rayos de sol del Mediterráneo. En este nuevo país, la tierra se cuece y las curiosas criaturas que lo pueblan se han adaptado a lo largo de los siglos a sus elevadas temperaturas. Yo, por desgracia, no he tenido ese lujo. Soy de sangre fría, acostumbrado a mantener el calor en mi interior, no a expulsarlo con facilidad.

Al margen del clima, lo poco que he visto de Australia es que es un país increíblemente hermoso. Su interior, entre ocre y rojizo, está salpicado de primitivas formaciones rocosas y de verdosos arbustos. Buena parte de su suelo está cubierto de un barro anaranjado que se seca al sol y forma un polvo que, por efecto del viento, vuela por las carreteras como si saliera de un cuento de hadas.

En cuanto a Alicia Hall, raras veces he tenido la oportunidad de ver un oasis tan delicioso. Después de pasar unos días en el puerto de Adelaida, viajé por carreteras flanqueadas por chabolas con techo de hojalata, que luego se convertían en una sucesión de bungalós, hasta desembocar por fin en una calle muy ancha con casas magníficas. Alicia Hall es la más impresionante de todas. Pintada de blanco y construida para soportar el calor del día, esta mansión colonial está rodeada de frescor por todos los lados: terrazas y porches a la sombra, protegidos con delicadas celosías.

El exuberante jardín consta de varias secciones, con senderos que se abren paso entre la hierba, algunos de ellos bajo la sombra de estructuras de madera cubiertas de glicinias. Los verdosos arbustos topiarios están perfectamente podados, al igual que los arriates laterales que contienen especímenes de brillantes colores: flores de un naranja y un rosa intensos, otras púrpuras con un delicado olor a miel y lustrosas hojas verdes... Me he pasado horas contemplando, maravillado, las enormes mariposas azules que se posan en ellas para chupar su dulce néctar. El jardín está delimitado por unos árboles altísimos con una curiosa corteza de un color blanco espectral, que emanan un fresco olor a hierbas que la brisa de la tarde transporta hasta el interior de la casa, coincidiendo con las horas en las que los insectos emiten un coro de sonidos cacofónicos.

Ralph Mackenzie tenía unos carismáticos ojos azules, una mandíbula potente y una espesa mata de pelo de color castaño rojizo. Para mi sorpresa, era bastante más joven que Kitty; tal vez tuviera unos veinte años menos que ella. Cuando llamé a su puerta una semana después de mi llegada a Australia, la acogida no pudo ser más calurosa.

—¿El señor Tanit? Bienvenido a Alicia Hall —me dijo con un entusiasta apretón de manos antes de hacerme pasar al espléndido recibidor de la mansión.

Después de invitarme a tomar asiento en el salón, le pidió a su ama de llaves, Kilara, que trajera una taza de té bien caliente.

—Creo que, en realidad, un poco de agua me bastará, señor Mackenzie —exclamé.

—¡Ajá! Es evidente que usted, señor Tanit, viene, como yo, de un país frío. Cuando llegué, no podía imaginar nada peor que tomar una taza de té caliente con este clima. Sin embargo, mi hermana, que es muy sabia, me garantizó que facilita la transpiración, pues activa el sistema de enfriamiento natural del organismo.

—Lo ignoraba. Nunca lo habría dicho —comenté, encogiéndome de hombros.

—Australia está llena de sorpresas, señor Tanit. Aquí descubrirá una nueva manera de ver el mundo —me dijo Ralph con una gran sonrisa.

—Eso espero.

—Bueno, me cuenta mi hermana que usted necesita un trabajo. Lo primero que quiero decirle es que a mí me basta una recomendación de Kitty. Tengo algo para usted… si está dispuesto a aceptarlo —dijo un poco vacilante—. Estoy convencido de que ella ya le habrá contado lo que ha hecho por mí, de modo que siento desesperadamente la necesidad de devolverle como sea ese gran favor.

—Le estaría muy agradecido por cualquier empleo que me ofreciera, señor Mackenzie. No es fácil amedrentarme —respondí con franqueza.

Ralph, que estaba sentado en un antiguo sillón, se inclinó hacia delante.

—¿Qué sabe usted de ópalos, señor Tanit?

Me acordé del colgante de la madre de Kreeg.

—Solo que es una piedra rara y exquisita, muy apreciada por los joyeros.

—Eso es, señor Tanit. Debido a una curiosa combinación de hechos geológicos, Australia ha sido la principal fuente de ópalos en el mundo desde la década de 1880. Aquí producimos más del noventa y cinco por ciento de esas piedras. Y, para serle sincero, le diré que el negocio de las perlas en Broome se fue al garete después de la guerra. Está recuperándose, pero lentamente. —Ralph volvió a recostarse en el sillón y, tal vez de manera inconsciente, se ajustó el chaleco—. Como nuevo jefe de la empresa, tengo la intención de restaurar la maltrecha reputación de la firma Mercer y devolverle su antigua gloria en ese campo.

—Comprendo.

—Mi sobrino, Charlie, era un muchacho sumamente inteligente que la guerra nos arrebató a edad muy temprana. Él veía cómo soplaban los vientos e invirtió en viñedos y en una mina de ópalos en Coober Pedy. Los beneficios son sustanciosos, pero lo cierto es que no la explotamos como deberíamos. Acabo de regresar de allí.

Kilara entró con el té, presentado en una ornamentada bandeja de plata.

—¡Kilara! —exclamó Ralph—. Coober Pedy está en territorio aborigen, ¿no?

—Sí, señor —asintió ella—. *Kupa piti*. Significa «agujero del hombre blanco» —contestó mientras procedía a servir el té—. ¿Limón o leche, señor?

Kilara me miró y quedé sorprendido ante aquellos increíbles ojos oscuros que brillaban como la luz de la luna.

—Leche, gracias.

Ralph reanudó la conversación.

—Como le decía, Coober Pedy es la capital mundial del ópalo. Estoy casi seguro de que no hemos ni siquiera arañado la superficie del tesoro que se esconde bajo tierra. Mientras estuve allí, me ofrecieron más terrenos a buen precio. Voy a invertir en este negocio.

Tomé un sorbo de té.

—Suena muy emocionante, señor Mackenzie. ¿Y qué tiene en mente para mí?

—Necesitaré a un hombre que lleve el negocio allí. No va a ser... un trabajo fácil. Como ocurre siempre en el campo de la minería, hay una serie de peligros. Y usted ya se irá dando cuenta de que aquí en Australia los estándares de higiene y de seguridad no son tan altos como en Europa.

—Bueno, al menos bajo tierra no hará tanto calor como en la superficie —contesté con una sonrisa mientras dejaba la taza de té sobre su platito.

Ralph parecía esperanzado.

—¿Puedo tomarme su comentario como una expresión de interés por su parte, señor Tanit?

—Claro, señor Mackenzie. Muchas gracias.

—¡Magnífico! Pero no quiero que subestime los peligros que conlleva este puesto. Ya tenemos pozos muy profundos y tengo la intención de excavar muchos más.

Entonces sentí la necesidad de tranquilizarlo en ese sentido.

—Señor Mackenzie, recientemente he perdido al amor de mi vida. En confianza le digo que para mí es un milagro seguir vivo en este mundo. Y una cosa más, ya no tengo miedo de nada ni de nadie. En realidad, mi vida apenas tiene importancia para mí. Estoy encantado con la oportunidad que usted con tanta amabilidad me está ofreciendo.

Mis palabras lo sorprendieron.

—Siento oír eso, señor Tanit.

—Por favor, llámeme Atlas.

—Atlas. ¡Qué fantástico nombre! ¡Y bastante apropiado, puesto que usted se meterá bajo tierra y sostendrá sobre sus espaldas esas minas de ópalos! —Se acercó a mí para estrecharme la mano—. Me aseguraré de que obtenga una buena remuneración, Atlas —dijo, levantando una ceja—. De hecho, ya tengo una idea. Además de su salario, ¿por qué no ofrecerle un porcentaje de los ópalos que vendamos? Digamos... ¿un diez por ciento de los beneficios?

Quedé impresionado.

—Eso es muy generoso por su parte, señor Mackenzie. Pero no tiene por qué...

—En Escocia tenemos un dicho, Atlas —añadió con una amplia sonrisa sin permitir que yo terminara de hablar—, «A caballo regalado no le mires el diente». Quiero incentivarlo. Creo realmente que es un asunto muy grande. Si usted hace su trabajo como pienso que debe hacerse, me parece que puede ganar mucho dinero. Se encargará de aumentar y maximizar las operaciones, de exportar los ópalos, de conseguir contratos... Hay una gran labor por delante. Estará satisfecho de ese diez por ciento, se lo garantizo.

—Gracias, señor Mackenzie. Acepto su propuesta —dije, asintiendo con la cabeza.

—¡Espléndido! Voy a enviar la confirmación de que deseo adquirir inmediatamente esas tierras en Coober Pedy —dijo, levantándose del sillón—. Lo apostaré todo a esa maleta... —añadió mientras señalaba mi maltrecho equipaje, cubierto de polvo de la carretera—. ¿Va usted a necesitar algún sitio en el que alojarse hasta que podamos trasladarlo al norte?

—¡Es verdad! No sé dónde ir —repliqué.

—Pues, mientras tanto, sea usted bienvenido a Alicia Hall.

—Sinceramente se lo digo, señor Mackenzie, su amabilidad no tiene límites. Le estaré agradecido de por vida.

—Pues con sinceridad yo también le digo que va a necesitar todo el confort del que se pueda rodear —comentó, un poco avergonzado—. Hay una cosa sobre Coober Pedy que aún no le he dicho.

—¿De qué se trata?

—No andaba usted desencaminado cuando dijo que bajo tierra no iba a hacer tanto calor como en la superficie. Es precisamente por esa razón, para evitar el agobiante calor del desierto, que los habitantes del lugar viven bajo tierra. Podría decirse que habitan literalmente en madrigueras excavadas en las colinas. El tipo al que voy a comprar las tierras también me cederá su casa. Es donde usted va a vivir —me dijo, mirándome con aire de preocupación, como si temiera que yo acabara por rechazar su propuesta.

—Señor Mackenzie, estar bajo tierra, aislado del resto del mundo, suena fantástico, por extraño que parezca.

Ralph se sintió aliviado.

—¡A esto se lo llama una combinación perfecta! Bueno, ahora tengo que ir a preparar algunas cosas. Kilara hará que usted se sienta muy cómodo aquí —añadió mientras yo terminaba mi té y me levantaba del sillón—. Kilara, ¿puedes acompañar al señor Tanit a la habitación principal de invitados?

—Sí, señor —contestó, inclinando la cabeza.

—Gracias. Nos vemos para cenar, Atlas.

Ralph se dio la vuelta para salir del salón e inmediatamente chocó con un niño. Era el pequeño Eddie, el crío del barco.

—¡Eh! ¡Calma, Eddie! —exclamó aquel, acariciándole la cabeza.

—¡Eddie! —dije sorprendido y con una gran sonrisa dibujada en la cara—. ¿Qué demonios haces aquí?

El niño me sonrió y se escondió entre las piernas de Ralph, que por un momento se quedó perplejo.

—¡Ah, claro! ¡Sin duda se conocen del barco!

—Exacto. Estoy encantado de ver al chico aquí, en Alicia Hall, Ralph.

—Es un honor para nosotros acogerlo. —Puso un brazo alrededor del muchacho—. Él y Tinky, el King Charles spaniel, se han hecho grandes amigos… ¿No es así, Eddie? —El crío asintió con entusiasmo—. Espere un momento… Supongo que usted ignoraba que Eddie y Sarah se presentaron aquí para ver a Kitty dos días después de su llegada a Australia…

—No lo sabía… Por lo que recuerdo, los niños debían reunirse con su nueva familia después de desembarcar.

Ralph suspiró.

—Por lo visto, ese era el plan. Pero nadie se presentó para recogerlos. A los dos los mandaron a ese espantoso orfanato. Pero se largaron de allí y vinieron a Alicia Hall —respondió Ralph, mirando a Eddie con orgullo.

—¿Y Sarah cómo está? ¿Está bien? —pregunté algo nervioso.

—Perfectamente, señor Tanit. Es la doncella de Kitty. Ahora mismo, mientras nosotros hablamos, están las dos juntas.

—¡Caramba! Eso sí que es una buena noticia —repliqué aliviado.

Ralph se rio entre dientes.

—En realidad, forman un verdadero equipo. Me gustaría ver la desaparición del orfanato de San Vicente de Paúl de Goodwood si fuera la última cosa que hiciera en mi vida, señor Tanit. Al parecer, las monjas tratan a los niños como esclavos. Pero Eddie está a salvo aquí, ¿verdad, amigo?

—¡Sí! —exclamó el crío antes de dar media vuelta y salir corriendo de allí.

—¿Sabe una cosa, Ralph? Es la primera vez que oigo hablar a este niño.

—Es un crío especial. Espero que un día… Bueno, es una bobada, porque acaba de entrar en nuestra vida, pero me llenaría de orgullo convertirlo en un Mackenzie. Legalmente —dijo Ralph con un nudo en la garganta—. En cualquier caso, yo no soy muy creyente, pero debo admitir que los poderes sanadores de Alicia Hall no son insignificantes. Para mí ha pasado a ser un oasis de paz donde reflexionar y meditar en quietud. Quizá se convierta en el aliciente que necesita —añadió, dándome una palmadita en la espalda antes de abandonar la sala.

—¿Equipaje? —me preguntó Kilara con una de sus afables sonrisas.

—Uy, estoy seguro de que puedo arreglármelas solo. Usted me guía, gracias.

Kilara se encogió de hombros. Yo cogí mi maleta, empecé a seguirla y me dispuse a subir por la espléndida escalera de caracol. En cuanto puse el pie en el segundo peldaño, tropecé. Rápida como un rayo, ella se dio la vuelta, me agarró por un brazo y me quitó la maleta de un tirón con tanta facilidad que parecía que estuviera llena de plumas.

—No se preocupe, señor, yo se la llevo.

—Es usted muy amable. Normalmente no soy tan torpe.

Kilara me condujo por el entrepiso hasta una habitación imponente con hermosas vistas al jardín.

—Aquí dormir, señor.

—Gracias de nuevo, Kilara.

Ella hizo un gesto con la cabeza y se dispuso a salir del dormitorio. Cuando pasó ante mí, se detuvo un momento para mirarme directamente a los ojos. Me quedé otra vez embobado observando el brillo de los suyos.

—¿Ha oído hablar la «era de ensueño»? —me preguntó.

Sus palabras me cogieron por sorpresa.

—Sí. No. Bueno, he oído hablar de la era de ensueño. Parece algo muy especial —respondí a la vez que me reprendía a mí mismo por la condescendencia con la que había articulado mi frase.

—Usted de la era de ensueño, señor. Antepasados lo conocen. —Kilara apoyo con suavidad una mano en mi codo. No sé explicar por qué, pero lo cierto es que la afabilidad de su rostro y la ternura de sus gestos hicieron que se me saltaran las lágrimas—. Descansar aquí. Ahora. —Retiró la mano y cerró silenciosamente la puerta del dormitorio.

De pronto me sentí exhausto y caí rendido en la cama. Me dormí de inmediato. Tuve unos sueños horribles. En uno, yo me encontraba con Elle cara a cara. Estábamos cogidos de la mano, pero llegaba una tenebrosa y maligna presencia que arrastraba a mi amada hacia la oscuridad. En otro, me encontraba en una iglesia en el que parecía el día de nuestra boda. Me daba la vuelta para ver entrar a Elle por el pasillo, pero cuando llegaba al altar parecía que no me veía. Pronunció sus votos sin mirarme. A continuación, cuando al final yo me bajaba del altar, me daba cuenta de que ella estaba hablando con otro hombre, al que yo no le veía la cara.

En el último sueño aparecía un cielo nocturno que giraba a mi alrededor, en el que las Siete Hermanas de las Pléyades adoptaban forma humana y no paraban de danzar. Se cogían de la mano y de repente yo me veía rodeado por ellas, que reían y saltaban. Se movían cada vez con mayor rapidez, hasta que yo me mareaba y tenía que dejar de mirar. Cuando abrí los ojos, ante mí había un recién nacido en una cesta, lloriqueando y berreando. Lo único que yo quería hacer era cogerlo entre los brazos y consolarlo, pero cuando volví a mirar dentro de la cesta el niño ya había desaparecido. Luego, mientras oteaba a mi alrededor, vi brevemente un rostro que me resultaba familiar. Era la mujer del vestido rojo con una larga melena suelta… Se esfumaba y el mundo empezaba a dar vueltas de nuevo. Esta vez, mi campo de visión se llenó de una explosión de vivos colores. Ante mis ojos, aparecieron galaxias y constelaciones que no paraban de girar y cuyo brillo aumentaba sin parar de intensidad, hasta que todo el universo estallaba y solo quedaba una resplandeciente y ardiente luz blanca.

Cuando me desperté, el sol brillaba con fuerza y sus rayos me golpeaban el rostro.

40

Coober Pedy, 1951

El desierto de Coober Pedy es el lugar más seco y árido que he conocido nunca, pero indudablemente produce el mejor ópalo del mundo. La gran ironía de todo ello es que la clave para la formación de esta piedra preciosa es la lluvia. Cuando cae —una vez de Pascuas a Ramos— y empapa el suelo sequísimo, el agua se filtra hasta el lecho de roca antigua, arrastrando un compuesto disuelto de silicio y oxígeno. Luego, durante los prolongados periodos de sequía, el agua se evapora y deja depósitos de sílice en las grietas existentes entre los distintos estratos de sedimentos, los cuales causan el colorido iridiscente del ópalo. Y eso es lo que la gente paga. Los hombres a los que contrato a menudo me preguntan qué clase de magia tiene lugar para crear el producto que vendemos. Yo les ofrezco ciencia, pero las más de las veces ellos deciden no creerme y optan por la leyenda aborigen.

Cuenta esta que una imponente criatura, semejante a una mariposa, llamada Pallah-Pallah, poseía un par de bellísimas alas relucientes. Un día, llegó volando hasta la cumbre de la montaña más alta. Pero no tardó en ponerse a nevar y ella quedó enterrada en la nieve. Cuando por fin se fundió, despojó a Pallah-Pallah de sus maravillosos colores, que se disolvieron en las profundidades del suelo.

Creo que, en un tiempo pretérito, yo también habría preferido esta versión. Ahora, sin embargo, todo lo que veo cuando examino los frutos de las minas son esferas microscópicas que refractan la luz. Es una ciencia simplemente lógica, explicable. Más o menos como las estrellas que iluminan el cielo nocturno. He llegado a aceptar que no son faros místicos de esperanza y majestad, sino bolas ardientes de gas que la gravedad mantiene unidas. La verdad, más vale pensar eso de ellas y no imaginar que mis Siete Hermanas —mis antiguas guardianas— me han abandonado.

En este sentido, ha llegado a gustarme vivir bajo tierra. Las «casas» —si pueden llamarse así, porque son más bien como huras— se crean provocando voladuras en la roca, que luego se excava a golpe de pico. Tenemos que asegurarnos de que los techos tengan cuatro metros de altura para evitar derrumbamientos, pero de vez en cuando llegan a ser más altos. El resultado es, esencialmente, una caverna subterránea. Algunos hombres abren pozos de luz, pero yo no me molesto en hacerlo. Ahora me gusta la oscuridad.

Los más hábiles han convertido su vivienda en réplicas aceptables de las casas de la superficie, pasándose horas y horas tallando arcos, estanterías, puertas e incluso objetos artísticos. Me he dado cuenta de que no tengo ganas de comodidades domésticas de ese estilo. Duermo en una colchoneta vieja y polvorienta y guardo mi ropa en mi maleta ajada, apoyada directamente en el suelo. Ni siquiera me he permitido tener un escritorio. Durante estos dos últimos años no he sentido deseos de seguir escribiendo este diario.

Cuando llegué aquí, fue necesario hacer una pequeña operación. Contraté a un equipo de cinco mineros que trabajaban para otra empresa. Gracias al respaldo de los cuantiosos fondos del imperio de los Mercer, les ofrecí más dinero a cambio de su pericia. Los primeros días fueron duros. Tuvimos que hacer frente a una enorme extensión de tierra y el trabajo fue desesperadamente lento.

Pero en el invierno de 1949 se me ocurrió una idea genial.

Para ampliar las minas a la velocidad que deseaba Ralph Mackenzie, necesitaríamos hombres que estuvieran acostumbrados a trabajar bajo tierra en condiciones muy duras. Envié a uno de mis mineros al puerto de Adelaida en busca de jóvenes recién llegados de Europa que se hubieran enfrentado ya a los peligros de la última guerra y buscaran un nuevo comienzo. Mi hombre debía abordarlos y ofrecerles inmediatamente empleo por un salario digno.

El plan funcionó. Un año más tarde, teníamos a más de cien trabajadores en nuestra mina de ópalo de Coober Pedy.

Ralph Mackenzie no daba crédito a las cifras que yo le comunicaba, así que viajó en persona a Coober Pedy para comprobarlas. No me produce ningún placer recordar aquellos días, pero el espectáculo de su cara de asombro ante la enorme serie de profundas galerías excavadas fue todo un gusto para mí.

—¡Por Dios santo, Atlas! No me puedo creer lo que veo. Suponía que se trataba de un error de contabilidad. O quizá… —vaciló.

—Que pretendía estafarlo —dije en tono glacial. Cuando aquellas palabras salieron de mis labios, me di cuenta de que me había convertido en otro hombre. Un año sin Elle en el paisaje infernal del desierto me había endurecido.

Ralph se echó a reír, nervioso.

—Bueno…, pues sí —dijo, agachando la cabeza—. Pero aquí estoy, y las pruebas son irrefutables. —No pudo por menos que tenderme la mano—. Es usted un titán de la industria, Atlas Tanit.

—Gracias, Ralph.

—Ya le digo. Sé muy bien lo duro que debe de ser estar aquí a diario. ¿Qué le parecería disfrutar de unas semanas de vacaciones en Alicia Hall para descansar? Totalmente pagadas, por supuesto. Creo que es lo menos que puedo hacer.

Dije que no con la cabeza.

—No hace falta. Aquí hay mucho trabajo y estoy feliz de hacerlo.

—Bueno, eso puede ser, pero también es importante distanciarse un poco para tomar perspectiva y valorar lo que ha hecho uno.

—No —repuse con firmeza, percatándome de que Ralph parecía desconcertado—. Muchas gracias.

El potentado se encogió de hombros.

—Pues muy bien. En fin, no soy tan experto como usted, pero desde la perspectiva de un profano nuestras tierras parecen ya bastante explotadas.

—Así es. Hay poco espacio para abrir nuevos pozos. Nos vendrían bien otras zonas en las que ampliar nuestras operaciones.

—Entendido, Atlas. Le conseguiré más. Solo el dinero que ha reportado usted a la empresa será más que suficiente para comprar el doble de terreno, quizá el triple del que poseemos actualmente. —Me dio un codazo y añadió—: No tardará en ser millonario gracias a su diez por ciento. ¿Qué le parece?

Clavé los ojos en los de Ralph.

—Disfruto de mi trabajo. Lo habría hecho por menos.

El hombre suspiró.

—¡Ay, Señor! No hay nada que le levante el ánimo, ¿verdad? Francamente, estoy preocupado por usted. Cuando nos conocimos hace más de un año, vi a un hombre abatido y destrozado. Pero el hombre al que veo hoy ante mí se ha… endurecido. Ha hecho usted aquí una labor magnífica, Atlas. Sin embargo, haría bien en recordar que la vida se supone que hay que vivirla sobre la superficie de la tierra, no debajo de ella.

Entorné los ojos.

—Como ya he dicho, este estilo de vida me va bien.

Ralph insistió.

—Perdóneme si soy un poco grosero, Atlas, pero este es un ambiente exclusivamente de hombres. No hay muchas oportunidades de confraternizar con el sexo opuesto. Y yo conozco en Adelaida a muchísimas jóvenes casaderas que estarían encantadas de alternar con usted en Alicia Hall.

Me volví muy despacio hacia él.

—Por favor, señor Mackenzie, no vuelva a proponerme nunca más una cosa así. No tengo el menor interés en eso.

—Muy bien.

Ralph Mackenzie se fue y un mes más tarde ya había comprado diez hectáreas de nuevas tierras. Por esa razón, incrementé la presencia de hombres en el puerto de Adelaida y, poco después, la actividad de las minas de ópalo de los Mercer en Coober Pedy era la comidilla de toda la industria. Esa actividad es lo que ocupa mis pensamientos. Todos los días me despierto y me concentro en la tarea que tengo ante mí. Tengo el cerebro lleno de picos y palas, de vigas de madera y de oscuridad. Por consiguiente, no hay peligro de que mi mente se extravíe en cualquier otro territorio en el que yo no desee entrar.

41

Hoy he estado a punto de morir.

Esta mañana, cuando estaba preparando la documentación necesaria para la exportación en la diminuta chabola que uso como despacho, el capataz, Michael, entró corriendo con una mirada de intenso pánico en los ojos.

—¡Señor! ¡Hemos tenido un derrumbamiento! ¡Hay tres hombres debajo de los escombros en el pozo siete!

Me puse de pie de un salto de forma instintiva.

—¿Están vivos? —pregunté.

—No por mucho tiempo, señor. Creo que el pozo se va a hundir.

Me dirigí a la puerta.

—Reúne a todos los hombres que puedas y tráelos al siete. ¡Rápido!

—Sí, señor —repuso Michael y salió corriendo delante de mí. Entonces se me cruzó por la mente una idea espeluznante.

—¿Dices que se va a derrumbar todo?

—Hace un ruido terrible, como un gruñido, señor. Creo que las vigas se han podrido.

Respiré profundamente.

—Olvida lo de los hombres, Michael. No voy a arriesgar la vida de nadie sin necesidad. Bajaré yo mismo.

—Con todo respeto, señor, no hay forma de que pueda usted hacer nada solo. Están bajo una montaña de tierra y madera.

Acepté su apreciación y dije:

—Puede usted pedir voluntarios. Explíqueles la situación con todo cuidado. Sin dar órdenes. Tiene que ser decisión de ellos.

—Muy bien, señor. —Michael asintió con la cabeza antes de continuar andando con rapidez. Yo eché a correr por la tierra de color naranja hasta que llegué a la entrada del pozo siete, que, como había dicho aquel, hacía un ruido terrible, como una especie de gemido.

Sin vacilar, empecé a bajar utilizando la barandilla de metal incrustada en la roca. Cuando llegué a la entrada del pozo, me recibió una verdadera tormenta de barro y polvo. Solo distinguí los destellos de las lámparas de petróleo y seguí su pista a través de la nube de polvo. Extendiendo las manos delante de mí, no tardé en notar la presencia de un minero.

—¿Quién está ahí?

—Atlas Tanit. ¿Usted quién es?

—Ernie Price, señor.

—Enséñeme dónde están sepultados los hombres.

—Justo delante de nosotros, señor. —Me agarró del hombro y me dirigió hasta el sitio en el que me di cuenta de que había cinco o seis más rebuscando en un montículo de tierra.

—Se produjo un ruido de agrietamiento enorme, así que ordené a todo el mundo que saliera. Pero esos tres no fueron lo bastante rápidos.

—¡Toda la estructura va a derrumbarse! —exclamé—. ¡Tienen que salvarse ustedes! —les advertí.

—Esta es mi mina, señor, y estos son mis hombres. ¡Tengo que intentarlo!

Percibí un chirrido sordo procedente de debajo del suelo. No tuve más remedio que fijarme en él.

—Quédese si quiere. Pero piense en su familia.

—¡Eh, chicos! —gritó Ernie, dirigiéndose a los hombres que intentaban retirar los escombros—. Salid de aquí. ¡Arriba! ¡Ya!

Ellos siguieron sus órdenes y arrojaron al suelo los picos y las palas. Ernie se quedó con actitud estoica y me entregó un pico.

—Sigamos cavando, señor. Es lo único que podemos hacer.

Los gemidos y los crujidos se intensificaron a medida que golpeábamos furiosamente la tierra compacta.

—¡Espere! —grité—. ¡Estamos picando en una viga, por eso no avanzamos! ¡El barro se ha acumulado encima de la madera! ¡Tenemos que picar por abajo, no por arriba!

Ernie asintió con la cabeza y siguió mis instrucciones y empezó a golpear el cúmulo de tierra desde la altura del pecho hacia abajo. Para mi satisfacción, los gritos de los hombres se hicieron más perceptibles desde el momento en que empezamos a retirar más tierra.

—¡Adelante! ¡Nos estamos acercando!

Después de lo que me parecieron horas, aunque en realidad es probable que no fueran más de dos minutos de continuar cavando furiosamente, vi algo que se movía.

—¡Es una mano! ¡Agárrala y tira, Ernie!

El hombre obedeció mi orden mientras yo continuaba cavando. Por fin apareció una cara entre los escombros que farfulló algo. Ernie lo sacó de un tirón y emitió una especie de gruñido.

—¿Puedes andar, Ron? —le preguntó. El susodicho asintió con la cabeza. De repente, en medio de la tormenta de polvo acumulada a la entrada del pozo apareció Michael con tres voluntarios.

—¡Sacadlo de aquí! —exclamé—. ¡Hay otros dos a los que tenemos que liberar! —Pegué la oreja al montón de tierra acumulada y me puse a escuchar. Oí un grito—. ¡Está aquí!

Para mi sorpresa, vi una pierna que sobresalía de un sitio que ya habíamos despejado. Aunque la retirada de los escombros fue más rápida que la anterior, el hombre parecía que se encontraba peor y perdía y recobraba la conciencia alternativamente. La mina emitió su gruñido más espantoso y el suelo empezó a moverse.

Yo ya sabía de qué iba aquello y les dije a los hombres:

—Le va a costar más trabajo salir a la superficie. Os necesitará a todos. Yo buscaré al otro minero.

Los voluntarios empezaron a arrastrar a la víctima hacia la entrada del pozo y Ernie cogió su pala una vez más.

—Ernie —dije, poniéndole una mano sobre el hombro—, gracias, pero los otros te necesitan. Yo encontraré al que queda. ¿Cómo se llama?

—Jimmy, señor. Es muy joven. ¡Solo tiene diecinueve años!

—Lo entiendo. Y ahora vete.

Ernie se puso en marcha y desapareció corriendo hacia la nube de polvo. Apreté la oreja contra la tierra una vez más, pero esta vez no oí ningún grito sordo. En su lugar, se produjo un golpeteo furioso contra el montón de tierra que tenía delante. Yo había aceptado ya mi destino. La mina iba a derrumbarse y yo quedaría sepultado junto con Jimmy. Con la esperanza de hacerle saber que no iba a morir solo, grité:

—¡Jimmy! ¡Estoy contigo! ¡Todo va a ir bien! ¿Me oyes? —Para mi sorpresa, percibí un gruñido perfectamente audible como única respuesta—. ¿Jimmy? Jimmy, ¿eres tú?

—¡Aaah! —volví a oír.

Seguí el sonido de aquella voz y, de repente, me encontré con un hombre semiconsciente con el torso visible. Sus piernas, sin embargo, habían quedado atrapadas debajo de una viga de madera. Le agarré de la mano, con el corazón latiéndome con fuerza, como si fuera a salírseme del pecho.

—¡Jimmy, agárrate bien! —exclamé tirando de él con toda la fuerza que fui capaz de reunir. El muchacho gritó de dolor mientras quedaba de manifiesto que estaba totalmente atrapado. Empecé a cavar alrededor de su cintura, pero no sirvió de nada. Cogí la lámpara de petróleo y confirmé que la viga del techo se había caído formando ángulo recto con la pared del pozo y que ese era el motivo de que no hubiera aplastado a Jimmy hasta la muerte, aunque lo había dejado inmovilizado. Cogí la viga e intenté levantarla. No pude.

—¡Por favor! —murmuró él—. ¡Por favor, por favor…!

Recorrí la superficie de la viga con los dedos buscando a tientas alguna grieta en la madera. Si conseguía de cualquier modo que se partiera, eso bastaría para liberar a Jimmy, siempre y cuando impidiera que se le cayera la tierra encima y lo aplastara. Al cabo de unos minutos tanteando la superficie de la viga, encontré la fisura que buscaba. Con renovadas esperanzas, volví a coger el pico y empecé golpear la madera. El suelo temblaba tanto bajo mis pies que mis movimientos carecían de la precisión necesaria.

—¡Maldita sea! —aullé. Ojalá tuviera algo puntiagudo para clavarlo en la grieta y obligarla a partirse. Mientras buscaba alguna piedra a mi alrededor, me acordé del objeto que tenía en mi poder.

—¡El diamante! —exclamé, dando un suspiro.

Me quité la bolsita de cuero que llevaba al cuello y saqué de su interior su valioso contenido. Luego busqué a tientas la parte más ancha de la fisura y lo metí con fuerza. Di un paso atrás y levanté el pico por encima de la cabeza. Rezando en silencio, descargué el golpe con toda la energía que pude reunir. El ruido sordo que produjo me aseguró que había acertado. A continuación, sentí un sonido de fractura y vi que la mitad inferior de la viga se separaba de la superior. Solté el pico, agarré el madero y tiré con todas mis fuerzas. Contra todo pronóstico, mi plan funcionó. La parte de abajo de la viga se separó y la de arriba siguió conteniendo la tierra sobre mi cabeza. Cogí a Jimmy de la mano y lo liberé tirando de él.

Fue una suerte poder actuar con tanta rapidez, pues el resto del madero no tardó en partirse en dos. Con él a rastras, logré pasar entre los escombros y el polvo.

—¡Socorro! —grité a pleno pulmón cuando llegué a la boca del pozo—. ¡Socorro! ¡Por favor!

Deduje que nadie me oía con el terrible estruendo que estaba produciéndose. Reuní hasta el más mínimo resto de vida que me quedaba, sujeté con fuerza el cuerpo inerte de Jimmy y me lo cargué a hombros. Luego me agarré a la barandilla de metal y empecé a subir dispuesto a salir de aquel infierno. Fueron unos minutos de verdadera angustia. Pero ya había llegado casi al final. Al cabo de pocos metros, empecé a oír voces.

—¡Eh, alguien está subiendo!

—¡No puede ser! ¡Estás viendo visiones!

—¡Venga, asómate y lo comprobarás!

—¡Joder! ¡Bajad ahora mismo y ayudadlo! ¡Ya vamos, señor! ¡Espere un poco!

Seguí abriéndome paso hacia la libertad, pero sentí que el peso empezaba a escurrírseme de los hombros.

—¡Ya lo tenemos! ¡Tira de él, Michael! —oí que decía Ernie.

Quitarme de encima a Jimmy tuvo el efecto adverso de desestabilizarme y se me escurrieron los pies de la barandilla. Cuando me quedé libre, vi que lo izaban hasta la entrada del pozo. Luego, el estruendo procedente de abajo se convirtió en un aullido penetrante y los escombros del fondo de la mina empezaron a llegarme a la altura de la cara.

—¡Que se cae! —gritó Ernie—. ¡Rápido, cogedlo!

Miré hacia abajo y vi ante mí un torbellino de tierra y de madera. El aullido penetrante se convirtió en un rugido ensordecedor y cuando levanté los ojos a lo alto lo último que vi fue la mano de Ernie intentando alcanzar desesperadamente la mía. Iba yo ya a cogerla cuando la barandilla de hierro se desplomó en el suelo a punto de derrumbarse. Por un instante sentí que yo también caía antes de que el mundo desapareciera de mi vista.

Cuando me desperté, estaba, para mi sorpresa, en una de las chabolas improvisadas en la superficie, tumbado sobre un montón de ropas de trabajo desechadas.

—¿Se ha despertado ya? —dijo Ernie. Parpadeé varias veces y por fin conseguí centrar la imagen—. ¡Señor Tanit, está usted vivo!

Me di cuenta del enorme dolor que me producía respirar.

—¡Mi pecho! —gemí.

—Son las costillas, señor. Creemos que se las ha debido de aplastar por completo. ¿Cómo tiene las piernas? —me preguntó—. ¿Puede moverlas?

Lo intenté con éxito.

—Sí. ¿Los hombres del pozo siete...?

—Están bien, señor, aparte de unos cuantos huesos rotos y un poco de conmoción. ¡Y todo gracias a usted!

Me llevé una mano a la cabeza, que me trepidaba.

—La mina se derrumbó encima de mí.

—Sí, señor, justo cuando estaba a tres metros de la superficie. Por fortuna, lo teníamos a la vista y empezamos a cavar de inmediato. Casi todos intervinieron en sacarlo a usted de allí. Muchas manos hacen que el trabajo resulte fácil.

—Gracias —dije, intentando extender el brazo para estrecharle la mano a Ernie—. ¡Uy! —exclamé al notar una punzada de dolor que me atravesó las articulaciones.

—Intente no moverse mucho, señor. Ya hemos informado al señor Mackenzie, que está en Adelaida, y nos ha asegurado que están de camino los mejores médicos para atenderlo a usted y a los demás hombres. Pero hasta entonces, bueno..., Michael ha tenido una idea —comentó, señalando al capataz, de pie junto a la puerta.

El susodicho se aclaró la garganta.

—¿Estaría usted dispuesto a que lo vea algún *ngangkari*?

—¿Un *ngangkari*? —pregunté.

—Un curandero aborigen, señor. Me he enterado de que los hay en una aldea a pocos kilómetros de distancia. Los médicos de Adelaida tardarán unos cuantos días en llegar, pero uno de los *ngangka-ri* podría estar aquí esta tarde a última hora.

Me las arreglé para asentir con la cabeza.

—Lo que sea para librarme de este dolor en el pecho.

Michael pareció aliviado.

—No se preocupe, señor Tanit. Volveré más tarde con la ayuda. Es usted un hombre muy valiente —dijo y se alejó corriendo de la puerta de la chabola.

—¿Está despierto? —preguntó una voz desde el exterior.

—Espere, señor Tanit —dijo Ernie, levantándose para ir a ver. Oí el murmullo de una conversación y luego lo vi entrar de nuevo—. Ya sé que se acaba usted de despertar, señor, pero ha recibido la visita de una persona muy amable que desea convencerse de que se encuentra bien.

—¿Quién es? —pregunté.

—Jimmy, señor. Desea darle las gracias.

—Por favor, déjalo pasar.

Ernie salió y en su lugar apareció un individuo de aspecto saludable que parecía casi un niño. Entró cojeando un poco, se quitó el sombrero y se quedó sujetándolo humildemente delante del vientre.

—¡Jimmy! —dije—. ¿Cómo estás?

—Estoy vivo, señor. Y eso gracias a usted y solo a usted. Los demás hombres me han dicho que se quedó para sacarme de debajo de los escombros y que me llevó a hombros hasta la salida. Se lo debo todo. —Bajó la vista y se quedó mirando al suelo.

—Todos vosotros trabajáis para mí, lo que significa que vuestra seguridad es responsabilidad mía. No hacía más que cumplir con mi obligación. —El joven se rebulló, incómodo—. ¿Está todo bien?

—Sí, señor. —Se dio la vuelta para asomarse a la puerta—. Solo es que tengo una cosa que devolverle.

—¿Qué quieres decir? —pregunté.

Jimmy intentó meterse una mano en el bolsillo y sacó un objeto que me era muy familiar. No pude por menos que echarme a reír, cosa que me causó un dolor insoportable en el pecho.

—¡Uy! —musité—. Bueno, pensé que no iba a volver a verlo, Jimmy. ¿Sabes lo que es? —Al fin y al cabo, el diamante seguía cubierto de cola y de betún.

—Sí, señor. Estuve trabajando en las minas de diamantes de Canadá cuando era niño. Podría distinguir uno en cualquier parte. Pero... —comentó, moviendo la cabeza— no había visto nunca uno como este.

—No, me figuro que no. —Intenté incorporarme un poco y sentarme en el montón de monos de trabajo—. ¿Cómo demonios acabaste por recogerlo? Prácticamente ya me había despedido de él ahí abajo.

—Vi que sacaba usted una cosa de una bolsita que llevaba al cuello. Luego, cuando golpeó la viga con el pico, cayó encima de mi pecho, señor, y se lo guardé. —Se acercó a la cabecera de mi cama—. Aquí lo tiene. —Me lo depositó en las manos.

Me quedé mirando la piedra unos instantes.

—Pensé que lo último para lo que valdría estando en mi poder era salvar una vida. Pero aquí está. De vuelta otra vez. —Lo giré varias veces y luego levanté la vista y miré a Jimmy—. ¿Por qué no te lo has quedado? Te habría sacado de todo esto. Podrías haberte ido donde quisieras, hacer cualquier cosa con tu vida... Y, en cambio, has preferido devolvérmelo.

El chico movió la cabeza enérgicamente.

—Jamás se me ocurriría, señor. No es mío.

—Bueno —contesté—, gracias por devolvérmelo.

Se me quedó mirando con timidez.

—Yo también podría hacerle la misma pregunta, señor.

—¿Disculpa?

—Lo ha dicho usted mismo. Con una piedra como esta, podría estar donde quisiera. En cambio, está aquí con nosotros, un montón de hombres destrozados en medio del desierto. Hoy ha estado a punto de morir. ¿Por qué no lo vende y empieza una nueva vida?

Me quedé pensando en lo extraña que debía de ser semejante idea para aquel joven.

—Tú mismo me has dicho: «No es mío», ¿verdad, Jimmy? —Él asintió con la cabeza—. Bueno, yo podría contestarte lo mismo. Gracias de nuevo por devolvérmelo. —Dio media vuelta dispuesto a salir de la chabola—. ¡Jimmy! —exclamé—, no les cuentes nada de esto a los demás, si no te importa.

—¿De qué, señor? —replicó él.

Le hice un guiño y salió cojeando. Me quedé mirando el diamante.

—Incluso cuando he intentado deshacerme de ti, has vuelto. ¿No has cumplido ya con tu propósito? —dije, guardándome delicadamente la piedra en el bolsillo. A continuación, cerré los ojos y me quedé dormido.

Me despertó Michael.

—¿Señor Tanit? Está aquí el *ngangkari*.

Me restregué los ojos con las manos y vi que junto a él se hallaba de pie un hombre alto con una falda hecha de largos filamentos de hierba seca y el cuerpo pintado con dibujos de colores chillones. Me miraba desde lo alto y me hizo un gesto de saludo con la mano.

Yo se lo devolví:

—Hola. Gracias por venir.

Señalándose a sí mismo, dijo:

—Yarran.

Yo, a mi vez, me señalé y repuse:

—Atlas. —El hombre asintió—. Me duele muchísimo el pecho. Creo que tengo rotas las costillas y me preguntaba si tal vez tendría usted algún remedio para el dolor.

Yarran clavó en mí sus ojos con la mirada perdida.

Michael intervino:

—Parece que no sabe hablar mucho inglés, señor Tanit.

El *ngangkari* señaló mi pecho con el dedo.

—Sí. Dolor —dije. Yarran asintió con la cabeza y le dio una palmadita en la espalda a Michael—. Me parece que le toca a usted salir, Michael.

El capataz mostró una expresión de inquietud.

—¿Está usted seguro de que no le importa? —me preguntó.

—Sí, sí. No me importa, gracias.

Una vez que hubo salido, Yarran se acercó y puso las manos sobre mi pecho.

—¡Cuidado! —exclamé, temeroso del dolor que pudiera provocarme con el más ligero toque.

El hombre hizo una pequeña pausa y volvió a sonreírme.

—¡Uy! —dijo.

—Sí, ¡uy! Duele —contesté.

Yarran volvió a asentir con la cabeza y a continuación aspiró profundamente antes de dirigir de nuevo las manos hacia el centro de mi cuerpo. Intenté darme ánimos, pero su toque era muy suave y sus palmas se movían con ligereza por mis costillas, como si estuvieran acariciando a un gato.

—Eh, por favor —dijo Yarran, señalando mi camisa manchada de barro. Me la desabroché con mucho cuidado y me fijé en que tenía la piel muy amoratada—. ¡Uy! —dijo. Volvió a poner las manos sobre mi pecho. Cerró los ojos y empezó a respirar cada vez más hondo—. Mmmmm. —Se puso a salmodiar con su voz profunda y melódica. Volví a levantar la vista y vi que fruncía el entrecejo.

—¿Va todo bien? —pregunté.

—Dentro, ¡uy! —dijo una vez más.

—Lo sé. Costillas rotas, creo.

—No, dentro. En el fondo. ¡Uy!

Una leve ola de pánico recorrió toda mi persona.

—¿En el fondo? ¿Cree que le pasa algo a mi corazón? —inquirí, señalándome el centro del pecho.

—Cuerpo va a arreglar —me respondió Yarran—. Espíritu está roto. —Se me quedó mirando con sus ojos de color marrón oscuro, que lanzaban destellos como los de Kilara—. Antepasados —siguió diciendo y señaló hacia lo alto—. Antepasados cuidar.

—No sé lo que quiere usted decir. Yo...

Antes de que completara mi frase, Yarran había puesto las manos sobre mi cabeza y había empezado a darme un masaje en las sienes con los pulgares. Me agarró el cráneo con fuerza, pero no sentí ningún dolor.

Resulta muy difícil describir lo que ocurrió a continuación, pero lo haré lo mejor que pueda. Los dedos de Yarran parecían apretar cada vez con más fuerza, hasta que tuve la sensación de que había penetrado en mi cráneo y había llegado a mi propia mente. Insisto una vez más, la sensación no era en absoluto de dolor, sino más bien como si de algún modo estuvieran meciéndome desde dentro. La sensación fue pasando de la cabeza al cuello y luego al pecho. Sentí que respiraba con más facilidad, como si mis pulmones hubieran encontrado una capacidad nueva de la que no había sido consciente hasta ese momento. La habitación desapareció ante mí y se convirtió en una blancura resplandeciente. Me sentía ligero y en paz. Y luego oí la voz de Yarran que danzaba y resonaba en torno a mi cabeza.

—Tu alma está muy dolorida —dijo—. Los antepasados y yo vamos a ayudarte a arreglarla.

—¡Pero si hablas perfectamente, Yarran! —exclamé con euforia.

—Estamos limitados solo por el mundo de lo físico, Atlas. Me temo que ya te has olvidado de que hay mucho más que eso en esta vida.

—¿Dónde estamos? —pregunté.

—Donde tú quieras estar —replicó.

Me quedé pensando un instante.

—Quiero estar con Elle, pero se ha ido, Yarran. Sigo sin entender bien por qué.

—Ha desaparecido —dijo él con dulzura.

—Ha desaparecido de mi vida, sí.

—Desaparecido de... todas partes —replicó—. Mmmm...

—¿Qué quieres decir?

—Hay una línea que nos une a aquellos a los que amamos aunque estén lejos. A pesar de no verla, se encarga de que, estemos donde estemos, sigamos ligados siempre a ellos. Tú sigues ligado a ella.

Mi corazón se puso a palpitar.

—¿Aunque no subiera al barco?

—Sí. No puedo ver dónde termina la línea que os une, pero ella desea ser encontrada.

—¿Sí? —pregunté un tanto aturdido.

—Mmmm... —Yarran musitó una vez más melódicamente—. Tienes mucho que hacer. Mucho que hacer.

—¿Quieres decir que debo ir en busca de Elle?

Él hizo una pausa, como si estuviera sopesando con cuidado lo que iba a decir.

—Los antepasados creen que tienes un destino que cumplir. Ellos te protegerán, Atlas.

—Yarran, la verdad, no te entiendo...

—Ahora duerme. Los antepasados velarán por ti.

La luz blanca se volvió lentamente negra y caí en un sueño maravilloso. Cuando me desperté, la habitación estaba a oscuras. Respiré hondo y noté que el dolor de pecho había disminuido. No me cabía duda de que seguía teniendo las costillas rotas, pero ahora respiraba bien. Comprobé incluso que podía sentarme e incorporarme con relativa facilidad. Volví a abrocharme la camisa, abrí la puerta de la chabola y me saludó el silencio de la noche del desierto. La luna llena resplandecía e iluminaba el mar de minas que tenía ante mí, dibujando un extraño paisaje plagado de cráteres enormes.

El agudo croar de las ranas del desierto resonaba en la llanura, intercalado solo de vez en cuando por el aullido de algún dingo. Sentí una mano en el hombro y al darme la vuelta vi a Yarran.

—Me encuentro mucho mejor. ¡Gracias! —comenté, levantando los pulgares.

Él asintió y me tendió un montón de algo que parecía hierbas y flores recién cortadas.

—Bébetelas —dijo, poniéndolas en las manos.

—Gracias, lo haré. —Vacilé por un instante—. Ha estado muy bien hablar contigo antes. —Se me quedó mirando como aturdido y me reñí a mí mismo por atribuir mi sueño a los poderes espirituales de Yarran—. En cualquier caso, de verdad que me siento mucho mejor.

Él se dio la vuelta y levantó la mano, indicándome lo que había detrás de él.

—Ven —dijo y empezó a caminar y a adentrarse en el desierto que se extendía más allá de la chabola. Lo seguí y debimos de estar caminando unos diez minutos o así por un terreno iluminado ante nosotros por el resplandor de la luna. Entonces Yarran se detuvo y se sentó con las piernas cruzadas sobre el suelo polvoriento. Yo lo imité. Señaló el cielo con el dedo.

—Antepasados —dijo.

Levanté la vista y la visión que me saludó me dejó sin aliento. Las estrellas brillaban como nunca las había visto. Una colección de astros radiantes que centelleaban majestuosamente por encima de nuestra cabeza. Orión, Tauro, Perseo, las Pléyades… Las propias constelaciones parecían asombradas.

—Yarran… Las estrellas… Nunca las había visto así…

—Siempre aquí —contestó él—. Pero tú no ves. Espíritu destrozado. Mejorar.

Me sentía humillado por la pura vastedad del cielo resplandeciente. En aquel momento, vi vida en la oscuridad y calor en el frío. Volví los ojos hacia las Siete Hermanas.

—¿Qué tal, viejas amigas mías?

Absorbí su esplendor, disculpándome en silencio por haber olvidado todo lo que habían hecho por mí durante el viaje de mi vida. Al fin y al cabo, eran ellas las que me habían llevado a un lugar seguro durante mi inverosímil viaje cuando solo era un muchacho. Sin ellas, yacería muerto en un lecho de nieve en Siberia. Seguía creyendo que las hermanas me habían enviado a Elle, a Landowski, a Brouilly, a Pip y a Karine y a Archie Vaughan. Por no hablar de Kitty Mercer y su hermano Ralph.

—Muy bien —dijo Yarran, poniéndose en pie—. A casa.

Sin ni siquiera decir adiós, siguió caminando y alejándose de las minas.

—¡Aguarda un momento, Yarran! El poblado está aquí detrás. —Me hizo un gesto de despedida—. ¡Por favor, vuelve y quédate esta noche! ¡Mañana te llevaremos a casa a caballo!

Él se volvió de nuevo hacia mí.

—No, tú, a casa. —Señaló una vez más hacia el cielo con el dedo.

—¡Espera! ¿Quieres decir que se supone que debo irme a casa? ¿A Coober Pedy? ¿O quieres decir a casa casa? ¿A Suiza? ¡Yarran! —grité.

El hombre se detuvo y se volvió una vez más hacia mí, con una amplia sonrisa en el rostro.

—Mucho que hacer.

Esas tres palabras… las había dicho en el sueño.

—Ya lo sé… ¿Tengo que ir en busca de Elle, Yarran? —Él siguió caminando y alejándose de mí. Esta vez no se dio la vuelta—. ¡Por favor, detente! ¡No puedo permitir que desaparezcas en el páramo! ¡No es seguro!

Él se echó a reír sonoramente y siguió alejándose y adentrándose en la silenciosa noche australiana.

A sabiendas de que era una causa perdida, me encaminé a mi morada clandestina.

Después de mi encuentro con uno de los *ngangkari*, me siento más animado…, me atrevería a decir incluso esperanzado. El aire pasa a través de los pulmones y eso es más de lo que cabe decir de aquellos a los que he perdido. Mi padre, Pip, Karine, Archie… A ellos les debo poder levantarme y vivir mi vida.

Y ahora ya sé lo que tengo que hacer.
Tengo que encontrar a Elle.
Y recobrarla.
Pues eso es todo lo que hay.

El Titán

Junio de 2008

42

Star dejó de leer el diario en voz alta y miró a CeCe, que tenía lágrimas en los ojos. Le resultaba curiosa aquella escena, pues su hermana siempre había sido una persona fuerte y valiente.

—¡Oh, Cee, ven aquí! —dijo, abrazándola—. Resulta sumamente emotivo leer sobre nuestras familias, ¿no te parece?

—Sí —respondió CeCe entre sollozos—. Por si te ha costado seguir el hilo de la historia, te diré que Sarah, la huerfanita del barco, es mi abuela. No tenía ni idea de que ella y Pa se conocieron.

—Más que eso, CeCe. Ella lo salvó. Sin su ayuda, Pa habría terminado arrojándose al mar. Sin tu abuela, no habría vivido tanto tiempo ni nosotras estaríamos aquí —dijo Star mientras le apretaba la mano a su hermana—. ¡Es increíble!

CeCe por fin le devolvió una sonrisa.

—Tienes razón. Es realmente fantástico. Pero podría decirse lo mismo de los Vaughan. Parece que Pa fue muy feliz en High Weald.

—Sí, eso es cierto —dijo Star con una sonrisa—. Flora en particular era una mujer sorprendente. Pero el abuelo Teddy estuvo a punto de arruinarle la vida. ¡Qué… —meditó con cuidado sus siguientes palabras— cabrón! —acabó soltando, para sorpresa de CeCe.

Esta también empezó a reír entre dientes.

—Pues sí, aunque lo siento por ti, Star. No todos podemos decir que nuestros antepasados han tenido siempre un comportamiento heroico.

CeCe se levantó y se frotó los ojos antes de cruzar su camarote para acercarse a la pequeña nevera y coger una botella de agua.

—¿Quieres una? Has estado leyendo en voz alta sin parar durante más de dos horas.

Star asintió con la cabeza y CeCe, desde el extremo del camarote en el que estaba, le lanzó una botella, que fue a caer junto a su hermana, encima de la cama doble.

—¿Y qué crees que le pasó a Elle?

Star abrió la botella.

—No tengo ni idea —dijo—. Parece muy raro. Es evidente que estaban profundamente enamorados.

CeCe se apoyó en el borde del escritorio que había en el camarote.

—A no ser que Pa estuviera equivocado.

—¿Qué quieres decir? —replicó Star.

—Damos por hecho que todo lo que cuenta en el diario es lo que ocurrió. Pero, en realidad, es solo una versión de la historia. ¿Crees que es posible que los sentimientos de Elle no fueran tan fuertes? A Pa lo perseguía por todo el mundo ese psicótico de Kreeg con la intención de matarlo. En mi opinión, aunque se quiera mucho a alguien, una situación semejante tal vez resulte difícil de soportar, ¿sabes? —comentó antes de beber un poco de su botella.

Star se quedó pensativa y dijo:

—Pero ellos habían pasado muchas vicisitudes juntos. No entiendo por qué ella lo dejó plantado en el puerto sin más. Todo esto resulta un poco extraño.

—Eso es Pa Salt, ¿no? Un poco extraño —exclamó CeCe, que luego se levantó y fue a tumbarse en la cama al lado de Star.

Alguien llamó a la puerta y apareció Electra vestida con un caftán de color naranja.

—¿Habéis acabado, chicas? —preguntó.

—Sí. Star ya ha terminado de leerme el diario —replicó CeCe.

Entró en el camarote y se tumbó junto a sus hermanas en la cama.

—¡Joder! ¡Hay mucho que asimilar! ¿Os acordáis de esa mujer que conoció en Nueva York durante la manifestación? ¡Era mi bisabuela! Bueno, algo así. Cuidó de mi abuela cuando era pequeña. ¡Menuda casualidad! ¿No os parece?

—¡Caramba, Electra! Nos preguntábamos si eso estaba relacionado contigo de alguna manera —dijo Star mientras cogía a su hermana de la mano.

—Sí, claro que sí, a lo grande. Pero ¿podemos hablar un rato de Georg y Claudia? ¡Qué demonios!

Como el que no da crédito a algo, Star sacudió la cabeza.

—Sí, vaya revelación —dijo—. No me extraña que Georg haya sido siempre tan fiel a Pa. Los salvó a los dos.

—Gracias a su abuela multimillonaria —replicó Electra—. ¡Eso es lo que llamo yo un golpe de suerte!

—Bueno, creo que Pa merecía un poco de suerte, Electra —contestó CeCe, un poco molesta por el comentario de su hermana—. Nunca he conocido a una persona que haya tenido que soportar tantas desgracias en su vida.

—Sí, supongo que tienes razón —admitió la otra—. No sé vosotras, chicas, pero tengo muchísima curiosidad por lo de Rusia.

Movida por la emoción, Star batió las palmas.

—¡Yo también! —exclamó—. Solo sabemos una cosa, ¿verdad? Que el padre de Pa trabajó para el zar Nicolás II. ¡Esperad a que Orlando se entere de eso! ¡Probablemente le dé un ataque!

Electra suspiró.

—No voy a mentirte, Star —dijo—, no sé nada de la realeza. ¿De qué va esto?

—No soy una experta en la materia, pero recuerdo algunas cosas de mi época en la escuela. El zar Nicolás II fue el último emperador de Rusia. Abdicó en 1917.

—¿Por qué? —preguntó CeCe.

—Fundamentalmente porque estalló una revolución —siguió contando Star—. El zar de Rusia era muy poderoso. Era la máxima autoridad del país y también controlaba toda la riqueza.

—Así que ¿era una especie de dictador? —preguntó Electra—. ¿Un mal tipo?

Star se encogió de hombros.

—Supongo que sí. Sin duda era un autócrata. El pueblo ruso era muy desdichado. Tenía que soportar un frío glacial y una gran escasez de alimentos. Y al final derrocó al emperador.

CeCe y Electra se quedaron en silencio un momento para asimilar la información.

—¿Y qué hizo después de que lo derrocaran? —preguntó la segunda.

—Él y su familia fueron ejecutados. Vladimir Lenin y sus revolucionarios bolcheviques se hicieron con las riendas del poder.

—¿Por qué odiaban tanto al zar? —exclamó CeCe.

—Los bolcheviques consideraban que la monarquía era un cáncer que impedía el avance de la clase trabajadora. ¿Y qué se hace con un cáncer?

—¡Extirparlo! —replicó Electra.

Star asintió con la cabeza.

Maia se recostó en su sillón y se estiró.

—¡Oh, Pa! —susurró—. ¡En qué líos te metiste!

Se puso en pie y cruzó el salón para mirar por la ventana panorámica. Las aguas del mar parecían agitarse cada vez más mientras el Titán avanzaba camino de Delos.

—¿Hola? ¿Maia? —dijo una voz desde la puerta del salón.

—¡Hola, Merry! ¿Qué tal estás?

Merry se dirigió hacia su hermana recién hallada y le puso una mano en el hombro.

—Bueno, bastante bien. Me cuesta creer que Atlas perdiera a Elle de una manera tan inesperada. Parece que algo así va en contra de toda lógica.

Maia se quedó pensativa.

—Pues sí, tienes razón —dijo—. Creí que eran muy felices juntos —contestó antes de darse cuenta de que Merry estaba con la mirada clavada en el suelo—. ¡Caramba, lo siento! Se me había olvidado de que estamos hablando de tu madre. Tiene que ser muy duro para ti.

Merry hizo un gesto con la mano.

—¡Venga, no digas bobadas! Ni siquiera la conocí. Tú eres la única que me preocupa, Maia. Sé que ese villano del hijo de Eszu te ha tratado muy mal —dijo, abrazándola—. No puedo ni imaginar lo terrible que te parecerá todo esto.

Maia apoyó la cabeza en el hombro de su hermana.

—Gracias, Merry. Lo necesitaba.

—Lo sé, cariño —replicó la otra con una sonrisa; luego se puso las manos en la cintura—. Bueno, quería decirte una cosa.

452

—Dime.

—Como ya sabes, mis coordenadas en la esfera armilar señalaban esa casa de West Cork, que parece que fue propiedad de la familia Eszu.

—Sí —confirmó Maia.

—Pues se lo conté a mi amigo Ambrose, que me prometió hacer ciertas indagaciones. Se puso en contacto con medio West Cork
y le fueron pasando de una casa a otra. Al final, habló con una familia de Ballinascarthy.

Maia se quedó mirándola fijamente.

—Lo siento. No sé dónde es.

—¡Oh! —Merry chasqueó la lengua y sonrió—. Es comprensible. Es un pueblo que está muy cerca de Argideen House.

—Te sigo —contestó Maia, asintiendo con la cabeza.

—Resulta que el abuelo de la familia, Sonny, trabajaba en la
casa como jardinero allá por los años cincuenta. Ahora el señor es
casi centenario, pero no tuvo inconveniente en hablar de su época
en Argideen.

—¿Y qué dijo? —preguntó Maia abriendo los ojos.

Merry se encogió de hombros.

—No mucho —repuso—, solo que raras veces veía al dueño,
porque siempre estaba de viaje. Al parecer, había otros dos jardineros y no podían entrar en la casa bajo ninguna circunstancia.
También se acuerda de un ama de llaves.

—¿Sabes cómo se llamaba? —preguntó Maia, levantando una ceja.

—Sonny no se acordaba de su nombre. Dijo que apenas salía
de la casa y que no hablaba nunca con nadie. Luego, un día, esa
mujer desapareció. Después, los jardineros se pasaron meses segui-
dos sin ver al dueño, pero como no dejaron de recibir su jornal
siguieron trabajando en los jardines.

Maia hizo todo lo posible por atar cabos, pero no consiguió
llegar a ninguna conclusión.

—Pero ¿qué demonios tiene que ver todo esto contigo, Merry?
¿Por qué tus coordenadas indicaban la casa de Eszu? Eso es lo que
no logro entender.

—Yo tampoco, Maia —suspiró.

Absortas en sus pensamientos, las dos se quedaron mirando
el mar.

Un fuerte ruido al otro lado de la puerta del salón las sacó de su ensimismamiento y las dos fueron a ver qué pasaba. Para su sorpresa, se encontraron a Ally acorralando a Georg en una esquina del pasillo mientras lo apuntaba directamente con un dedo en la cara.

—No estoy de broma, Georg. Lo haremos. Ahora mismo, me importan un bledo todas esas valiosas instrucciones. ¿No te das cuenta de que en este barco hay personas que...?

Georg vio a Maia y a Merry.

—¡Hola, chicas! —dijo con sosiego.

Ally se dio la vuelta.

—¿Va todo bien, Ally? ¿Qué demonios pasa aquí? —preguntó Maia.

La susodicha se puso nerviosa.

—Sí. Todo va bien, ¿no es así, Georg?

—¡Oh, sí! —replicó el abogado—. Ally y yo estábamos simplemente hablando... sobre... el futuro del Titán. Eso es todo —añadió sin más.

—Sí —exclamó ella, recuperando un poco el autocontrol—. Georg piensa que lo podríamos alquilar durante los meses de invierno... Como entonces no lo utilizaremos...

Maia sabía que su hermana mentía.

—Jamás habría dicho que pudieras acalorarte tanto por una cosa así, Ally.

Esta se puso roja.

—Tienes razón. Lo siento. Ya sabes cuánto me apasionan los barcos, Maia. Eso es todo.

Maia miró un momento a su hermana antes de dirigirse a Georg.

—Ven aquí —le dijo, dándole un abrazo—. ¿Por qué nunca nos contaste lo de Claudia y tú?

A juzgar por la expresión de su rostro, él pareció entender perfectamente a qué se refería.

—¡Ah! ¡El diario! ¿Ya habéis llegado al momento en el que vuestro padre nos conoció?

—Eso es —replicó Maia.

—Os fuisteis a vivir con la pareja que había trabajado para Agatha —añadió Merry.

Georg sonrió al evocar esos recuerdos.

—Los Hoffman. Eran muy buenas personas.

—No me extraña que tú y Pa tuvierais una relación tan estrecha —comentó Maia—, lo conocías prácticamente de toda la vida. ¿No te parece sorprendente, Ally?

—Sí, bueno… Yo… —murmuró con una expresión de verdadera perplejidad.

—Has leído las últimas cien páginas, ¿verdad? —insistió Maia—. Es lo que todas acordamos.

—Lo siento, Maia, no lo he hecho —suspiró Ally—. Georg y yo hemos estado hablando de… del Titán.

—¡Oh!

Entonces intervino Merry:

—Bueno, parece que tenéis que poneros al día sobre algunas cuestiones por aquí, Ally. ¿Os dejamos solos? Venga, Maia, vayamos a por un café. —La cogió de la mano y juntas se fueron las dos por el pasillo—. Me pregunto de qué iba todo eso —le comentó a su hermana.

—Es muy raro, ¿verdad? —replicó Maia—. Ahí pasaba algo sin lugar a dudas. Y no creo que tuviera nada que ver con alquilar el Titán.

—Es espantoso lo que ocurrió con Elle, Ma —dijo Tiggy mientras soltaba unas lágrimas y se sentaba junto a Marina en los lujosos asientos de proa, en la cubierta superior.

Ma volvió a colocar bien a Bear, que estaba dormitando en su regazo.

—Lo sé, *chérie*, lo sé. Pero trato de no olvidar que, de no haber pasado lo que pasó, es probable que él no te hubiera encontrado nunca. ¡Ni a ti ni a mí!

Tiggy se sujetó la cabeza entre las manos.

—¿Sabías lo de Georg y Claudia? ¿Que se los encontró cuando eran unos niños?

—*Oui*, por supuesto —replicó Ma, asintiendo con la cabeza.

—¿Y todo lo de Kreeg? —preguntó Tiggy con expresión triste.

—Sí —respondió Ma bajando la voz—. No hace falta que te explique por qué nunca hablé de ello. Ya habrás leído lo peligroso que era ese hombre. Y después de todo lo que ha ocurrido con Zed…

—Lo sé. ¿Y cuándo aparecerás tú, Ma? —preguntó Tiggy—. Pa acaba de marcharse de Australia para ir en busca de Elle. ¿Cuándo te conoce?

Ma se quedó mirando a su nietecito *de facto*, que seguía dormido.

—Pronto, *chérie*, muy pronto. Espero que no me juzguéis con demasiada severidad. Como habéis comprobado durante este viaje, hay muchas cosas que no sabéis.

Tiggy se acercó más a ella y la rodeó con un brazo.

—¡Oh, Ma! Sea lo que sea de lo que nos enteremos, nada cambiará. Nunca. Te quiero —dijo Tiggy antes de besar afectuosamente a Marina en su suave mejilla.

—Gracias. Yo también te quiero.

Las dos se miraron a los ojos durante un momento antes de que Tiggy volviera a intervenir.

—¿Puedo hacerte una pregunta personal?

—Sabes que puedes preguntarme lo que desees.

—Viviste muchos años con Pa… ¿Alguna vez…, ya sabes…?

—¿Qué, cariño? —exclamó Marina con perplejidad.

—¿Te sentiste alguna vez atraída por él? —soltó Tiggy, riendo entre dientes.

—¡Oye! ¡No me dijiste que la pregunta iba a ser indiscreta!

—¡Ja, ja, ja! Lo siento, Ma. Pero ya sabes que siento cosas. Y siempre he percibido que tú guardas un anhelo en tu corazón.

Ma arqueó las celas y dijo:

—¿Sabes una cosa, picaruela? —Tiggy negó lentamente con la cabeza y Marina suspiró—. Tu padre era un hombre muy apuesto. Era perfecto en muchos sentidos. Guapo, amable, inteligente…, un ser humano muy bueno. Pero puedes estar tranquila: jamás en mi vida pensé en él en ese sentido.

—¿En serio? —exclamó Tiggy, algo perturbada.

—Es la pura verdad —replicó Ma con firmeza.

Aquella frunció el ceño y dijo:

—Normalmente no me equivoco en esas cosas.

La vergüenza le enrojeció las mejillas a Ma.

—Para ya, *chérie* —dijo—, haces que esta vieja se ruborice.

—No seas ridícula, Ma. ¡No puedes calificarte de vieja! Pero tengo que averiguarlo. ¿Quién es el hombre misterioso que te tiene el corazón robado? —le preguntó Tiggy al oído.

Marina chasqueó la lengua en señal de desaprobación y justo cuando parecía que iba a decir algo apareció por una esquina la elegante figura de Charlie.

—¡Aquí estás, cariño! —le dijo a Tiggy con una gran sonrisa.

—¡Hola, Charlie! ¿Va todo bien?

—Sí, gracias. Todo viento en popa. Y no es que pretenda hacerme el gracioso con esta expresión marinera. —Ella puso los ojos en blanco—. Bueno, quizá sí que lo pretendía un poco. Pero lo cierto es que Ally me ha encomendado la misión de asegurarme de que todas hayáis terminado de leer el diario esta noche antes de cenar.

—¿En serio? —preguntó Tiggy—. Tenemos mucho tiempo aún, falta bastante para llegar a Delos.

—¡No mates al mensajero! —exclamó Charlie, levantando las manos—. Hablando en serio, parecía tener mucho interés en que todas estuvierais com... paginadas. —Twiggy levantó las cejas—. Vale, eso ha sido forzar demasiado —exclamó Charlie.

—Gracias, Charlie. Me pondré a ello ahora. ¿Todas las demás están haciendo lo mismo?

—De momento, nadie se ha quejado —respondió Charlie mientras se inclinaba para contemplar a Bear en los brazos de Ma—. Este hombrecito está creciendo a pasos agigantados, ¿no os parece? —añadió, acariciándole al niño la mejilla—. Bueno, y ahora me voy. Nos vemos luego —exclamó antes de volver a entrar en el barco.

—Debe de haber una razón que explique por qué Ally quiere que todas terminemos de leer el diario lo antes posible. ¿Sabes cuál puede ser? —dijo Tiggy con el ceño fruncido.

—No —contestó Ma, de nuevo ruborizada.

Aquella insistió:

—Si supieras algo, me lo dirías, ¿no, Ma? Es horrible sentirse excluida...

—Nunca te mentiría, *chérie* —contestó Ma con diplomacia.

—De acuerdo —exclamó Tiggy antes de darse una palmada en las rodillas y ponerse en pie—. Ya sabes, en mi interior estoy que... echo chispas, me siento desbordada. Es como si sintiera algo, pero no tengo muy claro lo que es.

—¿Acaso se trata de Merry? —se atrevió a conjeturar Ma—. Es sangre de tu padre y está aquí en el barco. Eso tendría sentido, ¿no te parece?

Tiggy se encogió de hombros.

—Tal vez. Bueno, mejor que ahora baje a mi camarote y termine de leer el diario.

—Muy bien, *chérie*. Nos vemos luego.

En cuanto desapareció de su vista, Ma dejó rápidamente a Bear acostado en unos suaves almohadones y envió un mensaje de texto a Georg Hoffman.

El diario de Atlas

1951-1993

43

Me pasé el viaje de vuelta a Inglaterra confeccionando una lista de sitios en los que podría estar Elle. Sabía que me esperaba una labor mastodóntica, pues supondría volver a recorrer los pasos que habíamos dado juntos a lo largo y ancho de Europa; y eso que no había ninguna garantía de que mi amada se encontrara en un sitio en el que ya hubiéramos estado antes. Pero tenía que empezar por alguna parte.

Ralph Mackenzie se comportó conmigo de manera ejemplar cuando lo contacté para decirle que me iba de Australia. Vino a despedirme al puerto de Adelaida como si fuera un viejo amigo o un hermano.

—Gracias, Atlas. Ha resucitado el imperio Mercer prácticamente usted solo. La mina de ópalo nos ha permitido hacer muchas cosas, empezando por restablecer la misión Hermannsburg, que estaba casi en ruinas. Es algo que supone mucho para Kitty. Desde el fondo de mi corazón, le agradezco con sinceridad todo lo que ha hecho. —Me dio un abrazo.

—Lo mismo le digo, Ralph. Muchas gracias.

—Espero que esta vez viaje usted en primera clase. —Al oír sus palabras sonreí y le mostré mi billete de segunda—. Pero, Atlas..., es usted multimillonario. Su diez por ciento ha dado de sí para eso y más.

—Genio y figura... Supongo que cuesta abandonar los viejos hábitos. Y eso me recuerda algo. Necesitaría su ayuda para transferir mi dinero a Europa.

—Por supuesto. Haré lo que haga falta para ayudarlo. Siento muchísimo perderlo y sé que los hombres de Coober Pedy también. El día que salvó usted a los mineros cuando se derrumbó el pozo seguirá vivo en su memoria para siempre. Es usted un héroe.

—Parecía realmente abrumado por la emoción.

—Bueno, Ralph, en realidad creo que más bien fueron ellos los que me salvaron a mí. Además, Michael hará muy buen trabajo en mi ausencia.

—Hasta que volvamos a vernos. —Me tendió la mano y yo se la estreché antes de dar media vuelta y subir una vez más por la pasarela de acceso al Orient.

La travesía propiamente dicha sigue para mí envuelta en una especie de bruma. ¿Sabes una cosa, querido lector? Me temo que, por primera vez en mi vida, me permití disfrutar de las virtudes anestésicas del alcohol. La primera noche que pasé en el barco entré en el bar para brindar con whisky por mi tiempo en Australia y acabé pasando toda la velada en él. A la mañana siguiente volví. Y a la siguiente. Luego, al cabo de poco de tiempo, me dejaba caer por allí también de día.

¿Qué puedo decir? Aquello parecía que conseguía que el tiempo transcurriera más deprisa y que los días sin Elle resultaran menos difíciles. Se podría decir que se trataba de un propósito que había vuelto yo a asumir, pero hasta que la encontrara el dolor del viaje iba a ser muy intenso. Lamentablemente, no dejé la bebida en el Orient, cuando tocamos tierra después de una travesía de dos meses de duración. Sabía que iba a volver a encontrarme con algunos fantasmas de mi pasado y continué bebiendo para hacerles frente.

En cuanto llegué a Inglaterra, volví a la librería Arthur Morston, donde Rupert quedó tan sorprendido de verme que derramó su taza de té sobre una caja de libros nuevos.

—¡Caramba, amigo mío! ¡Estoy atónito! ¡Señor, Señor! ¿Qué tal estás?

Le expliqué lo que me había ocurrido durante los dos últimos años con tanta concisión como pude.

—¡Caray! ¡Pobre amigo mío! Ojalá pudiera darte buenas noticias y decirte que ha estado aquí. Pero, por desgracia, no es así.

—Bueno, en cualquier caso, valía la pena haceros una visita —dije, volviéndome hacia la puerta.

—Espera, hombre. Tienes pinta de que te vendría bien un café cargado y quizá también una cama calentita en la que pasar la noche. ¿Sabes? Louise y yo estaríamos encantados de...

—Rupert, cuando nos marchamos, dijiste que investigarías a Kreeg por mí.

Mi amigo puso cara de arrepentimiento.

—Sí, así fue y cumplí mi palabra. Como pronosticaste, es como si el muy cabrón no hubiera existido nunca. No hay ni rastro de él en nuestros archivos. Mis amigos de los servicios secretos encontraron una alusión a un tal Kreeg Eszu en un antiguo censo ruso, pero eso no te ayudará mucho.

—No —repuse, suspirando—. ¿Volvió alguna vez por aquí?

—Nunca, amigo mío. Estuvimos vigilando el lugar como halcones durante semanas después de que os fuerais, pero ni rastro de ese tipo.

Eché un vistazo por la tienda. Habían pintado las estanterías de blanco, lo que hacía que el establecimiento pareciera más luminoso. Elle habría dado su aprobación.

—Gracias, Rupert. —De pronto me vino una idea a la cabeza—. Me pregunto si sería posible contactar con Flora para ver si ha tenido alguna noticia de Elle.

—Por supuesto —repuso el amigo, dirigiéndose a la trastienda—. Voy a llamarla ahora mismo. Ha vuelto al Distrito de los Lagos estos días. —Subió corriendo las escaleras, pero regresó negando con la cabeza—. Lo siento, viejo amigo. Flora tampoco ha tenido noticias de ella. Pero estará encantada de verte de nuevo. Me ha dicho que se trata de una invitación abierta.

—Muy bien. Gracias, Rupert —farfullé inevitablemente mientras le estrechaba la mano.

—¿Estás seguro de que no podemos ofrecerte una tacita de café car...?

Yo ya había cerrado la puerta de la librería Arthur Morston antes de que mi viejo amigo hubiera acabado la frase. Me dirigí de nuevo al Claridge's, donde había reservado una habitación, y di instrucciones al conserje para que organizara la siguiente etapa de mi viaje a Suiza.

Indudablemente, el señor Kohler estuvo menos encantado de verme que Rupert. Cuando entré en el bufete Kohler & Schweikart, en la rue du Rhône, la secretaria se me quedó mirando de arriba abajo.

—¿El señor Tanit? —dijo con un pequeño jadeo, esforzándose por averiguar si el hombre demacrado y con barba que estaba en la recepción era realmente yo. Le respondí asintiendo con la cabeza y la mujer agarró corriendo el teléfono. Eric Kohler salió disparado de su despacho sin dar crédito a lo que le decía su secretaria y me empujó al interior.

—¡Atlas! Pero, hombre, ¿dónde diablos se había metido? ¿Qué fue lo único que le pedí que hiciera al comienzo de todo este proceso? ¡Que no desapareciera de la faz de la tierra! Y usted, amigo mío, creyó conveniente hacer justo lo contrario. La verdad es que estaba pensando en poner sus asuntos en manos de otro abogado más joven, porque, a este paso, la familia Tanit va a acabar conmigo...

Levanté la mano para indicarle a Eric que dejara de hablar.

—¿Elle se ha puesto en contacto con usted?

—No —dijo, enojado—. Desde luego que no. Y ahora tiene usted un montón de explicaciones que darme, por no hablar de la Oficina Suiza de Nacionalización, que lleva reteniendo su solicitud más de dos años. Atlas, ¿dónde ha estado metido?

Me arrellané en el sofá situado al fondo de la habitación y le conté al abogado mi historia de desgracias y aventuras en Australia. Eric escuchó atentamente, aunque con cara de insatisfacción.

—Lo siento, Atlas, pero, ante todo, ¿cómo se le ocurrió a usted irse a Australia? Si lo que quería era un cambio, ¿por qué no regresar a su país natal y hacerse cargo de su nacionalidad y de su fortuna?

Me acordé de que en ningún momento había informado a Eric de lo de Kreeg y me sentía demasiado fatigado para hacerlo ahora.

—Voy a visitar a los Hoffman para comprobar que todo va bien con los niños. Por favor, ¿podría usted llamarlos antes por teléfono?

El abogado dio un suspiro.

—Me parece muy bien —respondió—, y creo que estarán encantados de recibirlo. A Georg en particular le van muy bien las cosas. Lo cierto es que nos hemos hecho buenos amigos, pues viene de aprendiz una vez a la semana. Tiene muy buena cabeza y quiere ser abogado.

—¡En ese caso, puedo echarlo a usted y contratarlo a él! —mascullé.

—Bueno, tal vez con el tiempo. Pero, Atlas...

—¿Sí, Eric?

—Ya sé que sigue usted siendo mi cliente y no deseo decir nada que esté fuera de lugar, pero quizá no le vendría mal darse una ducha fría. Incluso tal vez afeitarse. Y encargarse de beber mucha agua. Recuerde que es usted el salvador de esos niños. —Me dirigió una mirada severa—. No ensucie la imagen de su ángel de la guarda. —Las palabras de Eric Kohler dieron de lleno en el blanco.

—Bueno. Por lo pronto iré a verlos mañana. Por favor, lláme-me luego por teléfono al hotel y dígame si les va bien a los Hoffman. Me alojo en el Beau Rivage.

—Como usted desee, señor Tanit —dijo Eric, señalándome la puerta con la mano.

Me dirigí lentamente de vuelta al hotel, lleno de vergüenza, y aquella noche no tomé ni una gota de alcohol. A la mañana siguiente, cogí un taxi hasta la gran mansión urbana de Agatha, todavía identificable debido a la pintura rosa que cubría su fachada. Sus habitantes me recibieron calurosamente.

—¡Gracias por volver, señor Tanit! El señor Kohler nos dijo lo atareado que está usted, con todos sus negocios —exclamó la señora Hoffman. Me di cuenta de que Eric había preferido compartir con la familia una mentira para no inquietar a los niños. Me atravesó el pecho una punzada de culpa—. ¡Qué contentos de verlo van a estar Georg y Claudia!

—¿Tienen ustedes todo lo que necesitan, señora Hoffman? —pregunté—. Quiero asegurarme de que no les falta ni un céntimo.

La mujer asintió entusiásticamente.

—Por supuesto, muchas gracias, señor Tanit. Agatha estaría orgullosísima de su filantropía. Lo lleva usted en los genes.

Los niños me recibieron como si fuera un tío que llevara largo tiempo perdido. Me sorprendió cuánto habían crecido los dos durante los años que yo había estado fuera, pues se me olvidaba que aún estaban en su fase de formación. Evidentemente, los Hoffman habían insistido en que la parejita se engalanara para la llegada de su benefactor, y me inundó una sensación de remordimiento por no haber estado más presente en su vida.

—¡Hola, señor Tanit! —dijo Georg con la voz quebrada, y cuando me estrechó la mano me di cuenta de que casi me llegaba a la frente.

—¡Por Dios bendito! ¿Este es el joven Georg o su padre? —dije, intentando ser gracioso, antes de recordar la suerte que habían corrido sus progenitores. El chico se dio cuenta de lo mortificado que me sentía por haber dicho aquello y me sonrió amablemente.

—¿Se acuerda usted de mi hermana Claudia? —Señaló a la muchachita que también había crecido de forma notable, aunque seguía teniendo la misma carita dulce que yo recordaba de unos años antes.

—¡Qué alegría volver a verlo, señor Tanit! —exclamó, cortés, la niña—. ¡Mi hermano y yo no sabemos cómo agradecerle su amabilidad!

—Me alegra mucho volver a verte a ti también, Claudia. No tenéis que darme las gracias. Es al señor y a la señora Hoffman a quienes debéis estar agradecidos. ¿Disfrutáis de vuestra vida en Ginebra? —Los dos asintieron con toda sinceridad—. ¿Y cómo os van los estudios?

—A mí me van muy bien. Gracias, señor Tanit —respondió Georg.

—Me he enterado de que has estado yendo a visitar al señor Kohler. Me ha dicho que quieres ser abogado.

El chico hizo un movimiento casi imperceptible con los pies, en el sitio.

—Sueño con ello, sí. Deseo influir en la manera en la que funciona el mundo, para que la gente tenga una vida más justa. —Sus palabras hicieron que asomara una sonrisa en mis labios.

—No se me ocurre nada más noble ni más adecuado. Me das una gran alegría, Georg. Tú encárgate de perseguir ese sueño tuyo con todo tu corazón.

—Así lo haré, señor Tanit. —Vaciló un instante y miró a la señora Hoffman, situada en un rincón de la sala, que me dio la impresión de que le dirigía una mirada de reconvención—. Pero el señor Kohler dice que los precios de las universidades y de las facultades de Derecho son muy elevados.

—¡Georg! —exclamó la mujer—. ¡El señor Tanit no lleva aquí ni cinco minutos y tienes el atrevimiento de molestarlo pidiéndole más dinero, cuando ya está sufragando todos los gastos que acarrea vuestra vida!

Sonreí abiertamente.

—Por favor, no hace falta que grite, señora Hoffman. Un abogado tiene que ser valiente, rico en recursos y hacer preguntas capciosas. Creo que el joven Georg ha demostrado poseer esas tres virtudes a la vez —comenté levantando las cejas.

—Le prometo devolverle un día todo el dinero —dijo el chico—. ¡Hasta el último céntimo!

Puse la mano en el hombro del muchacho.

—No dudo de que lo harás cuando tengas la ocasión. Pero no hace falta. Si continúas trabajando duro y complaciendo al señor y a la señora Hoffman, te aseguro que no habrá barreras financieras para que sigas adelante con tu educación.

—¡Gracias, señor Tanit! ¡Gracias! —exclamó Georg entusiasmado.

—Y por supuesto lo mismo vale para ti, Claudia. ¿Te gusta el colegio?

La niña puso cara de desconfianza.

—Algunas clases las encuentro un poquito difíciles —dijo—. El francés no se me da tan bien como a mi hermano.

—¡Todavía! —repuse yo, guiñándole un ojo—. Tú sigue esforzándote. —Les tendí la mano—. Ha sido muy agradable enterarme de las novedades y veros a todos de nuevo, pero me temo que ahora tengo que irme. Continuad portándoos bien con el señor y la señora Hoffman, chicos. —Le di la mano a Georg y Claudia me sorprendió con un abrazo.

Los señores me acompañaron hasta la entrada.

—Lo que hace usted por los chicos es verdaderamente maravilloso, señor Tanit —dijo el señor Hoffman, apoyando la mano con firmeza en mi espalda.

—Por favor, llámeme Atlas. Y no sé de qué otra forma recalcarlo más. A ustedes es a quienes hay que darles las gracias.

—Bueno, puede ser, pero creo que hay pocas personas en el mundo que utilizarían el dinero que han heredado para costear los gastos de dos huérfanos. Dos completos extraños. La única motivación que ha tenido usted ha sido la bondad y eso es algo que hay que celebrar.

—Gracias —dije, sintiendo que se me hacía un nudo en la garganta.

Tras arreglar mis asuntos con Eric Kohler, lo que supuso ponerlo en contacto con Ralph Mackenzie para que organizara el traspaso sin incidentes de mi abultada cuenta bancaria de Australia a Suiza, firmé por fin los últimos documentos que me permitirían obtener la nacionalidad suiza.

El lector tal vez se pregunte por mi temor a encontrarme de nuevo con Kreeg Eszu mientras me dedicaba a volver sobre mis pasos por Europa. Sin embargo, debo confesar que ese temor era casi inexistente. Por estas páginas, ya es sabido que, sin Elle, no siento ningún interés por mi vida. Lo único que me mueve es su búsqueda. Lograré dar con ella o moriré en el intento.

Durante la travesía en el ferry desde Newcastle hasta Bergen el mar estuvo muy picado, pero afortunadamente fue una experiencia bastante rápida y al cabo de veinticuatro horas ya habíamos atracado en Noruega. De todas las visitas que iba a volver a hacer, aquella era la que más temía. ¿Qué iba a decirles a Astrid y a Horst después de la inimaginable tragedia que habían vivido? A esta preocupación se sumaba la perspectiva de volver a mirar a los ojos al pequeño Felix y ver su dolor en ellos. En consecuencia, me encargué de curarme en salud bebiéndome una botella de whisky durante la travesía.

Yo ya sabía que tenía que cumplir la tarea que me había impuesto. Si Elle había vuelto a algún sitio, Bergen me parecía la opción más lógica. Karine fue su mejor amiga y los Halvorsen fueron para nosotros como una familia. Me fui dando el acostumbrado paseo desde el puerto hasta las colinas, donde seguía en pie la casita rústica en la que en otro tiempo nos alojamos.

Llamé a la puerta.

—*Ett minutt!* —respondieron desde dentro. Aguardé un instante, preparándome para un encuentro difícil.

No tardó en aparecer en la puerta Astrid. Parecía haber envejecido mucho. Sus mejillas, otrora sonrosadas, estaban hundidas y la espesa cabellera rubia que yo recordaba la tenía descuidada y cubierta de canas. Cuando al fin me reconoció, abrió los ojos desmesuradamente y empezaron a llenársele de lágrimas.

—Hola, Bo —dijo.

—¡Astrid! Las palabras no podrán nunca describir cuánto siento lo que… —Antes de acabar la frase, ella echó los brazos alrededor de mi cuello y me abrazó con tanta fuerza que casi me quedé sin respiración.

—¡Horst! ¡Horst! —dijo a grandes voces, cogiéndome de la mano y arrastrándome al interior de la casa.

El padre de Pip apareció en el vestíbulo desde el pasillo y tuvo que mirar dos veces para dar crédito a lo que veía.

—Pero ¿cómo es posible? ¡Bo D'Aplièse! —acertó a balbucir.

—¿Qué tal, viejo amigo?

Horst se ayudaba ahora de un bastón para caminar. Se acercó lentamente hasta donde yo estaba y también me abrazó. Me dio unos golpecitos en el pecho con su bastón.

—¡Cuánto me alegro de verte, jovencito…, aunque ya no tanto!

—¡Por favor, siéntate! Prepararé un poco de té. ¿Todavía sigue gustándote el té negro inglés?

Antes siquiera de responder, Astrid se había metido ya en la diminuta cocina. Yo, por mi parte, seguí a Horst al cuarto de estar, que no había cambiado lo más mínimo durante los diez años en los que yo no había entrado en él.

—Horst… —empecé a decir—. No soy capaz de expresar cuánto siento…

El hombre levantó su bastón en el aire para detenerme.

—Por favor, no hablemos de ello. Todo el mundo en Bergen sabe por lo que hemos pasado. Cuando nos cruzamos con alguien por la calle, se lee en su cara la compasión y el dolor. Ya hemos tenido suficiente para la única vida que vamos a tener.

—Lo comprendo —repuse a modo de disculpa.

Horst se arrellanó en su sillón y me hizo un gesto para que yo también me sentara.

—¡Bueno, cuéntame de tu vida, Bo! ¿Qué tal está tu brazo? ¿Eres ya violonchelista de la Orquesta Sinfónica de Londres?

Había pasado ya mucho tiempo desde que dejé de pensar en el violonchelo.

—No, por desgracia. Lamento decirte que no. Ya no me duele, pero después de unos pocos minutos de hacer cualquier actividad el brazo se me queda rígido. Ya he aceptado que nunca llegaré a ser un virtuoso.

Horst se me quedó mirando con pena.

—¡Qué desperdicio tan terrible! ¡Yo había depositado muchas esperanzas en ti! Bueno, ¿y cómo has pasado estos diez últimos años? —Le conté lo de High Weald, lo de la librería Arthur Morston y lo de Australia—. ¡Por Dios, Bo! ¡Una mina de ópalo! ¡Nunca me habría imaginado que el chico dulce y tímido que conocí hace diez años acabaría convirtiéndose en el director de una empresa tan grande! Pero la vida da unas vueltas y revueltas de lo más interesantes. Mientras Elle y tú seáis felices… Y, por cierto, ¿dónde está? ¿Ha venido contigo a Bergen?

Bajé los ojos y me quedé mirando al suelo.

—No, Horst. No está aquí. Ese es el motivo de que yo haya venido… a buscarla. Deduzco por lo que acabas de preguntarme que no ha estado en Bergen durante estos dos últimos años…

—No —dijo el hombre con gesto de preocupación—. ¿Ha ocurrido algo entre vosotros? Cuando estuvisteis aquí en nuestro país se os veía muy enamorados. Estábamos seguros de que no tardaríais en casaros.

Tragué saliva.

—Yo también lo creía. Pero llevo ya dos años sin tener contacto con ella.

Horst no sabía qué decir, pero por fortuna volvió Astrid con el té.

—Creo que he oído el final de la conversación… —dijo, con una sonrisa triste en los labios—. ¿Elle y tú ya no estáis juntos? —Moví la cabeza negativamente a modo de respuesta—. Pensé que era bastante raro que no te mencionara en la carta que nos envió.

Levanté la cabeza de golpe.

—¡Una carta! ¿Cuándo la recibisteis?

—¡Uy, por Dios! Hará unos seis meses…

—¿Solo seis meses? ¡Pero eso es fantástico! ¿Puedo verla? —pregunté, con el corazón a punto de salírseme del pecho.

—¡Por supuesto que sí, Bo! —respondió ella. Fue hasta el otro extremo de la habitación, donde había un escritorio, abrió el cajón de arriba y se puso a mirar varios documentos antes de seleccionar uno—. Aquí está. Es muy corta, pero me encantó tener noticias suyas.

Astrid me la entregó. Fue un gran consuelo volver a ver la letra elegante y clara de Elle.

Queridos Horst y Astrid:

Espero que cuando os llegue esta carta os encontréis bien. Por favor, no podéis figuraros cuánto os echo de menos, a vosotros y a Bergen, y también a mis queridos amigos Pip y Karine.

Últimamente he pensado mucho en vosotros y en las noches que pasábamos juntos haciendo música en la casa de la colina.

Aquellas veladas en Noruega fueron mágicas y ahora me veo añorando lo que tuve una vez y ya ha desaparecido.

Escuchar a Grieg me hace pensar en vosotros y en el hermoso país que tuve la suerte de llamar «hogar» durante un breve tiempo.

Ha pasado toda una vida, pero quería que supierais que sigo teniéndoos muy cerca dentro de mi corazón.

No olvidéis nunca los recuerdos que tenemos de cuando estábamos juntos. Yo, por mi parte, sé que no los olvidaré.

¡Qué alto debe de estar ya mi querido Felix!

¡Ya no será el precioso bebé de antes!

Tiene toda la vida por delante.

Desearía que sus padres estuvieran también aquí para verlo.

¡Qué orgullosos se sentirían!

Con cariño,

Elle

Dejé la misiva sobre mi regazo y fruncí el ceño.

—Es una carta muy rara, ¿no os parece? —dije.

Astrid se encogió de hombros sin saber qué decir.

—¿Ah, sí? Tal vez un poco lacónica, pero yo lo achaco al hecho de que el noruego no es la lengua materna de ninguno de vosotros.

—Eso es verdad, pero ella lo hablaba ya con fluidez al término de nuestra estancia aquí, lo mismo que yo. No sabría decir exactamente qué es, pero hay algo extraño en la manera que tiene de escribir. No se parece a la Elle que conozco. —Me quedé mirando a Astrid antes de añadir—: Tenéis todo el derecho a decirme que no, pero ¿podría quedármela?

—Desde luego —respondió la mujer, sonriéndome con amabilidad.

Se me vino a la cabeza una idea brillante.

—Astrid, ¿tienes el sobre en el que venía metida la carta? ¡Se me acaba de ocurrir que tendrá un sello!

La mujer negó con la cabeza.

—Lo siento, Bo. Lo tiré. Solo guardé la carta. —Se me vino el mundo a los pies—. Recuerdo que venía del extranjero...

—¿De dónde? ¿De Inglaterra?

—No, no era de Inglaterra. —Cerró los ojos y se quedó pensando—. ¿O sí? Recuerdo que el sello estaba en inglés. Creo. ¡Ay, no estoy segura! Siento no serte útil.

—Está bien, Astrid —respondí, disimulando mi decepción. Cambié entonces de tema—. ¿Y cómo está Felix? Ya debe de tener... ¿Cuántos? ¿Once años?

Horst y Astrid se miraron.

—Ya tiene trece —contestó el hombre en tono solemne.

—¡Por Dios! ¡Cómo vuela el tiempo! ¿Está bien?

—Como puedes suponer, ha tenido una vida difícil. Es... un poco revoltoso —dijo Horst diplomáticamente.

—¡Bueno, entonces es digno hijo de su padre!

En los labios de Astrid se dibujó una débil sonrisa.

—Lo es, desde luego. Pero el pequeño Felix es mucho más que un niño travieso. No es culpa suya. Echa mucho de menos a su madre y a su padre.

—Me lo imagino —dije con sinceridad.

Como si fuera a propósito, oí que se abría la puerta de la casita para inmediatamente cerrarse de golpe. Asomó la cabeza en el cuarto de estar un jovencito que era la viva imagen de Pip, pero con el cabello oscuro y los ojos marrones de Karine.

—¡Felix Halvorsen! ¡Pero si todavía no se han acabado las clases! ¿Qué haces a estas horas en casa? —exclamó Astrid.

Él se encogió de hombros sin darle mucha importancia.

—No quise seguir en la escuela. ¡Las clases de hoy eran muy aburridas! —Me miró a los ojos—. ¿Y tú quién eres?

—¡Felix! —terció Horst—. ¡No seas maleducado!

—No pasa nada —dije—. ¡Este jovencito tiene derecho a saber quién hay en casa! —Me levanté y me dirigí hacia él para estrecharle la mano—. Hola, Felix. Me llamo Bo. Era un íntimo amigo de tus padres. Te recuerdo cuando eras solo un bebé.

Por fin me estrechó la mano.

—¿Conocías a Pip y a Karine? —preguntó.

—Sí, y muy bien. Fueron extraordinariamente buenos conmigo cuando más lo necesitaba. Nunca los olvidaré. Por no hablar de tus abuelos, aquí presentes, que no dudaron en ofrecer techo y comida a un perfecto extraño.

El chico se me quedó mirando.

—Si eras tan íntimo de mis padres, ¿por qué no te había visto hasta ahora?

—¡Por Dios, Felix! Sé educado con nuestro huésped, ¿quieres? —lo reprendió Astrid.

—¿Qué? No hacía más que comentar que no debía de ser tan íntimo de mamá y papá si no lo había visto nunca hasta ahora.

Acepté que el muchacho estuviera enfadado.

—Tienes razón, Felix. Habría debido volver en estos últimos años y no lo he hecho. Te pido disculpas de corazón. Y me alegro de que hayas crecido y te hayas convertido en un jovencito franco y testarudo. Tus padres estarían muy orgullosos de ti.

—No, no lo estarían si sigue haciendo novillos —bromeó Horst.

Felix frunció el entrecejo.

—Tú calla, abuelo. De todas formas, aprendo más pasando contigo una tarde al piano. Me voy a ensayar.

Salió de la estancia y subió la escalera a grandes zancadas camino de su habitación. No pude evitar sonreír ante la actitud del hijo de Pip y Karine, tan imbuido del espíritu que habían tenido en otro tiempo sus padres. Realmente pensaba lo que le había dicho. Sin duda alguna sus progenitores se habrían sentido muy orgullosos de él.

—¿El joven Felix también es músico? —pregunté.

Horst se encogió de hombros.

—¿Qué te puedo decir? Lo lleva en los genes. Te aseguro que, aunque es un pequeño gamberro, es un pianista con un talento enorme. Creo que musicalmente es incluso mejor que Pip. —Pareció de pronto ponerse muy triste—. Y eso ya es decir bastante.

Me acerqué a mi viejo amigo y puse una mano en su brazo.

—Sé lo agradecido que estaría Pip por lo que Astrid y tú estáis haciendo por su hijo. Y Karine también. —Las lágrimas brillaban en los ojos de Horst—. Ha sido tan agradable volver a veros... Gracias por el té, Astrid.

—¿De verdad vas a irte tan pronto? ¡Si acabas de entrar por la puerta!

—No desearía abusar de vosotros —contesté—. Ya lo he hecho bastante a lo largo de mi vida.

—¡No seas tonto, hombre! —dijo Astrid en tono de reconvención—. Bueno, no vamos a discutir. Te quedarás a cenar. ¿Dónde te alojas?

—Pues...

Ella me apuntó con un dedo y dijo:

—¡Por Dios, Bo! ¡No me digas que no tienes dónde alojarte!

—Había pensado tomar una habitación en el Grand Hotel y coger el ferry con destino a Francia mañana por la mañana.

—¿A Francia? —preguntó Horst—. ¿Por qué?

—Es el país natal de Elle. Creo que es posible que haya vuelto a París, donde nos conocimos.

Astrid se acercó a mí y me cogió por los codos.

—Muy bien, vete a Francia si tienes que ir y sigue adelante con tu misión, pero Horst y yo insistimos en que te quedes unos días con nosotros. —Me miró con una expresión de súplica en los ojos.

—Gracias —respondí—. Será un placer.

Los días que pasé en Bergen fueron maravillosos. Di unos paseos estupendos por los Fjellstrekninger, me calenté por las noches ante el fuego de leña y comí hasta la saciedad el famoso guisado de cordero y repollo de Astrid. Al final de mi estancia en casa de los Halvorsen, creo que hasta Felix me encontraba agradable, sobre todo después de que le afinara el piano de pared que había pertenecido a Pip.

Cuando llegó la hora de marchar, subí a bordo de un ferry que hacía la ruta Bergen-Ámsterdam y desde allí me fui en tren a París. Si Elle había vuelto a la capital de Francia, ¿con quién habría decidido ponerse en contacto? ¿Con Landowski? ¿Con Brouilly? ¿Quizá con madame Gagnon? Una parte de mí deseaba hablar con monsieur Ivan, pero era consciente de que volver al Conservatoire de Paris era desaconsejable, debido a lo que había sucedido entre monsieur Toussaint y yo hacía ya muchos años. Tenía que empezar por el estudio de Landowski en Boulogne-Billancourt.

La casa tenía exactamente el mismo aspecto que guardaba yo en mi memoria. La fachada de piedra blanca estaba quizá un poco descolorida, pero seguía cubierta con la exuberante glicinia malva. Me detuve ante ella un rato, empapándome del lugar que había sido mi hogar de niño. Mi mirada fue a parar al banco en el que solía tocar el violín. Me dirigí hacia él, me senté, cerré los ojos y dejé que mi imaginación evocara el pasado…

—¿Qué está usted haciendo ahí? —gritó en francés una voz que me resultó familiar. Abrí los ojos y cuando volví la cabeza vi a una Evelyn más gruesa, con más canas, que venía rápidamente hacia mí cruzando el césped—. ¡Esto es una propiedad privada!

En mi rostro se dibujó una sonrisa enorme al ver a una de mis salvadoras más cariñosas. ¡Ah! ¡Qué estupendo volver a verla!

—Se lo repito. ¿Qué está usted haciendo ahí? ¡No me haga sacar la escoba!

Seguí sentado en el banco sin moverme, clavando yo también en ella los ojos.

—¿Quién es usted?

—¡Hola, Evelyn! —dije, levantándome. Ahora era yo casi medio metro más alto que ella, pero cuando me miró a los ojos percibí en ellos un destello que indicaba que me había reconocido. Su expresión se suavizó inmediatamente.

—¡No puede ser! —susurró—. ¿Bo? —Extendí los brazos hacia ella, que me abrazó con fuerza—. ¡Bo! ¡Ay, Bo! Nunca pensé que te volvería a ver. —Se apartó de mí por un instante para mirarme otra vez a la cara—. ¡Ay, mi niño querido! ¡Cómo has crecido! ¡Qué día tan feliz!

Una vez más volvieron a llenarse de lágrimas los ojos de una persona que parecía muy contenta de verme. Si se me permite la vanagloria, estaba creándose un patrón.

—Te he echado mucho de menos, Evelyn.

—¡Y yo a ti! ¡Pero ven, pasa! Monsieur Landowski está aquí. ¡Cuidado, mi pequeño Bo! ¡Podrías provocarle un ataque al corazón! —Evelyn me cogió del brazo y me condujo hasta el recibidor que tan familiar me resultaba—. La mayoría del tiempo estoy solo yo, mientras que a monsieur Landowski su trabajo lo lleva a andar por todo el mundo. ¿Qué ha sido de tu vida? ¿Ya eres un músico famoso? ¿Qué ha pasado con el chico que te perseguía? ¿Habéis hecho las paces? ¿Y qué ha pasado con la pequeña Elle? ¿Qué ha sido de ella?

Su avalancha de preguntas me reveló que los caminos de Elle y de Evelyn no se habían vuelto a cruzar desde que abandonamos Francia hacía ya muchos años. Intenté disimular mi decepción.

—¡Cuánto han cambiado las cosas, Evelyn!

—No me extraña. Por lo pronto, hablas más de lo que solías.

—¿Qué es todo ese jaleo? —Resonó por toda la galería la voz estruendosa (aunque ahora un poquito ronca) de monsieur Landowski. El hombre apareció doblando la esquina del pasillo, vestido con la misma bata que llevaba hacía veinticinco años. El escaso pelo que conservaba en la cabeza era muy fino y estaba completamente blanco, lo mismo que el bigote y la barba que lo caracterizaban. Permanecimos frente a frente en el pasillo durante un instante.

—¡Muchacho! —dijo al fin—. ¡Aah! —Movió la cabeza con incredulidad antes de dar media vuelta e indicarme con la mano que lo siguiera—. Ven. Una ayudita no me vendría mal. Evelyn, ¿podrías poner a calentar agua para hacer té? Y luego reúnete con nosotros en el taller.

La mujer me apretó ligeramente el brazo y desapareció camino de la cocina. Yo seguí a monsieur Landowski hasta su taller, donde, encima de la mesa, había una escultura de piedra casi acabada que representaba una bailarina. Tenía el brazo levantado con elegancia por encima de la cabeza y la cara inclinada hacia el suelo.

Landowski agarró el escoplo y empezó a golpear con delicadeza la caballera flotante de la figura.

—Pásame ese cincel más fino que está ahí en el banco de trabajo, ¿quieres? —Sin dudarlo un instante, hice lo que me había mandado—. Bueno… ¿Qué te parece? —dijo, mirando la escultura con aire de aprobación.

—No ha perdido usted su toque, monsieur Landowski. ¿Es una bailaora de flamenco?

—Exacto. —Dio un pasito atrás con el fin de admirar su obra—. Estoy muy orgulloso de ella. —A continuación volvió la cabeza hacia mí y dijo—: Bueno, muchacho, así que has vuelto. ¿Eso significa que estás por fin a salvo?

Suspiré.

—Es una pregunta difícil de responder, monsieur Landowski.

—Mmm… Bueno, no te preocupes por el granuja ese del *conservatoire*, Toussaint. Tu viejo profesor, monsieur Ivan, ya se ocupó de él.

Esa mención hizo que asomara una sonrisa en mis labios.

—¿Ah, sí? ¿Y cómo?

Landowski chasqueó la lengua.

—Ivan era de Moscú y estaba enfadado. ¿Hace falta que te diga más?

Me encogí de hombros.

—Probablemente no.

—Toussaint acabó por irse de París. No volvimos a oír hablar de él. Al final las ratas siempre se escabullen por alguna alcantarilla.

—¿Qué tal está monsieur Ivan? Me encantaría ir a verlo.

Landowski se apoyó en el banco de trabajo.

—Lo siento, Bo. Murió hace ya varios años. Permanecimos en contacto después de que te fueras a Alemania. Hablaba de ti con frecuencia y predecía grandes cosas. —Me miró de arriba abajo—. Pero es evidente que ya no tocas.

Me sentí confundido.

—¿Cómo lo sabe usted, monsieur Landowski?

—Se te ve sin alegría. Sin alma. Así que apuesto a que no tocas.

La mujer regresó con el té.

—Gracias, Evelyn. No sé qué haría yo sin ella, muchacho. Se encarga de gestionar toda mi vida cuando estoy en Francia. Desde las sábanas hasta mi agenda. Mi memoria ya no es la que era. ¿Verdad, Evelyn?

La mujer se echó a reír.

—Sigue usted tan mordaz como siempre, monsieur Landowski —dijo la buena señora.

—¡No se olvide de decir que le pago su buen sueldo! En cualquier caso, siéntese, por favor, mientras nuestro viejo amigo nos cuenta todo lo que ha sido de su vida.

Evelyn se dirigió al sofá ajado y cubierto de polvo que había al fondo del taller.

—Antes de nada, ¿puedo preguntar dónde está el resto de la familia, monsieur Landowski?

—La mayoría sigue en Roma. —Señaló la escultura y añadió—: Yo estoy en París solo porque tengo que acabar este encargo. Lo empecé aquí las Navidades pasadas, cuando me aburría del parloteo de mi achacosa suegra. —Pasó delicadamente la mano por el rostro de piedra de la figura—. Es para un particular, un cliente español. Espero que no te importe que siga trabajando mientras hablas. Llevo ya bastante retraso con esta estatua. Tengo que acabarla hoy mismo.

—Por supuesto, monsieur Landowski.

—Gracias —dijo, agarrando de nuevo el escoplo—. Ah, por cierto, Marcel ingresó en el *conservatoire*. —Dejó escapar una risita—. Ha estudiado con Marguerite Long y ahora es compositor profesional.

Di un pequeño aplauso.

—¡Cuánto se lo merece! Por favor, felicítelo sinceramente de mi parte la próxima vez que lo vea.

Monsieur Landowski me sonrió con cierta ironía.

—Estoy seguro de que estará encantado de recibir tu felicitación.

Mientras iba yo contando mi historia, él continuaba esculpiendo y yo lo ayudaba, volviendo en cierto modo a la vieja rutina de hacía un cuarto de siglo. El anciano casi no reaccionaba ante nada de lo que yo decía, desde el dolor que sentí cuando por culpa de Kreeg me rompí el brazo y mi carrera musical se fue al garete hasta el drama del salvamento de los hombres en la mina de Coober Pedy. Estaba completamente absorto en su trabajo. Evelyn, en cambio, abría la boca y gesticulaba una y otra vez, pendiente en todo momento de mi relato.

—¡Ay, Bo! —exclamó cuando lo hube acabado—. ¡Cuánto siento todo lo que te ha pasado! La vida puede ser muy injusta.

—Supongo que no hace falta que les pregunte si Elle se ha puesto en contacto con cualquiera de ustedes —comenté. Landowski negó con la cabeza—. ¿Y qué me dicen de monsieur Brouilly? ¿Creen que habría alguna posibilidad?

—Hablo con él asiduamente —contestó Landowski—. Ha ascendido a jefe del Departamento de Escultura en la École des Beaux-Arts. Te puedo asegurar que me lo habría comentado.

—Lo mismo digo de madame Gagnon. Sigo en contacto con ella —añadió Evelyn—. Ya está jubilada. Pero de vez en cuando vamos a tomar el té juntas. Elle no ha salido nunca a colación. Lo siento, Bo.

—¿Y qué me dices de Kreeg? ¿Ya no tienes miedo de él? —preguntó Landowski.

—No sé qué es lo que podría quitarme que no haya perdido ya —repuse sinceramente—. Esta era mi última esperanza. No sé en qué otro sitio podría estar Elle. Pensé que, si volvía a visitar los lugares de nuestro pasado, cabía la posibilidad de que ella también hubiera regresado a alguno de ellos. Pero ahora ya no sé qué voy a hacer —comenté, pasándome los dedos por el cabello.

Landowski se me quedó mirando.

—No tienes nada que te motive. —Juntó las manos y preguntó—: Bueno, ¿te gustaría tener un empleo?

Su oferta me pilló desprevenido.

—¡Oh, monsieur Landowski, es usted muy amable, pero no estoy seguro de poder ayudarlo aquí en el taller como hacía antes!

—Me refiero a algo mucho más transitorio. Esta obra que me han encargado hay que transportarla hasta el Sacromonte, en Granada. Como te dije, voy con retraso. Podrías llevarla tú en tren para que estuviera allí lo antes posible. De lo contrario, tendría que ir en barco, lo cual llevaría mucho más tiempo —dijo, levantando una ceja—. Además, estarías haciendo un favor a tu viejo amigo.

Me quedé pensando en su proposición y, por más que busqué, fui incapaz de encontrar un motivo que me impidiera hacer lo que me pedía.

—Muy bien, monsieur Landowski. Estaré encantado de acompañar a su obra hasta su destino.

—Estupendo. No creo que viajar con ella en un tren de mercancías vaya a ser especialmente cómodo, pero estoy seguro de que te las arreglarás. —Se quedó mirando el banco del jardín por la ventana del taller—. ¿Sabes una cosa? Ninguna escultura mía ha tenido escolta personal desde que Brouilly llevó el Cristo a través del océano hasta Brasil.

—Parece que fue hace una eternidad —comenté.

—Es que así es, muchacho —dijo el escultor, volviendo a su trabajo—. En cualquier caso, tú vete al Sacromonte y disfruta del sol de España. Descansa y reflexiona. Pronostico que será lo mejor que puedes hacer.

—¿Para quién es el encargo?

—Para el patronato del palacio de la Alhambra. Al parecer, es famoso por una especie de concurso de danza. ¿Cómo se llamaba, Evelyn?

—Concurso de Cante Jondo —contestó la buena mujer.

—Sí, eso es. Bueno, el caso es que una gitana, una chica joven, ganó el concurso y llegó a hacerse famosa. Se convirtió en una especie de símbolo para la región después de la Guerra Civil —comentó, encogiéndose de hombros—. Una cosa es segura: es muy hermosa. Mira. —Landowski me alargó una fotografía que había encima de su banco de trabajo—. Esta es la imagen en la que me he basado.

La foto mostraba una mujer despampanante, de cabello oscuro, vestida con un traje rojo, captada por la cámara en medio de una pirueta.

—¿Cómo se llamaba?

—Me pones en un aprieto, muchacho. Mi memoria es tan firme como un plato de gelatina. —Chasqueó los dedos en rápida sucesión—. ¿Cómo se llamaba la mujer, Evelyn?

—Lucía Amaya Albaycín.

—Eso es. Al parecer, es muy famosa en Sudamérica.

—¡Qué interesante! Bueno, será un honor para mí escoltar la versión de Lucía en piedra hasta su morada permanente.

—¡Vale! Se te pagará por tus esfuerzos, por supuesto.

Levanté las manos como si quisiera detenerlo.

—¡No, monsieur Landowski! De ninguna manera voy a aceptar que me pague. Como le dije, en estos tiempos no me hace falta dinero. Por favor, permítame que le devuelva el importe de mis clases en el conservatorio y los costes de mi alojamiento en su casa durante tantos años.

Landowski puso los ojos en blanco y dio un suspiro.

—¡No seas ridículo, muchacho! Por entonces no tenías nada. Y ahora, Evelyn, ¿quiere usted llamar por teléfono a las compañías de trenes de mercancías y hacer las gestiones necesarias?

—Claro, monsieur Landowski.

Me dio la impresión de que la mujer hacía un gran esfuerzo para levantarse del viejo sofá en el que se había sentado, así que corrí a echarle una mano.

—Evelyn, perdóname. Ahora me doy cuenta de que no he preguntado por Louis. ¿Qué tal está?

La anciana me sonrió con tristeza.

—Hizo realidad sus sueños y ahora ocupa un puesto muy elevado en la fábrica de Renault.

—¡Espléndido! ¿Tiene familia? ¿Se casó?

Ella suspiró.

—Sí. Su esposa se llama Giselle. —Noté que lanzaba un dardo con su mirada a monsieur Landowski, que respondió poniendo una cara beatífica—. Es una mujer muy temperamental que nunca ha aprobado la estrecha relación que mantenía yo con mi hijo. Según han ido pasando los años, lo he visto cada vez menos.

Se me partió el corazón al oírlo.

—¡Oh, Evelyn! ¡Qué horrible!

La anciana asintió con la cabeza.

—Lo peor es que todavía no conozco a mi nieta. Ya tiene cinco años, pero Giselle no quiere dejar que yo la vea.

Me quedé perplejo. Louis y su madre habían estado siempre muy unidos.

—¡Pero su hijo la adora! Seguro que, por mucho que diga Giselle, no permitirá que la relación entre ustedes se estropee.

—Hombre enamorado, hombre embriagado. Y, por desgracia, Giselle es el alcohol de mi Louis —dijo Evelyn, sorbiendo tristemente por la nariz.

—¿Cómo se llama su nieta?

—Marina —respondió la mujer con amargura.

—¡Qué nombre más bonito! —No supe qué más decir—. Espero que llegue a conocerla un día.

—Y yo, Bo. En cualquier caso, ¿quieres que te prepare tu cama? Tu habitación está igual que hace veinte años.

Landowski la interrumpió con ímpetu.

—Estoy seguro de que podemos subirlo de categoría y pasarlo del desván a la habitación de invitados, Evelyn. Si te parece bien, muchacho.

—No es mi intención molestarlos. No tengo inconveniente en quedarme en un hotel si...

El hombre se echó a reír sonoramente.

—¡Pero si te dimos alojamiento durante todos esos años! Estoy seguro de que podremos lidiar con una noche más, ¿verdad, Evelyn?

Pasamos la velada bebiendo unas cuantas botellas de Côtes du Rhône y me enteré de cómo les había ido la vida a las personas a las que conocí en otro tiempo. Landowski y Evelyn tenían todavía en su interior la misma energía chispeante, aunque su cuerpo, como el mío, había envejecido. Después de cenar, subí las escaleras camino de mi antiguo dormitorio en la parte trasera de la casa. La cama, que de niño era para mí el sumun del lujo y la comodidad, ahora me parecía minúscula y notaba el colchón lleno de nudos. Aun así, dormí plácidamente, con la ayuda, entre otras cosas, de la abundante cantidad de *vin rouge* que había tomado aquella noche.

A la mañana siguiente, se presentaron tres hombres para embalar la estatua de Lucía y transportarla, junto a mi persona, hasta la Gare de Lyon.

—Ya he avisado a la Alhambra de que vas de camino y de que estarás allí dentro de cinco días —me explicó Evelyn—. Tienes que hacer transbordo en Barcelona, donde los empleados del mercancías trasladarán la estatua por ti. Se encargarán también de organizar el transporte desde la estación de Granada hasta la Alhambra.

—Gracias, Evelyn. Siempre tienes tú que encargarte de organizar mi vida, y eso que han pasado muchos años. —Le di un caluroso abrazo y a continuación le estreché la mano a monsieur Landowski.

—¡Qué contento estoy de háberte visto, muchacho! No tengo más remedio que preguntártelo... ¿Volverás alguna vez?

—Si los vientos nos son favorables, monsieur Landowski..., espero sinceramente que nuestros caminos se vuelvan a encontrar.

El anciano se echó a reír.

—En efecto. Me alegro de que el tiempo que pasaste en casa de los Landowski te haya enseñado tantas cosas. —Apoyó su mano algo débil en mi hombro—. El amor lo es todo. Y ahora vete y encuéntrala, muchacho. Cueste lo que cueste. —Levantó un dedo, como si se hubiera acordado de algo, y se metió en la casa. Regresó con una cesta de paja que hacía un ruidito a cada paso que daba. Me la entregó y cuando miré en su interior para ver lo que contenía comprobé que eran cuatro botellas del vino Côtes du Rhône que habíamos tomado la noche anterior—. Para el viaje —comentó, guiñando un ojo.

—Muchas gracias.

—Pero ten cuidado. —Me puso una mano en la mejilla y se me quedó mirando fijamente—. Todo con moderación, ¿eh?

Asentí con la cabeza.

—Adiós, monsieur Landowski.

El *vin rouge* convirtió mi viaje en una experiencia bastante indolora y dio paso a una bruma borrosa en mi mente. Acabé haciéndome buen amigo de los vigilantes del tren. Nos contamos historias y compartimos abundantes tragos de vino mientras jugábamos a las cartas. Por suerte, logré ganarles unas cuantas pesetas, pues de pronto me di cuenta de que estaba a punto de entrar en España y no tenía moneda local. En realidad acabé acostumbrándome a la idea de llevar una vida de ese estilo, siempre yendo de un lado a otro, sin necesidad de pensar las cosas a fondo. Quizá fuera ese el futuro que me aguardaba.

El transbordo en Barcelona fue fácil, como me había asegurado Evelyn. Me pasé la etapa final del viaje durmiendo, mecido suavemente por el traqueteo del vagón al rodar por las vías, en medio de la oscuridad del espacio cerrado.

Me despertó una luz brillante y cálida que me cubría el rostro cuando dos empleados de la estación de Granada abrieron la puerta lateral del vagón. Parecía que iba a estallarme la cabeza.

—*¡Señor, por favor, quítese de en medio!*

Yo no sabía ni una palabra de español y, a diferencia de lo ocurrido la primera vez que puse los pies en Noruega, no llevaba conmigo dos amigos políglotas que me ayudaran.

—*Salga, por favor* —dijeron, haciéndome gestos de que abandonara el vagón.

Me levanté a gatas y salí al calor de la mañana, que hizo que me sintiera cansado y mareado.

—*¡Tiene resaca!* —exclamó uno de los hombres mientras el otro se me quedaba mirando y se echaba a reír.

Me di cuenta de que tenía la boca horriblemente seca.

—¿*Agua?* —les pedí, pero no obtuve respuesta. Remedé con gestos la acción de beber de una botella.

—*¡Sí!* —exclamó uno de los hombres, indicándome una fuente que había en el andén. Le hice un gesto de asentimiento y agradecimiento con la cabeza.

Cuando bebí hasta hartarme, ellos ya habían sacado la estatua y estaban llevándosela del andén en una carretilla. Yo fui tras ellos y me quedé patéticamente a su lado mientras cargaban el cajón de madera en un viejo camión lleno de abolladuras cuya trasera estaba abierta.

—¿Alhambra? —les pregunté.

—*Sí, señor. Alhambra. Treinta minutos.*

—*¡Gracias!* —logré mascullar en su idioma antes de subirme de un brinco al camión.

Granada me pareció un lugar asombroso. La ciudad, formada por cientos de edificios encalados, brillaba con una blancura resplandeciente bajo el sol de la mañana. Más allá de las murallas, se veía una elevada cadena de montañas. Mirando más atentamente, la ladera más próxima de la colina parecía salpicada de una enorme cantidad de cuevas excavadas en la roca. Clavé la vista en ellas y me fijé en unas cuantas figuritas que se movían de un lado a otro por delante. ¿Eran viviendas aquellas cuevas?

Al cabo de poco tiempo, estábamos ya acercándonos al suntuoso palacio. Las antiguas torres rojas de la Alhambra sobresalían en medio de un bosque de color verde oscuro y me quedé impresionado ante la visión de semejante obra arquitectónica. El camión se acercó a la gran puerta de entrada y se detuvo. El conductor bajó de la cabina y vino a hablar conmigo.

—*Esto es lo más lejos que puedo llegar* —dijo, encogiéndose de hombros—. No más allá —logró decir en inglés, indicándome con la mano la portada en forma de arco de herradura que daba acceso a una bulliciosa plaza.

Yo asentí con la cabeza y bajé al suelo de un salto. Yo seguía embotado debido a la botella de vino que ansiosamente me había metido entre pecho y espalda la noche anterior. Nada más traspasar el umbral de la puerta, se me acercaron varios lugareños, aguadores y vendedores de naranjas y almendras tostadas que me ofrecían sus mercancías. En medio de aquel caos, vi a un hombre vestido con una camisa de lino que corría a mi encuentro desde la otra entrada de la plaza. Señaló el camión con el dedo.

—¿Estatua? —me preguntó en francés.

—*Sí, señor.* Estatua. ¡Monsieur Landowski!

Dos hombres vestidos con mono de trabajo la trasladaron al centro de la plaza y la sacaron del cajón. Una vez retiradas varias capas de tela, vi la escultura de Landowski irguiéndose orgullosamente en medio de la Alhambra.

—¡Es magnífica! Mejor de lo que me imaginaba —dijo el hombre de la camisa de lino—. Monsieur Landowski es un genio. Es como si la joven Lucía estuviera entre nosotros.

—Perdóneme, pero es que no soy del lugar. Monsieur Landowski comentó que Lucía ganó un concurso de baile. ¿Es así?

El hombre hizo un gesto de asentimiento.

—El Concurso de Cante Jondo fue más que una mera competición de baile, *señor*. Fue una *fiesta* de música, de flamenco y de *vida* que tuvo lugar en 1922. Vinieron a celebrarla con nosotros cuatro mil personas. Fue un momento muy especial.

—Es evidente —masculle—. Siguen ustedes hablando de él treinta años después.

—*Señor*, aquella noche cuatro mil ciudadanos fueron testigos con sus propios ojos del puro poder del *duende* que vive en el interior de Lucía —dijo, tocando las mejillas de la escultura.

—¿El *duende*? —pregunté.

—Es algo difícil de explicar a los que no comprenden nuestra cultura. El *duende* es una especie de pasión y de inspiración que se manifestó en Lucía a través del ritmo y del baile.

La bailaora parecía realmente una mujer asombrosa.

—Me encantaría conocerla y contarle a monsieur Landowski cuál fue su reacción al ver la estatua.

El hombre de la camisa de lino suspiró.

—Lo último que hemos sabido de ella es que volvió a América a bailar y a conseguir dinero para su familia. Las cosas han sido muy difíciles después de la guerra. No hubo piedad con los *gitanos* del Sacromonte —comentó el hombre, moviendo con amargura la cabeza—. Por eso mis compañeros del patronato decidieron encargar la estatua.

—Perdone —dije, disgustado por tener que preguntar por otra palabra española que no entendía—. ¿*Gitanos* qué quiere decir?

—El pueblo gitano, señor, en otro tiempo expulsado cruelmente fuera de las murallas de la ciudad —explicó el hombre y señaló el paisaje situado al otro lado de la puerta—. Quizá se haya fijado usted en sus cuevas, ahí, en la colina del Sacromonte.

—¡Ah! —exclamé al caer en la cuenta—. Por cierto, *señor*, me pregunto si tal vez podría usted recomendar a un turista como yo qué hacer en Granada. Ahora que Lucía ha sido entregada sana y salva a sus destinatarios, me encuentro sin saber qué hacer.

El hombre se quedó pensando un momento.

—Una vueltecita por la plaza principal es imprescindible. Siempre está pasando algo por allí —dijo y me estrechó la mano.

—*Gracias, señor.*

Di media vuelta y salí de la Alhambra, con la esperanza de que el paseo bajando la cuesta empezara a aliviar mi fortísima resaca. El aroma de los cipreses y la ligera brisa que corría por la ladera de la colina resultaron ser lo que me hacía falta y cuando llegué a la plaza la cabeza empezaba finalmente a recuperarse.

Tardé un momento en fijarme en el edificio más impresionante del lugar, una vieja catedral con un campanario aparte, y a continuación me dirigí cruzando un enlosado resplandeciente a la gran fuente situada en medio de la plaza. Al contemplar su interior, vi que el fondo estaba cubierto de monedas de peseta, cada una de las cuales representaba un deseo de su anterior dueño. Me metí la mano en el bolsillo y, sin mirar a la fuente, tiré una moneda por encima del hombro. Ni qué decir tiene que rogué en silencio encontrar a Elle.

Empezaba a hacer cada vez más calor y yo necesitaba algo que me refrescara. Bajé por una de las callejuelas que salían de la plaza en busca de un café. Efectivamente, enseguida me encontré con un pequeño local que vendía helados de todos los colores imaginables y que parecía hacer mucho negocio con los turistas que pasaban por la zona. Al acercarme, me fijé en una niña de cabello oscuro que estaba apoyada en la pared, como si la hubieran dejado allí plantada, con la mirada perdida en la distancia. Creo que logré captar el tono general de la conversación que mantuvimos después.

—¿Quiere usted uno, *señorita*? —preguntó el dueño del local desde detrás de la gran nevera que mostraba los helados.

—*Sí* —contestó la niña—. Pero no tengo dinero, *señor*.

—Pues entonces vete —le gritó el hombre—. Me estás ahuyentando a los clientes.

La muchacha se encogió de hombros y dio media vuelta. Me sentí en la obligación de defenderla.

—A mí no me ha ahuyentado —dije, y me acerqué al expositor, donde repasé el arcoíris de colores que estaba de oferta. El helado verde era el que parecía más apetitoso y lo señalé con el dedo—. Querría dos de eso —dije.

—*Sí, señor* —contestó el malcarado propietario del local.

Detrás de mí empezaron a tocar las campanas de la plaza y cuando me di la vuelta vi que la multitud se agolpaba a la puerta de la catedral. Supuse que debía de haberse acabado la misa mayor. Entregué unas pesetas al dueño del café y me llevé mis helados. Bajé la vista y vi a la niña, que me miraba con los ojos abiertos como platos.

—Aquí tiene, *señorita* —dije, ofreciéndole uno de los cucuruchos. La chiquilla se me quedó mirando sorprendida.

—¿Para mí? —preguntó.

—*Sí* —afirmé, moviendo de paso la cabeza arriba y abajo.

—*¡Gracias a Dios!* —exclamó y dio una chupada al helado, que empezaba ya a derretirse bajo el sol y a escurrírsele por la mano—. *¿Le gustaría a usted que le dijera la buenaventura?*

Pensé que estaba haciéndome una pregunta.

—*No comprendo* —contesté con una sonrisa—. *Hablo... inglés.* —Pensé que sería más fácil que entendiera el inglés que el francés.

—¿Usted querer yo digo buenaventura? —me preguntó con dulzura en inglés.

—¿Puedes decirme la buenaventura? —exclamé, mirando a la niña, que clavó a su vez en mí sus ojos con aire burlón.

—*Mi prima*, Angelina —contestó la chiquilla, señalando con el dedo a su espalda, en dirección a la plaza—. Ella muy buena —dijo, extendiendo la palma de la mano y remedando que la leía.

—¿Por qué no? —Me encogí de hombros mientras chupaba mi helado y hacía señas con la mano a la muchacha para que me enseñara el camino. Volvimos a recorrer la estrecha callejuela que conducía a la bulliciosa plaza de la catedral. Seguí a la pequeña hasta llegar ante una joven un poco mayor que ella que llevaba un vistoso vestido rojo. Se hallaba sentada en los escalones de la catedral y estaba acabando de leer la mano a otra clienta. Cuando esta pagó, no me pasó desapercibido el hecho de que la mujer que se alejaba de ella parecía un poco turbada y me pregunté qué sería lo que me aguardaba.

—*Mira, aquí te traigo a un hombre. No habla muy bien español* —comentó la niña a modo de presentación.

—Hola, señor —dijo la pitonisa, volviéndose hacia mí.

Casi me caigo al suelo al verla. Yo ya conocía a aquella persona. La había visto varias veces con anterioridad. Se me desencajó la cara cuando contemplé su rostro en forma de corazón y sus enormes ojos azul opalescente, enmarcados por unas cejas oscuras. Tenía una melena larga y lustrosa y en ella llevaba una diadema de flores.

Tenía el mismo aspecto que la noche en la que se me apareció por primera vez.

En el incendio.

En Leipzig.

La joven me dirigió una sonrisa deslumbrante.

—¿Me deja ver la mano? —me dijo. Hipnotizado por aquella cara que habría jurado yo que había reconocido, me quedé mirándola con la boca abierta mientras ella me agarraba del brazo y me examinaba la palma de la mano—. Bueno, pues entonces le hablaré de su hija.

El estómago me dio un vuelco.

—¿Mi hija?

—Sí, señor —contestó—. Siéntese a mi lado, por favor.

La niña me hizo un gesto de asentimiento con la cabeza y se alejó para acabarse su helado a la sombra de un toldo al otro lado de la plaza.

—Tu cara... —balbuceé— la conozco. Te me has aparecido... en sueños.

La muchacha soltó una risita.

—Le aseguro, *señor*, que esta es la primera vez que nos vemos. Pero no es usted el primero que me dice que me conoce. A veces ocurre. Es la manera de ser que tiene la *bruja*.

—¿La *bruja*? —exclamé, repitiendo sus palabras.

—*Sí*, eso es. Mi antepasada espiritual —dijo suspirando—. Cuesta trabajo explicárselo a un *payo, señor*, pero lo intentaré. —Levantó la vista hacia lo alto de la catedral, aparentemente como buscando una inspiración—. Usted y yo teníamos que encontrarnos. Desde siempre. Nuestros destinos están entrelazados, aunque solo sea de una forma indirecta. Por eso es posible que nuestras almas ya hayan bailado juntas. ¿Ve usted? —Yo seguía escuchándola con la boca abierta—. No —dijo la joven, echándose a reír—. Me parece que no.

—No lo entiendo. Tú ya me has hablado. He oído tu voz.

—Si lo he hecho, *señor*, no ha sido de forma consciente. Estoy segura de que mi forma exterior era solo un recipiente para expresar cualquier mensaje que el universo tuviera que enviarle.

Cómicamente lo que quedaba de mi helado se escurrió del cucurucho y cayó con sonoridad en los peldaños de la catedral.

—¿En serio quieres decir que no me reconoces en absoluto?

—Así es. —La muchacha volvió a cogerme la palma de la mano—. Las visiones y los sueños son cosas enormemente poderosas, *señor*. No podemos controlarlas, pero las manifestamos. Cuando nos vimos la vez anterior, ¿qué fue lo que le dije?

Cerré los ojos y recordé aquella noche terrible.

—Me dijiste que tenía que vivir…, que tenía un objetivo en la vida.

—¡Qué interesante! —comentó en tono reflexivo—. Veamos si tenía yo razón o no. —Me examinó minuciosamente la mano—. Estoy encantada de conocerte en persona, Atlas. Yo soy Angelina.

Mi corazón se puso a latir a mil por hora.

—¿Cómo es que sabes mi nombre?

—Lo veo. Está grabado en las estrellas. Como buena parte de tu destino. —Levantó la vista de mi mano y me miró a los ojos—. No tengas miedo de lo que te digo ni de lo que sé. —Me deslumbró con una sonrisa tranquilizadora—. La *bruja* lo ve todo, lo que ha sido, lo que es y lo que será. Es un don que se nos transmite de generación en generación y que llevamos en la sangre.

Me quedé mudo de asombro.

—Ni siquiera se supone que debería estar en Granada. He venido simplemente a entregar una estatua. Ha sido pura casualidad que haya acabado aquí.

—¿Una estatua? —preguntó Angelina—. ¿Para la Alhambra?

—Exacto —dije, asintiendo con la cabeza.

—Lucía Amaya Albaycín. Mi tía.

—¿Tu tía?

Angelina volvió a echar una risita.

—Así es, *señor*. ¿Ve usted ahora lo que quiero decir cuando digo que nuestros destinos están entrelazados y que estaba señalado que nos encontráramos? A usted le parece pura casualidad. Para mí, todo forma parte de un plan más grande.

—¡Por Dios! —dije, casi sin aliento.

—Lamentablemente, la tía Lucía ya no está con nosotros en este mundo. Pero ahora ya es libre de verdad y baila entre las nubes.

—El caballero de la Alhambra creía que estaba viva.

—Sí, lo mismo que su madre y que su hija.

—¿Su hija? —pregunté con cierta preocupación.

Angelina señaló con el dedo a la niña a la que había invitado yo al helado.

—Isadora, mi prima. Ellas no son *brujas, señor*, así que no pueden sentir que Lucía ya se ha ido.

Me quedé mirando a la inocente criatura que estaba al otro lado de la plaza y que afortunadamente desconocía que su madre había muerto. El dolor que habría tenido que soportar me llenó de pena.

—¿Por qué no se lo dices?

Angelina suspiró.

—¿Qué es mejor, saber la verdad y quedarse vacío o vivir con esperanza? Al fin y al cabo, la esperanza es lo único que nos mantiene vivos, *señor*.

Un delicioso olor a cítricos llenó el aire y pasó ante nosotros un anciano arrastrando un carrito hasta arriba de naranjas frescas.

—Es muy extraño, *señor*, muy extraño —dijo Angelina, mirándome alternativamente la palma de la mano y el rostro—. No había visto nunca a nadie como usted aquí en la plaza. Es distinto.

—¿Qué quieres decir? —pregunté, meditando cada una de las palabras que me había dicho.

—A menudo puedo dar consejos a la gente y darle la posibilidad de cambiar su destino. Pero su senda está ya fijada, Atlas. De manera inalterable.

—¿Y eso qué significa? —pregunté, sintiéndome cada vez más inquieto en mi interior.

La sonrisa de Angelina me tranquilizó bastante.

—Significa que harás cosas muy grandes. Tu nombre está muy bien puesto. Atlas es un personaje que aguanta el peso del mundo sobre sus hombros, ¿verdad?

—Eso cuenta el mito —respondí.

Angelina entornó los ojos.

—Los mitos son aquello en lo que se convierten las historias cuando ya no queda un alma viva que sea testigo directo de los acontecimientos.

—Ya veo —repuse. La campana de la catedral empezó a tocar para anunciar que era mediodía y me dio un susto morrocotudo.

Angelina me apretó la mano con fuerza.

—Ten esto bien en cuenta, Atlas. El peso del mundo se entrega solo a los que tienen la fuerza suficiente para aguantarlo... —Cerró los ojos y yo me quedé mirando la mueca que hizo al ver aparentemente algo horrible atravesándole la mente—. El niño en medio de la nieve tuvo que salir huyendo por un crimen que no cometió...

—¿Cómo sabes tanto? —susurré.

La muchacha abrió otra vez los ojos y se me quedó mirando.

—Tu viaje ha sido muy desgraciado. Pero lo has soportado. Porque, a pesar de todo, han sido muchos los que te han mostrado su bondad. ¿Estoy en lo cierto?

—Sí —dije con la voz medio rota por la emoción que empezaba a embargarme. Como no quería ponerme a llorar delante de ella, intenté fijar la atención en las actividades que se desarrollaban en la plaza. Contemplé a dos niños que se lanzaban un balón de fútbol uno a otro, a una pareja de enamorados sentados junto a la fuente cogidos de la mano y a un hombre que espantaba a unos estorninos de la fachada de su tienda.

Angelina continuó:

—El universo está preparándote para la tarea que está por venir.

—¿Qué tarea? —le pregunté, volviendo a fijar la mirada en ella.

—La de criar a tus hijas.

De repente, su aura mágica se rompió.

—Angelina, creo que te equivocas. Me temo que no tengo ninguna hija.

La muchacha volvió a sonreír.

—¡Ah, sí que las tienes! Solo que todavía no están en la tierra. —De repente frunció el entrecejo y levantó la vista al cielo azul—. Salvo una. —Asintió con la cabeza, como si quisiera confirmarse la idea a sí misma.

Yo tenía la sensación de que el corazón iba a estallarme en el pecho de un momento a otro.

—Por favor, dime qué quieres decir.

Angelina me miró profundamente a los ojos.

—A la primera de tus hijas ya la tienes, Atlas. Camina sobre la faz de la tierra lo mismo que tú y que yo.

La plaza empezó a dar vueltas a mi alrededor.

—Elle... —murmuré apenas—. ¿Elle ha dado a luz a una hija nuestra? ¿Por eso se marchó? ¿Tenía miedo por la seguridad de la criatura? ¡Dios mío!... ¡Dios mío! ¿Por qué no me lo dijo?

Angelina me agarró de los hombros.

—Cálmate, Atlas, cálmate.

—¿Dónde está? ¡Por favor, Angelina, dímelo! ¡Tengo que saberlo!

Ella negó con la cabeza y dijo con firmeza:

—No conozco la respuesta. Todo lo que sé es que tendrás siete hijas y que la primera de ellas ya vive.

Yo no sabía si desplomarme en el suelo o levantarme y ponerme a dar vueltas y a bailar de alegría.

—Pero... ¡es una noticia maravillosa! Entonces ¿voy a encontrar a Elle? ¿Y tendremos juntos otras seis hijas?

Los estorninos que el tendero había espantado de la fachada de su negocio aterrizaron en los escalones de la catedral y se quedaron mirando expectantes a Angelina. La muchacha metió la mano en el bolsillo, sacó de él un trocito de pan y les arrojó unas cuantas migas.

—Como te dije —respondió al fin—, vas a tener siete hijas.

—Eso tiene que querer decir que voy a encontrar a Elle. ¡Eso debes de querer decir! Ella es la única mujer a la que amaré en mi vida.

Angelina sonrió enigmáticamente.

—Eres capaz de sentir un amor muy profundo, Atlas, a pesar de todo. Eso es lo que te hace especial.

Vi que los estorninos se peleaban por las miguitas que les había echado la chica.

—Tengo otra pregunta que hacerte... Hace un momento me llamaste «el niño que tuvo que salir huyendo por un crimen que no cometió». Tengo que saber qué ha sido de Kreeg Eszu.

Angelina suspiró profundamente.

—¿El que te persigue?

—Exacto. Si Elle se fue para proteger a nuestra hija de sus garras, tengo que saber si todavía está vivo.

Los ojos de la joven se desplazaron al otro lado de la plaza, hasta donde estaba Isadora, que nos miraba esperando sin duda a que su prima quedara libre. Angelina la saludó con la mano y la niña la imitó.

—No lo puedo saber, Atlas. Algunas cosas son imposibles de distinguir. —Se dio cuenta del gesto de abatimiento de mis hombros—. Pero —continuó diciendo— pronostico que tus hijas gozarán de un lugar seguro en el que estarán a salvo. El mar de cada una de ellas será tan tormentoso como el tuyo. Necesitarán…

—¿Un rincón del mundo que esté bien escondido? —añadí.

Angelina parecía impresionada.

—Exactamente.

Un escalofrío me recorrió la espalda al pensar en el terreno de Agatha a orillas del lago de Ginebra. En su carta pronosticó que iba a necesitar un sitio así.

—¿Qué debo hacer ahora, Angelina?

La joven hizo un gesto, señalando la plaza.

—Ve y encuentra a tus hijas, Atlas.

Asentí con la cabeza.

—Eso significa encontrar primero a Elle, claro. —Me la quedé mirando con cara expectante—. Ya que puedes ver tantas cosas…, ¿acaso podrías decirme dónde está?

Los estorninos se pusieron a gorjear y a pedir más comida. Angelina respondió a sus requerimientos y yo aproveché para contemplar su cara de cerca. Tenía el ceño ligeramente fruncido y parecía estar pensándose su respuesta con mucho cuidado. Al cabo de un instante negó con la cabeza.

—No. Como te he dicho, tu camino está fijado de antemano y lo recorrerás sin necesidad de mi ayuda.

Clavó en mí la vista y los dos nos quedamos un instante mirándonos. Yo esperaba que aquello sirviera para sonsacarle algún otro detalle, pero no eran más que vanas ilusiones por mi parte.

—Su lectura ha terminado, *señor*.

—Muy bien.

Sin pensármelo un minuto, la estreché entre los brazos mientras se adueñaba de mí una alegría irrefrenable.

—Muchas gracias, Angelina —añadí—. ¡Me has salvado la vida!

—Ha sido un placer, señor, pero... —Se me quedó mirando con cautela—. Por favor, tenga mucho cuidado cuando salga por el mundo, vaya con la mente y los brazos abiertos.

—Te prometo que así lo haré. ¡Me siento como Ebenezer Scrooge el día de Navidad por la mañana! ¡Ah, y no te preocupes! ¡Voy a dejar de beber! —dije, haciéndole un guiño—. Tendré que estar en perfecto estado de revista para cuando me reúna con Elle. ¡Y con mi hija!

La joven suspiró.

—*Señor*, yo...

Me puse en pie de un brinco.

—¡Apenas me lo creo! ¡Soy padre! ¡Soy padre! ¡Ja!

—Sí, así es, pero yo...

—Quizá la llame Angelina. ¡Ah! Pero ¿de qué estoy hablando? Elle ya le habrá dado un nombre. Me pregunto cuál será...

Vi entonces que Isadora se acercaba a nosotros. No sé cómo había conseguido un gatito blanco y negro y venía con él en dirección a la catedral.

—Da las gracias a tu primita, por favor. Sin ella, nunca nos habríamos conocido. —Angelina asintió con la cabeza y empezó a alejarse—. ¡Tienes toda la razón! —le dije levantando la voz—. No necesitas decirme dónde tengo que ir. Sé que antes que nada debo construir un espacio seguro para Elle y la niña. ¡No temas! ¡Ya sé lo que tengo que hacer! —Estaba tan lleno de una energía renovada que eché a correr como un loco—. ¡Gracias, Angelina! ¡Nunca te olvidaré!

Me fui dando saltos de alegría mientras por mi cabeza revoloteaban millones de nuevas posibilidades, paralelismos y sueños.

44

1965

M e siento muy orgulloso de Atlantis. Mientras estoy aquí sentado en el borde del embarcadero, contemplando la dorada puesta de sol detrás de la casa, observo con satisfacción lo que he construido. El señor Kohler me puso en contacto con más de una docena de arquitectos antes de que yo me decidiera a confiarle el proyecto a uno de ellos. Todos estaban muy interesados, pues aquella oportunidad de erigir una edificación en una zona aislada a orillas del lago de Ginebra resultaba muy atractiva para muchos. Aunque algunos de esos profesionales me proponían ideas apasionantes, había un factor por encima de cualquier otro que yo exigía al contratista que iba a elegir: un vínculo de confianza.

La seguridad y el aislamiento eran dos de mis principales requisitos. El proyecto era muy ambicioso y tenía que ser ejecutado impecablemente. En primer lugar, yo quería que la casa diera la impresión de tener siglos de antigüedad. Era consciente de que enseguida correrían rumores sobre el individuo excéntrico que estaba construyendo una gran mansión a orillas del lago, y lo último que deseaba era que pareciera la residencia de uno de los villanos de las novelas de James Bond de Ian Fleming. Por esa razón, la mandé construir siguiendo el estilo de Luis XV. De hecho, me gustaría aclararle a todo aquel que sienta el deseo de comprobar el registro de la propiedad que Atlantis existe desde el siglo XVIII. Es sorprendente lo que las personas pueden hacer por ti cuando les ofreces una importante cantidad de dinero.

Dicho registro también revelará a los ojos curiosos que el titular de la propiedad es Icarus Holdings, una sociedad ficticia administrada por dos gestores: Eric Kohler y Georg Hoffman. A lo largo de estos últimos quince años, Georg ha desarrollado una gran pericia en materia de leyes. Como le había prometido, sufragué todos sus gastos para que estudiara en la universidad y en la facultad de Derecho. El señor Kohler lo contrató prácticamente en cuanto obtuvo su licenciatura, pues sin duda lo consideraba un ahijado al que había criado desde niño. Eric se retiró hace cinco años y Georg es quien lleva en la actualidad todos mis asuntos.

Si a Kreeg se le ocurre venir a meter las narices en Suiza, estoy convencido de que he tomado todas las precauciones razonables para que no pueda seguir mi rastro.

En efecto, el observador casual no podría darse cuenta de que esta construcción es totalmente nueva. Supuso un verdadero quebradero de cabeza trabajar con materiales de la época, desde los baldosines hasta los pomos de las puertas. Por esa razón, Atlantis puede jactarse de poseer una gran majestuosidad y elegancia. Con sus cuatro pisos de altura y sus muros de color rosa pálido salpicados de enormes ventanales de varias hojas, el conjunto aparece rematado por una cubierta a dos aguas de tejas rojizas con torreones en todas sus esquinas.

El interior de la casa posee todos los lujos actuales; gruesas alfombras y mullidos sofás adornan sus doce dormitorios. Mi piso favorito es el superior, donde especifiqué que debían construirse siete habitaciones. Todas tienen fantásticas vistas al lago de Ginebra, que se divisa claramente sobre la copa de los árboles. Durante todos estos años, con esperanza e ingenua credulidad, he rezado para que estuvieran ocupadas por las hijas que me había prometido Angelina. Sin embargo, siguen vacías.

Nadie diría nunca que Atlantis guarda muchos secretos, y yo me he asegurado de que permanezcan invisibles a simple vista. Tal vez ahora resulte más claro por qué la confianza era la principal cualidad que yo buscaba en el arquitecto al que iba a encomendar mi proyecto. Si yo o cualquiera de los ocupantes de Atlantis nos viéramos amenazados por un visitante no deseado, léase Eszu, se han tomado las medidas necesarias para garantizar nuestra huida. Por razones evidentes, no voy a revelar la naturaleza exacta de los secretos de la casa, pero, si alguien se viera en la necesidad de salir de ella rápidamente, tendría a su disposición una red de ascensores y túneles ocultos que lo pondrían a salvo.

También fue mi deseo que la mansión dispusiera de unos jardines de los que Flora Vaughan se sintiera orgullosa. Atlantis cuenta ahora con una magnífica extensión de césped que va desde la casa hasta el lago. En ella he plantado un sinfín de arbustos y árboles que forman senderos ocultos y grutas secretas, todo ello fruto de más de diez años de desarrollo continuado. En primavera, cuando las flores exhiben todo su esplendor, no creo que haya en el mundo un lugar más hermoso que este.

Lo único que deseo es tener a alguien con quien compartirlo.

Cuando marché de Granada en 1951, juré que la siguiente página de este diario contaría mi feliz reencuentro con Elle y la criatura cuya existencia yo ya conocía. Hoy he roto esa promesa.

Después de mi encuentro con Angelina, regresé a Ginebra para poner en marcha mi proyecto de construir Atlantis. Cuando las obras iban viento en popa, reemprendí mi búsqueda de la mujer que amo y de mi hijita por todo el mundo.

Pero ya han pasado catorce años desde entonces. Mi hija, donde sea que esté, no tardará en convertirse en una mujer adulta.

Empecé siendo metódico y organizado: primero fui a Francia, donde visité las ciudades y pueblos de los que Elle me había hablado durante el tiempo que estuvimos juntos. En Reims, conocí a una camarera que me dijo algo sobre una mujer con un recién nacido que se dirigía al sur de Italia para empezar una nueva vida... y allí es donde fui a continuación. Seguí diversas pistas por todo el continente: España, Portugal, Alemania y Bélgica.

Para que me sirviera de ayuda, mandé a Eric Kohler que buscara en los registros de todos esos lugares «Leopine», «Elle», «Tanit», «D'Aplièse»... y todas las variantes que se me ocurrieron. Cuando Eric se retiró, esa responsabilidad recayó en Georg. No tengo palabras para expresar lo que vale este joven. Ha actuado con la mayor determinación incluso a la hora de llevar a cabo un trabajo como ese, que, sin duda, es sumamente tedioso. Cada vez que descubre una pista, por nimia que parezca, tomo un avión y me desplazo a ese sitio. Luego entrevisto a conciencia a personas del lugar, muchas de ellas sorprendidas, hasta que me convenzo de que la pista era falsa. En mi larga búsqueda, he visitado zonas del mundo en las que nunca habría imaginado poner pie: Kenia, Sudáfrica, la India, China...

Querido lector, jamás he dejado de buscarlas. He estado en todos los rincones del planeta, con el convencimiento de que un día, al torcer en una esquina o mientras doy un paseo por una playa, volveré a ver el hermoso rostro de Elle. Pero, por ahora, todos mis esfuerzos han sido en vano.

Estoy seguro, pues, de que te estarás preguntando por qué he retomado mi diario. Esta mañana recibí una carta de un viejo amigo, que Georg me ha hecho llegar. Dice así:

Querido Bo:

Espero que tu bufete de abogados te remita esta carta. A su muerte, monsieur Landowski me hizo llegar la dirección de ese gabinete jurídico junto con su cincel. «Por si os tenéis que poner en contacto», me escribió. Era un hombre muy perspicaz.

¿Crees que podrías reunirte conmigo en París? Por la dirección de tus abogados, supongo que ahora estás viviendo en Ginebra, de modo que es de esperar que el viaje no te resulte excesivamente extenuante. Me gustaría poder ir yo, pero mis huesos sexagenarios no me lo permitirían.

Quiero volver a verte, Bo, aunque solo sea por última vez.
Tu amigo,

LAURENT BROUILLY

Me quedé mirando fijamente la misiva. Yo había comunicado la dirección del señor Kohler a todas las personas de mi pasado, desde monsieur Landowski hasta Ralph Mackenzie, por si un día Elle llamaba a la puerta de una de ellas. Recibir de vez en cuando noticias de gente que ha sido muy importante para mí a lo largo de los años es una de las pequeñas alegrías que me da la vida.

Monsieur Landowski falleció en 1961. Para mi vergüenza, yo no asistí a su funeral, pues pensé que podía ser la ocasión perfecta para que Kreeg me tendiera una emboscada. El hecho de saber que tenía una hija en este mundo había fortalecido mi deseo de permanecer en él y yo había vuelto a ponerme en estado de alerta máxima. Sin embargo, cuando Marcel me comunicó la triste noticia, me pasé tres días llorando solo y pedí a las estrellas que cuidaran de él en su nueva vida.

En cuanto a Laurente Brouilly, no lo había vuelto a ver desde aquel fatídico día en París, cuando Elle y yo nos vimos obligados a huir.

Fui a la dirección que aparecía en la carta de Brouilly, en una calle empedrada y silenciosa de Montparnasse, y llamé a la puerta de una pintoresca casa. Oí unos ruidos y una joven vestida con una bata azul de médico abrió la puerta y me miró con curiosidad.

—Hola, madame. Me parece que esta es la residencia de monsieur Brouilly. ¿Estoy en lo cierto?

—Sí, esta es la casa del profesor Brouilly. ¿Lo está esperando a usted? —me contestó con una sonrisa.

Me quedé un momento pensativo.

—No estoy completamente seguro, ¿sabe usted? ¿Podría decirle que su viejo amigo Bo ha venido a verlo?

—Por supuesto. —Dejó la puerta entreabierta y enseguida volvió—. Parecía muy contento cuando le dije su nombre, Bo. Por favor, pase.

Entré en la encantadora casa de Brouilly, que estaba tan llena de cosas como en el pasado su pequeño apartamento. A uno y otro lado del pasillo había lienzos descartados, protectores de plástico, esculturas a medio terminar... Era el estudio de un verdadero *artiste*.

—Lleva unos días un poco delicado, monsieur Bo, por mucho que le haya dicho lo contrario. Vaya con cuidado con él. Pase por aquí.

Yo asentí con la cabeza. La joven abrió amablemente una puerta que daba a un salón atestado de plantas verdes. En medio de todo aquel follaje distinguí a un avejentado y delgadísimo Laurent Brouilly sentado en un gran sofá tapizado de terciopelo. En verdad, daba la impresión de que cualquier pequeña ráfaga de viento que pudiera entra por la ventana lo haría caer al suelo.

—No recuerdo —dijo—. ¿Qué quiere? —Abrí la boca, pero sin saber qué decir—. ¡Estoy de broma! —gritó Brouilly, echándose a reír.

—Hola, Laurent —exclamé aliviado y crucé la sala para estrecharle la mano, que me pareció tan ligera como una pluma.

—Lamentablemente, mi apretón ya no es lo que era —comentó—. Lo de esculpir ya es historia desde hace unos años. Pero sigo pintando. Por favor, toma asiento —añadió, indicándome un espacio libre en el sofá—. ¿Aún tocas el violín? ¿O el violonchelo?

—A veces. Consigo tocarlos durante unos quince minutos antes de que el brazo empiece a resentirse de una vieja herida.

—¡Ah, sí! Landowski me lo dijo. —Entonces me miró adrede fijamente y me puse contento al comprobar que, aunque su pelo era ya escaso y canoso y su cuerpo frágil, sus ojos no habían cambiado ni un ápice—. Gracias, Hélène —dijo a la joven, que estaba en la puerta del salón.

—Llámeme si me necesita, profesor Brouilly —respondió la chica antes de salir.

—Así que profesor Brouilly, ¿eh? —exclamé con cara de asombro.

—Fui ascendiendo hasta llegar a director del Departamento de Escultura de Beaux-Arts, ¿te lo puedes creer?

—Ya sabes que sí, Laurent —repliqué antes de hacer una pausa para formularle la pregunta difícil—. En tu carta me contabas que querías verme una «última vez». ¿A qué diablos te referías con eso? ¿Qué edad tienes? ¿Sesenta y uno?

—Ya sesenta y dos, Bo. Pero no estás ciego. Estoy enfermo. Los malditos médicos me han dicho que no voy a recuperarme. No pueden predecir con exactitud cuánto tiempo duraré, pero serán unos pocos meses.

—Laurent…, lo siento.

—Es más fácil aceptar el cáncer que haber perdido a Bel —dijo con aplomo mientras se encogía de hombros.

Le puse una mano afectuosamente en la pierna y quedé horrorizado al sentir el hueso.

—¿Aún piensas en ella? —pregunté.

—Cada minuto de cada día —respondió con nostalgia—. Pero… —dijo con una sonrisa dibujada en el rostro—, a pesar de todo, he tenido una vida bienaventurada. Voy a contarte algo que incluso a ti te costará creer. —Hizo una pausa y cerró los ojos—. Un día, hace muchos años, acababa yo de dar una clase sobre Donatello cuando, mientras recogía mis libros, se me acercó una alumna. Bo, en cuanto la miré, lo supe..., pues era como mirar en un espejo. Se presentó como Beatriz Aires Cabral —añadió, haciendo un gesto con la cabeza.

—¿Aires Cabral? —pregunté—. Pero ¿ese no era el apellido de Bel?

—Exacto —replicó, mirándome a los ojos.

—¡Caramba! —exclamé, sin poder dar crédito a mis oídos.

—Me preguntó si me acordaba de haber hecho una escultura de su madre para su padre, Gustavo, que fue enviada por barco a Brasil como regalo de bodas —dijo, echándose a reír—. Si esa chica lo hubiera sabido... Ante mí, en mi clase, estaba mi propia hija.

Nos quedamos en silencio un rato, emocionados los dos.

—Yo... no sé qué decir...

—No me extraña. Me dijo que su madre murió cuando ella tenía solo dieciocho meses. Hubo un brote de fiebre amarilla en Río y... —Se le quebró la voz y los ojos se le pusieron vidriosos—. Solo tenía veintiún años. Después de tantas vicisitudes, morir tan joven... Perdóname —exclamó mientras le caía una lágrima por su pálida mejilla—. Bueno, el caso es que le pregunté por su padre, como lo llamaba ella. Me contó que su relación había sido muy difícil y que él había caído en la bebida, cada vez más y más con el paso de los años. Gustavo le prohibió a Beatriz que siguiera su pasión artística, pero falleció cuando ella tenía diecisiete años, tras lo cual la joven se matriculó en Beaux-Arts, como su madre.

—Y así acabó en tu clase —susurré.

Brouilly y yo nos quedamos mirándonos a los ojos antes de empezar a sonreír.

—El universo funciona de una manera inverosímil, ¿no te parece, Bo? En cualquier caso, lo cierto es que Beatriz estuvo cinco años en París. Naturalmente, la tomé bajo mi protección. Me visitaba a menudo aquí, en mi casa de Montparnasse. Incluso almorzábamos juntos una vez a la semana en La Closerie des Lilas, donde yo solía llevar a su madre —comentó riendo—. ¡Oh, qué bendición! ¿Sabes una cosa? También la llevé al estudio de Landowski. Él le enseñó lleno de orgullo varias fotografías de nuestro trabajo con el Cristo y le contó algunas andanzas mías de juventud.

Yo me moría de ganas de formularle mi siguiente pregunta.

—¿Llegaste a contarle... quién era su verdadero padre?

Brouilly miró al suelo y contestó que no con la cabeza.

—¿Qué derecho tenía yo de decirle que, en realidad, Gustavo no era su padre? No, monsieur, no.

Me recosté en el sofá y me quedé mirando el polvoriento techo. Me resultaba difícil controlar mis emociones. Se me había hecho un enorme nudo en la garganta al ver a Laurent moribundo y escuchar la historia de su hija. No sé cómo alguien puede poner en duda el poder del universo después de enterarse de todo esto. Al cabo de un par de minutos, recuperé la compostura.

—¿Sigues en contacto con Beatriz?

—¡Nos escribimos todos los meses! Sé todo lo concerniente a su vida, Bo. Se ha casado con un buen hombre que la trata bien y la ama profundamente —dijo Brouilly antes de suspirar—. Pero, por desgracia, perdió a su primera hija, aunque ha tenido otra.

—¿Cómo se llama? —pregunté.

—Cristina —contestó Laurent en voz baja y de repente se puso triste—. Por lo que me ha dicho Beatriz, es una cría muy difícil. Aunque solo tiene siete años, trata a su madre muy mal —añadió antes de girar la cabeza para mirar por la ventana y seguir con su explicación—. Cristina es increíblemente inteligente, pero al parecer carece de sensibilidad y empatía para con las personas, por lo que resulta casi imposible tratar con ella.

—¡Qué triste para Beatriz! —contesté—. ¡Ya ha pasado por muchas cosas!

—Cierto. —Brouilly se volvió despacio hacia mí—. Lo que me lleva a contarte por qué te pedí que vinieras a verme.

—Por favor, cuéntame —repliqué, animándolo.

Él respiró profundamente y yo percibí un ligero silbido que le salía del interior del pecho.

—Quiero proporcionarle a mi hija toda la ayuda que pueda, pero ya me queda poco tiempo en este mundo, Bo. Es mi intención dejarle el dinero que tengo, pero no es gran cosa. Me preguntaba si... —Su voz se truncó de nuevo y yo le cogí una mano—. Me preguntaba si tú tendrías a bien echarle un ojo a esta familia de vez en cuando. No puedo pedírselo a nadie más sin correr el riesgo de que salga a la luz el secreto de la paternidad de Beatriz, cosa que no quiero en absoluto que suceda.

—Por supuesto, Laurent —contesté, asintiendo también con la cabeza—. ¿Quieres que me ponga en contacto con ella?

—No. Eso solo conseguiría que se hiciera más preguntas. Tal vez podrías… vigilar desde la distancia, y, si esa familia llegara a necesitar ayuda en algún momento, para mí sería de gran consuelo saber que alguien se la prestará.

—Entiendo. —Mi mente se aceleraba mientras trataba de asimilar lo ardua que era la tarea que Laurent me quería encomendar. Su familia vivía en Brasil y yo en Suiza. Había muchas cuestiones prácticas que superar, por no hablar de cómo todo esto podría interferir en mi búsqueda de Elle. Miré fijamente los ojos suplicantes de Laurent. Su único delito había sido querer a alguien demasiado. Yo sabía lo que eso era. Decidí que no iba a defraudarlo—. Por favor, ten por seguro que haré lo que me pides.

En su cara se dibujó una expresión de verdadera felicidad.

—Gracias, Bo. Muchas gracias —dijo, dándome una palmadita en la mano—. Bueno, lo cierto es que ya empiezo a sentirme muy cansado, pero antes de irme quiero hacerte una pregunta. ¿Hay algo que tú desees saber?

Me quedé pensativo un momento.

—Evelyn —contesté—. ¿Has tenido noticias de ella?

—Lo siento, Bo. Murió poco después de monsieur Landowski —dijo con un gesto de tristeza.

Se me encogió el corazón. Ella había sido muy amable conmigo y en la vorágine de mi búsqueda de Elle yo no había estado a la altura y había perdido el contacto con ella.

—Cuando hablé con ella hace unos quince años, me dijo que aún no había conocido a su nieta. Dime, Laurent, ¿se resolvió ese asunto?

Monsieur Brouilly negó con la cabeza.

—No. Vi a Louis en el funeral, pero no había ni rastro de Giselle ni de Marina.

—Marina —recordé—. Así se llamaba. Ahora tendrá veintitantos años, ¿no?

—Sí. Es una historia muy triste. Como te contó Evelyn, Giselle tenía mucho carácter. Se decía que le daba a la bebida. Las cosas se pusieron feas entre ella y Louis. Un día, simplemente cogió a Marina y abandonó a su esposo. Él me ha dicho que intentó a menudo ponerse en contacto con su hija, pero que Giselle le había lavado el cerebro y la había puesto en su contra.

—¡Qué espantoso!

—En efecto. Pero luego, según me han contado, parece que Giselle tuvo una horrible discusión con su propia hija y la echó de casa. Por lo visto, desde entonces... —En ese momento, Brouilly vaciló.

—Por favor, sigue, Laurent.

—Hace poco me he enterado por Marcel Landowski de que Marina anda por la rue Saint-Denis. —Me quedé mirándolo con cara de asombro. Él suspiró—. Al parecer, se gana la vida vendiendo su cuerpo.

Me llevé la mano a la boca en un gesto de sorpresa.

—¡Oh, Laurent! —exclamé mientras me frotaba las sienes—. Tengo que hacer algo para ayudarla. Aunque solo sea por Evelyn.

Monsieur Brouilly asintió.

—Quiero pensar en cómo habría actuado yo de haber podido —comentó antes de aspirar aire profundamente y luego expelerlo con un estremecimiento—. ¿Puedes ir a buscar a Hélène? —preguntó mientras se apretaba el pecho con una mano.

—Claro que sí, Laurent.

Me puse en pie y él me cogió la mano.

—Mantendrás tu promesa, ¿verdad? ¿Me lo juras?

—Te lo juro por las estrellas, Laurent.

—Entonces sé que no me mientes —respondió, mirándome a los ojos con una última sonrisa.

45

La lluvia hacía que el pavimento de la rue Saint-Denis estuviera resbaladizo y ante mí se reflejaban en el suelo los destellos rojos de las luces. Había hombres fornidos fumando cigarrillos debajo de las deterioradas marquesinas de los establecimientos y noté que seguían mis pasos por la calle con la mirada. No muy lejos de allí, una mujer de aspecto glamuroso, vestida con un abrigo de pieles, se había refugiado en la puerta de un café destartalado. Apreté los dientes.

—Disculpe —dije, acercándome a ella—. Estoy buscando a alguien.

—No busque más, monsieur. Por cien francos, puede usted hacer lo que quiera conmigo —respondió, guiñándome un ojo.

—No, no me ha entendido. No es eso lo que quiero decir. Busco a una mujer llamada Marina.

Ella puso los ojos en blanco.

—¿Para qué quiere usted a una niña pequeña como esa pudiendo tener a una mujer como yo? —dijo, agarrándome por las solapas del abrigo.

—No, no estoy aquí para eso. Sencillamente soy un viejo amigo de su familia. Me habían dicho que tal vez la encontrara aquí. ¿Sabe usted dónde está?

La mujer frunció el ceño y dio un bufido.

—Lo que usted diga, monsieur —replicó, indicando con la mano un lugar un poco más adelante en la misma calle—. Marina está en Le Lézard.

—Muchas gracias. Se lo agradezco, de verdad.

Ella se encogió de hombros y dio media vuelta. Yo, por mi parte, seguí caminando hacia el letrero luminoso que se veía a corta distancia.

Cuando intenté entrar en el local, un hombre enorme, vestido con un chaquetón de cuero, me detuvo levantando el brazo.

—¿Puedo ayudarlo, monsieur?

—He venido a ver a alguien —respondí.

—Lo siento, monsieur. Primero necesita fijar una cita conmigo. Pero, no se preocupe, soy muy comprensivo.

Involuntariamente di muestras de no contentarme con la respuesta de aquel hombre.

—No busco nada de eso, gracias. Solo deseo hablar con Marina.

El individuo hizo una mueca de escepticismo.

—¿Marina?

—Sí.

El tipo me miró de arriba abajo.

—Estupendo. No sé por qué sigo teniéndola en mi agenda. Es muy quisquillosa. ¡Y a buen hambre no hay pan duro, monsieur! —Me costó trabajo contenerme al oír a aquel individuo hablar con tan poco respeto de un ser humano desesperado. Abrió la puerta del club de un empujón—. Está ahí al fondo.

Entré en el establecimiento, iluminado con una luz muy tenue, en el que había diseminados varios hombres vestidos con traje con una chica en falda corta sentada en el regazo. El aire viciado del local olía a humo de cigarrillo y a lejía. Me dirigí al fondo de la sala, donde apoyado contra la pared había una especie de sofá alargado tapizado de cuero y, a su lado, una escalera de caracol. Sentada en él, una mujer menuda arrullaba a una criatura que no debía de tener más de seis meses.

—¡Chis, *mon chéri*! —decía en tono consolatorio—. Todo va a ir bien. Mamá volverá enseguida.

—¡Hola! —dije—. ¿Eres Marina?

La chica se me quedó mirando con cara de miedo.

—Se supone que Pierre tiene que decirme cuándo alguien quiere algo de mí.

Levanté las manos.

—Por favor, no estoy aquí por eso. Soy un viejo amigo de tu abuela.

Marina parecía perpleja.

—Yo no tengo abuela. Las dos murieron antes de que yo naciera.

Tragué saliva y respiré hondo, dándome cuenta de que tenía ante mí una tarea difícil.

—Ah. En realidad, Marina, puede que eso no sea necesariamente así.

La joven frunció el ceño.

—¿Qué quiere decir? ¿Y usted quién es?

El niño empezó a llorar y se oyó un vozarrón de hombre exclamar desde el otro extremo de la sala.

—Haz que se calle esa mierda de niño. ¡Joder, vengo aquí huyendo precisamente de esos berridos!

Marina sacudió la cabeza.

—¡Vamos, *chéri*, ya no falta mucho! —Acunaba con ternura a la criatura entre sus brazos y se puso a cantar en voz baja una nana hasta que el niño empezó a calmarse—. Muy bien, cariño. Eso ya está mejor —dijo y a continuación volvió a mirarme—. A ver, dígame qué es lo que quiere.

—¿Puedo sentarme? —pregunté. Al ver que ella asentía con un gesto, dije—: ¿El niño es tuyo?

—No. Es de mi amiga Celine. —Marina miró el reloj que había colgado de la pared encima de su cabeza—. En este momento está ocupada. Probablemente tardará otros diez minutos.

—Ya veo. —Cambié de postura con cierta torpeza—. Bueno, como te decía, conocí a tu abuela Evelyn. Lo creas o no, la verdad es que fue ella la que me cuidó cuando yo era niño —comenté.

—¡Vaya! ¿Y eso qué tiene que ver con el hecho de que esté aquí? Me crucé de brazos.

—Recientemente me he enterado por un viejo amigo mío de tus circunstancias familiares y quería decirte que lo siento mucho. Las cosas deben de resultarte muy difíciles.

Marina frunció los labios.

—No necesito su compasión, monsieur.

—No se trata de eso, solo de un ofrecimiento de ayuda, si la deseas.

Se me quedó mirando a los ojos.

—Ya he oído hablar de hombres como usted, que llegan y te prometen el oro y el moro. Las chicas se van con ellos y luego las tratan como si fueran propiedad suya. Estoy bien donde estoy, muchas gracias.

Me sentí mortificado al oír aquellas palabras.

—No, Marina. No es nada de eso. Tu abuela... La madre de tu padre... te quería mucho. No murió antes de que tú nacieras. De hecho, deseaba con locura conocerte, pero tu madre no quiso. Creo que tal vez sentía celos.

Ella me sostuvo la mirada durante un instante antes de volver a dirigir su atención al niño.

—Eso me lo creo.

—Evelyn fue en otro tiempo muy buena conmigo. Mucho. Y a mí me gustaría devolverle el favor de cualquier manera que esté a mi alcance. Marina, ¿qué necesitas? Ya sea dinero o bien una persona que te escuche, puedo ofrecerte las dos cosas.

La joven puso los ojos en blanco.

—No soy tan ingenua como para creer que en esto no hay gato encerrado, monsieur. Decididamente no quiero su dinero.

Como no tenía más opciones, insistí.

—Solo soy un amigo, aquí me tienes para ayudarte... Y sí, en efecto, todo esto lo hago para pagar una gran deuda que tengo.

De repente, un hombre corpulento, con la cara enrojecida y chorreando sudor, bajó dando trompicones por la escalera de caracol. Al marcharse, se llevó la mano al ala de su sombrero a modo de saludo para Marina. Tras él apareció una mujer pelirroja, alta y delgada con unas medias de red.

—¡Puaj! ¡Qué peste echaba ese tío! —dijo cuando el hombre ya no la oía—. ¡Hola, pequeñín! ¿Has sido bueno con la tía Ma? —A continuación cogió al niño en brazos y se lo quitó a Marina.

—¡Ha sido más bueno que el pan! Es adorable, Celine.

—Un horror es lo que eres, ¿verdad, pequeñín? —dijo la mujer, dándole un tierno beso en la frente a su hijo—. Toma, aquí tienes. —Se metió la mano en los bolsillos y le dio a Marina unos francos—. Tu parte.

—Gracias, Celine.

Esta se fijó en mí.

—Tú también tienes un cliente, ¿no, Ma? Tiene usted mucha suerte, señor. Es el primero al que ha aceptado desde hace semanas.

—¡Celine, por favor! —replicó Ma con timidez.

—No tienes de qué avergonzarte. Ma hace sobre todo un servicio de guardería aquí, ¿no es verdad? Somos unas cuantas las que tenemos niños y ella se encarga de cuidarlos mientras nosotras nos ganamos la vida.

Yo me limité a asentir con la cabeza.

—Está muy bien que lo haga.

Celine se echó a reír.

—¡Le encanta! ¡No sé por qué no te haces niñera, Ma!

—Nadie me querría —musitó la aludida.

El hombre fornido de la chaqueta de cuero entró en el local, se dirigió hacia donde estábamos nosotros e hizo una seña a Celine.

—Ya tengo ahí a otro —dijo la mujer con un gruñido—. Es mi noche de suerte. —Volvió a poner al niño en manos de la otra y subió de nuevo la escalera.

—Marina, no quiero importunarte más, pero confía en mí, estoy aquí para ayudarte —dije, metiéndome la mano en un bolsillo—. Ten una tarjeta con las señas de mi amigo Georg. Llama a ese número a cualquier hora y él te pondrá en contacto conmigo.

Marina hizo un gesto de asentimiento con la cabeza antes de dedicar toda su atención al niño de Celine, al que cuidaba con mucho cariño. Salí de Le Lézard rogando que algún día se pusiera en comunicación.

Cuando regresé a Ginebra, di orden a Georg Hoffman de que contactara con un bufete de abogados de Río de Janeiro para que yo recibiera regularmente noticias de Beatriz Aires Cabral y su hija. El joven se quedó de piedra cuando le pedí aquello, pero se mostró tan atento como siempre cuando hablé con él en las oficinas del bufete de la rue du Rhône, bautizado ahora Schweikart & Hoffman.

—Estoy encantado de llevar este asunto para ti, Atlas, pero me pregunto si es el uso más eficaz que puedes hacer de tu dinero. Te resultaría infinitamente más barato volar a Brasil una o dos veces al año para comprobar en persona cómo van las cosas.

—Gracias por tu interés, Georg, pero recibí la orden de mantenerme a distancia. Además, no hay escasez de dinero en la caja, ¿verdad?

Georg lanzó una risita irónica.

—No. De hecho, esta mañana he recibido una llamada telefónica de nuestro corredor de bolsa en Nueva York. Tus inversiones están obteniendo unos intereses nunca vistos. —Sacó un cuaderno de notas del cajón superior del viejo escritorio de Kohler y se puso a leer—. Telex, Control Data, Teledyne, University Computing, Itek… La tecnología está experimentando un auténtico auge. Los beneficios no paran de acumularse día a día.

Me pasó sus apuntes para que los examinara.

—Y tú, Georg, intentando convencerme de que invirtiera mi dinero en oro y plata.

Se le enrojecieron las mejillas.

—Sí. Me temo que mi instinto para las finanzas todavía no es tan fino como debiera.

—Ni el mío tampoco, mi joven amigo. Ya sabes por qué invierto en tecnología —dije, arrellanándome en el sillón situado enfrente de Georg. Todavía me resultaba un poco raro ver que ocupaba el despacho utilizado anteriormente por Eric Kohler.

—Sí —contestó—. Con la esperanza de que un día te ayude a encontrar a Elle.

—Exacto —dije, señalándolo con el dedo para dar más énfasis a mis palabras—. Por seguro que pueda ser el oro, no me proporciona las bases de datos ni los sistemas de seguimiento mundial que ofrece un ordenador. —Me encogí de hombros—. Aunque mis acciones no rentaran nada, es mejor poner mis millones en manos de personas inteligentes capaces de ampliar el panorama.

—Desde luego. Bueno, ¿y qué le digo a ese bufete brasileño que busque en relación con la familia Aires Cabral?

Georg había suscitado una cuestión muy interesante. Laurent se había mostrado sumamente vago. Crucé los brazos y me quedé mirando el lago.

—Que vigilen la salud de la familia y también su situación financiera.

Él asintió con la cabeza.

—Dalo por hecho, Atlas.

—Gracias, Georg. Y estate alerta por si recibes una llamada telefónica desde París. Conocí allí a una señorita, Marina. Es la nieta de Evelyn.

Georg puso cara de asombro.

—¡Oh!

—Le di tu número de teléfono. Si llama, y espero que lo haga, pasa inmediatamente la comunicación a Atlantis, por favor, sin filtros de seguridad. —Le devolví su cuaderno y él garabateó algo—. Por cierto, ¿cómo está Claudia? —le pregunté.

—Sigue trabajando en la pastelería. En realidad, hace poco que ha conocido a un joven..., un cliente..., y está realmente acaramelada. —Georg parecía complacido consigo mismo—. Lo digo sin segundas.

Sofoqué una risita.

—¿Y a ti qué te parece la historia, señor hermano mayor?

Dejó un momento la pluma encima de la mesa para reflexionar.

—Si ella es feliz así, yo también, desde luego.

—Estupendo. Por favor, dale muchos recuerdos cariñosos de mi parte. —Me levanté dispuesto a marcharme—. ¡Ah, por cierto! ¿Hay algún otro nombre que haya salido a la luz esta última semana?

El joven abogado levantó un dedo y abrió otro cajón del escritorio.

—He conseguido localizar a una tal «Eleanor Leopold» con domicilio en Gdansk. Por lo que he averiguado, ha vivido en esa ciudad desde que nació, pero tú mejor que nadie sabes que los registros civiles pueden modificarse si se es lo bastante listo —dijo, entregándome un folio con la nueva información.

—O sea que Gdansk —contesté—. No he estado nunca en Polonia. ¿Puedes reservarme un vuelo?

—Por supuesto.

—Estupendo. Gracias, Georg. Creo que con esto podemos dar por concluida esta entrevista maratoniana. Me pondré en contacto contigo la semana que viene.

—Bueno, hay... otra cosita. —Él, normalmente tan tranquilo y comedido, parecía vacilante y nervioso. Abrió su cartera y me alargó un folio desde el otro lado de la mesa.

—¿Qué es esto?

—Además del de Elle, hemos rastreado también cualquier alusión al nombre «Kreeg Eszu», según ordenaste.

Me quedé mirando aquel papel y se me heló la sangre en las venas. Georg me había entregado lo que parecía el certificado de constitución de una nueva empresa llamada Lightning Communications. En el encabezamiento de aquel documento, bajo «Director», aparecía el nombre de Eszu.

46

Mayo de 1974

La investigación sobre Lightning Communications llevó mucho tiempo. La empresa se había constituido en Grecia, con domicilio social en Atenas. Georg y yo nos pusimos inmediatamente manos a la obra y contratamos bufetes de abogados y empresas de detectives privados. Lo que lograron descubrir fue, por desgracia, poquísimo. La compañía no desarrollaba ninguna actividad (y tampoco lo había hecho durante los últimos diez años). Aun así, las cuentas se presentaban cada año, sin que en ellas se registraran ni ingresos ni gastos.

En cuanto al propio Kreeg, los distintos equipos han sacado en claro que Eszu reside en la actualidad en una gran finca rigurosamente cercada a las afueras de la ciudad. Me han mandado algunas fotografías borrosas de las raras ocasiones en las que se lo ha visto salir de la mansión y en mi cabeza no cabe la menor duda de que se trata del hombre que ha intentado acabar con mi vida en varias ocasiones. Durante los postreros diez años, desde la última vez que escribí algo en este diario, Kreeg no ha intentado contactar conmigo ni tampoco, por lo que hemos averiguado, ha hecho nada por localizarme. Está recluido siempre en su enorme finca, absolutamente aislado.

A medida que ha ido pasando el tiempo y que mi equipo ha ido observando sus movimientos, mi terror inicial se ha convertido en incomodidad, que luego se ha transformado en confusión, y, al cabo de una década, he encontrado cierto consuelo en saber con exactitud en qué lugar del planeta se halla. Descubrimos que se había casado con una griega increíblemente rica llamada Ira, que había heredado su dinero de un exmarido, un magnate del petróleo. Ira

Eszu murió el año pasado, 1973, al dar a luz al único hijo de la pareja. Los archivos afirman que la madre nació en 1927, lo que supone que en el momento de su fallecimiento tenía cuarenta y cinco años. No fue de extrañar, por tanto, que se presentaran complicaciones durante el parto.

Aun así, el niño vivió. Está inscrito en el registro con el nombre de Zed Eszu. Seguimos observando la situación de cerca.

Quizá te agrade saber, querido lector, que la nieta de Evelyn, Marina, acabó poniéndose en comunicación conmigo. Casi dos años después de irme de París, Georg me pasó su llamada a Atlantis. Escuché con interés su relato, en el que me explicaba que había tenido un altercado con un «cliente» agresivo en Le Lézard, motivo por el cual había tenido que huir de la rue Saint-Denis. Le aseguré que me encargaría de que le enviaran dinero de inmediato, pero ella no quiso aceptarlo. Por el contrario, me preguntó si podría proporcionarle algún trabajo que le permitiera abandonar París y salir adelante sin ayuda de nadie. La invité a venir a Atlantis y le ofrecí el puesto de ama de llaves. Irremediablemente su tarea iba a resultarle aburrida, al no tenerme más que a mí deambulando por la casa como un fantasma. Durante algún tiempo Marina no tendría más que pasar la aspiradora y planchar, y puedo afirmar que eso la hacía sentir insatisfecha.

—Echo de menos a los niños, Atlas —me confesó una noche tomando una copa de rosado de la Provenza.

Pedí a Georg que intentara ayudarla encontrándole algún trabajo a tiempo parcial en su antiguo colegio y que ofreciera como incentivo una donación por mi parte. Me he dado cuenta de que el joven monsieur Hoffman se desvive cuando hay que hacer algo por Marina. La mira como un cachorrillo a su amo: con absoluta entrega, obediencia y adoración. Ni qué decir tiene que Georg se aseguró de llevar a buen término el encargo. Durante los últimos años, Marina ha dirigido en Ginebra varios centros de actividades extraescolares para niños cuyos padres salen tarde de trabajar. Y todos los que asisten le profesan mucho cariño.

Ella reside aquí en Atlantis, en el Pabellón, y sigue llevando la casa principal por agradecimiento. Cocina para mí, limpia y en general se encarga de que mi vida doméstica funcione. Su compañía ha llegado a significar mucho para mí durante estos años. Ahora ya no hay nada de mi persona que ella no sepa, y viceversa. Le he hablado acerca de mis orígenes, de mi búsqueda de Elle y del motivo por el que temo a Kreeg Eszu. Los tres, Georg, ella y yo, nos hemos convertido en una pequeña unidad familiar muy curiosa, que yo estimo como un tesoro.

Y hablando de unidades familiares, el amable lector de este diario recordará que se me encomendó la tarea de velar por los Aires Cabral de Río de Janeiro. Desgraciadamente, Laurent Brouilly murió pocas semanas después de mi visita a su casa de Montparnasse. Y yo no estaba dispuesto a defraudarlo.

Con el paso de los años, la nieta de Laurent, Cristina, se volvió todavía más conflictiva. Nuestro equipo brasileño nos comunicó que hacía pasar un verdadero infierno a su familia. Siendo una adolescente, empezó a frecuentar los bares más sórdidos de Río y a juntarse con malas compañías. Me enviaron por fax los informes policiales sobre ella, que acababan siempre con la devolución de la joven a casa de sus padres borracha y en un estado lamentable. Acabaron por expulsarla del colegio y empezó a pasar enormes cantidades de tiempo en las favelas de la ciudad. El bufete de abogados sospechaba que era adicta a algún tipo de droga.

Por fin, el equipo de Río nos comunicó que Cristina había dejado por completo de volver al domicilio familiar y que había decidido vivir su vida en los barrios de las colinas de Río. Pronto se comprobó que en una favela había un joven del que se había enamorado. Pensé que tal vez fuera esa la solución. Tanto Beatriz como Cristina estaban ya libres la una de la otra y podían vivir su vida sin la carga que suponía hacerse daño mutuamente. Así fue hasta que recibí una fotografía de la hija tomada con teleobjetivo. Estaba en una calle muy sucia, paseando un perro. Pero lo más destacado de la imagen era el volumen de su barriga. Era evidente que estaba embarazada.

Ayer por la mañana recibí una llamada de Georg. Estaba como loco.

—Atlas, hay algo que deberías saber.

—A ver, dime.

—Cristina ha dado a luz prematuramente a una niña. Por lo que sabemos, ni siquiera llegó a ir al hospital. La criatura nació en medio de una de las calles de la favela.

—¡Por Dios! Tenemos que ayudarla a salir de allí *ipso facto*. No es el ambiente apropiado para una niña recién nacida. ¿Puedes encargar al equipo brasileño que busque una casa en condiciones que podamos alquilar para ellas?

Georg dio un suspiro.

—Hay otra cosa. Me han dicho que Cristina ha entregado a la criatura a un orfanato. Al parecer, la dejó allí sin más y se marchó.

La cabeza empezó a darme vueltas vertiginosamente mientras calculaba cuál iba a ser el próximo paso que me tocaba dar. Habían dado a aquella nueva vida el comienzo más cruel que cabía imaginar.

—Creo que tenemos que contactar con Beatriz. Que sepa que tiene una nieta. Estoy seguro de que se pondrá contentísima.

—No lo dudo, Atlas, pero mi trabajo consiste en ser práctico en todo momento y en recordarte las consecuencias de semejante línea de acción.

—Pues venga, dime.

—En primer lugar, Cristina es enormemente inestable desde el punto de vista emocional. Como sabes, se ha peleado con sus padres. Al parecer, robó las joyas de su madre para pagar su adicción a las drogas, cosa que, por otra parte, no ha hecho más que agudizar sus problemas neurológicos. Me preocupa que, si un día llegara a descubrir que su madre se ha quedado con su hija, pudiera…

—Comprendo lo que quieres decir. Podría no ser seguro para la niña. Figúrate que un día Cristina apareciera e intentara reclamar a su hija porque le convenía… —Me puse a dar vueltas por mi despacho—. Además, si contacto con Beatriz, suscitaré muchas preguntas acerca de sus orígenes que juré no revelar nunca.

Georg habló entonces en tono solemne:

—Resulta muy difícil decidir qué aconsejarte. Podría intentar localizar a una familia como es debido en Brasil que se hiciera cargo de la pequeña. Pero no sería fácil. Los orfanatos de Río están llenos de recién nacidos provenientes de las favelas. Y a la mayoría de ellos les cuesta mucho trabajo encontrar una familia que se los quede de manera permanente.

Sentí un escalofrío al recordar a Elle en el Apprentis d'Auteuil, incapaz de encontrar una familia. Volví a sentir que el corazón se me hacía pedazos. Quedarme de brazos cruzados resultaba inaceptable.

—No, Georg. Tengo que asumir personalmente la responsabilidad de esa pequeña. Encontraré a alguien para ella. —Me quedé contemplando el lago, que resplandecía bajo el sol de la mañana—. La traeremos aquí a Ginebra y le encontraremos una familia adecuada. Igual que hice con vosotros. Busca un vuelo para esta misma noche.

—Ya me encargo yo del billete —me confirmó Georg.

—Billetes. En plural. Marina me acompañará. No tengo ni la menor idea de niños. Y haz lo que sea necesario para asegurarte de que nos entreguen a la criatura lo antes posible.

Dos horas más tarde, Marina y yo estábamos a bordo de mi jet privado camino del nuevo aeropuerto Charles de Gaulle de París, donde embarcamos en un jumbo con destino a Río. A mi compañera de viaje se le desencajó literalmente la cara cuando nos dirigíamos al Boeing 747 que aguardaba en la pista de despegue.

—¿Estás seguro de que el cacharro ese vuela, *chéri*? ¡Es más grande que el arco de Triunfo!

—Te lo aseguro. He viajado en el vientre de ese pajarraco muchas veces y nunca ha dejado de llevarme a mi destino y de depositarme en él de una pieza. Además, vamos a viajar en primera clase. Ni siquiera te darás cuenta de que estamos volando.

Durante el trayecto, le conté a Marina algunas historias de mi infancia y de la bondad que habían mostrado para conmigo su abuela Evelyn y Laurent Brouilly.

—¿Cuánto tiempo crees que *le petit bébé* estará con nosotros? —me preguntó. Durante todos los años que llevaba a mi servicio, no la había visto nunca tan entusiasmada.

—Hasta que le encuentre un hogar adecuado. Puede que tarde varias semanas. Tal vez un mes.

Marina se esforzó por reprimir una sonrisa.

Cuando aterrizamos, se reunió con nosotros un representante del bufete de abogados que había contratado en Río de Janeiro y nos acompañó al Copacabana Palace Hotel. El edificio causaba impresión en medio de la avenida Atlântica y su presencia dominaba la playa más famosa de la ciudad. La fachada me recordaba un poco a la Casa Blanca, la residencia del presidente de Estados Unidos. Solo con entrar en el elegante vestíbulo, dotado de aire acondicionado, no me cupo la menor duda de lo distinta que sería la favela que íbamos a visitar al día siguiente.

—Tengo el placer de comunicarle que se han hecho todas las gestiones necesarias, señor —me dijo Fernando, el abogado—. Somos un bufete muy acreditado aquí, en la ciudad, y en consecuencia su documentación, junto con nuestras recomendaciones, ha bastado para que el director del orfanato acepte rápidamente su solicitud de quedarse con el bebé en régimen de acogida. Si le soy sincero, muchos niños se las ven y se las desean para encontrar un hogar y en el orfanato estarán muy agradecidos por disponer de más espacio. —El hombre hizo un gesto de impaciencia con la cabeza—. En cualquier caso, lo esperan a usted mañana en el orfanato y luego será libre de marcharse con la niña.

—Gracias por su ayuda, Fernando. Y, por favor, remita mi agradecimiento a todo el equipo por el magnífico trabajo que han llevado a cabo ustedes para mí durante los últimos diez años.

—Así lo haré, señor Tanit. —El hombre hizo una inclinación de cabeza y abandonó el vestíbulo.

Aquella tarde, Marina me llevó a dar una vuelta por las bochornosas calles de Río, con la intención de comprar pijamitas de bebé, biberones, leche en polvo, pañales y todo lo que pudiéramos necesitar para volver con la niña a Europa. La seguí por todas partes sin saber qué hacer, sufragando los gastos ocasionados por todo lo que ella decidía que necesitábamos. La misión resultó tan agotadora que, a pesar del importante *jet lag* que había supuesto el vuelo, dormí toda la noche como un bebé, y el ruido de las olas que llegaba a través de la ventana abierta contribuyó a arrullarme y me sumió en un profundo sueño.

A la mañana siguiente, Marina y yo tomamos un taxi hasta la favela da Rocinha. El conductor no era partidario de llevar a unos turistas a aquel enorme barrio de chabolas, pero yo le aseguré que conocía los riesgos.

—Mire —comentó el taxista al cabo de unos minutos, señalando a lo alto, a la montaña del Corcovado, en cuya cima se levantaba una estatua de color blanco que me era conocida, con los brazos abiertos, como para abrazar a toda la ciudad—. Es nuestro Cristo Redentor. Quizá ya lo haya visto usted antes en alguna fotografía.

—Sí —contesté sonriéndole mientras levantaba la vista hacia la figura pálida y elegantemente esculpida de Landowski, que parecía planear entre las nubes como una aparición angelical. Aunque ya la había visto de cerca en el atelier parisino del artista, la realidad resultaba impresionante. Al clavar la mirada en la estatua de mi viejo amigo en su morada permanente, sentí que me inundaba una oleada de orgullo y de temor reverencial.

A medida que subíamos por las colinas, la madera y la chapa ondulada sustituían al hormigón y el ladrillo. Por las calles estrechas chorreaba un líquido de aspecto inquietante y casi todo el poblado parecía carecer de las instalaciones sanitarias más elementales. Después de un trayecto de quince minutos —pues eso es todo lo que tarda la opulencia en convertirse en miseria—, nos recibió a la puerta del orfanato una mujer con aspecto de agotamiento. Tenía profundas ojeras y llevaba una camisa llena de manchas de varios colores y tamaños.

—¿Niña? ¿Europa? —preguntó al vernos llegar.

—Sí... *Sim* —contesté.

La mujer asintió con la cabeza y se entretuvo un instante en mirarnos de arriba abajo. Aparentemente satisfecha, nos invitó a pasar.

—Vale, entren.

Nos condujo al interior de un edificio bastante rudimentario. Los suelos y las paredes eran de hormigón y el ambiente era sombrío y lóbrego. Lo cierto es que aquel lugar me recordaba un poco a una cárcel. Seguimos a la mujer por una segunda puerta y me quedé sorprendido ante la visión que nos mostraron nuestros ojos. Había treinta o más niños de diferentes edades hacinados en una sola habitación. El personal, sobrepasado por la situación, se las veía y se las deseaba para permanecer tranquilo en medio del calor de la jornada, ensordecido por un desagradable ruido de gritos y lloros. A mi juicio, el principal problema era sencillamente que no había bastantes juguetes para ir pasando de mano en mano.

—*Mon Dieu!* —exclamó Marina—. ¡Pobrecitos niños!

Mientras dábamos una vuelta por la habitación, decenas de ojos abiertos como platos nos seguían. Me avergüenza decir que intenté no cruzar la mirada con la suya, por miedo a que el corazón se me partiera en dos. Habían pasado más de cuarenta años desde la última vez que puse los pies en un orfanato. Ingenuamente, había dado por supuesto que las condiciones habrían mejorado con el paso del tiempo. Más dinero, más recursos, más conocimientos..., más amor. Pero aquí, en Río, me entristeció sobremanera comprobar que las cosas estaban peor incluso que en el Apprentis d'Auteuil cuarenta años antes.

Nos condujeron a una habitación aparte en la que había aproximadamente diez bebés. Se encargaba de ellos una sola mujer, que intentaba asegurarse de que cada niño estuviera bien arropado. Nos llevaron junto a una cuna colocada al fondo de la habitación.

—Su niña —dijo la mujer que nos había acompañado.

Marina y yo miramos el interior de la cuna. Me sorprendió la mata de pelo negro que había en lo alto de la cabeza de la criatura, así como aquel par de ojos enormes, asustados, que parpadeaban ante aquellas dos nuevas caras que veían por primera vez.

—¡Oh, *bonjour*, bonita, *bonjour*! —dijo Marina—. ¿O debo decirte *olà*? Mira qué ojos, Atlas. ¡Son enormes! ¡Y muy abiertos para una criatura tan pequeña!

—Se parece a su bisabuela —dije con toda sinceridad.

—¿De verdad? ¡Qué bonito! —La mujer hizo un gesto señalando a la criatura y Marina la cogió en brazos con ternura.

Volvimos a pasar por la habitación atestada de niños. Cuando estábamos a punto de marcharnos, la mujer dio una palmada, como si se hubiera acordado de algo.

—*Um momento, por favor!* —dijo y volvió a entrar.

La niña se puso a llorar y lo que empezó siendo un gorjeo de incomodidad no tardó en convertirse en verdaderos berridos.

—¡Oh, calma, *chérie*! Ya verás que todo va a ir muy bien, te lo prometo.

—¿Necesitas un biberón, Marina? —dije, poniéndome inmediatamente a rebuscar en la mochila de cuero que llevaba colgada de los hombros.

—La verdad es que me siento un poco débil —repuso ella—. Debe de ser el calor y el hecho de ver a todos esos niños tan monos. ¿Te importa cogerla un momento?

—¡Ah, es que hace años que no cojo a un crío en brazos! No estoy seguro...

—Es muy fácil. Cualquiera puede hacerlo. Toma... —Marina me pasó con delicadeza a la niña—. Ten cuidado con la cabecita. Recuéstala despacito en el codo. Así. —Acto seguido se dirigió a la única silla herrumbrosa que había en un rincón de la habitación.

Me quedé mirando a la niña, que fijó sus ojos en los míos. Por una especie de instinto paternal primigenio, empecé a mecerla suavemente en los brazos. Para mi sorpresa, la pequeña dejó de llorar y su carita se arrugó formando un curioso gesto de satisfacción.

—¡Eso es, Atlas! ¡Tienes un don innato! —dijo Marina, haciéndome un guiño mientras se abanicaba con energía.

—¡Es preciosa! —comenté.

La mujer volvió con una cosa que parecía una especie de colgante en la mano. Intentó dármelo, pero como era un novato en materia de sostener a un niño en brazos me limité a dar un paso atrás con torpeza. Marina se levantó valerosamente y se dirigió hacia nosotros para cogerlo.

—¿Qué es eso? —me preguntó.

Yo miré a la mujer con aire inquisitivo.

—Para la niña. De mamá —respondió.

—¡Aaah! —repuse yo—. Gracias. *Obrigado.* —Marina guardó el colgante en mi bolsillo de atrás—. Y ahora nos vamos. Adiós.

La mujer volvió a hacer una inclinación de cabeza.

—Cuídenla, por favor —dijo, juntando las manos en un gesto de súplica.

—Le prometo que lo haremos.

Nuestra estancia en Río fue cortísima y antes de acabar el día los tres estábamos otra vez en la sección de primera clase del jumbo. Marina acunaba a la niña, que se había pasado la mayor parte de la tarde durmiendo satisfecha entre sus brazos. Cuando el avión ascendió sobre el cielo de Brasil, se me vino a la cabeza una idea.

—Marina…, ¿tenemos la obligación de ponerle un nombre?

Mi acompañante dio un suspiro y sonrió con fatiga.

—No estoy muy segura. Todo esto ha sido tan vertiginoso que ni siquiera lo había pensado.

Cuando llevábamos ya cerca de una hora de vuelo, en el momento en el que atenuaron las luces de la cabina para que los pasajeros pudieran dormir, la pequeña empezó a inquietarse, sin duda debido a la incomodidad de la despresurización del aparato. Al moverme en mi asiento, sentí el colgante dentro de mi bolsillo. Metí la mano y lo saqué.

Era una pieza realmente asombrosa. Examiné la tonalidad opalescente de la piedra central y admiré sus ondulantes brillos azulados. Tuve casi la seguridad de que se trataba de una piedra de luna. Las piedras preciosas han acumulado bastantes leyendas románticas a su alrededor, igual que sus respectivos nombres, y se asocian con el amor y la protección. Sin avisar, se me hizo un nudo en la garganta al pensar que Cristina había dejado aquel collar con la niña como un vínculo con su pasado.

Pese a todos los esfuerzos de Marina por darle de comer, mecerla y acunarla, los gritos de la criatura eran cada vez más fuertes. Aun con toda su experiencia, Ma parecía que estaba bastante fatigada.

—¿Me dejas que pruebe? —le propuse.

—Sí, por favor —me respondió.

Me levanté y Ma me la puso en los brazos.

—¡Vamos, pequeña! No pasa nada. Yo también me puse muy nervioso la primera vez que subí a un avión.

Salí de la sección de primera clase y me fui dando un paseo hasta la parte trasera del aparato. Para mi satisfacción, la niña respondió positivamente al movimiento y al cambio de escenario. Cuando llegamos al fondo del 747, vi que había unas azafatas preparando café en la zona reservada a la tripulación, iluminada con una luz tenue.

—Lo siento, no pretendía molestarlas.

—No molesta en absoluto, señor —respondió una joven rubia—. ¡Oh, pero mirad qué niña! ¡Es adorable!

—¡Ah, muchas gracias! —dije, devolviéndole la sonrisa.

—¡Es muy bonito ver a un padre ocupándose de un recién nacido! La mayoría pone mala cara y espera a que la criatura pueda andar sola por ahí. —La azafata se inclinó para verle el rostro al bebé—. ¡Pero qué manera tiene de mirarlo! Sin duda quiere mucho a su papá.

Cuando acabó de hacer cucamonas a mi pupila, volví a la parte delantera del avión con la niña despierta, pero tranquila. Me di cuenta de que Marina se había acurrucado en su asiento y estaba dando una cabezadita. Desde luego no podía culparla por ello. Los dos últimos días habían sido, sin duda alguna, agotadores, tanto física como mentalmente. Pasé por encima de ella con mucho cuidado y volví a arrellanarme en mi asiento antes de ponerme otra vez a mirar a la niña.

—Venga, y ahora vamos a quedarnos los dos muy calladitos, para que Marina pueda echar un sueñecito. ¿Te parece bien? —susurré. Ella parpadeó de manera aparentemente intencionada y yo le dirigí una sonrisa—. ¡Qué ricura!

Me había dado cuenta de la sensación de paz que me proporcionaba tenerla en brazos. Aquel pequeño fardo representaba un nuevo comienzo, nuevas esperanzas, nuevas oportunidades... Le deseé una existencia llena de amor y de alegría. La criatura me dirigió un ligero gorjeo.

—¡Chis, chis, pequeña! —susurré.

Pensando que teníamos todavía por delante diez largas horas de vuelo, miré a mi alrededor en busca de inspiración y mis ojos fueron a parar a la ventanilla que tenía a la izquierda. La luna brillaba entre las nubes que había más abajo y llenaba el cielo de una luminiscencia esplendorosa.

—¿Quieres que te cuente la historia de las estrellas, pequeña? —Trasladé suavemente su cabecita de mi brazo izquierdo al derecho para que dirigiera la vista a la ventanilla—. Hay más en el cielo que granos de arena en todas las playas del mundo. Siempre me ha parecido algo imposible de creer, pero es verdad. Desde que era un chiquillo, me he sentido fascinado por todas esas constelaciones infinitas, cada una de las cuales simboliza una posibilidad. ¿Ves, bonita? Las estrellas son dadoras de vida. Proporcionan luz y calor en medio del cielo oscuro y solitario.

La niña empezó a parpadear más despacio y yo me sentí feliz al comprobar el efecto relajante que tenía mi voz.

—Pero hay una constelación que yo encuentro más mágica que todas las demás juntas. Se llama las Pléyades. Cuenta la leyenda que había siete hermanas. Su padre, Atlas, que lleva el mismo nombre que yo, era un Titán al que Zeus le había ordenado cargar la tierra sobre sus hombros. Las siete hermanas, aunque muy distintas entre sí, vivían felices todas juntas en la tierra recién creada. Pero después de un encuentro fortuito con el brutal cazador Orión las jóvenes fueron objeto de su incansable persecución. Así que las hermanas huyeron y se refugiaron en el cielo. ¡Míralas!

Incliné la cabeza para contemplar el firmamento desde la parte inferior de la ventanilla del avión y logré atisbar a mis eternas compañeras.

—Durante toda mi vida he levantado la vista hacia ellas en busca de consuelo y orientación. Son mis protectoras y las luces que me guían. Es curioso que Maia parezca hoy la más brillante. Dicen que su luz solía eclipsar cada noche a la de sus hermanas, pero luego, un buen día, Alción, se volvió más brillante. En realidad, «Maia» significa «la Grande», según ciertas traducciones. Los romanos incluso veían en ella a la diosa de la primavera y por eso el quinto mes del año se llama «mayo». —Miré a la niña, que se había quedado dormida en mis brazos—. ¡Ah, vaya! ¿Te aburro, pequeña? —dije, esbozando una sonrisa irónica.

—Puede ser, *chéri*, pero a mí no.

Volví la cabeza y vi que Marina estaba mirándome desde el asiento de al lado.

—Disculpa, Marina. No quería despertarte.

—Estaba solo echando una cabezadita —dijo mientras miraba a la niña—. ¡Dios mío! Realmente tienes un toque mágico. Te quiere.

Se me dibujó en los labios una sonrisa.

—¿De verdad lo piensas?

—No es que lo piense, sino que lo sé, *chéri*. La has salvado de una vida difícil y lamentable.

—Los dos la hemos salvado.

Marina sonrió.

—Tú cargaste con el deber de velar por su familia durante años y luego te pusiste manos a la obra cuando alguien se encontró en peligro. No sé de nadie que haya hecho lo mismo que tú. Eres increíble, Atlas.

—Gracias, Marina. Tus palabras son muy generosas.

Miró por encima de mí para fijarse en lo que había al otro lado de la ventanilla.

—Antes me preguntaste si era responsabilidad nuestra ponerle nombre. Creo que ya sabes cómo se va a llamar —dijo, señalando hacia el paisaje iluminado por la luna que se veía al otro lado de la ventanilla.

—Maia… —contesté.

47

Agosto de 1977

Aquellas primeras semanas fueron un torbellino de pañales, eructos y largas noches dando el biberón. Yo había insistido en que Marina se trasladara a la casa principal para ayudarla por las noches. Creo que esos momentos fueron mis favoritos, cuando Maia y yo nos quedábamos solos, a altas horas de la madrugada, acompañados únicamente del ruido que hacían las olas del lago al romperse en la orilla. Ella me ha enseñado muchas cosas sin saber pronunciar ni una palabra. Durante treinta años he estado tan empeñado en la búsqueda de Elle, con la esperanza de ver cumplida la profecía de Angelina, que me he cerrado al mundo. Estaba absorto en mis pensamientos, decidido en mi propósito y obsesionado. La pequeña Maia me ha abierto los ojos. Hacía muchos años que no me sentía tan vivo como ahora.

Marina dice que, en el momento en el que vi a Maia, supo que yo nunca sería capaz de alejarme de ella. En efecto, había aceptado mi destino antes de que las ruedas del avión se posaran en la pista del aeropuerto Charles de Gaulle. Maia se había portado como un ángel durante todo el vuelo y, además, había escuchado atentamente todo mi repertorio de mitología relativo a las Siete Hermanas. Mecer entre mis brazos cansados a una criatura tan inocente y frágil me había hecho recordar la lección más reconfortante que me había dado este mundo: pase lo que pase, lo que cuenta es la vida.

Me había puesto muy nervioso solo de pensar en cómo iba a explicarle a Marina mi decisión, pues me preocupaba que creyera que yo no estaba preparado para ser padre. Pero la realidad fue muy distinta. De hecho, su cara se iluminó de felicidad.

—¡Oh, es una noticia maravillosa, *chéri*! Por supuesto que me parece estupendo que adoptes legalmente a Maia. La necesitas tanto como ella a ti.

La abracé antes de constatar lo inevitable.

—No puedo hacerlo solo, Marina.

—¡No deberías! He observado cómo cambias los pañales. ¡Un orangután lo haría mejor! —comentó entre carcajadas.

—¿Me estás diciendo con esto que te quedarás y que cuidarás de Maia? —pregunté, alborozado.

—Sí, *chéri*. Exacto.

Georg se encargó de los trámites de adopción. Por sugerencia suya, se inscribió a la niña en los registros con el apellido «D'Aplièse», para evitar cualquier tipo de atención no deseada que el mismo pudiera atraer si fuera «Tanit».

Y así me he convertido en padre.

A medida que voy acercándome a los sesenta, me doy cuenta de que es muy probable que la profecía de Angelina no llegue nunca a cumplirse. Georg, por supuesto, sigue buscando el nombre de Elle en bases de datos de todo el mundo, pero lo cierto es que ya son menos frecuentes los viajes que hago para seguir las débiles pistas que va encontrando. Cada vez que me ausento, simplemente no veo el día de poder estar de nuevo en Atlantis para disfrutar de mi pequeña Maia. No hay nada que me guste más que observar cómo va dando sus primeros pasos por los jardines y llevarla de la mano hasta la orilla del lago, o contarle largos cuentos sobre mis aventuras antes de acostarla.

Esto no significa, desde luego, que no me sienta harto apenado por el hecho de saber que tengo una hija biológica en este mundo y que no está presente en mi vida, una hija que me necesita tanto como Maia. Sencillamente, trato de no pensar mucho en ello. Durante largo tiempo, he depositado mi fe en las estrellas y en las profecías. Tal vez haya llegado la hora de vivir en el mundo real.

Esta tarde, una llamada telefónica me lo ha recordado. Por lo normal, cuando descuelgo el auricular, es Georg quien está al otro lado de la línea. Su bufete filtra las llamadas que recibo para impedir que me contacte Eszu (quien, por cierto, ha estado más callado que un muerto).

—Buenas tardes, Georg —dije al responder a la llamada.

—¿Hola? —replicó una voz con acento noruego.

—¿Horst? —pregunté, puesto que él y Astrid, junto con la familia Forbes y Ralph Mackenzie, son las únicas personas a las que les permito tener línea directa con Atlantis.

—Buenas tardes, Bo. Espero no molestarte...

—En absoluto, querido amigo. ¿Qué tal estás? —pregunté, pasándome de nuevo al noruego, cosa que no me costó ningún trabajo, si se me permite jactarme de ello.

—Bueno, físicamente estoy bien, al igual que Astrid.

Cogí el aparato telefónico y fui a sentarme en el sillón de piel de mi despacho.

—Ya he leído en la revista *The Instrumentalist* lo de la última composición de Felix. ¡Bravo! Debes de sentirte muy orgulloso.

—Orgulloso es la última cosa que estoy de mi nieto —replicó Horst con un tono entre severo y triste.

—¡Oh! —exclamé, sorprendido.

—Pero antes de continuar, dime, «papá», ¿cómo está la pequeña Maia? —me preguntó.

—¡De maravilla! Gracias por tu interés, Horst. Justo esta misma mañana me la he encontrado leyendo sola en voz alta *Winnie the Pooh*. Bueno, no lo que es *literalmente* leyendo. Solo tiene tres años. Pero ajustaba la voz a los diferentes personajes, igual que hago yo cuando se lo leo... —Me di cuenta de que tenía que mostrarme menos efusivo.

—Los críos son una bendición —dijo entre risas Horst.

—Cada día me enseña algo nuevo —comenté mientras iba enrollando, sin darme cuenta, el cable del teléfono alrededor de un dedo—. Aunque sea cómo quitar manchas de chocolate de una camisa.

—Me hace muy feliz saber que os entendéis tan estupendamente bien —replicó, tras lo cual los dos nos quedamos en silencio—. ¿Puedo preguntar por Elle?

—Me temo, querido Horst, que no hay nada que contar. Cada día que pasa, voy perdiendo más mis esperanzas. Como sabes, nunca dejaré de buscarla, pero ahora tengo que centrarme en Maia.

—Ya, ya lo sé.

Me costaba escuchar a mi viejo amigo al otro lado de la línea.

—Perdona, Horst, pero no logro oírte bien. ¿Podrías hablar un poco más alto?

—Huy…, no, me temo que no. Astrid está durmiendo arriba y lo que quiero contarte debería quedar en secreto entre tú y yo.

Me senté derecho en el sillón.

—¿Va todo bien?

Horst respiró profundamente.

—Para ser franco, no, querido amigo —contestó, chasqueando la lengua—. Se trata de Felix. Se ha metido en un grave problema.

—Entiendo. Bueno, dime si puedo serte de ayuda.

—Como sabes, ha alcanzado cierta fama aquí en Bergen. En realidad, en toda Noruega. La gente lo conoce como el huérfano del gran Pip Halvorsen y su hermosa esposa Karine, que murieron trágicamente cuando el crío era pequeño. Se han escrito artículos al respecto y me atrevo a decir que el hijo pródigo ha empezado a creer en su propia leyenda.

—Ya veo —contesté, sin saber muy bien qué responder.

—A todo ello se ha sumado el hecho de que lo han contratado para enseñar en la Universidad de Bergen. Allí hay muchas mujeres jóvenes y atractivas…

No me gustaba la dirección que estaba tomando nuestra conversación.

—¿Mujeres jóvenes y atractivas?

—Sí. Cada vez que Astrid y yo lo vemos, lo que no es frecuente últimamente, va con una distinta. Y bebe en exceso.

Horst suspiró con fuerza, poniendo de manifiesto su cansancio. Yo me quedé pensativo.

—Es un hombre joven con cierta fama y notoriedad. Me parece que sería ingenuo esperar otra cosa —lo animé—. Ya verás que madurará y esto se le irá pasando con los años.

—No si no deja de beber. Simplemente, se destrozará —exclamó Horst entre carcajadas.

Pensé en cómo ayudarlo.

—Oye, hay centros de rehabilitación muy buenos en Europa. Ya sabes, amigo mío, que el dinero no tiene por qué ser un problema. ¿Me permitirías financiar un tratamiento para Felix?

—Muchas gracias por tu ofrecimiento, Bo. Pero sé que para que una rehabilitación tenga éxito es fundamental que la persona quiera rehabilitarse, cosa que te garantizo con total seguridad que no es el caso de Felix. Sea como fuere —siguió diciendo Horst—, lo que ocurre aquí es mucho más complicado.

Me puse de pie, anticipándome a lo que venía.

—Por favor, dime qué quieres decir exactamente con eso —le pregunté.

—Hace un par de días, mientras estaba comprando en una tienda de comestibles de Bergen, una joven se me acercó. Estaba pálida y demacrada, como si llevara sin dormir varias semanas. Me dijo que se llamaba Martha y que estaba embarazada de gemelos.

—¡Vaya! —exclamé, pues ya empezaba a comprender lo que ocurría.

—Le deseé lo mejor y le pregunté que qué tenía que ver todo eso conmigo. Fue entonces cuando me contó que Felix era el padre.

—¡Caramba, Horst!

—Me dijo que era una de sus alumnas y que estaban muy muy enamorados. Pero, por lo visto, mi nieto no está dispuesto a hacerse cargo de las criaturas.

Sentí muchísima pena por el hombre que me había tratado siempre con tanta amabilidad.

—Es la última cosa que Astrid y tú necesitáis, Horst.

—Es verdad. Pero hay algo más. Cuando me la encontré, Martha parecía… muy agitada. Su manera de hablar, la desesperación en sus ojos… De modo que le dije que no se preocupara, me apunté su número de teléfono y le aseguré que yo iba a hablar con Felix, pero que me diera un poco de tiempo. A pesar de todo, quería darle a mi nieto el beneficio de la duda. Aquella misma tarde fui a visitarlo. Cuando abrió la puerta y me vio, se quedó estupefacto. Mientras yo entraba, empezó a recoger a toda prisa las botellas vacías que había por allí. Le conté lo de la joven en la tienda de comestibles.

—¿Y cómo reaccionó?

—Se puso hecho una furia. Dijo que Martha lo había visto una vez en la universidad y enseguida se enamoró de él como una loca, llegándose a obsesionar. Le pregunté si se había acostado con ella y acabó por admitirlo. Le dije que iba a ir a verla conmigo para asumir la responsabilidad de sus actos.

—¿Y qué contestó a eso?

—Se negó rotundamente. Dijo que Martha tenía novio desde hacía tiempo y que lo lógico era que ese joven fuera el auténtico responsable, y no él.

—Ya veo —comenté mientras me restregaba los ojos con la mano que tenía libre.

—Felix me contó que Martha tiene demasiados problemas mentales como para enumerarlos. Me suplicó que me diera cuenta de que esa joven constituye un verdadero peligro para él.

Me quedé pensando en todo lo que me estaba diciendo.

—¿Crees lo que te cuenta?

Horst suspiró.

—Después de mi enfrentamiento con Felix, me reuní con Martha en un restaurante de las afueras de la ciudad. Ella me habló de sus románticos encuentros con mi nieto con una gran precisión de detalles, incluidas fechas, y me parece a mí que no hay la menor duda, que Felix es el padre.

Yo no sabía qué aconsejarle.

—Bueno —fue lo único que supe responder.

Era evidente que cada minuto de nuestra conversación resultaba muy doloroso para Horst.

—Pero… —empezó a decir—. Creo que Felix tiene razón en lo de Martha. La muchacha parece totalmente obsesionada con él, a pesar de haber estado juntos solo un par de veces. No es que eso justifique los actos de Felix, pero al menos me confirma lo que cuenta mi nieto sobre la salud mental de ella.

Me dirigí a la estantería de los libros y cogí la ranita de la suerte que me había regalado Pip a bordo del Hurtigruten.

—¿Va bien la gestación del niño? —pregunté.

—¡Niños! —replicó Horst con resentimiento—. En realidad va a tener gemelos. Lo ha confirmado la ecografía.

—Perdóname, pero… ¿me estás hablando de esa imagen que logran sacar del niño, o niños en este caso?

—Exacto —exclamó Horst antes de tomarse un respiro para recomponerse—. Y ahí es donde las cosas rozan lo absurdo. Le pregunté a Martha si sabía el sexo. Asintió con la cabeza y me dijo llena de orgullo que estaba esperando un niño. Pero cuando me comunicó que la otra criatura era una niña puso los ojos en blanco e hizo un gesto de disgusto.

—De modo que estaba contenta de esperar un niño, pero no de la niña —comenté, frunciendo el ceño.

—Exactamente. Martha dijo que ella y Felix iban a tener un hijo perfecto, el siguiente gran Halvorsen —murmuró Horst—. Cuando le pregunté por la niña, se limitó a encogerse de hombros, como si no le importara nada en absoluto.

Apreté con fuerza la rana de la suerte, como si quisiera que me ayudara en cierto modo a mejorar la situación.

—¡Dios mío! ¿Y por qué?

—Como te he dicho, esta joven tiene graves problemas psicológicos.

—¿Está Astrid al corriente de todo esto?

—No. No quiero cargarle esto sobre la espalda hasta que no haya más remedio. Y estate tranquilo, tendré que contárselo. Estamos hablando de mis biznietos..., de los nietos de mi queridísimo hijo. No puedo dejar al margen a Martha ni tampoco la situación que se ha creado.

Entendí perfectamente los sentimientos de Horst. Es indudable que yo habría sentido lo mismo de haber sido él.

—¿Qué piensas hacer? —le pregunté.

Horst respiró con ímpetu.

—No hay ninguna posibilidad de que Felix acepte asumir responsabilidades y de que se avenga a actuar con decencia. Su actitud me avergüenza —comentó con la voz entrecortada—. Y también avergonzaría a su padre —añadió antes de hacer una pausa para aclararse la garganta y recuperar la compostura—. Disculpa, Bo. En cualquier caso, he llegado a la conclusión de que Martha tiene que venirse a vivir con nosotros después de dar a luz. No estoy en absoluto seguro de que los niños vayan a estar bien solos con ella. Se lo debo a mi hijo y a Karine: tengo que garantizar el bienestar de sus descendientes.

—Es muy noble por tu parte, Horst —repliqué mientras me preguntaba en mi fuero interno si la amabilidad y la ternura de ese hombre tenían realmente límite.

—Pero..., Bo, ya tengo noventa y tres años. Tengo los días contados. Astrid tiene setenta y ocho y vivirá más tiempo, pero quién sabe. Tenemos muy poco dinero, pues nos lo hemos gastado casi todo en la educación de Felix y en sacarlo de situaciones muy engorrosas en las que se ha metido.

—No sigas, Horst. Te extenderé un cheque...

—Gracias, pero no es dinero lo que quiero pedirte.

—¿Y qué es lo que quieres, amigo mío?

Noté que Horst se removía al otro lado de la línea.

—Tu cariño. Sé cuántas alegrías te ha proporcionado Maia estos últimos tres años. Hay suavidad en el tono de tu voz, una canción desde lo más profundo del alma que yo no había oído desde aquellos tiempos en los que nos pasábamos la tarde haciendo música juntos en mi casa de campo. Con una criatura, creo que Astrid y yo podremos arreglárnoslas. Pero con dos está claro que no.

—¿Qué me estás pidiendo, Horst? —exclamé, con el pulso acelerado.

—¿Te harías cargo de la niña?

Totalmente conmocionado, me senté en el sillón y me hundí en él. ¿Qué se suponía que debía contestar a semejante petición?

—Yo... Horst...

Mi anciano amigo me interrumpió y siguió con su ruego.

—Sé que es mucho más de lo que un hombre debería pedirle a otro. Pero lo cierto es que no sé qué otra cosa puedo hacer, Bo. Martha está enferma y su hija no recibirá el cariño y los cuidados que merece mientras siga teniendo un hermano gemelo. —De pronto, se le aceleró la respiración y el anciano empezó a sollozar—. Tengo muy claro que está dispuesta a dar a la niña en adopción. Astrid y yo estaríamos encantados de evitarlo, pero somos viejos y nuestra salud es precaria.

Durante un par de minutos los dos permanecimos en silencio, un silencio incómodo.

—No sé qué decir —murmuré al final.

—No hace falta que digas nada ahora, Bo. Por favor, tómate todo el tiempo que necesites para pensar en mi proposición. Te lo he pedido porque sé lo buena persona que eres. Además, eres el último lazo con Pip y Karine que me queda. Sé cuánto te admiraban y lo orgullosos que se sentirían si fueras tú quien cuidara de su nieta —añadió, de nuevo entre sollozos.

Resultaba devastador oírlo tan angustiado.

—Esas son palabras muy amables, Horst.

—Por si sirve de algo, te diré que siempre hemos lamentado no haberle dado un hermano a Pip. No tengo la menor duda de que la vida de Maia sería aún más plena si tuviera una hermanita con la que jugar.

—No te preocupes…, me lo voy a pensar seriamente.

—Martha saldrá de cuentas en cualquier momento. Se lo contaré todo a Astrid en cuanto nazcan los niños y la muchacha se vendrá a vivir con nosotros al campo para que podamos vigilarla —añadió, recomponiéndose—. Creo que lo mejor sería que… Astrid no se enterara nunca de que tiene una nieta. Ya sabes lo cariñosa y afectuosa que es. Es evidente que intentaría quedarse con los dos niños y temo las consecuencias que tendría eso para todos los involucrados en esta historia.

Colgué el teléfono, me serví una copa de vino rosado de la Provenza y fui a sentarme en el césped a orillas del lago. No era fácil asimilar la gravedad de lo que acababa de pedirme Horst. Se me llenó la cabeza de imágenes de Pip, Karine, Elle y yo en Bergen y me vino a la memoria lo felices que fuimos allí. Recordé cómo Elle miraba al pequeño Felix, con ese anhelo en los ojos que reflejaba la familia que su mejor amiga había construido.

Una vez juré que haría lo imposible para corresponder a la amabilidad de la familia Halvorsen. Alcé la vista al cielo.

—Guíame, Pip. Dime, Karine. ¿Es esto lo que queréis?

—¡Pa, pa, pa, pa, pa! —chilló detrás de mí una voz aguda que me resultaba muy familiar.

Miré a mis espaldas y vi a Maia, que avanzaba tambaleándose hacia mí a toda prisa, seguida de cerca por Marina, que no paraba de reír.

—¡Hola, mi preciosa niña! —exclamé mientras la cogía en brazos—. ¿Has pasado un buen día?

—Sí —replicó Maia, entusiasmada.

—Casi no me lo creo, pero lo cierto es que ha sabido leerme las primeras líneas de *Madeline* —dijo Ma, poniéndome una mano en el hombro.

—¡Válgame Dios! ¡Quizá tengamos a una pequeña erudita en casa, Marina!

—En efecto. Es probable.

Entonces miré a mi hija, que estaba en mi regazo dando palmadas.

—¿Maia?

—Sííí —replicó.

Con un dedo en su mentón, le levante la cabeza para que me mirara a los ojos.

—¿Te gustaría tener una hermanita?

Noté que Marina retiraba la mano de mi hombro, pero a Maia se le iluminó la carita.

—¿Una hermanita? ¿Para mí?

—Eso es —añadí con una sonrisa—. Solo para ti.

La niña dirigió la vista hacia Marina y yo seguí su mirada. Con las manos apoyadas en la cadera, Ma permanecía allí de pie, con una expresión entre incrédula y socarrona dibujada en el rostro.

—¿Vivirá en la barriguita de Ma?

Su inteligencia nunca dejaba de sorprenderme.

—No, no vivirá ahí. Llegará de las estrellas por arte de magia. Igual que tú. ¿Te gustaría eso?

Los ojos de Maia se abrieron y se llenaron de luz.

—¿Podremos leer cuentos todos juntos? —me preguntó.

—Por supuesto, cariño mío.

—¡Entonces sí! ¡Por favor, sí!

—Pues vale. Ma y yo nos lo pensaremos —exclamé entre risas.

—Sí, así es, Maia —intervino inmediatamente Marina—. Nos lo vamos a pensar. Y ahora, venga, *chérie*, es la hora de tu baño.

Aquella noche invité a Georg a Atlantis y él, Marina y yo hablamos del asunto en la terraza.

—Sé que te sientes en la obligación de hacerlo, Atlas, pero ¿estás seguro de que puedes asumir semejante responsabilidad? Una segunda adopción supondrá sin duda alguna disponer de menos tiempo para ir de aquí para allá en busca de Elle —observó Georg.

Yo negué con la cabeza.

—Dudo que la llegada de una nueva hija tenga un impacto mayor en esa circunstancia de mi vida que el que ya tiene la presencia de Maia. En realidad, la pregunta debería ser para ti, Marina. ¿Te ves con fuerzas para cuidar de otra recién nacida?

—Atlas, podrías entregarme un centenar de niños para que me encargara de su cuidado y yo sería inmensamente feliz. Sabes cuánto los adoro, *chéri* —respondió—. Aunque la próxima vez, por favor, consúltamelo antes de meter semejante idea en la cabecita de

Maia —añadió en tono irónico a la vez que arqueaba una ceja a modo de reprimenda.

Yo levanté las manos.

—Pido disculpas. Solo quería ver cómo reaccionaba la pequeña. De no haberse expresado a favor de mi propuesta, ahora no estaría considerando tan seriamente la petición de Horst.

—Lo entiendo —dijo Ma, asintiendo con la cabeza, antes de dirigir la mirada hacia las tranquilas aguas del lago—. Por si sirve de algo, añadiré que, en mi opinión, tus amigos te estarán agradecidos de por vida —comentó en voz baja.

A la mañana siguiente, llamé a Horst para confirmarle que estaba dispuesto a hacer lo que me había pedido. Se echó a llorar, muy conmovido. Aquel mismo día, se puso de nuevo en contacto conmigo para decirme que Martha se había llenado de alegría al enterarse del plan. Le pregunté si podía verme con ella para confirmar personalmente lo que me contaba, pero Horst me aconsejó que no, que sería mejor para la niña que Martha no supiera quién era yo debido a su frágil salud mental. Al cabo de tres días, recibí la noticia de que la madre acababa de dar a luz y Marina y yo pusimos rumbo a Bergen.

La pequeñita que trajimos a casa destacaba por la brillante y espesa mata de pelo rojizo que le adornaba la cabeza. Durante todo el viaje aprecié que apretaba los puños con una férrea determinación, como si quisiera algo. Pero no sé exactamente qué.

Ver a Maia asomándose a la cuna para ver a su nueva hermanita me derritió el corazón y me vino a confirmar que mi decisión había sido la correcta. Se acercó a ella con cuidado y mucha ternura.

—Se llama Alción, como la estrella —susurré.

—¡Hola, Ally! —exclamó Maia, tratando de pronunciar lo mejor posible el nombre de su hermanita.

—Sí —susurré—. ¡Hola, Ally!

48

Mayo de 1980

Aparte de una nueva mano de pintura, la librería Arthur Morston no había cambiado lo más mínimo en los treinta años que hacía que no ponía yo los pies en ella. Fue estupendo volver a ver a Rupert Forbes. Me recibió con un fuerte apretón de manos y un caluroso abrazo.

—¡Por Júpiter! ¡No has envejecido lo más mínimo, amigo mío! —dijo, mostrando una amplia sonrisa en el rostro.

—Lo mismo te digo.

—Me adulas, Atlas, viejo amigo. ¡Mientes descaradamente! —comentó, señalándose las sienes—. ¡Mira estas malditas canas! ¡Parezco mi abuelo!

—Bueno, no sé cómo decírtelo, Rupert, pero en estos momentos eres abuelo.

Mi amigo sonrió.

—¡Por Dios! ¿De verdad? ¡No propales viles rumores!

Me eché a reír.

—¿Cómo están los pequeños?

—¡Oh, estupendamente, gracias! Hace poco que Orlando ha cumplido cinco años. Louise le regaló las obras completas de Charles Dickens. Yo le dije que estaba chiflada, pero parece que el chaval ya ha acabado *Cuento de Navidad*. ¡A los cinco años!

—¡Madre mía! ¡Tienes un genio en la familia! ¿Y cómo está..., mmm...? Perdona, Rupert..., ¿Emónao?

—No hay nada que perdonar, viejo amigo. Ni siquiera yo me acuerdo de cómo se llama. Enómao. ¡Pobre desgraciado! Intenté decirle a Laurence que el chico iba a sufrir mucho con ese nombre, pero Vivienne parece que estaba empeñada en ponérselo. Aunque estoy muy orgulloso de poder decir que eso no lo ha frenado. Ya es capitán del equipo de rugby del colegio.

Después de tantos años, los modales alegremente británicos de Rupert todavía eran capaces de animarme. Aun así, yo no había emprendido aquel viaje sin cierta inquietud. Mi amigo me había invitado a Londres para «comunicarme algunas noticias importantes», que yo suponía que debían de estar relacionadas con Kreeg. Aunque ya estaba jubilado, Rupert seguía teniendo contactos dentro del servicio británico de inteligencia. Se habría puesto amablemente en comunicación con Georg si hubiera surgido alguna noticia significativa..., pero lo cierto es que había insistido en que yo fuera a verlo.

Rupert cerró la puerta de la librería y dio la vuelta al cartel de CERRADO.

—¿Y qué tal la familia? Me imagino que todas esas niñas te traerán al retortero...

—Pues sí. Ahora tienen ya tres y seis años. ¿Te lo puedes creer? Marina y yo hemos dado en llamarlas «la parejita terrible».

Me tendió la taza de té que había preparado en la vivienda del piso de arriba.

—¿De verdad? ¿Sabes una cosa? Te admiro. ¿Cuántos años tienes ya? ¿Sesenta?

—Sesenta y dos —respondí.

—¡Dios mío! Sesenta y dos años y padre adoptivo de dos niñas. ¡No sé de dónde sacas la energía, amigo mío!

—Sé que es un cliché, pero en realidad hablo en serio cuando digo que me han dado una nueva vida. Ahora me siento más joven que nunca.

—Es maravilloso oír algo así, Atlas, de verdad —dijo e hizo un gesto para señalar un par de elegantes sillones Chester que había junto a la parte trasera de la tienda—. Ven, sentémonos.

Lo seguí más allá de las estanterías correspondientes a las secciones Poesía y Filosofía.

—Es rarísimo —comenté—, pero aquí sigue oliendo a lo mismo.

—Eso es lo que son los libros para ti, Atlas. Algo digno de fiar e inalterable. No me extrañaría que hubiera aquí todavía sin vender algunos volúmenes que colocasteis Elle y tú en estas librerías hace treinta años —dijo y nos arrellanamos en los cómodos sillones de orejas con respaldo capitoné.

—¿Por eso estoy aquí, Rupert? —pregunté con inquietud—. ¿Has descubierto algo acerca de Elle? Después de todos estos años mi mayor temor ha sido que alguien me diga que se ha descubierto su paradero y que ya no vive.

Rupert negó con la cabeza

—Lo siento, viejo amigo. Todavía sin novedades en ese sentido —suspiró fuerte—. Me siento enormemente avergonzado por tener que reconocer que no he sido capaz de cumplir mi promesa. —Cogió su taza de té y dio un pequeño sorbo—. Esté donde esté, se ha escondido muy bien.

Le di la razón moviendo con solemnidad.

—Lo sé. Por favor, no te culpes, Rupert. Georg ha contratado a investigadores privados y a empresas de detectives de todo el mundo para buscarla. Nadie ha encontrado nunca el menor rastro de ella.

Rupert frunció el ceño.

—Es algo terriblemente insólito. Por regla general, cuando una persona desaparece, algo queda tras ella que nos ayuda a encontrarla. Pero es como si tu Elle se hubiera evaporado en el aire. Te admiro, Atlas. Llevas buscándola… ¿cuánto tiempo? ¿Treinta años ya? Y nunca te has dado por vencido.

—No podría perdonarme jamás si lo hiciera —dije en voz baja.

—Lo sé. En cuanto a esa espina que llevas clavada en tu costado desde hace tantos años, Kreeg Eszu… —añadió, encogiéndose de hombros—, el tío parece atrincherado en esa enorme mansión suya.

—Sí. —Clavé la vista en la puerta que conducía a la vivienda de la planta superior, tras la cual nos escondimos Elle y yo hacía treinta años—. Solo puedo suponer que, cuando murió su esposa, él perdió las ganas de vivir. Sencillamente… abandonó la cacería.

Rupert entornó los ojos como si estudiara esa posibilidad.

—Creo que es una buena conjetura. ¿Cuántos años tendrá ya su hijo?

Tardé un instante en calcularlo.

—Más o menos la misma edad que Maia, seis o siete años.

—Pobre muchacho. Es muy duro perder a una madre. Y tener de padre a un psicópata como ese… No quiero ni imaginarme cómo será para el chico.

No me había parado a pensar en ello.

—Supongo que tienes razón, Rupert, sí. No envidio a Kreeg júnior.

—No, desde luego —dijo, apoyando la taza y el platito en la mesa—. Bueno, ¿y qué? Hablando de lo que nos interesa, ¿te parece bien que lo abordemos?

—Sí, por favor. Adelante. Me tienes intrigado.

—Pues muy bien —dijo Rupert, juntando las yemas de los dedos—. A ver, por dónde empiezo... ¿Te acuerdas de la ruptura entre los Vaughan y los Forbes, allá por los años cuarenta? ¿Cuando murió Archie, el padre de Louise, y Teddy heredó High Weald?

—Sí, perfectamente.

—Estupendo, eso será muy útil. ¿Recuerdas que Teddy se casó con una irlandesa llamada Dixie? ¿Y que tuvieron un niño, Michael?

—Vagamente. —Con toda sinceridad, la descendencia de Teddy Vaughan no había sido una de mis prioridades.

—No te preocupes, los detalles no tienen importancia. Remontándonos un poco más atrás, a los tiempos en los que estuviste en High Weald, ¿te acuerdas de una mujer llamada Tessie Smith?

Era un nombre del que hacía mucho tiempo que no había tenido noticias. Pero no se me habían olvidado las lamentables circunstancias por las que tuvo que pasar aquella pobre mujer.

—Me acuerdo, sí. Era una voluntaria del ejército femenino.

Rupert parecía complacido.

—Muy bien, exactamente, viejo amigo —dijo.

Aproveché para tomar un sorbo de té y recordar a la muchacha.

—A decir verdad, Tessie fue muy cariñosa con Elle.

Rupert asintió con prudencia.

—Creo que debió de ser así... —Dio un profundo suspiro y añadió—: Bueno, ahora prepárate. Estoy en posesión de una verdadera bomba para la familia Vaughan. Fundamentalmente, no hay manera de expresarlo con delicadeza, pero...

—Tessie se quedó embarazada de Teddy y Flora le pagó y la despidió sin más —repliqué, desactivando con toda frialdad la bomba. Rupert me pareció cariacontecido.

—Muy bien... O sea que ¿era algo sabido por todo el personal y la servidumbre de la casa? —Me eché a reír ligeramente ante aquella respuesta suya de indignación y su expresión mortificada—. Disculpa. No pretendía ofenderte... —añadió.

Levanté una mano para tranquilizarlo.

—No me has ofendido en absoluto —repuse con sinceridad—. Y como respuesta a tu pregunta, me temo que así era. Todos lo sabíamos. Tessie no lo mantuvo nunca en secreto.

Rupert se llevó las manos a la cabeza y no pudo por menos que reírse entre dientes.

—¡Ay, ay, ay! ¡Vaya con el bueno de Teddy! ¡Menudo elemento! —Volvió a recapacitar y continuó hablando—: Bueno, para ponerte al día, Tessie murió hace cinco años, en 1975.

—Lo siento. ¿Sabes si llegó a tener el hijo de Teddy?

—Pues sí, lo tuvo. Una niña. Se llama Patricia Brown.

—¿Brown?

—El apellido del hombre con el que acabó casándose, fallecido también en la actualidad.

—Ya veo. —Resultaba un poco complicado seguir el hilo de la historia, pero yo hacía lo que podía.

—Bueno, pues para dejarlo todo claro, yo no sabía nada de la situación que te estoy contando hasta hace unas semanas. Al parecer, Louise estaba perfectamente al tanto del tema, pero nunca le dio por contármelo, por tratarse de un asunto privado de Tessie.

Sonreí al pensar en la lealtad de Louise. Su madre se habría sentido orgullosa de ella.

—¿Y por qué me cuentas todo esto, Rupert?

Echó una mirada alrededor de la librería vacía, como para comprobar que no nos oía nadie. No me cabe duda de que era un hábito que había adquirido durante su época trabajando para los servicios secretos.

—Hace unos días, recibí una llamada telefónica del palacio de Buckingham.

—¿Del palacio de Buckingham? ¿Quieres decir de la familia real británica? —pregunté sorprendido.

Rupert me miró satisfecho al oír mi respuesta.

—Correcto... ¡Aunque no fue Su Majestad misma la que me llamó! Fue un miembro del servicio real de inteligencia... —Hizo una pausa durante un instante, a la que costaría trabajo no atribuir un efecto dramático—. En cualquier caso, por abreviar un poco, tengo una pequeña noticia de la que me atrevo a asegurar que no estás al tanto.

Aquello me tenía en ascuas.

—¿Y de qué se trata?

—La madre de Louise, lady Flora Vaughan, de soltera MacNichol, era hija ilegítima del rey Eduardo VII.

Para ser justo con Rupert, la pausa dramática había sido merecida. Moví la cabeza con incredulidad.

—¿Qué diablos me cuentas?

Rupert mostró una amplia sonrisa. Se veía que aquello le encantaba.

—Lo sé. Pero es la verdad, me lo han asegurado.

Solté una carcajada de asombro.

—¡Es increíble! ¿Conocía Louise esa parte de la historia?

—Con toda seguridad no, viejo amigo, y así debe seguir siendo —dijo Rupert, poniendo de repente una expresión de seriedad.

—¿Sigue sin saberlo?

—Así es. Como miembro de la familia de la inteligencia británica, se espera de mí, mejor dicho, tengo el deber de guardar para mí esta información tan sensible, como bien saben en palacio.

Abrí los brazos y eché una mirada a mi alrededor.

—Bueno, Rupert… Menos mal que no trabajo para los soviéticos, ¿verdad? Teniendo en cuenta que no has compartido esta información con tu esposa, ¿por qué diablos me la cuentas a mí?

—Llegaremos a ese punto en un minuto. —Tardó un momento en formular su siguiente frase—. Cuando uno es descendiente directo de un monarca británico, lo que pasa es que la familia real… te tiene vigilado. —Se revolvió de modo harto incómodo en su sillón antes de añadir—: O sea…, para evitar cualquier molestia posterior que pudiera…

—¿Perjudicar su buen nombre? —sugerí.

—Eso es —afirmó Rupert—. En ese sentido, en palacio han seguido a la dinastía de los MacNichol con sumo interés. Y así fue como se fijaron en Tessie Smith, que, en todos los aspectos, llevaba una vida tranquila y bastante poco interesante.

—Entonces ¿por qué han sentido la necesidad de ponerse en contacto contigo? —pregunté.

Rupert se aclaró la garganta.

—La hija de Tessie y Teddy, Patricia, no es el tipo de mujer tímida y retraída que aprobarían en palacio. Es una católica a machamartillo, rasgo que llega a resultar perjudicial para todos.

—¿Cómo es esa expresión...? —Me quedé pensando hasta encontrar la frase hecha correspondiente—. ¿Capaz incluso de soportar las penas del infierno?

Rupert chasqueó los dedos.

—Exacto. Por lo que me han dicho en palacio, Patricia tiene a su vez dos hijas. La primera, Petula, nació hace dieciocho años. Al parecer, ahora le van muy bien las cosas y estudia en mi propia *alma mater*, la Universidad de Cambridge.

Me alegré de la noticia.

—¡Qué éxito más maravilloso, teniendo en cuenta los retos a los que ha debido de hacer frente en su vida!

—No puedo estar más de acuerdo contigo. Ahora bien, por lo que se refiere a la segunda hija... Hay una diferencia de edad entre las dos muy significativa. Lo cierto es que parece que Patricia acaba de dar a luz.

Intenté por todos los medios seguir el hilo del relato.

—¿No habías dicho que su marido había fallecido?

Rupert asintió con la cabeza.

—Exacto. En palacio no han encontrado ningún rastro del padre de la recién nacida. Por lo tanto, se presume que la niña fue concebida fuera del matrimonio, circunstancia que causaría un gran disgusto a la comunidad católica de Patricia.

—Entonces ¿qué ha sido de la niña?

Rupert se puso en pie.

—Ese es, Atlas, el motivo de que recibiera yo hace unos días una llamada de palacio. Parece que la señorita Patricia ha entregado a su hija a un orfanato del East End para ocultar la que podría ser considerada su vergüenza. —Se dirigió entonces al viejo escritorio de madera que en otro tiempo fue mío.

—Todavía me cuesta trabajo entender por qué en palacio consideraron oportuno llamarte por teléfono. Si les preocupaba el daño que pudiera sufrir su reputación, ¿por qué demonios una niña que no sabe nada de su historia iba a contar a la prensa amarilla que tiene unos lejanos derechos dinásticos al trono?

Rupert se encogió un poco de hombros mientras rebuscaba entre unos papeles.

—Esa misma pregunta les planteé yo. En palacio me dijeron que el difunto monarca se preocupaba mucho por su familia y que simplemente cumplían con su obligación informándome de la situación. —Hizo una pausa y se quedó mirando el ajetreo reinante en Kensington Church Street—. Supongo que la idea en este caso en concreto es que la niña sea adoptada por alguien que la cuide como es debido.

Yo también me puse en pie y me dirigí al escritorio.

—Pero no iban a informar del asunto a cualquiera, supongo…

—No. Ahí tienes toda la razón. Me han informado a mí porque soy un antiguo miembro del MI5.

—¿Y qué? ¿En palacio esperan que reacciones ante esa información y actúes en consecuencia?

Rupert no se atrevió a mirarme a los ojos y siguió rebuscando entre los documentos.

—Hay algo de verdad en eso, sí. —Por fin encontró lo que andaba buscando y añadió—: Pues bien. Tengo algo para ti —dijo, entregándome un sobre blanco.

Llevaba la siguiente dirección escrita con una letra un tanto descuidada:

A la atención de la librera Louise Forbes
Para entregar a Eleanor Tanit

—Hace un par de semanas echaron esto en el buzón de la tienda junto con una carta destinada a Louise y una nota del abogado de Tessie donde pedía disculpas por el tiempo que habían tardado en descubrir quién era la «librera Louise Forbes».

Examiné el sobre, que parecía que se había abierto.

—¿Has leído la carta?

—No, amigo mío. Pero he leído la de Louise y me imagino que su contenido será similar.

Abrí el sobre y examiné lo que llevaba dentro.

¿Qué tal, Eleanor?

Espero que te encuentres bien, querida. Siento no haberme puesto en contacto contigo en todos estos años. ¡Espero que te acuerdes de mí!

He estado un poco pachucha últimamente y solo quería estar segura de que escribía a todos los que fueron buenos conmigo en aquellos tiempos, cuando estuve en High Weald.

Tú en particular fuiste siempre encantadora. Como ya sabes, fueron unos tiempos difíciles aquellos y no todos pensaron que había hecho bien contándole a la gente lo de Teddy y yo y lo de la niña.

Pero tú me dijiste que me hiciera valer y que tenía toda la razón.

¿Y sabes una cosa? ¡La tenía! Seguí adelante y tuve una niña preciosa, Patricia, que me ha dado un montón de alegrías a lo largo de estos años. Aunque en ocasiones resulta un poquito irritante, no tiene mala intención. Su marido y ella me han dado además una nieta encantadora.

Al final las cosas me han ido bien.

En cualquier caso, voy a terminar, para no irme por las ramas. Solo quería darte las gracias y decírtelo mientras me quede aire en los pulmones. Da también muchos cariñosos saludos a ese compañero tuyo.

Con mucho cariño de tu amiga,

TESSIE

Volví a meter la carta en el sobre.

—No sabía que la amistad de Elle significara tanto para Tessie.

—Ni yo tampoco la de Louise —replicó Rupert—. Estaba muy emocionada después de leer la suya. Fue muy bonito por parte de Tessie enviarlas, ¿no te parece? Dice mucho de su carácter.

—Pues sí —contesté en voz baja.

—Lo único que siento es no haber podido entregar la carta que acabas de leer a la persona a la que Tessie la destinaba.

—Y yo —musité. Se produjo entre los dos una pausa cargada de significado. A continuación miré a mi amigo a los ojos—. Ya sé lo que vas a pedirme, Rupert.

Él asintió con la cabeza.

—Antes de que digas nada más, he estudiado todas las opciones. Soy diez años más viejo que tú y Louise tampoco anda muy lejos.

Por supuesto que pensé en pedir a Laurence y Vivienne que se hicieran cargo, pero están sin un céntimo después de gastar todo su dinero en enviar a los chicos a un internado que no pueden permitirse. Para empeorar las cosas, acaban de enterarse de que el pequeño Orlando es epiléptico. No podrían encargarse de otra criatura.

Di un profundo suspiro.

—¿Y qué pasa con la familia de Teddy? Ya sabes, los que viven en esa enorme mansión campestre. ¿No hay espacio suficiente en ella para la niña?

Rupert se pasó los dedos por el pelo.

—Tienes razón. Teddy y Dixie siguen viviendo en High Weald. Su hijo, Michael, es un buen chico. De hecho, acaba de tener una hija, Marguerite.

—¿Y a esa niña no le gustaría tener una compañera de juegos, Rupert? Literalmente son parientes consanguíneas.

Él me puso una mano en el hombro.

—Por favor, créeme cuando te digo que ya lo he pensado. Pero las repercusiones de compartir con Michael la información acerca de la situación causarían mucha inquietud en palacio.

Su comentario no vino más que a aumentar mi disgusto. ¿Por qué iba a ser problema mío la imprudencia de un réprobo como Teddy?

—Bueno, no es eso lo que desearíamos, ¿verdad? —dije. Me alejé unos pasos e intenté calmarme contemplando las ilustraciones expuestas en la sección infantil.

—Para ser sincero, viejo amigo, no. La institución puede ser muy agresiva cuando quiere, permíteme que te lo diga. Hay buenos motivos para explicar que haya sobrevivido tanto tiempo como lo ha hecho. —Oí que tomaba un sorbo de té, nervioso.

Me quedé mirando unos volúmenes primorosamente dispuestos de *Alicia en el país de las maravillas*, que debía de haber colocado Louise con delicadeza. Cogí uno de ellos, di un golpecito en el lomo y aspiré su aroma avainillado. Al darme la vuelta, contemplé la tienda y me sentí transportado a aquellos tiempos tan emocionantes en los que Elle y yo no hacíamos casi nada más que leer y rellenar las estanterías. No nos teníamos más que el uno al otro y éramos felices. Nada de aquello habría sido posible sin la amabilidad de Rupert y Louise y, antes de ellos, de Archie y Flora. Al igual que con los Halvorsen, me había prometido a mí mismo que haría cualquier cosa por corresponder a la bondad de la familia Vaughan.

Ya sabía yo cuál iba a ser mi respuesta, pero deseaba ver a Rupert sufrir un poquito más.

—Bueno. No es adecuado que la familia de Teddy soporte la carga de su «error». Pero ¿acaso lo es que lo haga yo, el señor Tanit, el jardinero? —dije, levantando una ceja.

Mi pregunta tuvo el efecto deseado y Rupert, normalmente tan comedido, dio la impresión de que estaba a punto de estallar.

—Por supuesto que no lo es, querido amigo. No estoy aquí para imponer mi voluntad en este asunto ni para forzar a nadie. Pero el hecho es que recientemente has adoptado a dos niñas maravillosas y les has dado a las dos más cariño del que hubieran soñado, además de una vida asombrosa. Cuando me enteré de que esta criatura necesitaba una familia, pensé enseguida en ti. Desde luego que sí.

Asentí con la cabeza.

—Pues sí. Si lo planteas así, supongo que yo soy la solución más lógica. —Clavé los ojos en él y opté por no seguir hablando.

—¿Y bien? —preguntó Rupert—. ¿Hay sitio para otra princesita en ese mágico palacio tuyo?

Me acerqué a él.

—Flora y Archie Vaughan se ocuparon de Elle y de mí cuando nos hizo falta. En cuanto a Louise y a ti…, sin vuestra ayuda, no sé si hoy estaría vivo. —Le dirigí una franca sonrisa y le estreché la mano—. Sería un privilegio para mí devolverte el favor.

Dio la impresión de que Rupert iba a caerse al suelo de puro alivio.

Esa misma tarde, nos volvimos a encontrar en el Metropolitan and City Foundlings Orphanage, en el East End de Londres. Rupert había hecho las llamadas telefónicas necesarias para asegurarse de que la pequeña volviera conmigo a Ginebra esa misma noche.

—En palacio están muy contentos con la solución —me comunicó con voz discreta.

—Me importan un bledo los de palacio, sinceramente, Rupert. Esto tiene que ver con vuestra familia. —Me quedé mirando a la niña que dormía en mis brazos y añadí—: Y con la mía.

49

Agosto de 1980

L o malo de hacerse viejo es que nos vemos obligados a ver desaparecer a las personas a las que queremos una tras otra.

En julio, mi compañero de viaje más joven a bordo del Orient, Eddie, me llamó por teléfono. Llevaba siendo miembro oficial del clan de los Mackenzie desde hacía más de veinticinco años, pero el motivo de que quisiera ponerse en contacto conmigo en Atlantis no era nada feliz. Con voz temblorosa, me comunicó el fallecimiento de su padre, Ralph.

Pasé cerca de una hora al teléfono consolando a Eddie y recordándole todo lo que su familia había hecho por mí. Quedé profundamente impresionado por la noticia del fallecimiento de Ralph y lloré por aquel querido amigo que se había mantenido firme y leal hasta el último momento.

Una semana después, yo mismo me presenté en Alicia Hall, en Adelaida, para asistir a su funeral. Lejos están ya los días en los que, para llegar a Australia, habría tenido que subir a un barco y emprender un viaje épico por mar. De hecho, ahora podía estar uno en el otro extremo del mundo en veinticuatro horas. Desde el exterior, los terrenos de la mansión parecían tan opulentos y exuberantes como siempre y, cuando crucé la cancela, un joven rubio bien vestido se me acercó y me estrechó la mano.

—¿Señor Tanit? —Era Eddie Mackenzie—. Muchas gracias por venir.

—¡Eddie! ¡Cuánto siento vuestra pérdida!

El joven hizo una inclinación de cabeza.

—Gracias.

En aquel momento era otra vez un niño de cinco años y me

sentí movido a poner el brazo alrededor de sus hombros para consolarlo.

—No sabes cuánto me alegro de volver a verte. Estoy seguro de que no te acordarás, pero yo sí que te recuerdo de niño. Yo también venía en el barco que te trajo hasta aquí.

Eddie sonrió.

—Eso me contó mi padre. De verdad que lo tenía en grandísima estima, señor Tanit. A menudo contaba historias de cómo salvó usted a aquellos hombres en las minas de ópalo.

Me parecía que había pasado una eternidad desde aquel día tan dramático.

—Bueno, sin tu padre no estoy seguro de dónde estaría yo ahora. Es mucho lo que le debo.

Asistió al funeral gran cantidad de gente y fueron más de cien las personas que contemplaron al sacerdote enterrar las cenizas de Ralph en los jardines de la mansión. Después de la ceremonia, logré localizar a Ruth Mackenzie, que me pareció muy conmovida por el esfuerzo que debía de haber supuesto para mí ir hasta Alicia Hall a honrar a su marido.

Había, sin embargo, una persona con la que estaba yo ansioso por volver a ponerme en contacto en Adelaida: Sarah. Podría decirse que todo lo que soy hoy día se lo debo a su afectuoso carácter. Durante la época oscura de mi vida, su optimismo y su cordialidad literalmente me sacaron de las profundidades de mi desesperación. Pero no dio señales de vida.

—¿Se acuerda de ella, Ruth? —le pregunté.

—¡Por supuesto que me acuerdo, señor Tanit! De hecho, tanto ella como su marido han visitado Alicia Hall en varias ocasiones a lo largo de estos años. ¡Llegó incluso a casarse con un miembro de la familia Mercer!

—¿Ah, sí? —pregunté, con el corazón lleno de entusiasmo al pensar en ella.

—Sí. Con un hombre muy amable llamado Francis Abraham, el hijo del chico de Kitty, Charlie, y de la hija de su doncella, Alkina.

El universo trabajaba de formas realmente misteriosas. Nunca habría yo predicho que Sarah, la huérfana, acabaría un día convirtiéndose en miembro de una de las familias más ricas del mundo. Me acordé de las que me dijo que eran sus ambiciones durante nuestra primera conversación: «Espero encontrar una faena con la que ganarme mi propio dinero. ¡Y novio!».

Ruth continuó con su historia:

—En realidad es una historia muy bonita. Sarah conoció a Francis en la misión Hermannsburg cuando fue a visitarla con Kitty y ya no salió de allí.

No pude evitar dar unas palmadas de alegría.

—Estoy contentísimo de que todo tuviera un final feliz para Sarah, Ruth. Dios sabe que se lo merecía. —Me di cuenta de que ella hacía una ligera mueca al oír mis palabras—. ¿Puedo preguntar por qué Francis y ella no están presentes hoy?

Ruth suspiró.

—Sé que Eddie se esforzó muchísimo para ponerse en contacto con ellos. Sarah en particular significaba mucho para él. Pero resultó muy difícil localizarlos.

—¿Y eso?

—La última dirección suya que teníamos estaba en Papunya. Es un pequeño poblado estupendo, lleno de personajes creativos. Allí fue donde Sarah y Francis tuvieron a su hija, Lisie.

—Apuesto a que la llamaron así por la reina Isabel. Es muy propio de Sarah. —Sonreí cordialmente al acordarme de ella.

—Ha dado usted en el clavo, Atlas. Pero cuando fue haciéndose mayor Lisie se volvió un poco cabeza loca. En el poblado conoció a un hombre que era pintor; Toba, creo que se llamaba. Era un artista aborigen de mucho talento, pero me temo que debo decir que también era un borracho empedernido. Sarah y Francis no les concedieron permiso para casarse, así que se fugaron.

No se escapó a mi atención el hecho de que Lisie compartiera con su madre la misma personalidad testaruda.

—Ya veo. ¿Y ellos dónde se fueron?

Ruth dio un suspiro.

—Ahí está el problema. Nadie lo sabe. Al parecer, Francis se lleva a Sarah a hacer viajes larguísimos por el interior del país con el fin de encontrar a su hija. Se han vuelto casi ilocalizables.

¡Pobre Sarah! No se merecía más que felicidad y parece que su propia hija se la ha negado.

—Realmente me habría encantado verla —le dije a Ruth—. Por favor, cuando se encuentren, dígale que pregunté por ella; dele muchísimos recuerdos. Sería una auténtica delicia volver a ponerme en contacto con ella después de todos estos años.

—Me encargaré de que así sea, señor Tanit. Gracias una vez más por venir.

Pasé el resto de la tarde dando vueltas por Alicia Hall, entablando conversación con los empleados del imperio de los Mercer. Todos ellos sentían una admiración y un respeto inmensos por su antiguo jefe. Algunos seguían trabajando en las minas de ópalo y me alegró muchísimo compartir con ellos historias sobre los tiempos y los métodos de antaño. Cuando el sol empezó a estar cada vez más bajo en el cielo ardiente de Australia, me despedí de mis anfitriones y de Alicia Hall. Había sido todo un honor volver a visitarlo por última vez. Antes de que me fuera, Eddie vino corriendo hasta mí.

—Señor Tanit, me ha dicho mi madre que buscaba usted a Sarah.

—Sí. Me ha parecido entender que no has podido ponerte en contacto con ella.

—No, pero... ¡He tenido una idea! El otro día, examinando algunos documentos de mi padre, encontré el testamento de Kitty Mercer. Al parecer poseía una casa en Broome, que les dejó a Sarah y a Francis para que se la legaran a Lisie cuando fuera mayor. Si hubiera tenido más tiempo, habría buscado en esa dirección por si encontraba alguna pista sobre su paradero. Pero ahora tengo que dirigir el negocio y todo me resulta sumamente complicado. —El pobre Eddie parecía horrorizado ante aquella perspectiva.

—¡Qué interesante! Broome, ¿no? ¿Y eso dónde está?

—Es una pequeña localidad minera al noroeste del país —me dijo—. Tendrá que coger un avión para llegar hasta allí. Pero ese es el lugar donde Kitty pasaba buena parte de su tiempo al principio. Eso es todo lo que sé. Espere, le escribiré la dirección.

—Gracias, Eddie.

Al día siguiente, bajé del avión de hélice en el pequeño aeropuerto de Broome, después de enlazar con un vuelo procedente de Darwin. Cogí un autobús que me condujo a lo largo del puerto hasta el centro de la ciudad, que era pequeña y polvorienta. La calle principal, Dampier Terrace, contaba con un palacio de justicia, un destartalado centro de información turística y un museo de perlas. Comprendí que allí era donde todo había comenzado para los Mercer mucho tiempo atrás. Me quedé mirando la calzada anaranjada y árida y me imaginé a una Kitty joven y rubia derritiéndose bajo el sol de las antípodas y añorando el frío de los vientos de Escocia.

Me dirigí a la oficina de turismo y pedí que me indicaran cómo llegar al sitio que buscaba.

—Por favor, ¿sabe usted dónde está esta dirección? —pregunté al empleado, entregándole el trozo de papel que me había dado Eddie.

—Por supuesto, amigo. No tiene más que seguir la calle principal hasta salir de la población y caminar un kilómetro y medio. ¡No tiene pérdida, a menos que decidida usted darse una vueltecita por el monte!

Seguí las indicaciones del hombre y mi excursión por la carretera duró casi una hora entera bajo un calor abrasador, de modo que me sentí contentísimo cuando al fin divisé una construcción que me sorprendió por sus dimensiones relativamente modestas. La casa de Broome no tenía nada que ver con Alicia Hall. La fachada de madera del edificio estaba vieja y deslucida y las vigas que sostenían el porche parecía que iban a caerse en cualquier momento. Junto a la casa había un pequeño bungalow con tejado de chapa. Si me hubieran dado a elegir, sinceramente no estoy seguro de en cuál de las dos construcciones habría preferido vivir.

En el lugar reinaba el más absoluto silencio y las esperanzas que yo abrigaba de encontrar a alguien en él eran muy pocas. Aun así, después de hacer un camino tan largo, no dudé en llamar. Mientras subía los deteriorados peldaños del porche, me di cuenta de que la puerta principal estaba entreabierta. La abrí empujándola un poco.

—¡Hola! ¿Hay alguien? ¡Hola! —La casa seguía totalmente en silencio—. ¿Sarah? ¿Estás ahí, Sarah? ¿Francis?

Di unos pasos y traspasé el umbral. Recorrí todo el vestíbulo y, una vez junto a la escalera, di una voz para que me oyeran arriba, pero no recibí respuesta alguna, de modo que pensé en volver a la ciudad, resignado. Cuando me dirigía de nuevo hacia la entrada, eché un vistazo en la cocina, que estaba totalmente desordenada. El grifo del fregadero goteaba, así que fui a cerrarlo bien. Al hacerlo, vi que en la mesa había una taza de café a medio beber con una pequeña cantidad de moho en la parte superior. Aquello despertó mi curiosidad, así que abrí el frigorífico. Como me esperaba, vi que había medio litro de leche caducada, así como un poco de pan y queso rancio.

Había pasado alguien por allí hacía poco. A juzgar por el estado de los productos perecederos, quizá solo hacía unos días. Con renovadas esperanzas, emprendí el camino de regreso a Broome y, dispuesto a preguntar a alguien del pueblo, entré en el primer bar con el que me topé.

Luggers era un establecimiento oscuro y sombrío, pero representaba un buen refugio de la altísima temperatura reinante en el exterior. Me senté en uno de los decrépitos taburetes de la barra y pedí un zumo de naranja. Después de armarme de valor, pregunté al camarero si conocía a Sarah o a Francis Abraham.

El hombre dejó momentáneamente de sacar brillo a sus vasos y se quedó pensando.

—Esos nombres no me suenan de nada, amigo. Lo siento.

Suspiré y repuse:

—No importa. Son los dueños de la vieja casa que hay justo a la salida del pueblo. Pensé que quizá habían estado aquí recientemente.

Un hombre situado en el otro extremo de la barra, que estaba tomando un vaso alto de espumosa cerveza, tomó la palabra.

—¿Cómo? ¿Se refiere a la vieja casa de los Mercer?

Me volví a mirarlo.

—Sí, exacto, eso mismo.

El hombre se rascó el mentón.

—Mmm... ¡Qué raro! Ha habido alguien recientemente en la casa. Pero no la pareja que acaba usted de describir.

Me levanté del taburete y me acerqué a él.

—¿Puedo preguntarle quién era?

El hombre frunció el ceño.

—Una chica joven. La verdad es que tenía un bombo enorme.

—¿Estaba embarazada?

—Eso es, amigo. Parecía que estuviera a punto de reventar. —Aspiró por la nariz y tomó un trago de cerveza—. Mi mujer tiene la tienda de comestibles que está ahí enfrente. Le llevó unas cuantas cosas hace unos días.

—Me ha sido usted muy útil, muchas gracias.

El individuo se encogió de hombros y volvió a prestar atención a su cerveza. ¿Quién había estado en la antigua casa de Kitty? Me habría inclinado a pensar que se trataba de algún delincuente, pero me había parecido que todo estaba relativamente bien. Además, no conocía yo a demasiadas ladronas embarazadas que encargaran artículos de primera necesidad a la tienda de comestibles y que se prepararan café. ¿Podría ser que...?

Me acabé mi zumo de naranja y salí del bar. El brillo del sol abrasador fue como una punzada en los ojos. Volví a la oficina de turismo y pedí la dirección del hospital más próximo. Dudaba yo de que mi corazonada fuera cierta, pero cifré toda mi esperanza en que la persona a la que no había encontrado en la casa hubiera dejado de tomarse su café porque había empezado a sentir los dolores del parto.

Debo señalar, querido lector, que presentarme en el hospital de Broome preguntando por una extraña a la que no había visto nunca fue una de las cosas más raras que he hecho en mi vida. Al cabo de quince minutos me encontraba yo ya ante un edificio que parecía pequeño y bastante humilde. Aun así, cuando entré en él, tuve el placer de comprobar que no era nada distinto de cualquier centro médico de Ginebra. Me dirigí corriendo a la recepcionista.

—Perdóneme usted, pero estoy buscando a una mujer que ha tenido un niño hace poco. O que quizá lo está teniendo ahora, mientras estamos hablando.

La mujer sonrió con expresión de burla.

—¡Tendrá usted que ser un poco más concreto, amigo! ¿Su nombre?

Por un instante me quedé callado.

—Elizabeth —dije.

—¿Elizabeth qué?

—Mmm... —Me llevé las manos a la cabeza—. Mercer. No, Abraham, creo. Espere, lo siento, pero es que se casó, ¿sabe? Le pido disculpas, no sé su apellido.

La mujer se me quedó mirando como si estuviera loco.

—¿Es usted familiar suyo, señor? Es que no dejamos pasar a cualquiera. Menos aún a personas que ni siquiera están seguras del nombre de la paciente...

—No, desde luego, lo comprendo perfectamente. No quiero que me dejen pasar. Me preguntaba tan solo si podría usted decirme si una mujer llamada Elizabeth ha dado a luz aquí hace poco.

La recepcionista parecía reticente a darme cualquier detalle.

—La verdad es que no debería hacerlo.

—Lo comprendo, muchas gracias. Lo pregunto solo porque es la hija de una amiga mía y no la ha visto nadie desde hace bastante tiempo. Es simplemente que desearía asegurarme de que está bien. Una vez que lo haya comprobado, me marcharé, se lo prometo.

La mujer me miró de arriba abajo.

—Vale, amigo. Tome asiento. Llamaré a maternidad.

Me pasé una buena media hora contemplando la pared de la recepción, pintada de un blanco aséptico, preguntándome qué podría hacer si me confirmaban que Lizzie estaba ingresada en el hospital. El hilo de mis pensamientos se rompió cuando se me acercó una mujer de piel café con leche y unos ojos con manchas de color avellana. Llevaba un uniforme azul de enfermera.

—¿Es usted el caballero que pregunta por Elizabeth?

—Sí, así es.

Ella me sonrió.

—Sígame, por favor. —Me condujo por un pasillo hasta una habitación privada en la que había una cama y dos sillas—. Siéntese, por favor. Me llamo Yindi —dijo, tendiéndome la mano.

—Yo soy Atlas. Encantado de conocerla, Yindi.

—¿Es usted amigo de Elizabeth?

Me restregué los ojos con la mano.

—Bueno, en realidad es un poco complicado. Elizabeth y yo no nos hemos visto nunca. Pero soy… un pariente de su madre, Sarah.

Era mentira, pero sabía que, como miembro de la familia, tenía derecho a recibir más información.

Yindi puso una expresión de tristeza.

—Lizzie hablaba mucho sobre su madre.

—La verdad es que ese es el motivo de que haya venido a la ciudad, buscar a Sarah. Fui a su casa, pero la encontré vacía. Luego me hablaron de una mujer embarazada que había estado viviendo en ella recientemente y eso es lo que me ha traído hasta aquí.

—Muy bien, señor Atlas —dijo Yindi, dándome una palmadita en el brazo—. Hace unas semanas Lizzie llegó aquí de parto.

—¿Tenía a alguien a su lado? ¿Su marido?

Ella movió la cabeza para negar.

—No. Me habló de él. La había abandonado hacía un mes más o menos.

—¡Dios mío! ¡Pobre Lizzie!

—Sí. Y el parto fue difícil. Duró casi cuarenta horas. —Yindi se estremeció al recordarlo—. La niña era muy testaruda. No respondía a los medicamentos. Así que invoqué a los antepasados.

Arqueé las cejas al oírla.

—¡Ah! Entonces ¿tiene usted ascendencia aborigen?

Yindi se echó a reír nerviosamente.

—¿Es que no se nota, señor Atlas? Pedí a los antepasados que ayudaran a la niña. Y así lo hicieron. Pero también me dijeron... —Suspiró—. Me dijeron que la madre no viviría.

Se me descompuso la cara.

—No... Entonces Lizzie ya no... —Yindi negó con la cabeza y yo me sentí totalmente acongojado por Sarah—. ¿Y qué ha sido de la recién nacida?

—La niña está sana y llena de energía.

—Me alegro mucho de saberlo. ¿Puedo preguntar qué le pasó a Lizzie?

—Sufrió una infección posparto muy grave. Intenté con todas mis fuerzas ayudarla a luchar contra ella, pero las únicas medicinas a las que respondía eran las tradicionales, que son incapaces de salvar una vida y solo proporcionan cierto alivio. Lizzie siguió viva siete días; los antepasados le concedieron una semana al lado de su hijita antes de llevársela. Lo siento, señor Atlas.

Permanecí un rato sentado en silencio. Había ido hasta Broome a buscar a una vieja amiga, pero en vez de encontrarla me habían comunicado una noticia que sin duda habría hecho que se sintiera desolada.

—¿Dónde está la hija de Lizzie? —pregunté—. ¿Ha sido trasladada para recibir atención especializada?

Yindi me dirigió una sonrisa irónica.

—No. La hija de Lizzie está aquí.

—¿De verdad? ¿Sigue aquí?

Ella asintió orgullosamente con la cabeza.

—Exacto. La he mantenido aquí todo el tiempo que me ha sido posible. Es una niña muy especial, señor, según me han dicho los antepasados. ¡Llena de fuego! Las enfermeras hemos intentado encontrar una familia que la acoja, pero no hemos tenido suerte.

Me quedé sorprendido.

—¿De verdad? Por triste que pueda parecer, pensé que cualquier pareja de potenciales padres adoptivos desearía sobre todo que le dieran un hijo recién nacido.

Yindi parecía afligida.

—Sí. Pero la niña es de raza mixta. La gente aquí… no quiere a niños de ese tipo.

Se me revolvió el estómago.

—¡Por Dios santo! ¡Qué horrible!

—Por eso me muestro especialmente protectora con ella.

—Lo comprendo muy bien. Me siento obligado a darle las gracias por cuidar de la pequeña, Yindi.

—He hecho lo que he podido para asegurarme de que la niña se quede bajo mi supervisión el mayor tiempo posible, como los antepasados me pidieron que hiciera. Pero no va a poder quedarse en el hospital para siempre. —Entornó los ojos y me sonrió, como si los dos compartiéramos algún tipo de secreto cósmico—. Precisamente hoy se está gestionando todo el papeleo para entregarla a un orfanato de la zona. Qué casualidad, ¿no? *Precisamente* hoy. Y entonces aparece el señor Atlas —dijo la enfermera, haciéndome un guiño de complicidad.

—Es un… momento muy interesante.

Yindi echó hacia atrás la cabeza y se puso a reír.

—Los antepasados dijeron que vendría usted. Parece que lo conocen, señor Atlas.

Teniendo en cuenta todo lo que había experimentado a lo largo de mi vida, estaba yo muy lejos de poner en cuestión esos asuntos, aunque no acabara de entenderlos del todo.

—Siento un enorme respeto por los antepasados. Estuve viviendo aquí en Australia hace muchos años. Un *ngangkari* me salvó la vida, y lo hizo en varios sentidos.

Yindi pareció sorprendida.

—¿Un *ngangkari*? —preguntó boquiabierta.

—Sí, así es.

—Señor Atlas…, yo soy descendiente de los *ngangkari*. Mis abuelos eran curanderos del pueblo anangu. Por eso me hice enfermera.

Un estremecimiento me recorrió la espalda.

—¡Caramba!

—Ya conoce usted las dotes que posee mi pueblo. Yo intento aquí combinarlas con… —hizo un gesto con el que abarcó toda la habitación— ¡la penicilina y las transfusiones de sangre!

Me eché a reír.

—¡Es una mezcla muy potente!

—¡No me extraña que los antepasados me hablaran con tanta claridad de usted! Estamos conectados por nuestros respectivos pasados, señor Atlas. Pues bien, ¡ahora está otra vez con una *ngangkari*! —Juntó unos instantes las manos en un gesto de oración. A continuación se puso de pie y se dirigió a la puerta—. ¡Venga, sígame! —dijo en voz bien alta.

—¡Ooh! —exclamé, levantándome de mi asiento—. ¿Dónde vamos?

—¡Voy a presentarle a la niña! —Antes siquiera de replicar, la enfermera me había agarrado de la mano y había empezado a caminar por los pasillos del hospital de Broome. Por fin llegamos a una habitación llena de recién nacidos, bien arropados y acostados en cunas de metacrilato. Yindi entró en la sala y sacó la cunita con ruedas de un bebé que parecía un poquito más grande que los demás—. Venga —me indicó con un gesto—. Vamos a sentarnos aquí. —La seguí hasta una salita reservada para el personal que había allí al lado, con sofás, revistas y los utensilios necesarios para preparar té. La enfermera sacó a la criatura de la cuna y dijo—: ¿Le gustaría cogerla, señor Atlas?

—Bueno, yo…

—¡Vamos, hombre, si es usted un experto! Ya está criando a tres hijas.

—¿Cómo lo sabe?

Yindi se encogió de hombros.

—¡Los antepasados lo saben todo!

Me arrellané, lleno de incredulidad, en un viejo sofá de color amarillo.

—Me siento inclinado a pensar que así es. —Ella me pasó a la niña y me puse a mecerla entre los brazos. La criatura tenía una mirada inquisitiva, como si buscara algo—. Tenía usted razón, Yindi. ¡Realmente es asombrosa! —Levanté la vista y miré a la enfermera, que parecía radiante y sonreía de oreja a oreja—. Me siento un poco estúpido por no habérselo preguntado antes, pero me gustaría saber si Lizzie le puso nombre.

Yindi negó con la cabeza.

—No, señor Atlas. Después del parto estuvo pocas veces consciente del todo.

—¡Qué pena me da! —La niña gimoteó un poco y me puse a mecerla suavemente—. Ya sé que los papeles para el orfanato tendrían que acabar de rellenarse hoy, pero, como justo estoy yo aquí y puedo identificar a sus abuelos, ¿sería posible que no tuviera que quedar bajo custodia de nadie?

Yindi suspiró.

—Me temo que no. Ya hemos abusado bastante de las leyes estatales permitiendo a la niña quedarse tanto tiempo en el hospital.

—Muy bien. —Estudié rápidamente las otras opciones—. En caso de que fuera al orfanato, ¿hay alguna forma de que puedan garantizarme que se quedará allí hasta que Sarah y Francis vengan a buscarla?

Yindi agachó la cabeza en un gesto que parecía de exasperación.

—Eso no sería justo con la niña, porque no hay ninguna garantía de que vengan a buscarla.

Yo seguí insistiendo.

—Estoy absolutamente seguro de que sus abuelos se presentarán de inmediato en cuanto se enteren de la situación.

—¿Y cómo pretende que se enteren? Usted mismo dijo que anda buscándolos. ¿Por qué ha resultado tan difícil encontrarlos? —Le expliqué que Sarah y Francis estaban en aquellos momentos recorriendo el interior del país en busca de su hija—. Señor Atlas —respondió ella con firmeza—, ¿sabe usted lo grande que es Australia? Francis podría arrastrar a Sarah en esa búsqueda durante años.

—Entiendo lo que quiere decir —acabé por reconocer.

Yindi me posó una mano sobre el hombro y una cálida sensación me recorrió todo el cuerpo.

—Perdóneme por ser tan atrevida, señor Atlas, pero creo que ya sabe usted que fue algo más que la casualidad lo que lo trajo aquí precisamente hoy.

—¿Qué quiere decir?

—Los antepasados afirman que va usted a ser padre de siete hijas —susurró y se quedó mirando a la niña.

Me puse en pie y deposité a la pequeña otra vez en su cuna.

—Yindi, aunque me encantaría ayudar, no puedo llevármela cuando sé que sus abuelos estarían encantados de encontrarla.

—No la encontrarán, señor Atlas.

Apoyé suavemente la cabeza contra la puerta y di un profundo suspiro.

—¿Cómo está tan segura?

Yindi señaló con el dedo hacia lo alto.

—Ya se lo he dicho. Los antepasados —comentó, encogiéndose hombros.

—No puedo creerme sus palabras sin más.

Ella se acercó a mí y me puso una mano en la espalda. De nuevo me invadió aquella sensación de calidez. Me di cuenta de que sentí algo parecido cuando Yarran pasó las manos por mis costillas rotas en Coober Pedy.

—Ya ha comprobado usted mismo el poder de los antepasados. Confíe en ellos. No lo dude más y siga el camino que le indican.

—Yo...

—Señor Atlas, si esta niña es entregada hoy al orfanato, como debería ser, no habrá nunca la menor posibilidad de que Sarah y Francis la encuentren. Ni siquiera llegarían a enterarse de su existencia. Pero usted podría llevársela consigo hoy mismo para ofrecerle una vida de amor y bienestar y una familia.

—Yo vine a Australia al funeral de un viejo amigo mío, Yindi. Eso es todo.

—¿No ve que se trata de un plan mucho mayor? Lo que a usted le parece una serie de curiosas coincidencias está escrito en las estrellas desde mucho antes de que usted y yo naciéramos. No es una casualidad que haya venido a Australia cuando esta criatura necesitaba un hogar. Ha vuelto porque era el momento adecuado.

Las palabras de Yindi se quedaron resonando en mis oídos. Después de todas las cosas que había visto en mi vida, ¿quién era yo para poner en entredicho la naturaleza omnisciente del universo? Se me ocurrió una idea.

—¿Qué le parece si me hago cargo temporalmente de la custodia de la niña? Dejaré los datos de mi abogado, Georg Hoffman, aquí en el hospital, para que, si algún día se presentan Sarah y Francis, se pongan en contacto conmigo enseguida.

Yindi se rio entre dientes.

—Si eso lo hace sentir mejor, por supuesto que puede hacerlo. Introduciré todos los datos que quiera en nuestros registros oficiales para que puedan ponerse en comunicación con usted. Pero, Atlas, no lo harán. Nunca. Los antepasados me lo han mostrado. La niña es suya. Su quinta hija.

—¡La cuarta! —repliqué—. Tal vez los antepasados no lo sepan todo.

Yindi puso cara de desconcierto.

—Se equivoca usted —respondió—. Lo saben todo.

50

1981

Debo aplaudir a Georg por su inteligencia y su inventiva. Además de inscribir a las chicas en el registro civil con el apellido «D'Aplièse», me aconsejó con acierto que fuéramos cautos e impidiéramos que mis hijas dijeran que su padre se llama «Atlas». Mi nombre es verdaderamente singular y a lo largo de los años he comprobado que se le queda con facilidad en la cabeza a la gente. La seguridad de mi familia es mi máxima prioridad y, aunque Eszu sigue encerrado en su mansión de Atenas, no pienso vacilar en tomar todas las medidas que estén en mi mano con tal de afianzar mi anonimato.

Cuando Georg me sugirió que empleara un nombre distinto para que me llamaran así mis hijas, probé diversos anagramas de «Atlas», pues eso me parecía en cierto modo mejor que inventarme un pseudónimo más. Las quiero más que a nada en el mundo y la idea de engañarlas de cualquier manera me resultaba odiosa. No había nada especialmente satisfactorio que saliera solo de mi nombre, así que añadí la palabra «Pa» (que es como me llaman las niñas) a modo de ayuda. Después de jugar unos instantes con las diversas combinaciones y posibilidades, llegué a la forma «Pa Salt» y me eché a reír sonoramente.

Poco después de que la pequeña Ally entrara en nuestra vida, Maia comentó una vez que estaba sentada sobre mis rodillas que yo olía «a salitre de mar».

—¡No estoy muy seguro de que eso sea un piropo, Maia! —dije, echándome a reír—. ¿Acaso el mar no huele a pescado y a algas?

—No —replicó la niña con firmeza—. Huele a… sal.

Lancé una risita entre dientes.

—Bueno. Entonces, no está tan mal, ¿verdad? Tal vez sea porque siempre estoy viajando.

Pues perfecto. A partir de ese momento, en Atlantis todo el mundo me llamó «Pa Salt». Le pedí a Marina que usara ese nombre cada vez que se dirigiera a mí delante de las niñas y también de los dos nuevos miembros de la servidumbre que se habían unido recientemente a nuestra pequeña y singular familia aquí, a orillas del lago de Ginebra.

Claudia, la hermana de Georg, ha entrado a trabajar en casa a tiempo completo como ama de llaves y cocinera y se encarga de alimentar a un número cada vez mayor de bocas. Tras la llegada de la tercera niña, se hizo necesario que Marina pasara a ejercer exclusivamente de niñera. Pero Claudia tampoco llegó sola. Trajo consigo a su hijo, Christian. El padre del muchacho había desaparecido de escena poco después de su nacimiento y yo insistí en que el niño sería bienvenido en Atlantis. Desde su llegada, Claudia habla alemán todo el rato en casa, para recordar a su hijo sus orígenes, decisión que ha contado con mi beneplácito. Para mis hijas es bueno oír el mayor número de lenguas posible.

Después de unos días encargándose de cortar el césped y de regar las flores, me di cuenta de que Christian miraba con ojos ansiosos el barco amarrado en el embarcadero.

—¿Te gusta el agua? —le pregunté.

El chico asintió con la cabeza.

—Sí, señor.

—Ya hemos hablado de eso antes. No tienes necesidad de tratarme de «señor». Pa Salt es suficiente, te lo aseguro. —El muchacho asintió—. ¿Has llevado alguna vez un barco? —le pregunté.

—No, nunca.

—Bueno —comenté, encogiéndome de hombros—. ¿Te gustaría probar? —Christian abrió los ojos desmesuradamente—. El lago es muy tranquilo por aquí. Vamos a divertirnos un poco.

Pasamos la tarde navegando en la lancha. Me percaté de la alegría incomparable que sentía el muchacho en medio del lago y le comuniqué a Claudia que deseaba emplear a su hijo en el manejo y el mantenimiento de las embarcaciones, y para que se ocupara oficialmente de los traslados entre Atlantis y Ginebra. Ha sido una decisión que no he llegado a lamentar nunca. Christian es educado, trabajador y un miembro muy valioso del personal a mi servicio, lo mismo que su madre.

Hasta ahora el pronóstico de Yindi se ha revelado acertado: no he tenido ninguna noticia ni de Sarah ni de Francis en relación con su nieta. Por difícil que me resulte escribir sobre el asunto, les estoy, cuando menos, bastante agradecido por ello, pues Astérope y Celeno han creado un vínculo increíblemente estrecho entre las dos. Quizá sea porque tienen casi la misma edad, pero para todos los que las rodean parece que son un par de gemelas espirituales. En estos momentos la idea de separarlas me resulta intolerable.

Desde aquel día en el hospital de Broome, he sido incapaz de olvidar lo que dijo Yindi acerca de que Celeno iba a ser mi quinta hija, no la cuarta. Aunque hace tiempo que he abandonado la idea de que la profecía de Angelina vaya a hacerse realidad, recientemente he empezado a preguntarme por la interpretación que di a sus palabras. Tal vez quisiera decir que mi destino era adoptar a siete hijas…, pero, al mismo tiempo, semejante teoría no encajaba con su afirmación de que la primera ya estaba viva en 1951.

Al final, las preguntas que me rondaban por la cabeza por las noches eran demasiadas, así que reservé un vuelo a Granada. Por supuesto, no tenía ninguna manera de saber si Angelina seguía viviendo en la zona ni, si era así, cómo encontrarla. Así que, cuando desembarqué del avión, hice lo único que podía hacer y regresé a la plaza en la que la conocí hacía ya tantos años, con la esperanza de que siguiera leyendo la buenaventura a la gente. Estaba seguro de que la habría reconocido. Al fin y al cabo, llevaba su rostro impreso en el subconsciente desde que se me apareció en sueños.

Aunque el otoño empezaba a cubrir el Sacromonte con su manto, el sol de España seguía resplandeciendo. Me tomé una limonada fresca que compré a un vendedor ambulante, me senté en un banco a la sombra y me resigné a mirar a mi alrededor. La plaza no había cambiado durante mis treinta años de ausencia, a diferencia de lo sucedido con tantas cosas en el mundo moderno. La campana de la catedral lanzaba destellos bajo la luz dorada del sol, tal como yo la recordaba, y también de la misma manera salían borbotando de la fuente los chorros de agua. Habría apostado incluso a que algunas de las pesetas del fondo ya estaban allí cuando yo hice mi primera visita.

A medida que iban pasando las horas en la plaza, empecé a pensar en lo estúpido que había sido por mi parte regresar sin un plan. Pregunté a varios lugareños, pero mi escaso español y la descripción general que hacía yo de una Angelina joven no me permitieron llegar a ninguna parte. Así que me quedé sentado en el banco y la tarde dio paso a la puesta de sol. Finalmente, el sonido del agua y el agradable calorcillo del crepúsculo me relajaron hasta que caí dormido.

Me despertó una mano tocándome el hombro. Sorprendido, me maldije a mí mismo por haber sido tan descuidado. Si Angelina había pasado ante mí, yo no lo sabría nunca. Levanté la vista hacia el desconocido que me había desvelado y tuve que mirar dos veces a la persona que tenía ante mí.

—¡Hola otra vez, Atlas!

Los bondadosos ojos de Angelina se clavaron en los míos.

—¡Angelina! ¡Gracias a Dios!

Me restregué los ojos con las manos para asegurarme de que estaba despierto. Y entonces vi que ella seguía de pie ante mí. Era curiosísimo. Habían pasado treinta años y, aunque ahora tenía unas cuantas patas de gallo, no parecía haber envejecido ni un solo día. Me levanté de un brinco y le tendí la mano. Ella sonrió, me atrajo hacia sí y me dio un par de besos en las mejillas.

—¡Angelina! —No me salían las palabras—. ¡Pero si estás casi igual!

—Eres muy amable. Me gustaría decir lo mismo de ti. ¡Menudas canas! Debe de ser por todos esos bebés tuyos, ¿no?

Seguía sin concebir que la tenía realmente ante mí.

—Yo… Es que… Angelina, ¿cómo sabías que iba a estar aquí?

La gitana se echó a reír y se sentó en el banco.

—Te esperábamos.

Volví a sentarme.

—¿Me esperabais? —Hice un gesto hacia el cielo con el dedo y ella asintió con la cabeza. Permanecimos un rato sentados, mirándonos fijamente—. ¡Qué alegría volver a verte!

—Lo mismo te digo —comentó Angelina, con una amplia sonrisa—. La última vez que te vi, el peso del mundo que cargas sobre los hombros era enorme. Ahora parece más ligero que nunca. ¿Estoy en lo cierto…, «padre Sal»?

Suspiré al comprobar que, una vez más, su poderosa perspicacia iba más allá de mi comprensión terrenal.

—Lo estás, por supuesto. No hace falta que te lo confirme.

Ella sonrió, satisfecha.

—Nunca se sabe, Atlas. No soy capaz de interpretarlo todo.

Tardé un instante en serenarme.

—Angelina… —empecé a decir—. Hace treinta años me dijiste que iba a ser padre de siete hijas. Como creo que sabes, supuse que iba a encontrar a Elle y que las tendríamos juntos.

Cambió de postura con cierta incomodidad en el banco.

—Te dije que serías padre de siete hijas. Eso fue todo lo que vi. Nada más. Y ahora tienes cinco. Mi pronóstico ya casi se ha cumplido, ¿no?

La afirmación que había hecho Yindi en Broome se veía reflejada aquí.

—Tengo cuatro hijas, no cinco.

Angelina parecía desconcertada. Frunció el entrecejo y se arrimó a mí.

—¿Puedes enseñarme la palma de la mano?

—Por supuesto. —La extendí ante ella.

Se quedó estudiándola y negó con la cabeza.

—Estoy sorprendida. Me… —Parecía a punto de decir algo, pero se detuvo—. A veces los mensajes provenientes del mundo de ahí arriba son confusos.

—¡Qué mala suerte! —repliqué, dándome cuenta de que de pronto Angelina estaba incómoda. Retiré la mano—. Hace treinta años me dijiste que mi primera hija estaba viva y que ya caminaba sobre la faz de la tierra, ¿no es así? —Ella pareció vacilar, pero cerró los ojos y asintió con la cabeza—. Sé que no podías referirte a Maia, porque no nació hasta 1974. ¿Qué querías decir exactamente? Necesito saberlo, Angelina.

Ella aspiró fuerte y levantó la vista en dirección a la campana de la catedral mientras formulaba su respuesta.

—Comprendo tu frustración. ¿Puedo pedirte una vez más…? —preguntó, señalándome la mano.

Con cierta indecisión, volví a tendérsela despacio y ella hizo un gesto de gratitud, inclinando la cabeza. Después de examinar la palma esta vez más de cerca, me miró fijamente a los ojos.

—No me equivocaba cuando te dije que tu primera hija estaba viva.

El corazón parecía querer salírseme del pecho.

—¿No te equivocabas?

—No... —La noté incómoda—. Te confieso que mi predicción era que ya os habríais encontrado a estas alturas —dijo, bajando la vista al suelo.

—Entonces ¿está viva, pero... ausente de mi vida, perdida?

Angelina se quedó pensativa un instante.

—Esa es una buena manera de expresarlo. Sí. Es «la hermana perdida».

Me llevé las manos a la cabeza.

—Hoy he venido hasta aquí con la esperanza de que me dijeras que había interpretado mal las cosas. Que en realidad mi primera hija no nació hace tanto tiempo. —Sorbí por la nariz mientras las lágrimas empezaban a escocerme en los ojos—. Me he pasado media vida buscándola y no la he encontrado, ni a ella ni a su madre.

—Pero, mientras tanto —replicó Angelina con timidez—, has encontrado a otras.

—¿A mis hijas adoptivas? —pregunté. La mujer asintió suavemente con la cabeza. Volví a apoyar la espalda en el banco y levanté la vista al cielo. Las nubes ardían con un color anaranjado a la luz del sol poniente—. Sí, las quiero mucho, Angelina. El universo nos unió debido a una curiosa serie de circunstancias.

La gitana se quedó analizando mis palabras.

—Tú dices «curiosa». Yo digo «inevitable».

—¿Qué significa eso?

Ella frunció los labios con expresión pensativa.

—Los seres humanos están ligados desde mucho antes de conocerse en el mundo físico.

Tenía la boca seca y cogí la limonada, que había estado recalentándose toda la tarde debajo del banco. Eché un trago de aquel líquido caliente y pegajoso e hice una mueca.

—El tiempo es una amante cruel, Angelina. Cada día que pasa, la «hermana perdida» envejece y mis posibilidades de reunirme con ella disminuyen. Estoy convirtiéndome en un viejo. ¡Por Dios! ¡Debe de tener ya treinta y tantos años!

Angelina me posó una mano en el brazo.

—Atlas, acabo de estudiar tu palma. Te aseguro que con una línea de la vida como la tuya puedo decirte sin miedo a equivocarme que te quedan todavía muchos años por vivir sobre la faz de la tierra.

Apareció ante nosotros un grupo de niñas que se pusieron a pintar con tiza el enlosado de la plaza. Aquello me recordó al primer día que pasé en el Apprentis d'Auteuil, cuando vi a unos cuantos chicos jugando a la rayuela. Al cabo de unos instantes, Jondrette, aquel pequeño malvado, intentó destrozar mi violín…, pero Elle me protegió.

—Nunca cejaré en mi búsqueda —decidí—. No lo haré hasta que encuentre a Elle y a la hermana perdida.

—Lo sé —repuso ella en voz baja.

Plantear la siguiente pregunta me ponía nervioso.

—¿Crees que la encontraré, Angelina? No vayas a llenarme de falsas esperanzas, como hiciste la otra vez.

—Ninguna esperanza es falsa. La esperanza es una decisión, significa esperar incluso cuando reina la desesperación. Decide tener esperanza y ocurrirán cosas asombrosas —dijo, dándome un golpecito de ánimo en la rodilla.

—Entonces, esa es mi decisión —exclamé y miré al fondo de la fuente—. Quizá tenga que echar otra peseta ahí dentro. —Desvié los ojos hacia la callejuela en la que compré el helado treinta años antes—. Por cierto, ¿tu primita qué tal está? Lo siento, pero no recuerdo cómo se llama.

Su mirada perdió momentáneamente su fulgor.

—Isadora. Ahora ya está con los espíritus.

—Lo siento, Angelina. De no ser por ella, no nos habríamos conocido.

La gitana se pasó los dedos por su melena, que seguía tan rubia y lustrosa como siempre.

—No lo sientas. Isadora vivió una vida llena de amor y de alegría. Se casó con el chico al que quería desde que era una niña, Andrés, al que conoció aquí en la plaza.

—¿Fueron felices juntos?

—No he conocido nunca a dos personas que se dieran tanta felicidad, *señor*.

—El amor es una cosa muy bonita.

Angelina miró al cielo, dejando que el sol le calentara el rostro un momento.

—Así es. Pero el mundo de ahí arriba a menudo tiene unos planes muy extraños. Ni siquiera yo los entiendo del todo.

—¿Qué quieres decir?

Ella se levantó y me tendió la mano.

—Ven. Vamos a dar un paseo hasta la Alhambra y te cuento su historia. —Me puse en pie y Angelina me cogió del brazo. Cruzamos juntos la plaza en dirección al sol poniente—. Andrés e Isadora intentaron durante años tener hijos, pero no podían engendrarlos. En muchas ocasiones pensaron que lo habían conseguido, pero la criatura moría a las pocas semanas en el seno de su madre.

—¡Ay, Angelina! ¡Qué horrible para ellos!

Salimos de la plaza y nos metimos por la calle que en otro tiempo fue un camino polvoriento. Durante los años transcurridos, la habían asfaltado. Sin duda, habría supuesto que el trayecto desde la estación fuera mucho más cómodo en 1951.

—Intenté prestarles ayuda consultando a los espíritus, por supuesto…, pero nunca obtuve respuesta. —Se encogió de hombros con tristeza—. Sencillamente pensé que eso significaba que tenía que ser así. Pero entonces, un buen día, al cabo de veinte años de relación, se produjo el milagro. Isadora se encontró con que iba a tener un hijo.

—¡Oh! —exclamé, volviéndome hacia ella—. Efectivamente, parece un milagro.

Angelina asintió con la cabeza y se le iluminó la cara.

—Nunca he visto semejante felicidad en un ser humano, *señor*, como el día en el que mi querida Isadora vino a decirme que estaba embarazada de tres meses. —Suspiró con melancolía—. Y Andrés casi lo mismo. Celebramos una fiesta en las cuevas.

—¡Qué bien!

La imponente mole de la Alhambra acababa de aparecer ante nuestra vista, con el magnífico aspecto de siempre.

—Cuando Andrés se enteró —siguió diciendo Angelina—, se puso a tratar a su mujer como si fuera una muñeca de porcelana. Además, hacía horas extra para ahorrar un poco de dinero para cuando llegara el niño. Pero entonces… —La mujer se detuvo y cerró los ojos—. Hace apenas unos meses, murió al caerse de la moto. Las carreteras estaban muy resbaladizas después de la lluvia y llevaba una carga muy pesada. —Agachó la cabeza y me sentí obligado a darle un abrazo—. A Isadora se le partió el corazón y también el alma. Cuando murió Andrés, no fue ya capaz de comer ni de beber. Le dije que tenía que hacerlo, por el bien de la criatura, pero fue consumiéndose poco a poco.

—¡Cuánto lo siento, Angelina!

Ella continuó estoicamente su relato:

—El parto se produjo con un mes de antelación. Intenté hacer todo lo que estuvo en mi mano por salvar a mi prima, pero no fui capaz de detener la hemorragia, ni tampoco la *ambulancia* cuando por fin llegó a lo alto del monte. —Por sus mejillas rodaban lágrimas—. Murió la semana pasada, al día siguiente del nacimiento de la criatura.

—Angelina…, no tengo palabras. ¡Qué espantoso!

—Isadora le puso de nombre «Erizo». O sea… —intentó encontrar el equivalente en inglés—, puerco de espinas.

—¿Puercoespín?

—Sí, eso. Puercoespín. Tiene el pelo de punta, ¡ya verás! —A pesar de todo, fue capaz de echarse a reír—. Ahora nos ocupamos de la pequeña Erizo Pepe y yo.

—¿Pepe? —pregunté.

—Nuestro tío…, el hermano de Lucía, la mujer cuya estatua trajiste a la Alhambra.

Comprendí lo que quería decir.

—Entendido…

Seguimos paseando un ratito, hasta que llegamos a una bifurcación. Por un lado, el camino subía directamente al palacio. Desde donde nos encontrábamos, a unos doscientos metros de distancia, distinguí la silueta de la escultura de Landowski en medio de la plaza.

—¿Sabes? —dijo Angelina—, creo que vamos a ir por aquí. —Empezó a tirar de mí hacia la otra calle, que subía en dirección a las cuevas.

—¿Adónde vamos?

—El día va ya envejeciendo. Vamos a ver a Erizo. Estará encantada de conocer a su nuevo pa…

Me detuve de golpe.

—¿Qué quieres decir, Angelina?

La gitana me hizo uno de sus guiños.

—Ya te lo dije. Te esperábamos.

Resignado a hacer su voluntad, la seguí subiendo cuestas camino del Sacromonte.

Las cuevas que había divisado a lo lejos hacía treinta años estaban curiosamente cerca. Me acordé de la época en la que vivía yo en la casa subterránea de Coober Pedy y no me cupo duda: el equivalente español era de lejos preferible. Por lo pronto, las cuevas ofrecían una vista asombrosa del mundo que se extendía a sus pies. Desde la calle polvorienta en la que estaba la de Angelina, contemplé filas y filas de olivos, interrumpidas únicamente por los senderos tortuosos y empinados que discurrían entre las viviendas. En el valle situado debajo, corría el río Darro entre árboles frondosos, cuyas hojas empezaban a cambiar del verde al amarillo bajo el sol maduro de septiembre.

—¡Pepe! —gritó Angelina a alguien en el interior de la cueva—. Aquí lo tengo.

Entré con ella en la vivienda y vi a un hombre con bigote y la piel requemada y cubierta de arrugas por el sol de España durante años. Estaba dando el biberón a una niña y canturreándole algo.

—*Hola, señor* —dijo, inclinando la cabeza en señal de bienvenida.

—Pepe prefiere hablar en español. Le pido disculpas.

—No le hace ninguna falta. Yo estoy en su país y no conozco su lengua. Sería yo el que debería pedir disculpas. Por favor, dile que siento mucho las pérdidas que ha tenido que soportar a lo largo de su vida.

Angelina así lo hizo.

—*Gracias por su compasión, señor* —dijo Pepe, con una inclinación de cabeza.

—Bueno, no dejes para mañana lo que puedas hacer hoy. Voy a empezar a guardar las mantitas de Erizo. Tiene una que usaron su madre y su abuela. Sería estupendo que viajara con ella...

La agarré del brazo antes de que moviera un solo músculo.

—Angelina, para, por favor —le supliqué—. Sé que eres capaz de comunicarte con «el mundo de lo alto». Pero no tengo derecho a quitaros a Erizo y, lo que es más importante, tampoco deseo hacerlo. Vine aquí simplemente a que una vieja amiga volviera a leerme la mano. Eso es todo.

Angelina suspiró.

—Puede que pienses que eso es todo, pero el mundo de ahí arriba te trajo aquí de nuevo justo en el momento en el que hacías falta.

La presión arterial empezaba a ponérseme por las nubes.

—Esa es la interpretación que tú haces de la situación. ¿No tienes en cuenta que soy reacio a quitarle la niña a su familia?

Angelina me cogió de la mano y me condujo de nuevo fuera de la cueva para que Pepe no se diera cuenta de mi angustia.

—Atlas —replicó—, tu llegada aquí no se ha producido por casualidad. Pepe y yo no podemos dar a Erizo la vida que se merece. Tú, en cambio, sí.

Negué con la cabeza.

—Angelina…, esta es una conversación que he tenido muchas veces a lo largo de los años. Algunas familias prácticamente me han suplicado que me llevara a su descendencia. Y cuando lo hacen me veo a mí mismo en medio de un dilema moral espantoso. —La cabeza había empezado a darme vueltas—. Yo…

Antes siquiera de pronunciar una sola palabra más, me vi de pronto caído en el suelo.

Angelina volvió corriendo a la cueva.

—¡*Agua!* —le pidió a Pepe.

Con la espalda apoyada sobre la piedra, me quedé mirando la mole de la Alhambra, que se erguía frente a mí. El sol poniente arrojaba una cálida luz anaranjada sobre las torres que parecían sobresalir mágicamente del color verde oscuro del bosquecillo situado enfrente de las cuevas. Ella volvió con una jarra de agua y yo, lleno de agradecimiento, tomé un buen sorbo. La gitana se sentó a mi lado en el suelo de piedra.

—Angelina, cada día me preocupa más que la gente interprete mi decisión de adoptar hijas… de manera equivocada. Además, a mí mismo me aterroriza pensar que puedo haberlas privado de la oportunidad de crecer en su país natal.

Puse la jarra de agua en el suelo junto a mí y apoyé la cabeza entre las rodillas.

Angelina me dio un apretón en los hombros.

—Lo comprendo, Atlas. No serías el hombre que creía que eras si no tuvieras esas preocupaciones. Pero el universo te sonríe por todo lo que has hecho.

Levanté la cabeza y me encontré con su mirada.

—Con el debido respeto, Angelina, durante toda mi vida creo haber sido gobernado por un poder que ni siquiera yo entiendo. Tú misma me dijiste que mi camino estaba fijado de antemano.

—Así es, amigo mío. Pero habrías podido escoger no seguirlo. Nadie te ha obligado a adoptar a tus hijas. Lo hiciste movido por tu deseo de ayudar a los demás. ¿No es así?

Me pasé los dedos por el cabello.

—Supongo que sí.

Angelina me sonrió con simpatía.

—Me hablas como si fuera yo la primera persona que te ha presentado los poderes del universo. Pero los dos sabemos que no es así. De pequeño, ya tenías ojos para leer el cielo. Fue él quien te mantuvo a salvo y te guio en el viaje imposible que habías emprendido.

—Así es —susurré.

Permanecimos sentados en silencio durante largo rato, contemplando cómo la Alhambra iba sumiéndose en la oscuridad mientras la luz se ocultaba. Al cabo de unos instantes, Angelina volvió a hablar, esta vez en voz baja.

—Has evitado que tus hijas lleven una vida llena de miseria y sufrimientos.

—Lo sé, Angelina. Pero sigo preguntándome si ha estado bien sacarlas de su país. Habría podido simplemente financiar su vida desde la distancia.

—Me temo que a veces te olvidas de que a ti se te debe también un poco de felicidad, Atlas. Con una mano, el universo te ha quitado muchas cosas, pero con la otra también te ha dado otras tantas. Tus hijas te dan más alegría de lo que tú creías que fuera posible, ¿no es así?

—Desde luego.

El anochecer llegó salpicado de raudos aleteos que resonaban por encima de los árboles. Cerré los ojos y me puse a escuchar con atención.

Angelina continuó hablando:

—Desde que nos conocimos, he pensado muchas veces en ti y he consultado al mundo de lo alto. Eres un hombre bueno, Atlas. Especial, incluso. Quizá no haya suficiente gente que te lo diga. Por eso te lo digo yo, ¿de acuerdo? Créeme.

Intenté contener las lágrimas.

—Gracias.

—Y… —empezó a decir tímidamente, cogiéndome de la mano—, Atlas, encontrarás a la hermana perdida. Eso te lo juro.

Me incorporé y me puse rígido.

—¿Perdona?

—Os encontraréis los dos. Pero… necesitarás la ayuda de tus otras hijas. Sin ellas, vuestro camino no se cruzará nunca. —Clavó en mí los ojos con expresión seria y yo me quedé mirándola boquiabierto—. Tus seis hijas te conducirán hasta la séptima.

—Angelina —repuse, casi sin aliento—, ¿cómo voy…?

Se llevó un dedo a los labios.

—¡Chis! No tengo nada más que decir. Es un mensaje que te envía el mundo de ahí arriba, así que no tengo respuesta a las preguntas que te puedas plantear. —Me apretó la mano con fuerza y volvió la vista hacia la Alhambra.

El pánico se vio sustituido en mí por la euforia. Clavé los ojos en el cielo en llamas y le di las gracias al mundo de ahí arriba.

—¿Así que se llama Erizo? —le pregunté a Angelina.

La gitana se rio entre dientes.

—No. No oficialmente. Es solo un nombre en broma. Al fin y al cabo, nadie puede llamarse «puercoespín» de verdad. ¿Puedo tomar tus palabras como una garantía de que, después de la promesa que te han hecho los espíritus, te irás del Sacromonte en compañía de tu quinta hija? —Asentí en silencio, mostrando una sonrisa de oreja a oreja—. ¡Bien! ¡Qué día más feliz! —Se levantó y se quitó el polvo de encima—. Será la quinta estrella de tu firmamento… Así que la llamarás…

—Taygeta, sí.

Angelina me tendió la mano y yo la cogí. Volvió a conducirme al interior de la cueva.

—¡Ven a verla! —Seguí a Angelina hasta donde estaba Pepe, que me sonrió cariñosamente.

—Aquí tienes a tu papá, Erizo.

La levantó para dármela y la cogí en brazos.

—¡Hola, bebé! —le dije.

—Es una niña muy especial, *señor*.

—Ya lo sé.

—La verdad es que creo que quizá no. Esta pequeña tiene poderes de *bruja*.

—¿Como tú?

Angelina hizo un gesto afirmativo con la cabeza.

—Exacto. Es la última de la familia. —Se me quedó mirando con expresión severa—. Cuando esta niña se haga mayor, verá el mundo de un modo distinto y tú honrarás y respetarás esa facultad.

Incliné la cabeza.

—Te lo prometo. Así lo haré.

—Bien. —Se quedó pensando unos instantes—. Ella tampoco va a comprender las mañas de la bruja... —La gitana miró a la pequeña—. Un día tienes que mandármela aquí otra vez. Cuando lo hagas, la ayudaré a descubrir su linaje espiritual.

Fijé la vista en una silla de madera que había en un rincón de la habitación y me dirigí a ella.

—¿Puedo sentarme? —pregunté. Angelina me dijo que sí con un gesto y tomé asiento—. A decir verdad, no he pensado a fondo en la posibilidad de contar a todas las chicas las circunstancias de su nacimiento ni cómo llegaron a ser mis hijas.

Ella puso cara de sorpresa.

—¿Ah, no?

Me quedé mirando aquella joven vida inocente. Había cerrado los ojos y se había puesto a dormir.

—Cada una de las niñas, de una manera o de otra, está relacionada de forma directa con mi huida de Kreeg Eszu. Me preocupa que, si les hablo de su pasado, acaben en peligro de algún modo. He intentado deliberadamente construir a su alrededor una vida lo más tranquila posible.

Angelina cruzó los brazos y entornó los ojos, como si estuviera muy absorta en sus pensamientos.

—Sí... Lo comprendo. Pero, al margen de esa decisión, tienes que mantener tu promesa. Un día, cuando llegue el momento adecuado, mándamela aquí otra vez. ¿Me lo juras?

Saqué como pude el brazo de debajo del cuerpecito de la niña y le tendí la mano a Angelina.

—Te lo juro.

La gitana me la estrechó.

—Gracias, Atlas. Ya es tuya. —Le acarició suavemente el delicado cabello a la criatura. Luego se puso a cantar una nana en español y su agradable voz salió de la cueva y fue bajando hasta el fondo del valle.

51

1982

—En mi opinión, no hay nada que indique un peligro inminente —comentó Georg, tomando un sorbo de su fuerte café mientras estábamos sentados en su despacho de la rue du Rhône.

—¿Han llamado a la librería Arthur Morston?

—Sí, y Rupert Forbes les indicó cómo contactarme.

—Rupert no tiene ni idea de qué va esto, ¿no?

—Así es, ni idea.

Aquella mañana, Georg me había informado de una llamada telefónica de una tal Lashay Jones, una señora americana que había pedido hablar conmigo sobre un tema de suma importancia. Él le había dicho que era la persona que me representaba y que podía hablar con él con absoluta confianza, pero la mujer se negó. Por razones de las que ya he hablado en estas páginas, soy extremadamente reacio a aceptar misteriosas llamadas telefónicas de extraños.

—¿Seguro que preguntó por Atlas Tanit?

Georg asintió con la cabeza.

—Seguro al ciento por ciento. Me contó que pensaba que trabajabas en la librería Arthur Morston. Pero no hay nada que parezca relacionarla con Kreeg Eszu. Estoy convencido de que hablar con la señorita Jones no te va a poner en peligro.

Me quedé pensando.

—Sin embargo, ha llamado a una hora poco habitual, ¿no te parece?

—Sí. Eso es así —reconoció Georg.

Hace un mes, Lightning Communications había empezado de repente a tener actividad como empresa. Había creado una base de clientes en Grecia y había comenzado a prometer oportunidades de negocio para transmitir «coherencia, credibilidad y sentido de la ética». Cuando leí por primera vez estas palabras, no pude evitar echarme a reír a carcajadas. No alcanzaba a comprender cómo ese hombre pretendía ofrecer en serio credibilidad y sentido de la ética. La empresa también había creado un logo: un rayo que salía de una nube. Parecía que Kreeg estaba adoptando también un enfoque práctico. Nosotros teníamos algunas fotos de él tomadas en presentaciones y en almuerzos de negocios, así como diversos artículos de periódicos locales sobre la compañía.

Tal vez Eszu hubiera estado ausente en una especie de duelo durante los últimos años, pero lo cierto es que ahora todo indicaba que eso se había acabado y que él estaba empezando a reaparecer en sociedad.

—¿Estás seguro de que no es una táctica de Kreeg para conseguir mi ubicación exacta?

Georg negó con la cabeza.

—Mi instinto me dice que una cosa no tiene nada que ver con la otra.

Confié en el criterio de mi abogado.

—Bueno, pues entonces fijemos la llamada para mañana.

Al día siguiente, me senté en mi despacho a la espera de que Georg pasara a Atlantis la llamada de Lashay Jones. Mientras aguardaba, me puse a observar las estanterías de la estancia, llenas de curiosidades y recuerdos de mis viajes por el mundo. Entre todas esas baratijas había fotografías enmarcadas de las chicas conmigo. Cogí una de mis favoritas: una foto de los seis juntos disfrutando de un helado en el embarcadero de Atlantis. A las diez en punto, sonó el teléfono. Dejé la fotografía sobre mi escritorio y descolgué el aparato.

—Atlas Tanit. Dígame.

Una voz suave y aterciopelada me contestó con acento americano.

—¡Ah! Hola, señor Tanit. Soy Lashay Jones. Creo que estaba usted esperando mi llamada, ¿no es así?

—Hola, Lashay. Sí, la estaba esperando, pero debo admitir que no tengo ni idea de lo que va todo esto.

La mujer respiró profundamente.

—Lo siento mucho, señor Tanit. Estoy llamando desde el Hale House Centre de Harlem, en Nueva York.

Mi memoria empezó a examinar los archivos de mis recuerdos.

—Lo siento, señorita Jones, pero ese nombre no me dice nada.

—Tal vez usted haya oído hablar de la madre Hale... Clara Hale...

—Lo siento de nuevo, pero no...

Se hizo un silencio mientras Lashay se daba cuenta de que iba a tener que explicar más cosas de las que había previsto.

—Comprendo que usted está en Europa y que ahí ese nombre no sea tan conocido como aquí. El Hale House Centre es un centro de acogida para niños que hay aquí en Nueva York. —Me empezó a latir el corazón de forma desordenada. ¿Acaso era esa la llamada que tanto temía recibir? ¿La de un centro de acogida que, por alguna razón, quería de vuelta a una de mis hijas? Intenté no perder la compostura—. Hace un par de noches dejaron abandonada en la puerta de nuestro centro a una niña recién nacida —añadió la mujer.

Yo me tranquilicé un poco.

—¿Eso es... poco habitual en la casa de la madre Hale? —pregunté.

—Lamentablemente no, señor. Pero el motivo de que me ponga en contacto con usted es que la criatura llevaba una cosa con ella. En concreto, una tarjeta de visita con su nombre, dirección y teléfono de contacto.

Sinceramente, no supe qué decir.

—Eso es muy raro. No tengo familia en América ni tampoco amigos.

Oí que, sin dejar el teléfono, Lashay revolvía unos papeles.

—Aquí la tengo. La tarjeta parece vieja. Está rota y desgastada.

—Eso tendría su lógica. Hace más de treinta años que dejé de trabajar en la librería —comenté mientras me estrujaba el cerebro—. Supongo que no sabe quién dejó abandonada a la niña.

—No, señor —suspiró—. Pero hemos distinguido algo escrito en su vieja tarjeta de visita.

—¿Sí? —pregunté, realmente intrigado—. ¿Qué dice?

—Dice «¡Qué hombre tan bueno!», señor —respondió Lashay—. Aparece escrito justo debajo de su nombre.

Me quedé sin aliento, hundido en el sillón de mi despacho. En un instante, mi mente se vio transportada al restaurante Waldorf

Astoria de Nueva York y vi la cara sonriente de Cecily Huntley-Morgan.

«¡Mire! Incluso escribí esto detrás: "¡Qué hombre tan bueno!". Me la guardaré para siempre, como talismán de la suerte».

—Señor Tanit, ¿sigue ahí? —preguntó Lashay.

—Sí —repliqué, realmente exasperado—. ¡Uf, Lashay! En realidad, tengo una corazonada y quizá sepa de quién puede ser esa niña. Me pregunto una cosa… ¿Sabe usted algo sobre sus circunstancias familiares?

Se hizo un breve silencio.

—Bueno, una cosa está clara. El Hale House Centre no acoge solo a niños no deseados. —Me estremeció esa expresión—. La madre Hale ayuda a criaturas que nacen con adicción a los estupefacientes. Lamento decirle que estamos prácticamente convencidos de que esta niña es adicta a la cocaína.

—¡Dios mío! —exclamé, llevándome una mano a la boca.

—Mucha gente se asombra. Pero lo cierto es que esa es la realidad aquí, señor. En Harlem abundan los narcopisos. Si tuviera que apostar, diría que esta niña viene de uno que hay en las inmediaciones de Lenox Avenue.

Ya había oído ese nombre antes.

—Mire, voy a organizarlo todo para partir mañana rumbo a Nueva York.

Al día siguiente me presenté en el centro de acogida de la madre Hale, en Harlem, un edificio bastante ruinoso de ladrillos rojos. Llamé a la puerta y me recibió una mujer vestida con un chándal azul y un espléndido pelo afro.

—¿Es usted el señor Tanit? —preguntó.

—Así es.

—Soy Lashay Jones. Estuvimos hablando por teléfono.

—Hola, Lashay. Encantado de conocerla —dije y extendí la mano para saludarla.

—No, no. Aquí nos damos un abrazo —exclamó antes de hacer lo propio con fuerza.

—¡Qué costumbre más bonita! —dije entre risas sin salir de mi asombro.

—¿Acaba de llegar de Suecia?

—En realidad, de Suiza.

La mujer puso los brazos en jarras y levantó una ceja.

—¿Está cerca de Suecia?

—Bueno, en el mismo continente.

Lashay se echó a reír a carcajadas.

—¡Estoy de broma! ¡Estoy de broma! Perdóneme. Ha sido una mañana muy ajetreada. Hoy hemos tenido muchos estómagos hambrientos. —Enseguida empezaron a gustarme Lashay y su encantadora naturalidad—. Pase, por favor. —Entré en el Hale House Centre y la mujer me acompañó hasta una puerta que había a la izquierda del pasillo—. Está aquí —dijo.

—¿Quién está aquí? —pregunté.

—¡La madre Hale, por supuesto! —exclamó.

Lashay abrió la puerta y me encontré ante un pequeño despacho. Detrás de un gran escritorio situado frente a una ventana había una ancianita con el pelo canoso que llevaba un cárdigan blanco. Se dio la vuelta cuando entré.

—¿Es el caballero de Europa? —preguntó la señora a Lashay, que asintió con la cabeza. Se puso en pie con cuidado y se acercó a mí para estrecharme la mano—. Clara Hale —se presentó.

—Atlas Tanit. Es un honor conocerla —repliqué.

—Lo mismo digo. Estoy segura de ello.

—Los dejo solos —exclamó Lashay con una sonrisa antes de salir del despacho.

—Tome asiento, por favor —dijo la anciana, indicándome un sofá de piel algo desvencijado.

—Gracias.

—Bueno —exclamó Clara—. El misterio de la tarjeta de visita —añadió mientras abría un cajón de su viejo escritorio de madera y sacaba un pedazo de papel—. Aquí la tiene, señor Tanit.

—Gracias —repliqué, cogiendo la tarjeta y empezando a examinarla—. Sí, no hay duda de que es mía —confirmé—. Pero como le comenté a Lashay hace décadas que ya no utilizo esas tarjetas, desde que llevaba la librería.

—Aun así, llegó a mi puerta junto con una recién nacida. Y ahora me pregunto cómo diablos ha podido ocurrir eso.

—Tanto usted como yo nos preguntamos lo mismo, Clara. Perdón. Señorita Hale. Madre Hale.

Ella arrugó la nariz y luego, igual que Lashay un momento antes, empezó a reír a carcajadas y a darse palmadas en las rodillas.

—Puede llamarme Clara. Adopté lo de «madre» simplemente porque…, bueno… —dijo, encogiéndose de hombros y señalando a su alrededor.

—Por supuesto. Lashay ya me contó un poco lo que usted ha hecho. Es increíble.

—Increíble es una buena palabra para definirlo. Yo no debería haber vivido lo que he vivido. Los niños son un regalo de Dios. No entiendo que haya gente que se separe de sus hijos sin más, señor Tanit.

—Es una pregunta interesante. Pero supongo que hay circunstancias en las que es mejor que otros se hagan cargo de los niños.

Clara unió las yemas de los dedos.

—¡Qué interesante! —exclamó.

—¿El qué? —pregunté.

—Llevo cuarenta años cuidando de los hijos de los demás y no he oído nunca a nadie dar esa explicación. Normalmente la gente me da la razón y me dice lo horrible que le parece. —Noté su mirada escudriñadora e intenté que los nervios no me delataran—. Así pues, señor Tanit, es evidente que su experiencia es muy distinta a la de la mayoría de la gente. ¿Cuál es?

Su agudeza y su inteligencia me dejaron asombrado.

—Usted es extraordinariamente perspicaz —comenté entre risas—. En realidad tengo cinco hijas adoptivas.

—¡Santo Dios! ¿De verdad? —exclamó Clara, abriendo los ojos como platos. —Asentí con la cabeza—. Bueno, bueno, bueno —dijo entre risas—. Usted es como yo.

—¿Qué quiere decir? —pregunté con cara de no entender.

—Ya sabe usted —respondió, encogiéndose de hombros—. Generoso. Y seguro que también un poco insensato. Hay que serlo para hacer lo que hacemos.

—Con toda honestidad, Clara, no creo que podamos compararnos. Yo solo tengo cinco hijas, a las que puedo dar una vida llena de comodidades. Pero usted, dígame…, ¿cuántos niños han cruzado las puertas de su casa?

—Cientos —contestó, suspirando profundamente—. Acogí a unos cincuenta en mi propio hogar antes de que el centro fuera oficial y recibiera el permiso necesario para funcionar como tal en 1970. Pero ¿qué diferencia hay entre uno o un millón? Ninguna. El hecho de dar afecto a un niño no querido es uno de los actos más nobles que puede hacer el ser humano.

Su rostro transmitía humanidad y afecto. Aunque su presencia intimidaba, emanaba ternura.

—Solía pensar lo mismo, Clara. Pero el amor que he recibido de mis hijas es diez veces más que el que he dado yo.

—Ahí está el secreto, ¿no? —replicó Clara entre risas—. ¿Sabe una cosa? Mi marido murió cuando yo solo tenía veintisiete años. Me quedé destrozada, al igual que los tres hijos que teníamos. Durante un tiempo, fui vagando sin pena ni gloria de un lugar a otro hasta que tomé la decisión de que, ocurriera lo que ocurriera, había que... seguir respirando —añadió, con una sonrisa melancólica—. Acabé trabajando en una portería en los tiempos de la Gran Depresión. Era horrible. Pero me encantaban las caras sonrientes de los niños. Me daban esperanza. De modo que transformé mi casa en una guardería. Y de pronto, un día, me levanté y me di cuenta de que no solo respiraba, sino que también volvía a vivir.

La historia de Clara me resultaba muy familiar.

—Los niños tienen esa capacidad —comenté.

—Es indudable que sí, señor Tanit —contestó antes de levantarse de la silla y ponerse a mirar por la ventana—. En cuanto abrí la guardería, empecé a salir por las calles para ayudar a niños sin hogar. Fue entonces cuando comencé esta labor. Llegue a acoger a siete u ocho críos a la vez —añadió, llevándose las manos a la cabeza—. ¡Y yo solita! ¡Imagíneselo!

—¿Cómo lo hizo?

—¡Muy sencillo! Quería a cada uno de esos niños como si fuera mío. Me convertí en una madre para los que no tenían una.

«¡Qué persona más extraordinaria!», pensé.

—Lashay me comentó que usted... —dije— se ha especializado en el cuidado de niños cuyos padres eran adictos a las drogas.

Clara se dio la vuelta para mirarme con cara de tristeza.

—Así es. Un día, hará unos diez años, Lorraine, mi hija mayor, trajo a casa a una madre y a su hijo con adicción a la heroína —dijo mientras se apoyaba en el borde del escritorio—. Necesitaban unos cuidados especiales, ¿sabe usted? Fue entonces cuando solicité un permiso oficial y compré este edificio más grande. Tiene cinco pisos y los necesitamos todos, con esa cosa nueva que anda suelta ahora.

—¿Qué cosa nueva? —pregunté.

—El sida —replicó la madre Hale, sacudiendo la cabeza.

Yo ya había leído algo sobre ese virus en los periódicos de Suiza.

—¿Es un problema grave aquí?

—¡Ya lo creo! Se contagia a través de la sangre, por lo que sabemos. Y cuando la gente comparte agujas... pues los niños nacen con ese virus, ¿sabe? Y parece que no haya nadie dispuesto a hablar de ello. El presidente Reagan ni siquiera dice su nombre. Esta gente necesita ayuda, señor Tanit. Y no la tendrá si no empezamos a hablar alto y claro de esa maldita enfermedad de una vez por todas.

—¿Puedo preguntarle cómo cuida a esos niños que han venido al mundo con ese grave problema?

—Es muy sencillo. Los coges en brazos, los meces, los quieres y les dices lo maravillosos que son. Yo los alimento durante su fase de adicción. Luego, cuando ya están sanos, y muchísimos se ponen bien, vas y les buscas una familia estupenda. Yo me encargo personalmente de que sea la adecuada —respondió, sacando pecho con orgullo—. No me avergüenza reconocer que he descartado a algunas personas porque me pareció que no podían ofrecer al niño un entorno apropiado. Y esa, señor Tanit, es mi historia —añadió, suspirando, antes de acercarse y sentarse a mi lado en el sofá—. ¿Cuál es la suya?

Le hice un pequeño resumen de mi vida, centrándome en cómo me había convertido en el padre adoptivo de mis cinco maravillosas hijas. También le hablé de mi breve viaje a Nueva York en los cuarenta y de mi encuentro con Cecily Huntley-Morgan..., la mujer a la que, con absoluta certeza, yo había entregado en su momento aquella tarjeta de visita.

—¿Cecily... era negra? —preguntó Clara.

—No —respondí—. Era una inglesa de raza blanca.

Ella pareció sorprendida.

—En los años cuarenta, una joven blanca tenía que tener muchas agallas para venir a Harlem a dar su apoyo a los negros que luchaban por sus derechos. Solo lo pregunto porque lo lógico es suponer que esa recién nacida que dejaron frente a nuestra puerta hace unos días es descendiente de la mujer que usted conoció.

—Sí, esa sería la explicación más lógica —confirmé con un gesto de cabeza.

—Tal vez una de sus hijas se enamorara de un negro y a alguien de su familia eso no le gustó. Quién sabe. En cualquier caso, ¿tiene usted alguna manera de ponerse en contacto con ella?

—Me temo que no —dije, negando con la cabeza—. Mandé a mi abogado hacer unas pesquisas, pero lo que averiguó es que murió de malaria en 1969.

—¡Caramba! —exclamó Clara, pensativa—. ¿Sabe si tuvo hijos?

—Lo cierto es que Cecily sí tenía una hija —respondí—. Me lo dijo cuando almorzamos juntos hace años…, pero no estaba inscrita en los registros civiles con su propio nombre. Por lo que recuerdo, acogió a una recién nacida abandonada, hija de una keniata. Legalmente, la criatura era de otra persona, de modo que resultaría imposible localizarla.

Clara empezó a juguetear con su cabello mientras asimilaba la situación.

—Bueno —soltó de pronto, mirándome fijamente con sus inquisitivos ojos pardos—. ¿Y ahora qué?

—¿Qué quiere decir?

—Lo que quiero decir es muy fácil, señor Tanit. ¿Qué es lo que usted desea hacer con la niña que abandonaron en las puertas de este centro?

—¡Ah! —exclamé con sorpresa.

Entonces se hizo un silencio bastante incómodo. Clara se dio una palmadita en la rodilla y me sonrió abiertamente.

—¡Venga, señor Tanit! No querrá usted hacerme creer que recibe una llamada, lo deja todo y cruza medio mundo solo para satisfacer la curiosidad que le ha suscitado una vieja tarjeta de visita.

La energía y la franqueza de Clara me dejaron sin palabras.

—Yo…

La madre Hale se sentó más cerca de mí.

—Usted me ha estado contando cosas sobre sus cinco hermosas hijas adoptivas y que todas ellas llegaron a su vida por una misteriosa y enigmática casualidad. Y ahora que ha recibido una llamada telefónica para hablarle de una recién nacida a la que han abandonado junto con una tarjeta de visita suya de hace treinta años, ¿está usted diciéndome en serio que no ha venido hasta aquí para llevársela a casa? —dijo, levantando una ceja mientras me miraba a los ojos.

—En realidad, no había…

—Claro que sí, Atlas. ¿Puedo llamarlo así? —siguió diciendo a la vez que me daba una palmadita afectuosa en la espalda; yo asentí con vehemencia—. No tiene por qué actuar con timidez ni con escrúpulos en ese sentido. No conmigo. No teniendo en cuenta lo que hago.

—Supongo que… sí, que he pensado que el universo estaba intentando decirme algo.

—Tal vez sea así, amigo mío. Y, para que lo sepa, yo habría hecho exactamente lo mismo. Esa tarjeta de visita suya ha sobrevivido treinta años por algo. ¿No le parece increíble? Seguro que Cecily pensó: «Me la guardaré por si un día la necesito». Y, mire por dónde, un día la necesitó… Bueno, y ahora creo que ya ha llegado el momento de que conozca a esa niña.

52

1993

Querido lector, si has llegado hasta aquí, habrás empezado, como es natural, a preguntarte por las enormes lagunas existentes en este diario. Cuando comencé a poner por escrito mis pensamientos allá por los años veinte, mi finalidad era expresar lo que sentía, pues, por aquel entonces, no hablaba. Descubrí que se trataba de un ejercicio tan bueno que seguí practicándolo. Cuando conocí a Angelina en Granada, decidí dedicar mi vida a la búsqueda de Elle y de mi primera hija. El diario yacía olvidado encima del escritorio de mi despacho. Yo era un hombre movido por un solo deseo.

Luego, cuando adopté a Maia, pensé que se trataba de un momento tan significativo que estaba obligado a registrarlo por escrito para el «lector». Y lo mismo ocurrió con Ally, Star, CeCe, Tiggy y Electra. No se me ha escapado el hecho de que los últimos capítulos sirven para dejar constancia de cómo conocí a mis hijas y me gustaría pensar que un día serán ellas las que lean estas páginas. Ten en cuenta que las lagunas de mi diario fueron llenadas con amor, risas y vida familiar. Mis hijas me han dado más de lo que yo pueda reflejar sobre el papel. Siempre que he salido de Atlantis para continuar la búsqueda de mi hija perdida, he sentido en el corazón una profunda añoranza de la compañía de mis niñas.

A propósito de la hermana perdida, debo informarte de que hoy no he cogido la pluma para festejar un encuentro esperado durante largo tiempo.

Perdóname, lector, me doy cuenta de que mi forma de escribir todo esto es un poco torpe. Pero no puedo impedir que me tiemble la mano. Un poco antes, esta misma mañana, he mantenido con mi hija mayor una conversación que me ha dejado helado.

Esta noche hemos celebrado el fin del segundo año de Maia en la universidad con una cena especial con todas las chicas. Todavía le queda medio trimestre, pero nos ha honrado con su presencia durante su semana de repaso. Aproximadamente a las tres de la tarde, salí a dar un paseo hasta el embarcadero para ver cómo Christian traía en la lancha a Maia a través del lago. Cuando la tuve a la vista, no pude evitar sentir un pellizco en el corazón. Mi niña es ya una mujer. No me cabe duda de que las ocasiones en las que vuelva aquí a ver a su anciano padre serán cada vez menos frecuentes y más espaciadas.

Cuando la lancha golpeó levemente la última tabla del embarcadero, Maia bajó casi de un salto y vino corriendo hacia mí.

—¡Hola, Pa!

—¡Maia, cariño! —La abracé con fuerza por primera vez después de casi tres meses—. ¡Qué alegría volver a verte! Bienvenida a casa.

Ella me dio un besito en la mejilla.

—¡Yo también me alegro! ¡Mira, ahí vienen todas!

Me di la vuelta y levanté la vista hacia la casa. Vi entonces una fila de señoritas D'Aplièse bajando por la ladera para dar la bienvenida a su hermana mayor. CeCe llevaba prácticamente a rastras a Star, Tiggy iba sola dando saltitos, seguida de Ally, con los brazos cruzados. Electra, cómo no, venía a la cabeza de la manada a la carrera.

—¡MAAAIIIAAA! —gritó.

—¡Hola, Electra! —respondió la susodicha cuando mi hija menor casi la deja sin aliento—. ¡Ay, cuánto os he echado de menos!

—¡Ya! Y nosotras también a ti —continuó diciendo Electra—. ¿Sabes? Tiggy ha encontrado un gatito perdido y ahora lo tiene viviendo con ella en su habitación, pero Ally tiene alergia y CeCe ha dicho que no era justo...

—¡Ey, Ele! ¡Más despacio! Me muero de ganas por enterarme de todas las novedades. ¡Venga, subamos a casa! ¿Puedes ayudarme con mis bolsas?

Claudia había preparado el plato favorito de Maia —chili con carne— y durante la cena la conversación se centró en la interesantísima nueva vida de mi hija mayor. Al principio, me alegró mucho oírla hablar de sus experiencias lejos de Atlantis. Al crecer se ha convertido en una señorita bastante reservada, pero yo sé que tiene mucho que ofrecer. Durante sus dos primeros años en la universidad, Maia ha empezado verdaderamente a madurar.

—¿Sales por la noche? —preguntó CeCe.

—A veces salimos, sí —contestó Maia—. Aunque mis compañeros de piso, Samantha y Tom, son más fiesteros que yo.

Electra se puso muy derecha en su silla, dispuesta a no quedarse callada.

—Cuando yo vaya a la universidad, voy a salir todas las noches —exclamó con orgullo.

—No me extraña nada —dijo Ally, haciendo una mueca.

Tiggy frunció el ceño y preguntó:

—¿Puedes tener animales en casa?

—Eh, bueno, no estoy muy segura, la verdad, Tigs. Conozco a una chica que tiene un pez. Pero no tengo claro que Bagheera, nuestro gato, fuera muy bien recibido —añadió Maia con una risita.

Tiggy se encogió de hombros y dijo:

—Ah, bueno. Pues entonces tal vez no vaya a la universidad.

—Ya me ocuparía yo de él por ti —se ofreció tranquilamente Star.

—¡Eh, no, de eso nada! —la cortó con brusquedad CeCe—. No va a dormir en nuestra habitación, Star. ¡Huele fatal!

—¡Por favor, CeCe! No hables a tu hermana de ese modo —tercié yo—. Y ahora, me gustaría proponer un brindis. En primer lugar, por vuestra hermana mayor, Maia, que va camino de obtener unos resultados de primera a finales de curso. Y en segundo lugar, por Ally. —Al oírlo, mi segunda hija me lanzó una mirada—. Porque…, y estoy seguro de que no le importará compartir la noticia con vosotras, hoy ha recibido una oferta del Conservatoire de Musique de Genève para estudiar flauta. Desean concederle una beca.

La aludida se ruborizó.

—¡Pa, esta noche es de Maia! —protestó.

—¡Ally! —exclamó esta última con verdadero entusiasmo—. ¡No seas ridícula! ¡Qué noticia más estupenda!

—¡Jopé, Ally! ¡Bien por ti! —dijo Tiggy, con una sonrisa enorme.

—Gracias —contestó mansamente.

—Estoy muy orgulloso de mis dos hijas mayores; de hecho, de todas. Así que levantemos esta noche nuestra copa por nosotros. Somos la familia más estupenda del mundo. ¡Hip, hip...!

—¡Hurra! —respondió toda la mesa.

Ma se dispuso a servirnos más vino a mí y a mis dos hijas mayores.

—Sois todas igualitas que vuestro padre, cada una a su manera.

—¡No insultes a las pobres chicas, Ma! ¡Son muchísimo más interesantes que yo!

—Hablando de cosas interesantes —dijo CeCe—, ¿tienes ya novio, Maia? Ma cree que sí.

—¡CeCe! —exclamó Ma.

—¿Qué pasa? El otro día estabas hablando de ello.

Maia levantó las cejas, mirando a Marina.

—¿Conque esas tenemos, Ma?

—Yo... Solo estaba teniendo una conversación con tu hermana —dijo, lanzándole una mirada asesina a CeCe—. Una conversación privada.

—Vaya, ¿y de dónde has sacado esa idea, Ma? —preguntó Maia, tomando un sorbo de vino con deliberada lentitud.

Marina se sonrojó.

—Bueno, cada vez que hablamos por teléfono te noto... feliz. Pensé que quizá había algún joven en tu vida... —resumió, encogiéndose de hombros.

—¡Eso es! Entonces ¿lo tienes? —insistió la hermana.

—¡CeCe! —reprendió Star a su hermana por su descaro.

—¿Qué pasa? —replicó esta—. Todas queremos saberlo, ¿no?

Aquello dio lugar a un encadenamiento de risas alrededor de la mesa.

—¡No estoy yo muy seguro de querer saberlo, chicas! —gruñí, lo que provocó más risas todavía.

—¡Venga, Maia, cuéntanos! —le pidió Tiggy.

—¡Sí, venga, cuéntanos! ¡Cuéntanos, cuéntanos! —se puso a corear Electra.

Maia miró a Ally, que se encogió de hombros como si quisiera decir: «¡Se descubrió el pastel!».

—¡Vale, vale! ¡Pa, tápate los oídos!

Me eché a reír.

—De acuerdo, preciosa. Estoy seguro de que puedo aguantarlo. ¡Mientras no tenga tatuajes ni vaya en moto…! —Se produjo una pausa incómoda y Ally estalló en carcajadas—. ¡No! —exclamé, tapándome los ojos con la mano, haciendo un gesto melodramático—. Bueno, venga, dame la mala noticia. ¿Cuántos tatuajes tiene?

—Solo uno, Pa. Y me parece de muy buen gusto —respondió Maia tímidamente.

Suspiré.

—¡Seguro! No sé si atreverme a preguntar qué es.

—Es solo un rayo pequeñito —respondió Maia.

—¡Lo sabía! —dijo CeCe—. ¡Tiene novio!

La mesa prorrumpió en un ruidoso escándalo de chillidos y vítores. Maia levantó las manos, intentando calmar la excitación.

—Bueno, no sé si es mi novio —comentó, procurando quitarle hierro al asunto.

—Pero ¿salís juntos? —preguntó Tiggy, con los ojos chispeantes de curiosidad.

—El caso es que… nos vemos, sí —repuso Maia tranquilamente.

CeCe se cruzó de brazos.

—Pues si no es tu novio, ¿qué es?

—Solo es…, ya sabes…, ¡un chico!

Ally intentó defender a su hermana mayor.

—¡Venga, chicas, dejad ya de torturarla!

—¿Cómo es? —preguntó Star.

—Bueno… —siguió contando Maia—. Es griego. Así que es muy atractivo.

—Así que te has pillado a un dios griego, ¿no, Maia? —pregunté, tomando un sorbo de vino—. Vale, y ahora tengo yo que preguntar algo. ¿Cuándo vamos a conocerlo todos?

—Pa, no pienso traerlo aquí a la guarida del león. ¡No aguantaría ni cinco minutos con todas estas! ¡Ni siquiera me habéis preguntado cómo se llama!

—Sí, perdóname, cariño. Por favor, dínoslo. ¿Cómo se llama mi futuro yerno?

Maia sonrió tímidamente y se quedó mirando su plato.

—Zed.

El estómago me dio un vuelco.

—¿Perdona? —exclamé.

—Zed —repitió Maia.

—O sea, ¿como la letra zeda? —preguntó Electra.

—Supongo —respondió aquella, soltando una risita—. Se escribe Z-E-D.

Crucé una mirada con Marina, sentada al otro extremo de la mesa. La mujer asintió con la cabeza como si quisiera animarme a formular la pregunta que sabía que deseaba yo desesperadamente hacer.

—¿Y de apellido, Maia? —añadí.

—Eszu. E-S-Z-U.

Pensé que me iba a desmayar.

—¡Maia Eszu! —exclamó Star—. Creo que es un nombre guay.

—Bueno, aunque no es tan bonito como D'Aplièse, ¿verdad? —comentó Electra.

Me levanté, deseoso de abandonar la mesa antes de caer redondo.

—Perdonadme, chicas. No me encuentro muy bien. Voy a echarme un ratito.

—¿Estás bien, Pa? —preguntó Ally.

—Eh, sí. Seguro que no es nada. Hoy he estado demasiado tiempo a bordo del Laser. Creo que es una pequeña insolación.

—¡Me parece que a Pa no le gusta que tengas novio, Maia! —chilló CeCe.

—No, no es eso —repliqué con firmeza—. No es nada de eso.

Salí del comedor y fui directamente a mi despacho. Una vez allí, cerré la puerta y me desplomé en el sillón. «¡Dios mío! ¡Dios mío! No puede ser. ¡No puede ser!». El corazón me latía tan fuerte que pensé que iba a salírseme del pecho. Estaba a punto de coger el teléfono para llamar a Georg cuando oí un golpecito en la puerta.

—Lo siento, chicas. Estoy descansando un poquito.

—Soy Marina.

Le abrí.

—Pasa, Ma.

Ella cerró tras de sí y me dio un abrazo.

—*Courage, chéri! Courage!*

—No sé qué decir —comenté, casi resollando.

—Ni yo tampoco, Atlas. Deja que te prepare una copa. —Marina se dirigió a coger la licorera que contenía whisky de malta Macallan, importado especialmente de las Highlands de Escocia—. Supongo que no tiene mucho sentido preguntarse si es una mera coincidencia.

—No. Piensa en la cantidad de universidades que hay en el mundo. ¿El hijo de Kreeg se encuentra sin querer con Maia y se convierte en su novio? No puede ser una casualidad. Estaba premeditado, estoy seguro. —Me senté en el sillón y Marina me pasó el whisky—. Chinchín. —Chocamos la copa y los dos tomamos un pequeño sorbo. El licor suave y cálido me ayudó a animarme—. ¿Qué finalidad tiene todo esto, Ma? ¿Enviarme un mensaje? ¿Hacerme saber que me vigila? ¿O algo peor? ¿Y si lo que pretende es hacer daño a las chicas? ¡Mi querida niña Maia! —Apoyé la cabeza en la mesa mientras Marina me acariciaba la espalda.

—Por favor, intenta serenarte, Atlas. Todavía no conocemos todos los detalles.

—Estaba a punto de llamar a Georg para que me pusiera al día sobre Kreeg.

Dieron otro golpecito en la puerta y levanté la vista.

—¿Estás bien, Pa? Solo quería preguntar cómo te encuentras. —Era Maia.

—Dile que pase —me susurró Marina.

Me dirigí a la puerta del despacho, respiré profundamente y dibujé una amplia sonrisa en mi rostro antes de abrir.

—¡Adelante, Maia! —dije, quizá con un entusiasmo un poquito excesivo—. Lo siento. He tenido que abandonar la mesa en tu primera noche de vuelta en casa. Empezaba a sentirme un poquito flojo, eso es todo. Como dije, es solo una pequeña insolación.

Maia entró en el despacho y cerró la puerta tras de sí.

—Si tú lo dices, Pa… —Se quedó mirando los vasos de whisky que había sobre mi escritorio—. Pero en realidad todas hemos pensado que era porque he hablado de mi… novio.

Negué vehementemente con la cabeza.

—No, Maia. Para nada. Os animo a todas a que encontréis el amor. Como ya os he dicho antes, es lo único que hace que valga la pena vivir la vida.

—Es que… parecía que estabas bien, pero entonces mencioné a Zed y de repente te levantaste y te fuiste.

Le di un abrazo, pero ella no lo recibió de buena gana.

—Ha sido solo un pequeño mareo, cariño, eso es todo. Estoy bien, ¿verdad, Ma?

Marina asintió.

—Sí, sí. Tu padre se pondrá bien. Por favor, vuelve al comedor y disfruta de tu chili con carne. Claudia lo ha hecho especialmente para ti.

—De acuerdo, Ma. —Maia se disponía a salir, pero antes de llegar a la puerta dio media vuelta y volvió a mi lado—. Te lo prometo, Zed es el hombre más cariñoso que he conocido nunca. Me hace muchas preguntas sobre mis hermanas, sobre ti y sobre Atlantis… ¡Jamás pensé que alguien pudiera interesarse tanto por mi vida! —Se echó a reír alegremente y se fue.

—¡Cariño mío! —No fui capaz de decir otra cosa.

—Vamos, siéntate de nuevo. Estás blanco como la cera —dijo Ma, conduciéndome de vuelta al sillón, donde permanecí sentado un buen rato, con la cabeza hundida entre las manos.

—No cabe duda de que Kreeg le ha pedido que le sonsaque a Maia cualquier información sobre Atlantis. Solo espero que no le haya dado a Zed ningún detalle concreto sobre su ubicación.

—Aunque se lo haya dado, recuerda, por favor, que ya estás preparado para una eventualidad semejante.

—Tienes razón —contesté—. Pero hace más de diez años que no he revisado las vías de escape. —Moví la cabeza con desesperación—. Pensé que me había dejado en paz.

—Yo también, *chéri.*

Tamborileé un instante con los dedos sobre el escritorio.

—No tiene sentido quedarme aquí sentado, presa del pánico. En primer lugar, quiero que inspecciones todos los pasadizos secretos de la casa. Necesito comprobar que los ascensores funcionan como es debido y que las luces de los túneles que conducen al balneario también están perfectamente.

Me levanté y me serví otro whisky. Hice intención de ponerle otra copa también a Marina, pero ella declinó la oferta.

—Además le pediré a Georg que aumente la vigilancia del propio Kreeg. No quiero que seamos presa fácil. Suspenderé asimismo por un tiempo la búsqueda de Elle. No quiera Dios que Eszu llegue a Atlantis y yo no esté aquí para proteger a las chicas.

—¿Realmente crees que les haría daño? ¿A tus hijas inocentes?

—No sé lo que puede llegar a hacer ese hombre. Me preocupo por ellas, no hay nada de lo que no lo crea capaz.

—Entonces haces bien en ser tan cauto como eres —dijo Marina, tomándome de la mano—. Las protegeremos, Atlas. Los dos juntos.

53

A lo largo de las semanas sucesivas, se inspeccionaron y se reforzaron todos los pasadizos secretos de Atlantis. Junto con Ma, repasé los diversos escenarios que podrían llevar a Kreeg hasta la casa y la mejor manera de organizar a las chicas. Es una situación que temía yo mucho. ¿Cómo empezar a explicarles lo que estaba sucediendo? Se pondrían a hacer preguntas y a dudar de su propio padre. Se trata de una realidad que encuentro demasiado difícil de plantearme justo en este momento.

La noche antes de que Maia regresara a la universidad, vi a Marina salir de la habitación de mi hija mayor con la cara completamente pálida.

—¿Va todo bien, Ma? —le pregunté.

Mi ama de llaves no me había visto en el pasillo y se llevó un susto tremendo.

—Lo siento. Estaba en otro mundo —logró apenas decir, llevándose la mano al pecho.

—Es evidente. ¿Va todo bien?

—¿Mmm? Ah, sí, bien. Todo muy bien.

Mentir no era el fuerte de Marina, pero no quise presionarla. Aunque a regañadientes, la dejé marchar.

Georg Hoffman ha sido tan digno de confianza como siempre y ha contratado a un equipo en Grecia para que vigile cualquier movimiento de Eszu. Casi para mi desesperación, no parecía haber cambiado nada, salvo que Lightning Communications se ha convertido en una empresa por valor de varios miles de millones de dracmas. Ha creado incluso una filial para atender los intereses, ahora ampliados, de Eszu, la Athenian Holdings. En mi fuero interno no me cabe la menor duda de que el nombre de esta compañía ha sido elegido para fastidiarme. Cuando éramos niños, a menudo se metía conmigo debido a mi pasión por la mitología griega. ¿Por qué, si no, iba a haber elegido a Atenea, la diosa de la guerra, más que para dejar bien clara su postura?

Pero en cuanto al sujeto propiamente dicho, Georg me aseguró anoche que no había nada que indicara que estuviera a punto de hacer un viaje a Atlantis en busca de venganza. En cambio, parecía que estaba llevándolo a cabo a través de la siguiente generación.

Por eso le encargué a Georg que investigara al propio Zed. Pocas cosas de las que descubrimos me sorprendieron. Era un joven arrogante, un privilegiado, y gastaba el dinero de su padre como si no hubiera un mañana; justo lo contrario de lo que yo insistía que hicieran mis hijas. Cada una de ellas tenía su propia asignación, que yo les proporcionaba, para asegurarme de que disfrutaban de una posición acomodada, pero no estaba dispuesto a tolerarles ninguna extravagancia ridícula. Desde luego no los varios Lamborghinis con los que Zed Eszu solía andar yendo y viniendo por las calles de Atenas.

Había pasado un mes desde que Maia nos hizo la famosa revelación cuando Marina llamó a la puerta de mi despacho. En cuanto entró, supe que algo iba mal. Tenía los hombros encorvados y le resultaba dificilísimo mirarme a los ojos.

—¿Qué pasa, Ma? —le pregunté. Me sirvió una copa enorme de coñac del decantador—. ¡Dios mío, qué barbaridad! Debe de tratarse de una noticia muy mala.

—Resultará un poquito difícil de aceptar, sí —dijo Marina en tono dubitativo.

—Suéltalo de una vez, por favor.

—He estado debatiéndome conmigo misma sobre si revelarte o no esta información, Atlas, y he llegado a la conclusión de que te lo debo. Tengo que decírtelo… —No se atrevía a soltarlo.

Ahora me tocaba a mí servirle a Marina una copa de coñac. Se la tendí y le dije:

—Tómate esto.

Ella siguió mis instrucciones y se tomó la copa de un trago.

—Maia está embarazada.

Yo también vacié mi copa de un trago. A continuación, intenté permanecer lo más sereno posible, dejando que la ola de espanto y miedo me pasara por encima antes de poner de nuevo en orden mis pensamientos.

—Gracias, Ma. Es información muy útil.

—Atlas, lo siento. No soy capaz de imaginarme lo que estarás sintiendo.

—No —susurré. Me di cuenta de que tenía los puños apretados—. Todo ello me lleva a preguntarme, por supuesto, si ha sido un acto deliberado. La humillación definitiva.

Ma tragó saliva.

—No creo que una cosa así esté fuera del ámbito de lo posible, lo reconozco —dijo.

No pude evitar saltar.

—¿Cómo pueden ser tan crueles?

Sin previo aviso, las lágrimas empezaron a rodarme por las mejillas a raudales y me puse a sollozar de manera irrefrenable. Marina me puso el brazo alrededor de mis hombros encorvados.

—Pues porque por cada ángel hay un demonio que aguantar.

Me enjugué las lágrimas con mi pañuelo de tela.

—Evidentemente, por eso tenías un aspecto tan espantoso la noche anterior a su regreso a la universidad.

Marina asintió con la cabeza.

—Así es. Me confió los síntomas que tenía y la convencí de que se hiciera una prueba. *Oh, chéri*, cuando vi que salía positiva, por poco me muero. Pero no podía mostrar la menor debilidad ante mi maravillosa Maia. Tenía que ser fuerte por ella.

—Por supuesto que sí, Ma. Y no sabes lo agradecido que te estoy por ello. —Le di una palmadita en la espalda para tranquilizarla—. En cualquier caso, nada de esto es culpa de Maia, se mire como se mire. —Cerré los ojos un instante—. Pero debemos reconocer que las actuales circunstancias son particularmente inquietantes. ¿Cómo está mi hija?

Ma dio un profundo suspiro y se encogió de hombros.

—Está pasando por lo que pasa cualquier adolescente que se queda embarazada sin esperarlo, me imagino. Miedo. Vergüenza. Culpabilidad.

Sentí una punzada en el corazón.

—¡Mi pobre niña! ¡Qué espantoso! Ojalá pudiera estrecharla entre los brazos y darle un fuerte abrazo.

Ma puso de repente una cara de pánico.

—¡No puede saber que estás al corriente de su estado, *chéri*! Para ella tú lo eres todo y cree que si lo descubres tu opinión sobre su persona caerá en picado. No podría soportarlo.

Asentí con la cabeza.

—Sí, Marina. Y es algo que me parte el corazón. —Se me hizo otro nudo en la garganta antes de añadir—: Supongo que sabrás que no pensaría nunca nada malo de ninguna de mis hijas. ¡Ojalá pudiera hacer algo para ayudarla! Necesita más amor, apoyo y amparo de su padre que nunca. Y no puedo darle nada de eso. —Ma me apretó la mano—. ¿Zed lo sabe?

Marina negó con la cabeza.

—No. Y Maia se niega rotundamente a que lo sepa. —Se frotó la frente—. Zed le ha hecho muchísimo daño a Maia, tan joven ella... Ahora que está a punto de graduarse, le ha dicho que su relación no era más que una aventura sin importancia y que no quiere tener nada que ver con ella.

Me sujeté la cabeza con las manos; mis pesadillas se estaban materializando.

—Por favor, ponte en contacto con ella, Marina —dije—. Asegúrale que, haga lo que haga, tiene todo tu apoyo y que estás incondicionalmente de su parte.

—Voy a llamarla por teléfono.

—Hazlo, por favor. Y vuelve a contarme lo que te dice.

Maia terminó el último trimestre de su segundo curso de universidad en el verano de 1993. Regresó a Atlantis envuelta en múltiples capas de ropa para ocultar el bombo, a pesar de que era la época más calurosa del año. Una semana antes, le había sugerido que, como era la mayor, se instalara en el Pabellón. Se trata de una vivienda independiente situada a doscientos metros de distancia de la casa principal, el edificio en el que solía habitar Marina.

—Creo que te mereces tener tu propio espacio, cariño —le dije.

La chica puso cara de estar a punto de echarse a llorar.

—¿De verdad, Pa? ¡Ay, gracias, gracias! Me encantaría.

Cuando se acercó a darme un abrazo, me percaté de que retiraba el vientre para que yo no notara lo que estaba creciendo en su interior.

Al lector no le sorprenderá enterarse de que Maia no volvió a la universidad para empezar el tercer curso. Me hizo saber que estaba sufriendo un ataque fortísimo de mononucleosis y que reanudaría los estudios en cuanto se sintiera en condiciones. A medida que se ponía más gorda, yo la veía menos y mi dolor aumentaba. La verdad, deseaba ardientemente bajar al pabellón a verla para abrazarla y decirle que todo iba a salir bien. Pero me daba cuenta de que su autonomía tenía preferencia. A menudo reiteraba yo a Marina que le dijera que, si me lo contaba todo, seguiría teniendo mi amor y mi compasión. Pero ese día no llegó nunca.

Ally debía de estar al corriente de la situación. La mayor de las hermanas de Maia pasaba largas horas en el pabellón con ella y yo me alegraba de que Marina no tuviera que soportar la carga sola.

Pensaba que tal vez otro miembro de la familia se había dado también cuenta de todo: Tiggy. En una ocasión la pillé mirándole la barriga un día que bajé yo al Pabellón a llevarle una taza de té y un pedazo de pastel. Debido a la «mononucleosis» que padecía, nunca se nos permitía acercarnos demasiado a ella. Pero incluso a varios metros de distancia la pequeña Tiggy clavó los ojos en el vientre de su hermana.

Una noche, cuando Maia debía de estar ya de unos seis meses, Marina me habló de la decisión que había tomado mi hija mayor sobre su futuro.

—Desea dar a su hijo en adopción.

Yo no supe qué responder.

—¿Es eso realmente lo que quiere? —pregunté—. Porque, si toma esa decisión por vergüenza o sentido de culpabilidad, yo tengo alguna cosa que decir, Ma.

Marina asintió con la cabeza.

—Es lo que ella desea, Atlas. De todo corazón. No cree que esté preparada para ser madre y considera que el niño estará mejor si lo cuida otra persona. Me dijo que había pensado en su madre y en la decisión que tomó, gracias a la cual acabó teniéndote a ti como padre.

Moví la cabeza con incredulidad.

—¡Qué tragedia! ¡Qué tragedia tan grande!

Ma me dio un abrazo.

—Lo sé, *chéri*. Pero, si hay alguna enseñanza que extraer de esta cosa tan espantosa, es que deberías estar orgulloso de tu hija mayor. Ha tenido más valentía y capacidad de aguante de lo que yo pensaba. Es una chica increíble.

—Lo es —dije, manifestando que estaba plenamente de acuerdo con ella—. Siendo práctico, como bien sabes que debo ser siempre, Georg es el hombre con el que deberíamos hablar sobre el lugar en el que habría que dejar a la criatura de Maia. Espero que sea capaz incluso de arreglar una adopción en privado, por parte de una familia que quiera y cuide a… mi nieto o nieta. —Aquellas palabras me traspasaron el corazón—. Porque, a pesar de todo, eso es lo que es. Debemos asegurarnos de que tenga la mejor vida posible.

—Así será, Atlas, así será.

—Te haré una transferencia por valor de unos cuantos miles de francos. Por favor, encárgate de pagar cualquier hospital o método que elija Maia para dar a luz. Como de costumbre, el dinero no es un problema.

La criatura, un niño, nació tres meses después en una clínica privada de Ginebra y Marina acompañó a mi hija en todos los pasos que tuvo que dar. Sin que nadie lo supiera, yo había trabajado estrechamente con Georg para asegurarme de que la familia adoptiva estuviera bien situada para ofrecer al pequeño todo el amor y los cuidados que quisiera. Esperaba que Clara Hale se hubiera sentido orgullosa.

No vi a mi hija ni a Marina durante tres semanas después del parto, con el pretexto de que se habían ido de vacaciones haciéndose pasar por madre e hija, pues Maia ya se había «recuperado» de su largo ataque de mononucleosis. Cuando por fin vino a recalar de nuevo en Atlantis, la abracé con fuerza durante largo rato. Me pregunto si sabía que yo lo sabía. Algo me dice que quizá sí.

—Ya estoy lo bastante bien como para volver a la universidad, Pa. Me siento mucho mejor.

—¡Qué alegría me da oírlo, Maia! Pero vuelve solo cuando estés preparada. El Pabellón estará a tu disposición siempre que lo necesites.

—Gracias, Pa. Te quiero mucho.

—No tanto como yo a ti, pequeña.

El Titán

Junio de 2008

54

—Lo supo desde el principio. ¡Dios mío! —exclamó Maia, dejando caer las últimas páginas del diario al suelo de su camarote.

—¿El qué, Maia? —preguntó Floriano, desconcertado.

—Lo del hijo que di en adopción. El hijo de Zed Eszu.

Vio que Floriano se encrespó al oír aquello. No se lo reprochó. Cuando le habló por primera vez de su pasado, él se mostró muy cariñoso y comprensivo. Pero en los últimos días se había ampliado mucho el contexto de lo que sucedió hacía ya tantos años.

—Lo siento, querida Maia. —Floriano la estrechó entre sus brazos.

—Ahora todo aquello me parece ridículo, al revivirlo desde la perspectiva de Pa. Todos los meses que pasé encerrada en el Pabellón de Atlantis, fingiendo que tenía mononucleosis... Y él, por supuesto, lo sabía.

—Pero nunca habló de ello porque te quería. Muchísimo.

—Eso es lo peor, Floriano. Lo defraudé. Él lo era todo para mí y yo lo defraudé.

—No. No digas eso, amor mío. No sabías nada del pasado que tu padre compartía con Kreeg. Eras su objetivo. Fuiste una víctima inocente. Nadie te habría echado la culpa de nada. —Se puso en pie y fue a correr las cortinas del camarote, pues la oscuridad había empezado ya a caer sobre el Titán.

—Pa y Georg trabajaron juntos para encontrar una familia adecuada. Ojalá pudiera averiguar qué ha sido de mi hijo.

Floriano se agachó para abrir el minifrigorífico y sacó una cerveza.

—Es como si los vientos de la casualidad estuvieran girando alrededor del barco. ¿Te apetece algo?

Maia negó con la cabeza.

—La verdad es que te agradezco que lleves aquí conmigo todas estas horas, Floriano. Debe de haber sido muy aburrido quedarte ahí mirándome mientras yo leía.

—Amor mío, podría quedarme despierto mientras tú te pasas una semana entera durmiendo si eso te hiciera sentir segura —dijo él y le dio un tierno beso en la frente—. ¿Has encontrado ya todas las respuestas que buscabas?

Maia se restregó los ojos con las manos. Solo podía contestar con un no rotundo. Todavía no sabía nada de la época que pasó Pa en Rusia ni de las misteriosas circunstancias que rodeaban la muerte de la madre de Kreeg Eszu.

—El diario termina hace más de diez años, en 1993.

Floriano se sentó junto a ella en la cama y tomó un trago de su botella de cerveza.

—¿Sabes qué fue lo que ocurrió con el diamante? —preguntó el joven.

En medio de tantas vicisitudes dramáticas, a Maia se le había ido totalmente de la cabeza en qué lugar podría encontrarse la piedra.

—Pues casi no se habla de él a partir de los años cincuenta. ¿Quién demonios puede saber dónde fue a parar?

Floriano se tumbó mientras pensaba en la suerte que habría corrido el diamante.

—¡Qué curioso! Me pregunto si llegaría a volver a manos de Kreeg.

—Quizá nunca lo sepamos. En cualquier caso —dijo Maia, levantándose—, quiero ir a comprobarlo con las demás antes de cenar.

Floriano le cogió la mano y se la besó.

—Muy bien, amor mío. —Ella se disponía ya a salir cuando él la atrajo de nuevo hacia sí y le dio un último y tierno beso en la barriga—. Tus hijos están orgullosos de ti.

Esas palabras la pillaron un poco desprevenida y se vio obligada a tragar saliva y deshacer de paso el nudo que sentía en la garganta.

—Gracias. Estoy un poco preocupada por Electra. El diario confirma que fue adicta a la cocaína desde su nacimiento.

Floriano abrió los ojos desmesuradamente.

—*Meu Deus!* ¡Qué espantoso!

—Ah, y luego está CeCe —continuó diciendo Maia—, cuya madre fue abandonada por su padre y murió sola. O Ally, a la que separaron al nacer de su hermano gemelo porque su madre quería tener solo un hijo varón.

—Maia, yo...

—Por no hablar de Tiggy, cuya familia pronosticó la llegada de cada una de nosotras a la vida de Pa.

Floriano tenía la cara prácticamente desencajada.

—Así que, sí, supongo que hay un montón de cosas que poner en claro. —Se dirigió a la puerta, la abrió y, justo antes de salir, añadió—: Y Ma fue en otro tiempo prostituta.

Ally D'Aplièse y Georg Hoffman bajaron por la escalera principal del *Titán* hasta llegar a la cubierta inferior, en la que estaba situado el despacho particular de Atlas en el barco. Ya a punto de llegar a la puerta, él sacó de su bolsillo la única llave existente.

—Si no te importa, Ally, entraré yo solo. Quiero asegurarme de que al menos se respeta alguno de sus deseos.

—Está bien, Georg. Me quedaré aquí fuera —contestó ella.

—Gracias. Vuelvo en un momento. —Entró en el despacho.

Ally sacó el móvil del bolsillo. Se alegró de comprobar que Hans había anclado dentro del radio de acción de una antena y de que, mientras tanto, había recibido un mensaje de Jack: «Eh, ¿todo bien? Antes se te veía un poquito estresada. Aquí me tienes si me necesitas. Bs».

A pesar de todas las cosas de las que se había enterado en las últimas horas, su amabilidad venía a aliviar en parte la presión a la que estaba sometida. Sopesó lo que debía contestarle... La cosa no era fácil de explicar en un breve mensaje de texto y Jack tampoco debía enterarse de la situación antes que sus hermanas. Al final escribió: «Lo siento. Solo un poquito agotada. Luego te explicaré. Si quieres nos vemos en mi camarote después de cenar. Bs».

La respuesta fue inmediata: «Quedamos así. Bs».

Dentro del despacho, Georg aspiró el olor de los libros encuadernados en piel que había en las estanterías y que tan estrechamente asociaba con la figura de su jefe. Paseó la mirada por la sala, contemplando los diversos chismes que Atlas había reunido a raíz de sus exploraciones a lo largo y ancho del planeta: un sombrero Stetson de México, una pastilla de hockey sobre hielo de Finlandia y un gato de la suerte de China, que todavía saludaba moviendo con jovialidad la pata desde el lugar que ocupaba encima del escritorio. Todos ellos eran dolorosos recordatorios del hecho de que, al final, Georg había fallado a su mejor amigo. Cada vez que él o su equipo lograron encontrar un rastro de Elle Leopine, Atlas no dejó nunca de seguir la pista, por sutil que fuera.

El abogado sacó otra llave más pequeña del bolsillo interior de su chaqueta. Abrió el cajón central del escritorio y extrajo un sobre, cosa que desde luego no había previsto hacer durante este viaje. Cerró los ojos y recordó la última vez que Atlas y él estuvieron juntos en aquella habitación.

—Las últimas páginas ya están terminadas, Georg —le dijo en voz baja. Respiraba con dificultad y le costaba cada vez más hacerlo.

—Muy bien, viejo amigo. Tu relato ya está terminado.

Atlas soltó una risita ahogada.

—Bueno, casi, me imagino. Los médicos dicen que podría ocurrir ya de un momento a otro. No me dan más de tres meses.

—Te has pasado toda la vida desafiando a la lógica, amigo mío.

—Es verdad. Pero la inmortalidad tal vez sea una valla demasiado difícil de superar —comentó, sonriendo—. En cualquier caso, ya está todo hecho. Los cabos sueltos están ya prácticamente atados. Pero, Georg...

—Dime, Atlas.

—Zed Eszu sigue inquietándome sobremanera. Aunque he intentado cerrar un trato con él, continuará siendo una amenaza mientras siga sobre la faz de la tierra. Aunque las chicas son fuertes y lo serán más incluso cuando conozcan la verdad sobre su pasado, tienes que prometerme que harás cuanto esté en tu mano para mitigar su influencia —le rogó—. Protege de él a mis hijas lo mejor que puedas.

—Te lo juro, amigo mío.

—Gracias, Georg. Has sido… ejemplar. Es mucho lo que te debo —dijo Atlas, con una leve inclinación de cabeza.

El otro se quedó sorprendido.

—Ha sido el gran honor de mi vida. Todo lo que he hecho no ha sido más que una compensación agradecida a tu bondad.

—Has logrado que me sienta muy orgulloso. Lo mismo que Claudia, por supuesto. No hay nadie en todo el mundo en quien confíe más que en ti.

—El sentimiento es mutuo, Atlas.

—Bien. Y ahora…, ¿estás absolutamente seguro de que has entendido bien mis instrucciones? Dado el inesperado giro de los acontecimientos, solo quiero repasarlo todo una vez más. —Intentó levantarse y Georg alargó una mano para ayudarlo—. Gracias. —El anciano se dirigió tambaleándose a la estantería y echó un vistazo a su colección—. Repíteme todo el plan, por favor.

Georg asintió.

—Por supuesto. En primer lugar, debo entregar a la hermana perdida el original de tu diario cuando aparezca. Ahora tenemos ya toda la información necesaria. La encontraré.

Atlas levantó una ceja con expresión inquisitiva.

—¿Has conseguido por fin el dibujo del anillo de esmeraldas?

—Sí.

Continuó mentalmente revisando su lista.

—¿Y las coordenadas de Argideen House?

—Sin ninguna duda.

Atlas cogió el retrato a carboncillo de Elle y se lo quedó mirando un rato.

—¿Están las cartas dirigidas a mis hijas en su sitio en Atlantis? ¿Junto con las pistas físicas?

—Están en mi despacho. Todas lacradas y listas para entregárselas a sus destinatarias en cuanto yo regrese.

Dio la impresión de que Atlas se relajaba un poco justo cuando se acordó de otra cosa.

—¿Y qué me dices de la esfera armilar? ¿Se ha repasado eso también?

—Sí. El grabador está acabando su trabajo. Estará listo esta tarde. Yo mismo he vuelto a comprobar las inscripciones y las coordenadas.

—Excelente. ¿Y la sorpresa?

—Comprobada también.

Atlas sonrió débilmente.

—Espero verle la cara a todas desde dondequiera que esté. Gracias, Georg. —Volvió a su escritorio y puso en orden sus papeles. Examinó las hojas con tristeza—. Ojalá pudiera estar aquí para guiarlas en todo esto... —Movió la cabeza con pesar—. Maia, Ally, Star, CeCe, Tiggy, Electra... Tienen todas tantas cosas de las que enterarse acerca de sus orígenes... —Una expresión ligeramente angustiada cruzó por su semblante—. ¿He hecho lo que debía, Georg?

—Creo que sí, con sinceridad lo digo.

Atlas se arrellanó de nuevo despacio en su sillón y contempló el mar abierto a través del ventanal del Titán.

—Estaba preocupado, porque tal vez habría debido decirles toda la verdad hace años.

—Es natural que te inquiete. Pero, recuerda, si se lo hubieras contado todo antes, podrías haberlas puesto en peligro.

Atlas asintió lentamente con la cabeza y tomó un sorbo de agua. Georg sintió mucha pena al ver cómo le temblaba la mano al sujetar el vaso.

—Bueno, cuando yo ya no esté aquí, y solo entonces, les darás esto a mis hijas. —Con su débil mano, señaló las páginas recién escritas que estaban encima de la mesa. La tinta todavía estaba fresca—. Si las chicas creen que de algún modo las he engañado... —hizo una pausa y se llevó una mano al pecho—, sería la ruina.

—Se produjo un gran silencio entre los dos hombres. Atlas levantó la vista y miró a Georg. Aunque tenía la piel cubierta de arrugas y el pelo encanecido, sus ojos marrones seguían tan penetrantes como siempre—. Sabes exactamente lo que tengo previsto hacer. Nunca habría imaginado que iba a sobrevivir.

—No. Ni yo —replicó en voz baja Georg.

Atlas abrió un cajón de su escritorio y sacó un sobre satinado de tamaño A4. Metió con delicadeza las páginas recién escritas, lo guardó de nuevo en el cajón y giró la llave en la cerradura. Luego la sacó y se la entregó.

—Solo cuando sea el momento adecuado. Cuando yo ya no esté. —Atlas fue a ponerse de pie otra vez, pero no pudo hacerlo.

Georg le ofreció inmediatamente su brazo y su viejo amigo volvió a levantarse de un tirón. Luego le dio un abrazo, gesto que hizo que brotaran lágrimas en los ojos de ambos hombres—. Me alegro mucho de haber pasado este tiempo extra juntos, viejo amigo. Me da la oportunidad de decirte algo que no te dije el otro día.

—¿De qué se trata?

Atlas sonrió y dijo:

—¿Irás corriendo a decírselo?

—Lo siento —respondió Georg, un tanto confuso—, no sé muy bien lo que quieres decir.

Su jefe puso los ojos en blanco.

—¡Por Dios, hombre! Me refiero a Marina.

El rostro de aquel adquirió inmediatamente una tonalidad rojiza.

—Ah.

—Llevas enamorado de ella treinta años. Demuéstreme que sabe usted aprovechar la ocasión, monsieur Hoffman.

Aquella fue la última vez que Georg vio a Atlas Tanit. El abogado sacó un pañuelo del bolsillo y se secó los ojos. Se puso el sobre debajo del brazo, cerró el cajón del escritorio y salió del despacho vacío.

—¿Son esas las páginas en cuestión? —preguntó Ally, dejando en paz el móvil y señalando el sobre.

Georg asintió con la cabeza.

—He hecho copias de ellas, igual que con el diario original.

—Bueno. Se lo diremos durante la cena. Luego todas las leeremos.

—Ally... —Dio unos pasos inseguros—. He de decirte que estoy asustado. No tengo ni idea de cómo reaccionarán tus hermanas. A juzgar por ti, es posible que todas las demás quieran estrangularme, una a una. Y a Marina también. Quiero estar seguro de que ella permanezca a salvo.

—No corras tanto, Georg. Sí, todas se sentirán consternadas, como yo. Pero sabes muy bien que el dolor puede remediarse enseguida. Supongo que ya has hablado con el capitán Hans, ¿o no?

—Sí. Ya ha hecho los ajustes necesarios en el plan de navegación.

—Bien. Vale. —Ally respiró profundamente—. Te veré durante la cena.

Aquella noche, las siete hermanas y sus respectivas parejas se reunieron en la cubierta superior del Titán y, con ellas, como siempre, también Ma y Georg Hoffman. Todas se habían esforzado especialmente en vestirse para la ocasión. Aquella noche debían honrar a Pa Salt contando cada una la historia favorita de su infancia.

—¡Oh, mis queridas niñas! —murmuró Ma—. ¡Estáis todas maravillosas! Ahora es tan poco frecuente que estemos juntas en el mismo sitio... Guardaré esta noche como un tesoro, a pesar de las circunstancias.

Las chicas se habían encargado de brindarle a Ma amor y apoyo después de haberse enterado de lo que revelaba el diario. No tenía que preocuparse ni un instante de si sus pupilas iban a juzgarla o no por lo que hizo y fue en el pasado.

—Lo que me gustaría saber, Ma, es si llegaste alguna vez a reconciliarte con tu padre, Louis —preguntó Star.

—Sí, cariño —asintió Ma, recordando aquel feliz acontecimiento—. Vuestro padre y, por supuesto, Georg fueron de gran ayuda para facilitar el reencuentro. Atlas se encargó de que pudiera yo volar a América y mi padre se reunió conmigo en el aeropuerto. Estaba muy nervioso. Como ya habéis leído, mi madre, Giselle, era una fuerza de la naturaleza e intentó mantenernos separados. Pero pasamos una semana maravillosa en Detroit y seguimos visitándonos al menos una vez al año hasta su muerte en 1987. Yo misma pronuncié el discurso fúnebre en su honor durante el funeral —comentó Ma.

—¡Qué maravilla! Estoy segura de que se sentiría muy orgulloso —repuso Star.

—Espero que sí, *chérie*. Solo siento no haber llegado a conocer nunca a mi abuela Evelyn.

—La verdad es que parece que fue una mujer maravillosa, Ma —añadió Electra.

—Cuidó a Pa como una madre —dijo Maia.

—Siempre hablaba de ella con mucho cariño, sí —siguió contando Ma—. Así que, de alguna manera, tengo la sensación de haberla conocido. Todos los años, en el aniversario de su muerte, encendíamos una vela.

Maia había hecho esfuerzos significativos para demostrar a todos los comensales que se sentía perfectamente después de lo que sus hermanas habían leído, con todo detalle, acerca del hijo que dio en adopción. Había sido ella la que había dirigido la conversación hacia ese punto y se había mostrado rebosante de energía al responder a las preguntas.

—En honor a la verdad —dijo a todos los presentes—, estoy mucho más preocupada por el Proyecto Atlas de Zed. Va a ser mundialmente famoso.

—Para ese cabronazo, todo ha ido siempre de tener poder sobre nosotras, ¿no os parece? —espetó Electra—. ¡Qué gilipollas! —dijo y miró a Marina como pidiendo disculpas—. Perdón, Ma.

—Creo que, en este caso, no tengo más remedio que darte la razón, *chérie*.

—Ha sido raro leer sobre su madre —observó Tiggy—. Recuerdo que Zed me dijo que era mucho más joven que su padre y que murió cuando él era adolescente.

—A mí también me lo dijo —convino Maia.

Marina suspiró y se encogió de hombros.

—Parecen meras fantasías. Supongo que precisamente de eso él no tiene ninguna culpa. Perder a un padre es traumático, pero tener a un imbécil como padre... No me extraña que añorase el amparo de una madre joven según se hacía mayor.

—¿Hay algo que podamos hacer contra Zed desde el punto de vista legal, Georg? —preguntó Tiggy—. Ya sé que no puedes hacer de un nombre una marca registrada, pero si de algún modo pudiéramos demostrar que se trata de un acto malintencionado... No sé. ¿Tú qué piensas? —Este se quedó mirando el suelo y no contestó nada—. ¿Georg?

—Mmm... —respondió—. Perdona, Tiggy. Estaba a millones de kilómetros de distancia.

—No pasa nada —dijo la muchacha, sonriendo levemente—. Puedo esperar a otro día.

—En realidad, yo tengo una pregunta, Georg —intervino Star—. Pero me pone un poco nerviosa la respuesta que pueda recibir.

—No hay problema, Star. Por favor, pregunta lo que quieras.

—Bueno, cuando fui adoptada, Pa no sabía nada acerca de mi madre biológica, Sylvia, que me dejó al cargo de su propia madre, ¿verdad?

Georg negó con la cabeza.

—No, Star, por supuesto que no. En palacio informaron a Rupert de que Patricia Brown llevó a una niña a un orfanato. El descubrimiento de que en definitiva no eras su hija, sino su nieta, solo quedó patente a raíz de nuestra propia investigación de tu pasado. Realmente tu padre no tenía ni idea del asunto.

—Vale. Solo quería verificarlo —dijo Star, con cierto alivio.

—Es probable que hubiera restado brillo a tu milagrosa adopción el hecho de que Atlas hubiera sabido que tenías una madre que te quería y que no deseaba renunciar a ti —terció Mouse. Star se lo quedó mirando y el chico puso una cara compungida.

—Creo que yo tengo una pregunta parecida —dijo CeCe.

—Adelante, hazla, por favor —repuso Georg.

—¿Dejó efectivamente Pa tus datos en el hospital de Broome, para que, si Sarah o Francis se presentaban, hubieran podido ponerse en contacto contigo?

—Sin ninguna duda. Yo mismo llamé incluso por teléfono en varias ocasiones al hospital de Broome a lo largo de los años para comprobar si se había presentado alguien a preguntar por ti.

—Me alegra mucho saberlo. Gracias, Georg —replicó CeCe, ya más tranquila.

—¿Y qué me dices de mi abuela Stella? —preguntó Electra—. Sé que Pa y ella siguieron viéndose. De hecho, fue él quien acabó contándome la parte de mi historia relacionada con ella.

—Exacto, Electra, así es. Mi equipo y yo descubrimos que Cecily se convirtió en profesora de una escuela de Harlem, creada específicamente con el fin de enviar a los hijos de familias negras desfavorecidas a universidades de la Ivy League. Como te puedes imaginar, ella era la única profesora blanca. Llegó a hacerse famosa. La gente se acordaba de ella.

—Apuesto a que sí.

Georg continuó el relato:

—Al final, logramos ponernos en contacto con Rosalind, la amiga de Cecily, que acabó siendo registrada legalmente como la madre de Stella. Llegó a contarnos toda la historia de tu abuela: sus estudios en la Universidad de Columbia, la organización en defensa de los derechos civiles, su carrera en la ONU..., por no hablar de lo de su hija Rosa.

—Mi madre —confirmó Electra, para que se enteraran los demás comensales.

—Eso es. Tu padre le contó a Rosalind lo de la tarjeta de visita que habían encontrado con la niña en el establecimiento de la madre Hale. Rosalind no se lo creía. Le contó que Cecily se guardó durante muchos años aquella tarjeta como un talismán de la suerte y que se la hizo llegar a Stella cuando regresó a África. Stella debió de dársela a Rosa.

—Mi cerebro empieza a echar chispas —dijo Chrissie, sin poder contener la risa.

—¡Sí, es una verdadera película! —comentó Mary-Kate, tomando un sorbo de rosado.

—Cuando le preguntamos qué había pasado con Rosa, Rosalind nos confirmó que había muerto de una sobredosis. —Electra bajó los ojos y se quedó mirando el suelo. Tiggy le pasó el brazo alrededor del hombro a su hermana—. Encargué a algunos contactos que tenía en Nueva York que se enteraran de todo. Descubrieron el...

—El fumadero de crack —lo interrumpió Electra, ahorrándole a Georg el disgusto de tener que pronunciarlo.

—Sí, el sitio que Rosa frecuentaba. Nos dijeron que alguien te sacó de allí cuando te pusiste a berrear, para que la policía no se presentara a investigar. Parece que el último acto de tu madre consistió en poner la tarjeta de Pa en manos del individuo que llevó con él. Debió de dejarla contigo en la cesta. Si lo piensas bien, tu madre te salvó.

Toda la mesa se tomó únos instantes para reflexionar sobre la patética decisión de Rosa. El silencio lo rompió la entrada del primer camarero, procedente del salón, que preguntó si su equipo podía retirar los platos de la cena.

—Sí, gracias —le confirmó Ma.

Una vez recogida la vajilla más fina del Titán, Maia habría jurado que había visto a Jack posar una mano suavemente sobre la rodilla de Ally por debajo del mantel. Se dio cuenta de la mirada de su hermana y levantó una ceja. El rubor de Ally confirmó las sospechas de Maia, que sonrió para sus adentros.

—¿Os apetece a todos un poco más de vino? —preguntó Charlie. Varios de los presentes asintieron—. Estupendo. Yo serviré el tinto. ¿Te importa servir tú el blanco, Miles? —Este se levantó dispuesto a complacerlo. Al verlo, Charlie puso los ojos como platos—. ¡Mierda! Disculpa, tú no bebes, ¿verdad? Floriano, te...

Miles levantó la mano para tranquilizarlo y dijo:

—No te preocupes. Por fortuna, mi condición de abstemio no me impide servir copas a los demás.

Charlie se echó a reír con cierto nerviosismo.

Cuando los dos hombres hubieron pasado alrededor de la mesa con las botellas, en el rostro de CeCe empezó a dibujarse un gesto de desaprobación.

—El diario terminaba en un punto bastante raro, ¿verdad? El acuerdo de las hermanas fue prácticamente unánime.

—Sí —dijo Star—. Georg, ¿por qué se acaba en 1993? El abogado dio la impresión de ponerse nervioso.

—Vuestro padre pretendía que fuera un documento definitivo que registrara la forma en la que cada una de vosotras llegó a su vida. Y, por supuesto, que supusiera una explicación de algunas de las singulares circunstancias que tuvisteis que soportar en vuestra infancia.

—Brindo por eso —dijo CeCe, levantando la copa que acababan de rellenarle.

—¿Sabes qué fue del diamante? —preguntó Tiggy—. En la primera mitad del diario se hablaba de él a menudo. Pero, en cuanto Pa se instaló en Atlantis, dejó de hacer referencia a él.

—Buena observación, Tigs. ¿Se lo devolvió a los Eszu? —preguntó Electra.

—Vuestro padre fue muy reservado en lo tocante al paradero de la joya, incluso conmigo. Odiaba hablar de ella, pues la veía como un símbolo de todo lo que había perdido en su vida. En cuanto a su paradero actual... —Georg simplemente se encogió de hombros.

—¿Quizá... la tiró sin más al mar? —comentó en tono reflexivo Star, dando un sorbo a su copa de vino blanco.

Se hizo de nuevo el silencio en la mesa mientras todos los miembros de la familia D'Aplièse, las chicas y sus acompañantes, sacaban sus propias conclusiones acerca de la suerte que habría corrido la misteriosa joya.

Merry tomó la palabra.

—¿Siguió buscando a mi madre después de 1993? —preguntó—. ¿Continuó viajando cada vez que tú le suministrabas una nueva pista, Georg?

—Sí, Merry. Nunca en su vida dejó de hacerlo, hasta que los problemas de salud le impidieron seguir tomando tantos aviones a mediados de la década del 2000. El hecho de que estéis todas aquí no es más que el resultado de sus incansables esfuerzos.

—Pero, en definitiva, ¿nunca consiguió localizar a Elle? —preguntó Maia.

Georg tragó saliva.

—Vuestro padre no la encontró nunca.

Merry suspiró profundamente.

—Me pregunto qué sería de ella —dijo.

—Una cosa que sigo sin comprender es cómo encontraste las coordenadas que nos condujeron hasta Merry —comentó CeCe—. Los distintos puntos no enlazan unos con otros. Hace un año tuviste que recibir alguna información nueva que te llevara a grabarlos en la esfera armilar.

Georg asintió con la cabeza.

—Así fue.

Star se inclinó hacia delante.

—Pues, venga, no nos dejes en ascuas, Georg. ¿Cuál fue esa información?

El abogado vaciló un momento y aprovechó para secarse la frente con el pañuelo.

—¿Tuvo algo que ver con Zed? —insistió Maia—. ¿Al ver que las coordenadas conducían a una casa de propiedad de su familia?

—No. No tuvo nada que ver con Zed. Chicas... —Georg suspiró profundamente—. Estoy seguro de que hay alguna forma mejor de hacer esto. Pero, por una vez, en esta ocasión, me pilláis bastante desprevenido. Como sabéis, el diario de vuestro padre acababa en 1993. No volvió a escribir nada en él, en buena parte porque empezó a reinar la calma en su vida. Creo de verdad que las dos últimas décadas de su existencia fueron las más felices.

—Ahora es cuando viene el «pero...», ¿no? —preguntó Electra.

Georg siguió adelante:

—Tras la primera visita a su médico, cuando se enteró de que su salud empezaba a deteriorarse, le pregunté si no querría poner por escrito la historia de sus primeros años, antes de que el diario diera comienzo en París. —Hizo una pausa para tomar un poco de agua—. Me dijo que, aunque ya lo había pensado en varias ocasiones, los recuerdos de Rusia le causaban demasiado dolor. Aun así, me aseguró que estaba dispuesto a rellenar cualquier laguna y a responder a las preguntas que pudierais plantearos.

—Eso está bien, porque yo sigo teniendo la sensación de que hay muchas cosas que no sabemos —comentó Star en tono de queja—. Ni siquiera se nos explica lo que ocurrió entre Pa y Kreeg de pequeños.

Electra se cruzó de brazos.

—Vale, Georg. Háblanos de Rusia.

—Esa era mi intención, desde luego. Pero al final ha resultado que él mismo podrá contároslo con sus propias palabras. —Se puso en pie y desapareció un instante dentro del salón.

Maia se volvió hacia Ally.

—¿Tú sabes lo que está pasando? Merry y yo te vimos antes en el pasillo echándole una regañina.

Ally respondió sin la menor vacilación:

—Después de ver a Zed en la televisión hace un rato, vi a Georg perder los papeles ahí fuera, en cubierta. En resumidas cuentas, le exigí que me dijera qué pasaba.

—Espera un momento... ¿Por eso querías que todas acabáramos de leer el diario esta noche antes de cenar? —preguntó Electra.

Ally asintió con la cabeza.

Georg regresó con una gruesa pila de papeles blancos, que empezó a repartir entre las hermanas.

—¿Qué es esto? ¿Son más páginas del diario? —preguntó Tiggy.

—No exactamente, no —dijo Ally.

Star estaba ya examinándolos.

—Mirad, esta es la letra de Pa. No está muy clara, desde luego. Sufría de artritis en las muñecas debido a la costumbre de navegar adquirida en sus últimos años —comentó con aire reflexivo—. Así que... todo esto tuvo que escribirlo en fecha bastante reciente. ¿Tengo razón o no, Georg?

El abogado asintió solemnemente con la cabeza.

—¿Cuándo lo escribió? ¿Justo antes de morir? —preguntó Merry.

Él no respondió a su pregunta. Por el contrario, tardó unos instantes en armarse de valor y separar lo que eran sus sentimientos de lo que era su deber.

—Lo que tenéis ante vosotras es la verdadera historia de los últimos días de vida de vuestro padre y su relación con sus primeros años. Debo advertiros que, en cuanto empecéis a leer estas páginas, os enfrentaréis a una información que será muy distinta de la versión que os hemos dado tanto Marina como yo.

—¿Ma? —preguntó Tiggy. Por su tono parecía ofendida.

—Por favor, *chérie*, escucha a Georg.

—Quiero que sepáis que ni Ma ni yo tuvimos nunca la intención de engañaros. Todo lo que hemos hecho a lo largo del último año lo decidió vuestro padre, y Marina y yo simplemente nos hemos limitado a ejecutar su plan.

—¡Ay, Dios! —gimió Electra.

La tensión alrededor de la mesa era palpable. El abogado siguió hablando con determinación.

—Ya habéis leído su diario y sabéis, por tanto, que Marina y yo se lo debemos todo a él. Nos inspiró una... —Georg estudió con cuidado las palabras que iba a decir—, una lealtad inquebrantable. Como leeréis a continuación, todo lo que hemos hecho ha sido un intento de garantizar vuestra seguridad.

—La historia se vuelve cada vez más retorcida —susurró Maia, moviendo dubitativa la cabeza.

—Lo sé, *chérie*, lo sé —dijo Ma, con lágrimas en los ojos—. Pero así son las cosas. La verdad definitiva está en esas últimas páginas.

Georg suspiró profundamente.

—Debo deciros que vuestro padre me dio órdenes estrictas de no facilitaros estas últimas páginas hasta..., hasta un momento especial... Pero, después de hablar hace un rato con Ally, he decidido que esto era lo que debía hacer.

Star parecía consternada.

—Georg..., ¿qué nos vamos a encontrar aquí? —preguntó. El abogado se limitó a mover la cabeza con incertidumbre—. Y tú, Ally, ¿qué me dices?

—Yo no he leído nada. Solo conozco un pequeño resumen que me ha hecho él —contestó. Jack pasó con audacia su brazo alrededor de los hombros de la chica, deseoso de poner de manifiesto su protección.

Georg se llevó las manos a la espalda y dio rienda suelta a sus pensamientos.

—Como ya sabéis, el corazón de vuestro padre empezó a fallar a los ochenta y tantos años, circunstancia de la que permanecisteis en gran medida ignorantes. Lo último en el mundo que habría deseado es causaros dolor. —Todos los presentes estaban sobre ascuas, pendientes de cada una de sus palabras—. Después de leer su diario, estaréis también al corriente de la amenaza que durante toda su vida representó para él Kreeg Eszu, amenaza que... —inclinó la cabeza— parece que ha ido pasando de generación en generación. Cuando vuestro padre se dio cuenta de que le quedaba poco tiempo de vida y de que ya no estaría en este mundo para protegeros, ideó un plan para salvar a sus hijas de futuras persecuciones por parte del propio Kreeg o de su hijo Zed.

—¿Cuál era ese plan? —preguntó Tiggy con inquietud.

—Enfrentarse a él.

—¡Dios mío! —murmuró Merry.

—Los dos murieron el mismo día... —dijo Maia, suspirando—. Ally, cuando viste el Titán aquel día, ¿no dijiste que se informó de la presencia del Olympus en las inmediaciones?

La susodicha asintió.

—A ver, espera... ¿no murió en Atlantis, como dijisteis? —preguntó CeCe, asombrada.

—No, CeCe, no murió en Atlantis.

—¿Qué mierda es esta, Georg? ¡Joder! Y supongo que tú también lo sabías, Ma, ¿no es así? ¿Cómo habéis podido engañarnos de esa forma? —protestó Electra.

—Lo sé, es horrible —dijo Ally—, pero no debes echarles la culpa. Hay muchas más cosas que saber.

—¿Lo mató Kreeg? ¿Mató él a Kreeg? ¡Por Dios! —exclamó CeCe.

—Por favor, chicas. Tenéis que leer esas páginas —insistió Georg.

—No podemos ponernos a leer aquí sin más. ¡Es ridículo! —insistió CeCe—. Star —dijo, volviéndose hacia su hermana—, ¿quieres leerlas en voz alta, como has hecho antes para mí?

—Bueno, ¿queréis todas que lo haga?

Todo el mundo alrededor de la mesa se mostró de acuerdo con la propuesta.

Star se puso nerviosísima al ver que debía asumir esa responsabilidad. Mouse le posó suavemente una mano en la espalda. La joven suspiró profundamente y tragó saliva.

—Vale, muy bien —respondió Star.

—Chicas, ¿os parece bien a todas que las parejas nos quedemos? —preguntó Chrissie—. ¿O preferís que nos larguemos?

—No, quedaos —dijo Maia, asegurándose de mirar especialmente a Mary-Kate y a Jack—. Todos los aquí presentes formamos parte de la historia, de una manera o de otra. Creo que deberíamos estar todos para entender cómo acaba.

—Estoy de acuerdo —repuso Ally, apoyándose en el hombro de Jack. Nadie alrededor de la mesa poseía la fuerza mental necesaria para hacer ningún comentario en torno a aquella revelación en medio de semejante torbellino.

—Antes de que empiece Star —dijo Electra—, Miles, haz algo útil y ve a buscar unas cuantas botellas de vino más a la bodega.

—Yo preferiría un gin-tonic —añadió Tiggy—. Creo que es lo que Pa habría pedido en un momento como este.

—Yo también —dijo CeCe.

—Me parece estupendo —se sumó también Star.

—Vale —repuso Mouse, poniéndose en pie—. Prepararé una ronda de gin-tonics bien cargados. ¡Vamos, Miles!

Cada una de las siete hermanas empezó a prepararse para lo que las aguardaba. A su manera, todas ellas habían abrigado sospechas acerca de las circunstancias que rodearon la muerte de su padre. ¿Cómo era posible que el hombre que había hecho tanto para cuidarlas robara a sus hijas la oportunidad de despedirse de él? Realmente no tenía sentido.

Una vez que estuvieron preparadas las copas y que todos volvieron a sentarse a la mesa, Star carraspeó para aclararse la garganta.

—¿Estamos listos?

—Sí, Star —replicó Ally—. Estamos todos listos.

La susodicha dirigió su atención a los folios que tenía ante sí.

—Pues adelante. «Niñas mías, mis queridísimas niñas...».

Las últimas páginas de Pa

El Titán

Junio de 2007

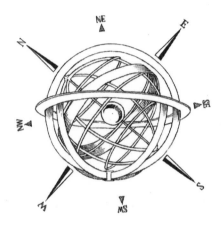

55

Niñas mías, mis queridísimas niñas. Si estáis leyendo esto es que Georg ha llevado a cabo su misión. Ahora ya seréis conscientes de que me he ido de este mundo de verdad y vosotras ya estáis preparadas para conocer todas las circunstancias de mi partida. Tened por seguro que os observo desde la otra vida, en la que, como bien sabéis, creo con todo mi corazón.

Si Georg ha seguido mis instrucciones, entonces todas vosotras acabáis de hacer este viaje para descubrir vuestro pasado y por qué decidí adoptaros. Imagino que algunos detalles os habrán resultado dolorosos, pero espero que en su conjunto este relato de los hechos os haya traído también muchísima dicha. Tengo la certeza de que en estos momentos ya habéis leído mi diario y de que se ha disipado cualquier duda que os haya podido surgir en lo referente a las distintas historias sobre cómo fuimos conociéndonos. Vuestras respectivas familias de origen fueron muy entrañables para mí y todo lo que he llegado a ser se lo debo a ellas.

Pretendo ser claro con vosotras. Las siguientes páginas no formaban parte de mi plan original. Como espero poder explicaros, no todos los acontecimientos que predije se desarrollaron como imaginaba. Todo lo contrario.

Mi diario os habrá revelado que toda mi existencia ha girado en torno a la vida de un personaje. Kreeg Eszu cree que, cuando nos moríamos de hambre en Siberia, allá por los años veinte del siglo pasado, yo, Atlas Tanit, maté a su madre y robé un valiosísimo diamante que ella llevaba. Por esa razón, como bien sabéis, ha estado persiguiéndome toda la vida.

En el otoño de 2005, sufrí un pequeño infarto, cosa que no quise contar para no preocuparos indebidamente. Sin embargo, cuando empezaron a investigar las causas de esa dolencia, los médicos de Ginebra descubrieron que el órgano más importante de mi cuerpo estaba fallando y que, aunque no podían asegurarlo, sería afortunado si llegaba a mi noventa cumpleaños. La noticia no me resultó tan devastadora. He tenido una vida muy larga, larguísima, más de lo que yo habría imaginado nunca. El mayor privilegio de mi vida ha sido observar cómo ibais creciendo cada una de vosotras hasta convertiros en mujeres hechas y derechas, y les doy las gracias a mis estrellas de la suerte por haberme concedido el tiempo que he pasado en el mundo terrenal.

No obstante, la noticia de mi precaria salud me hizo tomar una serie de medidas urgentes. Me preocupaba que sufrierais el acoso del propio Kreeg o de su hijo Zed en cuanto os faltáramos mi protección y yo. Así pues, con la ayuda de Georg y de Ma (con los que he tenido el honor de contar siempre a lo largo de buena parte de mi vida), concebí un escenario que pensé que evitaría que Kreeg y su hijo volvieran a presentarse en vuestra casa.

Como habréis supuesto, la justicia que busca es fundamentalmente retributiva, una retribución por un acto que, estoy convencido de que no hace falta que lo repita, yo no he cometido. Sin embargo, pensé que, si me quitaba la vida y dejaba que Kreeg satisficiera la sed de venganza que llevaba acumulando durante los últimos ochenta años, tal vez alcanzaríamos un acuerdo y nunca más os molestaría. En la primavera de 2007, me puse en contacto con Eszu a través de una misiva que envié a Lightning Communications. En dicha carta, le decía cuánto lamentaba todo lo que había ocurrido entre nosotros y que deseaba darle la oportunidad de «arreglar las cosas».

No me sorprendió que en menos de veinticuatro horas Georg recibiera una llamada telefónica del secretario personal de Kreeg para fijar un lugar de encuentro: una cala apartada de Delos, en el mar Egeo.

Para evitar que fuerais conscientes de la triste realidad de la situación, como sabía que, en cualquier caso, estaba emprendiendo la senda que me conducía a la muerte, dispuse que os contaran que había sufrido un ataque al corazón irreversible. Pedí a Ma que os dijera que mi cuerpo había sido retirado de inmediato para encerrarlo en un ataúd de plomo y embarcarlo a bordo del Titán, donde habían tenido lugar las exequias fúnebres.

Ni que decir tiene que esta parte de mi plan fue la más difícil. Soy plenamente consciente del dolor y la confusión que semejante noticia os habrá causado y, por ello y muchas cosas más, os pido perdón con humildad. Pero espero que entendáis que era lo único que podía hacer para impedir que descubrierais que yo había muerto a manos de Kreeg Eszu.

El 19 de junio, en el puerto de Niza, me puse al mando del Titán y le dije a su capitán, Hans Gea, que en cuatro días debía ir a la cala de Delos a recoger la embarcación. Él intentó convencerme de lo peligroso que era aquello, recordándome también que contravenía la ley si yo tripulaba el barco solo, pero me mantuve firme en mi decisión y, como propietario del yate, ordené a los ingenieros y a los oficiales que se bajaran de él.

A pesar de todo, la travesía hasta Delos fue una experiencia placentera, llena de recuerdos de nuestra vida en común. Os lo aseguro: solo sentía paz durante el que estaba convencido de que iba a ser mi último viaje.

Al cabo de tres días de navegación, conduje cuidadosamente el Titán a la bahía acordada y vi que el Olympus ya estaba esperándome. En su proa divisé una figura solitaria. Me coloqué a su lado para que los dos yates estuvieran paralelos, solté el ancla y salí a cubierta.

Frente a mí estaba el rostro que durante ochenta años me había perseguido en pesadillas. El mismo que vi el peor día de mi vida en Siberia, en un café de Leipzig y a través del escaparate de la librería Arthur Morston. Durante un rato, permanecimos en silencio, simplemente concentrados el uno en el otro, en anticipación a lo que estaba por venir.

—Hola, Kreeg.

—Hola, Atlas. He esperado mucho tiempo para volver a verte.

—Lo sé. ¿Puedo subir a bordo de tu yate? —Él sonrió, cogió una pasarela metálica que había en la cubierta de su embarcación y me acercó un extremo—. Gracias.

Con cuidado, me subí a la pasarela y a tientas pasé del Titán al Olympus.

—Veo que has perdido un poco de tu agilidad —comentó Kreeg con sorna.

—Para empezar, nunca he sido muy ágil. Recuerdo que tú lo eras mucho más cuando jugábamos al fútbol en la nieve.

—No es de extrañar —dijo entre carcajadas—. Pasabas demasiado tiempo con la cabeza enterrada en los libros.

Por fin bajé a la cubierta del Olympus.

—Tal vez fuera así. ¿Puedo preguntarte si estamos solos?

—Lo estamos —respondió. Lentamente, Eszu empezó a llevarse una mano a la espalda. Me di cuenta de lo que iba a suceder. Sacó una pequeña pistola de metal y me apuntó al estómago—. ¿La reconoces, Atlas?

—No, me temo que no —respondí con calma y negando con la cabeza.

—Es una pistola Korovin.

Levanté las cejas.

—Cómo no. La primera pistola automática soviética, si no me equivoco. Todos los guardias llevaban una de esas cuando éramos niños. Los bolcheviques también.

—Me complace que tu memoria siga intacta —replicó. Se acercó a mí muy despacio, hasta quedar a apenas unos cuantos centímetros de distancia. Me clavó con fuerza la pistola en el vientre—. Esta llevo años guardándola. La cogí del cadáver de un soldado. La he conservado durante todo este tiempo con la esperanza de volver a verte.

—Antes de matarme, Kreeg, ¿te interesaría saber la verdad?

—¿La verdad? —exclamó él antes de soltar una gran carcajada—. ¡Qué palabra más interesante! No te preocupes, Atlas. No he esperado todo este tiempo para pegarte un tiro sin más. Hay cosas que también quiero compartir contigo. Y ahora, media vuelta. —Obedecí la orden—. Y levanta las manos.

—Lo que mandes, Kreeg —repliqué mientras él me clavaba la pistola en la espalda.

—Camina hacia la cubierta de popa. Allí he colocado una mesa y un par de sillas para que mantengamos nuestra última conversación. —Lentamente, fuimos caminando por el Olympus hasta llegar al otro extremo del yate, donde había una mesa de caoba con dos sillas de comedor—. Siéntate —me ordenó.

Cogí una silla, como hizo Kreeg, que, sin soltar el arma, colocó la mano sobre la mesa que nos separaba para que la pistola apuntara a mi pecho.

—Es un yate precioso el tuyo, Kreeg —exclamé.

—No tan lujoso como el tuyo —replicó.

Nos quedamos mirándonos a los ojos. Los suyos escupían rabia. Intenté calmarlo.

—Pues aquí me tienes, desarmado, sentado ante ti después de todos estos años yendo de aquí para allá. Espero que veas cumplido lo que siempre has considerado que es tu legítima venganza. Solo te pido una cosa, Kreeg: que a mi muerte pongas fin a nuestro litigio. Y que tanto tú como tu hijo dejéis en paz a mis queridísimas hijas.

Él volvió a sonreír, esta vez exhibiendo una blanca dentadura y una expresión amenazadora.

—Yo, Atlas, le puse fin hace muchos años.

—¿De verdad? —pregunté.

Eszu se encogió de hombros.

—¿Acaso crees que no me habría presentado en la puerta de tu casa en el curso de estos últimos cuarenta años? Atlantis. Un palacio privado con un nombre típicamente pomposo.

—¿Has sabido dónde estaba yo durante todo este tiempo?

—Claro que sí. Desde los años setenta.

—Y entonces ¿por qué no viniste a por mí?

—Porque todo tiene que ser a su debido tiempo —respondió Kreeg, con una sonrisa siniestra.

—¿Acaso es porque estabas utilizando a tu hijo para que se aprovechara de las mías?

—Es obvio que tus hijas tienen cierto… encanto para él —replicó antes de amartillar la pistola—. Y ahora, dime, ¿qué es lo que querías contarme antes de morir?

Moví la cabeza de un lado a otro.

—Empiezo a preguntarme qué sentido tiene ya. Te dije la verdad hace más de ochenta años mientras estábamos junto al cadáver de tu madre. —Él apretó los dientes y clavó la mirada en mí—. Éramos como hermanos, Kreeg. No me creíste entonces. ¿Por qué ibas a hacerlo ahora?

—¿Qué es lo que hay que creer, Atlas? Nunca olvidaré aquella escena: tú, allí de pie, con el valioso icono de mi madre en la mano. Estaba cubierto de su sangre. Lo utilizaste para golpearla hasta matarla. La bolsa de piel en la que estaba guardado el diamante que llevabas colgada al cuello confirma el móvil del asesinato.

Me estremecí al recordarlo.

—Te dije lo que había ocurrido. Como sabes muy bien, tu madre se acostaba con un alto oficial del Ejército Rojo para poner comida en nuestra mesa.

El otro se resistía a reconocerlo.

—Yo ni siquiera sabía que tuviera un diamante. Solo me dijo que tenía algo de gran valor. Le rogó al oficial que lo vendiera por ella para que nosotros pudiéramos comer, Kreeg. ¿No te acuerdas del hambre que pasábamos? ¿Y del frío?...

—¡BASTA YA! —gritó Kreeg, dando un puñetazo en la mesa.

—Escúchame, por favor. Esa noche, intenté demostrarte que tu madre se había dado cuenta de su error y me había pedido que llevara «una cosa de gran valor» a su pariente de Tobolsk para que la pusiera a buen recaudo, de modo que, si los bolcheviques iban a registrar la casa, «esa cosa» ya no estuviera allí. Yo tenía en mis manos una carta de tu madre. Ella la había escrito para que se la entregara a su pariente. Pero cuando viste aquella escena ni siquiera quisiste leerla.

—No hacía ninguna falta —gruñó.

—Hiciste una pelota con ella y me la metiste en la boca...

—Estabas MINTIENDO para salvar el pellejo. ¡Sabías perfectamente lo del diamante! ¡No me digas que no! Lo querías para ti. Así que aguardaste un momento de vulnerabilidad y... —Kreeg vaciló y se le llenaron los ojos de lágrimas.

Entonces le hablé con serenidad, pero con firmeza.

—No supe nada del diamante hasta aquella noche, cuando salí corriendo de casa porque querías matarme. Pero ¿qué importa eso ahora? Nunca me creerás. Por favor, te lo suplico, cumple tu sueño y satisface de una vez por todas tu sed de venganza.

Kreeg había empezado a respirar con dificultad. Sin dejar de mirarme fijamente a los ojos, se metió una mano en el bolsillo y sacó una pastilla. La tragó sin tomar ni una gota de agua e hizo una mueca de dolor.

—Estoy seguro de que te has enterado de lo de mi enfermedad. Ha salido en las noticias —me dijo.

—Sí —repliqué, asintiendo con la cabeza—. Me he enterado. Y lo sentí mucho por ti. El cáncer es el peor de todos los males.

—No es nada comparado con lo que tú me arrebataste aquel día —respondió, encogiéndose de hombros.

—No te arrebaté nada, te lo juro —suspiré—. Pero, si lo que quieres decir es que es muy cruel no haber conocido nunca el amor de una madre, entonces te doy la razón.

Kreeg empezó a mofarse de mí.

—Buena observación, Atlas. No solo mataste a mi madre. ¡También a la tuya, muchos años antes!

Sus palabras me provocaron un enorme dolor visceral.

—Lo sé —repliqué—. He pensado en ello a menudo y he deseado que el universo se me hubiera llevado a mí y no a ella el día que nací.

Kreeg se arrellanó ligeramente en su silla, sin duda disfrutando con mi dolor.

—Qué curioso, tú no estarías vivo de no ser por mi madre. Ella te ayudó a venir al mundo.

—Lo sé. Me lo dijo en infinidad de ocasiones y espero haberla recompensado comportándome como un niño obediente, sobre todo después de que mi padre se fuera.

Kreeg me aguantó la mirada.

—Esa carta de la que hablas, la de mi madre. Es una pena que ya no la tengas, Atlas.

—Sí la tengo.

—¿Qué?

—La he conservado como oro en paño, como si me fuera la vida en ello. ¿Te gustaría leerla? —Kreeg asintió lentamente con la cabeza, sin pronunciar palabra—. ¿Puedo buscarla?

—Sí, pero despacio.

Con cuidado, metí la mano en el bolsillo del pantalón, saqué la carta y la dejé encima de la mesa.

—Aquí está. Todavía arrugada y llena de marcas de dientes.

—Va dirigida a Gustav Melin —comentó al ver el sobre.

—El primo de tu madre —respondí, asintiendo.

—¡Ábrela tú, Atlas! Si crees que voy a soltar la pistola, estás muy equivocado.

—Como quieras.

Abrí el sobre, saqué lentamente de su interior un viejo pedazo de papel y luego se lo pasé a Kreeg, que leyó lo que decía:

Querido Gustav:

Espero que tú y Alyona estéis bien. Siento no haberme puesto en contacto con vosotros tanto como me habría gustado. Desde que murió Crono, las cosas han sido muy difíciles.

Como ya sabrás, el Ejército Rojo no nos quita la vista de encima. Por esta razón, me pregunto si puedo pedirte un favor.

Si estás leyendo estas líneas, tendrás al pequeño Atlas ante ti. Es un mensajero de fiar y lleva consigo un paquetito de un valor inconmensurable.

Gustav, eres la única familia que me queda. Tengo que pedirte que pongas a buen recaudo ese paquetito hasta que las tensiones disminuyan y no nos veamos sometidos a esa estrecha vigilancia.

Te pido que no lo abras, pero, si lo haces, sé que te resultará muy tentador quedarte su contenido para venderlo. Por favor, Gustav, por muy atrayente que te parezca, no olvides que tengo dos muchachos hambrientos a mi cargo. Cuando pueda, venderé su contenido y te recompensaré con una buena comisión.

Me veo obligada a hacerte esta petición porque he cometido un grave error. Le hablé a un soldado bolchevique de su existencia. Ahora estoy muy preocupada porque sospecho que van a venir a por él.

Por favor, confírmale a Atlas que estás dispuesto a recibirlo y él te entregará el paquetito.

Gracias, Gustav. Creo que vas a actuar como un primo fiel.

Se despide de ti con afecto,

REA ESZU

—¿Reconoces aún la letra de tu madre? —pregunté después de que Kreeg leyera le carta.

—Sí —dijo, asintiendo con la cabeza—. No dudo de que sea suya. Pero eso no te absuelve de ninguna manera. No cambia nada.

—Espero que dé contexto a lo que realmente ocurrió ese día. Aquella mañana, tu madre me entregó la carta y luego una bolsita de piel que llevaba colgada del cuello. Te lo juro, Kreeg, yo ignoraba lo que había en el interior.

—¡Eso es ridículo! ¿Por qué iba a confiarte mi madre una tarea tan importante como esa? Como ya has reconocido antes, yo era físicamente más fuerte que tú. ¡Y de su propia sangre!

—Justo por eso me escogió a mí. Era un viaje de más de veinte kilómetros en medio de la nieve y el hielo. No había ninguna garantía de que yo pudiera culminarlo sano y salvo. Ella te estaba protegiendo.

—Una excusa muy conveniente —replicó Kreeg, entornando los ojos.

—Es la pura verdad. En cualquier caso, como bien recordarás, no estabas en casa esos días, pues estudiabas en un pueblo cercano. Solo a uno de los dos se le concedió ese privilegio. Si esto no te sirve para comprender que tu madre únicamente velaba por tus intereses, entonces no sé qué otra cosa te convencería.

—Sigue contando —exclamó mientras levantaba la pistola unos centímetros de la mesa.

Tragué saliva.

—Recuerdo que abrí la puerta de casa para empezar mi viaje. El viento me obligó casi a recular y a volver al recibidor. Pero al final pude salir al exterior y cerré la puerta. No me había alejado ni diez metros cuando los vi.

—¿«Los»?

—Sí, «los». Soldados bolcheviques. Había cinco. Yo ya sabía que su presencia significaba problemas. Tuve miedo…, de modo que fui corriendo a la carbonera y me escondí allí. Cuando se acercaron a la casa, vi que el hombre que los guiaba era el mismo con el que se acostaba tu madre. Llamaron a la puerta, pero ella no respondió, de modo que pegaron un tiro al cerrojo y se metieron dentro. La oí chillar. —Tuve que hacer una pausa para recomponerme, pues en mi cabeza aún resonaban sus gritos—. Luego saquearon la casa. Rompieron platos, lámparas…, deshicieron camas…, acuérdate del caos que sembraron.

Kreeg permaneció unos instantes en silencio.

—Sí, lo recuerdo.

—Me pareció que su búsqueda duró una eternidad. Pero no encontraron lo que querían llevarse, porque yo lo tenía colgado del cuello. Cuando vieron que habían fracasado, se pusieron hechos una furia. Empezaron a gritarle a su líder, llamándolo mentiroso y maldiciéndolo por haberlos llevado hasta allí. Eso hizo que él se volviera contra tu madre. Ella defendió enérgicamente su inocencia, pero fue en vano. Oía sus súplicas... Explicó que tenía un hijo y que lo iban a dejar huérfano. —Las lágrimas me corrían por las mejillas a medida que iba hablando—. Escuché una serie de ruidos sordos y los gritos de tu madre dejaron de oírse paulatinamente, hasta que al final se hizo un silencio absoluto. Luego, aquellos hombres salieron de la casa sin más y desaparecieron en el campo nevado por el que habían venido —añadí antes de hacer una breve pausa para recomponerme, pues no quería dejarme en el tintero ningún detalle de lo sucedido—. Al cabo de un rato, me atreví a salir de la carbonera. Tenía tanto miedo... Entré en la casa y vi todo lo que habían hecho. Habían destruido nuestro hogar. Me puse a llamar a tu madre, pero con la seguridad de que no me iba a responder. La encontré junto al icono ensangrentado que el zarévich le había regalado a tu padre en reconocimiento a su trabajo y su lealtad. Era el arma que habían utilizado aquellos hombres, sin duda como en una especie de mensaje final para expresar su odio hacia el zar y los suyos.

Kreeg repiqueteaba en la mesa con los dedos.

—Tú lo tenías en la mano cuando llegué yo.

—Sí. Simplemente lo cogí para apartarlo de ella. Eso fue todo, lo juro por la vida de mis hijas.

Él se atrevió a dejar de vigilarme y se puso a mirar el agua.

—En cuanto me acerqué a la casa supe que pasaba algo, porque la puerta estaba abierta. Entré con el mayor sigilo posible, pues no sabía a quién iba a encontrarme. Pero allí solo estabas tú —dijo, dándose la vuelta para mirarme a los ojos—. ¿Te acuerdas de lo que me dijiste, Atlas?

—Lo siento —susurré después de tragar saliva.

—No pensé que lo decías por lo que acababas de hacer, sino porque te había cogido con las manos en masa.

—Te lanzaste a mi cuello, Kreeg, sin mediar palabra. Aún recuerdo la violencia con la que me arrancaste el icono de las manos. Eras muy fuerte.

—Pero tú peleaste conmigo...

—Y tú me derribaste.

Kreeg se lamió los labios al recordarlo.

—En el forcejeo, se te rompió la camisa. Fue entonces cuando vi la bolsita de piel. La había visto colgada del cuello de mi madre muchas veces. En aquel momento supe lo que habías hecho. Ladrón asesino.

—Pero entre nosotros había una diferencia, Kreeg: tú sabías exactamente qué contenía la bolsa. Yo lo ignoraba.

—Eso es lo que dices, Atlas. Sí, sabía lo del diamante. Yo también había oído a mi madre hablar de él, aunque en términos menos velados que lo que tú cuentas. Era lo que iba a solucionarme la vida. Mi pasaporte a la salvación. Y tú me lo arrebataste. Tú te lo llevaste todo —dijo Kreeg mientras sacudía lentamente la cabeza.

—Fue entonces cuando conseguí meter la mano en el bolsillo para coger la carta y agitarla ante tus narices. Y tú intentaste ahogarme con ella.

—Casi lo logro.

—Cierto. Si yo no hubiera agarrado el icono...

—Para atacarme con él.

—Para defenderme... Estaría muerto.

—Eso lo vamos a remediar pronto, Atlas —replicó enfadado.

—Los dos sabemos qué ocurrió luego. Como estabas desorientado, salí corriendo de casa. Ya me había vestido para emprender un largo viaje en medio del frío —comenté, encogiéndome ligeramente de hombros—. Poco sabía yo lo largo que iba a ser ese periplo...

—Cuando recobré el conocimiento, te seguí hasta la puerta.

—Y las palabras que me gritaste nunca han dejado de resonar en mi cabeza.

—«Te encontraré, Atlas Tanit, dondequiera que te escondas. Y te mataré» —repitió Kreeg.

Asentí con la cabeza.

—Empecé a correr sin parar para poner entre nosotros la mayor distancia posible. Al final, caí rendido en un granero abandonado.

—Aquellos recuerdos estaban grabados a fuego en mi memoria. Era como revivir cada uno de esos momentos tan dolorosos—. Tenía un miedo increíble, Kreeg. Estaba completamente solo. De modo que decidí hacer lo único que se me ocurrió: tratar de encontrar a mi padre.

Eszu se acarició la barbilla.

—Es lo que imaginé que harías. Pensé que, tal vez, el invierno siberiano se te llevaría..., pero sobreviviste. Nunca he tenido la ocasión de preguntarte cómo lo lograste —exclamó, mirándome con ironía.

—No lo sé, Kreeg. Tardé dieciocho meses en cruzar Rusia. Sabía que Suiza estaba al oeste de Tobolsk, de modo que empecé a andar hacia allí.

—¿Cómo sabías en qué dirección ibas?

Señalé hacia el cielo.

—Las estrellas. Mi padre solía pasarse horas hablándome de las Siete Hermanas. Así me guie.

—Tu forma de orientarte me parece muy bien, pero ¿cómo venciste el hambre y el frío? —replicó Kreeg con cierta sorna.

Cerré los ojos.

—Creo que las estrellas me salvaron. Siempre que atravesaba un momento difícil, encontraba una cabaña vacía o una buena persona se apiadaba de mí. Pero me avergüenza reconocer que me vi obligado a hacer algunas cosas de las que nadie se sentiría orgulloso.

—¿Robaste?

Asentí con la cabeza.

—Robé. Mentí. Manipulé a la gente. Pero seguí vivo.

Kreeg me miró con incredulidad.

—Nadie se creería que un niño de ocho años efectuó sano y salvo un viaje de dieciocho meses a través de las tierras vírgenes de Rusia.

Extendí los brazos para expresar mi impotencia con demasiada rapidez y él agarró con fuerza la pistola.

—He vivido cosas que han confirmado que el reino de lo físico es solo una parte de la historia del ser humano. No puedo explicar cómo logré sobrevivir, pero lo cierto es que así fue. —Mi respuesta no satisfizo a Kreeg, que empezó a resoplar—. Al final —seguí contando—, logré cruzar Suiza. Acabé al pie de un matorral de un jardín de París, donde caí desplomado.

Por mucho que lo que le contaba era verdad, mi enemigo seguía con su propia versión de los hechos.

—Así que tratabas de dar con tu padre para darle el diamante. ¡Él estaba al corriente de su existencia y te mandó robarlo! Los dos juntos lo planeasteis todo.

—No te culpo, Kreeg, pero lo cierto es que no atiendes a razones —repliqué, en rechazo a su afirmación—. Lo juro por la vida de mis hijas, nunca supe lo del diamante. Ni siquiera supe que era eso hasta que me refugié en aquel granero y miré dentro de la bolsita de piel que me había entregado tu madre. E incluso entonces creí que era ónice o una piedra semipreciosa similar, pues tu madre lo había untado de betún negro y lo había recubierto con la cola que utilizaba en sus tallas de hueso. No supe lo que se ocultaba bajo esa espesa capa que lo cubría hasta que empezó a mancharme los dedos y lo limpié con un trapo. Mira. —Poco a poco, fui desabrochándome dos botones de la camisa para quitarme la maltrecha bolsita de cuero que llevaba colgada del cuello.

—¿Qué es eso?

—¿Tú qué crees, Kreeg? Me habría encantado que, ochenta años atrás, me hubieras dado la oportunidad de devolvértelo, pero tú solo estabas obsesionado con acabar conmigo y por aquel entonces yo no quería morir. Ni tampoco todas esas veces que has ido a por mí y que yo me he visto obligado a escapar de nuevo para salvar el pellejo. Por ejemplo, en Leipzig, cuando prendiste fuego al edificio en el que vivía, o en la librería de Londres… No obstante, lo he conservado durante todos estos años. Esperaba que, llegado el caso, pudiera devolvértelo a cambio de mi vida y de que dejaras a mis hijas en paz. —Él cogió la bolsita e intentó deshacer el nudo con una sola mano, pero le fue imposible—. No hay necesidad de que sigas apuntándome con la pistola, Kreeg. Tengo ochenta y nueve años. Por mucho que lo quisiera, no podría salir corriendo. No te olvides de que estoy aquí por propia voluntad.

Kreeg reflexionó y, al cabo de un momento, dejó despacio la pistola sobre la mesa. A continuación, abrió la bolsita y con sumo cuidado sacó su contenido. Examinó de cerca la piedra y empezó a restregarla en los pantalones para eliminar la capa de betún con la que estaba recubierta. Después, la levantó hacia la luz y el diamante comenzó a brillar espléndidamente bajo los rayos del sol mediterráneo.

—¿Por qué no lo vendiste? —preguntó con verdadera perplejidad.

—Porque no era mío —repliqué.

—¡Así que reconoces que lo robaste!

—No, ni hablar. Lo único que reconozco es que, debido a ciertas circunstancias totalmente ajenas a mí, llegó a mis manos.

Kreeg se quedó en silencio y por primera vez atisbé en su rostro bronceado una pequeña expresión de incertidumbre.

—Así que te quedaste con el diamante, pero nunca podrás devolverme a mi madre.

—No, no puedo, hermano. Y, si no fue por el diamante, dime, por favor, ¿por qué habría querido yo verla muerta? Ella era todo lo que teníamos. Créeme cuando digo que la quería.

Kreeg hizo rodar la piedra por la palma de su mano.

—Lo que querías era tener el estómago lleno.

Me llevé las manos a la cabeza.

—¿Quién puede demostrar realmente el amor que siente por otra persona? Es un sentimiento que nace en lo más profundo de nuestro interior y se basa en la confianza. Si tú confiabas en mí como creía que hacías, habrías sabido que yo era incapaz de hacerle daño.

—Bonitas palabras, Atlas. Siempre las has tenido.

—Bonito es este diamante que por fin… he devuelto. —Cerré los ojos. El aire fresco y salado del mar me llenó los pulmones y sentí en el rostro el calor del sol. Sin darme cuenta, extendí los brazos por encima de la cabeza y me invadió una paz celestial—. Kreeg…, ya no cargo sobre la espalda el peso del mundo. Te estoy agradecido por darme la oportunidad de contarte la verdad de lo ocurrido, tanto si me crees como si no. Y ahora… por fin me siento libre. Coge la pistola, hermano. Me he rendido y no me importa morir.

Eszu vaciló.

—¿Hay algo que quieras pedirme antes de abandonar este mundo?

Me quedé pensativo un momento.

—Sí, en realidad, sí. Hay una cosa. Tú estás obsesionado con la idea de que yo conocía la existencia del diamante. Hace apenas un rato dijiste incluso que pensabas que mi padre ya me había hablado de él. Kreeg, eso no es verdad. De modo que, por favor, dime qué querías decir con esa afirmación.

—Como desees, Atlas —replicó, asintiendo con la cabeza—. Tú me has contado tu historia. Y ahora yo te contaré la mía. Empezaré por el día que tú naciste.

56

Tiumén
Siberia, 1918

El reinado del zar Nicolás II se caracterizaba por un creciente descontento entre sus súbditos, que él no había sabido aliviar ni sofocar. La cólera del pueblo se debía, principalmente, a la distribución de las tierras en las zonas rurales, propiedad en su mayoría de la aristocracia.

Casi toda la población de Rusia, profundamente religiosa, asistía todas las semanas a la iglesia, donde el clero predicaba que Nicolás ocupaba el trono por la gracia de Dios. Pero, mientras que los estómagos seguían estando hambrientos, los feligreses empezaron a preguntarse cada vez más por qué su divino soberano necesitaba tantas tierras y tanto poder para cumplir con sus obligaciones, al tiempo que sus familias se veían a subsistir con tan poco. Fue así como el movimiento social revolucionario comenzó a ganar impulso. Todo culminó en febrero de 1917, cuando sucesivos días de protestas y de enfrentamientos violentos hicieron que el zar Nicolás II no tuviera más remedio que abdicar. Cedió el trono a su hermano, el gran duque Miguel Alexándrovich. Pero este se había dado cuenta de qué lado soplaban los vientos y se negó a aceptarlo, afirmando que solo lo haría si la medida se ratificaba de forma democrática.

Por consiguiente, se formó un gobierno provisional, encabezado por Alexandr Kérenski. En un principio la solución al problema de la monarquía, ya sin sentido, se pensó que era el exilio. Después de los sucesos de febrero, las oportunidades de encontrar asilo parecían relativamente prometedoras, pero, tras varios meses de debate, Gran Bretaña y Francia retiraron su ofrecimiento de acoger a la familia imperial, pues la esposa del zar, Alejandra, era considerada proalemana.

La cuestión de lo que había que hacer con Nicolás II y los suyos, por tanto, se enconó, pero durante el gobierno de Kérenski, los Romanov vivieron con relativa seguridad. Tras la revolución, la familia imperial fue trasladada a Tobolsk, donde se alojó en la mansión del gobernador, y allí se les permitió llevar una vida cómoda, con un significativo subsidio suministrado por el Gobierno para sufragar sus gastos. Además, se facilitó también a varios miembros de la casa del emperador viajar a Tobolsk con los Romanov, y fue así como el zar y la zarina escogieron a sus acompañantes más leales para tenerlos a su lado.

Unos meses más tarde estalló la Revolución de Octubre. La población estaba descontenta con la participación de Rusia en la Primera Guerra Mundial y con la forma en la que Kérenski había gobernado con mano de hierro. Así que el Ejército Rojo bolchevique derrocó al gobierno provisional, se hizo con el poder y nombró primer ministro a su líder y talismán Vladímir Lenin.

De repente, la situación de la familia imperial rusa adquirió unos tintes más sombríos cuando entre los bolcheviques se desencadenó un feroz debate en torno a la suerte que debía correr. Unos eran favorables a enviarla al destierro. Otros deseaban que fuera condenada a cadena perpetua. Muchos, por otra parte, querían su ejecución inmediata, con el fin de eliminar lo que consideraban que era el cáncer que impedía la verdadera igualdad del pueblo ruso.

Cuando Lenin se hizo con el poder, la cantidad de tiempo que se permitió a los Romanov pasar fuera del palacio del gobernador fue sometida a un férreo control. Se les prohibió incluso ir andando a la iglesia los domingos. Ni qué decir tiene que les recortaron el subsidio que le había concedido el Gobierno de Kérenski, y de la noche a la mañana desparecieron «lujos» tales como la mantequilla y el café.

Los cabecillas del partido acabaron por acordar que la mejor línea de acción con respecto al zar era una farsa judicial en Moscú, para que los bolcheviques hicieran alarde del poder que ostentaban. Pero para eso necesitaban que el zar siguiera vivo.

Aquello, sin embargo, no se podía garantizar. Entre las clases bajas, el descontento por el destino previsto para el zar era cada vez mayor y, en marzo de 1918, facciones rivales de bolcheviques atacaron Tobolsk. Los temores por la seguridad de la familia imperial se agudizaron y el Gobierno nombró un comisario especial para trasladar a sus miembros a la ciudad de Ekaterimburgo, a casi seiscientos kilómetros de distancia hacia el oeste.

El comisario Vasili Yákovlev y sus hombres decidieron emprender aquel peligroso viaje a altas horas de la madrugada. Nicolás, Alejandra y su hija mayor, Olga, fueron sacados de la cama a las dos de la mañana, junto con varios miembros de su séquito. Los viajeros se vieron obligados a soportar grandes penalidades, vadeando ríos, cambiando de carruajes y contemplando cómo se frustraban por los pelos diversos intentos de asesinato. Después de más de doscientos kilómetros de viaje, la familia imperial y sus acompañantes llegaron a la ciudad de Tiumén, donde Yákovlev requisó un tren para acelerar su traslado a Ekaterimburgo.

—Subid a bordo —ladró el comisario al antiguo zar.

—Muy bien —respondió Nicolás y cogió a Olga de la mano. Alejandra los siguió.

Jápeto Tanit, astrólogo personal del zar y profesor del zarévich y de sus hermanas, rodeó con el brazo a su esposa, Clímene, dama de compañía de la zarina. La mujer estaba en avanzado estado de gestación y Jápeto se había pasado todo el viaje preocupado por su bienestar. Aun así, no habían tenido más remedio que obedecer las órdenes del comisario Yákovlev. Si se hubieran quedado en Tobolsk, los guardias rojos se habrían encargado de ellos.

Clímene se dispuso a seguir a Alejandra, pero hizo una mueca de dolor en cuanto dio el primer paso.

Jápeto la agarró con fuerza del brazo.

—¿Te encuentras bien, cariño?

—Sí —musitó la mujer—. Hoy no para este niño.

—¡Ah, vaya! O sea que ¿ahora es un niño? —preguntó él con una sonrisa.

—¡Alto ahí! —gritó Yákovlev al ver que la pareja se acercaba al tren—. ¡Solo la familia!

—¿Qué quiere usted que hagamos? —preguntó Jápeto.

—Ustedes irán en ese vagón —repuso el comisario, señalando un furgón distinto que no tenía locomotora.

—¿Lo…, lo sabe Su Majestad?

Yákovlev se echó a reír.

—No importa nada lo que sepa o lo que deje de saber —dijo, levantando su pistola—. Suban a ese vagón.

Jápeto permaneció firme.

—¿Es necesario apuntar con una pistola a una mujer embarazada?

—Por supuesto, porque, como usted, sirve ciegamente a un autócrata malvado.

Jápeto sintió una mano en el hombro.

—Venga, amigo mío. Vamos.

Crono Eszu era un conde prusiano y había sido un miembro leal de la casa del emperador desde la ascensión al trono del padre de Nicolás. Era el responsable de las clases de idiomas y culturas extranjeras de los hijos del zar. Como Jápeto era el encargado de enseñar música y cultura clásica, las lecciones de ambos tenían a menudo aspectos comunes, y con el paso de los años Crono y Jápeto se hicieron buenos amigos. El primero se había casado con Rea, que también era dama de compañía de Alejandra, y la pareja tenía un hijo de cuatro años, Kreeg.

Muchos especulaban que al zar Nicolás II no le gustaba Crono tanto como a su padre, pero había decidido que siguiera formando parte de su séquito después de la revolución debido a su hijo, al que no deseaba condenar a muerte.

—Tienes razón, Crono —comentó Jápeto—. No tenemos elección.

Ayudó a su mujer a montar en el vagón situado al lado, oscuro, húmedo y absolutamente deprimente. Crono levantó en brazos a Kreeg y Jápeto lo recogió y lo metió en el carruaje.

—Ya estamos, jovencito. —Examinó el panorama que tenía a su alrededor—. ¡Por Dios santo! Hace un frío que pela aquí, ¿no te parece?

—Sí. Casi se está peor dentro que fuera —repuso Clímene.

En total, siete miembros de la casa del emperador recibieron la orden de montar en el vagón, incluidas la costurera de Alejandra y otras dos damas de compañía. Una vez que hubo subido al carruaje el último pasajero, un guardia cerró la puerta de golpe.

Fuera se oyó a Yákovlev gritar:

—¡Vámonos!

La locomotora pitó al aumentar la fuerza del vapor. Los Tanit y los Eszu miraron por una ventanilla del vagón y vieron las enormes ruedas del convoy ponerse en marcha y a los Romanov abandonar la estación de Tiumén.

—¿Crees realmente que los llevan a Ekaterimburgo? —preguntó Rea.

—¿Quién sabe, cariño? —contestó Crono—. Están tan ocupados peleándose y enfrentándose unos con otros...

—¿Volveremos a verlos, Jápeto? —preguntó Clímene, con los ojos arrasados en lágrimas.

—Me temo que no, amor mío. Me temo que no —replicó su marido, cogiéndola de la mano.

—¡Pobres criaturas inocentes, Jápeto! No puedo entender por qué.

De repente una fuerte sacudida procedente de la parte trasera del vagón hizo que sus ocupantes perdieran el equilibrio y cayeran al suelo.

—¿Qué pasa? —exclamó Rea.

—Nos están cambiando de vía —gritó Crono.

Al cabo de diez minutos de intranquilidad, el vagón se detuvo al chocar con un tope y un soldado abrió de par en par la puerta de un tirón.

—Ustedes van a quedarse aquí —dijo.

—¿Hay posibilidad de que mi mujer coma algo? —preguntó Jápeto—. ¿O de que le den una manta? Como puede ver, está embarazada. Quizá no apruebe usted nuestra relación con el zar, pero no culpe de nada a un niño que ni siquiera ha nacido todavía. —El soldado puso los ojos en blanco, pero volvió al cabo de un rato con unas mantas de lana basta y unos cuantos trozos de pan—. Muchas gracias —dijo con sinceridad.

Al cabo de unas horas sin recibir más órdenes de los bolcheviques, los ocupantes del vagón decidieron ponerse a dormir un rato. Todos estaban agotados después de aquel viaje maratoniano. Se acurrucaron en un rincón y se apretaron unos contra otros para aprovechar el escaso calor corporal que acumulaban.

Al cabo de poco tiempo, los Eszu empezaron a roncar, como solían hacer.

—Jápeto —susurró Clímene—, ¿estás despierto?

—Por supuesto, amor mío. ¿Tú estás bien? —Extendió una mano hacia ella.

—Sí. Pero tengo algo que decirte. ¿Crees que todos los demás están dormidos?

Jápeto levantó la cabeza para observar a Crono y a Rea, cuyos respectivos pechos seguían subiendo y bajando lentamente. Para asegurarse, dio un silbidito, que no obtuvo respuesta.

—Sí. Habla con libertad.

—Muy bien. La noche antes de que saliéramos de Tobolsk, la zarina me encargó una cosa. Se trata de una misión que ahora me preocupa no ser capaz de llevar a cabo.

—Dime.

Clímene dio un profundo suspiro.

—La emperatriz sabía que Yákovlev iba a trasladarnos esta noche. Le pregunté si deseaba llevarse alguna cosa, algo que le recordara su antigua y legítima posición como soberana de Rusia. Su Majestad se dirigió a su tocador, sacó una cajita de un cajón y la abrió. Entonces... —Clímene se interrumpió al oír un gruñido de Crono, que se puso a roncar de nuevo al cabo de unos instantes—. Entonces sacó el diamante más grande que he visto en mi vida. Me dijo que había pertenecido a la familia imperial durante generaciones y que era su joya favorita. Me comentó que ella no podía llevarlo encima, pues con toda verosimilitud caería en manos de los bolcheviques. Así que...

—Te lo dio —dijo Jápeto, terminando la frase de su mujer.

—Sí.

—¿Y ahora dónde está?

—A salvo. Cosido por debajo del forro de mi falda.

Jápeto suspiró y dijo:

—Solo pido que tengas la oportunidad de devolvérselo.

—No puede descubrirlo nadie.

—Lo entiendo, amor mío. —Le apretó con fuerza la mano a su mujer—. Y desde luego nadie lo descubrirá.

Por fin los Tanit fueron vencidos por el sueño y Jápeto y Clímene se durmieron.

Cuando ella se despertó, sintió una punzada de dolor agudísimo que le traspasaba el vientre. Tuvo la sensación de que alguien entraba dentro de ella y le rascaba y le arañaba las entrañas. Lanzó un grito de angustia.

Jápeto se incorporó de un brinco.

—Cariño, ¿qué tienes?

—Es el niño —gimió ella.

Su marido posó suavemente la mano en el vientre.

—¿Va todo bien?

—No lo sé. Me duele... —Una nueva punzada le traspasó el abdomen y lanzó otro grito.

—¿Qué pasa? —preguntó Crono, todavía soñoliento.

—El niño —respondió Jápeto, consciente de que incluso su tripa estaba empapada—. Amor mío, creo que ya está aquí.

En el rostro de Clímene se dibujó una expresión de pánico.

—¡Pero todavía falta otro mes! —dijo.

—Creo que has roto aguas. Crono, ¿puedes traer una lámpara de petróleo?

—¡Por supuesto! Hay una ahí, junto a la puerta.

El vagón entero estaba ya despierto y de pie.

Clímene volvió a gritar.

—Todo va a salir bien, cariño, ya verás. Me tienes a mí aquí —dijo Jápeto, intentando consolarla.

Crono volvió con la lámpara y, después de rebuscar en sus bolsillos, le entregó una cerilla a Jápeto. Tras quitarse las mantas con las que se tapaba, dirigió su atención a Clímene y, para mayor espanto suyo, comprobó que el líquido no era transparente, sino rojo.

Ella se percató de la expresión de susto en el rostro de su marido.

—¿Pasa algo malo?

—No es nada, cariño, no es nada —repuso él, aturdido.

—¡Rea! —gritó Crono.

Su esposa salió de debajo de las mantas y se acercó a Clímene. Jápeto hizo un gesto señalando la sangre y Rea asintió con la cabeza.

—¡Vera! ¡Galina! —gritó, llamando a las otras dos damas de compañía—. Necesitamos vuestra ayuda.

Las dos mujeres acudieron sin rechistar.

—¿Mamá? —se oyó que decía una voz aguda—. ¿Qué pasa?

—Tranquilo, Kreeg, no es nada —dijo Crono, cogiendo en brazos a su hijo—. Ven aquí conmigo y vamos a echar una partida a las cartas.

—Tengo sueño —replicó el crío.

—Ya lo sé. Pero enseguida se te pasará.

—Jápeto, reúne todas las mantas que puedas. Las necesitaremos para la sangre. Vera, también hace falta agua.

—Pero si casi no tenemos para beber…

—¡Maldita sea, Vera! ¿Es que no ves lo que está pasando? —exclamó Rea—. Encuentra la manera de derretir un poco de nieve.

La chica salió corriendo del vagón.

Rea metió las manos por debajo de la falda de Clímene, buscando algún rastro del bebé. Lo que notó la alarmó sobremanera.

—Clímene, todo va a salir bien. El niño ya está aquí, pero viene del revés, no de cabeza. Primero van a salir los pies. —Suspiró profundamente—. No va a ser fácil, pero te ayudaremos todos.

—¿Por eso hay tanta sangre? —preguntó Galina con preocupación.

Rea asintió con la cabeza.

—Los pies le han causado un desgarro.

Jápeto regresó con un montón de mantas.

—¿Qué puedo hacer? —preguntó.

Rea volvió la cabeza para que la oyera solo él.

—Cógele la mano. Acaríciale el pelo. Reza.

Él asintió en silencio y ocupó su puesto.

El parto fue largo y doloroso. Muchas veces, Rea tuvo el convencimiento de que Clímene iba a perder el sentido, lo que significaría el fin para ella y su hijo. Pero, contra todo pronóstico, siempre que parecía que iba a rendirse, la primeriza encontraba en su interior un nuevo soplo de vida.

—¡Muy bien, Clímene! Otro empujoncito y estará aquí el niño. Pero tienes que empujar con fuerza y poner toda la energía de la que seas capaz. —La susodicha asintió sin dejar de jadear—. ¡Muy bien! —dijo Rea, volviéndose hacia Jápeto—. Cuando aparezca la cabeza, verás que tiene el cordón umbilical alrededor del cuello. Cuando yo tire del niño, actúa con toda la rapidez que puedas y desenrédalo. ¿Está claro? —Lleno de turbación, él hizo lo posible por asentir sin pronunciar palabra—. Entonces, ya estamos listos. ¡Adelante, Clímene! ¿Preparada?

—Sí —acertó apenas a decir ella.

—¡Tres, dos, uno! ¡Empuja!

Los gritos le desgarraron el alma a su marido. De repente, el niño salió de golpe, manejado con habilidad por Rea. Jápeto estaba conmocionado, con los ojos fijos en la criatura, de un color azul grisáceo, que acababa de venir al mundo.

—¡Jápeto! —gritó Rea—. ¡Ya! —Siguiendo las instrucciones que le habían dado, el padre de la criatura actuó sin vacilar y agarró el cordón umbilical, que estaba enredado alrededor del cuello del niño—. No te andes con miramientos. ¡Quítalo de ahí! ¡Deprisa! —Luchando contra sus instintos, Jápeto desembarazó enérgicamente al niño del nudo que lo atenazaba, hasta que lo liberó.

—¿Por qué...? ¿Por qué... no llora? —farfulló Clímene.

Jápeto y Rea miraban el cuerpecito del recién nacido, que no había conseguido arrancar a respirar.

—¡Dios mío! ¡Por favor! Esto no —musitó él.

La otra agarró al niño por una pierna, como si fuera un ternero recién parido, y le dio un azote con fuerza en el trasero. De repente, pareció que la criatura cobraba vida a trompicones y, mientras las primeras luces del día iluminaban Tiumén, se oyeron en el interior del vagón los vagidos del recién nacido.

Rea le entregó la criatura a la madre.

—Ya está. Lo has hecho muy bien, Clímene. Has estado estupenda.

La madre se quedó mirando a su hijito, con su marido a su lado.

—¡Hola, pequeñín!

—Sabías que iba a ser niño, Clímene —dijo Jápeto, y sintió que tenía los ojos arrasados en lágrimas—. ¡Estoy muy orgulloso de ti!

Su esposa le sonrió, como cuando sus miradas se cruzaron por primera vez en el salón de baile del palacio de Alejandro.

—Tú tampoco has estado mal. No habría podido hacerlo sin ti.

—Has hecho una criatura perfecta, Clímene.

—Hemos.

—No. Es perfecta porque ha salido de ti.

Crono se acercó con Kreeg en brazos.

—¡Felicidades, amigos míos! Y más todavía estando como estamos en este vagón de tren. Y buenas noticias, Jápeto... —añadió, señalando a un armarito—. Nuestros paisanos no nos han defraudado. Hay una botella de vodka ilegal guardada ahí dentro. ¡Voy a buscar un vasito para brindar por el niño!

—¡De eso nada, Crono Eszu! ¡Trae aquí ahora mismo esa botella! Clímene necesita que esterilicemos sus heridas. Eso es lo que nos hace falta de verdad —afirmó Rea.

Crono soltó tímidamente una risita.

—¡Bueno, Jápeto! ¡Valía la pena intentarlo!

Mientras el sol de Siberia iba ascendiendo en el cielo, se abatió un profundo silencio sobre el vagón. Todos, menos los padres primerizos, habían caído vencidos por el agotamiento de las cinco horas anteriores y el niño mamaba, satisfecho, del pecho de Clímene.

—¡Qué a gusto está! —susurró Jápeto.

—Tiene hambre —replicó ella, sonriendo.

—Sé que no nos hemos concedido ni un solo momento para hablar del nombre que íbamos a ponerle por temor a lo que el destino nos pudiera deparar —dijo Jápeto—. Pero ahora ya está aquí. ¿Cómo lo llamaremos?

—¿No habías prometido a tu madre que pondrías su nombre a su primer nieto? —comentó Clímene, riendo.

—Sí, es verdad. Pero me parece que nuestro hijo no tiene cara de llamarse Agatha.

—¿Augusto? —propuso ella.

—Un poco pomposo, ¿no te parece? —replicó él—. Augusto Tanit… No estoy seguro. —Irguió el cuello mientras repasaba los distintos nombres posibles.

—Pero estaría bien que empezara por «A». ¿Alexéi? ¿Alejandro, en honor del zar?

Jápeto se quedó mirando a su esposa.

—¿Quieres que lo condenen a muerte?

Clímene negó con la cabeza.

—Solo estoy tomándote el pelo, cariño. —De repente, hizo una mueca—. ¡Uy!

—¿Qué pasa?

—¡Me duele mucho! —Bajó la mano para palpar la fuente de su dolor. Cuando la sacó de debajo de su falda, estaba cubierta de sangre.

A Jápeto se le desencajó la cara.

—Sigues sangrando…

Ella tragó saliva.

—Sí —dijo.

—¿Qué hago, Clímene?

La joven miró a los ojos a su marido y le acarició la mejilla con ternura.

—Te quiero Jápeto. Con todo mi corazón. Es la única cosa de la que he estado verdaderamente segura en toda mi vida.

—Y yo te quiero a ti, Clímene.

—Bueno... —dijo la nueva madre—. Estoy muy cansada. Muy... cansada. —Cerró los ojos y su marido empezó a acariciarle el cabello.

—Descansa, cariño. Estás a salvo y nuestro hijo también, y, por si fuera poco, estamos los tres juntos.

Poco después, madre, padre y recién nacido se sumieron en un profundo sueño.

Los despertaron unos gritos.

—¡En pie!

La nueva familia parpadeó por efecto de la deslumbrante luz que entraba por la puerta abierta y clavaron los ojos en el guardia bolchevique que blandía ante ellos su fusil.

Los ocupantes del vagón no tardaron en obedecer sus órdenes. Todos menos Clímene, que estaba pálida como la muerte.

—¿Cariño? —preguntó Jápeto. Ella parpadeó levemente.

—¡He dicho que en pie, por orden de la Guardia Roja!

El recién nacido se puso a llorar.

—¡Por favor! Mi esposa está enferma. Acaba de dar a luz esta noche. Tenga un poco de compasión y haga venir a un médico —suplicó Jápeto.

El guardia se acercó lentamente.

—¿Compasión? ¿Dónde estaba la compasión del zar cuando su pueblo se moría de hambre en los campos? —replicó el hombre sin alterar el tono de voz—. ¡Que se levante!

—Está... bien —dijo Clímene con un suspiro—. Ven, Jápeto, coge al niño. —Su marido hizo lo que le decía su esposa y Rea Eszu corrió a ayudarla a levantarse.

—Tengo una lista de nombres —ladró el guardia—. Las siguientes personas vendrán conmigo: Vera Orlova, Galina Nikoláyeva y Clímene Tanit.

—¿Qué quiere usted de las damas de compañía? —preguntó Crono—. ¿Van a reunirse con la zarina?

El guardia sonrió levemente.

—Podríamos decir que sí.

Vera y Galina se agarraron del brazo y empezaron a sollozar. Una sacudida eléctrica le recorrió la espalda a Jápeto.

—Señor, como le he dicho, mi esposa acaba de dar a luz a nuestro hijo esta misma noche. La criatura necesita a su madre.

El bolchevique miró a Clímene y se mostró de acuerdo.

—El niño también puede venirse con nosotros.

—¡No! —gritó ella—. ¡No!

Jápeto se hincó de rodillas.

—¡Por favor! Permítale quedarse aquí. ¿Qué daño podemos hacer en este vagón de tren? Se lo suplico. Deje que nuestra familia siga unida.

—A su querido Nicolás no le importaban las familias y a mí tampoco. Se vendrá conmigo.

—¡Lléveme a mí en su lugar!

El guardia soltó una risa ronca.

—No, me parece que no. A los hombres no les gustaría.

A Jápeto se le contrajeron los músculos.

—¡Por favor! ¡Está enferma!

—¿Ve usted esta cara? —le preguntó el guardia en voz muy baja—. Mírela bien de cerca. Es la cara de un hombre al que no le importa nada. —Se dirigió a la salida y añadió—: La decisión es muy sencilla: o vienen conmigo ya o les pegamos un tiro.

Jápeto dio media vuelta y abrazó a su mujer. Infinitas lágrimas empezaron a correrle por las mejillas.

—¡Clímene!

—Tranquilo, Jápeto —susurró ella—. No pasa nada.

—¡No puede ser! —sollozó él—. Hemos llegado hasta aquí, amor mío. Hasta aquí… —Le apretó la mano con fuerza.

—Los dos sabemos que no iba a quedarme mucho tiempo en este mundo. No paro de sangrar.

—Si pudiéramos llevarte al médico…

—Hay tantas posibilidades de hacerlo como de que nuestro hijo se ponga ahora mismo en pie y empiece a andar. Para esta gente somos la encarnación de todo lo que aborrecen. —Reunió toda la fuerza de la que fue capaz, le agarró la cabeza a su marido con las manos y le dio un beso—. Tengo que irme ya, Jápeto. Sé valiente. ¡Por nuestro hijo!

—Lo seré —susurró él.

—Protégelo.

—Siempre. Te quiero, Clímene.

—Y yo a ti, Jápeto. Bueno, pequeñín. —Centró su atención en su hijo—. Hemos tenido muy poco tiempo para conocernos. Lo siento por los dos. Tu mamá te quiere más que a nada. —De sus ojos cayó una sola lágrima en la mejilla del bebé—. Solo me da tiempo a enseñarte una cosa. Sé bueno, niño mío. Ese es el secreto de la felicidad. —Le dio un tierno beso sobre la cabeza al recién nacido.

Clímene Tanit dio un profundo suspiro y se encaminó a la salida. Junto con las otras dos mujeres, la condujeron al exterior y la metieron en un carro tirado por un caballo. Jápeto contempló la escena con su hijo en brazos y llorando sin consuelo. El cochero dio un latigazo al animal y el carro emprendió la marcha, y Clímene y las otras dos mujeres desaparecieron de la vista.

Jápeto miró a su hijo, que lloriqueaba quedamente en sus brazos.

—Lo siento mucho, hijo mío. Lo siento mucho. —En ese momento, por primera vez, el niño abrió los ojos, dos profundos pozos de color marrón oscuro—. Estás cargando el peso del mundo sobre tus hombros, pequeño mío. Te llamaré Atlas.

57

Según fue pasando el día, los Eszu hicieron todo lo posible por consolar al afligido Jápeto, que se hallaba sumido en el reino de la desesperación.

—¿Cómo voy a alimentar a Atlas? ¡Dios mío! ¡No puedo perderlo a él también!

—Ayer vi por ahí unas cabras con crías —dijo Rea—. A unos dos o tres kilómetros. Crono traerá aquí a la madre. Su leche será suficiente.

—¿Dónde se ha ido todo el mundo, papá? —preguntó Kreeg.

—A dar un paseíto, nada más. Como el que voy a dar yo ahora, para hacer migas con una cabra.

Jápeto agarró del brazo a su amigo.

—Crono, puede ser peligroso. No sé dónde habrán ido los guardias, pero si te ven...

—Pues que me vean —repuso aquel tranquilamente—. Pero tu hijo necesita comer, Jápeto. Igual que todos. No tenemos ni idea de cuánto tiempo vamos a estar aquí. Hay que hacerlo.

—Al menos déjame que te acompañe —dijo él.

—Tú mismo lo has dicho. Si me ven, con toda probabilidad me pegarán un tiro. El pequeño Atlas no se merece perder a sus dos progenitores el mismo día. —Puso una mano tranquilizadora en el hombro de Jápeto—. No me pasará nada. Y ahora ayúdame a hacer pedazos una manta. Necesitaré un ronzal.

Fiel a sus palabras, Crono regresó al cabo de dos horas no solo con la cabra madre, sino también con un macho de gran tamaño y dos cabritos a remolque.

—Parece que la familia no quería separarse —comentó burlonamente.

Rea ordeñó la cabra y enseñó a Jápeto el laborioso proceso de dar de comer a Atlas mojando el pulgar en la leche y metiéndolo luego en la boquita de su hijo, que lo acogió agradecido.

Al acabar el día, la pobre cabra se había quedado seca después de tanto ordeño y los cinco ocupantes del vagón, satisfechos y con la tripa llena como hacía tiempo que no la tenían.

Cuando el sol empezó a ocultarse, llegó hasta el interior del vagón el sonido lejano de cascos de caballos.

—Ya vuelven —dijo Rea, abrazando con fuerza a Kreeg.

El ruido del trote de las caballerías fue acercándose cada vez más y, en efecto, la puerta del vagón se abrió nuevamente de golpe, poniendo ante la vista de sus ocupantes a un soldado hasta entonces desconocido.

—Están libres. Ya pueden irse —declaró como quien lee una condena.

Se produjo un silencio de perplejidad.

—¿Perdone? —preguntó Crono.

—Ustedes nos tienen sin cuidado. Pueden irse.

Aquel parecía desconcertado.

—¿Puedo preguntar qué es lo que ha cambiado?

El guardia suspiró.

—El Ejército Blanco está enviando refuerzos a esta zona para hacernos frente. Ustedes son el menor de nuestros problemas.

—¿Dónde propone que vayamos? —preguntó Rea—. Nos han quitado la documentación.

El guardia se encogió de hombros.

—Eso es problema suyo, no mío. —Sin añadir ni una palabra más, dio media vuelta dispuesto a marcharse.

—¡Un momento! —dijo Jápeto—. ¿Vuelven a funcionar los trenes en esta línea? ¿Podemos utilizar la estación?

—El ferrocarril transiberiano ha sido confiscado por el Ejército Blanco. ¿Cómo cree usted que están enviando refuerzos? Están a punto de llegar mientras nosotros estamos aquí hablando.

—Por favor, dígame dónde está mi esposa —le imploró Jápeto.

El guardia se lo quedó mirando unos instantes, pero no dijo ni una palabra. Se limitó a dar media vuelta y a irse.

—No puedo creerlo —susurró Crono—. Ni ellos mismos saben ya quién está al mando.

—¿Qué vamos a hacer ahora? —preguntó Rea.

—Me parece que no tenemos mucho dónde escoger —replicó Crono—. Sin documentos oficiales, nos acechan los problemas. El Ejército Blanco supondrá que somos rojos y los rojos pensarán que somos blancos.

—Creo que quieren que nos quedemos aquí —comentó Jápeto con aire pensativo—. Es el único sentido que tiene todo esto. Saben perfectamente que no podemos ir a ninguna parte.

—Me temo que tienes razón, Jápeto —dijo Crono—. Gracias a Dios que tenemos las cabras. Y... —se acercó al armarito y sacó algo de él— el vodka.

Pasó un mes que resultó muy difícil, pero permitió crear una rutina. La cabra la ordeñábamos por la mañana y Crono salía de caza. Aunque rara vez conseguía cobrar alguna pieza, las escasas ocasiones en las que caía en sus trampas algún conejo o, lamentablemente, como era más habitual, alguna rata, los ocupantes del vagón se comían su carne. Jápeto había logrado incluso extraer combustible de un automóvil abandonado, de modo que hacer fuego no constituía ningún problema.

Al cabo de cuatro semanas, un guardia rojo llamó a la puerta del vagón y entregó unos documentos a Crono.

—¿Qué es esto? —preguntó.

—Sus papeles.

Desconcertado, él se puso a examinarlos.

—Pero aquí solo hay un juego. Y necesitaremos cinco.

—Es solo uno, pero con autorización para cinco personas —repuso el guardia, encogiéndose de hombros—. Tendrán que viajar juntos. —El soldado se fue tan deprisa como había llegado.

Aquella noche, el grupo discutió el siguiente paso que debían dar.

—Lo han hecho deliberadamente —dijo Jápeto—. Quieren que sigamos juntos para que resulte más fácil seguir nuestro rastro.

Crono le dio la razón.

—¿Y dónde vamos a ir?

Jápeto suspiró.

—A Tobolsk. Es la población más cercana.

—Y, cuando lleguemos, ¿qué haremos? Sonará raro, pero al menos aquí tenemos dónde cobijarnos y cómo procurarnos alimento —adujo Rea.

—Nuestras oportunidades serán mejores en Tobolsk. Todos tendremos posibilidades de ganar dinero. En cuanto al alojamiento, habrá que aguantar con lo que encontremos.

El viaje, como habría cabido esperar, fue horroroso. Los cinco se envolvieron en múltiples capas de mantas y Jápeto logró fabricar una mochila improvisada para cargar a Atlas, al cual portaba debajo de su abrigo de piel en la parte delantera del cuerpo. Crono se llevó además a la cabra, a la que ordeñaban varias veces para tener al niño bien alimentado. En cuanto al macho cabrío y a los cabritos, tuvieron, por desgracia, que ser sacrificados para proporcionar alimento a los demás miembros del grupo durante el trayecto. Después de una semana agotadora caminando en medio de la nieve, los viajeros llegaron exhaustos a las afueras de la población, justo cuando empezaba a ponerse el sol.

—Busquemos alguna casa en cuyo interior no se vea luz —aconsejó Jápeto.

Después de varias horas explorando y reconociendo el terreno, dieron con una pequeña edificación destartalada que a todas luces no estaba ocupada. Decir que se encontraba en mal estado sería poco. Tenía las ventanas destrozadas, la estructura de ladrillo estaba medio desmoronada y una de las puertas había sido arrancada.

Pero sería suficiente.

Durante las siguientes semanas los hombres hicieron algunas mejoras graduales, como tapar las ventanas con tablas y arreglar la puerta. Luego volvieron su atención a la economía. Jápeto y Crono discutieron durante más de una hora con quién les convenía hablar en la ciudad, tras lo cual Rea les sugirió una alternativa.

—Como sabéis, tengo talento para la talla en hueso. Podríamos intentar vender mi trabajo en el mercado —comentó—. Aunque dudo que resulte fácil encontrar colmillos de morsa.

—Cierto —reconoció Jápeto—. ¿Podrías trabajar con huesos de patas de ciervo almizclero? El bosque está lleno de ellos.

—Y también de mapache —añadió Crono—. ¿Bastaría con los cráneos?

Rea asintió en silencio y los tres se quedaron un rato pensando en cómo habían podido pasar del Salón del Trono del palacio de Alejandro a remover la basura en busca de huesos de animales para sobrevivir.

Y de ese modo, Crono y Jápeto se dedicaron a buscar animales para que la mujer pudiera trabajar, actividad que tenía el beneficio añadido de proporcionar un medio de vida para el grupo. Una vez que lograban reunir una buena colección de piezas, la familia improvisada bajaba al mercado que se celebraba en Tobolsk los fines de semana para vender su mercancía. Uno de ellos coincidieron con un violinista que estaba tocando en medio de la plaza. Jápeto se quedó mirándolo durante una hora o más, echando de menos su vida anterior. El hombre aquel tenía talento, pero la forma de colocar el brazo estaba equivocada, algo que irritó sobremanera al antiguo profesor que había en él. En un rapto de audacia, se acercó al violinista solitario.

—Perdóneme, señor —dijo—. Tiene usted mucho talento, pero si mejora el ángulo del codo le resultará más fácil atacar las notas difíciles. ¿Me permite?

El músico dejó prudentemente que Jápeto le colocara bien el brazo antes de ponerse a tocar de nuevo.

—¡Anda! Es mucho mejor así. ¡Gracias!

—De nada. Ha sido un placer —dijo él con una sonrisa radiante y se volvió a su puesto.

—¿Da usted clases? —le preguntó el violinista—. No soy tan presuntuoso como para dar por supuesto que mi forma de tocar es inmejorable.

—Me atrevería a decir que sí, señor —contestó Jápeto con un suspiro—. Hubo un tiempo en el que fui profesor. Pero ya no ejerzo.

—¡Qué lástima! —comentó el músico con un gesto de disgusto—. Lo habría contratado para que me diera unas clases. No podría pagar mucho, pero le daría una tercera parte de lo que gano los días de mercado.

En los labios de Jápeto se dibujó una sonrisa de satisfacción no vista desde hacía muchos meses.

Al cabo de unas semanas, corrió por toda Tobolsk el rumor de su talento. Había empezado a dar clases de música a todo aquel que estuviera dispuesto a pagarle. De ese modo, entre unos y otros, los cinco consiguieron sacar lo justo para vivir y continuaron así durante cerca de cinco años.

Durante ese tiempo, los Tanit y los Eszu hicieron lo posible por pasar desapercibidos. La incertidumbre sobre quién mandaba en el país —y, por lo tanto, sobre de quién dependía su seguridad— dominaba su existencia. Muchas veces discutieron distintos planes de huir de Rusia, con el fin de ser repatriados a sus respectivos países natales, Suiza en el caso de los Tanit y Prusia en el de los Eszu. Sin embargo, todas las estrategias que entre unos y otros elaboraban resultaban demasiado peligrosas, especialmente porque había que tener en cuenta a los dos niños.

A medida que el pequeño Atlas iba creciendo, su padre pasaba muchas horas con él, sobre todo durante los largos y gélidos inviernos, enseñando a su hijito a tocar un violín medio roto que le había regalado un cliente. Atlas demostró poseer un talento realmente increíble y Jápeto se emocionaba cada vez que lo oía tocar.

—Te lo aseguro, Rea —comentó un día al acabar una lección—, en todos los años que llevo dando clases no he conocido nunca a un niño con tanto talento natural. ¡Podría llegar a convertirse en un virtuoso! ¡Qué orgullosa de él estaría Clímene!

Ella torció el gesto.

—Más valdría que saliera con Crono y Kreeg y que aprendiera a cazar. Ese sí que es un talento que nos resultaría útil a todos.

Atlas intentó no tomarse a pecho el comentario.

—¿Sabes una cosa? Me encantaría dar clases también a Kreeg. Al fin y al cabo, Crono enseña idiomas a Atlas. Quizá lo único que haga falta sea encontrar el instrumento idóneo para él...

Rea puso los ojos en blanco y no respondió.

De hecho, a pesar de todos los esfuerzos de Jápeto, Kreeg no mostraba mucho interés por la música ni por aprender cualquier idioma con su padre. A él aquello le sabía bastante mal. Era capaz de reconocer el destello que había en los ojos de Crono cuando estaba con Atlas enseñándole los rudimentos del francés, el inglés y el alemán. Aquello representaba un trocito de su vida anterior. En cambio, la única actividad padre-hijo en la que, al parecer, participaba Kreeg era, como había dicho Rea, la caza.

Casi en cuanto fue capaz de articular frases, Atlas empezó a preguntar por su madre y a querer saber dónde estaba. Jápeto llevaba mucho tiempo temiendo aquel momento, pero ya estaba preparado. Cogió a su hijo en brazos y lo llevó fuera para contemplar el cielo nocturno, que lanzaba infinitos destellos.

—Está ahí arriba, Atlas, entre las estrellas.

—¿Por qué? —preguntó el pequeño.

—Porque ahí es donde van las personas cuando dejan su cuerpo. Se convierten en... polvo de estrellas.

El niño se quedó mirando el vasto firmamento con los ojos abiertos de asombro.

—¿Y yo puedo ver a mamá?

—Quizá... Si te fijas bien —respondió Jápeto, señalando hacia lo alto—. Creo que a lo mejor puedes verla entre las Siete Hermanas de las Pléyades.

—¿Las Siete Hermanas?

—Eso es. ¿Ves esas estrellas de ahí, las que son un poquito más brillantes que las demás? —El crío asintió en silencio y su padre sonrió—. Te contaré su historia...

Desde aquel momento Atlas Tanit se sintió cautivado por el firmamento y lo que había en él. Su padre agotó sus conocimientos sobre los mitos griegos y sobre las leyendas que, según muchos, habían dado lugar a la formación de la bóveda celeste, así como sobre la astronomía física que se ocultaba tras sus deslumbrantes maravillas.

—Nunca te perderás siempre y cuando veas las estrellas, Atlas.

—¿De verdad?

—Sí. La estrella polar se mueve describiendo un circulito alrededor de la bóveda celeste. Como aparece fija en el cielo nocturno, siempre podrás encontrar tu camino.

Jápeto enseñó a su hijo mapas y cartas astrales que había comprado rebajados a sus amigos del mercado. La fascinación de Atlas por la bóveda celeste a una edad tan temprana era notable. El padre quería a su hijo más que a su propia vida y dedicaba todas las horas de que disponía a las aficiones y al desarrollo del pequeño.

Esas horas aumentaron en 1922, cuando la gran hambruna arrasó con el país. Los mercados quedaron vacíos y de repente a nadie le sobraba dinero para comprar tallas de hueso ni para pagarse clases de música. La situación se volvió cada vez más dura en la casa. Crono, en particular, había empezado a estar más débil, privándose a menudo de su comida para que los demás dispusieran de más alimento. Ahora era solo Kreeg el encargado de poner trampas.

Jápeto empezó a pensar en el diamante que su mujer guardaba en el forro de su falda. Cuán diferente habría sido su vida si hubieran seguido en posesión de él… La única oportunidad que tenían de escapar del horror de Rusia había desaparecido junto con su esposa y ahora estaba, casi con toda seguridad, en manos de los bolcheviques.

En el invierno de 1923 la situación era ya desesperada. Atlas había cumplido cinco años y Kreeg, nueve, y cada día costaba más llenarles el estómago.

—Esto es insostenible, Jápeto. Vamos a morir aquí —dijo Crono a su amigo, dejándose caer en una silla.

—No voy a permitir que suceda una cosa así, Crono. Hemos llegado muy lejos.

—Necesitamos un plan para los chicos. Llegará el día en que estemos demasiado débiles para proveerlos de comida. Tenemos que hacer algo ya.

—¿Tú qué propones, Crono?

—Me dijiste que tu familia es muy rica.

—Así es. Mis padres tienen dinero. Pero están en Suiza. Les he escrito varias veces para decirles que estoy vivo y que tienen un nieto. Quién sabe si les habrán llegado las cartas…

Crono asintió con la cabeza y a continuación se quedó mirando a su amigo. En su rostro se veía una expresión muy seria.

—Yo creo, Jápeto…, que tienes que irte.

—¿Irme a dónde?

—A Suiza. Tienes que conseguir ayuda. Es la única forma que veo de que sobrevivamos todos.

Aquel estaba desconcertado.

—Amigo mío, no hay nada que no estuviera yo dispuesto a hacer para mejorar nuestras posibilidades. Pero sin duda estarás de acuerdo conmigo en que podría morir durante el viaje.

Crono se llevó su mano enflaquecida a la frente.

—Reconozco que las probabilidades de éxito son… limitadas. Pero lo que es seguro es que moriremos todos si no hacemos nada. Tu hijo, Kreeg, Rea… Tenemos que hacer cualquier cosa que esté en nuestras manos para salvarlos.

Jápeto se quedó mirando el fuego que ardía en el brasero de hierro.

—Por supuesto —repuso.

—¡Ojalá pudiera acompañarte! Pero no creo que tenga fuerzas.

—No —reconoció Jápeto—. Yo soy el único que puedo intentar emprender el viaje. —Empezaron a llenársele los ojos de lágrimas—. Por favor, cuidad de Atlas. Es un chico muy especial.

—Lo haremos, Jápeto. Lo haremos. —Crono se levantó a duras penas y casi logró dar un abrazo a su viejo amigo—. Piensa que volverás a verlo.

A la mañana siguiente, al clarear el día, Jápeto despertó a su hijo y le explicó que se iba en busca de ayuda.

—¿Por qué, papá? —preguntó Atlas con una expresión de temor en sus jóvenes ojos.

—Hijo mío…, me temo que ha llegado el momento en el que ya no puedo elegir si me quedo o me voy. Nuestra situación es insostenible. Tengo que intentar buscar ayuda.

Atlas sintió que el alma se le caía a los pies y que se apoderaba de él una angustia insoportable.

—¡Por favor, papá! ¡No puedes irte! ¿Qué haremos sin ti?

—Eres fuerte, hijo mío. Quizá no de cuerpo, pero sí de mente. Y eso es lo que te mantendrá a salvo cuando yo no esté.

Atlas se arrojó a los brazos de su padre y el calor de su ser lo envolvió por última vez.

—¿Cuánto tardarás? —consiguió preguntarle el pequeño entre unos sollozos cada vez más intensos.

—No lo sé. Muchos meses.

—No sobreviviremos sin ti.

—En eso te equivocas. Si no me voy, no creo que ninguno de nosotros tengamos futuro. Te prometo por la vida de tu querida madre que volveré a por ti… Reza por mí y espérame.

El niño asintió con docilidad.

—Recuerda las palabras de Lao-Tse: «Si no cambias de dirección, puede que llegues adonde vas».

—Por favor, vuelve —susurró Atlas.

—Hijo de mi alma, te he enseñado a orientarte guiándote por las estrellas. Si alguna vez te ves en la necesidad de buscarme, utiliza como guías a las Siete Hermanas de las Pléyades. Maia, Alción, Astérope, Celeno, Taygeta y Electra te protegerán. Y, por supuesto, Mérope, cuya estrella es especial, como a veces se puede comprobar. Cuando la veas, sabrás que estás camino de tu hogar.

58

Tobolsk, 1926

Kreeg Eszu movió el caballo a F3.

—Jaque mate —exclamó con una sonrisa.

—¿Qué? —replicó Atlas, desconcertado—. ¿Cómo lo has hecho?

—Se llama «jaque del hipopótamo». Te permite ganar en seis movimientos. —El muchacho se encogió de hombros—. Lo siento por ti.

—¿Puedes enseñarme cómo se hace? —preguntó Atlas en tono suplicante.

—A ver, ¿por qué debería revelarte todos mis secretos? —comentó con desdén—. ¿Qué gracia tiene jugar al ajedrez contra ti si no puedo ganar?

—¡Anda, Kreeg! ¡Quiero aprender!

—Me lo pensaré… A lo mejor si sales a cortar leña por mí…

Atlas puso los ojos en blanco de puro contento.

—Muy bien.

—¡Chicos! —exclamó Rea, entrando en el cuarto de estar—. Maxim estará aquí dentro de media hora. Tenéis que recoger la tabla y las figuras del ajedrez. Ya sabéis que no le gusta el desorden.

Kreeg lanzó una mirada asesina a su madre.

—¿Tiene que venir hoy Maxim? Ahora está siempre aquí —gruñó.

—Y así será si quieres seguir comiendo —farfulló Rea entre dientes.

—¿Cómo? —dijo él.

—Nada. Sí, Maxim va a venir. También podríais quitaros de en medio vosotros. Llevas bastante tiempo sin ir a ver a tu padre, Kreeg. Ve a presentarle tus respetos.

El mayor de los muchachos parecía abatido.

—Es que me pone muy triste.

—Bueno, pues Atlas se encargará de animarte. Se le da muy bien, ¿verdad? —Rea se acercó al pequeño y le acarició el cabello—. Llévate el violín, ¿quieres, Atlas? —La mujer tomó un lingotazo de vodka de la botella medio vacía que llevaba en la mano.

Crono Eszu murió aproximadamente cuatro meses después de que Jápeto Tanit emprendiera su viaje a Suiza. Desnutrido y débil, se desplomó sin más en medio de la nieve mientras comprobaba una de las trampas para capturar conejos o ratas. Fue Atlas el que lo encontró. El muchacho no olvidaría nunca el grito agudo que dio Kreeg cuando volvió corriendo a casa para pedir ayuda.

En cuanto a Jápeto, no habían vuelto a tener noticias suyas desde que emprendiera la marcha en medio de la nieve en 1923. Atlas lo echaba enormemente de menos. Aunque los tres que quedaban en Siberia hablaban de él como si fuera a volver en cualquier momento, en el fondo todos sabían qué había sido de él.

No mucho después de la muerte de Crono mejoraron las perspectivas, pues Rea se echó de amante a un bolchevique llamado Maxim que traía algo de comida (por escasa que fuera) a la mesa de la familia y, lo que era más importante para ella, el vodka del que había empezado a depender para sobrellevar el paso de los días.

Kreeg y Atlas se pusieron sus botas de pelo, se armaron de bufanda, gorro y guantes y empezaron a subir la colina en la que habían enterrado al padre de Kreeg.

El pequeño sabía lo difíciles que resultaban esas excursiones para su hermano *de facto* e intentó entablar una conversación.

—¿Qué crees que serás cuando seas mayor, Kreeg? —le preguntó.

Este sorbió con la nariz.

—No me importa con tal de ganar mucho dinero. Quiero una casa grande y calentita y que todas mis alacenas estén llenas de comida.

—¡Qué bien estaría eso! —repuso Atlas—. Yo creo que a mí me gustaría ser capitán de barco. Nos iríamos todos a navegar alrededor del mundo.

—¡Yo pensaba que querrías ser músico!

—¡Sí! —exclamó Atlas con entusiasmo—. ¡A lo mejor puedo ser las dos cosas!

Aquel comentario provocó una risita en Kreeg que alegró mucho al pequeño.

—Sí, a lo mejor. Dicen que, cuando el Titanic estaba hundiéndose, el cuarteto de cuerdas siguió tocando. Así que, cuando tu barco se hunda, podrás tocarles una melodía a los pasajeros.

—Mi barco no se hundirá nunca —afirmó orgullosamente Atlas.

—Eso es lo que decían del Titanic…

—Sí, pero yo tendré mucho más cuidado que el capitán Smith.

—Lo que tú digas, Atlas.

Los niños siguieron caminando hasta que finalmente llegaron a la tumba de Crono, que Kreeg había marcado con un gran leño hallado de casualidad por ahí. Permanecieron ante ella un rato en silencio, dando pataditas en el suelo con los pies.

—Nunca sé qué decir —reconoció Kreeg.

—¿Lo echas de menos? —preguntó Atlas.

—Claro —repuso el mayor de los muchachos.

—Pues… —dijo el pequeño— dile eso.

El otro carraspeó.

—Te echo de menos, papá —confesó antes de volverse hacia Atlas—. Te he oído hablar con tu padre fuera de casa, ¿sabes? —añadió en voz baja—. A veces da la impresión de que estás manteniendo una conversación con él.

—Me da la sensación de que lo tengo delante y de que puedo hablar con él.

Kreeg asintió con la cabeza.

—¡Menuda suerte la tuya! Bueno, vámonos. —Empezó a bajar la colina.

Atlas aceleró el paso para alcanzarlo.

—Pensaba que odiabas a Maxim.

—Sí, pero prefiero estar en casa en vez de quedarme aquí.

—Ya sabes que tu madre no lo quiere, ¿verdad? —dijo Atlas. Kreeg se encogió de hombros—. Lo hace por el pan.

—¡Pues ojalá el pan fuera mejor! —repuso el otro con una sonrisa.

Cuando los chicos entraron de nuevo en la casa, Maxim había acorralado a Rea contra la pared y la besaba violentamente.

—¡Chicos! Creí haberos dicho que salierais —dijo ella, alisándose la falda.

—Vivimos aquí, ¿no? —replicó su hijo—. No puedes obligarnos a irnos.

—¿A tu madre le hablas con tan poco respeto? —exclamó Maxim, volviéndose hacia Kreeg.

—A mi madre yo no le hablaría nunca de forma irrespetuosa. Lo único que no me gusta son las compañías que tiene.

—¡Kreeg! —le suplicó Rea.

Maxim cruzó lentamente la cocina hasta situarse cara a cara ante el muchacho.

—Dime, niño, ¿y eso por qué?

—Porque son como jabalíes asquerosos ante una charca.

Después de una pausa tensa, Maxim echó atrás la cabeza sin parar de reír.

—¿Que yo soy un jabalí asqueroso? ¿Has oído, Rea? ¡Tu hijo me ha llamado cerdo sin más! —A continuación, raudo como un relámpago, le dio una bofetada al muchacho con tal fuerza que cayó al suelo.

—¡Kreeg! —gritó Rea.

—¡Vamos, vamos, Rea! Los niños tienen que aprender que deben ser educados con las personas mayores —dijo el bolchevique, girando en redondo para ponerse frente a ella—. ¿O no?

—Sí, Maxim —repuso ella, bajando los ojos—. Kreeg, toma nota de Atlas. Y ahora, chicos, meteos en la cama.

Atlas corrió hasta Kreeg y lo ayudó a levantarse. Cosa rara en el mayor de los chicos, pero por sus mejillas rodaban lágrimas. Lo había visto una sola vez, el día en que murió su padre. Se escabulleron en el cuarto que compartían y que no era más que una despensa reconvertida. Maxim les había proporcionado un colchón viejo de cama de matrimonio para que lo compartieran. Kreeg se arrojó en él y siguió llorando en silencio.

Atlas se sentó en el otro extremo con las manos en las rodillas.

—¿Te encuentras bien, Kreeg? Te ha pegado muy fuerte.

—No pasa nada —contestó el otro.

—Has sido muy valiente —dijo Atlas—. De hecho, creo que no he visto nunca a nadie tan valiente.

Kreeg se dio la vuelta hacia él.

—¿De verdad?

—¡Sí! ¡Has llamado a Maxim jabalí asqueroso! —respondió sonriendo.

Kreeg se limpió la nariz con la manga.

—Sí, ¿verdad?

—¡Ha sido increíble!

Aquel se encogió de hombros.

—No ha sido nada.

—Creo —dijo Atlas con cautela— que tu papá se habría sentido muy orgulloso de ti.

Kreeg bajó los ojos y permaneció un rato en silencio.

—A lo mejor mañana te enseño el jaque del hipopótamo.

—¡Sería estupendo!

—Bueno. Estoy cansado. Vamos a dormir un poco.

Los chicos sacaron las mantas del pequeño espacio situado al otro extremo del colchón y apoyaron la cabeza en la almohada.

Cuando Kreeg se despertó, tenía la boca pastosa y se notó la lengua seca. Mientras se desperezaba, se dio cuenta de que no había bebido agua desde antes de jugar la partida de ajedrez con Atlas y de que tenía una sed enorme. Bostezó y decidió ir a buscar el cántaro que guardaban en la cocina improvisada. Su diminuto cuarto estaba negro como la pez, pero el muchacho se guio por el ligero destello de luz que se colaba por detrás de la puerta. Se levantó y saltó con cuidado por encima de Atlas, procurando no despertarlo. Cuando estaba a punto de girar el pomo, oyó la voz de su madre hablando quedamente. Kreeg frunció el ceño. No iba a arriesgarse a tener otro enfrentamiento con ese hombre. Antes bien, pegó la oreja a la puerta y se puso a escuchar.

—Entonces ¿lo harías por mí, Maxim? —Rea hablaba con una lengua más trapajosa que nunca. Era evidente que estaba muy borracha.

—Explícamelo otra vez. ¿Así que quieres que venda una cosa por ti? —También la forma de hablar de él era pesada y poco natural. Sin duda, los dos habían estado dándole al vodka desde que los chicos se habían ido a la cama.

—Un diamante de los Romanov, Maxim. ¡Más grande que cualquiera que haya visto nunca!

—¡Bah! Véndelo tú misma.

—Sabes que no puedo. Si intento venderlo en Tobolsk, me relacionarán con los blancos. Se enterarán de mi vínculo con los Romanov. Pero, si lo vendes tú, como eres rojo, simplemente… supondrán que lo has robado.

—Dime, Rea, ¿cómo ha llegado a tus manos un diamante de los Romanov?

—Tuve la oportunidad de cogerlo y la aproveché.

—Especifica.

—Cuando se llevaron al zar y a la zarina, a algunos de nosotros, incluida una mujer embarazada y a punto de dar a luz, nos dejaron pudriéndonos en un vagón abandonado. Aquella noche, la mujer se puso de parto y yo la ayudé a dar a luz… a Atlas.

Dio la impresión de que Maxim soltaba un eructo.

—Sigue.

—Cuando estaba asistiéndola en el parto, noté un bulto pesado en el forro de la falda de la mujer. Lo cogí, vi lo que era y me lo metí en el bolsillo.

—¿Lo robaste?

Rea dio un suspiro.

—Sí.

—¿Y no tuviste miedo de las consecuencias?

—Vivo en Rusia. Tengo miedo de las consecuencias siempre. Hice simplemente lo que pensé que tenía que hacer para sobrevivir. Además, la mujer estaba sangrando de mala manera. Iba a morirse.

—¿Y qué fue del padre del niño?

—Ya te lo he dicho. Se fue en busca de ayuda. Tenía familia en Suiza.

—Una empresa descabellada. No duraría ni tres días por ahí.

Rea continuó hablando:

—Pensé en devolverle el diamante a Jápeto. Pero supuse que, si Clímene le había hablado de él, él habría llegado a la conclusión de que se lo había llevado consigo cuando la sacaron a la fuerza del vagón la noche después de haber dado a luz.

—Y, si se lo hubieras devuelto, habría sabido que lo habías robado.

—Sí.

—Bueno, ¿y dónde está?

—Es un secreto que solo te revelaré cuando me asegures que vas a venderlo por mí. Por supuesto, te daré una buena comisión. Y además, todos los… extras que desees.

—Enséñamelo.

—Maxim, es que no puedo…

—Dime dónde está, Rea.

—¿Es que no me crees?

—Es solo que me gustaría verlo.

—No está aquí.

—¿Ah, no?

—No. Lo puse en otro sitio para tenerlo a buen recaudo.

—¡Qué lástima! Me habría gustado examinarlo bien. Sea como sea, ya es tarde. Tengo que irme.

Kreeg oyó que se levantaba.

—Maxim… Esto tiene que quedar entre nosotros. Será nuestro secreto, ¿verdad? No vayas a contarle a nadie lo del diamante.

—Claro que no. Hasta pronto.

Se oyeron unos pasos y luego la puerta de la casa se cerró de golpe.

Tras decidir renunciar al vaso de agua, Kreeg volvió a acurrucarse en la cama, dando vueltas en su cabeza a la noticia de la que acababa de enterarse. De repente se dio cuenta de que era posible escapar de aquella vida y de que con toda probabilidad lo que su madre había dicho era en efecto cierto. Se quedó mirando la cara del niño dormido al que consideraba su hermano pequeño y vio que su pecho subía y bajaba lenta y rítmicamente.

Aunque los pensamientos corrían por su cabeza como ratas huyendo a la desbandada, tenía una cosa clara por encima de cualquier otra.

Bajo ninguna circunstancia podía enterarse Atlas de lo que había hecho Rea.

59

Una vez que Kreeg hubo concluido su relato, los dos permanecimos sentados en silencio, contemplando el agua azul del Egeo, que lamía suavemente el casco del Olympus.

—Mi padre me dijo siempre que mi madre murió al darme a luz —logré musitar por fin.

—Te mintió —me aseguró Kreeg.

—Para protegerme —comenté, embargado por la emoción—. ¿Recuerdas el momento en el que se la llevaron los bolcheviques?

Kreeg asintió en silencio.

—¿Estaba asustada?

Aquel vaciló.

—¿No lo estarías tú? —dijo.

—Sí —susurré. Se produjo otra larga pausa y me puse a contemplar distraídamente la enorme gema que había encima de la mesa—. Todos estos años he estado en posesión de este diamante creyendo que era de Rea. Pero... perteneció a mi madre desde el primer momento.

—Pertenecía a la zarina.

—Se lo dio de forma voluntaria a ella. Pero luego se lo quitó subrepticiamente tu madre.

—Y luego tú se lo quitaste de forma violenta —replicó Kreeg.

—¿Sigues afirmando que mi padre sabía que Rea le había quitado el diamante a mi madre y que me había encargado a mí que me apoderara de él?

—Sí.

—Con toda seguridad, si él hubiera sabido que Rea lo había sacado de la falda de mi madre mientras estaba dando a luz, él se lo habría quitado a su vez a tu madre mucho antes.

Kreeg frunció el ceño y movió la cabeza con incredulidad.

—Eso no son más que palabras… Hace tanto tiempo de todo aquello… Después de esa noche en la que oí a mi madre hablar del diamante, le pregunté por él cuando tú no nos oías. Me dijo que lo guardaba para asegurar nuestro futuro, para el día en que pudiéramos irnos de Rusia. No podía venderlo en Tobolsk. Yo…

Mientras contaba la historia antes, en algunos pasajes se insinuó en su rostro una sombra de incertidumbre.

—Kreeg —le dije amablemente—, tengo algo que pedirte. ¿Me concederías celebrar una última cena, tal vez a bordo del Titán? Podríamos cenar juntos como hacíamos en otro tiempo. No tengo cocinero, pues he venido hasta aquí solo, pero en el frigorífico hay caviar, como el que soñábamos comer entonces, y una botella de vodka en la despensa.

Eszu se quedó pensando.

—¿Por qué no? Como bien dices, nos criamos como hermanos y partíamos el pan juntos cada noche… cuando lo había. —Kreeg se rio con amargura—. Podrás contarme tu vida y cómo llegaste a reunir a esas hijas tuyas procedentes de todos los rincones del mundo… como si coleccionaras sellos.

Sus palabras no consiguieron herirme.

—¿Puedo levantarme y llevarte a bordo del Titán?

Eszu asintió en silencio. Me puse en pie y lentamente me dirigí a la pasarela colocada entre los dos superyates. La crucé arrastrándome a cuatro patas antes de llegar a la cubierta del Titán. Kreeg, sin embargo, vaciló, sin saber muy bien qué hacer con la pistola.

—Trae. Pásamela —le dije.

—¿Te crees que estoy loco? —replicó.

—Entendido. Pero, si no quieres pasármela, déjala a bordo del Olympus. Te juro que no represento ninguna amenaza para ti. Nunca lo fui y nunca lo he sido.

Kreeg se me quedó mirando antes de colocar con cuidado la pistola en el bolsillo trasero de su pantalón. Luego, se arrastró por la pasarela, tarea que a todas luces encontró físicamente muy difícil. Mientras cruzaba el hueco existente entre los dos yates, empezaron a temblarle las manos, quizá debido a la presión que estaba ejerciendo sobre ellas. Aquella circunstancia tuvo como consecuencia que la plancha empezara a bambolearse y que Kreeg perdiera el equilibrio. Sin pensárselo dos veces, alargó la mano, pero descubrió que no había nada a lo que agarrarse. Raudo como el rayo, yo se la cogí y tiré de él hacia el Titán.

—¿Estás bien? —le pregunté mientras lo ayudaba a poner los pies en la cubierta de mi barco.

—No pasa nada —contestó, soltándose de mi mano y levantándose—. Es bonito este barco tuyo. La decoración es tal vez un poquito… anticuada para mi gusto, pero es perfecta para ti.

Me metí las manos en los bolsillos y me encogí de hombros con indiferencia.

—He intentado mezclar el pasado y el presente.

—Exactamente lo que yo quería decir.

Solté una risita irónica.

—Sígueme, por favor —dije y conduje a Kreeg hasta la mesa situada en la cubierta principal de popa del Titán—. Por favor, toma asiento. Traeré algo de comer.

Fui a la cocina y coloqué en una bandeja una selección de caviar, salmón ahumado, queso y embutidos, así como una botella de vodka ruso-báltico que había estado guardando para una ocasión especial. Cuando volví a la mesa, había colocado la pistola de nuevo a su lado.

—Veo que has desarrollado un gusto por las cosas refinadas —exclamó Kreeg en tono burlón.

—Lo dice el hombre cuyo yate, que acabamos de abandonar, está valorado en varios millones de euros.

El aludido sirvió sendos chupitos de vodka.

—*Vashee zda-ró-vye* —dijo, levantando su copa.

—*Vashee zda-ró-vye* —repuse yo. Él permaneció callado, contemplando cómo vaciaba yo mi vaso antes de beberse el suyo—. Kreeg, si quisiera envenenarte, puedes tener la seguridad de que el vodka que utilizaría sería mucho más barato. —Mis palabras provocaron una risotada en mi contrincante.

—Así me gustan a mí los hombres.

Degustamos juntos el caviar y poco a poco fuimos vaciando la botella situada entre los dos.

—A ver, Atlas —comentó Kreeg—, antes has dicho que algunos acontecimientos de tu vida te han hecho poner en tela de juicio la sencillez de la realidad que nos rodea. Explícate mejor, por favor.

668

Tragué el bocado que estaba masticando y me limpié los labios con una de las servilletas blancas de lino del Titán.

—En mis viajes alrededor del mundo, mientras intentaba escapar de ti, me vi una vez en Granada, en España. Por aquel entonces me sentía destrozado, hasta el punto de estar dispuesto a darme por vencido. Allí, en la gran plaza situada delante de la catedral, conocí a Angelina, una joven gitana que me leyó la mano y predijo mi futuro. Fue una cosa... asombrosa. Me contó unos detalles acerca de mi vida que sencillamente no podía conocer. Sabía de tu existencia y de la incansable persecución a través del planeta a la que me sometías. Luego me dijo que un día sería padre de siete hijas... y que una de ellas estaba ya esperando que la encontrara. Yo... —La voz se me quebró—. Pero basta ya de estas cosas.

Kreeg sirvió otro chupito, que nos bebimos de golpe.

—¿Encontraste alguna vez a tu padre? —me preguntó.

Moví la cabeza, dándole a entender que no.

—No... Aunque me pasé muchos años buscándolo. Al final me comunicaron que murió cuando iba camino de su país. Logró llegar hasta Georgia. Tuve noticia, sin embargo, de mi abuela suiza. Cuando murió, me dejó todo lo que poseía, incluido el terreno a orillas del lago de Ginebra en el que se construyó Atlantis. A partir de aquel momento logré amasar mi fortuna —sonreí amargamente—. Todo lo que tocaba parecía convertirse en oro, pero aquello no significaba nada para mí.

Kreeg acabó de untar queso cremoso en un blinis, tras lo cual posó con delicadeza el cuchillo sobre la mesa.

—Y yo tuve que mantenerme a un lado y ver cómo la amasabas.

Cambié de postura en mi asiento.

—Bueno, es igual. Háblame de tu esposa.

Kreeg hizo una pausa.

—¿Te refieres a Ira?

—¿A quién si no? —contesté.

—Nos conocimos poco después del funeral de su marido. Ella se encontraba muy afligida. Y yo estaba allí a su disposición. ¿Qué otra cosa puedo decir?

Y sin añadir nada más se metió en la boca el blinis, coronado con una loncha de salmón ahumado.

—¿Te casaste con ella por dinero?

Tragó el bocado y negó con la cabeza.

—No. La quería.

—Entonces lo siento. Lo siento mucho. Tuviste que soportar el dolor más fuerte al que puede enfrentarse un ser humano.

Kreeg se sirvió otro vasito de vodka.

—Tal vez. Pero la muerte de mi madre me proporcionó un escudo que me protegió de la mayor parte de los golpes de la vida. Supongo que debo agradecértelo a ti. Pero, bueno, esto no es más que divagar. Cuéntame cómo encontraste a tus hijas.

Durante las dos horas siguientes, conté a Kreeg todo lo que me había llevado a adoptar a las siete hermanas, desde que Bel dio conmigo al pie del seto de casa de monsieur Landowski hasta la tarjeta de visita que se había guardado Cecily Huntley-Morgan como talismán de la buena suerte.

—Aunque me perseguiste durante los primeros años de mi vida, ahora me doy cuenta de que mi constante huida de ti me proporcionó el mejor regalo que pudiera imaginar: mis hijas. Y ahora quiero darte las gracias por él. —Levanté mi copa y brindé a la salud de Kreeg, pero él no correspondió a mi gesto. Por algún motivo, la historia de cómo había llegado yo a encontrar a las chicas lo había desconcertado. De no haberlo conocido mejor, habría dicho que mi antiguo hermano se había puesto nervioso—. Solo hay una cosa que lamento —continué diciendo.

—¿Y qué es? —me preguntó mi rival en voz baja.

—Nunca llegué a encontrar a mi queridísima séptima hija, la de mi carne y de mi sangre… No sé —musité con tristeza—, es posible que Angelina se equivocara y que la niña no llegara nunca a venir a este mundo. —Kreeg permaneció en silencio. Volvió a rellenar su vaso y me miró—. Conocí a mi amada Elle en París cuando los dos éramos solo niños. Es posible que te acuerdes. La viste una vez, cuando estábamos tomando una copa con unos amigos en un café de Leipzig. Entraste en el local y supe que me habías reconocido. Le dije a Elle que debíamos marcharnos inmediatamente, pero, como sabes, no lo hicimos y provocaste un incendio en la casa en la que me alojaba. Tuve que saltar por la ventana para escapar de las llamas. Me rompí un brazo y nunca pude volver a tocar mi amado violonchelo.

—Lo siento —replicó Kreeg—. Tenías mucho talento con el arco. Pero no importa, el caso es que conseguiste escapar.

Espoleado por el vodka, seguí hablando con audacia.

—Por supuesto, yo ya sabía que tu padre era prusiano, pero el susto que me dio verte vestido con el uniforme de las SS… Mi viejo amigo, mi hermano…, convertido en un nazi.

—La pobreza y el hambre, azuzadas por el encono, pueden acabar con el corazón de uno, Atlas.

Me lo quedé mirando.

—Con el mío no acabaron.

Kreeg se cruzó de brazos.

—Elle era muy hermosa.

—En eso no podemos más que coincidir. —Me bebí mi vasito de vodka—. ¿Cómo conseguiste salir de Alemania después de la guerra?

—Vi lo que se nos venía encima en 1943 y escapé a un lugar al que las poderosas manos de Hitler no podían llegar: Londres. Me hice pasar por un ruso emigrado. Los años que había pasado en la corte me proporcionaron la tapadera perfecta. Por suerte, conocí a una princesa zarista que se refugió en Londres en 1917. Era una mujer anciana y rica y yo me dediqué a halagar su ego. Me mudé a su domicilio, inundado por la peste de los numerosos gatos a los que cuidaba como si fueran sus hijos. No tardó mucho en meterme en su cama. Yo me escapaba a los bares del Soho siempre que podía y allí fue donde me puse a hablar con aquel hombre espantoso, Teddy. Puedes imaginarte cuál fue mi sorpresa cuando oí mencionar el apellido «Tanit».

—Y nuestros caminos volvieron a cruzarse.

—Nunca olvidaré el miedo en tus ojos cuando me viste al otro lado de la calle —dijo Kreeg, fulminándome con la más empalagosa de las sonrisas—. Me produjo un placer enorme.

—A raíz de tu aparición en la librería, Elle y yo tomamos la decisión de abandonar Europa para siempre y labrarnos una nueva vida juntos en el otro extremo del mundo…, desaparecer en la inmensidad de Australia con el resto de los emigrantes. Queríamos… Necesitábamos… paz.

Kreeg dio un bufido y tomó otro chupito de vodka.

—¿Que tú necesitabas paz cuando me negabas a mí la mía?

Continué hablando:

—Habíamos organizado el viaje en barco y habíamos acordado encontrarnos a bordo. Pero... Elle no llegó a subir. Cuando empecé a buscarla por todas partes y descubrí que no estaba, ya habíamos zarpado. —De repente abandonó mi cuerpo toda mi energía—. De todos los malos momentos de mi vida, aquel viaje a Australia supuso el punto más bajo al que llegaría nunca. Incluso el largo trayecto desde Siberia hasta Francia no puede compararse con la desolación que sentí entonces. Había... perdido totalmente la esperanza. —Kreeg guardaba silencio, pero la intensidad de su mirada había aumentado de forma significativa—. Y, sin embargo —seguí diciendo—, volvió a salvarme la vida una joven huérfana. Aquella muchacha me hizo recordar la generosidad innata del ser humano. De no ser por la bondad de los extraños, no estaríamos aquí ahora, disfrutando de nuestra última cena juntos.

—Hace mucho que perdí la fe en la naturaleza humana...

—Y a mí la fe me la han devuelto las personas... Pero tú y yo siempre hemos sido muy distintos.

—¡Desde luego! —dijo Kreeg, posando de repente su vaso encima de la mesa con violencia—. Tú, el hijo perfecto, el niño bueno. Yo, que era de la misma sangre de mi madre, era el que armaba todos los líos. El muchacho irascible. Desde el primer momento quedó claro que te quería más a ti, el niño tranquilo, inteligente, cariñoso... Te lo consentía todo; cuando encontraba algo de comer, te daba siempre lo mejor a ti... ¡Confió incluso más en ti que en su propio hijo para que fueras el mensajero que llevara el diamante a Gustav!

Me sorprendió de verdad la interpretación del pasado que hacía Kreeg.

—Tu percepción de la realidad está distorsionada. Lo que has dicho sencillamente no es cierto. Ya te he explicado que Rea me escogió a mí para hacer de mensajero con el fin de protegerte. ¡Por Dios, fue a ti al que mandó al colegio!

—¡Para pasar más tiempo contigo!

Agarró la botella de vodka y se bebió cinco lingotazos enormes. Por primera vez, vi con claridad el resentimiento que había acumulado en el pasado, durante los años de nuestra niñez. Realmente me tenía envidia.

—Éramos distintos, Kreeg, eso es todo. Ninguno era mejor que el otro.

—Yo te odiaba por tu inquebrantable creencia en la bondad del ser humano. Entonces… y ahora.

Moví la cabeza con incredulidad.

—Esa es la única cosa que no has podido quitarme nunca. Eso y a mi amada Elle. Lo reconozco, te habría matado antes que permitir que le hicieras daño. —Él farfulló algo entre dientes mientras se acercaba el vaso de vodka a los labios—. ¿Qué has dicho? —pregunté.

Kreeg se me quedó mirando torvamente. Era evidente que estaba muy borracho.

—He dicho que a ella también te la quité.

—¿Cómo?

Tardó un instante en poner en orden sus pensamientos. Cuando volvió a hablar, su voz era más profunda, como un gruñido.

—Te la quité, Atlas.

Aunque había empezado a subirme la presión sanguínea, intenté permanecer sereno.

—Explícame qué es lo que quieres decir. Ya.

—No se reunió contigo en el barco con destino a Australia porque yo te la robé. —Intenté decir algo, pero comprobé que era incapaz de articular palabra. Kreeg siguió hablando—. Os seguí desde la librería hasta el puerto. No habrías debido dejarla sola, Atlas. Ese fue tu error.

Traté de controlar mi corazón, que me iba a mil por hora.

—Estás…, estás… mintiendo.

Él levantó un dedo, como si de pronto hubiera recordado algo.

—¿Te gustaría ver una fotografía del día de nuestra boda? Estoy seguro de que tengo una en alguna parte…

—¡No, por favor! ¡Por favor, Dios mío! ¡No…!

Se metió la mano en el bolsillo y sacó de la cartera una foto descolorida en blanco y negro. En ella aparecía un Kreeg joven y sonriente y a su lado…, indudablemente, el rostro que hacía sesenta años que no veía. Para mayor incredulidad y desconsuelo por mi parte, ella llevaba un vestido de novia. Creí que iba a morirme.

—¿Cómo es posible? Mi Elle sabía quién eras, lo que me habías hecho… Nunca habría estado dispuesta a casarse contigo. Yo…

Kreeg inclinó la cabeza hacia mí y se puso a hablar con tranquilidad.

—Sencillamente le expliqué que, si no accedía a venirse conmigo, subiría a bordo y te pegaría un tiro estuvieras donde estuvieras. Ya ves, lo sabía todo acerca del viaje que pretendíais emprender…

60

*Puerto de Tilbury
Essex, Inglaterra, 1949*

Había sido una noche muy larga para Kreeg Eszu. Tras seguir desde Londres el coche de Rupert Forbes, observó disimuladamente que Atlas Tanit y su hermosa novia tomaban una habitación en el Voyager Hotel y luego disfrutaban dando una vuelta por la ciudad para hacer compras. Vigiló a la pareja cuando se sentó en el muelle y mientras Atlas, a todas luces embelesado y lleno de amor, hacía un detallado dibujo de la chica. Luego la pareja volvió al hotel y Kreeg se sentó en un banco del paseo marítimo, a menos de ciento cincuenta metros de la entrada del Voyager.

Se pasó allí toda la noche.

Era evidente que la pareja tenía previsto viajar a Australia cuando el Orient zarpara unas horas más tarde. Durante toda aquella larga noche Eszu dispuso de tiempo suficiente para estudiar las opciones que se le presentaban. A decir verdad, no había esperado encontrar a Tanit con tanta facilidad. Por lo pronto, ni siquiera se había preocupado de utilizar un alias para ocultar su apellido. Un descuido muy raro en él.

Lo cierto es que Kreeg ni siquiera tuvo que buscar mucho a su enemigo, dedicando por el contrario su tiempo a cortejar a la princesa zarista y a acostumbrarse a su nueva ciudad. Pero el destino se había puesto de su parte —como parecía hacer siempre en todo lo tocante a Atlas— y los caminos de uno y otro habían vuelto a cruzarse más pronto de lo esperado.

Durante muchos años, Kreeg había soñado con ver su rostro reflejado en los ojos de Atlas mientras estos perdían su brillo. Pero durante la guerra fue testigo de demasiadas muertes. Sencillamente, había visto extinguirse ante él una vida tras otra y a hombres cayendo a su alrededor igual que si fueran fichas de dominó. En ocasiones sentía envidia de los perecidos. Al menos se habían librado de toda la devastación que los rodeaba.

Pero la conclusión a la que había llegado Kreeg era que, de hecho, la muerte no iba ser suficiente para Atlas. No. Para Tanit el castigo tenía que ser seguir vivo. Ahora deseaba que su hermano experimentara la desolación que él había tenido que soportar cuando le arrebató a su madre. El dolor fue…, seguía siendo…, atroz. Y él quería que Atlas también lo sintiera.

Solo esperaba tener la oportunidad de hacer realidad su venganza antes de que Tanit y su mujer subieran a bordo del Orient… Si no, él también se vería obligado a embarcar y a seguirlos hasta Australia. Se estremeció solo de pensarlo.

El puerto de Tilbury empezó a convertirse en un hervidero aproximadamente a las nueve de la mañana. En ese momento, Kreeg se levantó del banco, compró un periódico y se apostó en una esquina de la calle paralela al hotel. El corazón había empezado a latirle un poco más deprisa en previsión de cómo pudieran desarrollarse los acontecimientos, así que decidió calmarse. Lo único que necesitaba era un momento, cuando aquellos dos se separaran. Sí… Solo necesitaba eso. A las 9.25, Kreeg vio la figura alta y musculosa de Atlas salir del hotel con la maleta en la mano. Siguió observando y, para su satisfacción, la mujer rubia no fue tras él. Tanit se dirigió a la pasarela del barco y subió a bordo.

Cinco minutos después, ella apareció portando una maleta y una bolsa de papel azul claro. Aquella era su oportunidad. Kreeg avanzó dando grandes zancadas. Utilizando el periódico como escudo, se metió la mano en el bolsillo del abrigo y sacó su pistola Korovin. Empuñó con fuerza el revólver y volvió a colocarse el periódico de modo que el arma quedara perfectamente oculta. Fue acercándose cada vez más a la mujer rubia hasta que la tuvo al alcance de la mano.

Kreeg había tenido toda la noche para calcular la jugada y ejecutó su plan con la más absoluta precisión. La agarró por un hombro y apretó la punta de la pistola contra su espalda. Elle sofocó un chillido.

—Grita y te pego un tiro —le susurró al oído. La mujer asintió con la cabeza—. Sígueme. —La obligó a dar la vuelta y se quedó mirando sus ojos azules, en los que se veía una expresión de terror—. ¡Hola, querida! —exclamó—. ¡Qué alegría encontrarte aquí! —Le dio un abrazo, apuntándole en todo momento al pecho con la pistola.

—Por favor, no lo hagas —dijo Elle en voz baja.

—Ya es demasiado tarde —susurró Kreeg. La obligó a darse la vuelta una vez más, para que quedara de cara al barco, mientras él le sujetaba el brazo con fuerza—. Vas a venirte conmigo.

—¿Adónde, Kreeg?

—Luego te lo explicaré.

—Y si ahora me pongo a gritar, ¿qué? Estamos en medio de un montón de gente.

—Sería una imprudencia. Antes de que termines de abrir la boca, habré subido por la pasarela del barco y le habré metido a Atlas una bala en la cabeza. Por no hablar de la que llevarás tú incrustada en la espalda.

—¿Y si simplemente me niego a seguirte?

—Te digo lo mismo. Subiré a bordo del barco y le pegaré un tiro en el acto en cuanto lo vea.

—Me lleves donde me lleves, te encontrará. Lo sé.

—Que lo intente. Y ahora, vamos, cariño.

—Espera. Déjame que le escriba una nota.

Kreeg se echó a reír.

—¿Una nota? ¿Explicándole lo que te ha pasado? ¿Acaso te ha dicho que soy tonto? No me sorprendería.

—No. Tu deseo es causarle dolor, ¿verdad? Esa es la razón de que me impidas subir a bordo.

Él arqueó una ceja.

—¡Qué astuta eres!

—¿Qué podría causarle más dolor que creer que lo he abandonado por propia decisión? Le escribiré una nota de despedida. Entonces, al menos será un final emotivo... Y la angustia de mi prometido será doble. —Kreeg se quedó analizando la propuesta de la chica—. Puedes llamarlo una última petición.

—¿Crees que voy a matarte?

—Estás apuntándome con una pistola.

Kreeg lanzó una risotada repulsiva.

—Escribe esa maldita nota.

Elle se inclinó para abrir su bolso y sacó una hoja de papel que había cogido en el hotel junto con una pluma. Él observó por encima de su hombro cómo escribía cada palabra.

—Ya está. ¿Te parece bien?

Kreeg leyó la nota.

> Kilómetros y kilómetros recorridos a tu lado han sido el gran privilegio de mi vida.
> Reposa por fin sin tener que soportar la carga de cuidar de mí.
> Eternamente tuya,
>
> ELLE XX

(Goza lo que puedas de tu vida, como yo gozaré de la mía).

Eszu asintió con la cabeza.

—Vale. Y ahora déjame que busque a alguien que se la entregue.

—¿Qué? No. Venga. Nos vamos ya. En cualquier caso, es una idea absurda. —La agarró con más fuerza del brazo y empezó a tirar de ella.

—¡Ay! —Elle dejó caer al suelo la bolsa de papel azul claro en el que iba el vestido de novia de satén, no sin antes aprovechar la ocasión para meter subrepticiamente la nota en su interior. Mientras Eszu se la llevaba de allí a tirones en medio del gentío, la joven levantó la vista hacia el barco. Y en ese momento vio por última vez la imagen del hombre al que amaba, que miraba hacia abajo buscándola con ansia por todo el puerto—. Adiós, amor mío —musitó—. Espero que me encuentres.

Kreeg la llevó unas cuantas calles más allá, donde la obligó a montar en un Rolls-Royce negro.

—Siéntate delante conmigo. —Elle siguió sus instrucciones y en cuanto hubo cerrado la puerta del automóvil él retiró el periódico que cubría la pistola—. Si intentas huir, te pego un tiro.

La joven respiraba afanosamente, pero con determinación.

—¿Puedo preguntarte adónde vamos?

Kreeg soltó una risita.

—¿Te sorprendería si te dijera que no he pensado llevarte muy lejos?

—La verdad es que sí —replicó la joven. Él arrancó el motor y empezó a conducir, con la pistola apoyada en el regazo—. Atlas no hizo lo que crees que hizo, Kreeg. Es una buena persona. El hombre más bueno del mundo.

Él le lanzó una mirada torva.

—¡Ah, vaya! Así que te ha dicho quién soy y por qué lo persigo.

—Por supuesto. Nos conocemos desde que éramos niños.

—¿De verdad? —replicó Kreeg—. Así que tú también sabes qué niño más presuntuoso e intrigante era.

La joven se quedó pensativa un instante.

—¿Sabes que todavía guarda el diamante? Quería devolvértelo. Si detienes el coche, podemos ir y hacer que te lo dé ahora mismo.

Kreeg arqueó una ceja.

—¿El diamante continúa en sus manos?

—Te lo juro por mi vida.

Él pareció vacilar un instante antes de agarrar con más fuerza el volante.

—El hecho de que no lo haya vendido no lo exonera del crimen que cometió.

—Él no mató a tu madre, Kreeg. Fueron los soldados bolcheviques…

—¡Silencio! —dijo aquel con un gruñido—. Veo que te ha corrompido el cerebro con sus mentiras. Decir que Atlas Tanit es inocente es como si me dices que tú eres fea.

—¿Qué vas a hacer conmigo? —Kreeg permaneció en silencio—. Si vas a matarme, te suplico que lo hagas rápidamente.

Eszu negó con la cabeza.

—Ya he visto demasiadas muertes. No tiene sentido matar si no hay necesidad.

—Entonces ¿qué planes tienes?

—Antes dijiste que mi objetivo era causar el mayor dolor posible a Atlas.

—Sí.

—No te voy a matar. Voy a quedarme contigo.

61

El Titán
Junio de 2007

No me da vergüenza reconocer que me puse a llorar sin disimulo.

—Kreeg, has conseguido llevar a cabo la obra de tu vida. Me lo has quitado todo.

—Lo sé —repuso mi rival con frialdad.

—¿No se dio cuenta de que al irse contigo me mataba allí mismo?

—Es posible. Pero fue lo que decidió hacer. Le juré que, si se casaba conmigo, dejaría de perseguirte. Y cumplí mi palabra, como sabes.

—¡Tu hijo no! —exclamé enfurecido—. Ha acosado a mis hijas como si fueran perdices en una cacería... —Se abrió paso en mi cabeza una idea horrible—. ¡Por Dios! ¡No me digas que tu hijo tiene algo que ver conmigo!

—No. Zed es hijo de Ira.

La cabeza me daba vueltas.

—La nota de Elle... La he llevado siempre conmigo.

Con manos temblorosas, busqué en mi bolsillo y saqué aquel trozo de papel.

Kreeg se me quedó mirando sorprendido.

—¿Qué es eso? ¿Cómo lo conseguiste? Como te dije, lo tiró en el muelle.

—Reconocí la bolsa de papel azul. Un muchacho la lanzó al barco cuando estábamos a punto de zarpar.

Kreeg me quitó la nota de las manos y se puso a examinarla, forzando la vista a la dudosa luz del atardecer. Al cabo de unos instantes, sus labios finos se torcieron en una mueca que pretendía ser una sonrisa.

—Creo que te he concedido demasiado crédito a lo largo de todos estos años, Atlas. La nota es un mensaje. «Kilómetros. Reposa. Eternamente. Elle. Goza...». Coge la primera letra de la primera palabra de cada línea y te saldrá...

Sentí que el estómago me daba un vuelco.

—Kreeg. —Mi rival asintió con la cabeza—. Pero eso significa... Mandó una carta a Horst y Astrid. ¿Estaba también en clave? ¡Dios mío! ¿Qué más cosas se me han escapado a lo largo de estos años...? —Cerré los puños y me golpeé las rodillas—. Te lo suplico, dime qué fue de Elle.

Él se recostó en su asiento.

—Murió. Unos tres años después de casarnos.

Un dolor agudísimo me atravesó el corazón.

—¿Cómo? —grité—. Cuéntamelo todo. Tengo que saberlo.

Kreeg hizo una mueca.

—Ya no fue nunca la misma después... del parto. Se quedó muy débil. Al final, fue la gripe la que se la llevó. El médico dijo que una persona enferma debe tener la voluntad de recuperarse. Pero ella no la tenía.

—¿El parto? ¿O sea que tuvisteis un hijo juntos? ¡No! —Me tapé la cara con las manos—. Esto es una pesadilla.

Kreeg estaba totalmente sereno.

—No. No tuvimos ningún hijo juntos.

Levanté la vista hacia él.

—¿Qué? Entonces..., eso significa...

—Sí. Poco después de quitártela, Elle descubrió que estaba embarazada y llevaba un hijo tuyo en las entrañas. Tu gitana estaba en lo cierto.

No podía dejar de estar pendiente de cada una de sus palabras.

—¿Qué fue del bebé?

—Elle creyó que había muerto durante el parto. La cosa resultó complicada... Tuvieron que operarla en un hospital y nunca se enteró de nada. Mientras tanto, yo ideé un plan. Como es natural, no quería que tu abominable descendencia se colara en mi casa.

—¿Mataste también al bebé? ¿Con tus propias manos? ¡Dios mío! ¡¡DIOS MÍO!! ¿Qué clase de animal eres?

—Por favor, Atlas. Una pizca de compasión tengo. Ni siquiera yo podría matar a una criatura a sangre fría. Dejé al bebé a la puerta de la casa de un cura. Se la di a tu queridísimo Dios para que la salvara.

—¿«La»? ¿Era una niña?

—Sí.

—La hermana perdida. Mi adorada Mérope…

—Vi además una manera de burlarme de ti. Puse el anillo que le habías comprado a Elle en la cesta con la criatura, con la esperanza de que un día llegara a tus manos… y te dieras cuenta de lo que habías perdido.

—¿El anillo de esmeraldas de Elle? ¿Con sus siete piedras?

—Ese mismo.

Actué con toda la rapidez posible y agarré la pistola situada en el extremo de la mesa en el que estaba Kreeg. Me puse en pie y le apunté a la cabeza. No me avergüenza decir que en aquellos momentos mi cólera no conocía límites.

—Dime dónde estaba la casa de ese cura o juro que te descerrajo un tiro ahora mismo.

Kreeg levantó las manos. Los ojos se le llenaron repentinamente de miedo al darse cuenta del error que había cometido.

—No me acuerdo… Yo… —Amartillé la pistola, dispuesto a disparar—. En Irlanda —farfulló Kreeg—. En West Cork. Fue allí donde me llevé a Elle cuando abandonamos el puerto de Tilbury.

—¿Por qué Irlanda? ¿Por qué te la llevaste allí? ¡DÍMELO!

Kreeg abrió los brazos.

—Quería que fuera algún sitio aislado y perdido. Un lugar al que nunca se te ocurriría ir a husmear… ¿Y dónde mejor que en el extremo mismo de Europa? En los años cincuenta West Cork era lo más rústico que cabe imaginar. Ni siquiera teníamos electricidad. Era el sitio perfecto.

—Perfecto… —susurré, agarrando con fuerza la pistola.

—Compré una casa casi en ruinas en medio de la nada, utilizando el dinero que había robado a la princesa zarista.

—¿Dónde estaba la casa?

—Cerca de un pueblo llamado Clonakilty.

—¿Su nombre?

—Argideen House.

—Me lo quitaste todo… ¡Todo lo que era mío!

Kreeg se puso en pie de un salto y clavó los ojos en los míos.

—¡Y tú mataste a mi madre!

—En el fondo de tu corazón sabes que no la maté. Lo utilizaste como excusa, porque me odiaste desde el primer momento. Creías que te robaba la atención que habría debido ser tuya.

Los ojos de Eszu se pusieron rojos de cólera.

—Todo el mundo te quería. ¡A ti, al niño perfecto!

—¡Yo te quería a ti, hermano! Te admiraba, te protegía si te metías en líos, te encubría…

Ahora era Kreeg el que sollozaba.

—¡Atlas el héroe! ¡El fuerte! ¡El valiente! Y el bueno…

—No. —Moví la cabeza con desaliento—. Tú destruiste al Atlas que fui en otro tiempo. Has dejado que cargue con el peso del mundo sobre mis hombros. Me has castigado por todo lo que soy. ¿No estás satisfecho?

—No lo estaré nunca mientras sigamos respirando el mismo aire. Ahora tienes tú la pistola. ¡Dispara y acaba con todo de una vez! —Kreeg había empezado a temblar—. Ahora me doy cuenta de que tienes todos los motivos necesarios para hacerlo. Seguramente ni tú puedes perdonarme por lo que hice y que hoy te he contado.

Me puse yo también de pie, sopesando las opciones que tenía.

—Sí, lo reconozco, no sé qué hacer.

—¡HAZLO YA! —chilló Kreeg—. ¡Sé humano por una vez! Castiga a los que han pecado contra ti, a los que han intentado destruirte… ¡Aprieta el gatillo!

Mantuve durante un rato la pistola apretada contra la cabeza de Kreeg, hasta que empezaron a temblarme las manos y arrojé el arma encima de la mesa.

—No. Nunca.

—¿Qué? No comprendo…

—No me harás cambiar. No somos iguales. —Me tapé unos instantes la cara con las manos y respiré profundamente varias veces—. Se acabó, Kreeg.

—¿Se acabó?

—Sí. Te… Te perdono. Y ahora me voy a la cama. Ya soy un anciano y estoy muy muy cansado.

—¿Qué haces? —gruñó Eszu. Yo me di media vuelta sin más y me dirigí despacio hacia el salón.

—¡Vuelve, Atlas! ¡Esto se tiene que acabar esta noche, de un modo u otro!

—Ya se ha acabado, Kreeg. Ya está. Se terminó.

Bajé la escalerilla y caí rendido en la cama.

62

M e despertó el sol naciente de Grecia brillando con todo su esplendor sobre la cara. Me di la vuelta en la cama y me di cuenta de que me había quedado dormido con la ropa puesta, algo que no me pasaba desde que era niño. Intenté incorporarme al notar en el pecho una sensación oprimente que me era familiar. Me regañé a mí mismo por haberme quedado dormido, pues en aquellos momentos, en Atlantis, mi plan estaría ya llevándose a cabo. Marina estaría llamando por teléfono a las chicas para decirles que yo había fallecido de un ataque al corazón.

Se suponía que Kreeg me habría quitado la vida.

Pero ahí estaba yo. Vivito y coleando. Sabía que debía ponerme en contacto con Georg lo más deprisa que me fuera posible. Me levanté de un salto, salí de mi camarote y empecé a subir la escalera principal. Fui a cubierta, pero no vi rastro alguno de mi adversario.

—¿Kreeg? —grité—. ¿Estás ahí?

Fui de proa a popa y al hacerlo me percaté del maravilloso sol que iba levantándose sobre el horizonte. Por fin llegué a la pasarela que unía el Titán con el Olympus. Satisfecho al comprobar que Eszu no estaba en mi barco, crucé a gatas hasta el suyo, a pesar del dolor cada vez más fuerte que sentía en el pecho.

—¡Hola! ¿Kreeg? Soy Atlas. ¿Estás ahí?

No había ni rastro de él. Me abrí camino hasta las tripas del yate y seguí llamándolo. Busqué en los camarotes, en los despachos, en los cuartos de la tripulación y en la cocina. Todo estaba vacío. Por último, subí al puente de mando, desde donde se capitaneaba el barco. Mientras registraba la estancia con la vista, algo me llamó la atención. Sobre el tablero de control vi que habían puesto una bolsita de cuero que me resultaba familiar. Fui hacia allí. Junto a ella había un sobre blanco en el que se leía «Para Atlas».

Aflojé el cordón y para mi sorpresa vi que dentro seguía estando el diamante. Con no poca inquietud, abrí el sobre, que contenía una tarjeta de las que había en el escritorio de Kreeg.

ATLAS, HAS GANADO TÚ. YA NO ESTOY AQUÍ. ME HE TIRADO AL MAR. POR FIN SE HA ACABADO TODO.

Coloqué muy despacio la tarjeta en el bolsillo interior de mi chaqueta y me colgué la bolsita del diamante alrededor del cuello. Después de llevar a cabo un registro exhaustivo del Olympus, supe a ciencia cierta que Kreeg ya no estaba en el yate. «Me he tirado al mar...». ¿Habría saltado por la borda? Me dirigí a la cubierta del puente de mando y me asomé al mar. Pero no vi a nadie ni nada que pareciera fuera de lo normal. ¿Se trataba de un truco?

Me dio la sensación de que no.

Había dejado el diamante. De haber salido huyendo, sin duda se lo habría llevado consigo.

—Adiós, Kreeg. Espero que, a pesar de todo, encuentres la paz —musité.

¿Qué debía hacer yo ahora? Evidentemente, mi obligación era ponerme en contacto con la guardia costera griega. Pero no podía arriesgarme a que me encontraran aquí con una pistola a bordo, que no sabía yo dónde podría estar. A medida que el pánico se apoderaba de mí, elaboré una solución intermedia. Volví al puente de mando y busqué en la radio la frecuencia correspondiente.

—Guardia costera, aquí el yate Olympus. Nuestra posición es 37° 4' latitud norte y 25° 3' longitud este. Sospechamos que un hombre ha saltado por la borda. Corto.

Se produjo una breve pausa antes de que llegara la respuesta.

—Yate Olympus, mensaje recibido. Confirme que su posición es Delos.

—Confirmado —contesté.

—¿Ven ustedes al hombre que ha saltado por la borda?

—Negativo. En el yate falta un pasajero.

—Confirmado, Olympus. La ayuda va de camino —zumbó la voz.

Coloqué de nuevo el micrófono de la radio en su soporte y volví al Titán lo más rápido que pude, retirando a continuación la pasarela. No podía arriesgarme a que las autoridades creyeran que había estado allí otra embarcación. Una vez seguro a bordo de mi barco, me desplacé a toda prisa a la zona de proa y levé anclas. Aquella actividad supuso un esfuerzo enorme para mi corazón, que ahora me dolía muchísimo. Aun así, hice cuanto pude por subir enseguida al puente de mando del Titán, donde encendí los motores y comencé la maniobra de dar la vuelta al yate y ponerlo de cara al mar abierto. Inesperadamente oí el berrido de una bocina procedente de la parte de estribor. Puse el motor al ralentí y corrí a mirar por la ventanilla. Para mayor espanto mío, vi un pequeño catamarán lleno de gente joven que hacía cuanto estaba en su mano por apartarse de mi camino. Hice un gesto pidiendo disculpas, pero no podía permitirme perder más tiempo. Volví a encender los motores del Titán. El catamarán se apartó de mi camino, maldiciendo evidentemente a aquel superyate que no mostraba respeto alguno por los demás navegantes.

Cuando me puse de nuevo en marcha hacia mar abierto, me pregunté hacia dónde debía dirigirme. Necesitaba un lugar tranquilo en el que amarrar mientras organizaba mis ideas y elaboraba un nuevo plan. Por desgracia, un superyate valorado en varios millones de libras no permite escapar de forma discreta. Mientras estaba ensimismado en mis pensamientos, se oyó el crujido de la radio.

—Aquí llamando al Titán, llamando al Titán. Titán, ¿me reciben?

Se me heló la sangre en las venas. ¿Cómo había sabido la guardia costera que mi yate se hallaba en las inmediaciones? Me pregunté si sencillamente debía apagar los motores y saltar por la borda, como había hecho Kreeg.

—Llamando al Titán. Aquí el yate Neptuno. ¡Por favor, contesten!

«¿Neptuno? —susurré para mí mismo—. ¿Y tú quién eres?».

Saqué los prismáticos y eché un vistazo a babor, a estribor y a proa. No vi nada, así que abandoné un momento el puente de mando para examinar también la zona de popa. En efecto, detrás de mí había una pequeña mancha blanca. Levantando un poco los prismáticos identifiqué que se trataba de un pequeño yate Sunseeker, que parecía dirigirse hacia mí a bastante velocidad.

Volví al puente y aceleré los motores del Titán al máximo, consciente de que la impresionante potencia de mi Benetti no podía compararse con la de la embarcación que venía tras de mí. Pero ¿quiénes eran?

—Le repito, Titán, conteste. ¡El Neptuno lleva un cargamento valiosísimo a bordo!

«¿Un cargamento valiosísimo?», me dije a mí mismo.

—Solo para que lo sepa —zumbó la radio—, llevamos a bordo a su hija Ally. Le gustaría saber si querría detenerse para tomar el té con ella.

Por poco me caí redondo al suelo. ¿Ally? ¿Qué diablos estaba haciendo allí? No, no, no, no… Todo el plan que tanto trabajo me había costado elaborar estaba a punto de desbaratarse. «Vamos, muchacho», dije para mis adentros, intentando azuzar al Titán para que me sacara de allí.

Se oyó de nuevo el zumbido de la radio.

—¿Papá? Soy Ally. Te estamos viendo. ¿Te imaginas un encuentro en el Egeo? Cambio.

Su voz fue a la vez un tónico y un veneno para mí. Me procuraba un gran consuelo oírla, pero también me causaba un profundo dolor no poder contestarle.

Sentí una vibración en el bolsillo y saqué el móvil. En la pantalla aparecía un número desconocido. Consciente de que, con toda probabilidad, la llamada era de Ally desde el Neptuno, decidí no hacerle caso. En efecto, al cabo de unos instantes, volvió a sonar el teléfono, diciéndome que tenía un mensaje de voz. Respondí inmediatamente a la llamada y escuché una vez más la voz de mi hija.

«¡Eh, papá! Soy Ally. No te lo creerás, pero estoy justo detrás de ti. Estoy…, bueno…, con un amigo y me preguntaba si te gustaría detenerte. Podríamos quedar a almorzar juntos. En fin, dime de todas formas qué te parece. Te quiero. Adiós».

—Yo también te quiero, Ally —musité.

Cuando acabé de oír el mensaje, tenía los ojos arrasados en lágrimas. La verdad es que no había nada que deseara más que detener el Titán, darle a Ally un abrazo enorme y contárselo todo. Pero en el fondo de mi corazón sabía que era una locura. Pensaba que yo iba a morir hoy y que Kreeg viviría. Y resulta que lo que había pasado era todo lo contrario. Para proteger a mis hijas, tenían que creerme muerto. Si Zed llegaba a tener noticia de mi presencia allí... Me estremecí al pensar en las posibles consecuencias para mis hijas.

Después de prácticamente una hora apretando el acelerador al máximo, el Sunseeker de Ally quedó fuera de la vista. Una vez que hube disminuido la velocidad del Benetti, volví a sacar el teléfono del bolsillo y llamé al único hombre en el que podía confiar, en el que siempre había confiado: Georg Hoffman.

—¿Atlas? —respondió a mi llamada casi sin aliento—. ¿Estás vivo?

—Sí, Georg. Estoy vivo. Y, como bien sabes, eso es un problema enorme.

—¿Cómo está Kreeg?

—Muerto. Tenemos que pasar al plan B. De inmediato.

—Entendido, Atlas.

Hijas mías, aquí es donde realmente termina mi historia. Con la ayuda de Georg, Ma, Claudia, Hans, Gea y muchos más miembros de mi «equipo», el Titán volvió a Niza. Os informaron de mi ataque cardiaco, de mi funeral en la intimidad y os entregaron las cartas junto con las coordenadas en la esfera armilar.

Indudablemente, vuestra pregunta más acuciante es «Pero ¿adónde fuiste, papá?».

Volví a la isla de Delos, para vivir mis últimos días en paz en medio de la hermosura de la costa griega. Con la ayuda de Georg, compré una casita encalada con unas vistas magníficas al mar y me quedé esperando a que me llegara la hora. Sabed que mis últimos días estuvieron sin duda llenos de recuerdos felices de nuestra vida juntos en el paisaje mágico de Atlantis.

Ahora ya lo sabéis todo.

La historia de Atlas.

La historia de Pa Salt.

Vuestra historia.

El regalo más extraordinario que he recibido a lo largo de mi dilatada vida en la tierra han sido los comunicados que he recibido de Georg, detallando los progresos que habéis hecho todas en vuestros intentos por conocerlo todo acerca de vuestras familias biológicas. Tenéis que saber una cosa: no puedo estar más orgulloso de vosotras. Aunque por las venas de ninguna corre mi sangre, me siento muy honrado al comprobar que habéis heredado mi pasión por los viajes, mi espíritu de aventura y, sobre todo, mi profundo amor por el ser humano y la fe en su bondad innata. Siento muchísimo haber tenido que engañaros. Al conocer en su totalidad las circunstancias de mi situación, como es el caso ahora, creo que seréis benévolas conmigo.

Por encima de cualquier otra cosa, espero que Georg haya logrado encontrar a la hermana perdida. Sé que ha trabajado incansablemente para localizarla desde que le proporcioné el nombre de Argideen House y el dibujo del anillo que en otro tiempo regalé a su madre.

Sin embargo, tengo la sensación de que va a necesitar vuestra ayuda. Cuando la encontréis, hijas mías, sed buenas con ella. Decidle cuánto la quiero. Cuánto he deseado encontrarla. Que nunca me di por vencido. Decidle cuán honrado me siento de ser su padre, igual que lo soy de vosotras.

No me queda por deciros nada que no os haya dicho ya. Pero tened la seguridad de que todas habéis hecho que valiera la pena vivir mi vida. Aunque he tenido que soportar tragedias y dolores sin cuento, todas y cada una de vosotras me habéis dado más esperanza y más felicidad de lo que os podéis imaginar. Si la lectura de mi historia os ha enseñado algo, espero que sea seguir el consejo que os he dado a lo largo de toda vuestra vida:

¡Aprovechad el presente!

¡Vivid el momento!

¡Disfrutad de cada segundo! Incluso en los momentos más difíciles.

Con todo mi amor,

Vuestro Pa (Salt) x

El Titán

Junio de 2008

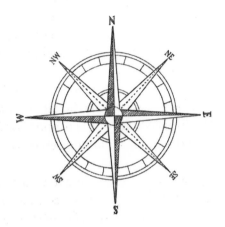

63

Star terminó de leer la última página, la dejó encima de la mesa y miró a su alrededor. La mayoría de sus hermanas lloraba sin disimulo mientras las consolaban sus respectivas parejas. Ella misma sintió la mano de Mouse apoyada en la espalda.

—No…, no sé qué decir —balbució Ally.

—¡Qué hijo de puta! —exclamó Electra, sin poder contenerse—. Le arrebató a Elle. Y todo por nada.

—Merry…, ¿te encuentras bien? —preguntó Miles, con cara de preocupación.

La mujer tragó saliva.

—Creo que sí… —La voz se le quebró y dejó escapar un sollozo—. Dios mío, lo siento —dijo, haciendo un gesto con la mano.

—¡Ay, mamá, ven aquí! —exclamó Mary-Kate, levantándose y corriendo a abrazarla.

—Lo siento muchísimo, Merry. ¡Qué espantoso enterarse de lo que le hicieron a tu madre! —añadió Tiggy.

—¡Y pobre Pa! Averiguar todo justo al final de su vida… —dijo Maia, con un nudo en la garganta.

—No me lo puedo ni imaginar —terció Ally entre sollozos—. No me puedo creer que estuviera tan cerca de él. ¡Ojalá el barco de Theo hubiera sido un poco más veloz!

—¡Nos protegió hasta el último momento! —comentó Star—. Quiso sacrificar su vida para garantizar nuestra seguridad. ¡Así era Pa!

—¿Comprendéis por qué debía «seguir muerto»? —preguntó Georg a todos los reunidos alrededor de la mesa—. Le horrorizaba la idea de que Zed os hiciera daño si descubría que vuestro padre estuvo presente en el momento de la muerte de Kreeg.

Las chicas asintieron con la cabeza.

—¿Cuándo murió, Georg? ¿Cuándo murió de verdad? —preguntó Electra.

—Sí, ¿cuánto tiempo después de su llegada a Delos se... fue para siempre? —sollozó CeCe.

Él vaciló unos instantes.

—La última vez que lo vi fue tres días después. Lo ayudé a firmar el seguro del inmueble. Como tal vez sepáis, la isla es muy pequeña y tiene una gran significación mitológica. Solo hay una o dos casas. Ofrecimos a su propietario el cuádruple de lo que valía y el hombre se marchó con sus cabras casi de inmediato.

—Eso no responde a mi pregunta, Georg. ¿Cuándo murió Pa? —preguntó con firmeza Electra.

Él movió la cabeza y lanzó una mirada suplicante a Ally. Esta a su vez miró a Ma, que se puso en pie.

Dando un profundo suspiro, Marina empezó a hablar:

—Niñas mías, ha llegado el momento de ser valientes. Vuestro padre todavía no ha muerto.

Se hizo un silencio absoluto en el barco.

Tiggy abrió los ojos desmesuradamente.

—Lo sabía...

Electra sofocó un grito.

—No... No puede ser... ¿Estás diciéndome que Pa Salt está vivo?

—Sí —repuso Ma.

Una ráfaga de viento marino recorrió la mesa.

—Nos lo habéis ocultado... —exclamó Star—. ¿Cómo habéis podido ser tan crueles?

—*Chérie*, yo...

—¿Sigue en Delos? —preguntó Maia.

Georg asintió con la cabeza.

—Sí, Maia. Pero está muy débil.

—Las llamadas... —musitó CeCe—. ¿Habéis hablado con él, Georg?

—No exactamente. Claudia ha estado con él estas últimas semanas. Por eso no se encontraba en Atlantis. Me pone al día con regularidad. El pobre va apagándose a pasos agigantados.

—¡Dios mío! —exclamó CeCe.

—Todo adquiere sentido ahora… —dijo Star.

—Nadie habría podido prever que llegara a seguir vivo tanto tiempo, chicas. Supusimos que permanecería en Delos pocas semanas. Pero ha sobrevivido más allá de todos los pronósticos del médico.

—Muy típico de Pa —farfulló Ally.

Georg continuó hablando:

—Se ha negado a cualquier tipo de intervención por parte de los médicos. No piensa tomar pastillas ni permite que se le hagan pruebas… Ni siquiera utiliza gotero.

—¿Cómo es que sigue vivo? —preguntó Electra.

Él miró a Ma, que sonrió a Merry.

—Creo…, no, sé con certeza que la idea de encontrar a la hermana perdida lo ha mantenido en este mundo.

—El poder de la fe —repuso Tiggy, asintiendo con gesto comprensivo.

Star miró a Ally.

—¿Cuánto tiempo hace que sabías todo esto?

—Desde esta tarde. Insistí a Georg para que nos lo contara a todas y nos proporcionara las últimas hojas escritas por Pa, que supuestamente debía retener hasta su muerte.

Al abogado le temblaban las manos cuando cogió el vaso para tomar un sorbo de agua.

—Creedme, chicas. He deseado en todo momento compartir con vosotras la verdad. Pero ya sabéis lo que vuestro padre hizo por mí. Prometí serle leal hasta mi último aliento.

—Hay una diferencia entre la lealtad y la crueldad, Georg —protestó CeCe.

El abogado asintió con la cabeza.

—En el fondo de mi corazón sabía que debía contaros la verdad —admitió él entre lágrimas—. Y también cuánto significaría para él veros a todas antes del final.

Nadie supo qué decir.

—¿Por qué diablos no estamos ya de camino? —preguntó Electra—. Si está muriéndose, no hay tiempo que perder. Avisad al capitán Hans. No pienso esperar hasta mañana si todavía hay alguna posibilidad de volver a verlo. ¿Estamos todas de acuerdo?

—Sí, desde luego —dijo Maia, poniéndose en pie—. Ahora solo tenemos dos opciones. La primera es enfadarnos y estar amargadas. Esa es la más fácil. La segunda es aceptar todo lo que ha ocurrido. Actuar con cariño y bondad, al margen del daño que podamos creer que nos han hecho. Pues bien, vamos a ver —preguntó a continuación—, ¿qué habría elegido Pa?

Le tendió la mano a Tiggy, que la cogió de inmediato. Luego esta le acercó la suya a Ally, situada a su lado, hasta que las siete hermanas quedaron unidas como si fueran una sola.

—Georg —exclamó Ally—, ya has oído lo que ha dicho Electra. Avisa a Hans. Nos vamos a ver a Pa. Ya.

Él abandonó precipitadamente la mesa del comedor.

Todos los comensales estaban conmocionados, como si hubiera estallado una bomba a su lado. Las respectivas parejas de las chicas, en particular, se habían quedado sin palabras. Nada de lo que pudieran decir habría apaciguado la tolvanera de emociones que abrumaba en aquellos momentos a las hermanas. Finalmente, fue Ally la que habló:

—¿Recordáis que os dije que me pareció haber oído la voz de Pa al teléfono cuando respondí a una llamada en su despacho? —preguntó a las demás—. Bueno, pues es probable que la oyera de verdad.

Aquellas palabras espolearon las ideas en la mente de Electra.

—Ma —dijo esta—, cuando me encontré por casualidad a Christian en París, ¿estaba haciendo algún encargo de parte de Pa?

Marina asintió.

—Sí, *chérie*. Estaba buscando a Manon Landowski, la nieta de Paul.

—¿Y por qué?

—Antes de morir, deseaba dar las gracias por última vez a la familia que lo salvó al comienzo de su vida, para que el acto de bondad que habían llevado a cabo con él no lo olvidaran las generaciones venideras.

—¿Y la localizó?

Ma asintió.

—Sí, la encontró —dijo—. Es cantautora. Christian le entregó la carta y ella le dijo que su padre, Marcel, a menudo hablaba con cariño del «niño silencioso».

—¿Con cariño? —exclamó Maia—. ¡Vaya! ¿Quién lo habría imaginado?

El estruendo de los motores del Titán llenó el aire y Georg volvió al comedor.

—Hans calcula que llegaremos a Delos al amanecer. Llamaré a Claudia y le comunicaré que vamos para allá. —Hizo una pausa—. Chicas..., ¿creéis que estamos haciendo lo correcto? —El hombre que había sido fuente de seguridad para todas ellas durante los últimos años parecía claramente turbado.

—Desde luego, Georg —afirmó Star.

—¿Podemos hablar por teléfono con él ahora? ¿Por si ocurriera algo? —preguntó Ally.

Él negó con tristeza.

—Le costaría mucho hablar por teléfono. Casi no tiene fuerzas. En realidad, creo que, para mayor seguridad para su corazón, lo mejor será que Claudia no le informe de nuestra llegada inminente.

—¡Dios mío! ¿Y qué pasa si no aguanta esta noche? —dijo Star.

—Aguantará, Star. Aguantará —le aseguró Tiggy.

64

Cuando el Titán llegó a las cercanías de Delos, la diminuta isla estaba bañada por los albores del sol, que aún no había salido. Se trataba de un terreno rocoso, con parches de hierba verde y amarilla que subían hacia su cumbre. Todo ello, unido a las columnas griegas que adornaban el paisaje, creaba una atmósfera propia de una maravilla de la Antigüedad.

No cabía esperar que el Benetti entrara en el pequeño puerto, de modo que Hans Gea echó el ancla lo más cerca del embarcadero que pudo y preparó una lancha para llevar a las hermanas a tierra. Mientras Ally pilotaba la pequeña embarcación, en la que también iban Georg y Ma, hacia el muelle, apareció una figura que les resultó familiar a todos. Claudia ayudó a las chicas a bajar una a una de la lancha y las abrazó. Reservó su abrazo más caluroso para su hermano, Georg. El ama de llaves, normalmente tan reservada, se echó a llorar en sus brazos.

—Chicas —dijo sollozando—, vuestro padre es un ángel de la guarda.

—Llévanos con él, Claudia —le pidió Maia.

El ama de llaves condujo al grupo hasta un camino polvoriento que iba desde el puerto hasta la falda de una gran colina verde, donde la senda era tan estrecha que las hermanas tuvieron que ponerse en fila india para caminar. Y, en efecto, cuando estaban ya casi en lo más alto, quedó ante su vista una casita encalada completamente aislada. El espectáculo era tan magnífico como lo había descrito Pa y ofrecía vistas panorámicas de la isla clásica y del mar que la rodeaba.

—¿Cómo está, Claudia? —preguntó Ally.

—Ni siquiera él es invencible. La semana pasada tuvo otro ataque al corazón. Pensando que había llegado su hora, le dije que por fin había aparecido Merry y que ibais a venir a ponerle una corona. Eso lo ha mantenido vivo. Se ha pasado toda la vida negándose a darse por vencido... Pero ahora... —Claudia se volvió hacia Merry y la cogió de la mano—. Querida, tal vez convenga que las chicas lo preparen antes de que hagas tu aparición. Está muy débil.

La susodicha asintió con la cabeza.

—Por supuesto.

—Ma, ¿entras tú primero y le dices que estamos todas aquí? —preguntó Maia.

—Algo me dice que ya lo sabe —musitó Tiggy.

—Por supuesto, *chérie* —repuso Ma, sonriendo con tristeza—. Ya voy yo a verlo primero.

Claudia condujo a Marina hasta la entrada principal de la casa fresca y en sombra y luego, tras atravesar el vestíbulo, se dirigió a un dormitorio situado en la parte trasera.

—¿Estás preparada? —preguntó. Ma asintió sin decir palabra y abrió la puerta.

En una cama matrimonial que había en una esquina de la habitación, Atlas dormitaba, apoyado en media docena de almohadas blancas. Cuando Marina se le acercó, abrió lentamente los ojos y se giró para mirarla. Tenía la piel grisácea y los ojos hundidos. Pero sus iris de color marrón conservaban el mismo brillo de siempre.

—*Bonjour, chéri* —dijo en voz baja, cogiendo su frágil mano—. Soy yo, Marina.

Atlas esbozó una sonrisa.

—Hola, Ma. —La buena mujer lo envolvió en un suave abrazo, preocupada un poquitín por lo delgado que estaba. Luego agarró una silla de madera y se sentó a su lado—. Marina..., lo..., lo siento mucho. Perdóname. Por todo —susurró Atlas.

—Chis, *chéri* —dijo Marina, tranquilizándolo—. No hay nada que perdonar.

—Las chicas... ¿están todas bien?

—Están estupendamente, Atlas.

La noticia lo tranquilizó.

—¿Saben que estoy vivo?

—Sí, Atlas, lo saben. Están ahí fuera esperando para verte.

Dio la impresión de que a él se le contraían los hombros.

—¿Que están aquí las chicas? ¿Por mí?

—Sí. Todas.

—¿Quieres decir…? —Marina asintió con la cabeza—. ¿Ella…? —Se le quebró la voz—. ¿Ella está aquí? ¿Mi primera hija?

—Sí.

Atlas intentó poner orden en sus ideas, esforzándose a todas luces por calmar la respiración.

—¿Saben que estoy a punto de morir?

—No seas ridículo, *chéri*. ¡Como si pudieras hacer algo tan normal como morirte!

—Ma —dijo el anciano, apretándole la mano a su mujer de confianza un poco más—, no pasa nada. ¿Lo saben?

Marina tuvo que contener las lágrimas. Atlas intentaba proteger a sus hijas hasta el último momento.

—Sí. Desean despedirse de ti. Lo mismo que yo, querido amigo —musitó, acariciándole la cabeza—. ¿Crees que hay algún problema?

—¿Problema, Marina? —Movió la testa a un lado y a otro lo mejor que pudo—. No. Solo vida y humanidad. Cosas buenas y malas. Eso es lo único que ha habido a lo largo de mis más de noventa años.

—Antes de que entren las chicas, quiero darte las gracias por última vez por confiar en mí para que las criara. Por acogerme a pesar de carecer de los requisitos necesarios…

—Querida Marina —repuso Atlas con una sonrisa—, vi la forma en la que cuidabas a aquellos niños en París y supe cuánto amor había dentro de ti.

—También hice cosas terribles… de las que me avergüenzo.

El anciano le acarició la mano.

—Como les he dicho muchas veces a las chicas, no juzgues nunca a los demás por lo que hacen, sino por quiénes son. Bueno, ¿y Georg? ¿Está aquí? —Marina asintió en silencio y Atlas suspiró—. ¿Te has preguntado alguna vez por qué nunca creyó que pudiera profesarte su amor cuando durante todos estos años ha sido tan evidente lo que sentía por ti?

Ma soltó una risita.

—Mentiría si te dijera que no. Pero hay muchas cosas que no sabe de mi persona. Me preocupa que… se avergüence de mí.

—Te ruego que hables con él. Ambos debéis dejar el pasado en paz. Por favor, Marina, la vida es muy corta… Prométeme que lo intentarás —musitó, mirando a su vieja amiga con expresión suplicante.

—Te lo prometo. —Tardó un instante en recuperar la compostura—. Bueno, ¿tienes ya fuerzas para ver a tus chicas?

La sonrisa volvió al rostro del anciano.

—Y si no las tengo, las encontraré. Y ellas, ¿van a estar bien?

—Claro que sí. Hemos criado a unas mujeres fuertes. —Marina se levantó, volvió a cogerle la mano y se la besó—. Voy a hacerlas pasar.

Atlas volvió a recostarse en sus almohadas y reunió todas las fuerzas que aún le quedaban. Cerró un momento los ojos y dirigió una oración a los cielos.

—Gracias por enviármelas.

Luego volvió a abrirse la puerta de su habitación y empezaron a rodarle lágrimas por el rostro mientras iba saludando una tras otra a sus seis hijas. Las abrazó y les besó delicadamente la cabeza, como hacía cuando eran niñas. Aunque todas lloraban, las suyas no eran lágrimas de dolor, sino de alegría. Por más que los acontecimientos hubieran hecho todo lo posible por separar a la familia, el universo había vuelto a reunirla por última vez.

Las hermanas se sentaron alrededor de la cama de su padre y comprobaron que él estaba contentísimo de verse rodeado por las personas a las que más amaba en el mundo.

—¡Hijas mías! ¡Qué valientes! ¡Qué hermosas! Lo único que he querido siempre es que estuvierais a salvo.

—Lo sabemos, Pa, lo sabemos —dijo Star, consolándolo.

—Es que… ¡estamos muy felices de volver a verte! —musitó Ally, llorosa.

Atlas levantó la vista al techo.

—La historia es muy larga. No esperaba seguir vivo… —Volvió a dirigir la mirada a las chicas—. Pero lo dejé todo escrito y se lo di a Georg. Ahora ya estáis al corriente de la verdad.

—Ya la sabemos, Pa —dijo con voz tranquila Electra—. Georg nos entregó las hojas antes de venir aquí.

—¿Ah, sí? —replicó Atlas, levantando una ceja—. Por favor, recordadme que lo despida. —Risas sofocadas interrumpieron el llanto de las chicas—. A propósito —dijo el anciano, suspirando—, ¿dónde está?

—Ahí fuera —contestó CeCe—. ¿Quieres que vaya a buscarlo?

Atlas sonrió.

—Sí, gracias, CeCe.

Maia se inclinó sobre la cabecera de la cama.

—Papá, con tu «muerte» todas hemos crecido y nos hemos encontrado a nosotras mismas. Ya somos adultas; nos hemos convertido en las personas que tú querías que fuéramos.

Atlas asintió ligeramente con la cabeza.

—Estoy muy orgulloso de vosotras. Georg me ha contado que todas habéis encontrado a vuestra familia biológica.

—Sí —repuso Maia con ternura—. Y lo que es más importante: hemos encontrado a nuestra futura familia. Y la felicidad.

—Entonces —suspiró Atlas—, ese es el mejor regalo que yo habría podido haceros.

—Papá, una pregunta nada más —dijo Ally—. A lo largo del pasado año, todas, en un momento u otro, pensamos que te habíamos oído hablar o que te habíamos visto.

—O incluso que te habíamos olido —añadió Electra con un susurro.

—¿Volviste alguna vez a Atlantis? —inquirió Ally.

—¿O estuviste quizá en Bergen? —añadió Star—. Creí verte en el concierto de Ally.

Su padre sonrió.

—Por desgracia, no. Aunque fui siguiendo vuestros progresos. Se podría decir que estuve con vosotras en espíritu, como siempre lo estaré… No tendréis más que levantar la vista al cielo y mirar a las Siete Hermanas de las Pléyades, allí estaré yo también, Atlas…, vuestro padre, velando por todas vosotras.

—Siempre serás Pa Salt para nosotras —sollozó Tiggy.

El anciano sonrió.

—Por supuesto. ¿Sigo oliendo a mar, mi pequeña Maia?

Las chicas se echaron a reír de nuevo. Volvía a ser fuerte para ellas.

Se oyó que llamaban con suavidad a la puerta y Georg Hoffman entró en la habitación.

—Hola, Atlas —dijo su viejo amigo.

—Hola de nuevo, Georg. ¡Qué agradable que estés aquí para despedirte de mí por tercera vez! —comentó, guiñándole ligeramente un ojo—. Y ahora, disculpad, chicas, ¿podéis hacer un poco de sitio? —Maia y Ally se retiraron para que Georg se pusiera al lado de la cama. El abogado le cogió la mano a Atlas, que lo atrajo con delicadeza hacia sí para darle un abrazo. Las hermanas vieron que su padre le susurraba algo al oído y que el hombre asintió con firmeza con la cabeza antes de ponerse en pie—. Gracias, amigo mío, por traérmelas a todas. Es el regalo más hermoso que podías hacerme.

—Hablando de regalos —dijo Georg—. Ally, ya ha llegado Bear.

—Papá..., ¿te gustaría conocer a tu nieto?

—¿A tu hijo, Ally? ¿Está aquí, en Delos?

La joven hizo un gesto afirmativo.

—El capitán Hans acaba de bajarlo del Titán.

Los ojos de Atlas resplandecían.

—Por favor, hazlo pasar...

Ella desapareció un momento y volvió de inmediato con su hijo en brazos.

—Papá, este es Bear. Bear, mira, este es tu abuelito.

—¡Hola, guapísimo! ¿Puedo cogerlo en brazos?

Ally vaciló un instante.

—Por favor, nunca os dejé caer al suelo a ninguna. ¡Y no pretendo empezar ahora a hacer algo así con él!

Su hija sonrió y colocó suavemente al niño en los brazos de su padre.

—Bear... ¡Qué nombre más maravilloso! ¡Por Dios, Ally, cuánto se parece a ti! —añadió, levantando la vista hacia su hija.

Las chicas contemplaron a su padre arrullar y mimar al pequeño, que de alguna manera insufló en Atlas una segunda bocanada de energía, como si tomara fuerzas de aquella joven vida —y del futuro— que acunaba entre los brazos. Con renovado vigor, fue capaz de preguntar a sus hijas por sus respectivas parejas, sobre las cuales ya le había hablado Georg, y escuchó de sus propios labios qué había sido de las familias que él conoció mucho tiempo atrás.

Cuando le pareció el momento oportuno, Maia miró a los ojos a sus hermanas. Todas tuvieron la sensación de que había llegado el momento.

—Papá —dijo Maia—, hay otra persona que ha venido a verte. Está fuera esperando.

A Atlas se le aceleró la respiración. Tiggy lo cogió de la mano.

—No te asustes, Pa. Es la recompensa que te ofrece el universo.

Las chicas se levantaron una tras otra y todas le mandaron un beso con la mano antes de salir de la habitación.

Luego, muy lentamente, la puerta volvió a abrirse y entró Merry.

—Hola, papá —dijo con una sonrisa y se acercó a él para darle con delicadeza un beso en la frente.

Los ojos de Atlas estaban abiertos de par en par.

—Elle… —musitó.

Ella negó con la cabeza.

—Me temo que no. Mary fue el nombre que me puso mi familia de Irlanda. Pero todo el mundo me llamaba «Merry» porque siempre estaba alegre. Tus hijas me han dicho que me habrías llamado Mérope si me hubieras encontrado antes.

—Mérope… Merry. —Atlas sonrió satisfecho por la coincidencia de las iniciales y se quedó mirando a su hija maravillado—. Pero ¿de verdad eres tú?

—Pues sí, soy yo. Carne de tu carne.

Él estaba demasiado conmovido para hablar mientras las lágrimas le rodaban por las mejillas. Alargó la mano y Merry se la cogió con fuerza. Ella también se puso a llorar enseguida. Los dos, padre e hija, permanecieron un rato en silencio, felices de verse por primera vez.

—Te pareces mucho a tu madre —pudo al fin decir Atlas—. Merry, ¡era guapísima! ¿Ves? Ahí está —musitó el anciano, señalando el dibujo a carboncillo traído de Atlantis, que ahora estaba colgado al lado de su cama.

—Ya he visto la copia que tiene Georg —repuso ella—. Las chicas me han dicho que gracias a eso me reconocieron en cuanto subí a bordo del Titán —comentó, asintiendo con la cabeza mientras miraba el dibujo—. Todas se preguntaban dónde estaría el original.

—Pedí a Claudia que me lo trajera aquí. Es todo lo que me queda de ella y… —Atlas se quedó mirando a su hija, lleno de emoción—. Ahora estás tú aquí… Una parte de ella está conmigo. Es un milagro. Perdóname, cariño, por no haber podido protegerte. Te busqué durante años por todo el mundo. Nunca pensé que pudieras estar en Irlanda, así que...

Merry vio que se angustiaba.

—Chis, tranquilo. Está bien, papá. No pasa nada. Bueno, háblame de ella, de Elle. Háblame de mi madre.

En el rostro de Atlas se dibujó una gran sonrisa.

—Será un honor para mí.

Le cogió la mano y le contó todo lo que pudo. Su hija mayor vio luz bailando en sus ojos al recordar al amor de su vida y todo lo que Elle fue para él. Al final, Atlas se sintió fatigado y Merry vio que se quedaba dormido sin soltarle en ningún momento la mano. Poco a poco, la presión empezó a aflojarse y ella tuvo la sensación de que su padre se iba. Se levantó enseguida y corrió a llamar al resto de las chicas para que se despidieran.

Todas ellas besaron a su padre una tras otra y se sentaron alrededor de su lecho, abrazándose y llorando.

Finalmente, cuando el sol empezaba a levantarse sobre Delos, la luz alcanzó el rostro de Atlas. El anciano abrió los ojos y sonrió a toda la habitación, que irradiaba calor y amor.

—La veo —dijo—. Está esperándome. Elle está esperándome...

Y entonces, después de una vida de belleza, dolor y bondad inconmensurables, Atlas Tanit cerró los ojos para siempre.

Epílogo

Atlantis, un año después

Aunque tuvieran que ir un poco apretadas, las siete hermanas se las arreglaron más o menos para meterse en la pequeña lancha de Christian que había de llevarlas al centro del lago y traerlas luego de vuelta a tierra.

—¿Seguro que estás cómoda con los mandos, Ally? —le preguntó el joven.

—Sí, gracias —contestó la chica, colocándose al timón.

—Vale, Ma, ya estamos listas —dijo Maia, girando el torso para ponerse de cara al muelle y ofreciéndole las dos manos.

—*Oui, chérie.*

El ama de llaves le pasó la urna de metal ornamentada que contenía las cenizas de Atlas. A continuación, dio media vuelta y Georg le puso las manos cariñosamente en los hombros.

—¿Estáis seguros de que no queréis venir con nosotras? Christian no tardaría mucho en preparar una segunda lancha —les dijo Electra.

—Gracias, querida, pero no. Lo justo es que las siete le deis vuestro último adiós —contestó Ma.

—Estaremos todos aquí esperándoos —le aseguró Georg.

Ally hizo un gesto afirmativo con la cabeza a Christian, que desató la cuerda desde el muelle. La chica puso en marcha la embarcación y se dirigió lentamente hacia el centro del lago. Era un día de junio seco y luminoso y la cálida luz del sol resplandecía sobre la superficie del agua, lisa como la de un espejo. Tras asegurarse de que no había nadie en el lugar escogido, Ally apagó el motor y las siete mujeres se quedaron disfrutando de la exquisita serenidad del lago y de las montañas.

Curiosamente, ninguna de ellas experimentó sensación alguna de tristeza. Por el contrario, todas se sentían henchidas de una tranquilidad enorme, porque por fin iban a dar a su padre la despedida que en un principio les había sido negada. La embarcación permaneció un rato balanceándose en silencio sobre el agua.

—Ally, ¿podrías...? —se atrevió por fin a decir Maia.

Su hermana asintió con la cabeza y sacó de debajo de uno de los bancos el estuche en el que guardaba la flauta. La extrajo de su funda, se colocó la embocadura a la altura de los labios y empezó a tocar. La pieza que las chicas habían escogido era «Júpiter», de *Los planetas* de Gustav Holst, una de las preferidas de Pa Salt.

Ally tocó con gran elegancia, como hacía siempre, y el eco llevó las notas de su música a través del lago hasta Atlantis. Todas las hermanas cerraron los ojos para hablar en privado con su padre. Le dieron las gracias por haberlas salvado de la vida que habrían llevado de no ser por él y por el amor incondicional que les había mostrado.

—Gracias, Ally —dijo Star cuando su hermana acabó su interpretación.

—Pues muy bien —intervino Maia, abriendo con cuidado la urna. Tomó en sus manos parte de las cenizas contenidas en su interior y las arrojó delicadamente al lago—. Adiós, papá —dijo con una valentía estoica.

La urna fue pasando de una hermana a otra. Unas hablaron largo rato y otras no dijeron nada. Al final, las cenizas llegaron hasta Merry.

—Gracias —musitó, sonriendo antes de suspirar con fuerza—. Papá, aunque casi no te conocí, estoy muy orgullosa de ser tu hija. —Tras esas palabras echó el último puñado de cenizas al lago.

Al cabo de un rato, Ally volvió a encender el motor de la lancha y trasladó de nuevo a sus hermanas a tierra firme. En la zona de césped situada al otro lado del muelle se había reunido una verdadera muchedumbre de familiares y amigos para brindar por la extraordinaria vida de Atlas Tanit. Una vez que Christian hubo amarrado la lancha, le ofreció la mano a Maia para que bajara al embarcadero de madera. Valentina vino corriendo al pequeño muelle y la abrazó. Tras ella apareció Floriano llevando en brazos a su hija de apenas tres meses, Bel, que se puso a gorjear cuando su madre la cogió.

—¡Hola, preciosa! —exclamó Maia, arrullándola—. Venga, vamos a quitarnos de en medio para que todas puedan desembarcar.

Las hermanas bajaron de nuevo a tierra firme y corrieron al encuentro de sus seres queridos, que las acogieron con los brazos abiertos. Aquel fue un día realmente feliz, en el que las familias se encontraron y las cuatro esquinas del mundo se reunieron en Atlantis.

—Ven aquí, Al —dijo Jack, estrechando entre sus brazos musculosos a su pareja.

Tras la muerte (oficial) del padre de Ally, él había sido ni más ni menos que una roca para ella. La joven no se había sentido nunca en su vida tan bien cuidada. Cuando las cosas se calmaron tras la jornada transcurrida en Delos y todos volvieron a reunirse en Atlantis, Merry se encargó de hacer un brindis por la pareja.

—Ahora que tenemos champán en la mano, deseo felicitar a Jack y a Ally. Habéis salido a flote estos últimos días y... resulta maravilloso veros tan felices.

—¡Eso, eso! —exclamó Mary-Kate, y así dio paso a una ronda de gritos de alegría de todas las hermanas, que consiguieron que Ally se ruborizara.

Ya en tierra, Jack le dio un cariñoso beso.

—Te hemos oído tocar desde aquí. Ha sido muy hermoso.

—Eso solo lo dices tú —replicó ella con una risita irónica.

—No, no. Te dice la verdad. Has tocado de maravilla. Ha sido una ejecución perfecta; no has fallado ni una nota —dijo el hermano gemelo de Ally, Thom, que fue el siguiente en ir a darle un abrazo.

—Lo dice en serio —le confirmó Felix, que estaba tomando un zumo de naranja en vez de Veuve Clicquot—. A mí, desde luego, Thom me dice cuándo me equivoco, aunque solo sea en una única nota —comentó riendo—. Muy bien tocado. Has hecho que Pa Salt se sienta muy orgulloso.

—Gracias, Felix.

—¡Mamá! —gritó Bear, que fue corriendo dando traspiés hacia Ally, agarrándose con una mano a Ma y con la otra a Georg.

—¡Vas demasiado deprisa para tu abuelita, *chéri*! —exclamó Marina.

—Y para tu abuelito también, a la vista de cómo van las cosas —comentó Ally, sonriendo a Georg—. ¡Hola, Bear! —añadió mientras cogía al niño en brazos.

—Intenta estar a la altura de su nuevo amiguito, Rory —dijo entre risas Jack—. El pequeño está corriendo de un lado para otro por toda la finca.

—¿Puedo ofrecerte una copa de champán, Ally? —preguntó Thom.

La joven vaciló un instante y miró a Jack.

—En realidad, creo que de momento voy a imitar a Felix y tomaré un zumo de naranja.

—Bueno, enseguida te lo traigo —replicó aquel, poniéndose a andar en dirección a la casa.

Un poco más arriba, casi donde terminaba el césped, Orlando Forbes admiraba la notable estructura de Atlantis.

—¡Es maravillosa! —comentó radiante—. ¡Realmente maravillosa! ¿Y dice que se ha enterado usted de que no se construyó hasta mediados de los años sesenta? No me lo puedo creer, señorita Star. Tengo bastante buen ojo para estas cosas y habría apostado con seguridad a que era del siglo XVIII —añadió, apoyando las manos en las caderas—. Es una obra maestra de la arquitectura.

—Habría estado encantado de saber que contaba con tu aprobación, Orlando —replicó Star—. Por supuesto, no lo habría conseguido sin tus abuelos.

—El bueno del abuelo Rupes, ¿no? —dijo él.

—Evidentemente, la valentía y la decencia corrían por las venas de los Forbes —bromeó Mouse.

—Sí. ¡Qué pena que se hayan saltado una generación y no hayan llegado hasta vosotros! —dijo Star en tono de burla.

—¡Ay! ¡Me ha dado usted donde más duele, señorita Star! —exclamó Orlando, llevándose dramáticamente la mano al pecho.

—Ya sabes, si te portas bien, tendrás incluso permiso para examinar las bibliotecas de mi padre —le propuso Star.

—¿Cómo se atreve usted ni siquiera a insinuar que me he comportado mal alguna vez? —replicó Orlando.

—No es necesario insinuar nada tratándose de ti, querido hermano —dijo Mouse, tomando un sorbito de champán.

Star miró de soslayo a su nueva hermana.

—Acabo de darme cuenta de un cosa, Orlando. ¿Todavía no has conocido oficialmente a Merry?

Esta dio media vuelta al oír su nombre.

—Me están zumbando los oídos, ¿puede ser? —preguntó, dirigiéndose hacia ellos—. Bueno, bueno, bueno —comentó con una risita—. ¡Pero si es el mismísimo vizconde! ¿Qué tal va el periodismo enológico últimamente?

Dio la impresión de que Orlando encogía varios centímetros.

—¡Ah, Merry! Mis más humildes disculpas por mi pequeña treta. De todos modos, estoy seguro de que estás de acuerdo conmigo en que estaba pensando en el bien común... —Hizo una inclinación de cabeza y extendió la mano, que ella no dudó en estrechar.

Mary-Kate fue a reunirse con su madre y con el resto del grupo.

—¡Pero Dios mío! ¿Tú eres Orlando? ¿El tipo que finge ser vizconde? ¡Eres como una leyenda en nuestra familia!

—¿Ah, sí? ¡Vaya! —contestó él, un tanto engreído.

—¡Sí! Nos reímos mucho con eso. Cuando alguien cuenta una trola, decimos que «hace un Orlando».

Mouse estalló en carcajadas al ver a su hermano desinflarse como un globo.

—Perdonad la interrupción —dijo Georg—. Acabo de recordar que necesito una firma para cierta documentación relacionada con la herencia. ¿Puedo tomar prestada un momento a la señora? —preguntó.

—¡Adelante, Georg! —Merry hizo un pequeño gesto de despedida con la mano y siguió al abogado al interior de la casa.

—Me alegro mucho de que finalmente hayas emprendido tu viaje alrededor del mundo, Merry.

La aludida se echó a reír.

—Y yo también, Georg. ¡Aunque no es ni mucho menos la ruta que esperaba seguir! Ayer por la noche aterricé procedente de Granada.

—Algo he oído. He de decir que creo que es maravilloso que decidieras visitar todos los lugares en los que estuvo tu padre a lo largo de estos años.

Merry asintió con la cabeza.

—Quería simplemente ver las cosas por mí misma. La historia de Atlas es lo más asombroso que he oído.

—¿Y lo conseguiste?

—Pues sí —replicó ella con orgullo—. He conocido la estación de ferrocarril de Tiumén, el viejo taller de Landowski, el puerto de Bergen, Coober Pedy... Y la lista continúa. Ahora me siento muy cerca de él.

Georg le pasó un brazo por la espalda.

—Estoy seguro de que él te acompaña. Y hablando de lo que... Me he enterado por Ally y Jack de que monsieur Peter fue contigo a algunos de los destinos de tu viaje por Europa —señaló, levantando una ceja. Merry chasqueó la lengua con embarazo.

—Vas a hacer que me ruborice, Georg.

—Disculpa. Pero me alegro de ello —contestó el abogado sinceramente.

—Como yo de lo tuyo con Marina.

En el rostro de él se dibujó una sonrisa.

—Llevamos más de treinta años enamorados. Durante este tiempo, me limité a observar su elegancia, su hermosura, su paciencia..., pero nunca tuve el valor de decirle nada. Y resulta que ella tampoco...

Georg condujo a Merry al despacho de Atlas. La hermana perdida había estado en él solo una vez y se estremeció al percibir la esencia física y material de su padre. Aunque los ordenadores y las pantallas de vídeo eran impresionantes, clavó los ojos en los tesoros personales colocados al azar en los estantes que había detrás del escritorio. Sonrió al pasar la vista por las distintas «ranas de la suerte» de Grieg, por el viejo violín hecho trizas y por el trozo de ópalo, todavía incrustado en la piedra que lo rodeaba.

Merry siguió a Georg hasta el escritorio, donde el abogado le enseñó un documento.

—Si firmas donde está marcado, oficialmente te incluiré en el fideicomiso de Atlas, como él tenía intención de hacer.

—Muy amable por parte de las chicas no haber puesto inconveniente. Nunca había tenido expectativas de nada...

Él la interrumpió.

—Como ya sabrás, las seis han insistido en que se te trate como a una igual.

Merry asintió con la cabeza y quitó el capuchón de la pluma.

—Por cierto —añadió Georg—, ¿tienes que marcharte esta noche? Todos te echaremos de menos.

La aludida suspiró.

—Me temo que tengo que irme. Aunque seré solo yo la que faltará. Mary-Kate va a quedarse con Jack y Ally. Le prometí que pasaría por Dublín a ver a Ambrose. —Merry dio la impresión de que estaba un poco disgustada—. Su salud se ha deteriorado realmente mucho. Ha hecho tanto por mí a lo largo de estos años que ahora tengo que estar yo ahí para él.

Georg asintió con gesto comprensivo.

—Sé que todos lo entenderán.

—Además… —Acabó de firmar y se sentó en el mullido sillón de cuero de Atlas junto a la ventana.

—¿Sí, Merry?

—¿Recuerdas que en su diario mi padre menciona al hermano de Elle…, mi tío? Dice que fue adoptado siendo niño y que se lo llevaron a algún lugar de Europa.

—Sí, me acuerdo —dijo Georg, apoyando los codos en el escritorio.

—He intentado enterarme de lo que fue de él investigando un poco por mi cuenta todo eso.

En los labios de él se esbozó una sonrisa.

—¿Has descubierto algo?

Merry se encogió de hombros.

—He conseguido unos cuantos retazos y fragmentos de información. Empecé a investigar con Ambrose, simplemente para mantener ocupada su mente. Pero ahora estoy muy ansiosa por averiguar qué fue de él. Es harto improbable, por supuesto, pero… —parpadeó— es bastante posible que siga vivo.

Georg asintió con la cabeza.

—Ya veo que de tal palo tal astilla, Merry. No hace falta decirlo, pero, si alguna vez quieres recabar mis servicios, será un honor para mí ayudarte. —Se puso a mirar desde allí arriba al grupo de gente que acababan de dejar hacía unos instantes—. Comprendo también que Orlando Forbes resulta muy útil a la hora de tratar de este tipo de cosas.

Merry soltó una risita.

—¿No me digas?

Georg movió la cabeza afirmativamente. Su conversación se vio interrumpida por las voces de CeCe y Chrissie, que pasaron ante la puerta abierta del despacho.

—¡Venga, quiero saberlo todo sobre los túneles secretos que tiene este sitio! —exclamó Chrissie.

—En realidad estamos tapiándolos —contestó CeCe—. Ya es hora de empezar de nuevo. —La joven se dio cuenta entonces de que Georg y Merry estaban juntos en el despacho—. ¡Eh, hola! Supongo que no habéis visto al abuelito Francis por ahí, ¿verdad?

El abogado hizo un gesto con la cabeza indicando la ventana.

—Está en la terraza, CeCe.

—Estupendo, gracias.

Chrissie y ella continuaron camino de la cocina y salieron a la terraza por la enorme puerta corredera de cristal. Localizaron a Francis Abraham sentado ante la mesa de bronce de jardín, una verdadera pieza de anticuario, y cogieron un par de sillas para ponerse a su lado.

—¡Eh, chicas! —exclamó el anciano—. Empezaba a preguntarme dónde os habíais metido. Solo quería daros las gracias otra vez por haberme invitado. Es un honor para mí ver tu casa y conmemorar la vida de tu padre, CeCe.

—¡Gracias a ti por hacer un viaje tan largo, Francis! Me alegro mucho de que estés aquí. —Cogió a su abuelo de la mano y la apretó con fuerza.

—Me encantaría pintar el lago. ¿Crees que sería posible? —preguntó él.

—¡Por supuesto! Hay lienzos y paletas ahí arriba. Luego vamos a buscarlos.

En el otro extremo de la mesa, Zara, la hija de Charlie, estaba muy atareada cantando las alabanzas de Atlantis.

—Podríamos vivir aquí sin más, ¿verdad, chicos? ¡Es tremendo! —agarró una silla y se sentó, seguida de Charlie y Tiggy.

—Bueno, no sé si os gustaría mucho —contestó Tiggy—. Cada vez que quisierais salir para ir a alguna fiesta tendríais que coger un barco.

Zara se echó a reír.

—¡Bueno, pues en ese caso daríamos las fiestas aquí!

—No estoy muy segura de que la pobre Claudia aguantara una de vuestras famosas reuniones —replicó Charlie, acariciándole el cabello a su hija.

—Para ya, papá —protestó Zara.

—Sí, para ya, Charlie —repitió Tiggy, levantándose para revolverle enérgicamente la cabellera rojiza y ondulada.

—¡Vale, vale! Entendido. —De pronto se le pasó una idea por la cabeza—. Bueno, señoritas, ¿me perdonarían ustedes diez minutos o así? Prometí a Ally que mantendría una charla rápida con ella. ¿Te acuerdas de dónde dejé mi bolsa grande, Tiggy?

—Creo que está en la cocina.

—¡Genial! Vuelvo enseguida.

Charlie se levantó y entró en la casa.

Zara se quedó mirando inquisitivamente a Tiggy, que se limitó a encogerse de hombros y a sonreír.

En otro punto de la mansión, a petición de Stella Jackson, Electra estaba enseñándole uno de los jardines vallados de Pa Salt, acompañada de Miles, que escuchaba con atención todo lo que iba diciendo.

—Lo recuerdo hablando de sus flores cuando vino a cenar conmigo —comentó Stella, pensativa—. ¡Estaba muy orgulloso de ellas! Ahora entiendo por qué.

—Tenía talento para muchas cosas —repuso Electra.

—No es broma. Mira a todas estas personas reunidas aquí por un solo hombre... —dijo Stella, sonriendo—. Es el tributo que se merece.

—Tienes razón, así es —replicó Electra—. ¡Y eso que sorprendentemente la mayor parte de los invitados que hay aquí nunca lo conocieron! Tú eres una de los pocos que tuvieron esa suerte, abuelita.

Stella se llevó una mano al corazón.

—De verdad que fue un honor para mí. ¡Era tan cariñoso...! Tenía ese... halo inefable de... decencia... Resulta difícil de explicar.

—Y aun así te entiendo perfectamente —asintió Electra.

—¿Qué crees que pasará con todo esto? —preguntó Miles, señalando la casa con un gesto.

—¿Con Atlantis? Nos la quedaremos. Para siempre. Cuando la vida nos resulte difícil, tendremos un sitio seguro al que volver.

—¡Qué sentimiento más noble! —exclamó Stella con una sonrisa—. Justo lo que él habría querido.

Miles, siempre pragmático, siguió su línea de interrogatorio.

—¿Y qué será de Ma, Claudia y Christian? ¿Qué les pasará a partir de hoy?

—Ally y Maia han hablado con ellos. Todos desean quedarse en la casa. Atlantis es su hogar tanto como el nuestro. Además, ahora que Ma y Georg se han…, sea lo que sea lo que hayan decidido…, definitivamente no me preocupa que Ma se sienta sola cuando no estemos aquí.

En el interior de la casa, Georg y Merry oyeron que alguien llamaba a la puerta del despacho.

—¡Adelante! —contestó el abogado.

Maia asomó la cabeza.

—Perdón, no interrumpo nada, ¿verdad?

—En absoluto, cariño —dijo Merry.

—Me preguntaba solo si podría robarte un momento a Georg.

—Por supuesto que puedes —exclamó aquella—. Yo, en cualquier caso, ya estoy lista para tomar otra copa de champán. Continuaremos nuestra conversación más tarde, Georg —dijo. Cruzó la habitación y le dio a Maia un cariñoso beso en la mejilla—. Te veo dentro de un ratito.

—Gracias, Merry —respondió la hermana, cerrando con suavidad la puerta—. Bueno… —comentó, alisándose el vestido—. ¿Ha habido algún progreso?

Él movió afirmativamente la cabeza.

—Iba a hablar contigo luego. Sé que hoy es un día muy emotivo…

—No pasa nada, Georg. ¿Qué noticias hay?

—He recibido respuesta de los padres. Me alegra decirte que es lo que tú esperabas. La madre y el padre ya le han dicho a su hijo…, a tu hijo…, que es adoptado.

Maia sintió un aleteo de mariposas en el estómago.

—Vale.

—Pero —continuó diciendo Georg— me han dicho que quieren que sea él quien decida si desea tener los datos acerca de ti cuando cumpla los dieciocho años o después. Todavía no ha mostrado ningún interés por conocer a su madre biológica y ellos, prudentemente, no desean causarle ninguna inquietud.

Maia asintió con la cabeza.

—Desde luego parece muy sensato.

Georg le posó una mano tranquilizadora en el hombro a la mujer.

—Eres tan perspicaz y tan cautelosa como él lo fue siempre. Estaría muy orgulloso de ti.

A ella se le iluminaron los ojos.

—Eso espero, Georg. He decidido que voy a escribirle una carta… cuando cumpla los dieciocho y que le daré la opción de conocer o no su pasado. Como papá hizo con nosotras.

—Y puedes tener la seguridad de que, cuando lo hagas, yo seré tu fiel mensajero.

—Gracias, Georg. —Maia le dio un abrazo.

Dos pisos por encima de ellos, en la habitación en la que dormía Ally cuando era niña, el doctor Charlie Kinnaird se quedó mirando el pequeño artefacto que había traído consigo del consultorio a instancias de ella.

—Ya está hecho —le confirmó.

Jack estaba sentado en la cama con Ally, cuya mano sujetaba con fuerza.

—Bueno, ¿y usted qué piensa, doctor?

Charlie sonrió.

—Necesito un instante para saberlo con seguridad.

Ally apoyó la cabeza en el hombro de Jack.

—¿Y qué tal le va a ese ciervo blanco tuyo, Charlie? —preguntó ella.

—Rara vez lo vemos y cuando lo conseguimos… resulta siempre muy inquietante. Nuestro guarda, Cal, quería ponerle un rastreador, pero… —se encogió de hombros— yo pensé que de alguna manera eso rompería la magia. —Charlie reconoció la mirada nerviosa en los ojos de la pareja. Era algo que había visto muchas veces con anterioridad—. ¿Y cómo van las uvas, Jack?

—Este año el rendimiento ha sido muy bueno, según creo —contestó—. Tenemos pensado volver el mes que viene a echar un vistazo a los nuevos brotes.

Charlie sonrió.

—Una vida dividida entre Noruega y Nueva Zelanda... ¡Qué envidia me da!

—En realidad, tenemos que agradecérselo a Mary-Kate —explicó Ally—. Lleva a cabo una labor sencillamente maravillosa supervisándolo todo en invierno.

La joven se quedó mirando a Charlie con ansiedad. El médico se llevó el artilugio a la ventana para confirmar el resultado a la luz.

—Bueno, ya es oficial. Felicidades a los dos.

La pareja se echó a reír y se abrazó con fuerza.

—¡Ay, gracias, Charlie! ¡Gracias! —Ally se levantó y cruzó la habitación para ir a darle un beso.

—No hay nada que agradecer. Es una noticia maravillosa. Sé lo contentos que estarán todos abajo.

—Eso espero. Me pregunto si... —Ally cortó de golpe la frase al oír una fueraborda que se acercaba por el lago.

Charlie dio media vuelta para mirar por la ventana.

—Parece que tenemos visita —dijo.

—¿Quién será? —preguntó ella al ver que la pequeña lancha iba haciéndose cada vez más grande al acercarse al embarcadero. Jack se reunió con ellos junto a la ventana. Abajo, en el jardín, todo el mundo había empezado a congregarse para recibir al misterioso recién llegado. Cuando la embarcación hubo atracado, vieron a su piloto.

—¡Ay, no! —susurró Ally.

Fuera, Tiggy se había quedado mirando al embarcadero.

—No puede ser... —exclamó jadeando.

—Lo siento, Tiggy —dijo Electra, que había aparecido a su lado—, pero creo que sí puede ser.

Vestido con un elegante traje gris, con gafas de aviador y el cabello engominado y peinado hacia atrás, Zed Eszu amarró su lancha y empezó a caminar lentamente hacia la casa.

—¡Maldita sea! —exclamó Miles, que acto seguido salió al encuentro del intruso. No tardaron en unirse a él Floriano y Mouse.

—Quédese donde está, por favor, amigo —dijo el mayor de los hermanos Forbes.

—¿Quién le ha dado permiso para entrar aquí? Esto es una propiedad privada —gritó Marina desde la terraza.

—¡Qué manera tan cariñosa de recibirlo a uno! —respondió Zed con una sonrisa zalamera—. Simplemente he bajado a ver a mis hermanas favoritas y a presentar mis respetos a su padre. Leí en las redes sociales de un amigo común que hoy ibais a esparcir sus cenizas.

Maia se abrió paso con audacia entre la multitud para enfrentarse a Eszu. Cuando habló, no había el menor rastro de miedo en su voz.

—Ya puedes irte, Zed. Aquí no hay nada para ti. Has venido a intimidarnos. Pero eso ya no funciona.

—¿Intimidaros? ¡Pobre de mí! ¿Cómo podría un examante hacer una cosa así, cariño? —Los puños de Floriano estaban visiblemente en tensión—. Solo quería asegurarme de que estabais todas bien después de... una temporada tan traumática.

—Esperábamos tener noticias tuyas —siseó Electra—. Pero lo gracioso es que has estado muy calladito desde que el Proyecto Atlas fracasó. Lo último que leí en los periódicos es que Lightning Communications va a ir a la bancarrota.

Zed se puso a la defensiva.

—La verdad es que debo decir que reinventar toda la infraestructura global de internet durante la crisis financiera no fue mi mejor momento... —dijo, tragando saliva—. Sobre todo al estar financiados por... Berners.

—Que se fue a pique —le recordó Star, encantada.

—Sí. Evidentemente no poseo la perspicacia para los negocios que tenía mi padre.

—En cualquier caso, ya no te tenemos miedo —dijo Tiggy, cogiendo a Maia de la mano.

—¿Ah, no? —replicó Zed, mirándola desafiante.

—No. No tienes ningún poder sobre nosotras —afirmó Maia—. Y ahora vete de Atlantis y no vuelvas nunca más por aquí.

—Como quieras, querida. —Dio media vuelta dispuesto a marcharse, pero de golpe se detuvo y se giró sobre sus talones—. ¡Ah! ¿Puedo compartir con vosotras algo de lo que no habréis oído hablar en los periódicos? —Se dibujó en su rostro una sonrisa de serpiente—. ¿Sabéis? Tuve un golpe de suerte cuando falleció mi socio en los negocios, David Rutter.

—¿Buena suerte con una muerte de por medio? —comentó Merry, moviendo la cabeza con incredulidad.

—Exacto. No quería que os preocuparais ante la perspectiva de que Zed Eszu se arruinara por completo. Eso es todo.

CeCe frunció el entrecejo.

—David Rutter… Juro que conozco ese nombre.

Zed dio un bufido.

—Tal vez porque eres una persona que está vivita y coleando. Todo el mundo ha oído hablar de él. David era el director ejecutivo de Berners.

—¡Dios mío! ¡Sí…! —dijo CeCe entre dientes—. ¿Ha muerto?

Zed asintió con la cabeza.

—Pues sí. No hace mucho sufrió un derrame cerebral fulminante. Fue una cosa rarísima. El hombre estaba perfectamente sano. Disponía de entrenador personal, dietista, y de repente, un día…, ¡zas! Se acabó.

—Igual que el imperio Eszu… —añadió Ally, que salió procedente del interior de la casa.

—No del todo, querida. Porque el bueno de David dejó algo para mí en su testamento —dijo Zed, metiéndose la mano en el bolsillo. De alguna forma CeCe sabía ya lo que iba a sacar. Él mostró la perla más grande que cualquiera de las hermanas hubiera visto nunca. Su pálido color rosado resplandecía bajo los rayos del sol—. ¿Sabéis cuánto vale esta cosita tan bonita? —preguntó.

CeCe tragó saliva.

—Bastante más de un millón de euros —dijo, intentando borrar la incredulidad de la cara.

—¡Quizá no seas tan tonta como me imaginaba, CeCe! Casi has acertado. Porque esta no es una perla cualquiera, es la famosa perla rosada. —Al oír aquel nombre, unas cuantas hermanas se miraron con los ojos abiertos como platos—. Estuvo perdida en Australia muchos años, pero el equipo de David la encontró. ¡Y me la dejó a mí cuando murió! ¿Podéis creéroslo? Siempre pensé que me odiaba, el muy hijo de puta. Echaba la culpa de la quiebra del banco al Proyecto Atlas.

—¡Caramba! ¡Qué buen amigo! —musitó CeCe.

—¡Desde luego! Así que, lejos de estar en la miseria, voy a seguir siendo millonario. —Se quedó mirando extasiado la perla—. Lo reconstruiré todo, podéis estar bien seguras. El Proyecto Atlas saldrá adelante. En honor a mi padre.

—Ya puedes irte, Zed —dijo Maia, dando un paso al frente.

Él puso cara de pena.

—¿Estás segura de que no vais a dejar que me quede a tomar una copita de champán, Maia? ¿Como en los viejos tiempos? —dijo, guiñando un ojo. Al cabo de un segundo el puño de Floriano impactó en la cara de Zed, lo que produjo un satisfactorio ruido sordo que pareció resonar por todo el lago.

—Ya la has oído. ¡Fuera! —gritó aquel.

Zed dio un traspié y retrocedió tambaleándose al tiempo que se llevaba las manos a la nariz sangrante.

—¡Te demandaré por lesiones graves!

—Como abogado, puedo asegurarte que entrar ilegalmente en una propiedad privada y negarse a abandonarla significa que mi amigo ha actuado en legítima defensa. Y ahora vuelve a ese puto barco —dijo Miles.

Zed atravesó furioso el césped camino del embarcadero y subió a la lancha. Encendió el motor y salió a toda velocidad hacia el otro extremo del lago.

—¿Estáis todos bien? —preguntó Ally—. ¿Maia?

—Perfectamente —dijo esta con toda sinceridad antes de salir corriendo hacia Floriano—. ¡Mi héroe!

—¡Tengo la sensación de que va a estallarme el puño! —reconoció el buen hombre, echándose a reír—. Nunca hasta ahora había pegado a nadie.

—Floriano, gracias por encargarte de lo que todas queríamos hacerle a ese tío desde hace años —dijo Electra—. Es que... la verdad es que no puedo creerme que se haya atrevido a presentarse aquí.

—La perla... —balbució CeCe—. Tiene la perla...

Tiggy apoyó la mano en el hombro de su hermana.

—¿Te encuentras bien, Cee?

—Está maldita, Tigs. Corren rumores sobre ella... Algunas de vosotras quizá os acordéis...

—¡Dios mío! —dijo Star a su hermana—. ¿La perla maldita de la que nos hablaste? ¿La de Australia? ¿Era esa?

—Sí. No me lo puedo creer... —farfulló CeCe.

—Si efectivamente Zed reconstruye... lo que sea que quiera lanzar contra nosotras... —exclamó Maia—, quizá tengamos que volver a verlo, ¿no?

—Sí —confirmó Ally—. Puede ser.

—En realidad no tenéis que preocuparos por volver a verlo... —susurró CeCe.

Tiggy clavó la mirada en el agua.

—No, Cee. Tienes razón. No tenemos por qué.

—Escuchad... —intervino Ally en ese momento—. En vista de que estamos todos aquí reunidos... —echó una mirada a Jack, que asintió con la cabeza—, ¿queréis que os dé una noticia? —Tendió una mano a su compañero y este se la estrechó.

—Vas a tener que prepararte para esto, mamá —dijo Jack, dirigiéndose a Merry.

Ally se volvió hacia las caras expectantes de todos los presentes.

—Jack y yo hemos hablado con Charlie hace un rato y nos ha confirmado que voy a tener otro niño.

El jardín se llenó de un barullo de gritos y ovaciones y la pareja recibió los abrazos y la enhorabuena prácticamente de todo el mundo, con Merry a la cabeza, eufórica.

—¡Felicidades! ¡Felicidades! ¡Felicidades! ¡Ay, Señor! ¡Voy a ser abuela! —exclamó mientras las lágrimas le inundaban los ojos—. ¡Ojalá estuviera aquí tu padre para verlo! ¡Qué feliz lo habrías hecho! —Miró a Ally a los ojos—. ¡Los dos lo habríais hecho muy feliz!

—*Oh, mon Dieu, chérie!* —exclamó Ma—. Ya sabes lo que eso quiere decir, ¿no?

La aludida asintió con la cabeza.

—Sí, Ma.

—El linaje de Pa y Elle continúa —dijo Maia, con una sonrisa de oreja a oreja—. ¡Qué apropiado!

—¡Tendré que ir a buscar más champán! —exclamó Claudia, entusiasmada—. Aunque Ally no podrá tomar ni un gota... —Y se metió corriendo dentro de la casa.

—¡Es una noticia estupenda! ¡Estupenda! —gritó Georg—. Y además creo que es la ocasión ideal para arreglar un último asunto... ¿Podría llevarme un momentito a las siete hermanas?

Las aludidas se miraron y se dispusieron a seguir a Georg, que ya había empezado a cruzar el césped. El grupo rodeó la casa y llegó hasta el conjunto de tejos pulcramente podados que marcaban la entrada del jardín escondido de Pa Salt. Lo atravesaron y los recibió el dulce aroma a lavanda que emanaba de los macizos bien cuidados de flores. Cuando las chicas entraron en el jardín, recordaron su infancia. Sus miradas se vieron arrastradas hacia el grupo de peldaños que bajaba hasta una pequeña playa de guijarros en la que en verano solían nadar en las aguas claras y frías del lago.

El aspecto del inmaculado jardín resultaba en aquellos momentos deslumbrante. Se asomaba directamente al lago y ofrecía una vista espectacular del sol, que empezaba ya a ponerse detrás de las montañas. No era de extrañar que aquel fuera el rincón preferido de Pa Salt.

—Bueno —dijo Georg—, pues dos años después aquí estamos otra vez.

Ante ellos resplandecía la esfera armilar. Los intrincados y finos anillos se superponían y protegían la pequeña bola dorada del centro de la estructura, que de hecho era un globo terráqueo atravesado por una fina barra de metal rematada por una punta de flecha.

—Hay una última cosa que debo mostraros. —Georg se encaminó lentamente hacia la esfera armilar—. Vuestro padre me dio instrucciones precisas para el diseño de la escultura.

Metió la mano entre los aros y agarró la bola dorada del centro. Se puso a girarla con firmeza hasta que empezó a temblarle la muñeca. Las chicas miraban con asombro y comprobaron cómo la bola comenzaba a aflojarse. Georg siguió dándole vueltas hasta que con una mano levantó la mitad superior.

Y allí, en su interior, había un diamante enorme que lanzaba destellos de luz que se reflejaban y danzaban por todo el jardín. Las chicas permanecieron en silencio. Todas ellas sabían exactamente lo que estaban viendo.

—¡Guau! —acabó por decir Maia, suspirando.

—Es increíble —exclamó Ally.

—Como sabéis —dijo Georg—, vuestro padre llevó consigo este diamante durante años. Incluso cuando estuvo a punto de morirse de hambre. Habría podido venderlo, pero nunca lo hizo.

—Todas nos preguntábamos dónde habría ido a parar —comentó riendo Tiggy—. Yo supuse que tras el enfrentamiento final de Pa con Kreeg había acabado en el fondo del Egeo.

—Yo también —afirmó Star.

—Y, sin embargo, ha estado aquí todo el tiempo… —susurró Merry.

—Así es —siguió diciendo Georg—. Cuando fui a visitar a Atlas la que acabó siendo la penúltima vez que nos vimos, me lo entregó para que lo guardara y me dio instrucciones para que lo pusiera a buen recaudo dentro de la esfera armilar. Me dijo que os lo entregara cuando me pareciera que era el momento oportuno. Creo que hoy es ese día.

—Una rúbrica final… —comentó Maia.

—Bueno, ¿y qué hacemos con él? —preguntó Ally.

Georg se quedó un instante pensativo.

—Vuestro padre se lo dejó a sus hijas para que ellas decidieran. Confiaba en vuestra integridad.

—¿Cuál es su valor, Georg? —inquirió CeCe.

—¿Un diamante perdido de la última zarina de Rusia? —El abogado se echó a reír—. No soy ningún experto, pero una vez se confirme que es auténtico, que lo es, yo diría, siendo bastante conservador, que unos diez millones de euros.

—Con ese dinero podríamos cambiar la vida de mucha gente… —comentó Maia.

Ally miró a su hermana.

—La de un montón de gente —afirmó.

—Puede que esto sea una tontería —terció Star—, pero cuando todavía éramos pequeñas CeCe y yo hablábamos de crear una organización benéfica. ¿Te acuerdas, Cee?

Esta sonrió y dijo:

—¿Te refieres a la Fundación de las Siete Hermanas?

—¡Exacto! —respondió Star, echándose a reír—. Queríamos ayudar a que todos los huérfanos encontraran una familia tan perfecta como la nuestra, independientemente de la parte del mundo en la que se encontraran.

Las chicas se quedaron meditando la idea en silencio, convencidas todas ellas de que eso era justo lo que querían hacer.

—La Fundación de las Siete Hermanas. Creo que es muy hermoso —dijo Maia—. Acercaos.

Y tras estas palabras cogió la mano de Ally, que cogió la de Star y esta la de CeCe hasta que las siete mujeres formaron un círculo alrededor de la esfera, lenta y silenciosamente. Georg se retiró y salió del jardín.

Las hermanas permanecieron alrededor de la esfera armilar durante un buen rato, sintiéndose seguras por estar juntas. Muy despacio, el círculo empezó a moverse, hasta que todas se pusieron a dar vueltas y el jardín se llenó de risas.

Merry agarró la mano de Christian y subió a la lancha.

—¡Adiós a todos! ¡Hasta pronto! —exclamó cuando el piloto empezó a maniobrar para alejarse del embarcadero, en el que se agolpaban los miembros de la familia que acababa de encontrar. Devolvió sus saludos agitando la mano y lanzó besos a todos los que pudo. Cuando la barca se adentró en el lago y empezó a rodear la península para dirigirse al puerto de Ginebra, las hermanas de Merry y Atlantis fueron desapareciendo de la vista.

La mujer se permitió un momento de relax; se recostó en los blandos asientos de cuero de la motora y cerró los ojos para sentir el cálido viento sobre la cara. Cuando volvió a abrirlos, su mirada fue a parar a un peñasco que sobresalía de las aguas. Clara como la luz del día vio una figura de elevada estatura vestida con una camisa blanca que la saludaba agitando la mano. Sin pensárselo un minuto, devolvió el saludo y sonrió alegremente. Mientras seguía observando a aquel hombre, se dio cuenta de que lo conocía.

Luego apareció junto a él una hermosa mujer de cabellos rubios que lo cogió de la mano.

—Mamá… —susurró Merry, medio aturdida—. ¡Christian! —exclamó—. ¡Christian! ¡Detén la lancha! ¡Detenla!

Sin vacilar, él apagó el motor.

—¿Va todo bien, Merry?

—Por favor, acércate ahí… —respondió ella, señalando a la pareja, que seguía saludándola con la mano.

—Por supuesto —contestó Christian y empezó a acercarse despacio al peñasco.

—¡Te quiero! —gritó el hombre.

—Yo también te quiero —musitó ella.

Christian acercó la motora a las rocas todo lo que le fue posible. Merry siguió mirando a sus padres hasta que, al final, lentamente, la imagen se desvaneció.

Y supo que se habían ido para siempre.

Agradecimientos

Tras la muerte de Lucinda, los lectores comenzaron a preguntarnos de inmediato sobre el futuro de la prometida octava novela. Mi madre me había pedido que completara la serie, pero no existía garantía alguna de que ese desenlace fuera aceptable para sus editores nacionales e internacionales.

Por suerte, mi primera reunión con Jeremy Trevathan y Lucy Hale, de Pan Macmillan, me dejó claro que confiaban en el plan, y el resto del mundo siguió su ejemplo. Le estoy particularmente agradecido a la maravillosa Lucy, que ha sido un apoyo enorme y constante durante el proceso. En realidad, todo el equipo de Macmillan ha sido fantástico. Quiero dedicarles un agradecimiento especial a Jayne Osborne, Samantha Fletcher, Lorraine Green y Becky Lloyd.

A los editores de Lucinda en el resto del mundo... ¿qué puedo deciros? Mi madre se hallaba en la poco habitual posición de ser amiga de todos vosotros y sé que querría expresaros su gratitud por vuestra espectacular contribución al legado de Las Siete Hermanas. Muchos iniciasteis este proyecto con ella hace una década y *Atlas* representa el final de ese viaje a todas luces extraordinario que habéis hecho juntos. Gracias a los que me enviasteis mensajes de ánimo durante el proceso de escritura, más en concreto a Claudia Negele, Grusche Juncker, Fernando Mercadante y Sander Knol. También a Knut Gøervell, que reconoció con franqueza que no confiaba mucho en mí, pero que fue el que más entusiasmo mostró tras leer el manuscrito. También me gustaría rendir homenaje a los magníficos traductores que con tanta diligencia han trabajado en la serie de Las Siete Hermanas a lo largo de los años. La

727

gente suele subestimar su papel, pero ni Lucinda ni yo compartimos esa opinión.

Sabía que necesitaba una correctora excelente y eso es justo lo que ha sido Susan Opie. He descubierto que la vida del novelista puede ser solitaria, sobre todo si se encuentra en mi situación, así que el valor de las ideas, reflexiones y observaciones de Susan ha sido incalculable. ¡No podría haberlo hecho sin ti!

Atlas dista mucho de ser el final del universo de Las Siete Hermanas, que en realidad está en constante expansión. El último año ha resultado ser toda una lección en el mundo de la pantalla y quiero agradecerles a Sean Gascoine, Benjamina Mirnik-Voges, Faye Ward y Caroline Harvey su paciencia y saber hacer.

Gracias a Jacquelyn Heslop, Nathan Moore, Charles Deane, Matthew Stallworthy, James Gamblin, Ellie Brennan, David Dunning, Cathal y Mags Dineen, Kerrie Scot, Kirsty Kennedy, Tory Hardy, Anna Evans, Martyn Weston y Richard Staples, que, cada uno a su manera, me han ofrecido su apoyo durante el último año.

Podría decirse que el tiempo transcurrido entre junio de 2021 y junio de 2022 ha sido un *annus horribilis* en el que mi familia sufrió otros dos fallecimientos inesperados. Mi abuela (la madre de mi madre) Janet Edmonds murió en enero de 2022. Era una mujer cariñosa y vital y también fue una fuente inagotable de risas a lo largo de los años. Más adelante, en mayo de 2022, perdimos a mi medio hermana Olivia. Además de ser una hermana maravillosa, trabajó como ayudante personal y directora editorial de Lucinda Riley Ltd. durante muchos años. Era el primer punto de contacto para los lectores y su manera de relacionarse con ellos era espléndida. También dirigía la oficina con una eficiencia y facilidad pasmosas. Sería un error por mi parte no señalar su enorme contribución entre bambalinas a la serie, incluida esta novela. Gracias, Livi.

Le debo un agradecimiento especial a mi padrastro, Stephen, que hace las veces de agente y lidia con aspectos del negocio que a mí se me escapan por completo. Se ha hecho cargo de gran parte de las responsabilidades prácticas en las circunstancias más complicadas y no sé qué haría sin él. Gracias también a Jess Kearton, que ha aprendido muy rápido todos los entresijos de su amplísimo papel en Lucinda Riley Ltd. Y es más que digna de confianza en todo lo que hace.

Le estoy infinitamente agradecido a mi pareja, Lily, que ha sido un pilar estoico durante los últimos dieciocho meses (me disculpo por el hecho de que hayas tenido que soportar mis colapsos artísticos durante cinco años). Gracias a mi gata, Tiggy, por convencer a este amante de los canes de que su especie puede ser cariñosa. Por último, gracias a mi hermano y mis hermanas: a Isabella por su magnífico trabajo de investigación previo, a Leonora por su entusiasmo genuino por el libro y a Kit por hacerme reír como ninguna otra persona en el mundo. Mamá estaría orgullosísima de todos vosotros.

Las últimas palabras deben ser de Lucinda Riley. Espero que no le importe que las plagie de los agradecimientos de Las Siete Hermanas a lo largo de los años:

Por último, gracias a vosotros, lectores, cuyo cariño y apoyo cuando viajo por el mundo y escucho vuestras historias me inspiran y dan lecciones de humildad. Escribir una serie de siete libros parecía una locura en 2012. Jamás imaginé que las historias de mis hermanas llegaran a tantas personas de todo el mundo. Lleváis a mis hermanas en el corazón, habéis reído, amado y llorado con ellas, tal como hago yo cuando estoy escribiendo sus historias.

Si he aprendido algo del último año es que es verdad que el presente es lo único que tenemos. Intentad, si podéis, disfrutarlo, con independencia de las circunstancias en las que os encontréis, y nunca perdáis la esperanza: es la llama fundamental que nos mantiene vivos a los seres humanos.

UNA EMOCIONANTE NOVELA DE CRIMEN Y MISTERIO DE LUCINDA RILEY

Un inquietante internado, un estudiante muerto y un secreto que jamás debería ser revelado.

En el tradicional colegio St Stephens, en la idílica campiña de Norfolk, un estudiante muere en extrañas circunstancias. Su cadáver es encontrado en Fleat House, uno de los internados, y el director se apresura a explicar que fue un trágico accidente. Pero cuando la detective Jazz Hunter se adentra en el cerrado mundo del internado pronto descubre que la víctima, Charlie Cavendish, era un joven arrogante y hambriento de poder que atormentaba a sus compañeros.

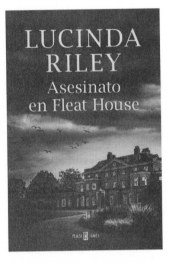

¿Fue su muerte un acto de venganza? Mientras el personal del colegio cierra filas y la nieve comienza a cubrirlo todo Jazz se da cuenta de que esta podría ser la más complicada investigación de su carrera. Y de que Fleat House esconde secretos más oscuros de lo que nunca podría haber imaginado.

«Personajes complejos y una trama trepidante en una historia de misterio tejida con inteligencia que hay que saborear».
Sunday Express

«Una novela policiaca de tradición clásica elaborada con destreza e inteligencia… Llena de auténticas pistas y sutiles distracciones, con una larga lista de fascinantes sospechosos y poblada por los exquisitamente reales y perfilados personajes que nos hemos acostumbrado a esperar de la imaginación de Riley».
Lancashire Post

«Un intrigante misterio sustentado por atrevidos diálogos y personajes creíbles».
Daily Mail

«Para viajar lejos no hay mejor nave que un libro».

EMILY DICKINSON

Gracias por tu lectura de este libro.

En **penguinlibros.club** encontrarás las mejores
recomendaciones de lectura.

Únete a nuestra comunidad y viaja con nosotros.

penguinlibros.club